藏地三部曲之

大地心燈

TIBETAN RINPOCHE·(又名：藏三寶)

范穩◎著

一個凡人的成佛史

藏三寶 目錄

《果卷》

《緣卷》

緣起

貢巴活佛在大殿裏喇嘛們的誦經聲中，忽然感受到了遙遠的腳步聲正踏歌而來。那時他正坐在高高的法座上，在喇嘛們的經文中觀想心中的佛菩薩。他感覺到了大地微微的顫抖，就像一面巨大的羊皮鼓被輕輕地敲響，而餘音卻在雪山峽谷間漣漪般地擴散。那些行路者一定來自比拉薩更遠的地方，因爲他們的腳步聲雖然疲憊但卻堅定，即便踩在陌生的土地上，可也依然執著、目的明確。彷佛遙遠的跋涉只是爲了抵達一個從未到達過、也從不知道的某個地方，只是爲了印證神靈的一個重要昭示。

坐在活佛下方的曲扎堪布也感受到了大地上發生的某種異樣，他想起了三十多年前的那場大地震，寺廟幾近毀滅。他抬眼看看活佛，發現活佛依然在高高法座上成跏趺而坐的禪定狀態。於是，忠心的老堪布不得不打斷了自己的念經，躬身到活佛耳邊輕聲說：

「活佛，大地在搖晃了。」

「不，」活佛嘴唇輕啓，面色慈祥地說：「有人要來了。」

貢巴活佛心中長長地舒了一口氣，一種吉祥的快意悄然湧上心頭。寺廟的這場法會從凌晨四點就開始了，現在太陽剛剛爬上山頂，喇嘛們的早茶即將從廚房裏端來。貢巴活佛估計，那些遠方的行路者中午時分便可趕到寺廟。

雲丹寺是位於瀾滄江峽谷西岸一處高山臺地上的紅教①寺廟，在它的上面，是聳入雲天的卡瓦格博雪山，它是藏東一帶有名的神山，在峽谷兩岸一系列縱向排列的十三座雪山中，數它最高最雄偉，就像一個偉岸的大丈夫，雄踞在天宇和大地之間。由於那個時期的天空純淨無瑕，日月的光輝在天宇間暢通無阻，人間的塵埃也顯得非常謙虛，絕不會趾高氣揚地飛到天上，污染神靈寧靜的領地。神山巍峨的面容雖然經常處於雲層之上，沒有佛緣的人很難修到見它一面的福分，但是一旦你拜見到它，你就會發現這雪山並不僅僅是矗立在大地上，它永遠雄踞在你的心間。而寺廟的下方，則是萬韌絕壁，絕壁之下便是滔滔南去的瀾滄江。夏天的時候，寺廟裏的喇嘛們誦經的聲音便伴隨著身下瀾滄江的轟鳴，讓人時常分不清瀾滄江水是從喇嘛們的喉嚨裏奔湧而出的呢，還是喇嘛們獻給神山以及諸佛的經文，在峽谷裏翻滾出了氣勢磅礴的波浪。

太陽還沒有當頂的時候，喇嘛們上午的功課已經完成，一些喇嘛回到了自己的僧舍，一些人則坐在大殿外面的臺階上曬太陽。他們在嘰嘰咕咕地討論早晨大地的異樣，有的喇嘛說，他看到了大殿裏的經幢在搖晃，有的喇嘛說，他差一點就從蒲團上跌下來了。可是他們都說，既然貢巴活佛一動不動地還端坐在自己的法座上，他們相信，大地之下的魔鬼翻不了身。

貢巴活佛沒有參與喇嘛們的討論，他手捻佛珠，佇立在寺廟的大門邊，面向峽谷的北方，好像在等待自己久違的客人。他看到了峽谷對岸山梁上的一行人影，他們行進的速度和他手裏捻佛珠的頻率一致，活佛在心裏默默地爲對岸的行路者祈禱。東岸那邊已經夠熱鬧的了，祈請慈悲的佛菩薩憐憫西岸的眾生，給他們帶來廣闊無邊的福祉吧。

貢巴活佛是一個話語不多的活佛，瘦小的身材包裹在寬大的袈裟裏，但一點也遮擋不住從他身上放射出來的威嚴與慈悲，常年的閉關苦修生涯使他顯得格外隱忍、孤獨，像一個令人尊敬的苦行僧。但這是一種高貴的孤獨，是一種厭世出離的恬靜，使人面對他時不得不心生敬仰。連峽谷裏的魔鬼看見他都只能躬身退去，不敢轉身逃跑。因爲他們也認爲，縱然自己罪孽深重，可是在貢巴活佛的慈悲面前，魔鬼也會有脫胎換骨、轉世投生到三善道②的希望。

一支行色匆忙的隊伍終於應著貢巴活佛的祈誦，從瀾滄江東岸跨江而來。那時人們的身影剛好直直的在自己腳下。他們是兩個老者和三個年輕喇嘛，以及兩個趕馬人。從他們渾身的征塵和臉上堆積的不同地區的風霜以及四個季節以上的太陽印痕上看，這些人至少已經出門有一年多了。但是他們的臉上非但沒有一點疲倦之色，反而佈滿某種堅毅和渴望。

貢巴活佛迎上前去說：「遠方來的客人，峽谷的眾生像旱天的青稞苗，正等待著你們慈悲的甘露。」

一個氣度不凡的老者躬身向貢巴活佛獻了一條黃色的哈達，謙卑地說：「啊，尊敬的上師，只有一個禮佛修行的智者，才會知道我們這乞丐一般的出門人，在破爛的衣衫裏藏有一顆慈悲的心。」

貢巴活佛收下了哈達，說：「大地傳來了你們的腳步聲，吉祥的春風帶來了你們將至的消息。尊敬的上師，請到寺廟裏用茶吧。」

果然如貢巴活佛所料，兩個老者是拉薩一所寺廟的高僧，爲自己寺廟已經圓寂的洛珠活佛尋訪轉世的靈童而來。洛珠活佛的傳承體系歷史悠久、如雷貫耳，是受到過中國皇帝冊封的。它和雲丹寺同屬於紅教這一傳承體系。不過，貢巴活佛只是一個小得不能再小的活佛，和洛珠活佛的轉世體系比起來，只能是小溪和瀾滄江之比了。肩負尋訪轉世靈童重任的人們足跡，已經走遍了西藏大地，轉遍了雪域高原的神山聖湖，但是神靈的旨意和前世洛珠活佛的箴言讓他們翻越了數不清的雪山、渡過了世界上切割最深的江河，來到了瀾滄江峽谷。因爲他們的活佛在快要圓寂的時候，吟誦了一首優美的詩歌：

皎潔的月光下，
借我一雙翅膀，
飛到遙遠的香巴拉就回來。
那裏雪山環繞、江河並列，

香巴拉的聖地開滿鮮花，
還有兩棵綠蔭匝地的核桃樹，
樹上掛滿了佛果。

「那麼，尊敬的上師，你們找到自己的佛緣了？」貢巴活佛對客人說。

那個叫格茸的老僧，是個在藏地也很有名氣的大格西，貢巴活佛曾經在一次朝聖的旅途中拜謁過他的寺廟，知道他的學養有如瀾滄江般豐沛。他的寺廟大殿上還高掛著中國皇帝的題匾。因此自格茸老喇嘛一來到寺廟，貢巴活佛感到自己這偏僻小寺也蓬蓽生輝。他對格茸老喇嘛恭敬有加，甚至屈尊親自爲他續茶。

格茸老喇嘛說：「上午我們在峽谷東岸沒有找到我們的佛緣……」

「頂禮佛、法、僧三寶，」貢巴活佛欣然感嘆道，「東岸那邊，那邊是是……是黃教喇嘛的領地啊，尊敬的上師，佛陀的慈悲早就該施惠於西岸的眾生啦。」

格茸老喇嘛並不知道這些年來，峽谷裏紅、黃兩個教派爲了爭當神靈的代言人，爲了爭奪僧源和信眾，在峽谷兩岸已經鬧到水火不相容的地步，甚至不惜違背佛祖的旨意刀兵相見。

「佛祖的慈悲無處不在。」格茸老喇嘛沉吟片刻才說。他從貢巴活佛的激動中，已經感受到作爲一個勢力較弱的教派要在黃教盛行的峽谷地區生存的不易。「剛才我們進村莊前，看了個叫阿拉西的男孩，是一個佛緣很好的孩子呀。」

「哦呀！」一向矜持的貢巴活佛禁不住雙唇顫抖起來。

「阿拉西的父名都吉，母名央金，正是我家前世洛珠活佛父母的名字；他的生辰年歲也剛好和我家活佛從圓寂到轉世投生的時辰相符，阿拉西的家門前如那首詩裏描寫的一樣，也有核桃樹啊。我們去時，那小孩正在核桃樹下剝核桃呢。」

「哦呀呀，真是一個好緣起。」貢巴活佛忽然激動得有些語無倫次，「那個孩子的名字還是我給他起的呢，那時我就預言說他將來是個穿袈裟的命。」

「只是……」格茸老喇嘛捻著手裏的佛珠，不無遺憾地說：「他家門前那核桃樹是三棵，不是兩棵。」

「哦呀？」貢巴活佛的身子顫抖了一下，彷彿被一顆子彈擊中。他睜大了眼睛，嘴僵硬得合不攏了。

「我們要繼續沿瀾滄江峽谷走下去。」格茸老喇嘛堅定地說。

「唉！」貢巴活佛深深地嘆了口氣。前世活佛留下的箴言，哪怕有一絲細節不相同，就意味著佛緣未到。貢巴活佛心中吉祥的雲彩轉瞬間就被吹散了。他感嘆道：

「難道佛果真的生長不到一塊充滿怨憎的土地？你們不知道，多年以來，這裏五毒③熾盛，佛法衰微，邪法盛行，教派紛爭，眾生悲苦。人們亟需一個大活佛的悲憫啊。」

格茸老喇嘛安慰道：「貢巴活佛的慈悲足以拯救峽谷裏沉淪的佛法。」他也知道，如果此地能出一個活佛，對這座小小的寺廟，對這個寂寞的活佛來說，該是多麼大的一份功德。

「寺小僧寒，悲心微薄。我們只有盡心了。」貢巴活佛說。

「尊敬的貢巴活佛，心到，世間萬物均可到。那孩子長大後，讓他來找我。」

兩天以後，來自拉薩的靈童尋訪小組搖著轉經筒走了。峽谷的眾生沒有誰知道，一個大活佛差一點就轉世到這貧瘠險惡的峽谷，也沒有誰知道，一段佛緣因爲多生長出來了一棵核桃樹、因爲輪迴的時間正旋轉到一個錯誤的位置而未能如願締結，一顆本應該修成的佛果還將繼續忍受峽谷的風雨。只有貢巴活佛才知道，該生起的佛緣，因緣成熟了的時候一定會生起，就像樹上的核桃，秋天到了時，自然會有人去摘它。即便你不摘，它自己也會掉下來。

❖ ❖ ❖

①藏傳佛教四大教派之一，它們分別為紅教（寧瑪派）、黃教（格魯派）、白教（噶舉派）、花教（薩迦派）。

②即佛教所說的六道輪迴：天、人、阿修羅、餓鬼、牲畜、地獄，前三道是善良虔誠的眾生投生之所，故稱為三善道，後三道是惡業較多的眾生投生之地，稱為三惡道。

③在佛經中，「五毒」是指人的貪欲、瞋怒、嫉妒、愚癡、疑惑五種表現。

因卷

Tibetan Rinpoche

第一章

1 兄弟共妻

在人與神可以一同交流與舞蹈的美好歲月，居住在滇藏接合部瀾滄江峽谷兩岸的藏族人，經常可以看到神的使者往來穿梭於大地與天庭之間。人們每隔上一段時間，就能聽到這樣一些令人神往的話——

「阿爸，快來看啊，一個喇嘛騎著光線飛到天上去了！」

「佛祖啊，感謝你從天上撒下這些金黃的青稞！」

「法力無邊的護法神，快來趕走牧場上的魔鬼！」

「神勝利了！」

那個時候，在西藏東部蠻荒隱秘的雪山峽谷中，從青藏高原奔騰下來的瀾滄江是下山的猛虎，把峽谷搞得森嚴肅殺，恐怖暈眩。江水如刀，大風似箭，從峽谷中穿越而過，塑造出這段鬼斧神工的大峽谷，也塑造出這峽谷中的人們，像懸崖一般挺立，如雪山一樣驕傲。

那個時候，大地經常發生輕微的顫動，這並不是地下的魔鬼大夢初醒後的翻身扭動，而是江底的巨石被洪水挾帶，跌跌撞撞地往下游逃竄。它們身軀再龐大，也不是洪水的對手；就像人間一個再厲害的偉人，一個再智慧的高僧，也不是時間的對手一樣。可就是時間，當它流淌到瀾滄江峽谷裏時，也不得不隨著波濤翻滾的浪花沉浮、飛濺、跌落、消失。時間像江水，冷酷無情；江水也如時間，不舍晝夜。

人們在峽谷狹窄的土地上耕作，在高山牧場上放牧，在連接漢藏兩地的馬幫驛道上趕馬，在煨桑的青煙中供奉神聖的卡瓦格博神山，還在寺廟裏交出自己的靈魂，在無盡的苦難中寄希望於渺茫的來世。那個時候，天上的魔怪和地上的邪惡靈魂結成了盟幫，而各路護法神和虔誠的人們站在一起。他們代表善良的人們和天上的妖魔鬼怪們打仗。如果天上的神靈勝利了，大地便安詳和睦，每一條峽谷，每一座雪山，每一片草場，每一個村莊都充滿廣闊厚重的慈悲；但是如果魔鬼們趁神靈睡覺的時候乘虛而入，跑到人間來胡作非為，大地上就餓殍遍地、戰火紛飛了。

在那個單純的年代，天空是神靈和魔鬼馳騁的戰場。人們經常在藍天白雲間看到他們飄逸的身影若隱若現，聽到他們征戰的吶喊夾帶著滾滾雷聲，還有神靈們在天空中放牧的白雲，他們一高興就將朵朵白雲撒落在高山牧場上，讓白雲變成成群的牛羊，讓雲中的甘露滋潤大地上的萬物，讓陽光像阿媽溫暖的手指一般撫摸牧場上的青草、地裏的莊稼，使它們在四季輪換中有枯有榮。而魔鬼們像放羊鞭一樣揮舞而來的閃電，以及被裝在一隻看不見的巨大口袋裏的冰雹、瘟疫等災害，也時常把人們吉祥的生活砸得千瘡百孔。魔鬼的力量不僅可以讓大地改變顏色，讓江河裏漂滿屍體，有時連善良虔誠的婦人生孩子，他們也往往插上一手，奪人命脈於無形無聲之中。

這一年的夏季，人們驚恐地看到，魔鬼的身影在峽谷裏四處閃現。瀾滄江西岸的馬幫商人都吉的妻子坐胎十月，在上山打柴時，竟產下一蛇首人身的嬰孩。據說那不倫不類的小傢伙難以辨認五官，脖子比頭更粗、還長，兩隻小手的十指像蹼一樣地黏連，而雙腿則自臀部以下併攏在一起。

那個產下蛇首人身怪胎的可憐女人名叫央金，她哭泣著對趕來救她的丈夫都吉說：「是魔鬼把我的孩子抱走了，換來這樣一個怪物。」

那時她正躺在路邊的一堆灌木叢上。這種河谷地帶的灌木叢生長得粗壯而矮小，沒有葉子，茂盛的枝丫密不透風。砍柴人常將它們作爲歇腳的凳子坐，時間長了，灌木叢的頂部被壓得平整而富有彈性，像路邊的一張張墨綠色的床。女人身下淌出的血已經把灌木叢染成了黑紅色，想來明年它們將會生長得更加茁壯。

峽谷裏勤勞堅韌而苦命的藏族女人生孩子，不能在自家的廳堂或者睡房裏生，因爲那會被認爲是不潔的。她們要麼在自家的牛圈裏，要麼到山上找個僻靜的地方去完成這家族血脈的傳遞。央金已經是兩個孩子的母親了，她的大兒子就是那個差一點被認定爲轉世靈童的阿拉西，她生第二個兒子玉丹時，也是像今天這樣，上午早早地帶一把砍柴刀出了門，下午回家時就背上揹一捆柴，胸前抱著剛生下的孩子了。

都吉是一個厚道的馬幫商人，多年來帶著自己的馬隊下走漢地，上走拉薩，最遠到過印度的噶倫堡。可是即便他是個見多識廣的男人，還是對世界上最奇怪的事情發生在自己的妻子身上沒有準備。他望著被妻子腰上的氆氌包裹著的那團血肉，竟然沒有膽量再多看一眼。

「魔鬼怎麼搶走了我們的孩子？」他憤懣地嘀咕道。

「一條閃電從雲層後面躥出來，就把我的孩子收走了。她是個皮膚粉紅的小女孩啊！都吉。」央金嚎啕大哭。

魔鬼收走峽谷裏的小孩的事，這些年常有發生，天上的閃電是魔鬼揮舞在人們頭上的一根鞭子，它不僅把小孩的命奪走，有時還把成群的牛羊趕到天上去。都吉恨恨地望著峽谷上方厚重的雲層，想像著那條魔鬼釋放出來的閃電。「只有那些喇嘛上師才知道是怎麼回事了。唉！我們回去吧。」

「可是我們怎麼把他帶回家？」央金指著灌木叢上那包裹說。

「妳先走吧，」都吉的眉毛擰在了一起，臉上堆出比烏雲還要厚的難堪。他咬牙切齒地說：「把他交給我。」

央金哀傷地看見丈夫抱著那包裹走下了山谷，走向了山谷下面的瀾滄江。山風把她臉上的淚珠吹得像雨點一般四處飄撒，打得山道上的塵土冒出一陣陣小小的白煙。央金只有對著空曠的峽谷無助地大聲申訴：

「佛祖啊，我的前世做什麼壞事了？」

而魔鬼做的壞事卻被峽谷裏的風吹向了瀾滄江兩岸。就在這個烏雲密佈的日子裏，幾乎所有的人都知道了一個蛇首人身的嬰孩被都吉扔進了瀾滄江。

馬幫商人都吉在瀾滄江峽谷很有名氣，卡瓦格博雪山下的瀾滄江峽谷自古以來就是漢地前往西藏的走廊，一條古老的驛道穿越瀾滄江峽谷，蜿蜒通往雪域高原。那些馬幫從漢地馱來的商品，運到峽谷前方的獨克宗①後，漢地的趕馬人一般就再也不能往前走了，一則他們不熟藏地的民風民情，二則他們也無法翻越前方一座比一座高的雪山。獨克宗有許多馬幫驛站，藏族商人在這裏買過漢族商人的貨物，用清一色的康巴人組成的馬幫隊伍，繼續將藏地需要的茶葉、布匹、絲綢、鐵器等商品馱往藏區。他們是憑腳力掙錢的人，人們稱他們爲馬腳子，人腳和馬腿，數百年來，一起在這條古老的驛道上將漢藏兩個民族的貿易往來一步步地蹚了出來。

都吉多年來靠一雙堅忍而有力的雙腳，以及刻苦精明的經商意識，已經在瀾滄江峽谷裏爲自己積攢下了富可敵國的財富，蓋起了在峽谷東岸最龐大壯觀的宅院。人們說，都吉家的錢就像瀾滄江裏的流水，日夜流淌。峽谷裏的人們每個夜晚都能聽到都吉家的藏銀入庫的嘩啦啦聲，甚至蓋過了瀾滄江的波浪；都吉家銀庫裏的銀錠也堆成了山，因爲那庫房即便在白天也散發著刺眼的白光。

現在，寧靜而富裕的生活被打破了。都吉回到自家的宅院時，天剛剛擦黑。喇嘛們誦經的聲音從二樓的廳堂裏傳來，一些平常見了都吉都要躬身致禮的趕馬人，現在要麼遠遠地躲著他，要麼目光裏流露出陌生的恐懼。都吉在大門口伸手抓住一個想躲開他的馬腳子阿堆。

「我身上有魔鬼的氣味嗎？」

阿堆拼命地搖頭，臉都給憋紅了，但卻說不出話來，就像被人卡住了脖子。

「魔鬼是沒有氣味的。」說這話的是雲丹寺的貢巴活佛，他剛從樓梯上下來。「他們只有帶給人們的惡行。」

「活佛！」都吉忙跪下叩首，「求你救救我的妻子，她招惹上魔鬼了。」

「不是她招惹了魔鬼，而是魔鬼纏上她了。」貢巴活佛說。「那個孩子呢？」

「我……我我……」都吉的腦海裏翻騰起瀾滄江的波浪。孩子一入水，藍色的江水立即變得一片通紅，波浪跳起來有房子那麼高，都吉那時感到被捲走的不是孩子，而是自己的心。

「你造孽大了，都吉。」貢巴活佛依舊語調平穩地說，「那畢竟是一條生靈。也許我的咒語可以趕走那小生命中的魔鬼。」

都吉一愣，自下午見到妻子以來的所有焦慮與羞憤一齊湧上來，像江水一樣地淹沒了他。他兩眼頓時一片漆黑，一頭栽倒在貢巴活佛的腳下。

「把他抬到火塘邊去，讓溫暖的火塘驅散他心中的漆黑鬼。」貢巴活佛對從屋裏趕來的都吉家的兩個兒子阿拉西和玉丹憂心忡忡地說，「看來魔鬼的孽障遍及我們西岸的眾生了。」

那兩個兒子就像草原上健壯的小馬駒兒，剛學會奔跑就被生活中的坎坷絆倒了。他們一齊撲在都吉的身邊，「阿爸阿爸」地叫成一片。貢巴活佛忽然發現，已長成一個小夥子身胚的阿拉西身上散發出一股令他憂慮的怨憎之氣，一種叫做「煩惱魔」的魔鬼在他的身後不遠處若隱若現，陰鷙的笑臉透出已將阿拉西當成掌上玩物的愜意。他想起多年以前，這個孩子差一點就被確認爲後藏一個大活佛的轉世靈童，可是造化卻如此捉弄這個本來具備慧根的孩子，讓一個人生命裏深藏不露的佛性得不到適時的張揚。

活佛嘆了口氣，將手摸在阿拉西的頭頂上，急速地念誦了一段經文，暫時趕走了他身後的「煩惱魔」。那個傢伙在活佛咒語的驅趕下，像一隻被擊傷了的烏鴉，帶著一陣黑煙悄無聲息地飄走了。

「孩子，生活中魔鬼的身影隨處可見，不要讓它進入我們的心就成，心魔才是最大的魔鬼。快扶你阿爸回家去吧。」

阿拉西那時還不能透徹地理解貢巴活佛的話，也沒有覺察到自己已經魔鬼纏身。凡人要發現身邊的魔鬼總是很難的，在他將來註定需要修行終生的歲月裏，他會發現心中的魔鬼就像人身後的影子，當你回頭一望、反省自身的時候，它無處不在。

這個曾經被佛的眼光關注過的孩子阿拉西，已經像普通人一樣，在高山牧場上一年又一年地長大，長成了一個英武的康巴青年。蓬鬆的頭髮，像一面黑色的旗幟在風中飛揚；挺拔的身段，像山崖上的勁松迎風挺立。還有動人的歌喉，矯健的舞步。一個康巴年輕人該有的優秀才能，他都有；而連他自己都還沒有發現的慧根和佛緣，卻是許多人都不具備的。

他出生時，帶著他的前世某些明確無誤的印記，不像一個剛出生的嬰兒，而像人們久已熟知的某個老朋友；他的哭喊渾厚低沉，起伏如峽谷深處的江水，像寺廟裏那些喇嘛們的念經聲，引領得牛圈裏的牛們也一齊哼念起來，來幫忙接生的一個老阿媽駭得目瞪口呆，因爲她清楚得記得這是她當天早上去寺廟磕頭時聽到的經文。她就像捧著一尊金貴的佛像，一時不知該把孩子放在哪裡好。這個嬰孩卻忽然說起話來，「外面出彩虹了。」那老阿媽抬頭從牛圈的門口望出去，果然見一條絢爛的彩虹飛架在都吉家的房頂，一陣適中的驟雨夾帶著花瓣紛紛落下。老阿媽激動得把嬰孩塞到央金的懷裏，微微顫顫地跪下，叩起了長頭。「你就是佛菩薩啊！」

在這個孩子身上還有很多奇異的事情，有一段時間，他能聽懂動物的語言，牧場上的牛羊面對青草時的喃喃自語，父親的馬幫裏那些負重的馬兒和騾子相互的交談，成天塞滿了他的耳朵，讓他從小就顯得碩大無比的腦袋不堪重負，頭疼欲裂。都吉曾帶他去找過貢巴活佛，活佛開初對這個孩子身上的種種異能興奮不已，暗自揣測這是活佛轉世的吉祥前兆。他對都吉說：

「有些人不該聽到的聲音，或者預示著吉祥，或者預示著災難。願佛祖保佑阿拉西，請他給峽谷帶來珍貴的吉祥吧。」

那時都吉並不感到有多幸福，因爲那孩子天天喊頭痛，儘管沒有哪個馬腳子告訴過他趕馬的故事，可趕馬人一路上的經歷填滿了他的腦子。那些走過的村莊、險礙，經受的風霜雪雨，待在家裏的阿拉西不把它們復述出來，腦袋裏就再沒有空間去聽騾馬們講的更多故事。好在隨著年齡的增長，他身上的這種特異功能才慢慢消失。

天快要亮時，都吉才從黑暗的深淵中掙扎出來，火塘邊，大兒子阿拉西神色凝重，二兒子玉丹則歪倒在一邊睡過去了。三樓專門供奉神龕的佛房裏，從雲丹寺請來趕鬼的喇嘛的念經聲時斷時續地傳來，彷佛是在睡夢深處的囈語。

阿拉西看見父親醒過來了，忙湊上前來，「阿爸，你好些了嗎？來，喝碗藥湯吧。」

他把煨在火塘邊的一隻土罐裏的藥湯倒出來，遞給都吉。「喇嘛上師們已經爲藥念過經，把法力加持進去了。」阿拉西說。

「唉，喇嘛的法力，有時也鬥不過那些魔鬼啊。」都吉還是把藥喝了。那藥湯辣辣的，從他的喉嚨裏一路滾下去，他在想像身體內的魔鬼被辣熱的藥湯攆得四處躲藏。

「阿爸，家裏都鬧成這個樣子了，我們只有相信喇嘛的法力啦。」阿拉西說。

都吉忽然覺得兒子已經到了可以當家裏中柱②的時候了。如果自己和央金被魔鬼纏上了，兒子這一輩可得平平安安地把家族的血脈傳承下去。

「阿拉西，你們該討媳婦了。」

阿拉西猶豫片刻，手捏著自己的衣角下襬說：「阿爸，我們兄弟倆聽你的。」

半年以前，都吉以一個藏人對兒女婚嫁的傳統習俗和作爲商人的實際考慮，決定讓自己的兩個兒子阿拉西和玉丹共同娶家裏的管家頓珠的女兒達娃卓瑪爲妻。那年月，兄弟共妻的習俗在峽谷裏很普遍，人們認爲這是家族財產永不分割的最好選擇，也是作兒子的對父輩的最大孝心。千百年來，峽谷裏的藏族人家在有限的生存資源裏謀生，置下一份產業已相當不容易，怎麼能因爲娶妻生子而瓜分父輩乃至祖宗的家產呢？只有土司頭人家，才有可能娶兩個甚至三個妻子。這是神賦予他們的福祉，平民百姓雖然也享有愛的權力，但在貧瘠的土地上，愛情的果實多少也有些苦澀。不過人們已經習以為常，就像習慣了大地賜予人們的一切災難與恩賜。

都吉早已把兩個兒子共同的家庭生活安排好了。當達娃卓瑪娶進門，待她和大兒子阿拉西圓過房後，他將跟隨頓珠外出趕馬，都吉早就計畫在拉薩開一間商號，作為峽谷和印度貨運線路的中轉站，阿拉西將成為拉薩商號的少掌櫃。而小兒子玉丹就在家擔負起照顧他的嫂子——同時也是妻子——的責任，等一兩年以後，玉丹長大成人了，他就可以去拉薩替換他的哥哥了。

「留在家裏的人不會寂寞，出門在外的人也會有個掛念。」都吉在決定這門親事時，曾經這樣對兩個兒子說。

阿拉西的回答是：「阿爸啊，我聽你的。」

小兒子玉丹說：「阿爸，我知道當兄弟的本份。」

和健壯剛毅的阿拉西比起來，玉丹就像是另一個家庭裏的孩子。他的皮膚白皙，身材頎長，高原的太陽似乎曬不黑他的臉龐，酥油糌粑也養不壯他的身胚。「這個傢伙長得像個母羔羊。」都吉經常這樣評價自己的小兒子。

玉丹生來就羞澀靦腆，目光柔和，性格內向。也許因為他哥哥阿拉西太強壯，玉丹便像大樹下的禾苗，永遠也茁壯不起來。他從小就跟著阿拉西到牧場上放牧，一切困難都有阿拉西來扛，他受哥哥強悍剛烈性格的保護，野獸來了有哥哥去驅趕，風雨來了有哥哥來遮擋。他幾乎不用費什麼力氣，就可以把一個雪山下的牧童應該承擔的風險和艱難對付下來。但是他內心細膩，情感豐沛，當他聽說和哥哥一同娶達娃卓瑪爲妻時，他險些流出了眼淚。這不是因爲委屈，而是由於幸福。如果分管愛情的神靈可以說話，他會告訴我們，玉丹早就暗戀上達娃卓瑪了，甚至比阿拉西還早，事實證明，那愛也比阿拉西更強烈。

管家頓珠的女兒達娃卓瑪，是峽谷裏最勇敢也最漂亮的姑娘。她和阿拉西兄弟一起在牧場上長大，有著比兄妹還要親的感情和經歷。當兩家的父母想把他們三人撮合成一個家庭時，三個年輕人反倒顯得羞澀和生疏起來了。甚至連一頭雪豹也沒有使他們走得更近一些。

一年前的夏天，在高山牧場上，一頭雪豹偷襲了達娃卓瑪家的一頭公犏牛，牠三撲兩撲，就將犏牛的脖子咬住了。那頭公犏牛雖然足有雪豹的一倍大，可是牠的對手敏捷、兇殘，果敢。犏牛拼命地蹦跳，拼命地掙扎，噴湧而出的鮮血洇紅了雪豹的頭，這更激起了牠嗜血的欲望。達娃卓瑪那時剛十六歲，一頭強悍的雪豹在她面前，就像草叢裏躥出來的一個不講道理的橫蠻傢伙。

「不要吃我家的牛！求求你，不要吃呀！」她對牠乞求道。

可是雪豹並不聽她的，牛和豹在草地上滾作一團。無計可施的達娃卓瑪眼看著雪豹就要把牛拖進森林裏去了，她只好一把拉住了雪豹的尾巴，她想用自己的力氣把牛從雪豹的口中拖出來。雪豹根本沒有把身後的干擾放在眼裏，牠死死地咬住牛的脖子，只把那鋼鞭一般的豹尾一甩，就將孱弱的達娃卓瑪從一頭拋到另一頭，可是倔強而勇敢的小姑娘並沒有鬆手，豹尾彷彿生在她的手上一樣，她成了依戀在雪豹的尾巴上飛舞的蝴蝶。如果不是人在哭喊，牛在哀鳴，雪豹在咆哮，看見的人還會以爲這是一場遊戲哩。

在另一面山坡上放牧的阿拉西聽到喊叫聲衝過來了，他端著一桿火繩槍，可是卻不知道往哪兒射擊，他看見人、牛、豹在草地上翻滾，誰也甩不開誰。他高喊道：

「放開手，卓瑪！」

這聲音在拼死廝殺、吶喊與嚎叫的三方面前，就像蚊子哼嗚一般細小脆弱，他們根本無視他的存在。阿拉西再次喊道：「求求妳啊，卓瑪，我要開槍了！」

他點燃了火繩，但在就要擊發的那一瞬間，他看見達娃卓瑪幾乎是在雪豹的背上飛來飛去，人和豹已渾然一體。情急之下，阿拉西一抬槍口，霰彈貼著雪豹的耳朵飛向天空。槍口離雪豹如此地近，槍聲就像一個巨大的炸雷在牠的耳朵邊轟然炸響。

那牲畜一下給震懵了，竟然愣在那裏，一動也不動，只是用迷惘的豹眼看著那個趕來的救援者，然後才訇然倒地。如果是一槍打在牠身上，也許還不一定能制服牠，相反會更激怒牠，可這一槍大概震破了牠的耳膜，使牠難受得在草坡上翻滾起來，嗷嗷亂叫。最後牠滾下了山坡，再也不敢來了。

達娃卓瑪和那頭犏牛也被突如其來的變故搞懵了，彷彿還深陷在一場噩夢中不能自拔。牛躺在地上奄奄一息，卓瑪叫了一聲「拉西哥……」，她本想撲到他的懷裏，可是面前這小小的一步難倒了敢和雪豹搏鬥的姑娘，她的雙腳一軟，癱倒在了草地上。

「起來吧，卓瑪妹妹。」阿拉西走上前去，把手伸給了達娃卓瑪。

她拉住了他的手，身子不由自主地顫抖起來。剛才她勇敢地抓住豹子的尾巴時，她沒有一絲猶豫，也沒有一點害怕，可是當她牽住阿拉西的手、感受到他手掌裏的溫暖，觸摸到他的膚肌時，她就像摸到冰一樣，連說話都不俐落了。

「牛……牛……」她的牙齒磕得嗒嗒嗒響，好像有一匹小馬在嘴裏跑。

「別管牛啦，牠已經不行了。」阿拉西把卓瑪拉起來，差一點就把她拉進自己的懷裏。他看見她膝蓋和手肘處血肉模糊的擦傷，還有右臉頰被拉開了一大道口子，皮肉都翻在外面了。

「妳的臉出血了，卓瑪。」阿拉西說著，想用手去拭擦卓瑪臉上的血痕。

達娃卓瑪躲開了，她彎身從地上抓起一把草，胡亂在臉上揩揩，順勢蹲下去捂著臉哭泣起來。

「卓瑪，豹子要拖走牛，就像兇猛的江水要帶走江邊的石頭。峽谷裏還沒有人敢去抓豹子的尾巴。」

那天是阿拉西將受傷的卓瑪揹回去的，在快要到村口的時候，他們遇到了一個打柴人，那個傢伙打趣道：「嘿，阿拉西，新媳婦還沒有過門，你就把她揹在背上了。」

阿拉西當時感到卓瑪的一顆心，就像一陣亂拳，慌亂地敲打在他結實寬闊的後背上；他還感到兩個人散發出來的體熱，幾乎要把他熔化；他更察覺到，一對像含苞欲放的蓮花一般的小乳房，在他滾燙的內心裏滾來滾去，像遠方的春雷，催生著萬物勃勃生長的欲望。

大概就從那一天起，卓瑪在人們的心目中彷彿一夜之間就長大了，她不再是一個成天跟在阿拉西兄弟身後轉悠的小姑娘。放牛回來的路上，她不再和阿拉西兄弟結伴而行；上山打柴時，她也不再約著玉丹一同前往；她甚至連見了都吉和央金，都會臉紅著低頭繞行。

央金生下蛇首人身的怪物一個月後，都吉匆忙為自己的兩個兒子舉辦了婚禮。瀾滄江西岸的人們臉上驚惶失措的陰雲，才被婚禮上嘹亮的歌聲和旋轉的舞步趕走了。按照峽谷裏的習俗，婚禮舉辦後，新娘還要在娘家和父母住一個月，一方面讓她在父母身邊再盡最後的孝心，一方面也讓新娘面對新生活有充足的心理準備。

達娃卓瑪的父親頓珠是個精明忠誠、性情活潑的馬鍋頭③，他孤兒出身，是都吉把他的命從一個遭受瘟疫的村莊裏，在死人堆裏揀出來的。幾十年來，他忠心耿耿地爲主子效勞，每年都要帶著都吉家的馬幫隊伍去一趟遙遠的拉薩和印度。他和死神數度擦身而過，閻王派來的小鬼多次與他結伴同行，但是他用自己的經驗和勇氣一次次地甩掉他們。在波密④的原始森林，一群身分不明的野人把他掠到他們居住的森林裏，他們全住在樹上，像猴子一樣在茂密的樹林裏飛來盪去，如履平地，他在那裏做了三年的野人。在後藏的一座雪山下，他曾經被一頭巨蟒吞進了肚子裏，但是他用隨身帶的康巴藏刀劃破了蟒蛇的肚子，逃了出來。在印度噶倫堡的一條河谷，他親眼目睹了長有六個頭三十二隻胳膊的黑藍色魔鬼和一個印度大法師的鏖戰，他們從天上戰到人間，河谷裏的那條小河裏全是魔鬼黑色的血液。他還在漫長的馬幫驛道上碰見過格薩爾王的軍隊，他們威風八面，白馬白鎧甲，就像傳說中那樣疾行於雲端和雪山之巔。

多年的馬幫生涯使他膽識超群，眼光比峽谷裏的人們更爲開闊。因此當都吉請的媒人來跟他說親，想讓他的兩個兒子合討達娃卓瑪爲妻時，他並不感到意外，相反，他把這看成無上的榮譽。這意味著今後他及他的家庭都融入了主子的家族事業中，就像漢人說的那樣，找了一棵大樹乘涼。他也問過女兒的意思，女兒的回答令當父親的心中一塊石頭落了地，她說：

「阿爸，能嫁給拉西哥，是女兒一生的吉祥。拉西哥的弟弟也是我的弟弟，女兒多一個人疼愛……哎！」

這一聲長嘆從卓瑪姑娘的內心深處言不由衷地滾落到嘴邊，一不小心就將她甜蜜的愛心裏深藏著的悲涼洩露出來了，頓珠當然知道。但是他認為，等女兒嫁過去以後，她就知道兩個丈夫的好處了。況且，女兒這樁婚事自被提親以後，她心思上的微妙變化，做父母的其實早就有所察覺。——這簡直是一件再明顯不過的事情了，一個正在愛的人，她哪怕只是擺動一下裙子，頭上多別一朵野花，當父母的也就知道了她為誰而打扮，為誰而梳妝。

在頓珠牽著馬送女兒回夫家的那天，峽谷裏的雲層壓得很低，幾乎就要落進瀾滄江裏去了。頓珠並不認為這有什麼不吉祥，因為他感覺得到騎在馬背上的女兒既興奮又羞澀。那馬兒被她的心情所感染，幾次都試圖竄到牽馬者的前面去。頓珠打趣道：

「瞧瞧，牠比妳還著急哩。」

「阿爸……」女兒的臉映紅了他們上方的雪山，頓珠不用回頭都知道女兒內心裏的幸福。他感謝佛祖的慈悲，感謝神山的護佑，讓善良的女兒終於找到了一戶好人家。

「卓瑪，過去後，妳要多長個心眼。阿拉西兄弟都是峽谷裏的好男兒，左邊臉是臉，右邊的臉也是臉。妳明白麼？」

達娃卓瑪當然明白。峽谷裏像她這樣一女嫁二夫的女子有許多。新媳婦過了門，如果鬧得人家兄弟不和，沒有人會責怪那兩兄弟，只會怪那姑娘不會為人處事。一個聰明的姑娘總會在自己的兩個甚至三個男人中間長袖善舞、左右逢源，把家庭生活安排得井然有序。

對於那兩兄弟來說，合娶一個漂亮的姑娘不但沒有讓他們兄弟變得生分，相反會令他們更加珍惜自己的兄弟情義。他們就像面對一件神靈賜予的珍貴聖物，內心想的更多的不是獨自擁有，而是共同供奉。他們不會因爲自己的私欲而去傷害對方，這是不可想像的，就像聖潔的雪山不容褻瀆一樣。

達娃卓瑪被送過來的那天，都吉家沒有舉行例外的儀式，所有的禮節都在婚禮上表達過了，現在愛情生活該進入到生活的實質層面上了。

阿拉西兄弟的兩間新房就並排設在二樓廳堂的右側，上方是都吉夫婦的房間。在一家人吃完晚飯，在火塘邊喝完茶時，都吉感到今晚火塘裏的柴火都燃燒得特別地旺盛，一根胳膊粗的栗柴，似乎在眨眼之間就化爲灰燼。兩個兒子都滿面紅光，年輕的皮膚下，血液流淌得比江水還要迅猛劇烈，而他們蹦蹦亂跳的心，彷佛兩匹找不到群的小馬駒兒，在寬廣無垠的牧場上東奔西突。玉丹的頭上甚至還能看到蒸騰的熱氣，都快把火塘上方懸掛著的一塊醃肉蒸熟了。

「你們今後就要在一起過日子了，我想再給你們兩兄弟講一個朝聖的故事。」都吉再不說話打破火塘邊的沉寂，他擔心自己的舌頭也會被火塘的熱量烤焦。

藏族人的火塘邊從來就是神話與傳說的薈萃之地。佛祖的慈悲在這裏散發出永恆的溫暖，神靈的故事讓人們內心有了依托，魔鬼被火塘的光芒驅趕得遠遠的，格薩爾王和他漂亮的王妃時常來火塘邊和主人話家常，被他降服的魔怪時而變成一陣陣青煙從火塘上面的天窗中飄升而去，時而成爲窗外呼嘯的風聲逃之夭夭。在藏族人的火塘邊，家庭裏的孩子們一年又一年地成長，一年又一年開始認識外面的世界和祖先的歷史。

「有一年，一個到拉薩朝聖的康巴人，帶著自己的妻子、孩子和兄弟一起踏上了漫長的旅途。」都吉不緊不慢地開始了自己的故事。「他們走到一處魔鬼經常出沒的地方，被當地的魔鬼擋住了去路，魔鬼要他們獻出一條人命才可以通過。康巴人獻出了自己的兒子，對魔鬼說，孩子你拿去吧，我有女人，還可以再生。他們又繼續往前走，又一個魔鬼出現了，仍然是要一條人命，康巴人又獻出了自己的妻子。魔鬼問，難道你妻子不如你兄弟的命重要嗎？康巴人回答說，女人沒有了，我可以出家當喇嘛，而親兄弟只有一個，他身上流著和我的父母一樣的血液啊。」

廳堂裏只聽得見栗柴燃燒得劈啪作響的竊竊私語，似乎那就是這段故事的餘音。三個年輕人心裏的那團火，實際上比火塘裏的火燒得更爲旺盛，玉丹忽然希望這漫長的黑夜儘早過去，天快快亮起來吧。讓第一縷陽光把他送到高山牧場上去。不是他的內心裏充滿了痛苦，而是滿懷的羞澀讓他不敢面對和哥哥共同的妻子。本來他該去高山牧場上放牧，讓哥哥和達娃卓瑪好好地過上一個月。可是頓珠提前一天把自己的女兒送過來了，頓珠的解釋是，他把約定的日子記錯啦。

月光從窗沿處爬進來了，像一隻躡手躡腳的大白貓。屋外的風聲中，可以依稀辨聽得出神靈們匆忙的腳步。阿媽央金在廳堂的神龕前虔誠地做晚間的功課，念經，磕頭。自從貢巴活佛說魔鬼纏上她以後，這個善良的女人每天中的大部分時間，都是跪伏在家裏的神龕前，那神龕裏供奉著卡瓦格博戰神的神位，再肆虐的魔鬼，也不敢來找她的麻煩啦——至少阿媽央金是這樣認爲的。

都吉兩夫婦早早地進自己的房間了，把這個曖昧而令人激動的夜晚留給了三個年輕人。雖然兩兄弟都有各自的房間，可是那相隔的一面牆，並不能隔斷他們對同一個女人的思念。

阿拉西在走進自己的房間前，回頭望了望還坐在火塘邊的弟弟。因爲他感覺到玉丹的目光一直黏著他的背影。兩兄弟目光相遇時，就像一注泉水跌落進一個深潭，哥哥的眼睛就是那潭，弟弟的目光就是那飛瀉的山泉。哥哥的眼睛充滿了巨大的憐惜，別著急，阿弟，我會讓達娃卓瑪也愛上你的；弟弟的目光想表達的是：哥，我的愛會和你的愛融在一起啊，就像兩股泉水流進同一個深潭裏一樣。

❖　❖　❖

①宗即是舊時西藏一個縣的建制

②峽谷地區的藏族人蓋房子，廳堂正中央的那根巨大的圓柱最為講究，它是頂樑柱，也是家中父權的象徵。

③馬鍋頭是馬幫隊伍的頭領。

④現位於西藏林芝地區。

2 紅狐

藏東一帶的崇山峻嶺中，天上的神靈是飄逸瀟灑的，峽谷裏的江水是奔放不羈的，密林中的飛禽走獸也是自由自在的。唯有人，被一連串高聳入雲的雪山所阻擋，被切割深切的峽谷所隔絕，被險惡的自然環境所限制。人一來到這方小小的天地裏，他的命運就依賴著大地的悲憫。生於牧場成爲牧人，生於坡地耕種莊稼，生於密林成爲獵手。就像卡瓦格博雪山下的瀾滄江峽谷東岸，由於地勢相對平緩一些，有成片的坡地，密集的村莊，農耕比較發達；而西岸地勢非常陡峭，巴掌大的平地都沒有幾塊，因此西岸的人們擅長趕馬走四方。

儘管東岸有精明強幹的白瑪堅贊頭人執掌著尊貴的朗薩家族，可是峽谷裏的財富，這些年來似乎都流到西岸那些趕馬人家裏去了。白瑪堅贊頭人對此深爲惱怒，他常常站在峽谷的東岸，望著那邊在驛道上進進出出的馬幫隊伍，憤憤不平地說：

「就是瀾滄江水，流得也沒有西岸那些傢伙們的銀子快！」

朗薩家族歷史悠久，據稱是吐蕃贊普們的後裔，但是一千多年來，像江水一樣無情的命運將曾經顯貴的古老家族沖到了藏東的瀾滄江峽谷裏。雖然在白瑪堅贊頭人頭頂的髮髻中，那個象徵著貴族世家的一寸見方的金佛盒，依然閃亮如初①，他天天都用一塊英國絲絨布仔細地擦洗它，從不讓身邊的僕人做這活兒，那是頭人每天早上起來的必修課。他總是一邊擦洗，一邊在心裏祈禱神靈保佑家族再度振興發達。

可是白瑪堅贊頭人不得不悲哀地發現，頭上的白髮比財富增長得還要快，臉上的皺紋，比瀾滄江切割出的大峽谷還要深，從身體內流走的精力，比大風吹走的往事還要多。白瑪堅贊頭人站在峽谷裏，常常有被風乾了的感覺。——被無情的歲月風乾，被貪婪的欲火風乾，被魔鬼呵出的一口口瘴氣風乾。

但是他萬萬沒有想到的是，一隻峽谷裏的狐狸，也可以把一個古老家族久遠的血脈吸乾。

朗薩家族每年都有到高山牧場上去狩獵的古老傳統，這既訓練了後代們的騎射本領，也不失爲家族的一次勢力展示。那時雪山下奔跑潛藏的動物比牧場上的牛羊還多，但要獵殺牠們也不是一件容易的事。因爲牠們有些是神靈豢養的，有些則是魔鬼的幫兇。在這年寒風凜冽的一個冬日，頭人的狩獵隊伍和一隻狐狸不期而遇。

那是一隻紅色的狐狸，在狩獵隊前方約兩箭遠的地方拼命逃竄，就像一團地火從山崗上滾過，而比火更奪人眼簾的，則是那狐狸彷彿在燃燒的毛色。牠在疾風中奔逃、跳躍，肥碩而健美的臀部抖動出一路的妖氣，把在後面追趕的男人們的心撩得忽悠忽悠的，使他們不能不想到自己身下的女人在快樂的巔峰時的起伏和妖嬈。有幾個獵手禁不住打起了尖銳的口哨，連近日來總是鬱鬱寡歡的頭人也騎在馬上哈哈大笑。那時，他們彷彿不是在追逐一隻紅色的狐狸，而是像在撲向一個面對男人仰面躺下、臀部在扭動搖擺的風騷娘們兒。

其實，通常人們在峽谷上方的草場和森林裏見到的都是些黃色和灰褐色的狐狸，紅色的狐狸首先讓人想到的是牠珍貴的皮毛。一個驍勇的康巴男人頭上的高統狐皮帽，會讓他顯得更加高大威武，如果它是一頂紅色的狐皮帽呢?佛祖，只有尊貴的家族的主人才可配得上戴啊。

頭人的狩獵隊伍裏，跟著他的小兒子達波多傑、管家益西次仁以及幾個小廝，馬隊在山道上踢出的火星濺落到峽谷裏，把山茅草都點燃了。那紅狐最後被逼到一道懸崖下，一眨眼就不見了。人們圍著這扇不大的岩壁找了半天，終於在陡峭的岩石上發現了一個隱秘的山洞。

管家益西次仁說：「老爺，這不可能是個沒有底的山洞，我們用煙把那傢伙薰出來吧。」

白瑪堅贊頭人哈哈笑著說：「但願你們不要把牠的毛薰黃了。」

陣陣的濃煙在曠野裏的風吹送下灌進洞裏，不多久，洞裏就傳出一陣輕微的響動，兩個身手敏捷的小廝餓虎撲食般壓向洞口。濃煙中只聽到一個小廝高喊：「我抓到牠了！」

白瑪堅贊頭人臉上的笑容還沒有蕩開來，就聽那小廝驚叫起來，「哎喲，牠咬我！媽的，怎麼是一隻山貓？」

煙霧散去，人們看見被按在地上的，確實是一隻黑色的山貓。牠身上褐色的斑點就像魔鬼嘲笑後飛上去的唾沫。

「狗娘養的，撒下的是青稞，結出來的卻是稗子。」白瑪堅贊頭人恨恨地說。

可是，比紅狐變成了山貓更讓人們驚訝的事情還在後面哩。山洞裏忽然傳出一陣女人的啜泣，那是讓所有的鐵血男兒聽了心都會軟化的溫柔刀子；那哭聲帶著的眼淚雖然你沒有看見，可是它就像你在清晨裏看到的甘露。它彷彿不是從山洞裏飄出來的，也不是從一個女子的口裏哼唧出來的，而是天國的仙女在唱一支讓人骨頭發酥發軟的歌謠。

那半壁上的洞口不要說一個女子，就是一個好獵手也難以鑽進去，更不用說這深山僻野裏，哪來比這優美動人的歌聲還要嬌弱撩人的女子？除非她是格薩爾王的王妃。

「我進去看看。」頭人一向莽撞剽悍的小兒子達波多傑今天一如他血性張揚的個性，放下獵槍就要往洞裏鑽。他是一個滿頭鬈髮的傢伙，那炸開了的頭髮彷彿隨時隨地都在向全世界宣布他的叛逆和桀驁不馴。

益西次仁一把拉住了他，「小少爺，讓阿旺先進去看看吧。」

達波多傑回過頭來說了句意味深長的話：「該屬於我的吉祥，別人拿不走；該是我的禍，誰也不會要。」

他身後的白瑪堅贊頭人頷首讚許。頭人的兒子就應該這樣，不管面對魔鬼還是仇敵，都要展現出尊貴家族的驕傲來。

達波多傑像深入虎穴的英雄一般地爬進去了。那天，當他想在父親面前表現出一個康巴男兒的英雄氣概時，他絕對沒有想到人生中會有這樣荒唐的一幕。

達波多傑把那個女人從岩壁上抱下來時，所有的男人不是感到害怕，而是覺察到了生命的殘酷；這不是爲那孤獨地棲身於岩洞中的女子，而且爲自己爲什麼在命運中沒有和這樣仙女般的姑娘相遇。她不僅僅是漂亮絕代，而且帶著一股美輪美奐的妖氣。凡人是不可抗拒這種妖媚之氣的。

白瑪堅贊頭人直截了當地問：「妳就是那隻紅色的狐狸變的麼？」

「是的。」女子也直截了當地回答。

「那妳就不是一個女人，而是一個女妖了。」白瑪堅贊頭人拉起了弓箭。

「不，阿爸。」達波多傑擋在了那女子的身前。「我要娶她做我的妻子！」

那是他一瞬間的決定，也是他一生的苦難選擇。因爲他說得斬釘截鐵，讓山谷裏的風都打了個哆嗦。這個被峽谷裏的姑娘們稱爲「鬈毛多傑」的傢伙，是個自有人類以來的曠世情種，既野心勃勃，又兒女情長，儘管他今年才十八歲。

「小少爺，可可……她她她……她是一隻狐狸精變的啊！」管家益西次仁都不知道該怎麼說話了。

「我們藏族人還都是猴子的後代哩。娶狐狸做妻子有什麼錯。」達波多傑一點也不考慮一個男人和狐狸精變的女人在今後漫長的愛情歲月中，可能會遇到的種種困難。因爲生活中經常有這樣的事情，有些女人，即便你明知道她是狐狸精，就像被達波多傑擋在身後的這個來路不明的女子那樣，但是男人們還是要義無反顧、捨生忘死地愛她。

「峽谷裏那麼多貌美的女子，你偏要愛上一個長過尾巴的。」白瑪堅贊頭人嘀咕道。

「我現在看不見她的尾巴，只看見她迷人的眼睛和動人的臉龐。阿爸。」達波多傑沉靜地回答他的父親。

「不管妳是一隻狐狸還是一個漂亮女人，」頭人想了想又說：「媽的，世上有幾個男人不被狐狸精變的女人弄暈了腦袋瓜？妳跟我們走吧，讓我們看看，是男人更聰明，還是狐狸更狡猾。」

這個美得驚世駭俗的漂亮女人就這樣被帶回了尊貴的朗薩家族，據她自己說，她的人名叫貝珠，隨同她一起來到家族的，還有那隻被抓獲的山貓。貝珠說，那是她的一個妹妹的轉世，如今在這個到處都是人的世界上，就只有她們兩姊妹相依爲命了。峽谷裏任何一個男人第一眼看見她時，都會忘記了她是一隻狐狸的身世，也忘記了她並不屬於這個世界。她成功地使人們相信，她過去是什麼並不重要，重要的是她的美攪動了整條峽谷，就像大風橫掃了烏雲，洪水帶走了泥沙，暴雨蕩滌了塵埃。

她在家族裏左右逢源，長袖善舞，察言觀色，八面玲瓏，很快就贏得了所有人的喜愛。長輩對她疼愛有加，常常被她的小花招搞得一會兒淚水漣漣，一會兒喜笑顏開；年輕的一代則在火塘邊被她的眼波絆倒，在走廊裏爲她的笑聲心痛，在月光下爲她裙裾的窸窣聲夜不能寐。更嚴重的是，她的妖氣迷醉了家族裏的所有男人。那是一種真實甚至可以嗅到的氣味，比酥油茶的乳香更誘人，比青稞酒的醇香更甘洌，而和狐狸的腥氣相比又更甜膩。它不是從她的口中或者身下沁出來，而是從她顧盼有情的眼波中流淌出來的，就像從一口深不見底的魔洞裏冒出來的霧氣，瀰漫在她所經過的每一處地方。

在這個叫貝珠的女子剛來的那一段時間裏，古老的朗薩家族煥發了生機，陰森的頭人大院處處滿堂生輝，連馬廄裏的馬兒都會唱歌了。在一個星月輝映的晚上，羊圈裏的牛羊們一夜之間產下的羊羔和小牛犢竟然擠暴了圍欄，牠們在地上到處爬行，彷佛自天而降的財富在大地上翻滾，朗薩家族的僕人們忙到第二天太陽當頂，才把所有到處亂跑的羊羔和小牛犢捉回圈裏。

那真是一個前所未有的奇蹟，而更令人驚訝的是，其中一隻小牛犢的背上，還多長出了兩隻牛角。寺廟裏的喇嘛們殷勤地爲自己的大施主解釋說，四隻角的牛犢說明東岸的福祉就要來臨了，吉祥的福氣就是這樣，當它要來臨時，就像節令到了，禾苗始終要破土而出，鮮花終究要開放，連牛都會多長出角來。

「不管妳是不是人的種，妳給我們帶來了吉祥。」白瑪堅贊頭人樂呵呵地對貝珠說。因爲在羊羔牛犢滿地的前一個夜晚，貝珠當著朗薩家族所有人的面，把一捧捧揉得有指頭般大小的青稞麵團撒向大地，並且祈求道：「如果神靈可以把天上的白雲變成羊群，我乞求這地上的青稞團也變成潔白的羔羊。」

後來細心的人們發現，凡是貝珠撒過青稞團的地方，都爬滿了成群的羊羔。從此以後，她的令人可疑的身世再沒有人提起，白瑪堅贊頭人甚至把她當成家族的財神。

三個月後，峽谷裏春暖花開，滿山的杜鵑花一直開到了天邊，也開在新娘的頭飾上。那個由一隻紅狐變成的女人順利地成爲了朗薩家的兒媳婦。只不過讓人驚訝的是，她沒有嫁給頭人的二兒子——那個把她從山洞裏抱下來、從白瑪堅贊頭人的箭頭前救下來的——達波多傑，而是嫁給了朗薩家族未來的接班人、頭人的大兒子扎西平措。這場奇怪的婚配只有到山上的杜鵑花幾度花開花落，頭人的兩個兒子才明白這樣一個淺顯的道理：由狐狸精變成的尤物就是這樣，不但可以毀掉一個男人的愛情，還可能改變一個家族的命脈。

而白瑪堅贊頭人那時卻固執地認爲家族的命脈正牢牢地掌握在自己的手中。知子莫如父，頭人的一雙兒子是同父異母兄弟，大兒子扎西平措的母親來自一個破落了的貴族人家，她和白瑪堅贊頭人生下的兒子正如大部分貴族的後代一樣，陰鷙，狡詐，精於算計，按頭人自己的話說，扎西平措腦子裏的馬兒跑得飛快，可就是不肯騎上鞍已備好的戰馬。他是個想法多於行動的傢伙，也難怪他母親的家族要衰敗。而二兒子達波多傑的母親，卻是牧場上山歌唱得最美最甜的一個牧羊姑娘，她在一個晚上被帶到頭人的帳篷裏來，在酒與歌聲的歡娛中，一個叛逆的情種被播下。他的血脈裏既有一個貴族的高貴，也有牧羊姑娘的野性。他來到這個世界，不僅僅是完成生命的一次輪迴，更重要的是要爲瀾滄江峽谷裏的愛情傳奇抒寫最精彩動人的篇章。

朗薩家族婚禮上的喧囂蓋過了瀾滄江的波浪。一隻紅狐狸變成的漂亮女子成爲了頭人家的大兒媳婦，非但沒有令這個古老的家族蒙羞，反而讓朗薩家族的人自豪。由神靈指定的貴族世家都有超出塵世的神秘色彩和神奇傳說。在藏東一帶的崇山峻嶺中，許多貴族頭人都把自己家族的傳說和自然界威猛雄壯的動物聯繫在一起。瀾滄江上游的野貢家族據稱是犛牛的後代，卡瓦格博雪山背後的巨人部落則被認爲是熊的後裔，還有的家族要麼和狼有姻親關係，要麼和豹子是表親等等。既然藏族人的靈魂寄存在大自然中的某個動物或植物身上，既然在生死輪迴中，生命忽而爲人，忽而爲動物，人和牠們中的一員成爲一家，又有什麼奇怪的呢？

在這個不平靜的夜晚，朗薩家族的大宅院內忽然傳來一陣陣淒厲而歡快的山貓的尖叫。樹上夜宿的鳥兒們被這從未聽過的山貓叫聲驚得一飛沖天，有的一直逃到了雲層之上，久久不敢回到自己的窩裏棲息。天上的一顆星星也被駭得掉了下來，在遠方的夜空中劃了一道白線。從那個時候起，峽谷裏的人們才知道，有一種叫聲是可以令星星隕落的。

白瑪堅贊頭人宅院裏的人們更是夜不能寐，心神不寧。頭人推了推睡在身邊的妻子洛追，「是那隻山貓在叫春嗎？」

「不，」洛追睡眼惺忪地說：「是你的兒子太勇敢啦。」

「嘿嘿，扎西這小子，太莽撞啦！」

洛追羞澀地說：「你當年還不是一樣。」

白瑪堅贊又笑了，伸手把洛追摟了過來，然後翻身壓了上去。

頭人在洛追身上舒服了，他耳邊的尖叫聲還在有節奏地從隔壁房間傳來，剛才他幾乎不由自主地應隨著那節奏，在身體已經臃腫得像一座小山一般的洛追身上跋涉，但是他輕車熟路、如履平地。頭人感到自己也變得年輕了。

「嘿，家族的血脈接上去了。」他愜意地笑笑。不知是笑自己，還是笑那邊和他一樣快活的兒子。

洛追說：「沒見過在床上這樣叫喚的女人，和她帶來的山貓一樣。唉，她不會當一個本份的妻子的。」

白瑪堅贊頭人自信地說：「妳放心，扎西是我最聰明的兒子。天上一隻飛過的鳥兒有沒有眨一下眼睛，他都知道。」

在那邊的新房裏，一對新人正在進行聲音與肉體的搏殺，肉體衝撞得越猛烈，聲音叫的就越尖銳。開初強悍的扎西平措以爲把自己嬌嫩的新娘弄疼了，可是當他放緩了衝撞時，他發現身下的貝珠就像馬兒不加鞭子一樣奔跑不起來；而他放馬揚鞭時，彷彿人和馬已經渾然一體，御風而行啦。只是那叫聲尖銳得有些令他心煩意亂，精力難於集中。「別叫別叫，別叫啊！一條峽谷裏的人都聽見啦。」他急促地說。

可是那叫聲卻越來越高亢，越來越放肆，越來越動聽。這聲音既堅硬又柔軟，既刺激又銷魂，既讓人心驚肉跳，又令人豪情萬丈。而且他發現，身下的貝珠叫一聲，棲息在外面樹上的那隻山貓就跟著應答一聲。隔壁房間甚至大宅院裏的人們，一定分不清哪是貝珠的叫床，哪是那隻山貓的叫春。扎西平措終於明白當初她爲什麼非要堅持把這隻山貓帶到家裏來了。他在衝鋒的間歇裏感嘆道：

「嘿嘿，幹這活兒就跟賽馬一樣啊！你跑得越快，身邊的人吶喊聲就越高。」

「你是一個好騎手嗎？」貝珠嬌滴滴地問。

「我從來都跑第一。」扎西平措自豪地說。

「那是你的馬好。」

「不，是我更聰明。」

「不見得啊，扎西。有個活佛說，太聰明的人會抓不住馬轠繩。」

「是嗎？」扎西平措搓揉著新娘兩個豐滿的乳房，有些茫然地問：「那麼，女人的轠繩在哪個地方呢？」

貝珠妖嬈地笑了，「你自己去找。」

扎西平措忽然想起了她曾經是隻狐狸的身世，「妳有尾巴嗎？」他說著，把手伸到了貝珠豐腴的臀部下。

貝珠夾緊了雙腿，「愚蠢的獵手才會去摸狐狸的尾巴。」她扭動著身子說。

扎西平措其實跟他弟弟一樣，從看上這個女人第一眼開始，就深深地迷上她了。他舉世公認的聰明在貝珠面前，也好不到哪裡去。就像剛才，他想抓住狐狸的尾巴，但是這個狐狸變成的女人，妖嬈的身子在他懷裏一扭動，他本來清晰的腦子就被攪暈了。而且，他還自以爲是地認爲，這個在他身下如此歡樂的女人，不會成爲一隻鬥過獵手的狐狸，她再狡猾，也不可能比他的聰明跑得遠。

實際上，跑得更遠的是貝珠的叫床聲。它不但嚇掉了天上的一顆星星，還揉碎了一個人的心，讓這顆心從此支離破碎，一生都沒有得到安寧。這個倒楣的傢伙，就是扎西不措的弟弟達波多傑。他在對面的房間差點沒有一刀把自己捅了，因爲那叫聲既像一首夜夜都要唱響的情歌，也像刀子一般刺入到他的體內，攪得他柔腸寸斷，坐臥不安。

他在貝珠和那隻山貓此起彼伏的叫聲中，能清晰無誤地分別出哪一聲是他內心深處的痛，哪一聲是寂靜的春夜裏樹上的那隻山貓無恥的叫春。如果達波多傑的熱血就像乾柴，那他嫂子的叫喚則像火鐮上打出的火星，沾上一點點就能熊熊燃燒起來了。更何況，這哪是什麼火星，簡直就是旱季裏遍地燃燒的山火。這個小娘們兒在婚宴上，在長輩面前低眉順眼，彬彬有禮，打茶敬酒，中規中矩。可當她第一次爲自己的小叔子遞上一碗酥油茶時，她明亮嫵媚的眼波釋放出陣陣妖氣，一下就被達波多傑吸進去了。從此，那妖氣便攪亂了這個傢伙的一生，曠世情種達波多傑從此陷入對自己嫂子不能自拔的單相思的陷阱裏。

遺憾的是，白瑪堅贊頭人沒有看到這一點，他只需看到家族發展的藍圖就夠了。在貝珠被帶回來不久，瀾滄江上游的野貢土司家提親的媒人就來到了朗薩家族，他們相中了頭人俊朗英武的二兒子達波多傑。白瑪堅贊頭人與野貢土司有臣屬關係，但又相對獨立。他只要每年向土司交上一定數額的歲賦，瀾滄江峽谷這一段就是他的天下。如果能和野貢土司家族聯姻，那還有什麼他做不到的呢。因此，頭人當然不會讓達波多傑娶貝珠。在貴族頭人們眼裏，兒女們的婚姻不過是家族財富與權力的某種延伸。

唯一美中不足的是，土司要出嫁的女兒曲珍是個連放牛娃也看不上眼的大麻子。「即便是滿天的星星，也沒有這個貴族土司家可憐的千金臉上的麻子多。」峽谷裏的那些黑頭藏民私下裏都這麼說。

野貢土司家來的媒人說，土司家的三小姐久仰達波多傑的英名，在每個月亮升起來的夜晚都能聽到他嘹亮清脆的歌聲，雪山上的雪蓮因為她對達波多傑的思念而開放，瀾滄江翻滾的波浪帶下來了她滿腔的愁緒；野貢土司家已經用天上的星星妝點了新娘的頭飾，用太陽之火點燃了新房的火塘，為上門的女婿備好了印度來的虎皮、尼泊爾的瑪瑙、漢地的翡翠和綾羅綢緞；在達波多傑上門的那一天，太陽和月亮將走到一起，山上的杜鵑花將常開不敗，從瀾滄江上游淌下來的，將全是醇香的酥油茶和甘甜的青稞酒，而不再是沒用的江水。

「你就聽他們吹吧，阿爸。」達波多傑得知自己將要去野貢土司家做上門女婿時，懶洋洋地對白瑪堅贊頭人說。那時他們正送走土司家的媒人，騎馬走在峽谷的山道上。「就是一隻百靈鳥也唱不過那些媒人的嘴。」

「傻小子，你的吉祥到了，你還以為是一陣風哩。」白瑪堅贊頭人說。

達波多傑哼哼兩聲：「還不知是誰的吉祥呢？那個土司家的麻臉小姐倒是磕頭碰見菩薩了。阿爸，曲珍的臉就像一顆掉進了沙灰裏砸扁了的柿子。」

頭人勒住馬，回頭對兒子說：「麻子有什麼不好？達波多傑，有的人臉上只長了一顆痔，就被認為是福痔。那一臉的痔呢？那會是多大的財富？」

「阿爸，可是我不知道我的財和福在哪裡？」

「在瀾滄江對岸。」白瑪堅贊頭人用馬鞭一指西岸道。

「阿爸，你又不是不知道，對岸是趕馬的商人都吉家。他們家又沒有養女兒！」

「哈哈，你小子畢竟還是嫩了點。」白瑪堅贊頭人用鄭重其事的口吻說：「兒子，你要記住，我會老的，將來瀾滄江東岸會屬於你的哥哥，而你的未來就在西岸。現在它是都吉家的，可是我們可以將它奪過來！那片土地以後就是一個叫達波多傑的老爺的領地。」

「可是，可是，我們怎麼奪得過來，阿爸？」

「嘿嘿，強大的野貢土司家族難道不爲他的女婿和女兒著想嗎？我們兩家一連起手來，都吉不過是一片被江水沖走的樹葉而已。」

「阿爸，你的意思是，我們要和都吉家打仗？」

「哪裡有不靠戰爭就得來的領地？」

「阿爸，其實……其實，阿爸，我並不想離開東岸，也不想離開你和阿媽。」

「雄鷹的翅膀硬了，豈能不高飛？」

「阿爸，你知道的，我喜歡貝珠。」

「你不是那個狐狸變的女人的對手，她會害你的。」頭人一針見血地說。

「那誰是她的對手呢？」

「你的哥哥，他比一隻狐狸更聰明。我已經想好了，讓扎西平措娶貝珠。他的聰明和狐狸的狡猾結合起來，朗薩家族的財富便可以多得來把瀾滄江阻塞起來。對岸那些傢伙只會靠腳力賺錢，如今這個世道，真正有權有勢的，是那些會動腦子的人。馬蹄跑得再快，沒有人的腦子快；人跑得再遠，沒有人的想法遠。」

那時，峽谷裏藏族青年的愛情無論再怎麼轟轟烈烈，感天動地，最後都得由長輩說了算。哪怕是貴胄世家的少爺，在娶誰爲自己的妻子問題上，也沒有絕對的自由。

「就……就讓我也作嫂子……貝珠的男人吧。人家西岸都吉家的兩兄弟都合討了一個妻子呢。」達波多傑已在心裏向佛祖許了一萬個願，如果他不能完全佔有貝珠的愛，就祈請慈悲的佛祖把這份愛留一半給他吧。誰叫他是當兄弟的呢。他又畫蛇添足地補充道：「我會好好愛她的，甚至比哥哥更愛。」

白瑪堅贊頭人揮起馬鞭，給了小兒子肩膀上一鞭子，「我可不願我的兩個兒子都被一隻狐狸迷住，兄弟共妻是那些黑頭藏民才喜歡做的事兒。記住，一個貴族的婚姻並不僅僅是愛情。在自家的床上找不到的快樂，到牧場上找個牧羊姑娘就是了。」頭人以自己往昔的愛情現身說法。

達波多傑挨鞭子的地方火辣辣的。那一鞭子決定了他們兩兄弟命運多舛的愛情，也將達波多傑的春夢抽跑了。但是那顆深藏不露的愛心，卻是再重的皮鞭也打不跑的。他在心裏發誓，就是太陽把月亮熔化了，他也不會去野貢土司家。他今生的愛情，即便是凋零的桃花被風吹走，即便是湖裏的月亮被漣漪揉碎，他也要催馬揚鞭，升天入地，將它一片片、一絲絲地拾綴起來。哪怕它已然破碎，不再完美。但對一個被無端剝奪了愛的權利的人來說，他永遠都在期待凋零的桃花再浴春風，湖裏的月亮躍上夜空，夢中的情人春宵共度。既然一隻狐狸可以變爲一個漂亮的女人，那麼烏龜會長毛，兔子會長角，老鼠也會躥到天上去。世界上一切事情都存在著絕對不可能中的可能，你只要把心鍛造成鐵，把牙磨礪成鋼，要實現這一切都不會很難。甚至比阿媽把酥油和茶打在一起便成了酥油茶還容易哩。

❖ ❖ ❖

①藏族貴族男子頭頂上的特殊裝飾，普通西藏人即使身家百萬，富甲一方，也只能梳一條長辮，不准有髮髻。

3 冰雹

在佛祖的慈悲還沒有惠及到藏東這片隱秘的土地以前，宇宙被一個更高級的神靈所控制。祂在天空中種植星星，放牧白雲，燃燒起一個永不熄滅的大火塘——太陽，讓它的溫暖驅散大地上的漫長寒夜；祂還把月亮配爲太陽的妻子，在上面築起閃閃發光的宮殿，讓黑暗的夜晚從此有了悠長的歌聲和綿綿的思念。

這個偉大的神安排好了天上的世界，便開始慢慢雕塑大地上的一切。高聳入雲天的雪山從海底升起，起伏的山巒被蕩平爲草場，深陷的窪地積水爲湖，巨大的岩石被冰川帶走，澎湃洶湧的江河切割出深不見底的峽谷。

等祂安排好這一切不久，勤勞堅韌的藏族人來到了瀾滄江峽谷兩岸，人的命運開始被神的力量所安排。人的力量是如此地渺小，而神的旨意上來自天庭，下直達人間。那時，天上的神靈不是以他們威猛龐大的身形和深厚詭秘的宗教學說爲普通的信眾認知，而是以他們不同的顏色爲人們所熟悉。以卡瓦格博雪山下的瀾滄江峽谷來說，東岸的僧眾信奉的是格魯派的黃教，寺廟叫迦曲寺，由年輕的扎翁活佛住持；西岸的人們則供奉著寧瑪派的紅教，寺廟爲雲丹寺，由年邁的貢巴活佛住持。黃教的迦曲寺與紅教的雲丹寺相比，香火更旺盛，勢力更雄厚。這也意味著，它代表神靈說的話，更有份量。

紅色和黃色，是那個年代峽谷裏最直截了當的宗教色彩，它們不僅體現在僧侶們的服飾上，還深深地烙在人們的心靈。雖然大家供奉的都是同一個佛祖，可是佛祖身後的菩薩們，卻代表著不同的佛教學說和流派。普通信眾倒不明白哪一種教派更爲優異，他們從祖輩那裏秉承信仰的傳統，只要村莊附近有座寺廟，就自然會有去佈施進香的人。

然而，教派之間的競爭，卻從來沒有在佛的慈悲下有絲毫的謙讓。兩個教派的喇嘛們爲了爭奪神靈的代言權和俗界的僧眾，已經在這方小小的天地裏鬥法弄權很久了，因爲誰能代表神靈說話，誰就能夠以神的名義在世俗社會中發號施令。所以他們不僅控制著瘟疫、冰雹、泥石流、地震、洪水這些經常帶給人們滅頂之災的魔鬼，還控制著牧場上牛羊的交配、峽谷裏莊稼的生長，以及人們說話的輕重。甚至朗薩家的大兒媳婦貝珠每個夜晚的叫床聲，寺廟裏那些在平常嗅花也是罪過的喇嘛們，也要來管一管了。

從寺廟裏傳出來的消息說，毀滅一切的冰雹要來了。儘管它並不直接由一個女人的叫床聲招引來。

人們還記得，五年前的那場拳頭大的冰雹，把牧場上的犛牛打得遍地亂竄，屍橫遍野，快要收割的青稞就像被洪水沖了一般，地裏光禿禿的，連一根青稞穗都看不到。凌厲的冰雹把地上所有軟弱的東西全部打進土裏一尺深。

白瑪堅贊頭人從自己宅院的樓上向河谷地帶望去，可以看見大片快要成熟的青稞地，它們和綠蔭匝地的核桃樹，幢幢低矮的藏式土掌房，以及再下面的黃色瀾滄江，還有起伏的山崗，構成了大地上的一幅巨大的氆氌。他實在難以接受魔鬼的冰雹將把這美麗的氆氌撕碎、捲走的結局。那相當於打劫了他一年的財富。而當他再把眼光放眼往瀾滄江西岸望去時，他看到了一隊馬幫正拖著長長的隊伍迤邐在峽谷那邊的山道上。哼，那些傢伙才不擔心冰雹的災難呢，他們馱出去的是貨物，馱回來的是銀子。瀾滄江峽谷就是被冰雹填平了，都吉家庫房裏的銀子也不會少一錠。

不行。白瑪堅贊頭人想，我要讓穹波喇嘛做法事，把冰雹全下到瀾滄江西岸去。他還真有這個本事，五年前的那場摧毀一切的冰雹，穹波喇嘛通過作法保住了寺廟的土地。而其餘的地方，哪怕只和寺廟的土地隔著一條土埂，也被冰雹摧毀得一片狼藉。

穹波喇嘛是瀾滄江東岸迦曲寺的天氣咒師，這個被認爲是瀾滄江峽谷裏唯一掌握了制服魔鬼秘密咒語的防雹咒師，是一個能控制天氣變幻的行家。他就像是來自陰間的無名小鬼，瘦小、陰鷙、滿臉晦澀，身影飄浮，經常是你明明知道他就在你身邊，但是轉眼就不見了他的蹤影。這樣的人就是太陽照在身上，你也很難看到他投射到大地上的影子。

常與魔鬼打交道的人，就像屠戶身上永遠都有血腥味一樣，他呵一口氣，你也能嗅到縈繞在他頭頂上方的鬼氣。從他身上那件已經發黑、佈滿滄桑的法衣上，人們可以看見他和魔鬼多年搏殺的光榮歷史和種種神秘的痕跡。一些時候他贏了，魔鬼敗逃的身影在法衣上清晰可見；而更多的時候他是失敗者，法衣上永遠不會褪盡的污穢和袖口、領邊還有衣角邊處毛毛絮絮的布片，便是一個飽受魔鬼重創者的縷縷傷痕。這裏是魔鬼的牙齒咬的，那裏是魔鬼的利爪抓的，而下襟處這一塊黑色的東西呢，它是魔鬼狂笑後飛來的吐沫。穹波喇嘛經常對人們如此說，以讓大家知道幹這一行的危險。

多年以前，穹波喇嘛曾經名揚瀾滄江峽谷。在與西岸雲丹寺的仁欽喇嘛鬥法的戰鬥中，他讓東岸的僧眾見識了他詭秘超群的法力。西岸紅教的仁欽喇嘛是個年輕的幻術大師，他既可以讓身子變成一縷青煙飄走，也能讓一座清澈的湖泊剎那間成為一片血海。在五年前那場席捲峽谷兩岸的冰雹災難中，人們看見分屬兩個教派的神巫為了自己教派的榮譽，各自隔著一條峽谷，在一座山頭上翻手為雲，覆手為雨，大團大團的雹雲在他們的咒語驅趕下忽東忽西，忽低忽高。

後來，天空中的雹鬼對人間的是非恩怨實在不耐煩了，乾脆將冰雹的災難兜頭砸向峽谷兩岸。這場空前絕後的冰雹，讓瀾滄江峽谷一年都沒有恢復生機。當俗界的人們不和時，魔鬼是最有機可乘的。穹波喇嘛和勢力弱小的紅教僧侶打了個平手，心有不服，便提出和仁欽喇嘛單獨比試法力，誰輸了，誰就離開峽谷，喪失替神說話的權力。

這場兩個教派的神巫的鬥法，很久以後都還在被人提起。他們先比誰飛得更高，穹波喇嘛一躍就竄到一棵古樹的樹尖上，對岸的仁欽喇嘛卻飛進一團白雲裏；穹波喇嘛見自己輸了，又提出看誰能變得更小，仁欽喇嘛一下將自己變成了一粒菜籽，穹波喇嘛馬上拿出一個石磨來，將那粒菜籽趕到石磨裏碾壓，仁欽喇嘛在石磨裏痛苦地叫喚，俯首認輸，穹波喇嘛才放他出來。這時，仁欽喇嘛又提出最後賽一盤，比誰可以吞吃掉對方。

穹波喇嘛化成一條巨大的蟒蛇，仁欽喇嘛就化身成一頭豹子。豹子一口把蛇吞下去了，但是蛇鑽進豹子肚子後，將牠的腸子咬得千瘡百孔。豹子跑了九十九座山，最後跳進一個雪山下的湖泊裏，才把肚子裏的蟒蛇從肛門處拉出來，這時，那碧綠的湖泊已經變成血紅色的了。就這樣，黃教的穹波喇嘛贏得了勝利，紅教的仁欽喇嘛只有遠走他鄉。

在那個單純的年代，天空是神靈和魔鬼馳騁的戰場，誰控制了天空，誰就可以代表神靈說話。因此，善良的人們會推舉一些擁有某種神秘特質的修行者，請他們代表人類與神界互通有無。既傳遞塵世的祈求，又代言神靈的旨意。於是，每當有災難來臨時，神巫們便成了歷史舞臺上的主角。即便他們不能改寫歷史，也能讓歷史蒙上一層鬼魅的色彩。

現在，這個天氣咒師站在白瑪堅贊頭人面前，搖頭晃腦地說：

「天上的雹鬼是我的朋友。當他聽到我的咒語時，冰雹會像撒青稞種子一樣，絕不會撒到田埂邊上。只是……」他吐吐舌頭又不說了。

「只是什麼，說吧。要我給寺廟供養多少佈施，你儘管講。」頭人催促道。

「倒不是那個意思。」穹波喇嘛說：「尊敬的頭人，你的宅院裏晚上太不安靜了。我看見雪山的神靈都在皺眉頭呢。」

白瑪堅贊頭人明白了，他抱怨道：「這個狗娘養的扎西，不要說雪山上的神靈睡不著覺，連我都被他們兩個攪得寢食難安了。」

穹波喇嘛晃著腦袋說：「峽谷裏都在傳聞，少夫人再這樣叫喊得連鳥兒都不敢回自己的窩，喇嘛們就無法早起爲佛菩薩念經了。」

頭人不好意思地爲自己的兒子辯解道：「我急於想把朗薩家族的血脈傳下去，那個傢伙就只有夜夜苦幹啦。可是播種也得講究季節哩。嘿嘿嘿嘿，穹波喇嘛，男人年輕的時候，都有亂抽馬兒跑的荒唐舉措。我會跟他打招呼的，讓他的女人把高興憋在肚子裏。」

「至少在做法事的這七天裏，峽谷裏不能有污穢之事和山貓的叫聲。」

頭人說：「只要能把冰雹都下到西岸去，我把峽谷裏所有的山貓都趕盡殺絕也沒有問題啊。」

達波多傑怎麼知道即將要做的驅雹法事和他心愛的嫂子夜晚的歌聲有什麼聯繫呢。這幾天，當他再也聽不到那令人骨蝕魂銷的尖叫聲時，他還以爲貝珠和哥哥之間發生了什麼事兒。他看見扎西平措這幾天跟著父親到處張羅驅雹法會的事，而嫂子神色晦暗，無精打采，眼窩裏的妖氣也收斂了許多，天上厚重的烏雲明確無誤地印在她的臉上，彷彿峽谷裏即將要來臨的冰雹就躲在嫂子貝珠的臉色後面。這個娘們兒，要被愛的雨露滋潤，她的臉上才有陽光。達波多傑暗地裏想。

三天以後，瀾滄江峽谷東岸驅除雹鬼的壇城，設在一座有黑色泉眼的小山頭上，女人和狗從來不准來這個地方，它的背後就是迦曲寺。峽谷兩岸一座座險峻的山峰被烏雲映襯成灰暗的鉛色，使人們的心情愈發沉重。這些從前看上去挺拔、巍峨、像男人一樣偉岸的大山，現在似乎變成了強敵面前的啞巴和懦夫。天上大團大團的烏雲順著瀾滄江峽谷由北向南往前衝，往下壓。天宇中竄來竄去的狂風成了烏雲的幫兇，使它顯得聲色俱厲，這是暴戾的魔鬼興奮的尖叫聲，意味著他隨時都可能把無情的懲罰施加給峽谷裏被壓得透不過氣來的人們。

穹波喇嘛關於冰雹的預告非常神奇和準確。在這之前，天空萬里無雲，晴朗透徹。可是當東岸驅除冰雹的壇城以及按穹波喇嘛的吩咐爲雹鬼佈施的供養準備完畢時，天界的魔鬼便揮舞著閃電的鞭子，驅趕著鋪天蓋地的烏雲像瀾滄江水一樣湧來了。彷彿兩軍對壘，雙方都做好了充足的準備。

一場人與魔鬼的戰爭即將打響。戰鬥的雙方一方在天空，一方在地上，天上的敵人看不見，但居高臨下，來勢洶猛，威力無比；大地上的抵抗者在天昏地暗中，顯得渺小而卑微，可他們已作好了殊死抗爭的準備。瀾滄江東岸的男人們圍著壇城跪了一地，迦曲寺的扎翁貢巴活佛還帶來了所有的僧侶，爲穹波喇嘛助陣。

穹波喇嘛的渾身披掛，使他看上去像是來自另一個世界的人，他的臉上和手臂上都塗抹了死人的骨灰，據說憑此可以嚇唬天上的雹鬼，但這讓他看上去像剛剛從地獄裏趕過來的人。他身上的陰森鬼氣就像一個活佛的慈悲一樣，令善良的信眾不能不心生敬畏。他的驅趕雹鬼的法器也由助手們擺滿了壇城，一塊黑色的石頭最爲珍貴，多年前的一個夜晚，它帶著一團烈火從天而降，當時它尖銳的呼嘯至今還在人們的耳邊迴響。一個老喇嘛解釋說，它是一個能駕馭風的神女的化身，這位女風神騎著四季風在藏區各地巡行，憐憫眾生，扶弱除暴，擁有法力的喇嘛借助它的力量，可以驅散天空中的雹雲。

此外，壇城上還準備了法鈴、金剛橛、人脛骨法號、羊皮鼓等法器，以及裏面裝有咒語的驢、狗、猴、蛇、烏鴉的頭骨，還有一隻被殺後掏空了身子的母山羊，人們在牠的身子裏填塞了捕捉雹鬼的咒語，然後把牠吹脹後，支在一根松樹枝上，當天上的雹鬼看見這隻肥大的山羊想飛撲下來吃牠時，他絕不會想到穹波喇嘛在山羊的四隻蹄上已經綁好了隱秘的拘鬼牌。穹波喇嘛解釋說：「貪婪將使雹鬼束手就擒。」

穹波喇嘛首先說：「這場魔鬼的冰雹由峽谷的西岸而生，理當驅趕到西岸去。那邊的人家生下蛇首人身的怪物，則意味著魔鬼就要來到峽谷裏啦。都吉的女人生產那天，我看見一條大花蛇從一團烏雲背後躥到了西岸。西岸那個婦人產下的怪物，就是雹鬼派來警告衆生的小鬼。」

穹波喇嘛進而宣稱：「本來它是想躥到東岸來的，但是，我作法將它趕到西岸去了。」

人們都知道，在穹波喇嘛的腰上，常年拴著一根套毒蛇的繩索，它是用死屍皮做成的。峽谷裏的毒蛇一般被認爲是魔鬼的化身，很多時候，牠們並不是從灌木叢中、從陰暗潮濕的山澗裏躥出來，而是攜帶著陰風從天而降。幸好有法力無邊的穹波喇嘛，他站在雪山上，將手裏的毒蛇套繩一扔，就可以在半空中將魔鬼派遣來的毒蛇牢牢套住。

今天，爲了證明自己的法力，穹波喇嘛還叫人抬出來一張巨大的蛇皮，它足有橫跨瀾滄江兩岸的溜索那麼長，比一個強壯的康巴漢子的腰還要粗，八個年輕的喇嘛抬著這堆蛇皮還氣喘吁吁。在它的上面有火燎的痕跡，有刀砍的傷疤，還有穹波喇嘛的咒語，像牛身上的烙印一樣烙在上面。

「請看，在牠逃走的時候，留下了這張皮。牠是被我的咒語趕到那邊去的。」穹波喇嘛補充道。

「那麼，西岸那邊的紅教喇嘛，也可以作法把這條魔鬼的蛇趕過來囉。」迦曲寺的扎翁活佛問。他是一個坐床不到三年的住持活佛，嘴唇上剛長出毛茸茸的鬍鬚，可以說，他還是一個孩子。因此，無論是控制神靈的法力還是學識，都還要向穹波喇嘛請教。

「不是把這條魔鬼的蛇趕來趕去的問題，而是峽谷裏的冰雹到底要被驅趕到哪一邊的事兒啊。」穹波喇嘛高聲說。

「這可是眾生的大事！」跪在人群中的白瑪堅贊頭人應聲說。

「寺廟常年領受尊貴的朗薩家族豐厚的佈施，當然會用無上的法力，把冰雹像吹一片樹葉一樣地吹過去。」穹波喇嘛向白瑪堅贊頭人躬身說。

「向喇嘛上師們奉獻豐厚的供養，朗薩家族倒是每年都不曾少一絲一毫。可是，我們峽谷東岸也有不受喇嘛上師們的法力護佑的時候。」白瑪堅贊頭人略帶嘲諷地說。

穹波喇嘛自然知道白瑪堅贊頭人話裏的意思，他面色陰晦地說：「上師的法力如果受到外道的干擾，也會走偏差。雪山上的神靈可以作證，五年前的那場冰雹，我已經將它趕到西岸了，可是，那邊紅教的仁欽法師又把它趕過來了。俗界的戰爭打到了神界，神靈自然要降怒於我們了。」

「哦！」白瑪堅贊頭人意味深長地看著這個和魔鬼打交道的喇嘛，會心地說：「我明白了，你們喇嘛既要供奉神靈，又要排除外教的干擾；而我們呢，只想頭上永遠飄著吉祥的彩雲，而不是今天這黑暗地獄裏的烏雲啊。」

穹波喇嘛向著頭人一吐舌頭，許多人都看到了有個綠頭小鬼在他的舌頭背後陰笑。「還是尊貴的頭人最知道神靈的旨意。」

白瑪堅贊頭人冷笑道：「反正，俗界的戰爭，也是可以用神的名義來進行。」

穹波喇嘛眨眨眼睛說：「神靈有時也會借助人的力量來達到自己的目的。」

頭人肥厚的手掌一擊，「那麼，我們就和神靈有一筆交易了。它賜予我們馬刀跳出刀鞘的理由。」

這時，一直跟在頭人身後的管家益西次仁一語道出了穹波喇嘛和主子的心裏話。「西岸的那些戴紅帽子的喇嘛①和信奉紅教的黑頭藏民，早就該丟進瀾滄江了。」

迦曲寺的扎翁活佛雖然年紀還小，但也被這話嚇了一跳，他正在師傅的帶領下學佛經，忽然聽到大人們討論殺生的問題時，就像談論牧場上牲畜的去留。這與他在經書上、從上師的教誨中學的東西是多麼不一樣。因此，他不得不嘀咕了一句：

「這有違佛祖的慈悲啊。」

扎翁活佛身邊的經師卡松堪布躬身道：「活佛說的是。可是把走上了邪道的人引導回來，也是佛祖的慈悲啊。」

扎翁活佛當年是以卡松堪布爲首的轉世靈童尋訪小組在一個牧人家找出來的，這些年來，也由他親自領著扎翁活佛學經。迦曲寺的內外事務，現在還由卡松堪布說了算。

扎翁活佛此時顯示出與他的同齡人不一般的非凡氣質，「不管你們把冰雹趕到哪裡，都始終要落到大地上。大地上的眾生難道不在佛陀的悲憫之下嗎？」他捻著手裏的佛珠低聲說。

卡松堪布再度躬身，「活佛的悲憫廣大無邊。」他又轉身瞪了穹波喇嘛一眼，「俗界的事情犯不著你操心，管好天上的事就是了。你的法力到哪兒去了？」

穹波喇嘛應喏一聲，躬身回到壇城前，用虔誠的祈誦語迎請一個叫墓主女的怒相黑女神，這位能幫助人類戰勝冰雹的黑女神身著人皮衣服，手持人的脛骨法號，在神界御風而行。她存在於虛空中，存在於喇嘛們的神鬼世界，只有那些開了天眼②的人才可以看見她，也只有那些掌握了神靈世界的言語的密宗上師們，才能成爲她的朋友。穹波喇嘛的祈誦詞雖然用的也是人的話語，但是它是飄浮空靈、優美虔誠的語言，神界的黑女神當然能聽到這來自人間的頌詞的。

然而，令人驚懼的是，穹波喇嘛的祈誦詞念了三遍了，天上的烏雲卻一點也不見消散的跡象，反而翻滾得像瀾滄江裏的洪水，地上的大風愈發變本加厲。大地在顫抖，人的心也在顫抖，彷彿每一個人都被魔鬼一把捏住了脖子，連喘口氣都很困難了。穹波喇嘛的經文也越來越沒有了底氣，人們像被推到屠宰場準備引頸就屠的牲畜，在即將到來的滅頂之災面前束手無策。

峽谷裏的狂風像千萬根飛舞而來的鞭子，抽打在人們的身上，抽打著瑟瑟發抖的大地，拳頭大的石頭被它抽得滿地亂滾，胳膊粗的樹枝一根根地被折斷，瀾滄江水也被打得不停地蹦跳，哀號著往下游逃。壇城上豎起的經幡旗在狂風的抽打中劈啪直響，上面印的咒語和驅鬼的畫符也被吹得滿天亂飛，像敗下陣來的兵勇，潰不成軍。

「狗娘養的……」跪著的白瑪堅贊頭人恨恨的嘀咕了一句，轉眼又換了口氣，「神聖的佛、法、僧三寶啊，求你憐憫憐憫……」

穹波喇嘛這時也有些張惶了，只見他吹起人脛骨法號，讓淒厲尖銳的法號聲刺向烏雲密佈的天空，但其效果非但沒有嚇唬住天上的雹鬼，更多的是讓人們感到絕望和恐懼；一招不行，穹波喇嘛又舞起了手中的金剛橛，跳起了凌空蹈虛的舞步，他邊唱邊跳，直把自己搞得筋疲力盡。可天上雹鬼的笑聲卻越來越近了，人們甚至已經在烏雲中看到了魔鬼恍惚的身影。

白瑪堅贊頭人的臉上已經佈滿了不滿和狐疑，「穹波喇嘛……」他有些惱怒地喊了一聲。

「是……是是，」穹波喇嘛揩掉額頭上的汗水，「墓主黑女神……大概是沒有聽到……」

「難道你的咒語被風吹跑了嗎？」白瑪堅贊頭人提高了聲音。

「咒語法力無邊。」穹波喇嘛孤注一擲，回身取出一個篩青稞的篩子，高聲說：「看看吧，青稞可以從其間篩過，風也可以從中間穿過。但是，在咒語的法力，你們會看到，水也是有神性的。」

他邊說邊把篩子迎向滿天滿地的狂風，風從篩子眼裏「嘶嘶嘶」地滑過，像無數支飛撲而來的箭簇。然後穹波喇嘛放平了篩子，念起了誰也聽不明白的咒語，這時，他的一個助手將一壺水緩緩地倒進篩子裏，就像在夢中人們經常遇到的情景一樣，篩子裏水慢慢地漲上來了，而篩子下面滴水不漏。彷佛那是一個竹盆，而不是篩子。

「哦呀——」所有的人都倒吸一口冷氣。

當穹波喇嘛的咒語戛然而止時，篩子裏的水「嘩」地一下全漏光了。

「哦呀！」人們又是一聲驚呼。

「看啊，神的力量無處不在，它可以堵住篩子眼裏的水，當然也就能戰勝天上的雹鬼。」穹波喇嘛說。

「可天上的雹鬼卻不聽你的。」跪在白瑪堅贊頭人身後的小兒子達波多傑說。

穹波喇嘛瞪了這個還乳臭未乾的年輕人一眼，「那是因爲對岸的那些喇嘛上師也沒有閒著。他們正和魔鬼串謀哩。」

人們往峽谷的西岸望去，果然看到那邊的一座山頭上，也有一群紅教喇嘛的身影在忙碌，有深沉渾厚的法號聲從江對岸傳來，那法號豎起來有屋簷那麼高，需兩個喇嘛才能抬得動它，其聲音有如江水的轟鳴，天上的烏雲也被紅教喇嘛們吹出來的單調沉悶的音調驅趕著，往東岸一個勁兒地跑。在他們的身後肯定也有一個壇城，也有一個天氣咒師在仗劍作法，扮神驅鬼。而這邊的人們不得不悲哀地發現，寧瑪派的紅教喇嘛們似乎占了上風，西岸那邊雖然僅僅只隔著一條瀾滄江，可是天空晴朗，甚至還有陽光照射到一些山頭上。

「那邊的仁欽法師，不是已經被你的法力趕走多年了嗎？」白瑪堅贊頭人氣哼哼地問。

「魔鬼已經跟那邊的人成朋友啦。看吧，魔鬼的雹雲在隨著他們的法號聲起舞哩。」穹波喇嘛悲哀地說。

卡松堪布恨恨地說：「這些旁門左道的教派，都是魔鬼的幫兇！」

白瑪堅贊頭人站起身來，衝著瀾滄江西岸大聲喊：「既然他們可以把冰雹趕過來了，那麼，我們就只有殺過江去，把對岸的大小魔鬼，像打掃神龕前的灰塵一般，統統打掃乾淨。」

「哦呀！」黃教的喇嘛們扇起了胸前寬大的袈裟，用拳頭使勁地捶打著自己結實的胸膛，就像擂響了一面面戰鼓。

「哦呀呀！」東岸的人們也跟著吼叫起來。烏雲已經壓到了他們的頭頂，男人們要是不吼這一嗓子，恐懼便會擊倒他們。

彷彿爲了印證白瑪堅贊頭人的戰爭宣言，在人們的驚訝還沒有徹底從臉上消失時，一場不大不小的冰雹兜頭向瀾滄江東岸砸了下來。穹波喇嘛精心搭起的壇城，壇城上的法鈴、金剛橛、人脛骨法號、羊皮鼓、拘鬼牌、不會漏水的神秘篩子，還有向蒼天跪下的信眾虔誠的祈禱，全都被冰雹砸得叮叮咚咚一陣亂響。村莊裏的幾個老阿媽，正在自家的土掌房屋頂的香爐前虔誠地煨桑，像山崩一樣砸來的冰雹讓她們甚至來不及躲避，就被擊倒在房頂上。

人們看見穹波喇嘛的咒語像炸了群的鳥兒，在密集的冰雹中慌不擇路、四下逃竄。他已經面無人色，上下牙磕得比冰雹砸在地上還要響。山頭上的眾生像中彈一樣地被冰雹打得東倒西歪，四處躲藏。一群藏狗被冰雹打得發了瘋，竟然對天狂吠，牠們絕望而無畏地一次次跳起來，向天空中的雹鬼攻擊，許多藏狗的牙齒都被打飛了。這些向來敏捷如閃電，奔跑似疾風的傢伙，現在無處可藏，也無處可跑了。

一場迅疾而短暫的冰雹，嘲弄了穹波喇嘛的法術，宣告了魔鬼的勝利。這場勝利並不意味著魔鬼控制了人類，而是它破壞了峽谷的寧靜。東岸的人們，無論僧眾，都把這場冰雹的災難看成是西岸的紅教喇嘛趕過來的。寺廟找到了排斥外教的理由，俗界以神的名義作好了領地擴張的準備。

在眾多的魔鬼中，有一種魔鬼叫做攪鬼，它的職責就是挑起人們的不和。讓誤解、偏見、嫉妒、仇恨充斥人的內心。當大地上戰火紛紛、屍橫遍野時，人們才會看到攪鬼得意洋洋遠去的背影，聽到它猙獰的狂笑。在傳說中，攪鬼是一個有九條舌頭的魔。藏傳佛教各個教派的上師們，雖然精通經典，苦修密法，博學悲憫，心胸博大，但還是常常被攪鬼攪暈了他們的頭。

❖ ❖ ❖

①紅教的僧侶一般都戴紅色的雞冠帽，穿紅色法衣，而黃教的僧侶則是戴黃色的雞冠帽，穿絳紅色的法衣。

②天眼是佛教中常說的肉眼、慧眼、天眼、法眼、佛眼之一。

田野調查筆記（之一）

二十一世紀初的某個秋天，我來到瀾滄江峽谷時，江河猶初，雪山依舊，古老的傳奇與故事依然在一座座村莊、一道道山梁、一叢叢杜鵑花之間到處生長。瀾滄江水不舍晝夜，奔騰不息，峽谷裏的大風浩蕩北來，挾帶著雪域高原的清新氣息和凌厲冷峻，刮跑了都市人積澱了多年的煩惱。藏族人煨桑的青煙在峽谷裏飄蕩了一千多年，彷佛它們從來就沒有斷過，在每一座雪山埡口，瑪尼堆越堆越高，經幡旗越掛越密，神靈的身影似乎並沒有遠遁，就在人們的身邊，他們的足跡即便在這個網路化資訊化的時代也同樣清晰可見。

豹子谷是一條幽深而狹長的箐溝，這樣的箐溝在藏東南切割縱深的高山峽谷地區隨處可見。谷底怪石密佈，流水潺潺，林木森森，許多地段終日不見陽光，像史前時代的某個場景。我和我的一個康巴弟兄培楚溜到谷底的時候就想：那頭傳說裏的豹子，一定就隱藏在前方的那塊巨石下，正等待著給我們致命一擊。

當然，在現今地球上到處都人滿為患的時代，豹子只能生存在傳說裏，哪怕是如此偏遠幽靜的山谷中，你要想撞見一頭豹子，真要前世修得好福分呢。

培楚的村莊就在豹子谷的上方，村莊名為肯古，其藏語意思為「建在懸崖上的古碉樓」。從山谷的對岸望去，村民的房舍全用石頭壘建起來，直接矗立在懸崖峭壁上，鱗次櫛比地像一座中世紀時期的小城堡。但是它沒有城鎮的喧嘩，只有山地村莊的古舊、樸素、寧靜以及令人感慨的堅忍。為什麼要在這個地方建村莊呢？是因為戰爭的緣故嗎？我問培楚。

回答是：不，因為我們的先人要把稍微平坦的地留給莊稼和牛羊。

的確，豹子谷周圍幾乎沒有什麼平地，能放平一隻桶的地方，都是上好的莊稼地了。村莊裏的那些孩子，就在懸崖邊的斜坡上滾來爬去地玩，真擔心他們一時玩得高興，不小心就掉下去了。但是培楚說，這樣的事情從來沒有在村莊裏發生過。這讓我很懷疑他的話，城裏的孩子過馬路還時常令人揪心呢，村莊裏的孩子在懸崖邊玩就沒有失足的可能？

可是培楚用哲人一般的話回答道：你可見雄鷹在懸崖上掉下來過？

我不是雄鷹。走在村莊狹窄崎嶇的小道上，我隨時擔心自己會一失足成千古恨。為了對自己究竟要掉下去多深心裏有個底，我提出想到谷底看一看，於是培楚就對我說，豹子谷裏到處都是孤魂野鬼的冤魂，你敢去嗎？

我舔舔自己發乾的嘴唇，說，你陪我去，我就敢。

在谷底，我們歇息在一塊巨石上，下面溪流湍急，清澈如碧玉流淌；身邊冷風颼颼，陰森似冥府陰曹。借我十個膽子，我也不敢一人前來。因為我知道，從前，有豹子常從山谷裏竄出來吃人。一些葬身豹口的倒楣鬼的陰魂，說不定還在谷底遊蕩哩。

什麼時候開始再沒有豹子了？我問。

解放以後吧。培楚說。解放以後，人們就不太相信老人們講的傳說了，說是迷信。他又補充道。

那麼，你們所說的豹子，究竟是在傳說裏，還是真的就有？和我的康巴朋友們交談時，我時常想分清他們告訴我的故事，哪些是真實發生的，哪些是傳說。

真的有豹子。培楚肯定地說。在豹子谷的山口，一個趕馬回來的人被叼走了，他們家就在我家的背後，他是我爺爺的一個好朋友，人們後來只找到了他的一隻藏靴。扎西家的奶奶，剛結婚一年多，到谷底來打柴，也被豹子拖走了。還有兩個談戀愛的年輕人，到山口的那個水磨房磨青稞，進去了就再沒有出來。

都是過去的事情啦，說著說著，假的也變成了真的，真的則變成了傳說。我故意刺激培楚，想挑起他更多的話頭。

培楚說，雖說很久沒有見到過豹子的身影了，但是我們叫習慣了。再說，豹子谷的叫法和喇嘛們有關。

哦？我頓時來了興致，我知道我又該面對神靈們的世界了。

很久很久以前，這裏的老百姓信奉的是寧瑪派，也就是藏傳佛教中的紅教。有一年，一個黃教活佛和一個紅教活佛陪皇太子到康區視察。皇太子對黃教活佛尊敬有加，而對紅教活佛卻十分冷淡。紅教活佛的一個侍者就悄悄將一把荊棘綁在皇太子的馬尾巴上，待馬走到懸崖邊上時，紅教活佛的侍者猛打馬屁股，馬一搖尾巴，荊棘刺得馬受了驚，就把皇太子顛到懸崖下摔死了。

於是，皇帝下令殺盡天下的紅教喇嘛，強迫天下所有信奉紅教的信徒改宗黃教。大軍所到之處，紅教寺廟被焚，紅教僧侶的頭顱滿地亂滾。當他們殺到康區的時候，最後一座紅教寺廟的僧侶們進行殊死的抵抗，大軍的馬蹄踐踏了紅教寺廟的大殿，喇嘛們被追殺到肯古村的懸崖邊時，一個紅教高僧把整支軍隊擋在了自己的身後，一個將軍問他，你們不是說自己是知道前世、今生、來世的智者嗎？你可知道自己什麼時候腦袋落地？答對了就饒你一命。

紅教僧侶回答道，今天。

但在要殺人的將軍面前，被殺者永遠給不出正確的答案。那將軍說，哈哈，今天要到天黑才算完，正確的答案是——現在。趕快祈禱吧。

紅教僧侶慨然答道，我修行一生，虔誠地供奉佛、法、僧三寶，現在才終於明白，一顆有信仰的腦袋，當然沒有將軍殺人的刀來得快。不過，世上還有一種東西比將軍的刀更快。

將軍問，那是什麼？

紅教僧侶回答說，是我的咒語。

紅教喇嘛在將軍的刀揮舞過來的時候，祈請雪山上的神靈滿足他最後的一個心願，讓他變成一頭護佑紅教教派興盛發達的豹子。

將軍手起刀落，喇嘛人頭落地。那腦袋滾下了山谷，身體卻被大地吸收了，就像潑到旱地上的水一樣，眨眼就不見蹤影。將軍刀刃上的血還沒有擦乾淨，他就看見一頭豹子從喇嘛腦袋剛滾下去的山谷裏衝了出來。將軍命令士兵向豹子射箭，可是那些射出的箭到了豹子跟前，紛紛變成了鮮花。當一條山谷裏都是鮮花時，豹子衝到了將軍的隊伍前。

培楚的故事講到這裏時，我們面前濃綠的山谷彷彿都在淌淚，我們也彷彿看到了滿谷血紅搖曳的鮮花。

你是說，一個人可以在他的今生立時轉世為一頭豹子？我問。

培楚回答道，我小時候，家裏的老人就告訴過我們，有些面對神靈的祈求，只要是純潔的，高尚的，為他人的，神靈會立即答應你的願望。而有些為自己的祈求，神靈就會等上一段時間才會滿足你。按現在的話來講，就是要研究研究。

噢！難怪我們的祈禱大多數都得不到應驗，因為我們都是臨時抱佛腳的人，而且只是為自己祈禱，並不為他人、甚至為自己的仇人祈禱。因此我們享受不到神靈的避蔭。

那頭豹子後來怎麼樣了？我悵然地問。

將軍的隊伍退回去了，紅教寺廟裏的香火才延續到現在。只是在我們這一帶，紅教的寺廟已經不多了。

噢。我長長的噓了一口氣。

你一定以為這只是傳說。培楚說。

不，這是你們的一段歷史。我肯定地回答。

4 愛與夢

在玉丹看來，沒有哪年的夏季，有今年這樣多的雨水；也沒有哪年的高山牧場，像今年這樣長滿漫山遍野的憂傷。那些從草甸的邊緣一直開到天邊的花兒，那些碧綠的青草尖上綴滿的露珠，那些明淨似鏡、如綠寶石一般的湖泊，還有那些從遠方的雪山上滑翔而來又振翅而去的雄鷹，以及飄在雄鷹身後的情歌，舞在陣陣松濤裏的舞步，都有一個人的身影在飄逸，有一張純淨的笑臉在蕩漾，有一雙明媚的眼睛在閃爍。偌大一片高山牧場，如今放牧的不再是白雲一樣的羊群，只放牧著一顆思念的心；整整一個夏季，天上飄下來的也不是如注的雨水，而是一個人孤獨的眼淚；草甸上燦若繁星的花兒，已不再開在大地之上天空之下，朵朵都開在玉丹纏綿悱惻的春夢之中。

可是，當春夢成爲現實，那個做夢的傻瓜卻不知道如何適應這神賜的轉變。在一個雨後初霽的黃昏，放牧歸來的玉丹還在山坡那頭，就聞著了從女人身上散發出來的幽幽乳香，伴隨著火塘裏濕柴燃燒的爆響邐迤傳來。他一個人在這高山牧場上已待了半個月了，與羊群爲伴，跟風雨搏鬥，和寂寞抗爭，在思念裏掙扎。遙遠的星星和雪山是他的鄰居，密林裏的野獸是他的朋友，如果說有誰會來到他的火塘，爲他煮一壺熱茶，溫暖他寂寞的心靈，那這個人一定只能是雪山上居住的神靈。

她的確就是癡情的玉丹心目中的女神，玉丹在木楞房門口看到火塘邊的達娃卓瑪時，感覺她彷彿是駕著一團彩雲飄然而來的，剛才他在山坡上就看到一片吉祥的五彩雲霞落在了自己的木楞房頂上。

「阿弟，你回來啦。」達娃卓瑪落落大方地迎了上來。

「我……我我……妳妳……」他一時不知道自己是在夢中還是活在現實，呆呆地站在木楞房門口。

「快進來啊。」達娃卓瑪像木楞房裏的女主人，上前來幫他卸下身上的一捆柴火。

「還有……還有半個月哩。」他不知道自己為什麼會這樣回答他的嫂子——自己的妻子——的話。在他出來之前，阿爸交代他，一個月後，你就可以回來了。他在睡覺的壁板上，每天晚上都刻下一道刀痕，那就像一道道寂寞難耐的坎，他必須每日每夜地爬涉，越往後掙扎，那坎就越深，越難以逾越。

「你哥哥讓我來看看你，送些吃的來。」

「哥哥……」玉丹的眼眶濕潤了。

「快坐到火塘邊去吧，茶已經打好了。」達娃卓瑪輕柔地說。玉丹忽然覺得這是自己母親央金在說話，是他從小就耳熟能詳的聲音。

他坐在那裏，就像一個剛到陌生人家做客的大孩子，連手腳都不知道往哪裡放好。卓瑪為他遞來滾燙的酥油茶，他不知該用左手去接好，還是右手去接更自然。最後，他懵懵懂懂地把頭伸了過去，像一隻嗷嗷待哺的羔羊。

「撲哧，」達娃卓瑪笑了，坐在了他的身邊，將茶碗餵到玉丹的嘴邊。那時，他喝下的不是醇香的茶，而是達娃卓瑪迷人的乳香。他禁不住顫慄起來。

「阿弟，你病了麼？」達娃卓瑪把手摸到了他的額頭上。

玉丹抖得更厲害了，不是他的身子在抖，而是他的心在劇烈跳動，就像一隻兔子，要從胸膛裏蹦出來。

他把她的手從額頭拿下來，捧在自己的胸前，「卓瑪……卓瑪……」

「怎麼啦？」

「妳妳妳……真好。」

「真的麼？」

「真真真……的。」

「你在牧場上好麼？」

「好好好好……妳……來了好。」

「阿弟，我真怕怠慢了你。你想我了麼？」

「想想想想想……」

「你的口裏含了冰啊，玉丹？是不是一個人在牧場上，沒人和你說話，連話都說不俐落了。」

不。我不是一個人在牧場上，妳一直和我在一起；也不是沒有人與我說話，我天天都在和妳說話呢，連夢裏都在和妳說那些永遠也說不完的話。玉丹想說這些話的，但是他卻一個字也說不出來。他的嘴唇一直在微微顫抖，他的舌頭彷彿已不存在，不是被一塊冰凍僵硬了，而是被愛融化了。

那個晚上，他確實被愛融化得沒有自己了，火塘裏就像滾進去了一萬個太陽，燒得他燥熱難當。當他被達娃卓瑪擁進懷裏，他的顫慄搞得木楞房都抖動起來，外面的牛羊也被驚得騷動不安。他從來不知道女人的體香竟然會令人窒息，讓人暈眩。他一會兒感到自己被這種溫暖而迷醉的氣流吹得飛了起來，比一隻雪山上的山鷹飛得還要高、還要遠；一會兒又覺得自己掉進了由溫香的肉體構成的湖泊裏，他沉溺其間不能自拔，連掙扎的力氣都沒有了。

玉丹完全不知道自己該幹些什麼，他的手是多餘的，腳是多餘的，甚至連身子也是多餘的。只有他的一顆心在達娃卓瑪溫柔的胸脯前橫衝直撞、尋找出路，撞得達娃卓瑪胸口也一陣陣生痛。達娃卓瑪已經有半個月當妻子的經驗，她知道男人想的是什麼，需要的是什麼。她略帶羞澀地指引著玉丹，在黑暗裏的激情中暢遊。可是這個傢伙已經完全亂了章法，他固執而膽怯，莽撞又謹慎。他胸膛裏的烈火在熊熊燃燒，身體內的激情在洶湧澎湃，他卻打不開黑暗中的門。

於是，他只有在達娃卓瑪的懷裏嚶嚶地哭泣。

本來，達娃卓瑪已經把自己投入進去了，她的身子已經在起伏，她的喉嚨裏也禁不住發出輕輕的呻吟。對於達娃卓瑪來說，這兩兄弟就像一個男人一樣，都是自己的丈夫。她要在他們面前公平地盡到自己當妻子的本份，就像阿爸說的那樣，左邊的臉是臉，右邊的臉也是臉。可是那個情場上的新手根本不明白這些，他以爲自己的動作太劇烈，傷害著達娃卓瑪了。他竟然爬起來跪在達娃卓瑪早已裸露的身體前，「妳怎麼了，卓瑪姐姐？」

「唉！」達娃卓瑪深深地嘆了口氣，伸手拉下他來，「快躺下來吧，聽話，啊？我給你說說峽谷裏最近發生的事吧。」

就這樣，夫妻間的新婚之夜就成了姐姐跟弟弟講故事。家裏的那頭花犏牛下了小牛犢了，牠不是花的，而是全身白色。雲丹寺的喇嘛說這是一頭神牛，要我們好生飼養。前幾天來了一場冰雹，東岸迦曲寺的喇嘛作法術，想把冰雹趕到我們西岸來，但是貢巴活佛叫人抬出大法號，把飄過來的雹雲給吹過去了。你阿爸從漢地進了一大批貨，有普洱的茶葉、四川的絲綢、大理土布、還有百貨、鐵器、鹽。馬腳子們已經作好了出遠門的準備，下個月就出發了。你哥哥這次跟我阿爸一起去，他一去就要一年才會回來，以後我就天天陪你過日子啦，你要快快長大，家裏的事就指望我們倆替老人操勞了。東岸朗薩家族的大少爺娶了個狐狸精變成的女人，她漂亮得就像格薩爾王的王妃。峽谷裏的女人都說，要是男人們都娶狐狸變的女人做妻子，世道就要亂了。因爲所有的女人發現，自己的男人雖然在說起這個女人時吐口沫，可是心卻早被她勾走了。你要是看見了他，你也會被她迷住的。

「我不會。絕對不會。」玉丹抬起頭來說。

「你呀，在我面前都這個樣子。」達娃卓瑪點了一下玉丹的腦門，「見到那個狐狸精變的女人了，恐怕會連自己是哪家的人都會想不起來。」

「我在妳面前怎麼了，卓瑪姐姐？我天天都在想妳啊。」

「我知道。可是男人是聞不得狐狸精的腥氣的，聽說那個女人身上會發出來一股妖氣，把從她跟前過的男人迷惑住。」

「世界上只有卓瑪姐姐身上的氣味才是最好聞的。我在山那邊就聞著了。」他把頭埋在達娃卓瑪豐滿的胸脯前來回地蹭，就像尋找乳頭的牛犢。

「噢，你這個小阿弟啊，什麼時候才長得大。」達娃卓瑪憐惜地說。

「我已經是大人了。為什麼說我還沒有長大呢？」

「不，你哥哥才是。你呀，還要等一些時日。」她擁著他，真的就像擁著自己的弟弟，「快睡吧，明早還要起來擠奶呢。」

他果真很聽話地睡去了。自到高山牧場獨自放牧以來，玉丹從來沒有像今晚睡得這樣香甜，這樣溫暖。他連夢都沒有做一個，這是他在達娃卓瑪走後一直百思不得其解的問題。他想把美夢留住，卻忘了在比夢更美好的時光裏做一個男人該做的事。

在夢和愛之間，有的人面臨一條不可逾越的鴻溝，而有的人則打破腦袋也要在這鴻溝間架一座通向彼岸的橋樑。這樣的傻瓜自古以來就不少，瀾滄江東岸的達波多傑絕對不是第一個，也不是最後一個。那個狐狸變的女人貝珠已經成為自己哥哥的妻子一個多月了，野貢土司家訂親的彩禮也送上門來了，他還沉浸在欲望的夢想和陷阱裏。世上有的陷阱是苦難與折磨，有的陷阱則是幸福與甜蜜，愛情的陷阱也許是世界上各種滋味最多、也最不容易掙脫的陷阱。因為從來都少有人看到裏面的危險，身陷其中的人總以為這就是人生最大的幸福。哪怕為此去死，也是一種幸福的死。如果有人能及時地從這陷阱裏掙扎出來，而且還毫髮無傷，那他真是世界上最聰明的傢伙啦。

達波多傑還不夠聰明，不過，就是一個再聰明的人，在貝珠每個夜晚的尖叫聲中和她白天顧盼有情的目光、行事曖昧的舉止裏，都會迷失自己的方向。更不用說她那四處散發的狐狸精獨有的妖氣，不要說一個男人，就是一匹公馬都會被搞得騷動不安。每當這個女人從達波多傑胯下的那匹叫「貢批」的坐騎前走過時，「貢批」總會忽然高高揚起前蹄，聲嘶力竭地在原地折騰。

那場冰雹過後，瀾滄江東岸一片死氣。倒不是冰雹摧毀了一切，而是接下來的人旱天把一切都蒸發了。當老天該下雨的時候，雨卻遲遲下不下來。太陽永遠都是明晃晃火辣辣的，天上看不見一絲雲彩，本來應該在這個季節舒枝展葉的植物，紛紛像小孩攥緊了的拳頭，再也不向人們伸展開它們鮮嫩的手掌。乾燥的峽谷裏塵土飛揚，天天籠罩在灰濛濛的噩夢之中。地裏的青稞苗長到該除草的高度了，天上沒有一絲雨飄下；當青稞地裏可以藏鴿子時，還是沒有雨；眼看那大片大片的青稞要抽穗了，人們的汗水已經不足以保證今年不餓肚子，可是天上分管雨水的神靈仍然對焦渴的峽谷沒有絲毫憐憫。大地乾裂得到處起縫，像一個百歲老人的臉。峽谷兩岸那些曾經長流不息的淙淙山泉，全都像老婦人乾枯了的乳房，再也不能滋養大地上的萬物了。空氣中充滿嗆人的粉塵味，可憐的動物們紛紛被窒息而死，連藏在洞穴深處的蛇，爬出來剛喘上兩口氣，馬上就被曬乾了，直挺挺地橫在路中央，像從樹上折斷的樹枝。

雲丹寺的喇嘛們做了許多場法事，都不能鎮壓肆虐峽谷裏的魔鬼。人們看見他們在與魔鬼的戰鬥中東堵西防，節節敗退，似乎連與魔鬼講和的可能都不存在。那個掌管天氣的穹波喇嘛，在魔鬼面前一敗再敗，不是他的法力不行，而是他已經不能說話，他曾經巧舌如簧的舌頭連口水都沒有了。他把舌頭吐給人們看，那舌頭比風乾的牛肉還要硬，誰也別指望它還能有念誦圓潤急速的咒語的能力。

迦曲年輕的扎翁活佛也病倒了，在自己的禪房裏氣息奄奄。上了年歲的阿老回憶說，扎翁活佛的前世，曾經拯救過乾渴的峽谷。多年前的一場大旱就像現在一樣，人們有將近一年的時間沒有看到天上的雲朵，連瀾滄江都快見底了。但是前世貢巴活佛有一天對他的管家說，他想在神靈的面前為眾生洗個澡。他在雪山下的一處臺地上，祭起了一處壇城，然後他把桶裏的水舀出來，從自己的頭上倒下去，倒下去……那瓢裏的水永遠倒不完，彷彿那裏面有一個永不枯竭的山泉。水從前世貢巴活佛的身上淌下來，淌到草場上，淌到青稞地裏，淌到揹水姑娘的水桶裏，淌進人們焦渴的心田，淌進一雙雙濕潤的眼窩。從此以後，大地上充滿悲憫情懷，人們被這情懷溫暖，就像被火塘溫暖那樣。

現在迦曲寺的活佛太年輕了，當然還沒能修持到他的前世活佛那樣大的法力。瀾滄江東岸的朗薩家族眼看今年地裏的莊稼又將顆粒無收，而對岸的都吉家卻是一派生意繁忙的火熱景象。西岸人們已經在打點貨物準備去拉薩了。想一想吧，一隊馬幫至少也有一百來頭騾馬，一駄騾馬駄出去的是漢地的商品，駄回來的是白花花的銀子。天旱地澇，蟲害風災，都不能阻擋都吉家的馬幫賺錢的勢頭。天下的好事怎麼都讓都吉這個黑頭藏民的後代占盡了呢？朗薩家的白瑪堅贊頭人想。都吉算個什麼東西呢，他的爺爺，從前還是朗薩家族的佃戶，可是現在你看看這個黑頭藏民的孫子吧，他的財富可以把瀾滄江水堵起來，如果他願意的話。這幾年，都吉家的威風蓋過了瀾滄江東岸的朗薩家族，似乎連山坡上的杜鵑花兒都明瞭，它們年年開得都比東岸更茂盛鮮豔。

「看來我們該去雪山上狩獵了，也許神靈會像上次那樣帶給我們吉祥的好運。」白瑪堅贊頭人站在自家碉樓的走廊上，看見院子裏的貝珠和那隻終日跟隨著她的山貓，忽然想起這個女人給家族帶來的滿圈的牛羊。他實在忍受不了峽谷裏的悶熱和死氣了，他希望再追到一隻會給人帶來意外驚喜的動物。

三天以後，頭人的狩獵隊伍將一頭野鹿圍在一座不大的山頭上，那是一頭少見的有六隻犄角的漂亮母鹿。對這種傢伙不能一槍打死，人們需要不斷地激怒牠、追趕牠，把牠攆到實在跑不動爲止，這樣，牠強健有力的心臟就能分泌出更多的鹿血。讓牠在驚恐中爲渴望喝到鹿血的人貢獻出自己生命的精華。

頭人吩咐兩個兒子各帶幾個小廝從不同的方向追趕，貝珠緊跟在達波多傑的後面，她滿面紅光，興奮異常，在她還是一頭狐狸的時候，她是被追殺者；現在她搖身一變，不僅是朗薩家族的少夫人，還成爲了一名驕傲的狩獵者。

在快追到山頂時，扎西平措已經隱約看到了野鹿的身影，但是他嬌柔的妻子卻爬不動那些越來越陡峭的山路，慢慢拖在後面了。扎西平措往後面看了一眼，對身邊的一個小廝說：「照看好女主子。」然後就向前追去了。

可是不多一會兒，大少爺就在叢林那邊叫那小廝趕快上去，他已經把野鹿堵在一道山崖邊啦。僕人走後不久，忽然密林中傳來一陣巨大的響動，憑經驗，貝珠認爲那是一頭大野獸，她想點燃手中的火繩槍，可是一個黑影猛地撲了出來，抓住了她的槍。

「別開槍，嫂子，是我。」

佛祖！達波多傑滿頭是草地站在了她的槍口前。

「你跑到我槍口前來幹什麼？」貝珠嗔怪道。

達波多傑笑嘻嘻地說：「來保護妳呀，嫂子。」達波多傑看見他嫂子的目光裏波光瀲灩，像陽光下不平靜的湖面。

「噢，阿弟還是一個有心人啊。」貝珠伸手將達波多傑頭上的幾根草捋下來，「你的帽子呢？」她溫柔地問。

「跑丟了。」當她的手指觸摸到他的額頭上時，達波多傑感到全身的血都在往頭上湧。

「呵呵，你這個傢伙啊，大家都在一心追趕那頭鹿，都說牠會帶來吉祥。」貝珠嫵媚的眼光像這個明媚春天裏到處飛舞的蝴蝶，在達波多傑早已亂成一團漿糊的腦子裏飛呀飛，他已經分不清哪是嫂子明亮的眼睛，哪是腦海裏飛舞的蝴蝶。他結結巴巴地說：

「我我我……我的心裏沒有……沒有野鹿，嫂子。」

「那你心裏有什麼啊？」兩隻蝴蝶又從她的眼睛裏飛出來，盤旋在那個暈呼呼的傢伙的腦袋上。

「只有嫂子。」他就像說夢話一般，話一說出口，連自己都被嚇了一跳。

「是嗎？」她把眼光裏的蝴蝶收了回去，意味深長地說：「可是有的人只想到抓到那頭野鹿。」

「那隻野鹿再也不會變成像嫂子這樣漂亮的姑娘啦。他們都是傻瓜。」達波多傑肯定地說。

「呵，還有比你更傻的人嗎？我是一隻狐狸精變的女人，你不害怕嗎？」

「害怕什麼？想愛還輪不到呢。」達波多傑有些氣哼哼地說。

「你們兩兄弟是多麼地不一樣啊！」貝珠的手再次伸到了達波多傑的頭上，在他濃密的鬈髮中摩挲，像一條蛇在茂密的草叢中游走。

達波多傑的腦子裏彷彿有一萬條瀾滄江在轟鳴，他顫慄地抓住了他嫂子的雙肩，「什麼不一樣，嫂子？」

「你的這一頭鬈髮，多漂亮，像滿山梁開放的花兒。爲什麼你哥哥就沒有呢？」她收回了自己的手，同時稍稍往後退了半步，巧妙地令他的雙手從她的肩上滑落下來了。

「因爲……大概是因爲我們的媽媽不一樣吧。嫂子，妳喜歡我的頭髮嗎？」然後他笨拙地說了一句：「牧場上的很多姑娘也喜歡。」

貝珠忽然拉下了臉，「你幹嘛不去找那些姑娘呢，跑我這兒來幹什麼？」

達波多傑辯解道：「牧場上的姑娘哪能和妳相比，嫂子？」

「你拿我跟她們比什麼？」

「妳……妳妳唱的歌兒比她們的好聽。」這個傢伙還沒有明白一個女人的心，情急之中就把自己心裏想的說出來了。

「我唱歌兒給你聽過嗎？」貝珠的聲音有些嚴厲起來。

「唱了，在晚上。妳的歌兒讓峽谷裏的夜鶯再也不敢唱歌了。」達波多傑再也不想跟自己的嫂子打啞謎。

「啪。」他的臉上挨了一耳光。「別放肆啊，我是你嫂子。你哥哥就在山崖上哩。」

不久以前，當他對阿爸說想和哥哥一起做貝珠的男人時，他挨了阿爸的一皮鞭，現在又挨了這個女人一耳光。可是，與其說那是一巴掌，不如說是一次大膽地親暱。它比春天的楊柳拂在臉上還要溫柔，比夏天裏燕子掠過水面還要輕盈，像秋天飄向大地的一片紅葉，也像冬天落在臉上的一片飛雪。

因此，那個挨了耳光的傢伙非但沒有惱怒，反而受到了鼓勵。他終於發現在他腦海裏飛舞的蝴蝶，原來是嫂子身子裏散發出來的妖氣變的。那是一隻妖蝴蝶啊，牠能把男人身體內的欲火煽動起來。在旱季裏，有一種滿山亂竄的山火叫做「過山龍」，當它燒起來時，連跑得最快的獸類都逃不過它的淫威。而被一個狐狸變的女人勾引出來的欲火，比「過山龍」還要竄得更快、更氾濫。

達波多傑一把抱住了貝珠，把她壓在灌木叢中，密林一陣稀哩嘩啦亂響，像摔倒了一頭巨熊。很久以後，他都沒有想明白當時他爲什麼會這樣做；也是很久以後，他也沒能弄清楚貝珠是如何從他身下逃走的。就是一隻狐狸，也不可能從他激情的嚴密包圍中突圍出去。但是那天，達波多傑的確一事無成。他明明已經用下身抵住了她柔軟的小腹——在對付姑娘方面，他可不是個新手，他也清晰地看見了嫂子目光中的驚惶與羞澀，甚至還看見了她額頭上的一根草葉。他伸手想將它摘下來，可是手上抓住的卻不是一根草，而是一把！那張妖豔的臉不見了，蝴蝶飛舞的眼波也不見了，身下的嫂子變成了鬆軟的灌木叢。他只聽見密林中一陣獸類奔逃的腳步，彷彿是一隻狐狸在逃逸。

「你在這裏幹什麼？」

達波多傑身後忽然傳來一聲呵斥。他驚慌地轉過頭來，發現阿爸正舉著火繩槍衝著自己。就像一場白日夢被人攪醒，達波多傑翻身坐起來，呆呆地迎著父親的槍口。

「我差點一槍打著你。」白瑪堅贊頭人收起了槍口，「打獵誤傷人的事兒多著哩。你幹嘛不跟著大家去追野鹿？」

達波多傑驚魂甫定，搪塞道：「我……我摔了一跤。」

「你可真摔得不是時候。」白瑪堅贊頭人懊惱地說，「野鹿就是從你這個方向跑了的。」

「沒有啊，跑了的只是那隻紅狐狸。」達波多傑失口說。

「什麼紅狐狸？那是你嫂子。」

「阿爸，你你……看見她啦？」達波多傑感覺自己身下的大地在沉淪。

「沒有。我是說，以後不准再把你哥哥的妻子當狐狸看。」

「可是……是的，阿爸。」達波多傑就像從夢中醒悟過來，要是嫂子還在自己身下，阿爸可能真的要給我一槍了。他嚇出了一身冷汗。

「真倒楣，還沒有獵物從我的槍口下逃走過。」頭人還在懊悔。

達波多傑應和一聲，「跑了就跑了吧，阿爸。反正神靈再不可能賜給我們能變成漂亮姑娘的紅狐狸了。」

「你懂什麼？神山飼養的獵物，就是半個神靈。」頭人白了自己兒子一眼，「別一天到晚就只想著漂亮姑娘！該幹點正事了。起來，跟我走。」

第二章

5魔咒

白瑪堅贊頭人那天在狩獵的時候要小兒子達波多傑「幹點正事」，可不是一句隨便說的話。這個事情對他來說，就是向西岸的財富和土地開戰，而對達波多傑，則是趕快和野貢土司家的醜姑娘完婚。

其實，頭人的貪婪和土司的想法不謀而合，那就像一棵貪婪之樹上結出的兩枚惡果，只有大小之分，沒有本質的區別。野貢土司雖然召婿上門，解決了醜姑娘的終生大事，但也不願把自己的財富更多地分給一個外姓人，哪怕分出去的羊群中有一頭懷了孕，他也一定會讓那母羊先把羊羔生下來再放走。野貢土司嫁自己的大姑娘就這樣幹過。因此，當白瑪堅贊頭人提出兩個家族聯合起來把瀾滄江西岸攻打下來，作爲一對新人的領地，用戰爭的槍聲慶賀一樁吉祥的婚事時，土司當然樂意啦。只是在諸佛菩薩面前，野貢土司還要恰如其分地表達出自己的慈悲，他問頭人：

「可是，我們用什麼理由向那邊開戰呢？」

白瑪堅贊頭人嘿嘿笑道：「對於一個弱者來說，要找和人打仗的理由，比在江裏淘沙金還難；而對一個強者來說，只是一個藉口而已。」

野貢土司說：「噢，這個藉口也得合適才行呢，打仗畢竟不是一件小事。」

「你放一把火將一座山的森林都燒掉，是因爲路邊的一棵樹枝把你的帽子掛下來了。這個藉口怎麼樣？」

「真是一個貴族頭人的好藉口。」野貢土司笑著說。

很快，白瑪堅贊頭人就給了野貢土司充分的藉口。這個藉口不是產生在人間，而是來自天上。因爲人間的藉口往往說不清楚，而天上的神諭，則不容辯駁。

穹波喇嘛再次扮演了神的代言人的角色。他在一個早晨得到了一塊從天上飄下來的黃色綢緞，那上面有一段偈文：

當神靈遍佈的山川
被紅色的邪教控制
佛法的敵人就來到神山前
快去捍衛我們的藏三寶

在峽谷裏，「藏三寶」在不同人的心目中有不同的詮釋。一個喇嘛的「藏三寶」是佛、法、僧；一個康巴男兒的「藏三寶」是快刀、快槍、快馬；而一個牧羊人的「藏三寶」則是甩石器、羊鞭、火鐮。不過穹波喇嘛的解釋說，這段偈文說的是對岸的紅教喇嘛已經成了佛法的敵人了。看看他們在峽谷裏幹了多少壞事吧。先是把冰雹砸在我們的頭上，然後又給我們製造乾旱，而雨水都下到他們那邊去了，只有魔鬼才會有如此的貪婪自私。紅教喇嘛在峽谷西岸一念經，我們睡覺都不得安寧。

瀾滄江東岸的許多人都說，他們親眼看見了這段寫有偈文的黃色綢緞從天上飄來，它就像一隻來自神靈世界的仙鶴，把戰爭的消息帶到人間。只是當初這塊黃色的綢緞飄落在懸崖上的一棵古松上，誰也沒有辦法將它取下來。這時，人們看見一隻黑色的山貓躍上了懸崖，爬上了樹。有人認出牠就是那隻成天跟隨在貝珠身後的山貓，和從前那隻紅狐狸是姊妹。牠把古松上的黃綢緞銜下來，交給了穹波喇嘛。

於是，穹波喇嘛便宣布道：我們驅逐西岸紅教喇嘛的時候到了。

這個魔鬼散佈的咒語讓瀾滄江打了個哆嗦，峽谷兩岸無論是雪山上嗜血成性的雪豹、狗熊，還是牧場上天性善良的犛牛、山羊，還有那些在草叢中終日忙碌的蚊蟲、螞蟻，都一齊發出了驚恐的哀鳴。牠們聽到了人們奔走呼號的腳步聲，聽到了磨刀擦槍的霍霍聲，聽到了魔鬼在陰笑，聽到了生命之花凋零前的驚悚與哀泣，還聽到了男兒血管裏的血液，發出瀾滄江水一般澎湃激蕩的轟鳴。這些善良的獸類，無不用哀泣疑惑的眼光看著比牠們更聰明的人類，似乎在問：爲什麼你們要殺自己的同類？

那段時間裏，吹過峽谷的大風帶著一股股的憎恨和殺氣，人們在風中都能聽到來自對岸的咒語。一隻羊最先向雲丹寺的貢巴活佛轉達了自己對人間的憂慮。那是一隻卡瓦格博雪山下的放生羊，牠大約活了六百歲。由於人們認爲卡瓦格博雪山是屬羊的，每隔六十年便是牠的本命年，因此常有一些罪孽深重的人，在卡瓦格博雪山的本命年裏，從家裏的羊群中挑選一隻最健壯漂亮的羊出來，送到雪山下放生，既作爲奉獻給神山的祭品，也爲自己洗清罪孽。

實際上，許多放生羊在不到半年的時間裏，都成了雪山下的豹子、狗熊等嗜血猛禽的口中之物，但是放生的人家一點也不著急，因爲豹子狗熊也是依雪山而生，同樣是神靈牧養的聖物。牠們吃了放生羊，也就等於神山收納了人們的貢品。但是一隻放生羊六百年來沒有被吃掉，這本身就說明此羊非同一般。

在傳說中，六百年前牠的毛是黑色的，現在牠全身雪白，就像一個頭髮、眉毛、鬍子都被歲月的風霜染白了的老人。在人們心目中，牠就是卡瓦格博神的化身，每一個在雪山上看見牠的藏族人，都會衝牠磕頭。

這隻羊嗅出了穿越峽谷兩岸的大風中的哭泣聲。牠在一個早晨像一個虔誠的藏族人那樣圍著寺廟後的一座瑪尼石堆轉，貢巴活佛在自己的靜室裏聽到了牠不同尋常的腳步聲。活佛趕忙來到了瑪尼石堆前，活佛和羊之間進行了一場只有他們才聽得懂的對話。

羊說，峽谷裏要打仗了。

活佛說，一個活佛也不能平息戰火了嗎？

羊說，前一段孽緣要了結，新一段因緣將生起。

活佛問，非要流血殺生才可生起峽谷的善緣嗎？

羊說，眾生要看到自己的罪孽，法輪才會初轉。佛陀也是經過了九九八十一難，才涅槃成佛。傷害越深，人們的罪孽越重，開悟也才來得更快。

活佛說，我明白了，教派的紛爭，只是爲了讓信仰的捍衛者都看到自己的缺陷。

貢巴活佛其實在峽谷裏越來越濃烈的戰爭氣氛中，早就聽到了魔鬼的獰笑，那笑聲在烏鴉的翅膀後，在山崖的背陰處，在古樹森森的密林中，在越壓越低的烏雲裏。這是神界通過一些不尋常的徵兆，顯示給那些具有通靈法力的智者，比如，一天傍晚，貢巴活佛就看見一群烏鴉以規整的六角形在峽谷裏往返飛行，那是災星飛舞的形狀；他還在一個早晨看見一股黑色的霧氣從山崖深處升起來，魔鬼的身影在裏面若隱若現；而天上厚重的雲層中，時常傳來魔鬼們匆忙趕來的腳步聲，連天都快被他們踩塌了。

貢巴活佛有一天在喇嘛們做完了早課，對正準備散去的眾僧用沉鬱的聲音說：

「你們剛才念的是祈禱平安吉祥的經文，可是我看現在平安和吉祥就像繫在一根馬尾上的兩顆鳥蛋。峽谷裏即將到來的屠殺就是那匹馬，誰要是輕輕揮動一下馬鞭，繫著平安和吉祥的那兩顆鳥蛋就會掉進萬丈深淵。它們就再也不能脫殼而出，長成平安鳥和吉祥鳥，降落在眾生的房頂上。我不知道在佛的悲憫下，平安和吉祥是不是可以得到挽救。」

到了晚上，貢巴活佛把都吉叫到自己的禪室來，向他通報了峽谷裏可能要打仗的消息。都吉說，實際上，他也知道峽谷裏這一陣氣氛不對，趕馬做生意的人，常年在外面跑，周圍空氣有一丁點火藥味，都能嗅得出來。更不用說這段時間裏峽谷裏到處瀰漫的殺氣，連花兒嚇得都不敢開放了。

都吉的大兒子阿拉西是和他父親一起來的，他問貢巴活佛：「是我們得罪了那邊的人嗎？」

「不是得罪了什麼人，而是佛法的魔鬼找上門來了。」

都吉想起自己的妻子央金產下的那個蛇首人身的怪物，身上不由得泛起一層層雞皮疙瘩。很多個夜晚，那個被他扔進瀾滄江的怪物都會來夢裏找他。他總是在噩夢連連中四處躲藏，落荒而逃。可是他也知道，他是逃不出魔鬼的懲罰的。

「活佛，你是說，他們要來搶佔我們的土地和牛羊？」都吉詫異地問。

「還不僅僅如此。」貢巴活佛悲聲道：「他們連我們僧侶頭上帽子的顏色都要改變啊。」

「難道我們供奉的不是同一個佛祖嗎？」阿拉西問。

「當然是同一個佛祖。只是我們追求成佛的道路不一樣而已。」

「我們趕馬人說，條條大路通拉薩。路險路平，路遠路近，誰走哪條路，是腳的自由。反正都是去聖城啊。」

「唉，都吉，」貢巴活佛深深地嘆了口氣，「自從有了不同的教派，僧侶們即便沒有違背佛祖的旨意，也把佛祖的話曲解了。在每一尊佛菩薩的身後，總有人想用最大的聲音，以佛的名義說話。我修行六十多年，如今對自己是越來越感到羞愧了。」貢巴活佛眼睛裏忽然淌下了兩行老淚。

佛流淚了，人間就苦了，大地也會承受不起如此巨大的苦難。都吉和阿拉西跪伏在活佛面前，像一個嬰孩般失聲痛哭。

「活佛，我們只有指望你的法力和慈悲了。」

貢巴活佛念了一段經文，平息了禪室裏的悲傷。「對於你們俗界，是人的貪婪讓他們舉起殺生的馬刀；而對僧界的上師們來講，神的名義被他們濫用了。牛羊趕到哪一塊草甸上吃草，是牧人的事；但是牛羊趕到了人家的莊稼地裏，就是人心的不是了。」

都吉說了句一針見血的話，「我看哪，他們中的有些人雖然穿著僧裝，在佛祖的面前，心裏念誦的卻是魔鬼的咒語。」

貢巴活佛說：「就讓對岸受魔鬼驅趕的馬蹄，先從我的身體上踏過去，再去踏破我們寺廟的大門吧。我會爲他們的惡行祈禱。」

都吉站起了身來，「那我們就和他們有一戰了。」在他看來，寺廟就是他的靈魂寄居地。每趟外出趕馬，他都要帶馬腳子們來寺廟燒香乞求各路神靈的護佑；而每次遠行歸來，他也必定先到寺廟還願後再回家。如果沒有了寺廟以及喇嘛上師們法力的護佑，他不知道將如何對抗那一路上的妖魔鬼怪。作爲一個普通的信仰者，他並不在意哪個教派的教理好，誰能給他的心靈帶來安慰與護佑，他就向誰燒香磕頭。瀾滄江西岸的藏族人，信奉寧瑪派的紅教教義已經好幾代了，他們還從來沒有遇到這樣的事情：信仰會給生命帶來威脅和災難。

貢巴活佛說：「你還是通知村莊裏所有的人，都躲到雪山上去吧。大風吹過之處，折斷的是迎風挺立的大樹，樹下的小草，總是無辜的。」

「不，活佛，家裏的女人和孩子可以送到雪山上去，我們男人要與你在一起。沒有了寺廟，沒有了活佛的庇護，我們何以在這峽谷裏生存啊？」都吉堅定地說。

貢巴活佛念誦了一段偈語：「行有黑白，心分濁淨；心若潔淨，地淨天清；心若污濁，地濁天昏；世間一切，取決於心。不管即將到來的是何種的災難，你們要守護好自己的心。」

「要是仁欽上師還在就好了，他的法力或許可以守護我們的村莊和寺廟。」

「我也很久沒有他的消息了。」貢巴活佛明亮的眼睛穿越了深沉的黑暗和廣袤的大地，在一片混沌迷濛中尋找仁欽上師的蹤影。這個雲丹寺的神巫在與對岸迦曲寺的穹波喇嘛鬥法失敗以後，羞愧地離開了峽谷，他曾經說，要去聖城拉薩學得無上甚深的密法，再回來護持紅教的教義和信眾。貢巴活佛曾經有一次在雲層之上看見過他的身影，他在寺廟的上空盤旋一圈後就飛走了。活佛並沒有把自己的發現告訴任何人，因爲對沒有開佛眼的人來說，是看不到他的。

都吉父子在回村莊的路上，峽谷裏的黑暗窒息得讓人說不出話來，阿拉西手上的火把似乎不是點在黑夜裏，而是燃燒在水中。因爲明明一絲風都沒有，可是這根浸滿松樹油脂的火把卻越燃越弱，直至完全被厚重的黑暗澆滅。都吉深深地嘆了一口氣，他感受到了死神緊逼過來的身影。

「阿拉西，戰打起來後，你要照顧好自己的弟弟。」

「我知道，阿爸。你就放心吧。」

都吉是走南闖北的人，一個男兒的勇氣有多大，他看你一眼就可揣測出個八九分。阿拉西曾經在和他一起去漢地的路途上，刀劈了兩個攔路搶劫的土匪。那一年他才十六歲。一個好男兒的康巴藏刀要沾過血，他才知道在這個混亂的世界上，勇氣是支撐自己活下去的那根大樑，就像家裏廳堂裏的中柱一樣。而小兒子玉丹的康巴刀還沒有跳出過刀鞘呢。都吉擔心他跟死神迎面相遇時，他身上的勇氣不足以保護他。

「這次我們的對手，可不是幾個毛腳土匪。」

「阿爸，他們總不至於連馬也不讓我們趕吧？」

都吉憂心忡忡地說：「誰知道他們要鬧到哪一步。連活佛都流淚了，對岸那些貪婪的傢伙，難道不害怕大地開裂嗎。」

白瑪堅贊頭人倒是一點也不擔心大地是否會開裂。他管轄著瀾滄江東岸兩百多戶黑頭藏民，還有幾十個奴隸和家丁。依照從前的規矩，佃戶們充當土司或頭人的「門戶兵」征戰，殺敵一人，將獲羊十隻，殺敵五人以上，獲牛一頭，或騾馬一匹。是奴隸身分的，如果立了大功，還可轉爲自由民，是佃戶的，戰鬥結束後論功行賞，要是他運氣好，他就可能得到土地的賞賜。峽谷裏有幾十年沒有打過仗啦，男人們心裏癢癢的，渴望躍馬橫槍、建功立業的好運會降臨到自己的頭上。峽谷裏有一句話，說男人與其躺在病床上老死，不如出門打仗，活得像個真正的男人。頭人的大兒子扎西平措在徵集門戶兵時，有句蠱惑人心的話，讓每一個前來參戰的康巴人至死都念念不忘：你們衝進對岸那家富人的宅院，搶到的第一筐銀子就是你的，站立的第一塊土地也是你的，見到的第一個女人，也屬於你。

朗薩家族的大宅院裏一片忙碌，人人都在爲即將打響的戰爭而興奮。只有一個人無動於衷，成天懶洋洋地爬在碉樓三層的欄桿上，像看戲一般地望著在宅院裏進進出出的人們。這個傢伙就是號稱自己病了的達波多傑，似乎大家並不是爲了他的新領地而戰，也不是爲了他戰事之後的婚禮開槍慶賀。他對野貢土司派來的兩百多號雄赳赳的馬隊毫不興奮，也對徵召來的上百名「門戶兵」在曠野裏搭起的帳篷、升起的炊煙不理不睬；他還沒有看到迦曲寺的穹波喇嘛請來幫忙的六個戰神、三個神巫，以及在天空中隨著幾團烏雲飄來飄去的幾百個陰兵。他們是上百年來在峽谷裏的家族械鬥、土匪搶劫、民族紛爭中戰死的冤魂，地上的人要打仗的時候，常常通過那些法力深厚的喇嘛上師，將他們從冥府請來助戰。他更沒有聽到康巴騎手們的戰馬嘶鳴、磨刀霍霍，還有吟唱英雄格薩爾的頌歌——每個出征的康巴人，總把即將要來到的戰鬥當成男人的節日，他們總是以歌和酒來歡慶這個節日的到來。

和以往不一樣，達波多傑並沒有感受到一丁點節日的氣氛。他的眼睛一直在追逐貝珠的身影。這個身影在他眼前一會兒是珠光寶氣，服飾亮麗，妖嬈豐滿，笑聲清脆，一路妖氣迷人的貝珠；一會兒是一頭扭動著肥美的屁股在人群中竄來竄去的紅狐狸。

有時候，他不得不猜想，瀾滄江東岸人們的所有忙碌狂躁，都是這隻紅狐狸引誘出來的。牠（她）走到哪裡，哪裡就是一陣騷動，男人們渴望搏殺，女人們內心惴惴不安。那頭隨她一起來到家族裏的山貓，也和她一樣形跡可疑。只有雪山上的神靈才知道，牠從懸崖上的古松上叼下來的那塊黃色綢緞，是不是從天上飄下來的。他甚至懷疑，這頭狡猾的紅狐狸不是在爲他和野貢土司家的醜姑娘張羅一場戰爭或者說婚事，而是在爲牠（她）自己的未來挑起峽谷兩岸的人們互相殘殺。

「這真是一場魔鬼挑起的戰爭。」達波多傑在人群的頭頂上方嘀咕道。許多年以後，時間才能印證他的懷疑和猜想。但在當初，他也只能如此說。

「不對，這是爲了你的婚事吉祥。」

達波多傑一回頭，發現貝珠竟然站在自己的身後。剛才他明明看見她還在樓下院壩裏的人群中晃悠，怎麼一下就跑到三樓來了？除非狐狸也長了翅膀。

「呵，如果爲了我的一張婚床，就去殺死那麼多人，雪山上的神靈一定不會饒恕朗薩家族的。」

「別忘了我們是以神的名義向那邊開戰的。」

達波多傑看著自己嫂子嫵媚如滿月的面龐，深深地嘆了口氣，「佛祖啊，一個女人竟然會喜歡打仗。」

「你錯啦，我的傻阿弟。」貝珠的眼波似乎長出了兩隻溫柔的軟手，一直撫摸到達波多傑的內心深處。「女人只喜歡戰爭中的英雄。」

達波多傑恍然大悟，一個風騷十足的漂亮女人在即將奔赴疆場的男兒面前，就像一塊高高懸在生命上方的獎牌。男人就是戰死，也渴望將那獎牌掛在自己的脖子上。難怪她走到哪裡，那兒的戰馬就要嘶鳴；她的眼波流向哪裡，那兒的男人血性就會被燃燒起來，毀滅一切。哪怕大地開裂，江河改道，雪山陷落，日月蒙羞。

6 神諭

達波多傑不再袖手旁觀了，當瀾滄江東岸的馬隊和成百的「門戶兵」像烏雲一樣向西岸壓過去的時候，他一馬當先，衝在了最前面。在他的身後，馬隊的鐵蹄踐踏得峽谷都在搖晃。那時正是峽谷裏的杜鵑花剛剛開放、把青翠的山崗點染得一片血紅的季節，康巴騎手們的馬蹄將瀾滄江西岸踐踏得滿山殘紅、一地血泥。倖存下來的人們已經分不清大地上哪是花兒濺飛的鮮血，哪是人生命開敗的花朵。天上的一團烏雲像隻巨大的惡狗，剛剛將明亮的太陽一口吞了，人們都能聽到陽光被咬碎的聲音。雪山陰暗了下來，在它線條優美的山脊，彷彿在流淌紅色的鮮血。康巴藏刀陰森的光芒讓峽谷彷彿一下進入了嚴酷的冬天。

戰鬥是在寺廟前面的一座小山崗上打響的。東岸的馬隊只要踏過了這座山崗，就可以長驅直入，踏破山崗後面都吉家的大宅和火塘溫暖的村莊，踏破村莊上方的雲丹寺措欽大殿厚重的木門，踏破瀾滄江西岸曾經青煙裊裊、歌聲悠揚、暮鼓晨鐘的寧靜歲月。西岸的紅教喇嘛和村民們守護著這座山崗，就守護好了他們的信仰和神靈，守護好了他們一度與世無爭的生活。

在地勢險峻的瀾滄江峽谷，任何一道山梁，都可能是一道天塹。道路是那樣地陡削狹窄，山澗是那樣地深不可測，一支火繩槍也可以擋住整支馬隊的進攻。因此，在那個時候，人們打仗更多的是祈求神靈的幫助。有些事情，非人力可爲，也非神力不可。

都吉帶領村莊裏的男人們和雲丹寺廟裏的喇嘛們結成了生死的同盟，在這種時候，信仰和生命就是皮與毛的關係，皮之不存，毛將焉附？也是水與大地的關係，天空和白雲的關係，飛鳥和花兒的關係，星星和草尖上一滴晶瑩剔透的露珠的關係，就像阿拉西兄弟倆對達娃卓瑪生死相依的愛情，以及他們兄弟間血脈相連的命運。

戰鬥剛開始時，一點也不像是一次血腥的殺戮，而像一場神靈盛大的節日。穹波喇嘛請來的戰神在雲層間神出鬼沒，挾風帶電；神巫們口中念念有詞，身披死屍皮，腰掛人頭骷髏，盛裝出場；裝扮成好人模樣的魔鬼一本正經，以神靈的名義在人群中興風作浪；門戶兵們打著尖銳的口哨，邁著跳弦子舞一般優雅從容的步履，吵吵嚷嚷地走向死亡。

他們似乎並不知道槍子兒的衝擊力，以唱藏戲的熱鬧勁兒蜂擁而上，如同過新年走親戚串門一般鬧鬧嚷嚷，然後再像跳弦子舞那樣雙腳騰空飛了起來，只是他們落地後就再也爬不起來了。阿拉西看見一個衝在最前面的漢子似乎有護法神相助，火繩槍的霰彈一顆又一顆地打在他的身上，可是他的戰神護佑著他不懼任何四處飛舞的霰彈。一朵朵的血花開滿了他寬闊的前胸，腹部，但是他竟然沒有倒下，口裏竟然還在吟唱著渾厚悠揚的歌聲，他的嗓音嘹亮而開闊，是那種站山梁上放歌一曲，杜鵑花也會燦然怒放的山歌好手。山崗上射擊手們的手已經在抖了，他們甚至懷疑自己開槍打在那傢伙身上的究竟是一顆顆槍子兒呢，還是一朵朵鮮嫩的紅色花兒。

幸好，當血一樣的花朵開滿他全身，當山崗上的人們已經能清晰地看見他喉結的蠕動，甚至能看見他眼睛裏放射出來的由狂熱和絕望交織的目光，他那動人的歌聲才慢慢地衰弱了，就像一束照射在大地上的生命之光，慢慢地暗淡了下去。

阿拉西讓弟弟玉丹緊緊跟在自己的身邊，他向佛祖發過誓，即便自己戰死，也不能傷到弟弟一根指頭。本來他和父親都吉的意思，是讓玉丹和女人們一起先躲到雪山上去，但是玉丹拒絕了這份有失男人臉面的好意。可是阿拉西明顯的感覺到，戰火剛打起來的時候，玉丹的身子在發抖。他畢竟才十七歲，身子骨還嫩。因此，每當玉丹想探出頭來射擊時，阿拉西總是一把將他拉下來。那個上午玉丹聽到的最多的話就是：「玉丹，小心啊，槍子兒可沒長眼！」

在抵抗的人們身後，雲丹寺的幾個老僧在貢巴活佛的帶領下，倉促搭起了一個簡陋的壇城，迎請自己的戰神。他們一邊念誦著咒語，一邊還要不斷躲到處亂飛的槍子兒和箭矢。他們看到地上的人們打成一團，天上的神靈也戰得不可開交。紅教喇嘛的神靈被黃教喇嘛請來的陰兵重重包圍，已經無法前來護持自己的信眾。

這是多年以後在峽谷裏普遍傳誦的說法。人們說，這場戰事，瀾滄江西岸的紅教喇嘛之所以戰敗，是因爲保佑他們的神靈首先被天上的陰兵打敗了，一些留在戰場上的遺跡在戰爭的硝煙消失了多年後還有跡可尋。比如，一道赤紅色的懸崖上至今還存留有神靈的半個身影，而那道懸崖之所以是紅色的，並不是人的血飛濺到了上面，而是天上下的血雨；又比如，有一片巨石突兀地聳立在當年阿拉西他們堅守的那座山崗上，它們是穹波喇嘛請來的戰神像扔一把核桃那樣從天上扔下來的。大石頭一塊一塊地帶著烈火從天上飛來，它們飛到哪裡，哪裡立即就燃燒起來。

西岸的抵抗終於潰敗了。這一切就像一場噩夢，人們的喊殺聲和哀號卻怎麼也從噩夢的網裏掙扎不出來，都吉讓阿拉西趕快帶人去寺廟，他自己留在敗逃的人群最後。他最後看見白瑪堅贊頭人騎在一匹青色的戰馬上，向他狂笑著迎面撞來，那馬似乎也在哈哈大笑。都吉還在想馬為什麼也會狂笑時，白瑪堅贊頭人的戰馬已經到了他的面前。都吉伸開雙臂，彷彿想以一人之力，去阻攔這塞滿天地的殺戮，四處飛濺的鮮血，阻攔像破堤的洪水一般席捲而來的康巴騎手。他甚至想去抱住白瑪堅贊頭人的戰馬飛揚起來的前蹄，但他卻被頭人胯下的鐵蹄重重地踢倒在地。

在他的身後，村莊成了一片火海，都吉家曾經富麗堂皇、淌金流銀的三層大宅院，眨眼就像火塘裏的幾棵樹枝，扭曲著傾斜著，發出痛苦的慘叫，最後，它大喊一聲，訇然坍塌。

這一聲大喊是都吉忠心的管家頓珠發出來的。作為一個和死神打過無數次照面的趕馬人，他從沒有畏懼過死神的獰笑。豐富的野外經驗，老道的處世方式，機敏的眼光和強壯的體魄，讓那些索命鬼也不得不和他握手言和。而這一次，他看到他們再也不會給他面子，護佑他的戰神也被對岸的神巫擊敗了。死神猙獰的面孔清晰可見，他們之間再沒有講和的機會和可能。

那麼，讓我們都來作一個了斷吧。頓珠沒有退向寺廟的方向，而是衝進了都吉家底層的庫房，他知道火藥放在哪裡，他更知道了斷塵緣的最好方式。他扛了一大桶火藥，再度衝回混戰的人群中。在馬廄旁的一道矮牆下，還有幾個都吉家的馬腳子在作拚死的抵抗，他們渾身是傷，兩眼血紅。頓珠把火藥桶往地上一放，大喊一聲：

「別再浪費自己的力氣了。你們想好自己的來世了嗎？」

一個年輕人看著那個火藥桶，故意俏皮地說：「頓珠大叔，我還以為你抱來一桶酥油茶哩。」

他身邊的一個趕馬人一隻眼睛已吊在外面了，另一隻也血腫得什麼也看不見，他問：「茶？頓珠大叔，現在有一碗茶喝可比來世重要得多。」

只有一個和頓珠差不多大的趕馬人還在想自己的來世，他伏在一道土坎上一動不動，「狗娘養的朗薩家族，都是些催命鬼，讓我們喝一碗茶的機會都沒有。」他憤憤地說，「佛祖啊，保佑我的來世投生爲一隻鷹吧，再不要讓我走這麼遠的山路！我太累啦。」

對方的馬隊已經衝過來了，頓珠點燃了火藥桶上的引線，他最後說：

「好吧，讓我們都飛到天上去！」

在沖天的火光中，那時還在壇城上爲衆生祈誦平安的貢巴活佛，看見頓珠的一顆血紅的心飛了到天上，看到一隻紅狐狸從火中竄出來，一口就將那忠勇的心叼走了。他還看到都吉家宅院的院壩裏，已不見牛羊攢動、騾馬成行，南來北走的貨物堆積如山，只有熊熊的烈火映照著人和馬的屍體，一摞摞地在堆積；順著大門淌出去的不再是金銀，而是像山泉一樣綿綿不絕的鮮血。大地在一瞬間一片血紅，浸滿哀傷。

那片大地從來都是被天上的雨水滋潤，被皚皚的白雪覆蓋，被爛漫的花兒妝點，被燦爛的陽光撫摸，被綿綿的情歌催生，被吟誦的經文浸染，被春牛放出的香屁薰綠——每當牧童聽到牛兒放出暢快的屁聲，他就知道，春天要來了，大地要變綠了。

現在貢巴活佛眼前沒有牧童悠揚的牧歌，也沒有春牛愜意的香屁。大地在沉淪，在流血，活佛慈悲的心也在流血。他和幾個高僧搭建的壇城已經被西岸百姓的鮮血洇紅了。活佛這時站起來，對身邊的一個喇嘛說：

「眾生正在被魔鬼驅趕，往地獄裏奔。讓我們來看看，一個老僧在這個時候，能不能爲他們做點什麼。」

他離開了壇城，向還在血戰搏殺的雙方走去。西岸堅守關隘的百姓已經紛紛退卻，他們對他說：「活佛，不能再往前了，魔鬼已經鑽進了白瑪堅贊頭人的心，他變得比吃人的魔鬼還要兇殘啦。」

貢巴活佛說：「去寺廟裏吧，至少那裏還有我們的護法神在。」

本來身材瘦小的貢巴活佛在那一刻彷佛顯得特別高大莊嚴，他把眾生擋在刀箭的身後，擋在地獄的門口。他來到山道的一個拐角處，那裏僅能容一匹馬擦身而過。活佛在山道上盤腿坐了下來，要在這裏做一次生與死的禪坐。

東岸追擊的馬隊挾帶著雷鳴般的蹄聲滾滾而來，但是忽然就像奔騰的洪水遇到一道堅固的岩壁，山道上霎時寂靜無聲。剽悍的鐵騎被一個活佛的禪坐鎮住了。

白瑪堅贊頭人提馬上來，他看見貢巴活佛手捻佛珠，雙目微閉，嘴唇輕輕啓合，溫婉流暢的經文像甘露一般撒播在殺心四起的康巴騎手心田。他們都刀入鞘、箭入囊，彷佛被施了定身法，呆立在山道上不敢向前一步。

「貢巴活佛，讓開道！」白瑪堅贊頭人色厲內荏的喊道。

這一聲大喝並沒有嚇到貢巴活佛，倒把東岸的康巴騎手嚇得心驚肉跳，連胯下的戰馬都在打哆嗦，他們從來沒有聽到誰敢這樣對一個活佛說話。因此，騎手們感覺到山谷裏的風聲都在嘲笑自己的頭人。

「尊敬的白瑪堅贊頭人，看看我的身後是什麼？」貢巴活佛端坐如一尊石像，讓人感到他已經在那裏了一千年。

「你身後還會是什麼呢？」白瑪堅贊頭人的馬在狹窄的山道上轉了一個圈，他感到有些駕馭不住自己的坐騎了。「不過是一條山道而已。」頭人傲慢地說。

「是通往地獄的道路啊！東岸善良的康巴騎手們，大地可以承受一切，但絕對承受不住人間沉重的惡行。一個貧賤的僧侶，能爲你們奉獻的唯一慈悲，就是站在地獄的大門口，阻擋你們奔向死亡的腳步。」

「別把自己說得那麼高貴。」白瑪堅贊頭人一揮馬鞭，對身後的康巴騎手們喊道：「給我衝過去。」

可是，沒有一匹馬邁得開腳步，也沒有一個康巴騎手有面向地獄的勇氣。並不是他們怕死，而是他們害怕大地也承受不了馬踏活佛的惡行，地獄之火噴湧而出。貢巴活佛是另一個教派的活佛，但也是人間的佛啊！誰都知道，在地獄的烈火中，不知道要經受多大的煎熬，才可以轉生爲人呢；他們也知道，在這片莊嚴的佛土上，還沒有誰敢打馬從一個活佛的身上躍身而過。

白瑪堅贊頭人的內心中再怎麼被魔鬼所操縱，但他也沒有馬踏活佛的勇氣，就更別說其他被徵召來的門戶兵和康巴騎手了。就在局面不知道該怎麼收場時，馬隊中忽然傳來擊擦火鐮石的聲音，人們驚訝地看見一支火繩槍被點燃了。

是頭人的大兒子扎西平措，這個從來只會動腦子而不動手的傢伙，此刻騎在馬上，平端著點燃了引線的雙叉火繩槍，對準了貢巴活佛。

不要啊！幾乎所有的人都在心裏喊。連扎西平措的弟弟達波多傑，此時竟然想撲過去奪下哥哥的槍，因爲他認爲這太丟朗薩家族的臉啦。只是他跟他哥哥隔著兩個馬身，他從哥哥有些猙獰的臉上，看到了他身後的地獄若隱若現。

槍上的引線在「嗤嗤」地燃燒，人們的心都快蹦出來了，貢巴活佛依然坐如磐石，從嘴唇裏流淌出來的經文依舊平和溫婉。白瑪堅贊頭人臉上蕩起一絲笑容，這才是朗薩家族有血性的後代啊。

頭人臉上的笑意還沒有來得及像山上的花兒那樣問心無愧地自如開放，也沒有理由像升上雪山頂的太陽那樣絢麗燦爛，他只聽得「轟」地一聲炸響，他的所有陰謀頃刻間化爲泡影。

活佛始終是佛，在人們心靈裏已經端坐了上千年，而他的只會放冷槍的兒子扎西平措，卻渾身是血地被炸下馬來了。

那是被神力控制了的一刻，火繩槍無端在扎西平措的手上炸膛了。頭人的馬隊一時大亂，扎西平措的三個手指飛到了天上，臉上的血和硝煙混在一起，使他看上去像剛從地獄裏掙扎出來的小鬼。白瑪堅贊頭人惱怒地大喊：「狗娘養的，我們迎請的護法神呢？怎麼不來幫幫我們？」

這種時候誰還有心思打仗啊，誰還敢在一個活佛面前躍馬橫刀啊？康巴騎手們紛紛地撥轉馬頭，落荒而逃。許多人連馬都不敢騎了，因爲他們在一個活佛的悲心面前，感到了羞愧。

7 超度

峽谷兩岸的戰事暫時被貢巴活佛的悲心平息了，雲丹寺的一幫專事超度亡靈的喇嘛，在寺廟裏舉行了一場隆重的超薦所有戰死者亡靈的法會。他們被稱爲「開路喇嘛」，負責把死者的亡靈引領到西天淨土。因爲沒有哪一種慈悲大過於超度一個死者的亡靈。喇嘛們認爲，人的靈魂不僅在他活著的時候存在，死後依然也存在。尤其是在臨終和死亡之時，人的靈魂就像站在懸崖上迷路的孩子。這種時候，「開路喇嘛」就像那些睿智的指路人，將亡者的靈魂引領到他們渴望去的地方。

都吉被白瑪堅贊頭人的馬蹄踢倒在地後，他的亡靈就先跑回去給他妻子央金報信，一隻烏鴉擔任了信使的角色。牠拖著淒厲駭人的叫聲，一頭栽倒在央金的腳前。那時央金正和西岸的婦孺躲在雪山下的一個山洞裏，她們在洞前手搖轉經筒，口誦經文，祈請戰神護佑自己的男人。

央金其實在煨桑的青煙剛剛升起的時候，就看見了這隻將帶來壞消息的烏鴉。牠從男人們正在血戰的那個方向歪歪扭扭地飛來，像一隻被魔鬼追趕的小黑狗，彷彿不是在天上飛，而是在地上連滾帶爬地逃竄。當牠跌落下來時，還攪起一陣黑色的塵埃。烏鴉一聲慘叫，絕氣而亡。央金阿媽發現，香爐裏的火忽然莫名地熄滅了，裊裊上升的青煙斷了，雪山上的神靈在掩面嘆息。

央金捶胸頓足，仰面朝天大喊：「佛祖啊，他們殺了都吉啦！我的兒子們哪，你們都在幹什麼啊？」

阿拉西那時正護著玉丹和幾個年紀較大的馬腳子往寺廟方向跑。他忽然感到自己就像當胸被人打了一拳，那時，他並不知道一隻馬蹄正重重地踩在父親的胸口上。當他後來從戰場上把父親的屍體抱回來時，他才知道父親臨死時心有多痛！父親的胸膛被踩爛了，一顆血紅的心半裸露在外面，那心苞裏的血已經乾涸發黑，許多來不及說出的話，彷佛還凝結在心苞的周圍。因爲阿拉西發現阿爸的心開裂了，就像一張想開口說話的嘴。

根據貢巴活佛的占卜，所有戰死者的亡靈需水葬才可順利投生轉世，給後人帶來吉祥。峽谷裏的眾生採用天葬或水葬全由喇嘛活佛們說了算。貢巴喇嘛說：

「我看見天上的神鷹都飛到對岸去了，眾多罪孽深重的肉體已經讓牠們再也飛不起來了，因爲神鷹也被大地上人們的相互殘殺弄得迷惑不解啦。既然對岸那邊的人要往天上走，我們就從水裏去吧。瀾滄江裏的水可以化解一切，消融一切。看看從雪域高原上奔瀉下來的瀾滄江吧，重重大山就是一道道孽障，可是它們阻擋住它了嗎?從來沒有。瀾滄江蕩滌著大地上的罪孽，就像天宇中的風吹開了雪山上的雲團，使我們能朝拜聖潔的雪山。」

在朗朗而低徊婉轉的念經聲中，都吉的靈魂在喇嘛們頭頂上方飄來飄去，人們相信人死後的頭四十九天最爲關鍵，他們的靈魂依然活在這個世界上，眷念著自己的親人，守候在我們的身邊，只是人們的肉眼看不到而已。一陣清風吹拂起樹葉神秘的響動，山谷幽泉如泣如訴的嗚咽，火塘邊倏然而至又悽惶飄走的朦朧身影，月光下一團暗影輕微移動的腳步，夜空中星星滴淚的眼睛，湖泊中央蕩漾起的宛如親人臉龐的淒苦皺紋，都可能是逝去的親人若隱若現的靈魂在向人間顯現。

阿拉西有一個堂叔就在雲丹寺當喇嘛，阿拉西一家人便暫時借助在這個叫農布喇嘛的僧舍裏。白天「開路喇嘛」在寺廟的大殿裏爲亡者的靈魂引路，晚上，農布喇嘛和幾個都吉家族的遠親近戚，也圍著火塘爲都吉念經。家裏的人們已經知道都吉的亡魂不願離開溫暖的火塘，有火塘就有了家，有了親人的團聚。一天晚上，人們發現火塘正上方，一股股陰風莫名地從那裏升起，將火塘裏的火吹得忽東忽西。農布喇嘛解釋說，這是都吉心中還沒有消退的怒火。

又有一天，他佩帶的康巴藏刀自己從刀鞘中跳了出來，掉在了地上，那刀在地上翻滾著向門邊飛去。一個正在念經的喇嘛在飛舞的刀光中看出了是都吉復仇的怒火在驅使這把刀，它就要飛向瀾滄江對岸了。喇嘛大喝兩聲，念了兩段咒語，讓僧舍的門「砰」一聲關上了，在半空中飛行的刀深深地插在了門背後，晃悠悠的像都吉痛苦掙扎的一顆心。屋子裏的人都嚇得目瞪口呆、大氣不敢出，後來還是阿拉西上前去衝著那把刀磕了三個頭，說阿爸，你不要再生氣了，你的仇我們一定會爲你報。那刀才自己掉下來。念經的第九天，都吉平常戴的狐皮帽在晚上無故地冒起了白色蒸汽，彷彿他剛剛走了一整天的山路，回到家才摘下來的帽子。

喇嘛們解釋說，這是由於都吉的靈魂在四處尋找出路，爲了證明這一點，他們讓家裏人在都吉平常穿的一雙藏靴裏悄悄放上一層新棉花，然後放在門後。第二天，人們驚訝地發現，那藏靴裏的棉花已被踩得死死的了。

「可憐的都吉，他操勞了一生，死了也不得空閒啊。都吉，好好去吧。放棄你的我執，不要再留戀今世了。不管你多麼用力，沙中還是擠不出油來啊！你已經死啦，還是想想你的來世吧。」「開路喇嘛」邊念經，邊勸慰都吉到處飄浮的靈魂。

都吉的靈魂聽到了這句話，很不服氣地說：我沒有死，我只不過被白瑪堅贊頭人的馬蹄踢了一下。一個老趕馬人，哪有不被馬傷著的事兒呢？牙齒和舌頭還時常磕著哩。我還有好多事情沒有做完，到拉薩的貨還沒有辦齊，那匹叫噶追的馬要產小馬駒了，阿拉西要到拉薩去當掌櫃了，我們要爲他送行，我要請峽谷西岸所有的人家來做客，擺三天的宴席，讓年輕人在聚會上唱歌跳舞，從太陽升起月亮落下，跳到太陽落下月亮升起……

但是誰也不聽他的。其實都吉自從被白瑪堅贊頭人的戰馬踢倒了後，就發現自己從來沒有像現在這樣頭腦清晰，目光敏銳，自由自在，身輕如燕；但他同時又似乎發現人間和他已經沒有了某種必然的聯繫。他感覺自己一下就從大地上騰飛了起來，俯瞰著戰場上還在用血肉之軀搏殺的人們。他忽然覺得他們是多麼可笑啊，竟然像小孩子嬉戲時鬧翻了臉那樣，爲一件芥子大小的事情，就動刀動槍了。你們都是家中的丈夫，是父母的兒子，是孩子的父親，是勇敢的獵人，是種莊稼的好手，是牧場上的雄鷹，是吃苦耐勞的馬腳子。別打啦，快回家去吧！

他曾經想把白瑪堅贊頭人從馬上掀下來，但是頭人的馬穿過他的身子就跑了，就像穿過一個影子；他試圖去抓住一個門戶兵高高舉起來的馬刀，它就要砍向都吉家的一個馬腳子的頭了。他明明已經擋住了那門戶兵揚刀的胳膊，可是馬腳子還是屍首分了家，頭顱滾落出去好遠。這時，都吉才感到有些不對勁。難道這是一場夢嗎？

直到他看見自己家的宅院被烈火吞噬，看見大地開裂，地獄之火噴湧而出；再看見仁欽上師高坐在雲團上，念誦著祈請護法神的咒語；看見人們把自己還遺留在一片杜鵑花叢邊的身體抬進了寺廟，就像抬走一個破口袋。都吉才終於明白：他從前的世界坍塌啦，他已經來到了一個靈魂神秘翺翔的世界。

他成了一個飄浮在半空中的魂靈，比一片羽毛還輕，又比天上一團積滿人間哀傷的眼淚的雨雲還重。開初他並不害怕，也不傷心。他在屍橫遍野、一片狼藉的大地上到處忙碌。一會兒引領收屍的人們去尋找自己的親人，一會兒飄到已成廢墟的家園上空，翻揀往昔的輝煌和回憶；馬幫隊伍裏那些受到了驚嚇的騾馬，躲在荒野裏瑟瑟發抖，都吉試圖把牠們都圈回從前的馬廄。

他找到了一頭名叫「勇紀武」的騾子，牠是都吉馬幫隊伍裏打頭的騾子，步履穩健，威武健壯，既驕傲又溫順。

頭騾一般都是馬幫裏最漂亮的騾子，馬腳子們要在牠的頭上裝飾大紅的三角形頭飾，戴一面明亮的照妖鏡，脖子上還要懸掛清脆的鈴鐺。一支馬幫隊伍是不是勢力雄厚，看看頭騾就知道了。「勇紀武」認得去拉薩的路，到哪裡該埋鍋造飯，哪裡又該露宿紮營，哪個地方路不好走，哪個地方該防備野獸，「勇紀武」全知道。要是一路上沒有那麼多的土匪，「勇紀武」都可以帶一隊騾馬自己走到拉薩。人們都說，牠是一頭具備神性的騾子。地上的人們看不見都吉的靈魂，「勇紀武」卻一眼就認出來了，當都吉撓牠的脖子時，「勇紀武」撲閃著一雙大眼睛，淚水漣漣。

都吉對「勇紀武」說：堅強些，好夥伴。我們還要去拉薩哩，我們要把所有走失的騾馬都找回來，所有被燒毀的房子再蓋起來，所有的馬腳子再重新召集攏來，所有被燒掉的財富都再用我們的雙腳走回來。

「勇紀武」說：可憐的都吉，你現在已經不是從前的你啦，快去看看喇嘛們都在做些什麼吧。

都吉這才尋著喇嘛們抑揚頓挫的念經聲輕盈地飄去。他發現自己有些像傳說中的神靈那樣，想去哪裡就去哪裡，有時剛剛有個念頭，自己的靈魂就到了。在他的堂弟農布喇嘛的房間裏，人們仍然在圍著一個已經僵硬了的軀體忙碌，他不知道人們還正在四處尋找他的靈魂。喇嘛說，他大概會藏在某個重物之下，使都吉的魂不能飄出來。都吉的陰魂擠上前去看，哦呀，那就是我的身體呀！我的胸膛怎麼是爛的呢？

是白瑪堅贊頭人的戰馬將我的胸膛踢爛了的啊！

他大聲向屋子裏的人們喊，可是沒有人聽他的。喇嘛們在永不停歇地念著超薦亡靈的經文，妻子央金的眼淚一直在流淌，就像兩小股山泉；兩個兒子在屋子裏團團轉，阿拉西曾經一腳踢飛了一個酥油茶桶，差一點就打著了都吉的靈魂，他對大兒子說：

別生氣呀，阿拉西，這個茶桶還是你爺爺用過的呢。用它打出來的茶養大了我，也養大了你們兩兄弟。

但是阿拉西沒有聽見他的勸告，他的眼睛裏充滿了怒火，使他看不到父親的靈魂。二兒子玉丹澤饒畢竟還沒有長成一個男子漢，他顯得有些張惶失措，在屋子裏東張西望，彷彿沒有了重心。都吉希望他們能看到自己的靈魂，他往孩子們的前方擠——家裏來的人太多啦，他向玉丹打招呼，甚至坐在他的旁邊，用手使勁拍他的肩膀，可是玉丹毫無反應。都吉這時悲哀地才想：

難道我死了？

他想起老人們曾說過的死亡故事，想起喇嘛們描述過的陰間。他看見屋外陽光燦爛，他的靈魂飄到自家的屋頂，看到了峽谷上方的藍天白雲，看到了卡瓦格博雪山聖潔的峰頂，但是當他轉身過來，卻看不見自己陽光下的身影。

他又看見峽谷裏的瀾滄江在無聲地流淌，他一瞬間就到了江邊，站在一小塊沙灘上，他往前走幾步，沒有留下一個腳印，他又往後退幾步，也看不到自己的腳印，都吉的靈魂掩面而泣。

我真的死啦！

都吉的靈魂大聲地對兩個兒子說，對喇嘛們說，對妻子央金說，對屋子裏的每一個人說，可是他們都聽不見他的哭訴啦。

當然，有時候，由於都吉對人間強烈的眷念，一些跡象也會被顯現出來，比如人們在火塘邊看到的陣陣陰氣，是他想和家人說話；那把飛向門外的藏刀，是他的靈魂想爲自己復仇。在死者的靈魂還對人間充滿執著的愛時，他仍然存在於一個我們看不到的空間。

不行，我得回去。都吉的魂命令自己。他想悄悄潛回自己的軀體，把還裸露在外面的心收回去。他相信，自己的心回去了，軀體就活了，這些時日來，人們以爲他的軀體冷了，僵硬了，以為他死了。其實不，我還沒有死哩，只不過是我的魂出遊了罷了。就像我平常外出趕了一趟馬。

可是他卻找不到靈魂回歸之路。他忘了一顆遊蕩的靈魂該從哪裡進入自己的軀體。他的魂在那個直挺挺地躺在火塘邊、被人稱作都吉的肉身上徘徊，就像一個看見了自家的房子、但卻找不到門進家的可憐鬼。

都吉那顆飄浮的魂先是想從自己的鼻孔處溜進軀體，但是鼻孔太小，裏面又黑又髒，飄蕩的魂被拒絕了；然後它又想從耳朵裏鑽進去，可是耳孔裏彎道太多，裏面還填滿了人間的抱怨和讒言，這條通道也被堵死了；都吉的魂又爬到了眼睛邊緣，才發現眼窩裏有那樣多的淚水和悲傷，一個孤獨無助的魂掉進去了就像掉進一個深湖，會被淹死在裏面的，而嘴巴裏則更難進入，不說一排緊閉的牙齒是一道難以逾越的障礙，舌頭上曾經有多少是非和怨憎之語啊，靈魂要是從那裏通過，早就被污染了。

都吉看見一個「開路喇嘛」把自己的頭髮一把提了起來，拔下一小撮頭髮，還翻開他的頭頂查看。那個喇嘛嘴裏「哞、哞」兩聲，猛拍了幾下都吉的頂輪說：

「都吉，我看見你到處飄飛的靈魂了，要是你心事重，就從這裏進去。西方佛土你不去，就再回來受這人間的苦吧！」

都吉的靈魂豁然開竅，開竅就是打通生命的通道啊。他想起來了，從前喇嘛們說過，人的靈魂是從腦門上方的頂輪飄出來的，也得從頂輪進去。他趁著那個「開路喇嘛」提起他的頭髮，打開他的頂輪的一瞬間，「倏」地就讓自己的魂沿著這個通道順利鑽回到了自己的軀體。

魂落到了實處，人就活了，一度僵硬了的軀體就有暖氣滋生，力量彷彿如挖通了的溝渠，像水一般流淌到軀體的各個部位上去了。

「看啊，阿爸的心在跳了！」阿拉西忽然大叫一聲。

阿媽央金激動地跪在了都吉身邊，「都吉，你的魂快快回來啊！」

神奇的事情總是被後人渲染到令人難以置信的地步。人們說，當都吉從死神的束縛中掙扎回來時，所有的人都像做了一場噩夢，而他卻如站在夢的邊緣的一個旁觀者。他用奇怪而陌生的眼光看著大家，問：

「我這是在哪裡？」

那個「開路喇嘛」一聲長嘆，「哦呀，都吉，願佛祖的慈悲保佑你。你活回來了，活成『回陽人』了！」

田野調查筆記（之二）

這些年來在藏區遊歷，使我開始認真關注生命中的一些神秘的、或者說不可理喻的東西，按時尚的話來講，就是生命密碼。佛教講緣起，我和西藏的緣起和親人的死亡有關。一九九四年我第一次進藏，剛到拉薩不久，就接到家裏的電話，說老父親病危。我星夜往四川老家趕，飛機、汽車、摩托車，能用上的交通工具都用了。一路上風雨兼程，父親的臉總在路的前方盤旋，可是等我在一個悶熱的夏夜裏摸到家門口時，首先看見的就是樓道上的花圈和輓帳了。那是我今生中第一次面對親人的死亡，像許多人那樣，我對死亡心存畏懼。這和西藏有關嗎？我不知道。

是西藏人教會了我如何認識生和死。我們的聖人孔子說：「未知生，焉知死。」而藏傳佛教的輪迴學說似乎總在告訴我，未知死，焉知生。過去在我們的常識裏，生和死有著不可逾越的鴻溝，陰間和陽界，是兩個截然不同的世界。可是西藏人卻說，生和死是相通並相連的，就像江河裏的波浪，生和死不過是同一個波浪在轉換和湧動。而有的人，甚至可以充當陰間與陽界的信使。他們從死亡中回來，告訴人們陰間的訊息。這種肩負特殊使命的信使，西藏人稱之為「回陽人」。

說實話，我在藏區曾經和這樣的「回陽人」打過交道，甚至還和他們做過朋友。只是當時我一點也不知道「回陽人」這個辭彙，哪怕人家告訴了我他們的死亡經歷。

在向你講我和「回陽人」交往的故事之前，我想請你再耐著點性子，讓我們來探討藏傳佛教的一個關於死亡的重要法門——中陰教法，因為不弄清這個教法的一些基本的東西，我就無法向你說明「回陽人」是怎麼一回事。更何況，死亡，是我們最終都要面臨的人生結局，學習一下人家對待死亡的態度，也許會讓我們在面對死神時更有尊嚴。一個人活得有尊嚴並不是一件很難的事，死得尊嚴，方可見靈魂的高貴。

我們知道，藏傳佛教的一個最大特點，是它相信轉世學說，那麼，簡單地說，中陰就是指人在死亡和轉世之間的中間態度。有位智慧的活佛說「它是促成解脫的最好機會」。西藏人認為生命實際上分為四個不間斷輪迴的實體：（1）生，（2）臨終和死亡，（3）死後，（4）轉世。在六道輪迴中，你是輪迴為人還是輪迴為牲畜，你是上天堂還是下地獄，既跟你一生的修行、善惡有關，也和你在中陰階段的態度相連。

在被視為神山的卡瓦格博雪山下，有一些山洞被朝聖的藏族人認為是中陰教法的現實體現。這些山洞常常在懸崖上，人們冒著生命危險爬上懸崖，從一個洞口進去，再從另一洞口鑽出來，那裏面時寬時窄，曲徑通幽。我曾經鑽過一次這樣的山洞，在黑暗中，人必須四肢伏爬著才能通過一些地段。我的藏族朋友告訴我說，你順利地鑽出來了，就象徵著你能在中陰階段如願投生轉世。

那時我想，我沒有從懸崖上摔下來就算幸運的了。如果有人告訴你一個黑暗的山洞和生命有關，你會聯想到什麼？我在裏面艱難地爬行的時候，我想到了母親的子宮。

因此，以我對藏傳佛教膚淺的理解，中陰階段就是死亡和轉世之間的一條過境通道。在這條通道裏，人的意念非常特殊，求生的欲望也特別強大。有的人想往生佛土，前往天國，有的人想來生再轉世為人，而有的人，則更留戀今生。他們可能在中陰通道裏徘徊一陣子，幸運地得到冥冥之中的慈悲，又活回來了。

就這樣，他們成了「回陽人」。

在卡瓦格博雪山下開車的馬師傅，身上融合著藏族和回族的血液，這樣的人在滇藏接合部多民族雜居地方，通常被人們叫做「藏回」，但馬師傅的母親又是一個信奉天主教的藏族人，而他自己卻是一個虔誠的佛教徒。

我和馬師傅相遇的那年，我還不敢在藏東地區崎嶇險峻的盤山公路上獨自開車。當地政府派馬師傅開一輛北京二一二吉普送我過海拔五千多米的白馬雪山。我們出發那天天氣不太好，翻到海拔四千多米的盤山道上時，眼睜睜地看著一團雨雲順著山谷裏追著我們跑，連我都明白，要是被這團雨雲追趕上了，我們的處境就不太妙了，誰知道它帶來的是一場暴雨還是一場大雪。

可是馬師傅車開得那個慢啊，比一輛拖拉機快不了多少。我常常急得坐在駕駛副座上用右腳使勁，在潛意識裏為他加油門。但他就是在雨雪把我們快淹沒了，也還是那麼慢騰騰的。那輛破吉普密封又不好，寒風在車裏亂竄，我凍得覺得自己快成一根冰棍。由於他的拖沓，我們在雪山上和風雪搏鬥了兩個多小時才掙扎出來。

我在藏區還沒見過如此沒有脾氣的康巴人，萎萎縮縮，勾腰駝背，連一隻松鼠也會把他嚇倒。有一隻松鼠從車前方一閃而過，馬師傅驚得「哎呀」一聲，雪地上他又不敢踩剎車，只把方向盤偏了偏，這一偏差一點把車翻進了深淵。車過了很遠了馬師傅的聲音還在顫抖，不是為剛才我們倆命懸一弦，而是還在擔心那隻小松鼠。他問，我壓著牠了嗎？我說那些小傢伙機靈著哩，你就是想壓牠都難。你猜這個康巴男人怎麼回答？罪孽啊，你怎麼會想到壓一隻松鼠。牠的前世說不定就是你的一個親人呢。

我們終於在天黑時才翻過了白馬雪山，晚上住在路邊的一家小旅館裏。吃晚飯時，我要了一瓶青稞酒，可馬師傅連連搖頭說他不喝酒。這更讓我看不起他。晚上又不開車，喝了酒暖和暖和，好睡覺。我說。馬師傅說，不用不用。我喝湯也可以暖和身子。

一個焉不拉唧的人，康巴人中的另類。於是我就一個人喝，算是自己給自己壓驚。我這人酒一喝，話就開始肆無忌憚起來。我對馬師傅說，這地方開拖拉機的傢伙們可真夠野的啊，連我們的吉普車都敢超。

馬師傅肯定被傷著要害了，他把碗一放，說，兄弟，我在這條路上開了二十年的車了。哪一個彎道上，方向盤是打一把半還是兩把，我比誰都清楚。要是我快起來，電視上那些開賽車的，在這條路上不見得會跑得過我。

我說，人家都是些專業車手，從小就是吃那碗飯的，你才開幾年的車啊？

他那康巴人不服輸的脾氣終於被我激出來了，「啪」，將一本駕駛本兒摔在我的面前。看看，一九七五年的執照。這傢伙總算還知道驕傲。

我拿起那本兒瞧了瞧，如果不是那晚我喝得有些多，我不會跟他較真。我看見那本兒的照片上，是個臉寬寬胖胖的、英氣逼人的傢伙，哪像現在的馬師傅，有點病態的瘦削和萎縮，似乎連五官都要比照片上小一輪。

誰的本兒，買來的吧？擔心被員警查著哦。我用嘲諷的口氣說。

是我的本兒！馬師傅急了，差點一拳砸在我的頭上。

可是，可是你看看，照片上的這個人怎麼會像你？

那是從前的我，跟現在的我當然不一樣！他的聲音低了下去。

有什麼不一樣？我的聲音高了起來。

我是死過一回的人啦。你知道在陰間裏走一趟是怎麼一回事嗎？馬師傅嚴肅起來。

我……我不知道。我忽然感到很羞愧，那時很想馬師傅揍我一拳。

下面是馬師傅講的死亡經歷。（根據錄音整理，未經本人同意）

我從十六歲起就在這滇藏公路上開大卡車了。那時年輕氣盛，身體好，一個人從大理拉蔬菜到西藏昌都，三天三夜的車程，不睡覺，連夜開。為什麼？時間長了，車上的蔬菜就壞啦，那時又沒有冷藏車。車上放桶五公升塑膠桶裝的青稞酒，一口袋乾犛牛肉，一邊開車，一邊喝酒，連捏糌粑的時間都沒有。實在睏不住了，就把車停在路中央睡一小會兒。為什麼不靠邊停？那不一覺就睡過去了？車停在路中央，前後來車了，人家一按喇叭，就知道該趕緊走了。我的車技就是這樣練出來的。那時我一頓可以喝兩公斤白酒，吃一公斤飯，身體好得像頭公犛牛。有一次單位開表彰會吃年飯，半斤大的饅頭，我一隻手掌抓了八個，兩隻手抓了十六個，全吃下去了還不覺得飽。哪像現在，站在懸崖邊風都能把我吹走。

唉，人那時太得意了，就不知道什麼叫害怕。可是魔鬼專門收拾那些不曉得敬神的人。有一次，我的一個也是跑車的兄弟，跟我一樣，自認為是天不管神不收的傢伙。那天我們喝了大約六七斤白酒，說到開車的事上，誰也瞧不上對方的車技，就說比一比吧。然後，我們就把各自的十噸大卡車開出來，上了雪山。你們城裏人管這叫什麼？飆車。對，我們就在山路上飆車。那傢伙始終衝在我的前面，我怎麼也追不上。

超車難啊，你知道的，好多地方遇到對面來車時，還會不了車呢。都是酒這東西害的啊！在一個彎道上，我剛想超他，對面忽然來了輛吉普車，那時候能坐吉普車的肯定是領導，至少也是個副縣長嘛。我的腦子一亂，方向盤一打，就飛下峽谷啦。我飛在空中的時候，只聽到「轟隆」一聲巨響，那傢伙和人家撞上了。他也沒有贏我，是不？

哦呀呀，我掉下去了有三百多米，車頭都摔扁了，車大梁也摔斷了，四個輪子全飛了。我麼，嘿嘿，我當場就摔死了。可我怎麼還在這裏，是我們村裏的活佛把我救回來的啊。從哪裡救回來？從閻王那裏。

不騙你，我真的看見了閻王。他是一個白鬍子很長的老頭兒，一身白衣服，瘦瘦的，臉上永遠都一個樣，不像人，會哭會笑會發怒，他還穿著死屍皮縫的衣服，胸前掛滿人頭骷髏。閻王對我吹了口寒氣，我就像一張紙一樣飄起來了。那寒氣我現在說起來都還會感到骨頭發冷。

我飄呀飄，好像是一直飄到了雪山峽谷的最深處。我看到許多像我這樣在飄的人，他們身上被凍得開了裂，起了泡，膿血淌得到處都是。我活回來後，曾經問過活佛，活佛告訴我說，那些人是從地獄裏飄出來的凍死鬼。你要知道地獄有好多種，有用火來烤你的地獄，也有凍你凍得淌膿的地獄。

我飄到最底層的時候，感到那個冷啊，好像皮膚都快要凍炸了。這個時候，我聽見有人在喊我的名字，很小很遠，就像峽谷這邊的人喊峽谷那邊的人。我用最後的一點力氣總算聽出來了，是我的阿媽在喊我啊。

那時候，要想集中注意力聽一點聲音都要使出全身的力氣。我想起我的阿媽頭髮都苦白了，還沒有享幾天的福。我的阿爸在我很小的時候就死了。是我阿媽把我們幾兄弟養大的。不行，我要回去給我阿媽盡孝心。我就拼命掙扎，要讓自己往上飄。

這時，有個穿僧衣的老人飄過來，一腳把我從黑暗的坑裏踢了出來。他說，你這個傢伙，年輕輕的，跑來這裏幹什麼？你給我好好聽聽，有人在喊你哩。還不快走？那一腳把我踢得飛了起來，於是我就往上飄了，後來我又聽到我媳婦在喊我，我女兒在喊我，我就努力地往上飄啊飄。兄弟，以後你家要是有什麼親人要過世了，你們一定要拼命喊他的名字，把他從陰間喊回來。

我後來才知道，我在陰間飄的這段時間，人間過了十七天。怎麼會有那麼長？讓我告訴你。我的車飛到峽谷底後，人們用了六個多小時才找到我。那時我已經流乾了身上的血了。他們把我送到縣醫院，醫生要從我的身上抽血化驗我的血型，可是卻抽不出血來了，只能抽出一些粉紅色的水。縣醫院的醫生說，這個人連血都沒有了，還救什麼救？送回去找天葬師吧。我媽她們把我抬回村裏，一個活佛過來看了看，對我媽說，人還沒有死哩，他的陰魂還在中陰裏找出路。趕快往南方送，送得越遠，活的可能就越大。

從我們這裏往南方走就是州府，再往南當然就是省城了。我的一個在城裏工作的舅舅說，死馬也要當活馬醫，何況是人。就到省城找家大醫院吧。於是家裏的人又找了輛車，連夜連晚往省城趕。第四天才到省城的一家醫院。那裏的醫生撩開被單一看，用聽診器聽聽我的心臟，開口就罵，一個死人你們拉來幹什麼，吃飽了撐得慌啊。我阿媽給省城的醫生磕頭，說我們村的活佛說了，往南方走我的兒子才能活，如果你們不救，我們就只有再往南走了。那個醫生被感動了，說試試吧。就把我送上手術臺。省城醫院的那些傢伙脾氣大，但是醫術還是蠻高的，他們直接往我的心臟裏輸血。到第十七天，當我從那邊飄回來時，我的眼睛也終於睜開了。

一年以後我才出院。我知道死是怎麼回事，人就大變樣了。到活佛面前發誓戒了酒，也再不開快車。今天在路上，我已經看出你的不耐煩啦。不要說要下雪，就是要下刀子了，我也是這個速度。不是不敢，而是我已經死過一回，是另外一個人了。

那時，我並不把「死過一回」的人的經歷，跟西藏獨特的宗教文化聯繫起來看。因為現代醫學對此有個專門的術語「瀕死經驗」。我在一份資料中看到，二十世紀八十年代，美國蓋洛普的一項民意調查顯示，「至少有過一次瀕死經驗的美國人高達八百萬，占其總人口的百分之五。」

現代化的美國，八百萬「回陽人」？——佛祖，他們在陽界占的便宜已經夠多的啦。你可太照顧美國人了。

當然，如此界定肯定很多人不會接受的，在大洋彼岸有瀕死經驗的人，並不可能都是雪域高原認可的「回陽人」，大家的文化背景迥異，對生命與死亡的詮釋方式也就不同了。一位德行高遠的喇嘛上師告訴我，一個人當了「回陽人」以後，他的人生整個兒就改變了，他會顯得平和、虔誠、敬畏、慈悲。有的「回陽人」還會在一些特殊的時段裏回去一段時間後，又回到人間，充當陰間和陽界的信使。

我對這種在生死間——陰陽兩界——來去自如的「信使」更感興趣。後來，我在這位喇嘛上師的指點下，找到了這樣的一個「信使」。她是一個住在瀾滄江江邊的老婦人，我走進她所在的村莊的時候，她正蹲在牆角邊曬太陽。灰撲撲的一團，使我誤以為那是一堆柴或別的什麼，竟然在明亮的陽光下沒看清那是一個人。直到我從她身前走過，陪我去的藏族兄弟才說，你要找的人不就是她嗎。我才發現，那裏有一個手搖的轉經筒在轉，有一顆心還是活的。

提布卓瑪的意思為「潑掉的灶灰」，當我得知這就是老人的名字，也在心裏感嘆難怪我看不見她呢。我們知道藏族人喜歡用神靈和吉祥的事物來作為自己的名字，但還有一些藏族人故意用很卑賤的事物來取名字，如仲永（狗屎），仲雍（乞丐）等，以不被魔鬼注意，平平安安地過一生。我們漢人其實也有這樣的風俗，狗娃豬娃的同樣叫得理直氣壯。

提布卓瑪的故事充滿了神秘性。她的父親在文革時是生產隊的保管員。有一年，不知為何少了幾袋青稞，在那個年代這可是件大事。於是公社派來了工作組，大會小會地批鬥，有一次竟然把人給鬥死了。那時喇嘛們都在生產隊勞動，也沒有人來給他超薦亡靈。幾個年輕人受工作組的派遣，就把提布卓瑪的父親抬到山上埋了。

那四個年輕人是不知道敬畏的傢伙，他們抬提布卓瑪父親的屍體上山時，不是將死者的頭朝前抬，而是腳朝前，這是相當犯忌，也是對死者非常不恭的。到了山上也不好好埋，還說了死者許多不恭敬的話。文革結束以後，提布卓瑪也大了，在都快當奶奶的時候，有一天她躺在家中的床上就過世了，家裏請來喇嘛念經，第三天，她老人家忽然坐了起來，對屋裏的兒子說，還不快去找我們家的牛，我看見牠跑到山那邊去了。

這下倒好，她成了「回陽人」。

一次村裏開大會，提布卓瑪本來好好的和一群老人坐在一起，但是奇怪的事情接踵而至。她先是無緣無故地抓過一個老漢的煙筒來，「叭嗒叭嗒」地抽上了水煙，那架勢跟她父親當年抽煙時一模一樣。在所有的人都莫名其妙的時候，提布卓瑪突然用她父親的聲音說話，她開始數落當年那四個抬她父親上山的年輕人——他們現在也是當爺爺的人啦。提布卓瑪用她父親的嗓音陰鬱而低啞地敘說從前的傷心往事，——其實也就是她死了多年的父親的陰魂在講話，說他們如何將他腳朝前抬上山，還說他的壞話，墳墓的坑都不願多挖兩鋤頭，第二天野狗就來刨墳了。還說當年生產隊的青稞少了幾袋，是隊長偷偷分給大家的，因為要餓死人了麼。可是當公社的人來查時，卻一個也不敢出來為他作證，吃了青稞的人都躲得遠遠的。有誰誰誰，誰誰誰，你們以為自己造的孽沒有人知道嗎？

那些被點了名的男人們，全都跪在提布卓瑪的面前，祈求她——她父親的陰魂——不要再說啦，他們知道自己的罪孽啦，他們會在燒香念經時為他的亡靈祈禱的。

現在，提布卓瑪成了村裏在家修行的尼姑，也是大家敬畏有加的老人家。她經常回去。人們告訴我說。就像說她經常去回娘家一樣。但是她去的地方是陰間，是一般人不願去也輕易去不了的地方。有些人家想知道已故的親人在那邊過得怎麼樣，投生到哪裡了，有什麼要求等等，就來問提布卓瑪。老人就會很自然地說，等到了時辰，我過去問問吧。或者說，寫在一張紙上，我拿給他看。然後她會把這要帶到陰間的紙條，小心地揣進自己貼身的口袋裏。據說那口袋裏經常塞滿了寫給那邊親人各種各樣的問候和請求。諸如大到禮節性的問安，兒女的婚事是否合適，新起的房子風水如何，小到給家裏剛產的馬駒取什麼名兒，收穫的青稞是拿出去賣呢，還是全釀成酒等等。

那麼，她從那邊帶回來的消息準確嗎？我問。

準確。村裏所有的人異口同聲地告訴我，那不容置疑的口氣使我不好意思再追問一句：你們怎麼知道是準確的呢？

但是，當我想去當面採訪提布卓瑪老人時，我們卻沒有說一句話。在藏區，一個修行的老尼，也許是最讓人心生悲憫的人。她們的臉上大都沒有一點光澤，不是被生活擠壓乾了作為一個女性的所有光彩，而是她們把自己的一切都供奉給了佛菩薩。她們的生活儉樸、單純、安靜，就像一縷清風，悄無聲息地飄來，也像一捧淨水，又清清淡淡地流走了。

提布卓瑪剃度了的頭上有約一寸長的灰白頭髮，她白天除了去轉村口的那個巨大的白塔外，就是長久地坐在牆角一隅一動不動。唯一在動的是她手裏搖動的轉經筒，和那些黑密密的圍繞著她的蒼蠅。有時蒼蠅爬滿了她的頭，她的臉，她的前身後背，使她看上去就像一個「蠅人」。但是她從不去驅趕那些討厭的傢伙，似乎沒有那個時間。她手裏的轉經筒在永不停歇的旋轉，嘴邊時不時地滾落出幾句經文。很輕很輕，好像怕嚇著那些爬在她嘴唇邊的生靈。

面對這樣一個心懷悲憫的老人，我真的無話可問。其實我也很想問她：

提布卓瑪奶奶，我的父親母親也在那邊，妳可以幫我捎句問候的話過去嗎？如果妳願意，請妳也告訴我，我的父母親大人在那邊過得好嗎？

唉！

8 回陽人

都吉從死亡的邊緣掙扎回來，成爲傳說中的「回陽人」，是件在峽谷裏一百多年來都在傳誦的真實奇蹟。儘管他已經死去了十多天，儘管喇嘛們試圖把他的亡靈超薦到西方佛土，儘管他被踢爛了的心臟還露在外面，但是他重新活回來了，站了起來。寺廟裏懂藏醫的央欽喇嘛爲都吉配製了各種藥丸，希望以神的名義和人間的愛讓他重新過上正常人的生活。因爲都吉雖然甦醒過來了，但他就像一個大病初癒的人，面色蒼白，身體虛弱，一陣風都可以把他吹走。有時候，人們看見他在地上艱難地挪動著身子，但風一吹來，他就飄起來了，搖曳著要往天上飛，他身邊的親人要隨時拉住他的衣襟，他才不會重新回到亡靈們的世界。

他吃不下任何東西，因爲喉嚨裏咽下去的食物，從胸口那裏就淌出來了。好在食物的香味足以令他不感到饑餓，人們發現只需把打好的酥油茶、蒸好的水氣粑粑、冒著騰騰蒸汽的水煮牛肉放到他的面前就行了。而最讓大家焦慮的是，都吉除了剛醒過來時問了那句他在哪裡的話以外，在後來的日子裏再也不願說話，他的嘴裏塡滿了戰火的硝煙，人間的苦難，無盡的冤屈，它就永遠對這個破碎混亂的世界閉上了。好在過些時日，阿拉西發現了與自己父親對話的管道，那就是父親的心。「回陽人」都吉在用心和親人們交流。

都吉心上的傷口一直沒有癒合，並不是因爲央欽喇嘛的草藥不能使新肉長出來，也不是因爲白瑪堅贊頭人的馬蹄踢得太深，而是由於心裏有冤屈，口裏又說不清，它就想從那裏向罪惡的人間喊出來。阿拉西那天忽然聽見父親的心張嘴說：

「是白瑪堅贊頭人的戰馬踩死了我。」

阿拉西那時叩首哭泣著對父親破碎了的心說：「阿爸，我會爲你報仇的！」

心上長了張嘴，心就會說話。心說的話，比嘴說出來的話語，更情深意濃，更震撼人心。都吉的心說：「阿拉西，我從地獄裏活回來，是因爲我的心不甘，我還欠著一件事情沒有做完。」

阿拉西說：「阿爸，把你的心放進去吧。你有兩個好兒子呢。」

都吉的心又說：「人心裏有恨，有冤屈，就像青稞長了黴，怎能放進櫃子裏？」

阿拉西那時感到自己的心也因爲恨而快要蹦出來了。這場峽谷兩岸的戰事來得就像一場突如其來的泥石流，把西岸寧靜富足的生活頃刻間就沖毀了。可是就是一場泥石流，也是由於人們冒犯了神山才會遭來的懲罰，阿拉西和西岸所有的人都不明白他們爲什麼會遇到這樣的滅頂之災。

但有一點阿拉西非常清楚，那就是他該做什麼才能告慰父親飽含冤屈與恨的一顆心。

那時，除了阿拉西和貢巴活佛，其他人都無法和都吉的心對話，連阿媽央金和玉丹也不能聽懂都吉在講什麼。在所有的人都在爲都吉總算活回來了而額手稱慶時，只有貢巴活佛面對神情憂鬱、落落寡合、一言不發的都吉時，常常心生悲憫。因爲他看到了都吉在生和死之間掙扎的那顆痛苦的心，就像放到水窪裏只有幾口水活命的魚，想蹦跳回湖泊裏，但離湖岸又太遠；

他還擔心他隨時都要從身體上飄走的靈魂，彷彿大風中樹枝上的危巢。他在地上飄著行走，是因爲他的心找不到一個依托之處。

貢巴活佛曾對他說：「都吉，對於我們這些修行者來說，心應該是湖底的石頭，而不是樹上跳來跳去的猴子，風中的火苗。把你苦難沉重的心放下來吧。大地會接受它的，佛菩薩的悲憫會安慰它的。」

都吉的心翕動幾下，眼睛裏卻滴出兩滴眼淚來。活佛聽見他說：

「爲什麼有人的心比蛇蠍還毒。」

貢巴活佛深深嘆了口氣，「這也是爲什麼人世上有人要出家修行的原因啊。」

瀾滄江西岸的村莊被攻陷以後，現在就只有寺廟還相對完好無損了。朗薩家族的勢力已經順利完成了對西岸的控制，他們不但驅逐了西岸的百姓，還要驅逐百姓們信奉的神祇。只是由於那天大地開裂，地火噴湧，朗薩家族的馬隊才沒有踏過貢巴活佛的胸膛，闖進雲丹寺的大殿裏來。寺廟裏的僧侶一多半已經戰死，只剩下一些老僧。貢巴活佛在戰火平息後，著人騎了一匹快馬將一封申訴信送到獨克宗阿茸宗本那裏，但宗本也是信奉黃教的信徒，將貢巴活佛的信使鞭打了一頓，反說是紅教喇嘛在峽谷裏挑起事端，不日他就要親自前來解決峽谷兩岸的僧俗糾紛。所謂解決，貢巴活佛已經從那個信使背上的鞭傷預料出結果了，那就是：雲丹寺改宗黃教，不願意違背自己信仰的喇嘛（包括他這個活佛），雲遊他鄉。

貢巴活佛無意中說的一句話，都吉卻用心聽進去了。他的心就裸露在外面，有些話從耳朵裏聽進去的，和從心裏聽進去的，給人的震撼是不一樣的。他剛才說到了人心毒如蛇蠍，貢巴活佛卻提到出家修行。修行修的是什麼呢？是修心。是把心修煉得像湖底的石頭。這是活佛經常告誡大家的話。

屋裏吹來一股奇怪的暖風，都吉的身子忽然飄起來，懸在半空中，向屋外如一片樹葉般飄去。一旁的阿拉西大叫：「活佛，我阿爸要飄走了！」

貢巴活佛平靜地說：「不要管他。你阿爸在尋找自己失落的心。」

都吉像一隻笨拙的大鳥，在初夏生機盎然的大地上空飄飄停停。昨晚剛剛下了一場暴雨，將縈繞在峽谷裏好多天的血腥氣息蕩滌一新，大地就像一個如阿拉西和玉丹那樣年輕的小夥子，到處都蘊藏著勃發的生命力。遠遠近近的山崗在人們不經意間，悄悄地更換著它們喜歡的五顏六色的衣裳。那些大塊大塊的顏色，鑲嵌在巨大的山梁上，彷佛不是從地裏生長出來，而是從天上飄下來的。純白色的是雪山，灰藍色的是冰川，墨綠色的是雪山下的森林，褐色的是沒有樹的山崗，青色的是坡地上的青稞，翠綠色的是村莊外的核桃樹。瀾滄江水漸漸變黃了，豐滿如一個正在發育的少婦；春牛響亮的屁聲遠去了，大地變綠了；一度在乾枯的樹枝上感到寂寞的鳥兒們，又熱鬧起來了。

都吉聽到了草芽頂破酥軟的土地時的歡笑，聽到了山坡上的無名小花「叭叭」開放的動人聲響，聽到了陽光在懸崖上爬涉的腳步，也聽到了大地痛飲這燦爛的陽光、就像康巴漢子痛飲美酒後豪邁的歡唱。唉，大地並不因爲一場罪惡的災難而放棄自己對萬物的滋養，如果它都不悲憫苦難的眾生，還有誰能在這險惡的峽谷裏生存繁衍下去呢？都吉想起昨天晚上自己在那邊痛哭了一場，這邊就下了一場透雨。天上一頓淚，人間一場雨，淚眼化著傾盆淚，撒向人間都是愛。都吉小時候就聽老人們這樣說。現在，都吉有些明白大地因爲什麼而生生不息了。

都吉想往自己家園的方向飄去，他遠遠看見曾經騾馬成群、堆金淌銀的地方，現在已是斷壁殘垣，三五成群的孤魂野鬼在那裏尋尋覓覓，掩面哭泣。自己的管家頓珠的冤魂還掛在一棵核桃樹上，他是被那桶火藥炸上去的，人們從樹上搬走了他已破碎的屍體，他的魂卻留在上面了。很多年以後，頓珠的陰魂都還時常在那核桃樹濃密的樹蔭下閃現。

都吉飄到和頓珠的陰魂棲息的樹枝對面，都吉說：「頓珠，喇嘛上師們已經爲你做了超薦亡靈的法事了，你難道還不想轉世嗎？」

頓珠的陰魂說：「我要在這兒看護我的家人。」

都吉說：「頓珠啊，我的兩個好兒子會照顧好達娃卓瑪的，我也會把她當自己的女兒看。」頓珠只有達娃卓瑪一個女兒，他曾經說，自己的命都是揀回來的，今生還能當父親，來世即便轉世爲牲畜也值了。

頓珠的陰魂說：「唉，都吉，我的老主子，你都成了個在陰陽兩邊跑的人啦，看看你的那顆心吧，比我還留戀人間啊。」

都吉說：「不是我留戀人間，而是我要等著看我的仇人下地獄。」

「都吉，你知道，我和死亡之神打過無數次交道，可是他們都沒有朗薩家族的人陰毒。你要小心啊。」

「喇嘛上師們經常說，行有黑白，心分濁淨，閻王那裏裝黑白兩種石子的口袋總是公平的①，我們的仇人的果報來得比一支迎面飛過來的箭還要快啊。」

「主子，你說我們的仇人會被一支箭射死嗎？」

「會的，而且是一支毒箭。」都吉肯定地說。

頓珠的陰魂慘然一笑，「不管是哪個英雄射去這支箭，我們兩個心不死的老傢伙，都該爲它祈禱。我祈誦神靈賜予它無上的神力，穿破雲霧，射穿我的仇敵的喉嚨。」

都吉笑得也很慘然，「頓珠，讓你的魂回去吧。神會保佑復仇的箭穿越峽谷。」

他們身後的那些戰死的冤魂們紛紛念起了咒語，一支復仇的箭已經在亡靈們的期盼中爲貪婪的人準備好了。而此時，朗薩家族的人正在都吉從前的家園上方的一片坡地上，興建他們新的宅院，春牆的歌聲得意洋洋地傳遍峽谷兩岸，根本無視來自陰間的詛咒。這歌聲刺痛了都吉的耳膜，讓他的心又開始滴血了。他飄過去問他們：「我們西岸的人還沒有死光哩，你們就不怕神靈的懲罰嗎？」

更令他感到氣憤的是，那些歡快地幹著活兒的東岸人對他的質問不理不睬，就像沒有看到他這個「回陽人」一般，可他們確實在有意回避他。一個叫阿主的年輕人正在鑿石頭，看見都吉向他飄去，立即抄起一把鐵鍬，遠遠地對著都吉喊：

「別過來，都吉大叔！你是個鬼啊！」

前年阿主結婚，還專門從江東岸過來，請都吉幫他從印度帶瑪瑙。他婚禮上穿戴的那些頭飾、腰飾、胸飾，有一多半都是都吉從漢地或拉薩幫他採買的。他的護心鏡甚至還是都吉送給他的呢。那時峽谷兩岸的人都很相信都吉識貨的眼光，他們對見多識廣的都吉非常尊重和敬佩。

都吉的心說：「阿主侄子，我不是鬼，我只是成了『回陽人』而已。」

阿主看見都吉繼續向他這個方向飄來，就扔了手中的鐵鍬，衝著都吉「呸！呸！呸！」地吐了三口吐沫，躲到人群中去了。峽谷裏的人們認爲，衝鬼的身影吐吐沫，是最簡便的趕鬼方式。其實，不要說鬼，就是人，也害怕別人的吐沫的。

都吉感到很傷心，一個活著的人，被人看成鬼，那他還回到陽間來幹什麼呢。都吉想，年輕人怕鬼，是因爲他們跟死神打照面的機會少。他看見蓋房的人群中，從前在牧場放牧的帕加大爹蹲在已砌到兩人多高的土牆上，指揮大家上房樑。這樣的活兒，帕加大爹在峽谷享有極好的聲譽，尤其是起中柱立大樑的時候，非有帕加大爹在場不可。都吉飄到帕加大爹身邊，對他笑了笑，「你是在我的地盤上，幫別人蓋房子啊。」

帕加大爹倒不像阿主那樣對都吉充滿敵意，他甚至有些敬畏都吉。他說：「都吉，你可以飄來飄去，我現在還不能。今天本是個上房樑的吉祥日子，求你別讓我摔下去啊。」他又有些懊惱地嘀咕道：「真是的，我已經叫『帕加』②啦，你就不嫌我臭嗎？」

都吉的心說：「帕加，你也認爲我是鬼麼？」

帕加想往下面「呸」一口，但又礙於他跟都吉多年的交情，有一年牧場上鬧瘟疫，他放牧的牛羊死了大半，是都吉借給他銀錢，他才把牧場上的牛羊重新壯大起來。帕加說：「都吉，我只是想問問你，我的一個兄弟，十多年前去朝聖，一直都沒有回來，你知道的。你在那邊見到過他沒有？」

都吉認真想了想，他在「那邊」遇見到的峽谷裏的熟人或朋友，好像沒有帕加的兄弟。於是他說：「沒有見到，帕加，你兄弟興許還活著呢。」

但都吉發現帕加好像沒有聽懂他的話，「有人說他被老熊拖走了。」帕加有些麻木地說。

「帕加，過去我們都生活在同一峽谷，大家還沾親帶故的，你們爲什麼要跟著白瑪堅贊頭人來攻打我們？」都吉問了一個他一直想不明白的問題。

帕加說：「我兄弟的兒子都娶媳婦了，要是他還活著的話，該當爺爺啦。」

「帕加，你們幹了那麼多殺生造孽的事，就不怕下地獄嗎？我在那邊可是看見過地獄是什麼樣子的啊。」

「我那可憐的老阿媽，等我兄弟的消息早就把眼睛等瞎了。都吉，你回到那邊的時候，再幫我打聽打聽吧。」

都吉終於發現，他聽得見帕加說的話，而帕加聽不見他的，就像陰陽兩界的人不能對話一樣。而更讓他絕望的是，他看見了自己的仇人白瑪堅贊頭人和他的小兒子達波多傑，帶著一幫人從山道那邊打馬而來。他聽見白瑪堅贊頭人對一個監工說：「地裏的青稞苗都可以藏下鴿子了，你們蓋的房子怎麼還沒有上樑？」

他又聽見頭人說：「達波多傑，看看你今後的領地吧，它一點也不比瀾滄江東岸差多少呢。」

他還聽見頭人說：「多傑，西岸剩下的那幾條土狗，都躲到寺廟裏去了。有一天，你要聯合野貢土司的人馬，連同那些戴紅帽子的喇嘛，都趕到瀾滄江裏去。」

都吉憤怒了，他不是沒有抗議，爭辯。從白瑪堅贊頭人一露面時起，他就飄在頭人的馬頭一側，對他們說，這不是你們的土地，西岸的人們祖祖輩輩都在峽谷這邊供奉自己的神靈，耕種貧瘦的土地，你們連喇嘛上師都要殺，真的不要自己的來世了嗎？貪婪的頭人啊，看看那條大地上的裂縫吧，有一天你就不怕它再次噴出地獄之火嗎？

都吉發現白瑪堅贊頭人根本就沒有看見他，這個兩岸爭端的勝利者，早就目中無人了，更不用說往來於生、死兩界的都吉。人一得意，不但很多危險看不到，就是自己的仇人也會視而不見。白瑪堅贊頭人只是對達波多傑說：「這西岸怎麼比我們那邊更陰冷？到處陰風亂竄的。唉，戰死鬼太多啦，峽谷裏的風要吹上一年，才能把那些可憐的傢伙吹到天上去。」

頭人的兒子說：「阿爸，太陽總是公正的，它把溫暖上午給東岸，下午給西岸。」

頭人緊了緊自己的帽子——他不知道實際上那是都吉從地獄裏帶來的陰風，他說：「所以我們峽谷兩邊的太陽都要擁有。」

都吉想抱起一塊石頭，把白瑪堅贊頭人打下馬來，但是另一股風卻吹著他往寺廟的措欽大殿方向飄，到了大殿的門口，那股風忽然斷了，都吉聽到了風被折斷的「喀嚓」聲，就像折斷一根樹枝。他從半空中跌落下來，跪在了地上。

阿拉西這時從大殿外的臺階下急急地跑來，將剛剛落地的都吉扶起來。「阿爸，我在到處找你。」

「別扶我，我不想跪在這裏，白瑪堅贊頭人來了，我要去報仇！」都吉的心說。

這時，貢巴活佛的聲音從大殿裏傳來，「還不快把你瞋怒的心存放到佛菩薩的慈悲裏來。他們在等你啊，都吉。別讓一顆心到處亂跑了，這是諸佛菩薩要你跪下的。」

阿拉西把都吉攙扶進去，就像以往一樣，父親在他的臂膀裏就像一個影子，因爲他是沒有重量的。他們看見只有貢巴活佛一個人跪在空蕩蕩的大殿裏面的供桌前，嘴裏念念有詞，好像在祈誦著什麼。

「活佛，你在祈禱嗎？」阿拉西問。

「你們過來看。」活佛回過頭來，蒼老的臉上蕩漾出一個孩童般的笑臉。

都吉父子過去，像活佛一樣在供桌前跪下。供桌上擺滿了聖水、酥油花、瑪朵等敬獻給神靈的貢品，再上面是蓮花生大師莊嚴威武的法像，而令都吉父子深感詫異的是，貢巴活佛正在供桌上玩螞蟻！原來一群黑色的螞蟻和一群紅色的螞蟻正在爲一粒掉在桌面上的酥油渣而展開廝殺，牠們相互糾纏撕咬在一起，更多的螞蟻爬過同類的屍體還在蜂擁而至。

貢巴活佛一邊念經，一邊用手裏的一些酥油渣把紅、黑兩群螞蟻分開。他在桌子的東邊撒幾粒酥油渣，又在西邊再撒幾粒，讓那些不斷趕來的螞蟻因爲到嘴了的食物而放棄搏殺。隨著貢巴活佛嘴裏的經文逐漸加快，撕咬在一起的螞蟻越來越少了，牠們就像聽從命令的兩支軍隊，向各自的陣營鳴金收兵。貢巴活佛的臉上再次露出了笑臉。

都吉的心說：「活佛，你可真有一顆菩薩心腸。」

貢巴活佛望著都吉露在外面的那顆心說：「我只是想在充滿貪婪與仇恨的地方，播下愛和寬恕的種子罷了。」

❖ ❖ ❖

①藏族人認為，當死去的人到閻王那裏去報到時，人在世上做了多少善事，便可以得到多少顆白石子，而行了多少惡業，則會得到多少黑石子。閻王根據黑白石子的多寡來判定此人是該轉身三善道，還是打入三惡道。

②帕加在藏東康巴藏語裏是豬屎的意思，人們相信取這樣的名字是為了不引起魔鬼的注意。

第三章

9 夢中之箭

白瑪堅贊頭人死於自己的夢中，或者說，他被自己的夢扼殺了。

峽谷裏的秋風把第一片樹葉染黃不久，白瑪堅贊頭人在峽谷裏終於看到了自己夢中的那隻鷹。這幾天，他一會兒渾身發熱，一會兒擁著熊皮坐在火塘邊還顫抖不已。他感到魔鬼已經扼住了他的咽喉，像捏糌粑一樣地在他的脖子處揉來搊去，還用一把無形的利爪在他的咽喉深處抓抓撓撓，讓一向剽悍的頭人疼得滿地打滾。那實際上是閻王派出來的小鬼正追趕得他無處可逃。這天上午，他剛剛感到好受一些了，人們給他搬來一張躺椅，讓他半躺在院子裏曬太陽。

離太陽當頂還有半個身影時，彷佛是夢裏的情景重現，他看見了一隻巨大的鷹，從自己家的宅院上空一掠而過。

頭人一下來了精神，立即讓人備馬。他以出乎人意料的麻利勁兒，跳上了那匹把自己帶往死亡之地的坐騎，追尋鷹的蹤影而去。達波多傑和管家益西次仁連忙追了出來，他們都知道，自從西岸那些倖存者躲進了寺廟以後，那邊想要復仇的怒火每天晚上東岸都看得見。那是一團在黑夜裏到處遊動的鬼火，它一會兒燃燒在峽谷的山頂，一會兒又飄到山腰，有時它又彷佛在順著江水流淌，從瀾滄江江面上一滑而過，火光把江面憤怒的波浪都照得清清楚楚。

白瑪堅贊頭人沿著峽谷裏的山道一路狂追，他看見那鷹衝向了山坡上的一群羊，牠一個俯衝，像一道黑色的閃電在天空中劃過，一隻半大的羊羔便落到了牠的爪中。

「呵！」頭人歡呼一聲，策馬追去。那羊羔也許太重了點，鷹抓住牠飛得有些吃力。牠在峽谷裏忽高忽低地飛翔，有幾次差點就讓自己的戰利品掉下來了，但是鷹並沒有放棄，牠努力撲打著寬大的翅膀，搧動空氣的聲響像是天上的一連串小雷。

白瑪堅贊頭人之所以感到有希望抓住這鷹，是因爲負重的鷹彷佛隨時都可能墜落在地。羔羊是鷹的戰利品，牠不願放棄；鷹又將是白瑪堅贊頭人的獵物，他也不想放棄；可是頭人萬萬沒有想到的是，今天還有一個人，對一段孽緣更不願放棄。

他為什麼非要去抓那隻鷹呢？許多年以後，朗薩家族的人都沒有弄明白。

但是死亡卻一把抓住了他。在他追出離自家的宅院約十里地時，瀾滄江西岸山崗上的一個騎手已經把一切看得清清楚楚。他策馬從山坡上斜衝下來，趕在了白瑪堅贊頭人的前面。

那時，頭人的眼睛還死死地盯住天上的鷹，他發現鷹一個側飛，向峽谷西岸飛去。頭人連忙打馬往江邊衝，但他胯下的坐騎忽然像奔跑到了懸崖邊，一聲嘶鳴，前腿立在了半空中，險些沒把白瑪堅贊頭人從馬背上掀下來。這時，他看到了對岸山道上立馬橫槍的騎手。

「都吉——」

白瑪堅贊頭人驚愕地喊了出來，倒不是因為看見了冤家的陰魂，而是驚訝自己在黑暗中能清晰看清峽谷西岸騎手復仇的目光。

那騎手戴著一頂寬邊藏式氈帽，帽沿壓得很低，遮住了他半邊的臉。他身著藏族武士裝，身上刀、槍、箭、護身符、熊皮箭囊等一應俱全。騎手嘴唇緊閉，面色陰沉，與其說他是騎在馬上的一個武士，不如說這是挺立在山道上的一尊雕像，滿臉世道的滄桑，渾身風雨的痕跡，彷佛已經在寂寞的峽谷裏守候了一百年。

白瑪堅贊頭人壓下馬頭，勒緊了韁繩。冤家路窄，狹路相逢，保持失敗者的尊嚴與驕傲比戰勝對手更為重要。頭人又恢復了與生俱來的豪情和勇氣，他厲聲而清晰地說：

「嘿！好漢，把帽子抬起來，讓我知道你是誰！」

騎手一句多餘的話也不想說，慢慢把帽子往上推了推，頭人被自己看到的景象驚呆了。那騎手既年輕、英武，又剛毅、果斷。緊閉的嘴唇掩蓋不了他復仇的怒火，堅挺的鼻樑代表著他的高傲，如炬的目光裏儘是面對一個失敗者的輕蔑。一個這樣年輕的人，不可能有成年男子漢才會擁有的這些不可抗拒的魅力。這種魅力是需要被歲月侵蝕雕刻，被腥風血雨洗刷吹打，被魔鬼數次帶到地獄裏刀剁火燎，被女人的愛折磨得九死一生，被滄桑演變榨乾最後一絲激情。一個成年的康巴男人，才會如此冷酷，如此傲慢，如此勇敢而孤獨地面對死亡。

「阿拉西……」白瑪堅贊頭人輕嘆一聲，連提韁繩的力氣都被對方無與倫比的氣概化解。他就像面對一個威武的戰神，除了敬佩，屈服，認輸外，什麼也不能做了。即便對方不射殺他，他已經是失敗者了。

白瑪堅贊頭人眼睜睜地看著阿拉西從熊皮箭囊中抽出一支竹箭來，他還看清了黑色的箭頭，這讓他的頭皮不由得一陣陣發緊，盤在頭頂的髮辮竟然緊張得飛舞起來，又頹然散落。因爲即便連頭髮也知道，箭頭上塗的是一種名爲「見血封喉」劇毒植物的汁，這種植物生長在瀾滄江下游的熱帶地方，峽谷裏打冤家的人家常常會不惜重金去購買。不要說人，就是一頭豹子，只要擦破牠身上的一點皮，豹子也跑不出五步遠。因此，白瑪堅贊滿腦袋的黑髮最先開始簌簌發抖，然後一根根地站立起來，驚慌失措地爭搶逃亡之路。

頭人感到喉嚨處一陣陣發癢，他明白那裏將是中箭的地方。他奇怪爲什麼自己的一生要用一支箭來了斷。但不管怎麼說，一生的疑惑與貪欲將在一瞬間得以解脫，他突然產生了強烈的說話欲望，他已經被喉嚨裏的魔鬼折磨得幾天不能說話了，現在他想在自己的仇人面前，把最想說的話留給這個紛亂的世界。

「好漢生時有雄心，死後天上一陣煙。今生不能到你家喝酒，來世我們再做冤家。來呀，好漢，往這裏射！」白瑪堅贊頭人甩了甩快要蓋住臉的頭髮，指著自己的脖子處說。

他看見沉默的騎手張弓搭箭，繃緊了的箭弦在寂靜的山道上發出「吱吱吱」響聲，那是索命的聲音。原來生命是多麼的脆弱啊，就搭在這一根弦上，而人一生中無止境的貪欲讓它怎麼承受得住呵。

白瑪堅贊頭人剛剛明白這個道理，他便看見黑色的箭頭隔岸飛了過來。原來一個人的一生是如此的短暫，喇嘛上師們經常說生命無常，剎那間生生滅滅。一剎那，其實就是一支命運之箭飛撲過來的那點功夫。白瑪堅贊頭人還來得及想起仇人死時哀泣悲憤的面容，都吉的身子在他的馬蹄下扭曲掙扎，但是他憤怒的眼睛卻沒有掙扎，而是始終飄浮在白瑪堅贊頭人的頭頂。原來復仇的眼光可以變成一支箭，帶著殺氣撲面而來。他終於知道敬畏了，可是啊……

頭人還來得及反省自己一生的貪欲，像瀾滄江水一般浩浩蕩蕩，無窮無盡。在他執掌朗薩家族之前，他的父親曾經把他帶到江邊，告訴他說，朗薩家族是被這江水從雪域高原沖下來的，在贊王松贊干布的時代，一隻鷹飛九天，也飛不出朗薩家族的地盤。現在一方小小的峽谷就將朗薩家族像閹一匹馬駒一般閹死了。孩子，你要找到朗薩家族的神鷹，驅趕牠展翅高飛。神鷹翅膀掠過的地方，就是你的家業。

佛祖啊，你生於一個貪婪的家族，就必將死於貪婪。前世扎翁活佛曾經說過，人是如何活的，就將如何死。一個人的活法決定了他的死法。

那支命運之箭挾帶著一股陰風，沿著命運指定的方向準確地飛行。白瑪堅贊頭人感到脖子處先是一陣灼熱，然後是徹底的清涼。箭矢剛勁猛烈的衝擊一度讓他的身子往後仰了仰，但是頭人身上最後一股豪氣令他依然坐穩了馬鞍。他低下頭去，看著半截箭桿露在脖子外面，鮮血從箭尾滴嗒滴嗒地淌出來。喉嚨裏的魔鬼終於被打倒了。這最後的一個念頭在腦子裏一閃現，他感到那兒舒服多了，然後便伏身在了馬背上。

那馬一聲哀鳴，馱著主人轉身跑了。

白瑪堅贊頭人一生中做了無數個夢，但唯有這個夢真實得就像某個不吉利的陰霾白天發生的事情。他的坐騎馱著他從噩夢裏跑回來，順利地跨越了夢與現實、生與死的門檻，才讓他暫時擺脫了死亡的追蹤。當他醒來的時候，他被噩夢驚出的汗水，浸透了他身下的熊皮褥子，又滴淌到臥室，形成一股畏畏縮縮的溪流，一直流到了走廊，再流進寬敞的廳堂，最後把火塘裏的火都澆滅了。

他對自己的兩個兒子和管家益西次仁復述夢裏的景象時，每一個細節都記得清晰無誤，連那支箭射中自己脖子時的灼熱和清涼，以及之前箭在弦上的吟唱，箭在峽谷的上空刺破空氣的「颼颼」聲響，還有他的頭髮怎麼一根根地豎起來爭相逃命，他都講得活靈活現，如同親自經歷過一般。有時頭人的兩個兒子不得不爲父親噩夢醒來後的狀況擔憂，不吉祥的夢沒有使他清醒，反而讓他陷入某種迷狂，那是一種對死亡的畏懼才造成的癡迷和瘋狂。他在一個黃昏告訴自己的兩個兒子：

「阿拉西會從夢裏追出來射我一箭的。」

儘管人們不斷地勸慰他，鼓勵他，說那幸好是一個夢而已。噩夢人人都會做，只要醒來看見天上燦爛的太陽，就應該感到慶幸啦。

但是頭人什麼都不相信，只癡迷於自己的夢，甚至連從寺廟裏請來專門占夢的喇嘛的話，他也半信半疑。迦曲寺那個叫扎魯的喇嘛是個釋夢大師，多年來由他負責解釋瀾滄江峽谷東岸人們的夢。因爲人們相信，夢和神靈的啓示有關，也和魔鬼的腳步相連。從前曾經有一個帶著三個孩子路過峽谷的乞丐，是那種哪裡有狗叫聲，哪裡飄炊煙，就去哪裡討吃的流浪漢。他在乞討時對人們說，雖然我現在衣不蔽體，食不果腹，手拿打狗棍，可是在我的夢裏，我穿的是鏤金法衣，手持的是金剛法杖，出行有儀仗華蓋，住的是看不到屋頂的高堂大屋，吃的是神靈遣下的美食。人們都笑他，說一口糌粑都要從狗嘴裏爭搶的乞丐，連茶沫子的殘味都聞不到的流浪漢，你就繼續做你的夢吧。但是扎魯喇嘛見了這個乞丐，竟然納頭就拜，說他必定是大福大貴之人。還把他們父子迎請進自己的僧舍，將他的討飯碗和打狗棍都扔了，說這些東西怎麼配一個富貴之人呢。果然，半年以後，這個乞丐的一個孩子被拉薩一座寺廟尋訪靈童的高僧認定爲他們的大活佛。從那以後，人們不但敬畏神靈，也敬畏自己的夢。

扎魯喇嘛到頭人家爲他念了三天的經，以禳除頭人夢裏的魔鬼。他不用詢問，就已經知道了是哪一路的魔鬼在頭人的夢裏興風作浪，因爲他就是掌握了在夢與現實中來去自如法門的上師，他觀人們的夢，就像觀自己掌上的紋路一樣瞭如指掌，清晰準確。就如扎魯喇嘛所說的那樣，「夢是生活的另一面，吉兆和凶兆都隱藏在我們的夢裏。」

按扎魯喇嘛的解釋，預示著吉兆的夢，諸如夢中穿法衣，騎著獅子或神馬奔馳，順利地蹚水過河，駕馭天龍，看見初升的太陽不被雲霧遮擋等等；而凶兆的夢則是穿有臭味的衣服，身處暴風雪當中或者身陷沼澤，看見自己身上爬滿蟲子，和死人一起跳舞喝酒等等。當然了，白瑪堅贊頭人被箭所傷的夢顯然不是一個吉祥的夢，但是扎魯喇嘛有辦法給出另外的解釋。

他問頭人：「你真的看到了那隻鷹了嗎？」

頭人回答：「就像我看到你一樣。我還看見牠抓起了一隻羊羔哩，連那羊羔亂踢的蹄子都看得清清楚楚。」

喇嘛又問：「牠是從雪山上飛下來的嗎？或者，牠有沒有在雪山上盤旋？」

頭人想了想，說：「牠飛過我的眼前時，一定是剛從雪山上下來的吧？哦呀，哪有不飛越雪山的雄鷹呢？」

扎魯喇嘛一拍大腿，「哦呀，這是很吉祥的夢啊，老爺。鷹飛過的地方，就是你的領地；鷹抓獲的羊羔，說明老爺你最近已把巨大的財富收入囊中。我們要恭喜你啦！」

白瑪堅贊頭人臉上露出了久違的笑容，「尊敬的上師，你說的怎麼和我父親的話一樣啊。哦呀……」他忽然想起了那夢的後半截，「可是，可是對岸那個射我一箭的傢伙……」

「沒關係的，」扎魯喇嘛搖晃著腦袋說：「預示著死亡凶兆的夢不是一個騎馬射箭的小夥子，而是一個戴紅頭巾，穿紅衣服、手持紅花的男人。你見過他嗎？」

頭人使勁想了想，說：「沒有。」

「或者是夢裏出現一個黑色的女人，伸出她黝黑的手，一下就把你的腸子掏出來。」扎魯喇嘛邊說邊把自己精瘦的手猛地伸到頭人的腹前，嚇得頭人不自覺地往後一縮，肚子裏一陣發緊。「你看到自己被掏出的腸子了嗎？」他又補充道。

「沒有。」白瑪堅贊頭人厭惡地說。這個傢伙比夢裏的阿拉西還要討厭，他想。念過幾天經的人就是喜歡賣弄自己的學問。

扎魯喇嘛依然陶醉在自己的釋夢感覺裏，「從老爺夢裏前後的因果來看，吉大於凶，陽大於陰，生大於死。老爺這一陣不要往西岸去就是了，那邊的陰氣重。西岸的射箭手再有神相助，也不可能將一支箭隔岸射過來。」

「可是他確實射過來了。」頭人還心有餘悸地嘀咕道。

「那是夢裏的箭。白天沒有夢的時候，這支箭怎麼能飛那麼遠呢？連火繩槍都打不到對岸的。」

「那我的夢就交給你守護了。」頭人可憐巴巴地說。

「尊敬的朗薩家族歷來是我們寺廟的大施主，我們不但護佑你的財產和領地，當然還要護佑你的夢。我再幫老爺念一天的經，回去後，讓寺廟的眾僧爲老爺做一場禳災祈福的法會，我敢擔保只有雄鷹、神馬、宮殿裏的寶座、漂亮的帽子、八瓣蓮花、五彩的花雨、佛的光芒、彩虹、盤旋的白色大鳥這些吉祥的東西，天天出現在老爺的夢裏。因爲我會念咒把它們放飛過來，讓老爺你睡在吉祥的夢中不想起床。」他發現自己說漏嘴了，於是又改口道：「哦呀，當然了，老爺起床後，會發現夢裏的吉祥都會變成真的。」

白瑪堅贊頭人顯得有些焦慮，「美夢成真的事情，誰他娘的不想。怕的是魔鬼控制了一切，美夢變成了噩夢，那他就是天底下最走背運的倒楣鬼啦。」

爲了白瑪堅贊頭人天天睡覺時有吉祥的美夢，朗薩家族又給寺廟送去了大量的佈施，寺廟裏如約舉行了隆重的法會；爲了提防夢中無處不在的復仇的利箭，頭人再不去瀾滄江西岸，晚上睡覺時連窗戶都增加了木擋板。各種驅鬼的法器擺滿了頭人的臥室周圍。

西岸那邊新蓋的大宅已經完工，野貢土司本來就要將女兒送過來了，但是寺廟裏的喇嘛們堅持說，西岸到處飄蕩的孤魂野鬼還沒有趕盡，這個時候舉行婚禮不吉祥，最好是在今年的藏曆新年之後，因爲野鬼們是過不了年關的。現在只有達波多傑和管家益西次仁領著一幫人在西岸佈置著新房，倒不是那個被他嫂子的妖氣攪暈了頭的兄弟心回意轉，一心等待和土司家的千金成親，而是達波多傑已經再也不能忍受貝珠每天夜晚的叫床聲。到了西岸的新居後，他發現自己終於可以睡個好覺了。

現在不能睡好覺的卻是白瑪堅贊頭人。並不是大兒媳婦的叫床聲也攪了他的美夢，也不是他害怕一不小心再次落入噩夢的陷阱裏，而是他根本就不能入睡，魔鬼把他的睡眠撕得支離破碎，把他的夜晚拉扯得比瀾滄江還要長。瞌睡就像喪失了的某種能力，再也不眷顧可憐的失眠者了。他整夜整夜地合不上眼，看著月亮的腳步在他的臥室裏無聲的滑行，到太陽再次升起的時候，他才像一個喝醉了酒的醉漢那樣，兩眼血紅，神情倦怠，偏偏倒倒地從床上爬起來。而白天裏，他則彷彿在夢遊，身邊的一切人和事都像夢中景象。可是到了晚上，萬籟俱寂時，白日裏明晃晃的陽光下模糊不清的記憶，又重新清晰明瞭起來。

大兒子扎西平措叫來兩個昌都的鐵匠，在宅院升起爐子打馬掌和藏刀，這個不會有多大出息的傢伙竟然對打鐵深感興趣，在火紅的爐子邊一待就是大半天。兒媳婦貝珠帶著與她形影不離的那隻山貓，又去了一趟西岸，說是去送釀酒的大鉢。據說達波多傑在那邊天天喝得爛醉，僕人們釀酒的進度，跟不上他酒醉的次數。唉，等過了年，吉祥的日子到了，他和新媳婦入了洞房，就會知道人間還有比酒更美好的事情。佛祖啊，我連合一下眼都那麼難，隔壁的兩個年輕人又在折騰啦。呸，這個不害臊的娘們兒，妳在床上的聲音就不能小聲點嗎？連喇嘛們的心都亂了。

白瑪堅贊頭人在夜晚梳理白天的回憶時，經常這樣被隔壁房間的響動打斷。有幾次，他索性像過去那樣，也爬到自己妻子格追的身上，想在無所事事的漫長時光裏也找回點往昔的雄風，可是他一次次地失敗。有天晚上當他再次無功而返時，他聽到格追抱怨說：「你只是戰場上的英雄，女人身上的老人。」白瑪堅贊頭人才想起，自從和西岸的人打仗後，他就不行啦。神靈的公正無所不在，你在和整個世界搏殺時是勝利者，而面對女人，則輸得精光。

迦曲寺的喇嘛們在祈禱頭人有個美夢的法會上，大概把該迎請的神靈搞錯了；扎魯喇嘛在趕走頭人夢中的魔鬼時，可能把他的睡眠也一起趕走了。白瑪堅贊頭人從來沒有發現小睡一會兒也會成爲天底下最難辦到的事情，有時他甚至祈求，哪怕是睡在噩夢連天裏，也心甘情願。但是控制睡眠的神啊，爲什麼你既不賜我美夢，也不給我噩夢呢？從前我只想要美夢，不想要噩夢。現在我知道啦，是吃五穀雜糧的俗人，什麼樣的夢都可能遇到。那個狗娘養的釋夢上師，等我重新有夢了，第一件要做的事情，就是砍下你的腦袋。白瑪堅贊頭人在昏沉沉的黑暗中想。

峽谷裏第一場雪花飄起來時，頭人還是沒有夢，也沒有睡眠。他白天歪靠在火塘邊，血紅的眼珠彷彿要滴血，頭沉重得抬不起來，腳下卻輕得如踩在棉花上。現在他已經無所謂睡與不睡，也再不去擔憂噩夢與美夢，更不在乎白天與黑夜，財富與權勢。他成爲一具還活著的靈魂，意識模糊，身心疲憊，萬念俱灰。誰也不敢去驚擾他，因爲那可能會招致脾氣愈發暴戾的頭人一頓呵斥或者馬鞭。他們路過頭人身前時，都是躡手躡腳、屏住呼吸。現在連貝珠晚上的叫床聲都銷聲匿跡了。

這天的黃昏，白瑪堅贊頭人偶爾往火塘上方的天窗看了一眼，發現有個似神非神的東西在向他招手，於是他就飄了起來，借助著火塘上方一股弱小的青煙升上去了。他來到屋頂的平臺上，看見妻子格追在房頂的香爐前念經，太陽已經快落到山背後，煨桑的青煙扶搖直上，溶進遠方的昏暗中。又一個煩人的夜晚即將來臨。頭人想，人要是能變成一股煙隨風飄去，該多麼好啊。好漢生時有雄心，死後天上一陣煙。這句話他在夢裏說過，可是佛祖，看看我的眼皮有多重，看看我的頭，都被它們壓得抬不起來了。我要在你的面前燒多少炷香，供奉多少佈施，才可以變成一陣煙啊！

雪山上的神靈在白瑪堅贊頭人生命最後的時候，滿足了他的這個願望。當他這樣想著的時候，就隨著那股青煙飄去了。很多年後，朗薩家族的人在回憶起他們的這個祖先時，都說是那股被魔鬼控制了的青煙，引導著白瑪堅贊頭人走向了死亡。

那青煙先是飄過了宅院前方幾棵高大的核桃樹，然後翻過一座小山坡，又順著一條山道往瀾滄江峽谷裏一路小跑，白瑪堅贊頭人緊追慢趕，才跟上了青煙的步履，最後，它縈繞在一座瑪尼堆前。白瑪堅贊頭人不知道自己爲什麼會來到這裏，他看見天上的兀鷲在盤旋，似乎已經嗅到了死屍的氣味。這時，他才發現瀾滄江西岸的山崗上，一個年輕英武的騎手橫刀立馬，張弓搭箭。緊接著，他看見一支從對岸飛來的箭正帶著風聲隔岸射來。

頭人只來得及嘀咕一句：「這真他娘的像那場夢啊。」

到人們發現兀鷲一隻接一隻地降落在那座瑪尼堆周圍時，才看到現實正和頭人噩夢中的情景一模一樣。一支塗有「見血封喉」毒藥的箭，從瀾滄江西岸借助神的力量，借助西岸無數戰死者冤魂的詛咒，準確地射進了他的喉嚨。在他被嚴重的失眠壓垮了腦袋上，滿頭黑髮驚慌失措、根根豎立，彷彿一頭失足跨進死亡陷阱裏的刺蝟。

10 雪崩

白瑪堅贊頭人被自己夢中飛來的一支神箭射殺了，這是峽谷流傳了很久的傳說，因爲那箭的確在頭人的夢裏飛過，因爲自從頭人做了那個不吉祥的夢後，他就註定要被一支箭射殺。從那以後，峽谷裏的人們非常小心自己的夢，生怕和夢中的死神不期而遇。只有頭人的小兒子達波多傑不相信這些傳說。他固執地認爲，夢裏的箭只能射殺做夢的人，有誰見過一支箭可以穿越人們的夢，射到白天來？

他在事發的那天下午，在西岸的山道上看見了那個和父親夢裏一模一樣的騎手，他並不認爲他也是從父親的夢中衝出來的。他只不過是個和他一起在峽谷裏長大，和他一樣勇敢、一樣在現實生活中充滿復仇欲望的冷酷殺手。他全身披掛，胯下的戰馬冒著烝騰的熱氣，與騎手的殺氣形成一股旋風，盤旋著往天上飛。父親的夢沒有錯，錯的是他忘了夢是自己命運最準確的預兆——就像那支不可思議的毒箭一樣準。只是他有些不明白的是，阿拉西哪來那麼大的臂力。

達波多傑曾經追逐著這股旋風，打馬衝到雲丹寺前面的山崗下，在諸佛菩薩的慈悲注視下大喊：「阿拉西，不管你躲進寺廟還是躲進自己的夢裏，你要記住，你我都一樣，沒有不報父仇的好男兒。」

那時，阿拉西正帶著幾個年輕人守在那座山崗上，這裏有通往寺廟的唯一小徑。阿拉西站在一塊岩石上衝下面說：「鬈毛多傑，想想你阿爸做的那些魔鬼才會高興的事，就是雪山上的神靈也不會寬恕他！」

「我會砍下你的頭來的！」達波多傑用刀遠遠指著阿拉西說。

「你大概還沒有那麼快的寶刀。」阿拉西沉著地回答道。

達波多傑那時還沒有傳說中的寶刀，他就沒有殺阿拉西的勇氣。白瑪堅贊頭人的喪事辦完後，峽谷裏的格局也發生了新的變化，曾經戴在頭人髮髻上的金佛盒，現在屬於朗薩家族的兩個兒子了，他們順利地成了瀾滄江峽谷東西兩岸的新主人。朗薩家族如願以償地控制了茶馬驛道，財富今後將像瀾滄江水一樣流進朗薩家的庫房。可是達波多傑心裏並不是很高興。陰鬱寫滿了這個新主子的臉，倒不是因為父親的仇還沒有報，也不是因為西岸的土地沒有東岸的平整寬大，更不是由於離開了熟悉的家，要面對自立門戶的諸多艱難，達波多傑早就想離開哥哥的羽翼獨自大幹一場了。父親在的時候，作為家中的老二，什麼大事父親都只找哥哥商量，他只有埋頭去幹的份兒；父親不在了，哥哥成了家裏的中柱，家族裏的任何人都得圍繞著那中柱轉，不僅如此，還得聽從他的吩咐。就像有一天，哥哥忽然對弟弟說：

「多傑，在攻打都吉家時，野貢土司幫過咱們。眼看著新年就要到了，現在是該我們兌現諾言的時候了。」

「他們要多少牛羊和銀子呢？」達波多傑問。

「不是送給他們牛羊的問題，而是該送去彩禮啦。」扎西平措沒有忘記，以神的名義挑起峽谷兩岸的戰事，最終目的不過是擴大家族的領地和權勢，完成與土司頭人家族間的聯姻。天下哪裡有幫人家白打仗的好事？

達波多傑當然知道這越來越逼近的婚期，不過是一條即將要套上脖子的絞索。他原來以爲父親死了後，沒有人管他的婚事了，他可以把這該死的婚期無限期地推遲下去。但沒想到哥哥也像父親那樣，來把他往一樁沒有愛情的婚姻陷阱裏推。

「哥哥，土司家的那個麻臉女兒都二十二歲了！峽谷裏像她這麼大的女子，兒女都可以上山放牧啦。」

「找一個當姐姐的做妻子，是男人的福氣啊。東岸這麼大一片土地，需要那種會持家的女人。」

達波多傑根本不知道自己的福氣在哪裡。他過西岸來後，就把自己的領地跑了一遍，這時才發現，峽谷這邊的生存條件比東岸艱難得多，土地貧瘠，坡度又大，水源也遠，難怪從前人家西岸的人要出去趕馬。在這塊狹窄的地盤上，不要說給你當個頭人，就是讓你當國王，你也找不到多少富足和心靈自由翺翔的感覺。達波多傑感到自己連睡覺都覺得壓迫。他渾身的力氣和欲望得不到自如地張揚舒展，這讓他看什麼都不順眼，那些在新建起來的大宅院裏每天負責爲他開門、做他上下馬的「馬墩石」的僕人們，是挨他的拳頭揍最多的。因爲他進出門、上下馬時，都要給這些傢伙一拳，就像賞給他們一個小錢一般。

老管家益西次仁跟隨達波多傑從西岸過來，繼續伺奉朗薩家的少主子。在前主子白瑪堅贊還沒有當頭人時，他就是朗薩家族的管家了。忠心的老管家認爲達波多傑才是朗薩家族真正的好漢，這個家族只有靠那勇敢豪爽、血性剛烈的後代才可再次振興。

「等著看吧，這峽谷兩岸終究會全是你達波多傑的。」一個下午，他對剛從外面轉悠回來、還在悶悶不樂的達波多傑說。因爲他知道少主子嫌西岸狹小得連馬都跑不起來。

「益西大叔，你說什麼呢？峽谷兩岸現在不都是屬於朗薩家族了的嗎？」

「很早很早以前，上部阿里三圍，中部衛藏四翼，下部多康三崗，還有工布山南地區①都是贊王松贊干布的，可是後來呢？」管家雖老，看過去的事情，當然比誰都清楚。

「後來怎麼樣了？」達波多傑問。

益西次仁看著年輕的少主子，他的眼睛明亮灼熱，彷彿裏面有兩個小太陽在燃燒。那是他的祖先曾經有過的眼光嗎？老管家慢吞吞地說：「後來麼，贊王的子孫們爲爭權奪位，把雪域高原都撕碎了。贊王的後代也像被風吹散的種子，撒落在神靈控制的大地上。少爺，就是中國皇帝的江山，也是東家來打西家去搶啊。」

「益西大叔，你的意思是說，有一天，我們還會把東岸的地盤占過來？」達波多傑話音剛落，自己也被這想法嚇著了，他把手中的馬鞭朝旁邊的一棵樹上抽去。「這是比雪崩還要糟糕的災難，那邊是我哥哥在當家啊！」

「他未必就不想來這邊當家。」老管家冷冷地說。

達波多傑心中一驚，「你怎麼知道？益西叔叔，烏鴉還沒有飛過來，不吉祥的話就不要亂說。」

「這並不是我說的啊。」益西次仁深深地彎下腰，「少爺，這是貢巴活佛告訴我的，昨天我去寺廟，他對我說……」他又不說了，彷彿活佛的話讓他難於開口。

「你去找貢巴活佛？朗薩家族的仇人還躲在他的寺廟哩。」

「少爺，現在我們來到這邊，不能沒有自己的寺廟，更不能沒有神靈的護佑。我們是俗人，穿袈裟的人喜歡什麼顏色，持誦什麼經文，那是佛菩薩管的事情。俗話說，供佛莫如供僧侶，如果我們連神的代言人都得罪了，還怎麼指望神靈的護佑呢？」

「可是，可是……我們當初打過來，就是爲了改變他們教派的顏色。」

「唉，少爺。這樣的事情在雪域高原多了，從前惡魔朗達瑪，爲了興苯教而滅佛教，殺光了全西藏的僧侶。其實都是爲了權勢之爭啊。你聽聽貢巴活佛怎麼說吧。人如果有了怨憎，連自己的影子都會咒罵；兄弟間要是有了貪欲，連天上的星星都會搶光。活佛還說，如果你想知道昨天的事情，看一看你們的今天；如果你想知道明天會發生什麼，看一看你們現在的行爲。少爺，我們都逃不脫因緣果報啊。」

「因緣果報，哼！他們就會拿這些說教來嚇唬我們。益西大叔，現在我要做的事情，是替我的阿爸報仇！」

「還有比爲老爺報仇更重要的事情，少爺。」老管家說。

「天下哪有不報父仇的男兒？」

老管家把自己的身子躬得很低，「少爺，我們該唱起喜慶的歌兒，跳起歡快的舞蹈，把上游野貢土司家的曲珍小姐迎請到家裏來了！少爺，死了的人活不回來，活著的人要過好自己的今世。」

「快閉上你的臭嘴！我哥哥的嘴又沒有長在你的臉上。」達波多傑厲聲喝道。

「難道少爺對這門婚事不滿意嗎？」

「難道你想娶一個麻臉姑娘來做自己的老婆嗎？」

「難道少爺想和野貢土司家開戰嗎？」

「混帳東西！」達波多傑差一點就抽了老管家一馬鞭，這時，一個僕人剛好進來續茶，那一馬鞭就重重地抽在那個來得不是時候的倒楣鬼身上。

「少爺，這就是我們種下的因果，也是我們的明天。」老管家鼓起勇氣說。

「我不要這個明天！」達波多傑高聲喊道。

「那我們就像在今天把一生的積蓄都花完了的酒鬼。」老管家一針見血地說。

益西次仁這句話其實也是從貢巴活佛那裏學來的。雖然他們現在已經是西岸的主人了，可就像他說的那樣，作爲一個俗人，怎麼敢輕易得罪神靈的代言人呢。貢巴活佛對他給寺廟帶去的大量供養看也不看一眼，繼續閉眼念自己的經文，好半天也不理他。他身邊的尼瑪堪布說，活佛，朗薩家的管家送供養來了。貢巴活佛念完了一段經文，才緩緩說：

「強盜搶來的東西怎麼能喚起我們的慈悲呢？一個強盜，雖然打劫的是別人，但其實是爲了今生的貪欲，而把自己所有的來世都搶劫掉了。這是只有酒鬼才幹的蠢事啊。」

主僕二人正聊著，忽然發現廳堂裏亮堂起來，美麗的嫂子貝珠人還未進屋，她身上那股永遠也抹不掉的狐狸的妖氣就率先破門而入，珍貴的珠寶玉石讓寬敞的廳堂蓬蓽生輝，笑盈盈的眼波也將達波多傑臉上的怨氣一掃而光。

「哦呀呀，是嫂子啊。難怪屋子裏滿堂飄香，太陽就像落在了火塘裏。」達波多傑的臉轉陰爲晴，燦爛得如同春日裏的陽光。

「呵呵，兄弟你可真會說話。」嫂子的媚眼飛起來了，那隻熟悉的蝴蝶，在達波多傑的腦海裏飛呀飛，讓他都快暈了。唉，要是她除了哥哥扎西平措外，是世界任何一個男人的妻子，達波多傑可以爲她發起一千次戰爭。

這段時間，貝珠隔三岔五地就往西岸跑，一會兒送來新娘上門的彩禮，一會兒又來幫達波多傑佈置新房，似乎她真把他當自己的親兄弟看。

「下午那邊曬不到太陽，西岸這邊暖和些。我打攪你們了嗎？」今天，她找了個很經不起推敲的理由。

「嫂子什麼時候不可以過來？兄弟這兒地方小點，請佛菩薩容易，請嫂子來難吶。嫂子來了，陽光都明亮多了。」

管家益西知趣地退出去了，達波多傑把貝珠請到自己的對面，面對她那張像滿月一般的臉。佛祖，它是多麼光潔照人，彷佛是一面鏡子，映照著青春衝動的血液，還映照著達波多傑晃悠悠的心。而在一張麻臉上，你能看到什麼？

嫂子進朗薩家的門已經快一年了，可是身上還是沒有喜。儘管哥哥幾乎每晚都不放過她，有時把整棟樓房都震得搖晃起來。這種震動並不僅僅是因爲大哥扎西平措的力量，而是由於貝珠尖銳而又淫蕩的呻吟。可是在那些碉樓在搖晃，強悍的大哥在重重的喘氣，嬌媚的嫂子在情愛與肉欲裏放聲歌唱的夜晚，有誰知道達波多傑的痛苦呢？

達波多傑飛快地往嫂子的腹部瞥了一眼，那裏還是平平的。大哥這段時間又白幹了。他有些幸災樂禍，但隨即又感到羞愧和鬱悶，要是換了我，哼！

「在看什麼呢？」嫂子的眼睛可真是精啊。

「沒……嫂子的護身符可真漂亮。」他的眼光只消稍微抬一抬，就落在貝珠胸前的那只純銀又鑲了七顆綠松石的護身符上。

「你哥哥送的麼。哎，你給人家的禮物準備好了嗎？」

「什麼禮物，嫂子？」

「人家就要過門了，你還裝什麼呀。阿弟，現在一切都得靠你自己。有什麼不懂的就讓嫂子幫你拿主意。野貢土司家雖然是大戶，我們朗薩家族也別丟人。」

「過什麼門？誰願意來就來。我可要出遠門了！」達波多傑幾乎是不假思索地說。說完，他的腦子就在飛快地轉，我出遠門，我去哪兒啊？

貝珠的目光直勾勾地看著她的小叔子，「你怎麼啦？」

達波多傑被那眼光盯得慌了陣腳，一時不知該怎麼回答好，「我心裏煩！」他氣哼哼地說，就像跟誰賭氣似的。

「唉，阿弟啊，」貝珠站起身上，抱著雙手在他身邊轉，陣陣妖冶的香氣都快把他淹沒了。「嫂子知道你不喜歡野貢家的小姐，可是你……」

「那妳知道我喜歡誰嗎？」達波多傑也站了起來，攥緊了雙拳，像要跟人搏殺一般。

「噓──」貝珠站在他的面前，用一根柔軟的手指按住了達波多傑的嘴唇，輕易地就擋住了一個康巴男人鼓足了一萬倍的勇氣要想說的話。那動作既像一個長輩在調教頑皮任性的孩子，又像一個情人的挑逗，弄得達波多傑衝動地抓住了他臉前的那隻纖細的手。

「嫂子，我……」

貝珠輕輕地就把自己的手抽回來了，她的臉上永遠是一種讓人捉摸不透的表情，是在拒絕，也是在勾引。只有狐狸精變成的女人，才有本事在拒絕與勾引之間搭一座橋，讓自己的獵物在兩頭疲於奔命。就像從前在家裏，每當他們兩人單獨相處時，——甚至在當著他哥哥或者父親的面時，她對他說的話，總是讓人感到好像是被窩裏的石頭，放在腦後想法多，抱在懷裏又睡不著。一個吃透了男人的婦人，面對一個還不知道女人爲何物的男人，就像不同級別的對手在較量，一方在逗著另一方玩哩。

「我早就知道，你才是朗薩家的真正英雄。難道你真喜歡打仗？」

「哼，就野貢家那幾支破槍……」

「還有你哥哥的人馬呢。」她及時給他說明他要面臨的處境。

然而，這更挑起了這個天不怕魔鬼也不怕的小叔子的豪氣，他一把就將她摟了過來，「那我就把他們像炒青稞和豆子一樣，一鍋炒了！我……我也要把妳一鍋炒……」

她在他的懷裏稍做掙扎，就不動了，「別忘了，我是你的嫂嫂。」

「哈哈，峽谷裏兄弟共妻的事情多著哩。」他以爲，嫂子說這話，實際上就是在暗示他，當初她本來就是嫁給他們兩兄弟的。

然後他一發狠勁，就將懷裏這個千嬌百媚的婦人橫抱了起來，往自己的臥房大步走去。他向佛祖發誓，這回要緊緊地、死死地抱住這個自己朝思暮想的尤物，再不能讓她像前次那樣變成一隻狐狸跑了。可是，在以後達波多傑四處流浪的漫長歲月裏，每當達波多傑回想起這幸福的一刻，他在自己的心底裏一點也沒有升起對這個女人的愛，而是對她的恨。因爲這一刻讓他付出了一生的代價，也因爲在這一刻，他聽到這個女人在他的懷裏「哧哧」地笑。就像一個老獵手眼看著誘捕的野物一步步走進自己設的陷阱。

而當時，他一下就迷失在她滾燙的激情和溫軟的體香裏。在他鋪著熊皮褥子的大床上，這個珠光寶氣的女人滿身昂貴的首飾、佩飾、頭飾、腰飾全都成了累贅。在叮叮噹噹稀哩嘩啦一陣亂響之後，在他呼出的氣息已經變得比犛牛還要粗重的時候，他仍沒有解除她身上代表著富裕與高貴的那些礙手礙腳的玩意兒，他還要隨時提防她變成一頭狐狸溜了。

達波多傑忙得手足無措、滿頭大汗地抱怨道：

「佛祖，貴婦人們就不能讓自己活得簡單一點？」

貝珠吃吃地笑著說：「牧場上的那些擠奶姑娘，撩開裙子就可讓你高興了，可是她們活得簡單麼？」

「她們哪能跟我香香的嫂子比！那些娘們兒不論醜俊，都一身母犛牛的味道，我都分不清是在跟一頭犛牛還是和一個姑娘睡覺。」

「那是因爲你性子太急了。」貝珠說著，自己動手解開了被達波多傑弄成一團亂麻般的綾羅綢緞，就像解開一個結，也像拉開了一層神秘了萬年的帷幕，更像捅破了兩個欲火中燒的偷情者最後一層遮羞布。達波多傑被那迷人雪白的胴體刺得睜不開眼，他戰戰兢兢地把頭埋進貝珠香氣四溢的雙乳間，幾乎都快幸福得窒息過去。

她撫摸著他的一頭髮髮，就像撫摸他的一顆紛亂的心。「唉，你這個到處打野的好獵手……啊——啊——」

他再次聽到這熟悉的叫喚聲，那麼真切，又那樣令人迷醉。多少個夜晚，這聲音從哥哥的房間裏傳來，讓他輾轉難眠；多少次夢裏，這聲音像樹林裏的百靈鳥那樣婉轉動聽，可是等他撲過去的時候，鳥兒飛了，春夢醒了。他只有在漆黑的夜裏，一個人在被窩裏獨自懊喪和思念。現在，這聲音從他的骨頭縫裏鑽進去，彷彿是火鐮上濺出的火星，把骨子裏的欲火一處一處地點燃了，那火本來就被擋在家族的面子覲下。現在，這點面子不過是一張紙，熊熊燃燒起來的烈火不但燒毀了這張紙，也焚燒了達波多傑自己。

達波多傑彷彿已經躍馬殺入萬軍陣中，那麼多的敵手令他手忙腳亂，砍殺不盡。如果說貝珠平時渾身瀰漫的妖氣已經足以令人暈眩的話，那麼當她貴婦人的僞裝被完全剝開以後，那肉體的香甜氣息簡直就要將人溺斃了。佛祖啊，一個男人面對一個狐狸精變成的女人時，是多麼的可憐。

達波多傑就像一條幸福的魚，一頭扎進由溫柔和激情溶在一起的深湖裏，他在裏面活蹦亂跳，攪得湖裏水花四濺，雲雨翻滾。嫂子又像發情的山貓尖聲叫喚起來了。屋外樹上棲息的鳥兒也受到了驚嚇，以爲一隻貓竄到樹梢上來了，嚇得紛紛振翅高飛。

「我親親的嫂子啊，是什麼東西讓妳叫得如此響亮？」這是達波多傑在過去寂寞難熬的黑夜中一直想弄明白的一個問題。

「雪崩來了，你能不尖叫嗎？」

「噢，原來愛情就是一場雪崩。」達波多傑彷彿忽然明白什麼叫愛了。

「你哥哥曾經說，它是一場賽馬，其實他錯啦。愛情對男人來說是雪崩；可對我們女人，啊——啊——啊——！天哪天哪！它……它它就是一支一生也唱不完的歌啊。」

「哦嫂子，哦嫂子，是妳在唱歌呢，還是樹上的那隻山貓在叫喚。」

「哧哧哧，」貝珠笑了，說了句意味深長的話，「山貓不叫喚，就招不來野貓。」

過去達波多傑是這叫喚聲的聆聽者，現在，他成了締造者。佛祖，這是夢嗎？他使勁咬了自己的胳膊一口，痛得他咧開了嘴，他又咬了嫂子豐腴的肩膀一口，貝珠大叫：「你這條狼！」

然後她用自己的嘴堵住了達波多傑的嘴，再把自己香軟的舌頭深深地探了進去，達波多傑頓時感到自己的魂被這柔軟的舌頭緊緊勾住，一輩子都被她牽著走了。他就像一個溺水的人，也彷彿正從高高的懸崖上滑翔而下，極度的絕望和巔峰時的快感一齊襲來。

雪崩了，一瀉千里的激情淹沒了一切，也摧毀了一切。達波多傑沒有經歷過雪崩，但是見過雪崩過後的厲害，光是它掀起的氣浪，也能把隔著一條山谷的大樹吹斷。一個狐狸精變的女人，不要說隔著一條峽谷，就是遠隔千山萬水，也能把一個男人的心席捲而去。這個娘們兒對付男人可真是一個高手。

在長長地接吻、翻滾、撲騰後的間隙，婦人嫵媚地說：

「傻兄弟，你咬的不是地方。」

「噢，嫂子，我要把妳從腳趾頭到頭髮尖，一點不留地吃下去。」

「呵呵，你可見過蛇把大象吞下去的事兒？你呀，吃了不該你吃的東西，還想連人家的茶碗都帶走。」

「怎麼不該是我的？本來嘛，嫂嫂的奶子就有當兄弟的一半。」他嘀咕道。

現在輪到貝珠嘆氣了，這說明她真的喜歡這個英俊的小兄弟呢。她不無憂傷地說：「別瞎說了。擔心你哥哥打斷你的腿。」

達波多傑沉默半晌，「唉，嫂子，我想明白了，妳跟我走吧。」他是一個做事乾脆俐落、從不計較後果的人。就像當初貝珠剛從狐狸變成女人，他在父親的箭頭下說要娶她做自己的妻子一樣，他就認定自己今生的命運註定和這個妖媚的女人有關。現在，他也認定，要想一生都擁有這個女人的愛，同時又不至於和自己的哥哥刀兵相見，只有出走一條路。

「我跟你走，你敢嗎？」她用挑逗的口吻說。

「不是敢不敢的問題，而是嫂子願意不願意的事兒。雪域高原那麼大的地方，還沒有我們的一張床麼，嫂子？妳還記得半年前牧場上放牧的索朗次仁和他心愛的姑娘一起逃跑了的事麼？」

「鬈毛多傑啊，別忘了我們的身分，哪有貴族出門逃婚的。有身分的人的婚姻，是馴養了的乖馬啊。」她把他再次摟進懷裏，就像害怕他跑了一樣，將他緊緊地壓在自己的迷香之中。

「這狗娘養的身分……」達波多傑嘟嚕道，妳以爲當了貴婦人，大家就忘了妳狐狸的身分了嗎？他忽然想起身下的這個女人從前是一隻狐狸變的事實，過去人們在私下裏說，貝珠的尾巴平常是藏在寬大的藏裙裏的，她在溫泉裏沐浴時，從來都只在沒有月亮的晚上。好奇心使達波多傑抽出自己的手來，猛地抄到她的身後……

但是狐狸飛快地把自己的尾巴夾起來了。這是狐狸的本能，也是貝珠掩飾自己身分的慣用技巧。她總是成功地使那些爲她傾倒的男人相信：儘管她是狐狸精變的，但是他們仍然要爲她的妖冶美麗神魂顛倒、人鬼不分。

那時沉溺於愛欲中的達波多傑，不要說抓住狐狸的尾巴，就是自己的命運都把握不了啦。

❖ ❖ ❖

①此為古代西藏地域的分法。

在峽谷兩岸交戰以前，達波多傑和阿拉西曾經是朋友，現在是他們都肩負著報殺父之仇的重任了。雖然兩個家族的上一輩人在峽谷裏互不服氣，可是在阿拉西他們這一輩，卻沒有多少利益衝突。在他們都不是家的「中柱」的時候，他們只是火塘邊的酒友。

幾年以前，達波多傑託阿拉西將他打獵時獲取的三張熊皮、兩副熊掌拿到納西地去賣給漢人。可是阿拉西卻被一個漢地的商人騙了，那個住在客棧裏的傢伙藉口房間裏的光線不好，看不清毛色，說要將熊皮拿到客棧後院的天井裏去看，卻一去不復返。等阿拉西醒悟過來追出去，才發現那客棧後院的天井有一道側門，外面是一條彎彎曲曲的小巷。阿拉西回來後，專程到東岸找達波多傑陪罪，並問他應該賠償多少錢。鬈毛多傑說，夥計，是人家騙了你，又不是你騙我。東西可以騙走，朋友是騙不走的啊，喝酒吧。

而就是這麼一個仗義豪爽的傢伙，卻帶人來攻打自己的宅院，阿拉西那天看見他在戰鬥中撲殺得比誰都兇狠，似乎這座他曾經來作過客、在火塘邊喝過酒的宅院他從不知道，也不認識這裏面的任何一個人，他對朋友說的話，字字都帶著陰森的殺氣。

阿拉西倒不害怕達波多傑的威脅，真正的康巴男兒沒有被話語擊倒的。但達波多傑的話卻被都吉聽見了。那時，雲丹寺的央欽喇嘛正在都吉的妻子央金和兒媳達娃卓瑪的幫助下，爲都吉清洗他的心臟。由於都吉在屋子閒不住，經常在人們不注意的時候就飄出去了，回來時，他裸露在外面的心臟總是沾了些草根、小樹葉、沙礫什麼的。央欽喇嘛用一種草藥配的藥湯，才能把他受到污染的心清洗乾淨。

當都吉聽到外面達波多傑說要砍下阿拉西的頭時，他「騰」地就從方榻上升了起來，再從狹小的窗戶間飛了出去，他看見達波多傑已經勒轉馬頭往回跑了，都吉飄在半空中與疾行的達波多傑並排前行，他對那個年輕人說：

「喂，鬈毛多傑，不是我的兒子射殺了你阿爸，是神靈的咒語射殺了他啊！」

但是鬈毛多傑看不見都吉，也聽不見都吉說話。他邊跑邊發誓，除非都吉家的人永遠躲在寺廟裏，這個家族的人一個也別想活著離開瀾滄江峽谷。

都吉看見了達波多傑心中的毒誓，就像親耳聽見他說出來的話一樣。自從都吉成了「回陽人」後，他發現自己可以輕易看見人們內心中的想法，就像那些通過密宗修持後，擁有「他心通」神奇法力的喇嘛上師。他還慢慢明白了發生在自己身上的很多奇異之事，比如，只有貢巴活佛和阿拉西才能聽懂他的心說的話，只有自己的親人才能看見他，可他的仇敵卻對他視而不見；在沒有月光的夜晚，他能自由地出入生死之間；在下弦月的最後三天，他的心會滴血；當人們做夢的時候，他可以一步跨進人們的夢，大家都把他當作夢裏的人，一個縹緲虛幻的景象，可他努力想向做夢的人證明，他就活在他們中間。而他自己，就是在大白天，也能睜著眼睛做夢。

有一天他心情好的時候，曾經對貢巴活佛半開玩笑地說：「莫非我成半個神靈了？」

貢巴活佛回答道：「不是半個神靈，你和我們一樣，正走在成佛的道路上，只是你先走了半步而已。」

都吉到處找阿拉西，他看見出來揹水的達娃卓瑪，就飄到她的身邊，對她指指自己的心，又指指峽谷對面，做了個刀劈脖子的手勢。除了貢巴活佛和阿拉西，都吉只能像個啞巴那樣跟人如此交談。他是想告訴她，對岸有人想殺阿拉西

達娃卓瑪理解錯了都吉的意思，她說：「阿爸，你放心吧。對岸的仇會有人幫你報的。」

都吉感到要讓陽間的人理解自己的心是件很難的事，他深嘆一口氣，兀自飄走了。達娃卓瑪還在後面喊：「阿爸，別走遠了，外面風大啊！」

自從達娃卓瑪來到都吉家後，她就沒有過上幾天安寧的日子。新的生活剛剛向她打開了一扇窗戶，她還有許多東西都不明不白，災難就接踵而至。她並不感到害怕，因爲她的身邊有兩個丈夫——在和朗薩家族的戰火打得最激烈的時候，她在槍林彈雨中從來不缺乏關愛與保護；她也不爲玉丹擔心，因爲他的哥哥是他最好的大樹，而她自己，也完全可以肩負起庇護這個小弟弟的職責。她只隨時爲阿拉西擔驚受怕。他太剛烈，太執著，又有太強的家族榮譽感。峽谷裏的康巴好男兒，都把家族榮譽當作比自己的生命還要重要的東西。不論是打仗，還是在尋常的生活裏，這個當哥哥的處處像個勇士，又像個老父親一樣寬厚、仔細。

達娃卓瑪到牧場上去看玉丹回來後，阿拉西敏銳地感覺到她和玉丹並沒有像真正的夫妻那樣生活，這讓他好幾天心裏都惴惴不安。有些事情在這個一妻二夫的家庭裏總是那樣微妙，總是那樣難於用語言來言表。它只能靠感覺，靠當事人的智慧，靠一顆博大而敦厚的心靈去慢

慢地化解。阿拉西愛達娃卓瑪，他也愛自己的兄弟玉丹。並不是他害怕玉丹來和自己分享一份珍貴的愛情，而是他不知道達娃卓瑪是否也會像愛他那樣愛玉丹。要是玉丹因爲愛情受到了傷害，比他自己被愛傷害還令他難受。

在玉丹在牧場上還不到回家的日子之前，阿拉西藉口要送一隻種羊去配種，巧妙地把自己的弟弟換回去送到達娃卓瑪的懷裏。兄弟倆在牧場上分手時，當哥哥的告訴弟弟，你瞧，羊群要繁衍，種羊很關鍵；家族要興旺，女人也很重要。我們都是一個圈裏的羊，種選好了，後代就會像星星一樣繁多了。玉丹，達娃卓瑪盼著你快快長大呢。

玉丹當然沒有忘記卓瑪到牧場上來的那個晚上，說他還沒有長大的感嘆。在男女之事上，許多事情總是在寂寞的思念中無師自通。玉丹回到家裏的當天晚上，彷彿被人開了竅，他輕車熟路地就在自己的妻子身上找到了一個男人的幸福感覺。在達娃卓瑪看來，如果說自己的這兩個丈夫有什麼區別的話，那只能說阿拉西更成熟穩健，玉丹則像一個頑皮任性的孩子。他雖然看上去身體單薄，卻是一個癡情的情種呢。

在與東岸朗薩家族的戰火打起來的前幾天，達娃卓瑪發現自己懷孕了。至於誰是孩子的父親，在這樣的家庭幾乎不用去追問。卓瑪的兩個丈夫都是孩子理所當然的父親，他們也會把這個孩子——包括將來達娃卓瑪生的所有孩子——當成自己的親生骨肉。因爲大家都屬於同一個家族，都流淌著相同的血脈，更爲重要的是，所有的孩子都將會是達娃卓瑪一個母親生的。就像阿拉西說的那樣，家族裏的所有人，都是一個圈裏的羊。

都吉最後在寺廟的大殿裏看見他正跪在貢巴活佛的面前。他聽見活佛有些氣憤地對阿拉西說：

「難道真的要殺生才能讓你看到自己的罪孽嗎？」

阿拉西說：「活佛，這不是殺生，是報父仇。」

「唉，」活佛深深嘆了口氣：「我爲什麼要在你們父子面前和那兩群螞蟻嬉戲呢？都吉，下來吧，看看你們瞋怒的心裏，還裝不裝得下一點佛性。」

都吉降到活佛身邊，跪下，忽然感到心那裏一陣劇痛，他的身子搖擺得如一枝風中的蘆葦，大滴大滴的血珠「叭叭叭」地從心尖處滾落一地，竟然像撒下了一把血紅色的豆子，四處亂跑。

「阿爸，你怎麼了？」阿拉西問。

「我的心痛得受不了啦！」都吉痛苦地說。

「因爲你的兒子有災難了。」貢巴活佛一針見血地說。

「活佛，達波多傑要殺光西岸所有的人。除非我們不離開寺廟。」

「你們看看吧，用自己還有一點佛性的心看看吧，」貢巴活佛微微顫顫地說：「我微薄的悲心，難道真的不能化解峽谷裏的魔障嗎？」

兩滴老淚從貢巴活佛滄桑的臉上流下來。佛又哭了，阿拉西這才明白自己造下了多大的孽。只是那時他還不能在自己仇恨的心中，升起對仇人的愛和寬恕，因爲他的慧根還沒有遇到合適的陽光雨露。

父子倆從貢巴活佛那裏出來後，都吉的心一直都在痛，血也滴滴答答地流個不停。那些血珠落在地上不會融化，捧在手心裏還會硌手。人們把這些滴落的血珠揀起來盛在一個糌粑盒裏，阿媽央金對阿拉西說：

「小心收好它們吧。這是你父親心上的血，都吉家族的血脈都在裏面啊。」

央欽喇嘛試圖用念經加持過法力的藏藥爲都吉的心止血，但是療效甚微。阿拉西問央欽喇嘛：「我阿爸連死神都打敗了的人，難道就不能止住心上的血嗎？」

「人的七竅流血，身體任何一個地方流血，都有藥可治。心在流血的人，怕是無藥可治了。」央欽喇嘛深嘆一口氣，有說：「你們要知道，我們藏族人的病，有四百零四種。四百零四種病又分爲四類，有一百零一種病可不治自癒，一百零一種病可治而癒之，一百零一種病治而不癒，還有一百零一種是不可治之病。這是神靈早就安排好了的啊。」

「央欽叔叔，那我阿爸是屬於哪一類病？」阿拉西焦急地問。他一直認爲，既然阿爸能做「回陽人」，他就能自如地跨越生死這道門檻，死亡對於阿爸來說，就再不是一個威脅，他也許會活得比任何人都長久哩。

「一個『回陽人』的病該怎樣治，我也不知道啊。」央欽喇嘛如實地說，「本來，我這兒還有一種藥丸，專治不癒之病和不可治之病。」

「央欽叔叔，那你就快拿出來，救救我的阿爸吧！」一邊的玉丹說。

「但是，這是一顆賭命的藥丸。有醫緣的人，吃下立好；沒有醫緣的人，吃下頓死。你們願意試一試嗎？」央欽喇嘛從他的懷裏掏出一個鑲銀的小盒子，小心地打開了，從一層墨綠色的絨布中取出了一顆黑糊糊的藥丸來，它只有一粒佛珠大小，閃著幽暗的黑色光芒，照耀著人間生和死的兩面。

人們知道有這樣一種藥，但很少有人親身試過。藏族人喜歡占卜問卦，卻不是好賭的民族。因爲神靈控制著一切，和命運相賭是毫無意義的。在某些特殊情況下，人們情願把自己的未來交給神靈來裁判，也不相信和命賭一把是條出路。

在央欽喇嘛和阿拉西他們討論都吉的病時，都吉早就悄悄的飄在他們的頭頂上方，當他看到兩個兒子不敢決定是否讓自己吃那顆賭命藥丸時，他就插進來說：

「別爲難你央欽叔叔了，心病是沒有藥可治的。你們還不明白我的心爲什麼滴血嗎？」

其實正如貢巴活佛所言，都吉是看到了兒子的災難，他的心才開始滴血的。舔犢之情，護子之責，並不因爲陰陽兩個世界而受到絲毫的阻隔，相反，也許這種血脈相連、生命相繫的情感力量會來得更加強大。因爲他發現，白瑪堅贊頭人雖然被兒子射殺了，可他的陰魂卻從他中箭的那一時刻起，就纏上了阿拉西。

也許只有像都吉這種有「回陽人」身分的人，才對陰陽兩界的人和事看得最清楚，他幾次看到白瑪堅贊的陰魂飄到阿拉西的頭頂上方，這個行事從來陰毒的傢伙即便到陰間也心狠手辣。一次，他想借助一陣陰風把在山道疾馳的阿拉西吹下懸崖，而在一個沒有月光的晚上，頭人的陰魂慫恿一隻毒蠍爬到阿拉西的鼻孔前，還有一次，他把魔鬼在十字路口留下的唾沫抹在阿拉西的酥油茶碗邊……頭人陰魂的種種詭計都被都吉一一識破，並在暗中爲兒子化解。

這些日子裏，都吉不再是令人心生憐憫的「回陽人」，而是個生活中礙手礙腳的負擔。他不是擋在阿拉西的身前，就是緊隨在他的身後，默默而堅韌地爲兒子清除來自陰間的威脅。生活在陽間的人，其實並不知道一天中，自己和死神有多少次擦肩而過的機會，也很難察覺到在天空中飛來飄去的各路陰魂的身影。一個人之所以命大，要麼是他的保護神很強大，要麼是他的親人愛的力量在暗中保護他。這種力量不論是在陰間還是陽世，都給予被保護者強大的生命力加持和支撐。

過分地為阿拉西操勞，讓「回陽人」都吉心力交瘁，迅速地消耗著自己的陽壽，當然，也許這跟頭人陰魂的反撲有關。每當都吉為兒子抵擋一次來自陰間的攻擊，他自己就要折損一次已為數不多的生命。人們只看見都吉日益衰弱下去，臉慘白得如同月光下的殭屍。他再也不能自如地在半空中飄飛了，他總是用無助而哀憐的目光望著大家，彷彿他的靈魂隨時都要從自己的頂輪飄出去。

活在陽世的人都想方設法想幫他，可是他們卻不知從哪裡幫起，更不知道其實是都吉一直在暗中為他們禳除生命中的威脅，還在為以後再不能幫助自己的親人了而焦慮。他已經得到死神明確的暗示，以後自己更多的時間該待在陰間而不是陽世了。

都吉無可奈何地看到，朗薩家族的人不僅在陰間緊緊糾纏著阿拉西不放，在陽世，他們也試圖斷絕從前在西岸生存的人們的所有退路。達波多傑的家丁不但包圍了寺廟，還在驛道上設立了路卡，過往的馬幫都得向他們交過路費。他去問貢巴活佛，怎樣才可以擺脫眼下的險境。

活佛回答道：

「在輪迴大法中，我們藏族人的三寶，永遠是照耀著眾生生命的光芒。」

都吉問：「尊敬的活佛，是哪三寶呢？一個獵手的藏三寶是獵槍、腰刀和扣子；一個鐵匠的藏三寶是鐵錘、火爐、鐵鐓；一個趕馬人的藏三寶是好馬、馬鞍、馬蹬；一個喇嘛的藏三寶是上師、經書、戒律；一個牧人的藏三寶是羊鞭、甩石器、火鐮；一個農人的藏三寶是鐵鍬、種子、土地。而一個康巴勇士的藏三寶則是快馬、快刀和快槍。活佛，它們都是我們藏族人生活中的寶貝。可是我現在向你求的是救命的寶貝！」

「佛、法、僧三寶，才是藏族人真正的寶貝啊！」活佛慨然答道，「都吉，你的兒子本是一個具足慧根的佛門弟子。還記得多年前拉薩來的那個尋找轉世靈童的格茸高僧嗎？」

都吉想了想，才說：「噢，活佛，阿拉西差一點就被他們認定爲靈童呢。唉，我們沒有那樣的命。」

「不是有沒有那個命，而是緣起已經生起，佛緣該不該到的大事啊。」

「活佛的意思是……阿拉西還能當一個活佛？」都吉的心被自已的話都嚇得猛地蹦跳幾下，他不得不用雙手去捂著它，才沒有讓本已很脆弱的心掉在地上。

「不要緊張，」貢巴活佛平和地說，「別忘了我們藏族人經常說的那句話，眾生皆可成佛。你們身上的的佛性，就跟任何一位佛的佛性一樣地好，只是我們有沒有發現它罷了。」

「可是……可是現在阿拉西已經長大成一個俗人了，還……還殺了人……」

「唉，壞行爲有一個好處，可以淨化人的內心。從前曾具備無量佛性與慈悲的上師，也有過先行惡業，再幡然醒悟，復行善業的成佛歷程。一個十惡不赦的罪人，即便到生命的最後一刻，只要看到了自己的罪孽，心中生起了悲憫，同樣可以證得佛的圓滿。」

「活佛，你是要阿拉西出家當喇嘛？」

「當年那個格茸喇嘛真是一個有遠見的上師。」活佛沒有直接回答都吉的話，「他在臨走時說，阿拉西長大後，要去拉薩見他。看來是該續上這段佛緣的時候了。都吉，讓阿拉西去吧，唯有如此，才可以救他，救你的家族。我已經看到這些日子來你在那邊的忙碌了。作爲當父親的，你能救你兒子一時、一日，卻救不了他一生。你們家和朗薩家族的仇恨並不僅僅是今世的貪婪所致，還跟前世的孽緣有關。這段孽緣是怎麼生起的，我還沒有看透，但現在是該斬斷它的時候啦。阿拉西殺了白瑪堅贊頭人，接下來將是頭人的兒子達波多傑殺阿拉西，然後又是都吉家的後人殺達波多傑，達波多傑的後代又開始新一輪的復仇……仇恨的種子必然結出邪惡的果子，邪惡的果子又再落地變成仇恨的種子。這不是我們喜歡的因緣大法。既然一顆佛種受到了污染，我們就把它放到一個聖地、一個清淨之地去洗淨它吧。」

「可是他怎麼去得了拉薩？朗薩家族的人早就把所有的驛道都封死了。」

「誰能阻止一個磕長頭去拉薩朝聖的僧侶呢？」貢巴活佛目光看著遠方，緩緩地說，彷彿已經看到了一個年輕的喇嘛從瀾滄江峽谷啓程，一步一磕頭地向拉薩邁進。「那才是一個人成佛的道路。」貢巴活佛最後說。

田野調查筆記（之三）

在青藍色的草場慢慢由綠轉紅的時候，我再次打馬轉悠到這像天堂一般寧靜、祥和的高原牧場。草場上那些被稱為「狼毒」的植物，在秋風乍起的季節裏，神奇般地變得渾身通紅，一株「狼毒」也不過人的膝蓋那麼高，但是千萬株紅色的「狼毒」在寬廣的草場上鋪展開去，那壯觀的景象不能不使人想起過去年代天安門廣場上的紅海洋。只不過這裏除了蕭瑟的秋風和牛羊們偶爾的吟唱，安靜得能讓你聽見草叢中蟲子們的細語。這片土地已經被正式命名為香格里拉，因為這個名稱是經過政府批准並寫進地圖了的。它源於過去這裏的藏族人有關香巴拉王國的美麗傳說。現在，傳說變成了現實。

我不是來看「狼毒」的。這種東西外表華麗，實際上深為牧民們討厭，牛羊並不吃它，生態學家憂慮地說這其實是草場老化、趨於沙漠化的前兆。它帶給人們的恐懼與擔憂，就像一個臨死的人迴光返照時臉上的粲然一笑。

紅色的海洋深處，散落著牧人的藏式民居。他們在河谷裏收穫莊稼，在草場上放牧牛羊，過著半農半牧、半人半仙一樣的日子。一年以前，我曾經在當地康巴朋友的帶領下，走進一戶人家，大醉了一場。本來說是去聽主人講過去年代的故事，他是當地的末代土司，曾經是這一帶的風雲人物。可是當我們坐到他家火塘邊的時候，實在招架不住主人的青稞酒的醇香和那像酒一樣深厚的盛情。採訪還沒有開始，我就醉得歪倒在火塘邊了。第二天早晨起來，主人已經去城裏開會去了。他現在是政府的政協副主席呢。

我這次堅決不喝酒，儘管老土司在躊躇好久才彷彿認出我來，天知道他是否把我當成另外的一個漢人，但這並沒有多大關係，對朋友的熱忱和康巴人天性豪爽的性格，讓主人還是把我邀請到了火塘邊。

於是，我再次坐在了歷史的邊緣。

老土司已經八十多歲了，可是依然身板硬朗，嗓音洪亮。他提來一個五公升的塑膠桶放在火塘邊，那裏面是滿滿一桶青稞酒，如果他高興的話，一個人可以在一晚喝乾它。上一次我記得我們大約喝了一桶半，因此這回我堅持說，我們漢族人的胃，不能和你們康巴人相比，酒精一泡久了，就到處是漏洞。我不明白為什麼牛羊吃下去的是草，擠出來的是奶；而我們漢人喝下去的是酒，漏出來卻是血？

老土司哈哈大笑，拍著自己的胃說，那是因為你得罪了酒神。我們康巴人喝下去的是酒，淌出來的就是歌，是勇氣。酒是什麼呢？酒是在你的血脈裏奔跑的一匹烈馬啊。你把牠馴服了，就可以騎著牠走遍天涯，找到天下最漂亮的女人；你駕馭不了牠，牠就把你掀翻在地，自己跑了。

這個比喻不能不令我擊節讚嘆。仔細一想，像我們這些不善騎射的漢族人，一生中不知有多少次被酒這匹烈馬掀翻在地。我想起自己曾經有過的酒後駕車的經歷，那真是騎上了一匹烈馬的感覺。並不是車在飛奔，而是血液中的酒這匹烈馬在飛奔。儘管這是多麼地危險，可在烈馬馳騁的四蹄之下，死亡要麼迎面撞來，要麼被拋得遠遠的。你就跟命賭一把吧，就像從前那些從不畏懼死亡的康巴人。

老土司在我的面前擺了一個藏式木碗，也不問我是否真要喝，嘩啦啦的白酒便斟滿了一碗，然後他又給自己斟滿一碗，用蒼老而豪邁的口氣說：

「好漢生時有雄心，死後身上一堆土，這是格薩爾王說的；男兒生前不喝酒，來世變成渴死鬼。這是我說的。酒除了是烈馬外還是什麼？」

老土司用不容置疑的口氣說，你說對了就可以不喝，說錯了就喝下它。要是在過去，在我面前說錯話，就不是喝酒的事兒，而是砍腦袋啊！

我相信過去他絕對是個輕易就能把人的腦袋砍下來的土司。我努力想酒在一個土司心目中還代表著什麼，愛？女人？力量？夢想？

老土司瞪著一雙已經微紅的眼睛，說，你都錯了，是水呀。哈哈哈哈……老土司就像跟我玩腦筋急轉彎遊戲的贏家，高興得手舞足蹈的。過去我家阿爸，喝的酒比喝的酥油茶還要多……

我只有慶幸我生在今天而不是過去，因此我老老實實地把第一碗酒喝了。媽的，薑還真的是老的辣。我打斷他的關於酒的話頭，直截了當地說，阿老，請講講你父親的事情吧。

老土司瞇起了眼睛，彷彿要讓目光穿越時光的迷霧，看清他那個喝酒比喝茶還要多的父親的身影。然後他喝了一口酒，緩緩地說：

我的父親命苦啊，從一生下來就帶著前世的一段冤孽，命中註定要在今世來打冤家。

哦？我從當地的史料上曾經得知，這個地區從前盛行打冤家。許多年來，土司頭人間爭來殺去，史料上說都是和爭權奪利、擴張地盤有關，從來沒有說和前世的冤孽有關。我想，任何編撰地方誌的人，都不會把記述歷史和民間傳說混為一談。但是作為一個藏傳佛教徒來說，前世、今生、來世是一體的，人今世的命運總與前世和來生相關聯。

那麼，阿老，誰是你阿爸前世的仇人呢？我問。

一隻猴子。老土司說。

我怕自己沒有聽明白，把身子往老土司前面傾斜過去。

一隻有著金黃色皮毛的母猴子，他又說。現在你們叫滇金絲猴，國家一級保護動物呢，誰打了牠們是要判刑的。我在夢裏還看見過牠，這傢伙是山林裏的猴子王的妻子。牠被我阿爸的前世殺了後，投生到我們家的仇人家，再殺了我的阿爸。

我心中暗暗叫苦，這酒還沒有喝多少，老人家怎麼就開始給我雲裏霧裏了，今天的採訪又泡湯啦。

但是老土司的話隨著酒一碗一碗地喝下去，逐漸變得流暢生動起來。我阿爸的前世不是土司啊，他是一個四鄉八鄰都有名的獵人。凡是被他的眼睛看到，被他的耳朵聽到的獵物，就沒有跑得了的。樹林裏樹葉一晃動，他就知道是個什麼傢伙躲在裏面，從老熊到野兔，都成了我阿爸前世的冤死鬼。

有一次，他看見山谷對面懸崖上，一頭公猴帶著一頭母猴在摘樹上的果子吃，牠們的身邊還有一頭小猴子。過去那猴子的皮毛，人們喜歡用來做帽子的裝飾，一張猴子皮可以換一斗青稞呢。我阿爸的前世想，今天真是磕頭磕到佛菩薩的跟前了。他一箭把那個頭最大的公猴射倒了，可是母猴抱著牠的孩子不跑，還嗚嗚的哭。我阿爸的前世跑過去，抽出身上的刀想殺那母猴懷裏的小猴子。母猴子用牠的前爪一把抓住了刺下來的刀刃，血順著牠的爪子往下淌啊，可是那母猴就是不鬆手。

我阿爸的前世，那時是一個沒有慈悲心腸的獵人。他一用力，就一刀刺穿了小猴子，再刺進母猴的心臟。就在刀刃從兩個猴子身上抽出來的時候，倒楣的獵人看見了母猴憤怒的眼睛，比大黑天神的目光還要可怕。這個傢伙在心中向佛菩薩許了個願，來世要投生到這個獵手的仇人家。這下我的家族就結下冤孽啦。

請等一等。我說，我一時不知該如何評判這個故事。阿老，喇嘛上師們說過，我們都不會知道自己前世的事。那麼，是誰告訴你這個故事的呢？

年輕人，我現在八十多歲了。你要知道，在過去，當土司是個折壽的差事，我的祖輩沒有活過五十歲的，而我當了四十來年的土司，參加過叛亂，跟解放軍打過仗，殺過人，坐過牢，文革時還挨過批鬥，共產黨寬大我，團結我，還讓我當過政協副主席。在佛祖面前，我跟你說的都是真話。早些年我開會坐主席臺，發言有秘書給我寫文章，出門坐日本小車，走到哪裡風光到哪裡。可我現在不幹了，退休了，城裏的水泥樓房我不要，回到這雪山下的牧場上為了什麼呢？就是圖個安靜，好在家修佛念經，洗清自己的罪孽，還可以經常到那邊去看看……

哪邊？我問。

陰間啊。他說。就像說從鄉下到城裏一樣自如。

阿老，對不起，你是說，你也是「回陽人」嗎？我驚訝地問。

什麼「回陽人」不「回陽人」的，我不相信那一套。我一喝了酒，高興了就去那邊到處走走看看。年輕人，這是一個老人的自由啊。那些小鬼說，噢，你又來啦，我們這裏還沒有你的地方。他們也怕我啊。過去我當土司的時候，年輕氣盛，回到家裏，不管我高不高興，一定要在來開門的奴隸頭上揍上兩拳。不揍他們我的手就癢，那些傢伙的頭就會痛。就像你們城裏人進門要按門鈴一樣，我家奴隸的頭就是我的門鈴。有時我回家忘了揍人了，我的管家就說，老爺，你還沒有揍人呢。於是，就有一個傢伙把頭伸過來，我就順手揍他兩拳。哈哈，到了陰間，我說，快去把我家的親人找來，我要跟他們講講話。那些小鬼就把飛快地跑去傳話，要不他們的頭就要挨揍了。

我呵呵笑了，你揍他們……那些小鬼的頭，什麼感覺？

老土司說，跟打在棉花上一樣麼。我在那邊力氣大著哩，跟從前年輕時一樣有勁。在這邊就不行啦，上樓都要喘氣。有一次，一個小鬼捂著頭說，啊嘖嘖，你還是回去鬧吧，我們這兒沒見過你這麼鬧的人。可是這邊五八年叛亂的時候，我已經鬧過啦，吃大苦頭啦，年輕時候都沒有鬧出個名堂，現在我還鬧什麼啊。不像我阿爸他們在的那時候，成天老是要跟人打仗。

跟誰打仗？謝天謝地，終於說到他的土司阿爸了。我問，是那頭母猴投生的來世嗎？

就是了，這就叫冤有頭，債有主。佛祖要讓我阿爸的前世明白什麼叫因果報應，就應了那頭猴子的願，讓牠投生到一個有錢人家，他們家是做馬幫生意的，家裏有很多快槍。在我阿爸四十多歲的時候，他帶就一夥人，把我阿爸打死了。

老土司說到「打死了」的時候，口氣仍然像一個小孩失去了親人那麼悲哀，我想當年那一幕在他年輕的心靈裏，一定留下了深刻的印象。

阿老，我不明白，佛教裏也講現世現報的。為什麼那隻母猴投生為人後，不殺那個獵人……你阿爸的前世，而要殺你的阿爸呢？再說了，你阿爸的前世殺生無數，造了那麼多的孽，他怎麼還可以投生到一個土司家？我問。

佛祖啊，我自己都被這一世又一世的孽債快搞糊塗了。我們是連自己的今世該怎麼過好都搞不清的漢人呢。

老土司說，佛法的力量無處不在啊。當一個人作惡的時候，有佛法；當他行善的時候，也有佛法。我阿爸的前世沒有被母猴那雙眼睛嚇住，但他被自己一刀刺穿母子兩隻猴子嚇倒了。他回到家裏，發現很多被他殺死過的動物的冤魂都追過來找他索債，火塘邊，門後，柴堆上，到處都是些血肉模糊的動物，沒有頭的，斷了腿的，剝了皮的。佛祖啊，我阿爸的前世叫道。他知道自己殺生無數，要下地獄了。

他去找喇嘛上師，那個喇嘛是個在山洞裏修行的傢伙，每次我阿爸的前世打獵路過他的山洞，都會砍下一部分肉來，算是給喇嘛上師的供養，也是請求喇嘛上師開脫自己殺生的罪孽。可是等他到了喇嘛上師修行的山洞前，他看見一大堆野獸的骨頭。他問喇嘛上師，怎麼會有這麼多骨頭。上師說，都是你殺生後給我的供養啊。我阿爸的前世這才明白自己一生中造了多大的孽。他實在受不了心裏的痛苦啦，就自己跑到懸崖邊，跳了下去。這時，佛祖在西天看見了他的悲憫，就讓一朵雲彩升起來，托住了他，將這個總算知道慈悲的人接到了天國。

儘管我很喜歡這種人神不分的回憶與傳說，我認為人要是活到這種境界，也是一種修來的福分呢。但是我還是忍不住要問，他……真的跳下去……又被一朵雲彩接住了？

當然。老土司非常肯定地說，我阿爸在我很小的時候就告訴我啦，峽谷裏每一個人都知道。那個喇嘛才有意思哩，當他看見我阿爸的前世被一朵彩雲接上天以後，就想，這個罪孽深重的獵人都可以升向天國，我是個喇嘛上師，在山洞裏修行了幾十年，也沒有找到升向天國的法門。現在我知道該怎麼做啦。他也來到那道懸崖邊，念了一通經文咒語，就跳了下去。哈哈哈哈……

老土司笑得老眼淚都淌出來啦，像一個小孩得到了一次意外的獎賞那樣開心，以至於他不斷地用一雙粗糙的大手去揩自己快樂的眼淚。我不知道他為什麼會那麼高興。

佛祖保佑，他也被一塊彩雲接走了。我說。

你又說錯話了，喝酒喝酒。他掉下去啦！哈哈哈哈，摔死啦。他身為出家人，天天吃著我阿爸前世的供奉，吃得比一個土司還胖，山洞外的獸骨堆成了山，也沒有喚起他的悲憫心，他修佛不修口，還修什麼佛啊？

我大笑起來，也笑得快出了眼淚。我們都開始喝得漸入佳境了。

我說，你阿爸的前世按佛教的說法是放下屠刀，立地成佛，也就是頓悟罪孽，即身成佛。這麼說，他已經超越六道輪迴，直接到天國享福了，可是又怎麼回到人間做土司了呢？

老土司撇撇嘴，嘆了口氣說，輪迴哪有那麼好超越的，還有因緣果報呢。那些高僧大德，都要修行五百世，才能往生西方佛土。我阿爸的前世只是一個俗人，佛祖先讓他投生到土司家，享四十多年土司的福，再讓他為前世的孽緣償命。每個人一生中有多大的福分，佛菩薩早就給你定好了。就像過去年代國家給你的供應糧，吃光了，享受完了，也就沒有了。你有多大的命，就享多大的福。你們漢地的那些有錢人，現在是越來越不惜福了。過去窮，大家都騎馬、騎自行車，吃粗糧野菜；現在有錢了，買汽車，跑得倒是快了，一快就出事。每年都有汽車從瀾滄江峽谷裏的公路上飛下去，就像飛機掉下去一樣，一個活的都不會有。人生一世啊，可以貪酒，還可以貪色，但是不能不惜福啊。

我沒有想到這個老人家會給我上起人生課來了，不過「惜福」這個詞，我還是第一次聽到。我們從小接受的是珍惜生命的教育，但是生命裏包含了許多的奧妙，卻少有人告訴我們該怎麼珍惜。

我問，阿老，你真的認為你阿爸被人殺死，是命中註定的事情？

我阿爸的命本來就帶有一段孽緣，他活著的時候不知道，死後就知道了。他才明白有一支箭從他出生時候起，就一直在瞄準他。在他享完了自己的福報後，我家的仇家就在瀾滄江邊的驛道上，一箭射穿了我阿爸的喉嚨。你看，佛法是多麼公平啊，就像現在法院的法官一樣。現在講法律，過去講佛法啊。一樣一樣的啦。

噢！我長長地嘆了一口氣，再無話可問。那天晚上，我又在老土司的火塘邊喝醉了。

一年以後，我再次來到這片土地。聽本地的朋友說，老土司在兩個月前的一個陽光燦爛的下午無疾而終。那天他忽然說胸口有點痛，就自己走到明媚的陽光下，坐在院子裏的一個草墩上曬太陽，那是他每天念完經之後的必修課。和他在一起曬太陽的還有兩個老人，他們坐在離他不遠的牆角處。

在那個平凡的下午，三個依靠陽光感受生活的老人家，在有一搭沒一搭的回憶與叨絮中打發平和的時光，沒有看到死亡的陰影在光線的緩慢移動中悄然而至。沒過多久，那兩個老人家發現他們從前的主子、土司老爺，現在一起和孤獨及衰老作抗爭的老夥伴兒，歪倒在陽光下再沒有起來。

他就像一頭睡著了的獅子，看起來仍然那麼威風凜凜。我的朋友說。我想起佛經故事裏有關「睡獅的姿勢」的說法，說那是佛祖釋迦牟尼圓寂時的姿勢：即右側臥，右手在頸，左手安詳自然地放在左大腿。依大乘佛教眾生經過修行皆可成佛的教理，誰能肯定那個曾經四處征戰、殺生無數、貪欲無度的前土司，後來是否被佛無所不在的力量所征服，修煉成一個看破塵世、清心寡欲的佛教徒呢？那時請他去城裏開政協常委會的通知剛剛發出，許多人還想聽他講過去時代的生動故事。遺憾的是，本地最後的一個末代土司，就這樣悄無聲息地走進了歷史。

12 解脫

自從兩岸開戰以來，阿拉西就變得沉默寡言，心事重重。他的生活中已經沒有愛，只有恨，這讓達娃卓瑪深感憂慮，他們逃到寺廟避難以後，他沒有一天和達娃卓瑪在一起，總是玉丹陪著她。那期間，人們連睡覺都把刀槍放在自己的枕邊，警惕地呵護著女人和孩子恬靜的夢。而每天黃昏，阿拉西都渾身披掛，打馬外出，說是去打獵，可卻常常到深夜才回來。開初大家以爲寺廟裏一下湧進這麼多人，阿拉西是擔心寺廟吃的不夠，要打些野物回來補貼大家的需求。到阿拉西神奇地射殺了仇人，人們才明白他等待這一天已經很久了。

這天晚上，玉丹早早地提了火繩槍，和幾個年輕人到寺廟外放哨去了。達娃卓瑪明白他這是要把她今夜的床留給自己的哥哥。可是到夜很深了，阿拉西還坐在火塘邊和都吉的心在講話。都吉已經不能離開火塘一步，他成天躺在那裏，除了那顆心還在說話，連眼睛都睜不開了。他通過阿拉西的口，不斷告誡家裏的人，騎馬的時候遠離懸崖；在阿拉西睡覺時，要將青稞酒悄悄潑灑在他的四周，以驅散黑暗中的蠍子；當外出回來的阿拉西端起火塘邊的酥油茶時，他告訴他，茶已經冷了，讓達娃卓瑪重新給他換一個碗，重打一壺茶。人們發現都吉總是不讓他做這樣，阻止他做那樣。有時阿拉西僅僅是半夜裏想去馬廄給馬添點料草，都吉也以沒有月光爲由不許他出去。

達娃卓瑪摸到火塘邊，用一雙哀怨的眼睛詢問阿拉西，你還不想睡嗎？

可她沒有想到的是，男人們已經把今後的生活都安排好了。他們選擇了一條漫長而艱難的道路，並要她一路相伴。

阿拉西接過達娃卓瑪遞過來的一碗茶，用很尋常的口吻對她說：「卓瑪，我們要出趟遠門。」

「去哪裡啊，拉西哥？」

「拉薩。」

「去做生意嗎？」

「不是，去朝聖。」

「朗薩家的人把驛道都封死了。」

「沒有人能阻止一個磕長頭的喇嘛。」

「拉西哥，我們跟在磕長頭的喇嘛的後面？」

「是的，你們跟在我的後面。」

「你說什麼？拉西哥！」

「卓瑪，我要出家了。」

達娃卓瑪一下打翻了手中的酥油茶筒，筒裏剩餘的茶倒進了火塘，發出「哧哧哧」撕心裂肺的哭喊。達娃卓瑪雖然滿臉的淚，卻一聲也沒有哭出來。

「卓瑪，這個長頭必須由我來磕，才能救大家的命。」

「你……你你你也可以不出家磕長頭啊……」

「再沒有別的出路了，磕長頭才能洗清我的罪孽。貢巴活佛說，我有一段佛緣在拉薩，我要去找到它。」

阿媽央金不知什麼時候坐到了達娃卓瑪的身邊，她摟著她說：「閨女，不要害怕，朝聖是一件多幸福的事情啊，我這一輩子就差到拉薩去朝聖了。好姑娘，我的兩個兒子都一樣優秀。神的意志讓我的一個兒子奉獻給佛、法、僧三寶，一個兒子奉獻給了都吉家的火塘。火塘邊有了女人，火塘就溫暖了，打出的酥油茶就香了。這是我們女人的命啊，妳會有好運的。」

「嗚——」達娃卓瑪發出一聲尖銳刺耳的慘叫，彷彿她的心窩上被劃了一刀。聽上去根本就不像是人可以發出的聲音。要是誰在屋子外面，還以爲是一隻母狼在叫呢。不過這不是爲她自己哭，而是爲她深愛著的阿拉西。可在對諸佛菩薩的敬畏和對自己愛情的取捨上，一個虔誠的藏人是沒有選擇餘地的。達娃卓瑪如此，阿拉西亦然。

「卓瑪，阿爸說，玉丹會照顧妳的，他也會在一路上保佑我們。」阿拉西說完這話時，心裏忽然感到如波浪起伏的湖面終於平靜了下來，從今以後，他將不再爲弟弟得不到達娃卓瑪全部的愛而擔憂。

都吉的心也像一塊扔進湖裏的石頭，總算沉到了湖底。他一直躺在火塘邊的方塌上，在死亡的門檻邊張望人間的生離死別。他對阿拉西說：「阿拉西，我也可以放心地走啦。」

阿拉西忙問：「阿爸，你要離開我們了嗎？」

「我不是要離開你們，我只是想永遠陪伴你們。我的靈魂會寄託在家裏的騾子『勇紀武』

身上。朝聖的路上怎麼能沒有一匹好騾子呢？」

阿拉西頓時淚如雨下，阿媽央金問：「你阿爸怎麼啦？」

阿拉西說：「阿爸不能陪我們去拉薩了。他……他要我們照顧好『勇紀武』。」

央金淚水漣漣地說：「唉，我知道你阿爸的心思啦。昨天晚上他就托夢給我說，『勇紀武』認得去拉薩的路，讓我們緊跟在『勇紀武』的尾巴後面，就不會迷路。」

阿媽央金挪過身子去跪在都吉的身邊，捧著他的頭，湊在他的耳邊喃喃道：「都吉啊，放心去那邊吧，你也該歇著啦。一個趕馬一生的人，還能去哪裡托生呢？『勇紀武』在，你就在。」

第二天早晨，都吉結束了自己當「回陽人」的生命歷程。根據貢巴活佛的指點，人們把都吉的肉身抬到瀾滄江邊，在西岸的戰死者中，他是最後一個水葬的。家裏那匹忠實的騾子「勇紀武」一直跟在送葬的隊伍後面，牠美麗的大眼睛裏淚波翻滾，在快到江邊的一道懸崖上，「勇紀武」再不往下走了，牠定定地站在那裏，看見人們把都吉的屍體捆紮好，一個專門肢解屍體的老人一刀挑開了都吉的肚子，把內臟一把把拉出來，放在一邊，然後又將屍體翻過來，從他寬闊的背部下刀，將他身體的各個部位一塊一塊地卸了下來，再仔細地剁碎，拋灑進江裏。瀾滄江水此刻就像喇嘛們的經文，在分解消融著大地上的一切苦難時，也把都吉操勞了一輩子的肉身轟鳴著帶向了遠方。那時佇立在山崖上的「勇紀武」一聲嘶鳴，揚蹄往寺廟方向跑了。

送走了都吉，磕長頭朝聖的人們就要準備出發了。從藏東地區磕長頭去拉薩，比馬幫走一趟至少困難百倍。幾年前，雲丹寺一個叫魯茸的喇嘛發願磕長頭去拉薩朝聖，五名年輕力壯的喇嘛為他做後援，但是一年後他托夢回來說，他已經葬身老熊之口。後來東岸卡蘇村因為得罪了山神，泥石流年年沖毀人們的莊稼和房屋。一個叫巴登的小夥子站出來說，他要磕頭去拉薩朝聖，請法力深厚的大喇嘛來鎮壓山上的魔鬼。全村的人們有人出人、有力出力，為巴登當後援，成了村裏人人爭去的「烏拉」差役，他們每半年換一撥人，就像支援前方將士打仗一般。

可是到第三年，前去輪換的村人發現，朝聖者和他的後援都死在一個不知名的村莊裏了。他們只帶回來了朝聖者們的遺物，還帶回來了沿途無數恐怖的傳聞。多年來，峽谷裏再沒有人敢輕易發願磕長頭去拉薩，誰知道這一路風霜雪雨的長頭磕下去，會有多少人間和非人間的磨難呢？

貢巴活佛說：「從我們康區到拉薩朝聖，要經歷五種災難——野獸的災難，土匪的災難，魔鬼的災難，瘟疫的災難，饑餓的災難。但是大地是悲憫的，當你伏身親近大地，你會感到它給予你的慈悲。在你翻越這一路上的雪山險礙之後，你將會發現，你的心和大地一樣寬廣。」

阿拉西那時還不能透徹地理解貢巴活佛的話，它必須是在生命經受了常人難以忍耐的磨難，身體和大地日復一日地砥礪，心靈飽嘗了人間所有的悲歡離合以後，才可以體悟出一個活佛眼中的大地和慈悲。

在一個風和日麗的上午，貢巴活佛在雲丹寺的大殿裏為阿拉西剃度授比丘戒，並為他取法名洛桑丹增。這註定是一個要留名後世的名字，並不僅僅因為這個名字吉祥，而是由於它代表了一個人的新生。從前的阿拉西已經不存在了，就像一個已經消失了的朋友，現在我們面對的是一個準備在漫長的朝聖之路上，一長頭一等身去丈量的喇嘛，一個將博大的慈悲和佛性慢慢去體味的修行者。貢巴活佛其實並沒有費多大的口舌為這個年輕人講經說法，開啓他的佛性，他只是要洛桑丹增喇嘛在自己生命中最美好的年華裏，去觀想自己的死亡。活佛說：

「一個再罪孽深重的人，當他面對死亡的時候，佛菩薩的悲憫就會讓他知道，生命原來是多麼無常，多麼虛空啊。過去的怨憎、享樂、富貴、榮耀，也是多麼的虛幻啊。而死亡，它卻是實實在在的。就像你急急忙忙地走在山道上，山頂上的一塊巨石忽然滾下來了，重重地砸在你的身上，讓你感到它的沉重、真實、恐怖、不可躲避。你被大石塊砸下懸崖了，你所有的想念、對這個世界的我執和我愛，都不在了，可那死亡的石塊還在。有朝一日，它還會繼續往下滾，砸向另一個要面對死亡的人。今天你殺了自己的仇人，實際上，地獄之門已經爲你洞開。殺戮並不能拯救一個人的靈魂，只能讓它更加墮落。」

洛桑丹增喇嘛誠惶誠恐地說：「活佛的話，我要是早一些時日聽到，哪裡會有今天的苦難。」

貢巴活佛微微笑了，「這怎麼會是苦難呢？這是一份修來的福分，它讓你找到了修行的法門。許多愚癡的人，要讓他們觀想自己的死亡，比登天還難。」

「活佛，我雖然出家了，可並不知道一個喇嘛該學些什麼。我多想終日跟隨在你的身邊，向你學法啊。」

「以你的慧根，我無法教你。我只是峽谷裏一個無知無識、悲心微薄的無名活佛。孩子，一個有佛緣的出家人，應該遠離自己的家鄉。出家出家，離家越遠，修行越深；只要走出家門，便成就了一半的佛法。你的佛緣在遙遠的拉薩。當你把你的心俯身向大地，大地便會教給你如何發現自己的悲心和佛性。」

「可是我在拉薩該找哪位上師作我的領路人呢？」

「在拉薩有位叫格茸的喇嘛上師，是顯宗、密宗大法兼修的大成就者，我的學識僅是格茸上師的十萬分之一。你去找他吧，格茸大師一直在等你啊。」

貢巴活佛在給拉薩的格茸上師的信中說：

「藏東法子，具足慧根；生於凡世，心染塵垢；慈悲上師，殊勝教法；拂塵掃垢，培栽佛果。請供衣食，再教佛法，開示心智，成就悲心。」

那封推薦信寫在一張薄羊皮上，貢巴活佛要洛桑丹增喇嘛仔細收好。他又說：

「在拉薩還有一位老朋友你應該去拜訪，這就是多年前從我們峽谷出走的仁欽上師。多年來，峽谷裏的人們被怨憎之心所迷惑，總認爲這裏的冰雹洪水等災難是仁欽喇嘛在那邊作法施咒術所致。因爲他在離開峽谷時，曾經發過惡咒，要學得密法懲罰那些加害於他的人。我觀察過了，在他剛離開峽谷的那幾年，有幾場災難與他的咒術有關，而後來峽谷裏的天災人禍，就是這裏的人們造下的惡業所致了。實際上，一個有大悲心的上師，是不會永遠行惡業的。從拉薩朝聖回來的人說，仁欽現在是一個性格暴戾、行事乖張的喇嘛，凡人難以接近。大師就是大師，他們古怪的行爲也是一種修行，因爲他們已經超越時間的束縛，更超越了世俗的生活。他們是活在另外一個世界的人，是受神靈的差遣前來教化眾生的上師。」

洛桑丹增喇嘛當時說：「但願那個叫仁欽的上師也能教我一些咒術，懲罰朗薩家族的惡人。那天打仗的時候，人們都說是他拯救了西岸的眾生。」

貢巴活佛說：「學法害人，行的就是黑業，並不為一個真正的學法者所取。我要你學法具悲心，行善業。每個人的面前其實只有兩條路可選擇：智慧之路和愚癡之路，前一條路須向上攀緣，後一條路則向下墮落。你明白了嗎？」

有人的命運可以被有慧眼的人看清，更何況洛桑丹增喇嘛面對的是開了法眼的貢巴活佛。洛桑丹增喇嘛生命中的佛緣，真像從母親身上帶下來的胎記一樣，永遠也改變不了的。一雙閱盡人間滄桑的佛眼，看人生沉浮，就如觀手掌紋路一般清晰無誤。一粒有慧根的種子，一旦落到佛的土地上，不管它要經歷多少風雨，終究是要修成正果的。

那真是一個峽谷裏一百年後都會有人提起的神蹟。很多年以後人們還在傳說，在那個太陽剛剛爬到峽谷東邊山頂的早晨，瀾滄江西岸的卡瓦格博雪山紅光萬丈，彷彿在熾烈地燃燒，天空中飄著淡雅的旃檀、沉香等天國才會有的勝妙香味，風聲中有仙樂從雪山上傳來，草地上的花兒竟然頂破覆蓋在它們上面的積雪，一夜之間全部開放。但是這些神奇的景象都不能算作那個年代的奇蹟，連貢巴活佛在陽光下當著眾人的面，把自己身上的袈裟一把扔進瀾滄江裏，江中波濤洶湧，而袈裟卻鋪在江心一動不動，彷彿像一條拋了錨的船，貢巴活佛也不認為這是個奇蹟。他只是想以此告訴眾人：

「雪山在燃燒，天空中飄來吉祥的香味，風中有美妙的仙樂，草甸上的花兒在冬天開放，一件單薄的袈裟不會被江水沖走，這些都不算什麼神蹟。真正的神蹟是讓一個人看到自己所行的惡業，並找到解脫煩惱的法門。」

果卷

Tibetan Rinpoche

第四章

13 等身長頭

秋色把峽谷裏的山崗層林盡染的時候，朝聖的隊伍要出發了。那是一個令所有的人回想起來都無比美麗的秋天。洪水消退了，山坡上的泥石流不淌了，控制冰雹的魔鬼也遠遁了，草場上的花兒謝了，但是雪山下的森林卻被第一場早霜染得一片金黃。一些不知名的野山果，紅色的黃色的青色的，像天地間一顆顆寂寞而堅忍的心，年年都成熟在無人知曉的山崖，從開花到結果，再到落地腐爛爲泥，把自己一歲一枯榮的短暫生命無私地奉獻給了大地。

「這片神靈控制的土地，是多麼的豐沛寬廣啊！」

貢巴活佛眼望寺廟對面山崗上滿眼的金黃，對要出征的朝聖者說。他們是洛桑丹增喇嘛和他的後援，後援隊伍有洛桑丹增的母親央金，弟弟玉丹，還有兩兄弟曾經共有的妻子達娃卓瑪──現在她只有玉丹一個丈夫了。佛祖才知道她心中究竟有多大的苦痛，其實自從心上人決定出家以來，很多個夜晚，她都在爲自己的命運悲哀，爲洛桑丹增喇嘛的悲心而感動。世界上最博大恆久的愛，不一定非要有婚姻才可以體現，它總是通過另一種方式表現出來。對一個心志高遠的人來說，愛情並不代表激情，而是悲情。在朝聖的隊伍中，她並不是爲洗清自己身上的罪孽，而只是爲了自己一生的愛。儘管她已經行動不便，肚子驕傲地挺出老高老高了。但是生孩子對一個藏族女人來說，並不因爲是要上山打柴、還是要出門遠行而有絲毫的耽擱。該來的，自自然然地就會來。

還有家裏那頭忠心的騾子「勇紀武」，牠的背上馱滿了人們的佈施和一家人路上的行裝。在朝聖者一家眼裏，牠是無言的父親，是阿媽央金每天晚上說話的伴兒，是洛桑丹增喇嘛勇氣與力量的源泉，是玉丹和達娃卓瑪夫婦的保護神。

在雲丹寺的大殿前，這支看上去力量單薄的朝聖隊伍令人揪心。一般來說，爲一個磕長頭到拉薩的朝聖者提供後援支撐，至少要六個左右的精壯小夥子。他們要負責整個朝聖隊伍的後勤保障。這漫長的旅途中，住並不是主要的困難，隨便找棵大樹，人們都可以對付，而吃喝所需的青稞、糌粑、茶葉、酥油、肉乾等，卻要一路化緣籌措，誰也不可能把路上所有的花銷都帶上，更不用說一路上需要克服的來自自然和人爲方面的挑戰。

連貢巴活佛看到這老少組成的後援也不禁心生悲憫，只能轉求佛法的力量能加持護佑這支孤單的朝聖隊伍。他送給洛桑丹增喇嘛一條牛皮長裙和一副手板，說他已經爲牛皮裙和手板念經加持過法力了。那牛皮裙沉甸甸的，是用犛牛背脊上最厚實的部分削製成的，柔軟、堅韌，既像一件抵禦百病侵襲和一路風霜的鎧甲，又似一條普渡慈航的小船。它長過喇嘛的膝蓋，可以在洛桑丹增每一次和大地砥礪時很好地保護他的軀體。

每個磕長頭的朝聖者都有自己特殊的裝備，手上的兩塊木板是作爲手掌的保護，手肘和膝蓋處都綁有厚厚的棉花，外層包有上好的牛皮。幾千里的山路，數百萬個長頭，哪怕是鐵打的身軀，也會磨平消蝕在這漫長的旅途上。過去都吉家的馬幫去一趟拉薩回來，馬掌也得換好幾副呢，更何況是人的血肉之軀。

洛桑丹增喇嘛看上去面色沉靜，神態堅毅，一頭飄逸蓬鬆的長髮已成爲親人們的回憶，達娃卓瑪的惋惜。剃度了的腦門上泛著一層青光，像一個潔淨的處子，又像傳說中爲了普渡眾生而投生爲人的月光童子。

「去吧，走出了這一步，就不要回頭，也不要畏懼。要記住，你磕出的每一個頭，都是成佛的修證。」

貢巴活佛說完，轉身就進大殿了，沒有給洛桑丹增喇嘛更多的鼓勵和祝福。只有大殿裏供奉的諸佛菩薩才看見了貢巴活佛眼眶裏的熱淚，只有他的心才感受到了大地已經承載不住這群朝聖者的虔誠與悲壯。但貢巴活佛的悲心卻有如釋重負之感，沒有比引導一個人走上善道更令人愉悅的了。

洛桑丹增喇嘛衝貢巴活佛的背影磕了三個長頭，算是對活佛的感激和告別。然後他對身邊的阿媽和弟弟說：

「我們開始吧。」

一些簇擁在他周圍的喇嘛們唱起了祝福平安吉祥的經文，一條條雪白的哈達紛紛獻給遠行的朝聖者，有的人來不及擠到前面，只得把哈達拋過來，吉祥的哈達飄飄揚揚，像一團捲起的雪花，將朝聖者淹沒了。寺廟裏的大法號也抬出來了，渾厚低沉的號聲傳出去很遠，讓人一點也不感到悲壯，反而豪氣倍增。

洛桑丹增喇嘛把雙手高高舉過頭頂，再放到胸前，然後伏身向大地。

「唰——」

他面向聖地拉薩，磕出了這莊重的第一個長頭。在以後的苦修歲月裏，他會回想起這由此改變了他人生命運的第一個長頭，並不是因為它顯得十分珍貴，而是由於它在佛的眼光裏是多麼地輕飄啊，就像一個第一次跟隨大人進寺廟的孩子，懵懵懂懂地在佛菩薩面前敬上的第一支香那樣輕飄，他雖然並不知道這支香的真實意義，但是它種植在心靈深處，就像這象徵著靈魂皈依的第一個長頭。

當他再次伏身向大地，他聽到大地心臟有力的心跳。「咚——」那並不是他的膝蓋跪在地上的聲響，也不是他的雙掌和雙肘著地時的響動，更不是他的腦門磕在大地上發出的沉悶聲音。它的確是來自大地深處的脈動，人們將大地踩在腳下，誰也聽不到大地心臟有力地搏動，只有當一個人把他的心貼近大地時，——不是一次兩次，而是反反覆覆、無以計數次，這樣，他就有緣聽到大地深處常人根本聽不到的那美妙而沉穩的聲音了。

而動物們卻有非常敏銳的感覺，遠處的一匹戰馬聽到了這聲響傳來的震動，牠驚得前腿直立了起來，差點將馬背上的主人掀翻。待主人壓下馬頭，他才看見峽谷上方寺廟前的山梁上經幡飛舞，人影蠕動，聽到隱約傳來的法號聲，鼓鈸聲，像是一場隆重的喜事正在上演。

「那邊在幹什麼？」主人馬鞭一指問。

「少爺，他們真的要出發了。」管家益西次仁說。

「出發，去哪裡？」主人問。

「磕長頭去拉薩朝聖啊，開初我還以為他們是說著哄活佛的呢。看來那小子鐵了心了。」

「去拉薩？這樣他們就可以逃脫懲罰了嗎？甭想！」達波多傑少爺一火馬肚，對自己的管家高喊道：「去，路卡上再增派五個人。別說是想去朝聖的一個人，就是一隻去拉薩的鳥兒，都不讓通過！」

「少爺，等一等！」老管家打馬追上來，攔住了達波多傑的馬頭，「我們會得罪佛菩薩的，少爺。」

「混帳東西！殺死了我父親的人，就不怕得罪佛菩薩嗎？」達波多傑順手就抽了老管家一馬鞭。那一鞭子打在他的大腿上，火辣辣地疼。最近一段時間來，不但老管家經常挨馬鞭，那些跟隨他的僕人，動輒就得挨打受踢。少爺一進東岸新立起的宅院門，稍不如意，順手就會給開門的僕人臉上一拳，似乎不揍上哪個倒楣的傢伙一拳，這個火氣旺盛的少爺吃飯就不香。

「少爺，你就是把我抽下懸崖，我也得跟你說，朗薩家揹不起阻攔朝聖者的惡名！」老管家忽然變得倔強起來。佛祖在上，他說的話菩薩聽了，也會生起歡喜心。

「狗娘養的，難道他們敢從我的馬蹄下爬過去？」

「少爺，說這樣的話是要得罪神靈的。人家現在是去拉薩求佛、法、僧三寶的喇嘛了，再貧寒的人，只要還有一口糌粑，都要佈施給他呢。」

「你是不是說，罪人倒成了聖者了？」達波多傑厲聲喝道。

「少爺，按我們峽谷裏的話說，不管他過去幹了什麼，你只要看他此刻在佛菩薩面前的言行。如果他修得了即身成佛的大法，他就是佛。」

「這個傢伙都能修成佛的話，我還能成西藏的大寶法王哩！他們什麼時候到路卡？」

「至少也得三天以後吧。磕長頭不是走路，少爺。」

「少囉嗦！我們回去。」

那三天對洛桑丹增喇嘛來說，痛徹地感受到了一個磕長頭的朝聖者之不易。第一天的頭磕下來，他們大約只走了十華里地，那只是平常一隊馬幫一天行程的六分之一，但是洛桑丹增喇嘛卻磕了將近三千個長頭！三千次的起身、伏地，三千次虔誠的洗禮。到了傍晚的時候，洛桑丹增喇嘛連酥油茶碗都端不起了。

他們第一晚露宿的地點離村莊並不遠，犛牛帳篷就紮在馬幫驛道邊。一些住在附近的藏族人，紛紛趕來爲這支小小的朝聖隊伍佈施。他們揹來不多的糌粑麵，酥油，甚至揹來一捆柴火，一小口袋馬飼料，都代表他們對朝聖者的一絲敬意。

火塘裏的火升起來了，酥油茶的甜香瀰漫在疲憊的洛桑丹增活佛的腦海裏。他多想喝一口啊，可是他的頭暈沉沉的，似乎連張嘴的力氣都沒有了。是阿媽的聲音不斷在耳畔說，喝一口吧，喝一口。喝了茶就會好的。

「尊敬的喇嘛，快起來喝茶吧。」

是誰的聲音在呼喚啊？噢，是達娃卓瑪。在她的面前，在眾人的面前，我是一名喇嘛了。洛桑丹增睜開了眼睛，他發現眼前金星亂冒，達娃卓瑪的頭上彷彿有一圈光環，她雖然只是個朦朧模糊的影子，可是她眼睛裏溫柔的目光讓喇嘛的腦海裏一片赤黃。

第一口酥油茶咽下去了，身上的力量在慢慢地回升，暖意從心底裏迅速升起。這時，一陣陣的聲浪像江水拍擊岸邊的懸崖，一波又一波地傳來。

「是什麼聲音？」洛桑丹增喇嘛問。

「是那些來佈施的人家，在外面爲你念經哩。」母親央金說。

「爲我念經？」洛桑丹增喇嘛掙扎著起來，在母親的攙扶下來到帳篷外。外面黑壓壓的一群人，以老人居多，他們當中甚至還有半年前來攻打西岸的康巴騎手呢。無數個轉經筒在他們的手裏搖動，無數段吉祥祝福的經文從他們的口中誦出。山風從他們的頭上響亮地刮過，塵埃時而將他們淹沒，可是他們就像一群石雕，端坐在大地上一動不動。當他們看見洛桑丹增喇嘛出現在帳篷門口時，就像看見了心中敬仰的活佛，紛紛衝他磕起頭來。

「哦呀呀，快請起來。我這罪人如何擔待得起！」洛桑丹增喇嘛想上去把眾人扶起來，可是他卻邁不開自己的腳步，雙腿一軟，給峽谷裏的父老鄉親跪下了。

他這才發現，一個人該如何做才能受到人們的尊崇，這是他的生命中從未有過的體驗；他也第一次體驗到什麼叫做康巴人的榮耀。躍馬橫槍，斬殺仇敵，家產萬貫，情歌高亢，舞步行雲，出身貴胄，滿身珠寶，這些令人心儀眼熱的東西，都不是一個康巴人的真正榮耀啊。一個卑微的罪人，只有他在佛菩薩面前表現出來非凡的虔誠，他也同樣能獲得人們的尊重。

「光榮屬於神聖的佛、法、僧三寶。各位阿老，都請起來吧！」

沒有一個人起來，人們口中的經文念得更起勁了。洛桑丹增喇嘛眼眶一熱，眼淚再次流了下來。唉，他自己都很奇怪，這段時日裏怎麼老是容易被感動。他的那雙剛毅明亮的眼睛，現在開始學會慈悲和憐憫，眼窩裏的淚水也越來越多，越來越熱。上午他在磕頭的時候，回頭瞥了一眼阿媽頭上被吹亂的白髮，他的眼淚差一點又流出來了。

也許就是這強大的悲憫從一開初就伴隨著峽谷裏的佛子，無論是在精神上還是行動上，故鄉虔誠的人們的支持就像卡瓦格博雪山一樣，永遠雄踞在洛桑丹增喇嘛的心頭，讓他堅忍不拔地把一個又一個的長頭磕下去。到了第三天，朝聖的隊伍來到了朗薩家族控制的路卡前，一些擔心他們過不了路卡的人，還遠遠地跟在後面。那時達波多傑已經立馬路旁，路卡上已經增派了持槍的家丁，驛道上瀰漫著肅殺的氣氛，路兩邊樹上的鳥兒都飛得遠遠的躲起來了，山風都帶著一絲絲的緊張和顫抖。

洛桑丹增喇嘛彷彿沒有看見路卡上的人馬一般，還在專注地磕著長頭，三步一等身、一等身一磕頭，慢慢地向路卡逼近。達波多傑讓他的人馬端平了火繩槍，做好射擊的準備。有幾個傢伙的手不斷在發抖，因爲他們心裏在想，要是對著磕長頭的人開槍，自己肯定要下地獄，不是以後，而是現在。閻王的冷笑他們彷彿都聽見了。

達波多傑感覺到了自己身後的異樣，他惱怒地對那些傢伙喊：「你們手裏的槍燙手嗎？抖什麼抖！槍子兒還沒有飛起來哩。」

他看見了磕頭者後面的三個後援，一個老人，兩個年輕人，還有一匹騾馬；他還看見了離這支小小的朝聖隊伍更遠處的一群人，他們手裏搖著轉經筒，慢慢地跟在朝聖隊伍的後面。這幫傢伙來幹什麼啊？

仇人越來越近了，達波多傑幾乎認不出他來啦。倒不是因爲他身穿了一件袈裟和胸前掛著件笨重古怪的牛皮裙，而是他身上散發出來的那種堅毅沉著的氣韻，還有臉上瀰漫著的悲苦，讓他不相信這就是殺死他父親的那個傢伙。他的額頭已經磕破了，剛滲出的血一次又一次地印在大地上，磕一頭印一次血印，再磕一個再印一次，彷彿那是蓋給大地的血戳。崎嶇的驛道上從來都是被馬蹄和人的腳步踐踏，幾百年來，很多地方都被馬蹄在青石板上踩出一個個的蹄窩，那些善走山路的騾馬，每次都落腳在同一個蹄窩上，年深日久便踩出拳頭大的深坑，那是這條漢藏古老驛道的見證，是馬兒對大地的叩拜。可是一個磕在驛道的額頭，被打磨的肯定不是地上的石頭，而是他的皮肉。你再裝得怎麼虔誠，難道你能在這驛道上磕出一個個坑來？達波多傑想。

「阿拉西，站著別動！看看我是誰！」在那個朝聖者離他只有不到一箭地的時候，達波多傑騎在馬上高喊。

洛桑丹增喇嘛彷彿沒有聽見，也彷彿對面的傢伙是在喊一個與他沒有關係的人，他繼續磕自己的頭，將身子向大地鋪展開去。

「阿拉西，別以爲你當了喇嘛，就讓我忘掉過去我們兩家的仇。」

他的聲音在驛道上空洞地迴響，就像一個虛弱的人面對一個強者虛張聲勢的叫喊。伴隨這喊聲餘音的，是洛桑丹增喇嘛一次又一次伏身向大地的單調而有節奏的「唰、唰」聲。

「阿拉西，你知道峽谷裏仇人相見的結果，總有一方的馬蹄，要從另一方的脖子上跨過去。今天，你能從我的馬蹬下磕頭過去嗎？」

「唰——」洛桑丹增仍然沒有回答，只是以又一個長頭作回應。他已經能看見達波多傑腳下鋥亮的馬蹬了。那時他只是想，如果這馬蹬是一道孽障，那就衝它磕過去吧。

「阿拉西……」達波多傑發現自己的底氣越來越不足，倒不是因爲他身邊的人在紛紛往後退縮，也不是由於跟在那個喇嘛身後的人越來越多、越來越近，而是他看見對手根本就沒有將他放在眼裏。他專注地做著一樁神聖的事情，不要說一個人的打擾，就是神靈也不會驚動他的專注呢。他忽然醒悟過來，這個喇嘛真的會從他的馬蹄下磕頭過去的。到那時，贏得榮譽的肯定不是騎在馬上的那個人。

「狗娘養的，你們這些只會白長鬍子的大姑娘！」他忽然勒轉馬頭，將一肚子的怒火發洩到那些不知不覺就站到了朝聖者一邊的家丁身上。「你們要是也敬奉神靈，也隨人家去拉薩呀！阿拉西你聽著，總有一天，我的馬蹄要高過你的脖子！」

他像一個小丑一般在驛道上勒著馬兒團團轉，把手裏的皮鞭掄圓了四處亂抽，那些守路卡的傢伙總算還沒笨到讓人恥笑的地步，趁機裝著被打得受不了的模樣，連滾帶爬地拖槍便逃，紛紛作鳥獸散了。達波多傑胯下的馬兒也不知道主人怎麼了，牠聰明地找了條岔路，長鳴一聲跑下驛道了，總算還給牠的主子留了點面子。

14 刀口舔蜜

達波多傑火氣沖天地打馬跑回家，那個前來開門的傢伙動作又遲了。實際上，他在聽到少爺急促的馬蹄聲時就飛快地打開了大門，然後一溜小跑地跟在少爺的馬屁股後面，馬剛一停步，他就彎腰在馬蹬邊候著了。可是少爺踩著他的背下來後，還是賞了他一拳。當然不是嫌他的背硌腳，而是他活該。

俗話說，人要倒一次楣，就得受一次閒話；交一次好運，就會親近一次神靈。達波多傑這一陣感到自己倒楣到天了。朗薩家族雖然是峽谷裏的勝利者，可是現在，他卻被對方打敗了。他不但沒有光榮地復仇，而且還被俯趴在大地上的對手以神靈的名義輕鬆戰勝。對手離他還遠遠的，就將他的氣概和傲慢沖跨了，還給峽谷裏的百姓留下天大的笑柄。現在他受到的羞辱比爬過人家的馬胯厲害十倍。

達波多傑聰明的哥哥就不會像自己的弟弟那樣行事莽撞，他讓達波多傑到自己家裏來，對他說：「就是連強盜也不會搶一個朝聖者呢。」

「那我們就眼睜睜地看著自己的仇人溜掉？」達波多傑氣哼哼地說。

「朝聖的路還長著哩，誰知道他們走不走得到。」扎西平措陰陽怪氣地說，「老弟，別管人家的磕頭了，你還是先忙自己的事兒吧。這不僅事關家族的榮譽，還關係到你我頭上的金佛盒啊。」

扎西平措撂下這句話走了，達波多傑當然明白哥哥話裏的份量。這野貢土司家的千金，就是一隻猴子，你也得將她娶回家來，不然大家都要去當叫花子討飯。野貢土司的送親隊伍再等一個月就要到了。爲什麼不是帶著美酒、茶葉、酥油來送親，而是一支耀武揚威的馬隊呢？那用意不是很明顯麼？親家不打，那就意味著打仗。這馬刀和槍口下的親事，能不讓達波多傑窩火嗎？世界上還沒有他這麼倒楣的新郎倌。

可是，人生的悲劇在於犯錯的人始終認爲自己是聰明人，過分的自負使他即便睜大了眼睛也看不到錯誤的影子。就像峽谷裏的俗語說的那樣，猴子之所以長不成大象，就是因爲牠太聰明了。達波多傑嘗到了他嫂子的甜頭，他的心就成了一隻不安分的猴子，老想往峽谷東岸跳，老想跳進貝珠的懷裏。今天他一來哥哥家，就像一隻獵犬一樣那樣，到處嗅他嫂子獨特的味道。哪怕這會顯得多麼地不合時宜，哪怕明明知道這是在刀口上舔蜜，火堆裏抓珠寶。

他一過來，常常一待就是兩三天。哥哥扎西平措是個酒量一般的傢伙，每天晚上，當兄弟的總有辦法讓哥哥喝得爛醉，再加上貝珠暗中相幫，讓扎西平措鬧不明白爲什麼兄弟一來，自己就醉得那樣快、那樣厲害。他們把扎西平措攙扶進臥房，那邊鼾聲還沒有起來，這邊的兩人就滾成一團了。天要亮的時候，貝珠又偷偷地摸回去，那時她丈夫還宿醉未醒吶。

在這場危險的遊戲中，達波多傑也過分地相信了一隻狐狸的狡猾與自負，相信她總有辦法和獵人周旋，相信一個再精明的獵手，也聰明不到哪裡去。他對這在刀口上玩的遊戲愈發心安理得，稀哩糊塗，當他和貝珠鑽進同一個被窩裏時，就像在自家的床上一般坦然。在尋歡作樂的間歇，他甚至能在貝珠的懷裏小睡一會兒，全然忘記了與他同衾共枕的不僅是一隻狐狸，在狐狸的後面還有一隻老虎哩。

他們的膽子越來越大，只要達波多傑一站在他嫂子的面前，他們心中想的就是那件事兒，渴望著又一場雪崩的來臨，又一支歌兒唱響。大家心照不宣到連眼神兒都不用交換的地步。今天天還早，太陽離西邊的山巔還有老長一段距離，可達波多傑一看到他嫂子的身影在後院一閃，他的心就快要跳出來了。哥哥在前院看人打馬掌，那些遊走四方的匠人們又來了。扎西這個世界上頭腦最聰明的傢伙，竟然也認爲能把一塊堅硬的鐵變成糌粑一樣柔軟的人，是個了不起的人。因此家裏每次來了鐵匠，他就會湊上前去幫忙。白瑪堅贊頭人在的時候，經常罵他沒有出息。現在他自己就是頭人了，還想弄一個鐵匠爐來玩玩呢。作弟弟的當然知道，家裏「叮噹噹」的鐵錘一敲響，太陽不下山，鐵匠爐子裏的火不熄滅，哥哥不會回到飯桌前。

後院的一間廂房是頭人家的織布房，平常有個老奴隸終日在這裏編織氆氌什麼的，她的眼神兒不好，按她的說法，看什麼都像是在月光下。她幹活兒全靠手上的感覺，可她卻是峽谷裏氆氌織得最漂亮的女人。你就是想要一道天上的彩虹，這個半瞎的老婆婆也可以摸索著給你織出來。貝珠下午的許多時光大都是在這裏打發的，她當然不是來織氆氌，她只是來解悶兒。據說她們在前一世曾經是親戚，在來世，如果大家都能如願轉生爲人，她們還可能成爲母女。她們常常從日頭當頂，聊到太陽偏西。在閒聊中，一塊漂亮的氆氌上便落滿了斑斕的晚霞。

達波多傑追尋著他嫂子狐狸的腥味摸進了織布房，他出現在門口時，兩人的眼光一碰，就知道接下來該發生什麼了。那個瞎子吉美還專注在自己的氆氌織機上，那是最古老簡單的織機，全由木頭做成，經線一排吊在一根橫木上，緯線由織布手用一個木頭梭子穿一線，再用木頭擋機推一次，看似簡單卻變幻無窮。

達波多傑沒有說話，徑直往屋子裏面走，屋子中央堆放著一摞摞的布匹，像一堵半高的牆，將屋子一分爲二，達波多傑潛到了布牆的後面，氣還未喘定，貝珠也摸過來了。他們用眼神對話，充滿欲望的手卻一刻也沒有閒住。

佛祖，你膽子真夠大的！你哥哥還在前院哩！

這跟他醉了就睡在隔壁差不多。

可這是白天啊！

我想妳想妳想死妳了。

吉美婆婆在外面哩。

不怕。她看不見就成。

昨天晚上你才要了我啊。

那是昨天的事了。今天是今天。

到晚上等你哥哥喝醉了……

那是晚上的事兒。我要現在。

前院傳來「叮噹、叮噹」歡快悅耳的鐵錘聲，外面是織布機「哐噹，哐噹」緩慢沉悶的響動。這些動人的聲響不僅讓兩個偷情者倍感安全，還令他們心旌搖盪，就像在情歌的節奏中翩翩起舞，騰挪翻轉。來吧，讓狐狸歡娛的叫喚，去唱和這勞動的聲響；來吧，讓女人妖嬈的身體，鍛造出一個真正的男子漢；來吧，讓男人勃發的情欲，為女人編織出最美麗虛幻的愛情。

由於是在家裏，貝珠只穿了一條布裙，沒有佩帶那些琳琅滿目的首飾。似乎她簡單自己，就是為了和達波多傑行事方便，她像牧場上的姑娘一樣找到了簡化生活的快樂。撩開裙子，就像打開一扇門一樣簡單，然後把這個粗魯而多情的傢伙放進來，就像把一群螞蟻放進了騷動不安的心。靈魂在情欲的海洋裏瘋狂地舞蹈，那些淫蕩的螞蟻就開始啃噛骨子裏歡娛的罪惡之水。她幾次想像唱歌兒那樣放聲高喊，但最後的一點羞恥讓她強忍著沒有唱出來。而她身上的那個傢伙卻不管不顧地呻吟起來，他色膽包天到還在不斷地鼓勵她，「唱出來啊，唱出來啊，我親親的嫂子！」

她當然想叫，就像雪崩始終要爆發，歌兒終究要唱響，江水注定要轟鳴，罪惡的情欲必然要付出代價。貝珠終於忍不住大叫一聲：

「哦呀——」

這聲音如此之大，以至於大過了吉美老婆婆織布機的「哐噹」聲，也大過了前院扎西平措打鐵的「叮噹」聲，甚至還大過了峽谷裏瀾滄江的轟鳴。佛祖，這是怎麼搞的啊，它大得來連前後兩院樹上的鳥兒都被驚得一飛沖天，那隻一直跟隨在貝珠身邊、在外面放哨的山貓，也駭得打了個哆嗦，一溜煙跑了；連前院鐵匠的「叮噹」聲都彷彿被嚇著了，遲疑了一下才又重新敲響。

可這並不是貝珠的歌兒唱到了高潮，也不是一場快樂的雪崩已經降臨，而是她的地獄——他們兩個的地獄——呈現在了面前。

扎西平措握著一把長長的康巴戰刀，像一個復仇的憤怒金剛一般地立在他們的上方。他暴怒的眼珠都要落出來了，目光裏的火苗「哧哧」地在燃燒。

前院的「叮噹、叮噹」聲依舊，屋子前方吉美老婆婆的織布機「哐噹，哐噹」照響。這一切對大家來說，都是一場真實的噩夢。

「哥……你你……你不是在打鐵麼？」

達波多傑的腦海裏一片空白，他想翻身爬起來，但扎西平措手中的刀抵在了他的胸口，將他頂在了地上。哥哥就像一個把獵物誘到了陷阱裏的獵手，還想逗逗獵物玩哩。

「你們以為，我就那麼喜歡打鐵？」

達波多傑聽見前院鐵錘敲打的「叮噹」聲仍然響得歡，竟然昏頭昏腦地嘀咕道：「奇怪了，鐵匠都還沒有走，你卻先離開了。」

「我已經打好了一把刀啦！」扎西平措怒吼道。

達波多傑這才從驚慌造成的空白發懵中恢復過來，禍事到腦門了，就像心窩處的這把刀，你躲就是一件丟面子的事情。

「是一把什麼樣的刀呢？」他鎮靜下來問。

「一把專殺婊子和忘恩負義的人的刀！」扎西平措厲聲說。

「那就下手吧。這事是我的錯，跟嫂子無關。求求你，哥。」

「在這裏殺你？我還怕弄髒了我的織布房呢。吉美織的是峽谷裏最漂亮的氆氌，你難道不知道嗎？穿上衣服，到我屋裏再說！」

扎西平措收刀走了出來，那個半瞎的老奴隸吉美還在專注地織著自己的氆氌。扎西平措本來已經走出織布房了，又折身回來，一把捏住吉美的下巴問：

「妳剛才看見了什麼，快說！」

老婆婆睜著一雙空洞而混濁的眼睛說：「老爺，我的眼睛早就瞎了。」

「聽見什麼了，說！」

老婆婆還是那種蒼老的口氣，「老爺，我的耳朵也早聾了。」

「佛祖的慈悲保佑妳什麼也看不見，什麼也聽不見。明白了嗎？」

「明白了，老爺。」吉美老婆婆用手撫摸著膝蓋前那半塊華麗結實的氆氌，用她一如既往老邁蒼涼的沙啞嗓音說：「在你把我丟進瀾滄江以前，請讓我把這塊氆氌織完，天上的雲霞已經映上去啦。」

扎西平措更加惱怒，這個老傢伙怎麼看透了自己的心思？他瞥了那氆氌一眼，那真是吉美織的最漂亮、也是峽谷裏絕無僅有的一塊氆氌。縱然是天上的雲霞，也沒有老婆婆膝前的氆氌輝煌；即便是驟雨初歇架在天空中的彩虹，也不可能有如此逼真生動、飽滿豐盈的色彩。因爲那是用生命中最堅韌的淒苦與寂寞，最深厚的慈悲與憐憫，還有快要乾枯的眼窩裏最後幾滴眼淚編織出來的啊。但是如果一團燦爛的雲霞，一道美麗的彩虹，成了人伸手可及、並可以攬之入懷的東西，那這就不是人做的活兒了。一身殺氣的扎西平措也不免動了惻隱之心，他不無憐憫地說：

「唉，但願妳永遠織不完它。天黑後，妳就帶著它一起上天堂吧。」

吉美平和地說：「哦呀，要不了那麼久呢，你給神山煨一束香的時間就夠了。」

扎西平措忽然翻了臉，他瞪著還張惶失措立在吉美身後的那兩個可憐的人兒說：「一束香的時間？哼！有的雜毛可以把佛母都睡了。」

然後他大步走了，走到院子中央時，一棵平時拴狗的苦楝子樹成了他的試刀對象，他手臂一揮，就將那足有人胳膊粗的樹攔腰砍斷了。

達波多傑和貝珠都感到自己的脖子根處一陣陣發涼。貝珠悄悄對達波多傑說：

「你還不快跑。」

達波多傑深情地看了他嫂子一眼，「這種時候，一個男人要像奔向歡樂那樣向刀口走去。哦，對了，妳怎麼不變成一隻狐狸溜掉呢？」他想起上次狩獵時，剛把貝珠壓在身下，父親就出現了，而貝珠卻神奇地消失了。

貝珠深深地嘆了一口氣，「你們還把我當狐狸啊！」

在扎西平措寬大的客房裏，兩兄弟要攤牌了。只是他們的底牌都亮出來以後，有一方才發現，原來在親兄弟之間，各自出牌的方式和手中掌握的底牌是多麼地不一樣。

扎西平措只需問一句話，達波多傑就明白哥哥占了多大的上風。他一來就問：「你們真以為我每天晚上都喝醉了嗎？」

「哥，那就不要問了。你把我怎樣都行，但你得饒了嫂子。」

「那個狐狸精變的婊子，哼！連魔鬼都會討厭她。」達波多傑那時還不明白，哥哥為什麼會如此恨一個漂亮的女人，即便你不愛她，也不能羞辱她。因為女人的漂亮美麗是神賜給男人最大的幸福，哪怕她曾經是一隻狐狸呢。於是他高聲說：

「嫂子不是婊子，也不是狐狸，她是個好女人。要是你嫌棄她了，就把她給我吧，哥。就像給我一口你的剩飯。」

「啊哈，你想得那麼容易！誰吃了誰的剩飯還不知道哩。」扎西平措怪叫一聲，嘴角兩邊的鬍子翹得像兩隻欲飛的黑鳥，「一個漂亮的女人又不是一匹牲口。就是一匹好馬，也只會認自己的主子。你的馬我騎過嗎？從來沒有，對吧？你為什麼要來搶我的馬騎呢？還想奪走？只要肉不要骨，只要茶不要茶葉，天下有這樣過分的仁慈嗎？要是有，請你也給我一點，老弟。」

「要是我當哥哥的話，我會把自己的妻子與兄弟一起分享。哥，對岸的阿拉西兄弟不就是這樣嗎？如果這樣做了，我們兄弟還會分家嗎？阿爸知道了也會高興的。」達波多傑憤懣地叫了起來，好像他已經受夠了不能兄弟共妻的痛苦。

「混帳東西！你知道大哥應該怎樣當，嗯？你以為我們打敗了西岸的都吉，我們就坐穩了頭人的位置了？上游那邊還有野貢土司哩。土司家的小姐你放著不娶，反倒來睡自己的嫂子。你還要朗薩家族的臉嗎？還想家族在峽谷裏像瀾滄江水一樣長流不息嗎？這些年來敗落到討飯的貴族你又不是沒有見過。現在這峽谷，誰的人多槍好馬快，誰就是天下的主人。歌裏不是唱了嘛，好男兒要有『藏三寶』，寶刀、快槍和良馬。想要讓我們去討飯的人不僅有野貢土司，還有都吉家的人，人家不是出去尋找佛、法、僧三寶了嗎？等那傢伙學到了神靈才能掌握的法力，像那個叫仁欽的喇嘛一樣，三天兩頭的在峽谷裏施放冰雹的災難，瘟疫的災難，洪水的災難，我們怕是在峽谷裏立足的地方都不會有哩。可是你連一個磕長頭的人都擋不住！大家都在找能在這個世道上安身立業的寶貝，而你只會嗅著狐狸精的騷味，像公狗一樣團團轉！人家擁有的寶貝你有嗎?沒有的話，說話就不要這麼氣粗！」

多年以來，快刀、快槍和良馬，一直是峽谷裏的康巴男兒夢寐以求的三件寶貝，可是誰也不敢輕易說自己擁有的刀、槍、馬是世界上最好的「藏三寶」。因爲歌聲中所唱的「藏三寶」就像一個吉祥的夢那般完美。太完美的事物只屬於神靈，凡人只能嚮往和吟唱。

達波多傑以爲自己聰明的腦袋瓜在這個時候救了他一命，他覺得自己開竅了，找到解決一切問題的法寶了。「大哥，朗薩家族的人，誰不維護本家族的榮譽。野貢土司家的醜姑娘我是絕不會娶的，我把西岸交給你。讓我去外面找我們藏族人的『藏三寶』吧。」

扎西平措終於逼著弟弟把他的底牌亮出來了，而他手上的牌還沒有出呢。他把康巴刀「唰」地抽出來，「哐噹」一聲扔到案几上，「這是我下午剛剛打好的刀。刀不是好刀，但砍兩顆人頭還行！」

「哥哥真要殺我？」

「殺你都不解恨！」他在屋子裏轉著圈子，把所有看不順眼的東西都踢得稀哩嘩啦，像一頭要最後發起進攻的老熊。「你這個牧場上臭擠奶姑娘養下的小雜毛，偷佛龕上的酥油吃的卑鄙老鼠，丟盡家族臉的浪蕩子，沒出息到家的敗家子。你的臉雖然長得英俊，但是你像狗屎一樣地臭！滾吧！滾得越遠越好！去找你那三樣寶貝吧。天下最鋒利的刀，世上最快的槍，雪域高原跑得最快的馬。老弟，一個男人的諾言不是兒戲。找到這三件寶了，算你爲朗薩家族長了臉；找不回來，你的嫂子，哼，這個婊子就別想從地牢裏出來！」

「哥，我可以離家出走，也可以把西岸的地契和高利貸票據都交給你，但是你不能把嫂子打進地牢。她是你的妻子！」

「你已經沒有討價還價的身分了，你從現在起，只是一個流浪漢！滾！滾！滾滾滾滾滾……」

達波多傑狼狽地逃回了西岸。管家益西次仁一看他那失魂落魄的樣子，就知道少主子的厄運到啦。

達波多傑劈頭就問自己的老管家：

「老熊也有掉進陷阱的時候嗎？」

「有。在牠發情時，獵人就在母熊經常轉悠的地方設套子，那種時候牠們最糊塗。」忠心的老管家回答道。

實際上，達波多傑剛勾搭上他嫂子的時候，老於世故的益西次仁就發現了，他曾經勸過主子，告訴他說，這場愛情是刀刃上的蜂蜜，聰明的男人是不會去舔的。但那時主子雪崩爆發般的情感，不要說一個管家，就是白瑪堅贊頭人在，大概也擋不住；更不用說在一個狐狸精變的女人面前，有幾個男人能保持自己的清醒。因此，每當達波多傑去東岸的時候，老管家已開始為大家的後路作一些準備了，他把自己的家人送到親戚處，將屬於達波多傑的財富儘量兌換成可以在藏地通用的銀票。他已經知道，在這兄弟倆的較量中，不僅達波多傑不是對手，就是那個被稱為狐狸精的女人，也不過是扎西平措獨霸峽谷兩岸的一件工具而已。

「收拾東西吧，老益西，我們要出趟遠門了。」

「人家出遠門是去朝聖求佛、法、僧三寶，我們去幹什麼？」老管家故意問。

「去找藏族人的三寶。」達波多傑恨恨地說，「我已經跟扎西許下諾言了，我走遍雪域高原，尋找一個康巴好男兒的『藏三寶』——快刀、快槍、良馬，為朗薩家族的榮譽爭光。那狐狸變的女人，害得我在峽谷裏再也待不下去了。」達波多傑有些不明白，自己為什麼不恨哥哥扎西，而恨上貝珠了。

「唉，」益西次仁說：「不是那個狐狸精害了你，而是你哥哥真是個好獵手呢。他一箭射中了三隻鳥，把所有的獵物都裝到自己的口袋裏了，你還以為他給你頭上戴了個光環哩。」

「他……射中了哪三隻鳥？」

「你這個莽撞的傢伙呀，貴族不是你這樣當的。第一隻鳥，他利用你和貝珠的醜事兒把你趕走，將瀾滄江兩岸收入囊中；第二隻鳥，野貢土司家的親事肯定不能退，新郎將不會是你而是他，儘管那個可憐的姑娘是多麼地醜，但是扎西的眼中只有土地和權力，而不在乎美色；第三隻鳥，貝珠該打進地牢了，誰也不會讓一隻狐狸永遠做自己的妻子，因為獵人也有打瞌睡的時候。」

達波多傑現在才有些明白在東岸時哥哥說的那些話。當他和貝珠在哥哥隔壁的房間歡娛作樂的時候，他哪裡是喝醉了，說不定他的耳朵豎得比狼還尖；當他們以為前院打鐵的聲音叫得歡快的時候，哥哥要殺人的刀早就出鞘啦。

「這個狗娘養的……」達波多傑想打誰一拳，可身邊沒有僕人，他就只有掌自己一巴掌。

「事到如此，我們出去走走也好。沒有關係，我們就是走遍雪域高原，我也不會讓一個尊貴的少爺，追著炊煙去討飯。」

出了那件事兒一個月後，達波多傑真的要遠走高飛了。扎西平措假惺惺地出來送行，那時他已經來到瀾滄江西岸有五六天了，兄弟倆就像什麼事情也沒有發生，扎西平措在外人面前還親熱地叫達波多傑弟弟，說是弟弟要出遠門為峽谷裏的人們找貨真價實的「藏三寶」，弟弟才是真正的男子漢。他過來是幫著弟弟打理西岸的事務的。可是只有達波多傑和老管家益西次仁才清楚，扎西平措是在催促他們儘早上路，或者說，他迫不及待地想早一天當上瀾滄江峽谷兩岸的主人呢。

出門那天早上，達波多傑和他哥哥私下裏有一段對話，那是他第一次用心計和自己的哥哥較量。時間過許久了，在他漫遊雪域高原的那些歲月裏，他還記得哥哥狡黠的眼神，以及他動怒前臉頰上肌肉的抽搐。他對扎西平措說：

「我走啦，兄弟之間再不用打仗，你如願以償了。」

扎西平措說：「你要走的這一步，是你自己的命。你本來只是一個牧場上的姑娘養下的孩子，要不是阿爸一時衝動，你這一世哪裡能當少爺啊？」

達波多傑說：「是呀，傳說中是一道紅光和一道白光相結合，才有了藏族人的祖先。朗薩家族要是沒有阿爸當年在牧場上的衝動，恐怕就要絕種了。」

扎西平措有些急了，「你是什麼意思？」

達波多傑慢悠悠地說：「聽說，嫂子有喜了？」

那個西岸的新佔領者臉霎時就白了，一向高高翹起的鬍子也塌了下來，臉上的肌肉開始跳舞啦。達波多傑乘勝追擊，現在輪到他嘴角的鬍子翹起來啦。他以一個勝利者的口吻說：「瀾滄江峽谷兩岸的主人，你可不能把一個有喜的女人打入地牢，不管怎麼說，那個孩子身上流淌著朗薩家族的血液。」

扎西平措大概今生從來沒有受到這過如此大的羞辱，他的嘴唇哆嗦著說：「好吧，讓我們來看看，這個小雜毛能在峽谷裏成多大的氣候。」

15 莊嚴

卡瓦格博雪山上的風像刀一樣地砍殺過來，飛舞在天空中的不僅僅是雪花，還有胳膊粗細的枯枝，拳頭大的石頭，以及魔鬼的咆哮。這風不是沿著山谷攔腰刮來，也不是從山上往下吹，而是從山下往山上湧。彷彿風在雪山面前也知道敬畏。就像那個磕長頭的朝聖者，每當過雪山時，他只能從下往上磕，而下山時，則需要走到山下後，根據下山的實際距離估算，再選擇一個地方花上幾天時間，一氣面對雪山再磕它上千個長頭，把下山路上該磕的長頭補回來。因爲沒有朝山下磕的頭，只有向雪山跪拜的身姿。

上山的路崎嶇艱辛，許多地方根本就容不下人伏下一個身子。他們只能用隨身帶的牛皮繩一段一段地丈量那些險路的距離，然後再找稍微平坦的地方補磕。天寒地凍，很多路面上全是冰，人一伏下去便「哧溜」往下滑，有一次洛桑丹增喇嘛竟然滑到了谷底。於是磕頭又得從溝底從頭再來。

玉丹曾勸他哥哥說，就從滑下來的地方開始吧，可是洛桑丹增喇嘛堅定地說：「神山一定是對我的虔誠有所不滿，因此才把我打下去重來。我不能違背神靈的意志。」

卡瓦格博是他們翻越的第一座雪山，翻過了這座大雪山，就到了西藏地界了。但是翻越這座被峽谷裏的人們視爲父親、奉若神明的雪山，可不是一件容易的事兒，洛桑丹增喇嘛被神山打下去再重來的次數，多得連他自己都記不清了。母親央金臉上的眼淚每天都被凍成一道道的冰稜，掰都掰不下來。到了晚上，在帳篷裏升起了火塘，那時你再看那可憐的老母親皸裂的臉吧，血淚滿面，慘不忍睹。

更慘的還是洛桑丹增喇嘛，到了雪山上的雪線以後，他幾乎都是在雪地上磕頭，雖然連續的磕頭讓他全身熱氣蒸騰，可他的雙手、雙腳，還有臉全都被凍得沒有了知覺，每隔上一段時間，達娃卓瑪和玉丹都要找個僻風處，將他摟在懷裏，一個負責升火，一個不停地用雪搓揉他身上凍僵的皮膚。好不容易搓紅了皮膚，可那曾經光潔照人、紅潤健康的皮膚，卻一塊一塊地連血帶皮地往下掉，血水剛一滲出來就凍住了，因此洛桑喇嘛的臉看上去奇形怪狀，像是被火燒焦了。有幾次，她們除了感到他的心窩處還有一點熱氣外，幾乎認爲抱著的是具凍僵的屍體。是達娃卓瑪的熱氣把他呵回來了，是玉丹的火堆讓他暖過來了。在許多時日裏，他們一天前進不到兩三里地。

他們用了兩個半月才翻越卡瓦格博大雪山，比當初預計的多花了整整一個月。朝聖的隊伍是在下雪山的時候遇到這場狂暴的風雪，當時大家還想，要是在上山的時候和它相遇，還不知要遭多少磨難。看來這座難以翻越的神山還是悲憫的。可還沒有來得及慶幸，這支小小的隊伍就被風雪包裹著捲走了，吹散了。並不是他們相互間攙扶得不夠緊密，而是在狂風面前，人只不過像一片樹葉。從山下湧上來的風就像漫上來的洪水，一下就把人抬升起來，隨風飄走了。洛桑丹增喇嘛只聽到弟弟玉丹的一聲呼喊：「達娃卓瑪——」他的耳朵就全被魔鬼的聲音灌滿了。

洛桑丹增喇嘛再度進入虛空中的飄浮狀態，他想這是不是如貢巴活佛說的那樣，到了面對真理的時刻了嗎？好吧，就讓我好好觀想心中的佛、觀想我的上師吧。佛祖啊，是你的慈悲拯救了我，讓我今天知道了一生造下的罪孽，讓我解脫了輪迴的煩惱；上師，遙遠地方的上師，雖然我們未曾蒙面，那是我的佛緣還不夠，是我的孽障還沒有得到徹底清除。我的悲憫連我自己的命都救不了，怎麼還能指望它去悲憫眾生。

他這樣想著，讓自己的軀體在風中起舞，思想專注於對佛菩薩的觀想。他甚至感到自己已經飄到樹梢上，飄到了懸崖邊，可是他一點也不感到害怕和擔憂。挺拔的高山雪松的樹梢在他身下一掠而過，他感到彷佛是騎在一匹快馬上，從青草齊馬肚高的草原上馳騁；嶙峋的懸崖深不可望，他就像那些以高山峭壁爲故園的蒼鷹，縱身飛越如跨家門前的小坎。他慶幸地想：我將摔死在雄鷹棲息的地方。

佛祖啊，我找到解脫之路啦。

他的心中升起無限的喜悅。這是洛桑丹增喇嘛第一次在知覺清晰的狀態下與死亡同行，死亡成了他人生旅途上的一個朋友，就像平常你在路上遇到的一個朋友一樣。可是那些在空中飄浮的來自陰間的小鬼，只對他看了一眼，就紛紛吐出了自己的舌頭，有的甚至還友善地笑笑，就忙著去索拿別人的命去了，似乎他們根本無暇他顧。

最後，彷佛是一團雲霧，托著他輕輕地降落在一塊高山草甸上。洛桑丹增喇嘛舉目四望，發現那真是一塊仙境一樣的地方。碧綠如毯的草甸纖塵不染，沒有一點人和牛羊的痕跡。剛才經歷的風雪雲霧、飛沙走石，全都無影無蹤，他彷佛一覺醒來，又好像來到了另外一個世界。四周都是茂密的森林，上方才是他費盡千辛萬苦才翻越過來的雪山。可是他不明白的是，下山的路即便是疾走，也至少需要一整天的時間。上雪山前他們就聽人說，從卡瓦格博雪山的背面翻山，要休息十八站才能爬到雪山埡口。現在洛桑丹增喇嘛從吹過身邊溫暖的風和周圍的樹木花草生長的情況推斷，這裏已經是在山腰以下了。洛桑丹增喇嘛從小就在高山牧場上放牧，還從來沒有見過如此漂亮的草甸，它就像阿媽編織的一塊巨大的五彩氆氌，彩虹有多少道顏色，這草甸上五顏六色的花兒就有多少種。

「這真是一個修行的好地方。」

他對蒼天說。然後趺跏趺坐在草甸上，面向拉薩的方向，開始入定觀想自己要去拜訪的上師。他看見無數金碧輝煌的樓宇高入雲端，香煙縈繞有如勝妙紫氣，朗朗的誦經聲似春雷在天空中滾過，空行護法在藍天裏飛來飛去，佛菩薩們的尊座就像路邊的大樹成排成行，自己的上師在一所小寺廟裏也如他一樣在法臺上盤腿而坐，上師身後是蓮花生大師的佛像，一排酥油燈搖曳著明亮溫暖的火光。那燈火跳動得如此生動質感，彷彿讓洛桑丹增喇嘛感受到了從那遙遠的聖地散發過來的溫暖和明亮。

「上師的酥油燈裏該添酥油了。」

他又喃喃說道。這時，他看見一個人影在森林邊一閃，是玉丹！噢，他爲自己的心感到奇怪，一家人都經歷了這樣的災難，可是他脫險以後，竟然沒有想一想自己的家人在哪裡？是否還活著？卻能定下心來端坐一處觀想自己的上師。世俗的牽掛看來真的是越來越淡了。

玉丹飛奔過來了。他臉色焦慮、步履零亂，頭上的髮辮全散開了，身上衣襟襤褸，沒有一塊手掌大的完整的布，像一個在森林裏生活的野人。他邊跑邊喊：

「哥哥——，喇嘛——！喇嘛——，哥哥！」

在玉丹的身後，是奔跑而來的達娃卓瑪，還有阿媽央金，她們也是蓬頭垢面，衣衫不整。可憐的老阿媽，她跑兩步就要跌倒一次，爬起來再跑，再跌倒。她的腳下彷彿不是草地，而是雪地，是棉花，是兒子的心窩！當母親的不忍心下腳，只好一次又一次摔倒自己。洛桑丹增喇嘛的眼淚終於出來了。世俗之情，畢竟難以割捨啊。

三個人連滾帶爬地跑到洛桑丹增喇嘛面前，一齊抱著他放聲大哭。激動和喜悅的淚水幾乎把他們日夜牽掛的人淹沒了。喇嘛鎮定下來後，就像什麼事情都不曾發生一樣，平和地對家人說：

「生離死別，都是逃不掉的輪迴之苦，你們的淚水，真讓我的心生起厭世之情呢。」

「哥哥，你說話真像一個喇嘛了。我們等了你三天！」玉丹邊抹眼淚邊說。

「噢！」洛桑丹增喇嘛深深嘆息一聲，我剛剛學會入定，人間就過了三天。

「喇嘛，你……你受傷了嗎？」達娃卓瑪關切地問。

「佛法的力量真實神奇，讓我們在這裏相會。」洛桑丹增喇嘛說。

「『勇紀武』說，在這裏可以等到你。」阿媽央金的淚水彷彿是兩眼不會枯竭的泉水，在溝壑縱橫的臉上四處流淌。

「『勇紀武』？」洛桑丹增喇嘛欣喜地問：「『勇紀武』可以說話了嗎？」

「是的，喇嘛。」阿媽央金再次撩起衣袖來揩滿臉幸福的眼淚，「你們的父親在那邊始終惦記著他的兒子們啊！」

那場狂風結束後，這一家人都經歷了神奇的生死關。玉丹死死地拉住達娃卓瑪的袍子，他們一起在狂風中翻滾，兩人先是往上飄，然後再往下墜，他們在風的波浪中沉浮，浪頭一個接一個地打來，將他們倆像一片樹葉一般地捲起又拋下，但是玉丹就是不鬆手。他強有力的手臂彷彿生在了達娃卓瑪的身上，他在風中發誓，世界上任何力量、任何魔鬼，都不可能把他和達娃卓瑪拆散，他不但要保護好她，更要保護好她肚子裏的孩子。

風停了後，他們掉在一條溪流邊，兩人都昏迷了半天的時光。是溪流裏冰涼刺骨的雪山融化之水激醒了玉丹。

而阿媽央金的經歷則更爲神奇，當她被風刮走時，「勇紀武」鑽到了她的身下，將她馱了起來，他們隨風御行，就像傳說中的仙人和仙馬。到玉丹他們在這塊草甸的下方發現阿媽央金時，她正摟著「勇紀武」的脖子喃喃傾訴哩。

央金對兒子媳婦說：「你阿爸要我們在這裏等你哥哥。」從那天以後，就由阿媽央金來傳遞都吉在天上對兒子們說的話。因爲「勇紀武」說的那些話語，連洛桑丹增喇嘛也聽不明白，儘管他小時候曾經能聽懂動物的話，可是阿媽央金卻能神奇地通過「勇紀武」和自己遠在天國的丈夫交流。

團聚的那個晚上，他們的帳篷就搭在一個小湖泊邊，那裏背風。在等待洛桑丹增喇嘛的日子裏，玉丹返回雪山，重新找到了他們的行裝。焦慮地等待，虔誠的祈禱，使爲朝聖者當後援的家人不得不嘆服喇嘛的神奇，他被大風刮了這麼遠，失蹤了三天，身上竟然一點擦傷都沒有。他彷彿是在摧毀一切的狂風中，坐在法轎上被抬到那塊草甸上去的。

還有一小口袋糌粑、茶磚弄丟了，因此今晚不能喝到酥油茶了。阿媽央金就像有天大的遺憾，緊張不安地看著自己的兩個兒子，那神態恨不得把自己變成一碗滾燙的酥油茶，送到兒子們的嘴邊。

自出門以來，天黑後，洛桑丹增喇嘛要念一遍經文才睡覺，最靠近火塘的位置一般都留給他，阿媽央金則和達娃卓瑪擠在同一張羊皮下，玉丹總是睡在帳篷的門口，有什麼事情好有個照應。有幾個晚上是他趕走了圍著帳篷轉悠的幾隻狼，現在他是家裏的中柱啦。

喇嘛做完了今天的功課，達娃卓瑪正蹲在地上鋪羊皮褥子，她忽然感到腹中一陣劇痛。剛開始時她還想忍一忍，但最後不得不痛得坐在了地上，臉上大滴大滴的汗珠淌了下來。

「哎……哎哎，玉丹……阿媽啊……」

阿媽央金趕緊爬過去，抱著達娃卓瑪看了看，忽然就喜極而泣。「我的兒子們啊，快快感謝佛祖的慈悲吧，你們要當父親啦！」她又衝著帳篷外「勇紀武」高喊：「都吉，你聽見了嗎，你要當爺爺啦！」

那晚的月亮沉落在藍幽幽的湖裏，冰清玉潔，天上人間渾然一體。洛桑丹增喇嘛和他弟弟坐在帳篷外，等待嬰兒的第一聲啼哭。像所有初爲人父的男人一樣，玉丹一會兒進帳篷看看，一會兒又把頭埋進湖裏，讓冰涼的水清醒他興奮激動的腦袋瓜。喇嘛勸他弟弟說，女人生孩子是男人唯一幫不上忙的事情。玉丹問，哥，阿媽接生不會有麻煩吧？喇嘛笑了，說，你忘了你是怎麼生下來的嗎？阿媽那天還上山去打柴，我看著她帶著一根羊皮繩索出去，回來時懷裏就抱著剛出生的你了。相信咱們的阿媽吧。

對於這樣的家庭來說，家裏新添的小生命是最幸福的，因爲她一出生就有兩個阿爸。儘管兩兄弟中一個已經做了喇嘛，但對孩子的愛與呵護卻不會減少一分。她出生在朝聖路上，她的命運從一開初就打上了聖潔的光輝，印上了苦難的痕跡。

阿媽央金將孩子抱出來給兩兄弟看，那是一個像蓮花一般玲瓏潔白的女孩兒，玉丹說：「哥，本來該找個活佛給孩子取名，可是這荒無人煙的地方，就由你來取吧。」

洛桑丹增喇嘛看著水裏的月亮，脫口而出，「就叫葉桑達娃吧。但願這個名字能給這個孩子帶來吉祥。」

玉丹高興地說：「好名字啊，天上一個達娃，水裏一個達娃，今後兩個達娃都是我最愛的人。」

葉桑達娃出生後半個月，朝聖者一家來到一段溫暖的河谷。這裏的村莊相對密集一些，還有一座只有兩個老僧的紅教小寺廟。讓朝聖者一家始料不及的是，他們竟然在寺裏見到了貢巴活佛。

活佛氣色平和地對他們說：「我就知道你們不但能翻過朝聖之路上的第一座大雪山，還能帶來吉祥的消息。來，讓我看看，這個出生在朝聖路上的孩子。」

阿媽央金將孩子抱給活佛，洛桑丹增喇嘛問：「尊敬的活佛，你也是出來朝聖嗎？」

「不，」活佛把孩子抱過來，嘴裏「哦哦哦」地逗著看葉桑達娃，那神態一點也不像活佛，就像一個慈祥的老爺爺。他看那嬰兒的目光和看洛桑丹增喇嘛一樣慈祥，「我只是出來了一樁夙願而已。」他平靜地說。

人們不敢問貢巴活佛究竟要了什麼樣的夙願，活佛總是有他們不同於尋常人的言行。但不管怎樣，能在朝聖的路上見到活佛，不僅是洛桑丹增喇嘛一家，就是這個叫湯根的小村莊也顯得異常喜慶吉祥。人們在村頭煨桑，感謝神靈賜福於他們，讓一個活佛來到自己的村莊；在自家的神龕前禱告，祈禱貢巴活佛的平安吉祥。一些驛道上的商旅和也是去朝聖的信眾，聽說湯根村來了個活佛，不論自己信奉的哪個教派，都臨時在村莊找個地方住下來，祈求活佛能爲他們摸頂祝福。

洛桑丹增喇嘛一家也借住在那座小寺廟裏。晚上，貢巴活佛爲洛桑丹增喇嘛行灌頂儀式，祝福他在未來的旅途中，戰勝一切人與非人的災難。洛桑丹增喇嘛告訴活佛，他在雪山上遇到風暴被吹下山去時，他看到了死神的臉，可他竟然一點也不感到害怕，而且內心非常恬靜安詳。

貢巴活佛說：「你把死亡當成自己的修持對象，就沒有什麼可怕的了。我只是在那個時候想到了自己的解脫。」

「學習解脫，即是修行死亡之法啊。」貢巴活佛說，「在死亡的鏡子裏，有的人看到的是恐懼，是地獄裏的烈火；有的人看到的是香煙縈繞的廟宇，是天國的花雨，是勝妙的仙境。有的人在死亡面前抱頭逃竄，像山崩地裂時驚慌失措的小獸，可是既然地都陷塌了，你還能往哪裡逃呢？因此，學習死亡，就像我們學習到了一門鳧水的技能，它能讓我們平安地游過死亡之河，抵達永生的彼岸。」

那個晚上，洛桑丹增喇嘛還不能透徹地理解貢巴活佛的話，只有當慈悲的活佛爲他親身展示了面對死亡的莊嚴，他才慢慢領悟到什麼是人間博大的悲憫。

第二天早晨，寺廟外聚集了一大群百姓，他們既是來給活佛和朝聖者一家佈施，也是來祈請活佛爲他們摸頂祝福的。兩個老喇嘛敲響了一面陳舊的法鼓，洛桑丹增喇嘛坐在貢巴活佛的法座下，跟著老喇嘛們念經。人們虔誠地躬著身進來，跪伏在活佛的面前，佈施上酥油、茶葉、奶渣、青稞等食物，活佛爲他們摸頂之後，他們再躬身退回去。其中有個老者，他進來的時候，把頭壓得特別低，進來時身子彎得幾乎和地平行，像一條貼地滑行的蛇。他伸出一雙黝黑的手，把兩塊酥油餅奉獻給貢巴活佛，然後再把一隻木盒盛著的奶渣遞到洛桑丹增喇嘛面前。

貢巴活佛爲這個老者摸頂，念了祝福吉祥的經文，再小聲對他說：「尊敬的施主，你將佈施的東西放錯地方了。把它換回來吧。」

活佛的聲音小得只有他們兩人才聽得見，但是那個請求摸頂祝福的人，嚇得渾身一哆嗦。面對貢巴活佛莊嚴的法相，他不得不將洛桑丹增面前的奶渣盒取了回來，抱在自己的胸前，痛哭流涕地說：

「活佛啊，我有罪！我該下地獄啦！」

那時，寺廟裏只有洛桑丹增喇嘛和那兩個老僧，其餘的人都還候在門外。他們都不明白發生了什麼事，而貢巴活佛卻早把一場生死看得清清楚楚。他平靜地對那個老者說：「我已經等你好多天啦。朗薩家族的陰謀，怎麼能躲得過佛菩薩悲憫的目光呢？讓我們來看看，一個悲心微薄的活佛，能不能平息你家主子怨憎的怒火吧。」

所有的人都還在驚訝中時，貢巴活佛抓起了那只木盒裏的一塊奶渣，舉在眼前看了看，「你們朗薩家族所有的罪惡都在這裏面了，我很榮幸我能承受它。」

老者驚慌地大叫：「活佛，不要吃啊有毒……」

但是貢巴活佛已經一口將那毒奶渣吃下去了。候在外面的人們這時彷佛明白了什麼，他們衝了進來，但是一切都晚了。

那個老人正是朗薩家族的大少爺扎西平措派來毒殺朝聖者一家的殺手。他不會像達波多傑那樣行事莽撞，在光天化日之下阻擋朝聖者的腳步，正如他所說的那樣，這是一個強盜也不爲的事情。可他做的事，卻比一個強盜犯下的罪惡陰毒百倍。

人們在貢巴活佛的面前跪了一地，那個下毒的老人已經被憤怒的人群按在地上捆起來了。玉丹和幾個年輕人氣得揍了他幾拳，法座上的貢巴活佛制止他們道：「別動粗，孩子們。爺爺落了水，兒孫哪有不援手相救的。不管別人如何對待你，都要對他施予慈悲。這才是一個修行者的尊嚴。放了這個可憐的老人家吧，讓他回去。我不吃下這有毒的奶渣，朗薩家族的人就不會認識到自己的罪惡。」

洛桑丹增喇嘛哭泣著問：「活佛，你爲什麼要行如此大的悲憫啊？」

毒藥已經在貢巴活佛的腹中發作，他的臉色開始發青發暗，但是他的神態依然安詳。「這不是什麼大悲憫，只是了我的一樁夙願而已，我總算成就了一段佛緣啦。洛桑丹增喇嘛，但願一個無知無識的貧賤活佛的死，能讓你看到死亡面前的莊嚴，能清除你朝聖路上的所有孽障。」

活佛法座下的人們悲傷的淚水已經快把自己都淹沒了，他們在絕望中呼喊：「活佛啊，請不要拋棄我們！你走了我們該怎麼活啊？」

此刻，貢巴活佛彷彿剛剛進入恬靜安詳的禪定狀態，跨越生與死不可逾越的鴻溝猶如抬腿邁過家門前的一道小坎，他微閉雙眼，輕聲說：

「我拋棄的，只是自己的身體啊；我留給你們的，是佛性的光芒。」

田野調查筆記（之四）

西元二〇〇三年是藏曆第十七繞迥水羊年，也是位於滇藏接合部的卡瓦格博雪山的本命年。卡瓦格博雪山連綿有十三座的雪峰，主峰高六七四〇米，是雲南省境內的最高峰，又是瀾滄江和怒江兩大水系在藏東南的分水嶺。在康巴藏區，它是當之無愧的神山，每年秋季，都有來自滇、川、藏、青、甘等藏區虔誠的信男善女，前來朝聖頂禮。

人們把自己精神世界的寄託交給一座神聖的雪山，是有其歷史淵源和文化背景的。依據歷史學者們的考證，早在九世紀，藏傳佛教就傳入到康區一帶，到了十三世紀中葉的藏曆水羊年，藏傳佛教派系之一的噶瑪噶舉巴二世活佛噶瑪·拔西，曾有一次遊歷康區的佛緣。在某個風和麗日的日子裏，噶瑪·拔西活佛在瀾滄江峽谷看到了卡瓦格博雪山聖潔的面容，當即賦美文一篇《絨贊卡瓦格博》，並拜此山為神山。

由於噶瑪噶舉派在康區香火很盛，信徒眾多，因此卡瓦格博雪山在康區乃至西藏聲譽鶴起，名震四方。那一年因之可以看成卡瓦格博雪山神的誕生年，在當地藏族人的傳說中，卡瓦格博是一尊英俊而威武的山神，他面龐皎潔，雙目明亮，身材魁梧，下跨一匹白如海螺的駿馬，身穿白色戰袍，手持護法利刃。千百年來，它在人們的心靈深處就像雪山雄踞於大地般不可撼動。它已經不單純是一座自然界的雪山，而成了人們精神世界裏的高峰。它有自己的喜怒哀樂，神界法則，它還具有對人間無量的悲憫與護持，支撐與鼓勵。

「卡瓦格博雪山就是我們的父親。」雪山腳下的一個老人曾經對我說。在村莊裏，每當人們說到這座偉岸的大雪山，便會說「阿尼卡瓦格博……」「阿尼」在本地藏語中，是父親的意思。

一座偉大的雪山不但有神性，還像人一樣有自己的屬性，這便是藏區的大雪山具有神性的證明之一，也是它與其他地方的雪山的重要區別。藏族人的曆法推算體現了與大地上的萬物相輔相依、陰陽協調的關係。它每一輪由土、鐵、水、木、火五種元素和狗、豬、鼠、牛、虎、兔、龍、蛇、馬、羊、猴、雞十二種動物相搭配，每種元素搭配各種動物兩次，如「火狗年」，「火豬年」，「木鼠年」、「木牛年」等，這樣每十二年為一輪，每五輪六十年為一繞迴。而人生有幾個六十年呢？因此，當地的藏族人認為，在卡瓦格博雪山的本命年朝聖，其功德相當於平常年間的十三倍，被視為最大的吉祥。

朝聖的路線分為內轉經和外轉經兩條，內外轉經路是指圍繞著卡瓦格博雪山主峰的大小兩條圓形的轉經路線。藏族人對心目中的聖地都有按順時針方向（苯教徒相反）頂禮膜拜的習慣。在聖城拉薩，有圍繞著布達拉宮轉經的，也有繞著大昭寺外的八角街轉經的，還有繞著拉薩城轉經的，這些都是藏族人寄託自己對聖地特殊情感的某種方式。

卡瓦格博的內外轉經路上沿途有許多聖蹟，它們大都與宗教傳說和神奇瑰麗的自然景觀有關；轉經於我們漢人來說，是觀風景，是學習藏族人如何演繹自然與宗教、文化與歷史的相互關係。而對藏族人來說，朝聖轉經則是一種精神旅行，是親近神靈、洗滌罪孽的某種生活方式。在藏族人的精神世界中，出門朝聖轉經，在人的生命中不可或缺。

但是，讓我深為震撼的是另一種朝聖方式，那就是磕等身長頭朝聖。卡瓦格博的內外轉經路我都走了一趟，尤其是外轉經路，於我來說，那簡直就是一次艱苦卓絕的長征。我花了整整十六天，騎馬、徒步約一百五十公里，才走完這條需翻越大小十多座海拔三千五百米以上的雪山，穿越瀾滄江峽谷和怒江峽谷的轉經路線。可這和一個磕等身長頭走外轉經路的朝聖者比起來，我的這點辛勞，還不及他們的磕一天的長頭，更遑論面對神山各自所奉獻的功德了。

我是在卡瓦格博雪山的背面怒江峽谷裏遇到那個磕長頭的喇嘛的。卡瓦格博雪山東面是瀾滄江峽谷，西面就是怒江大峽谷，走外轉經路的朝聖者，都要穿越這兩條大峽谷。怒江大峽谷有東方第一峽谷之美譽，它和瀾滄江峽谷一樣切割縱深，江面海拔不到兩千米，而河谷上方的雪山大都在四、五千米以上，如果以卡瓦格博的頂峰相比較，相對高差便達到四千多米了。巨大的地形切割使這一帶高山縱橫，峽谷幽深，地形極為複雜。

那天，我們的馬隊必須通過一面巨大的高山流石灘。這是一種獨特的山地自然景觀，一般容易發生在地貌疏鬆易碎的新生代高原地區，碎石就像流沙一樣從上淌下來。我們遇到的高山流石灘成一個扇面從天而降，一直到怒江邊。崩塌的白色石灰岩岩石彷佛是被粉碎機粉碎過，全都摔成拳頭大小的石子兒，讓人懷疑為什麼這些堅硬如鋼的石灰岩會摔得如此零碎，如此均勻。這片流石灘不可思議到連我們這些沒有信仰的漢人，也不得不驚嘆神山的神奇。實際上，山體剛崩塌時，它們還是大小不等的石塊，大的可以到幾十噸重，可是在一連串的滾落碰撞中，它們都被自然的偉力粉碎了。

天上還下著濛濛細雨，那意味著老天還在給本來疏鬆的山體添加「潤滑劑」。我們就像要從一個巨大的採石場經過，山上會不會再沖石子兒下來，把人打到怒江裏，誰也不知道。我仔細觀察了，大約每隔上兩三分鐘，就有一些大小不等的石頭時而簌簌地從上面滾落下來，時而像一顆顆流彈，帶著風聲呼嘯而下。彷佛上面有一個調皮的小孩，專門扔石子兒跟朝聖的人作對。從這條道路上經過的人，中「頭彩」的機會就像扔一個硬幣，生死各占一半。在到怒江峽谷之前，我就聽人說轉經路上這一段特別險，時不時有人掉進怒江裏。

但是我們已不能回去，也不能等，把一切交給雪山上的神靈吧。在我決定強行通過的時候，馬隊裏發生了騷亂，因為那些馱我們的輜重和騎的騾馬不願意走了。牠們也害怕啊，不斷飛來的石子兒讓騾馬以為是有人在打牠們，平常馬幫們就喜歡用石子兒驅趕牠們。現在這些善良吃苦的傢伙不知道該聽誰的了。更別說下面還有波濤翻滾的怒江，人和馬掉下去大概連屍體都不會找到。我看到一匹歲數較小的騾子腳在打顫。

一向相處很融洽的藏族馬幫現在開始給我提條件了。他們說騾馬必須一人在前面牽，一人在後面趕，一匹一匹地通過。騾馬如果被打下怒江了，我要負責賠償，每匹騾馬三千元到五千千元不等。我說好吧。馬幫們又說他們還沒有冒這樣大的風險，等大家都安全通過了，我要給他們加一天的工錢一千五百元。我還說好吧。都到這關頭了，誰還在乎錢。我只有祈求雪山上的神靈保佑我們所有的人和牲畜的安全。

那真是驚心動魄的半個多小時，馬幫們在出發前，人人都面向頭頂上的神山念了一遍經文。然後他們便大喝兩聲，在險象環生的流石灘上開始與不聽話的騾馬搏鬥，與命運搏鬥。從山上飛下來的石子兒時不時從他們身邊或頭頂呼嘯而過。馬幫們毫無畏懼，倒是那些騾馬時常被驚得步伐零亂，前蹄後腿亂蹬亂踢，這就更讓我看得膽戰心驚。因為流石灘上的小道剛好夠一個人通過，人徒步走過去都嫌窄，更不用說他們要在那裏和亂蹦亂跳的騾馬搏鬥。那時我想，再加他們一千五百元也不冤。

佛祖保佑，所有的人和馬都安全通過了，只有兩個趕馬人的胳膊被石子砸了一下，好在無大礙。現在該論到我了。我曾經想到把馬隊為大家煮飯的鐵鍋取出來倒扣在頭上，權當鋼盔用。石頭只要不砸在頭上，人就不會掉進江裏。但是看到人家都光著腦袋衝過去了，自己如此膽怯，未免也太丟人。也就把心一橫，石子兒要來就來吧，碰上了就當是中了「頭彩」；前面就是一道「鬼門關」，今天也得硬著頭皮闖了。我相信神山是會保佑我的——只有相信了！

正打算作平生最大的一次生命賭博時，身後忽然傳來一片嘈雜聲。回頭一看，呵，一個磕長頭的喇嘛就像從地上冒出來一般出現在山道上。那麼險峻崎嶇的山路，他竟然也找得到伏身的地方，「噗」的一聲跪下，然後雙手著地，「唰」的一下就伏在了大地上。他穿著一件絳紅色的喇嘛僧衣，繫一根紅色的腰帶，身前是一件厚厚的牛皮圍裙，手上套著兩塊木護板，形狀有些像我們穿的木拖鞋。只見他在山道上一步一磕，一磕一俯身，標準的五體投地式的等身長頭。

他的身後簇擁著一群人，有他的後援，更多的是轉經的朝聖者。他們不願走到磕長頭者的前面。當時我在心裏喊，佛法僧三寶啊，總算讓我找到你了。就像是神靈的安排，在我出發去朝聖前心裏的諸多祈求中，就有一項求神靈保佑我，能碰見一個磕長頭的喇嘛。可是我沒有想到是在如此關鍵的時刻，神山讓我們相遇。似乎在我的生命中需要一次感召，一個榜樣。

我那時還不敢貿然給他拍照。我曾經有過一次失敗的採訪經歷，那是在西藏的林芝地區，我想給一個磕長頭的喇嘛拍照，剛剛舉起相機，就被他兇兇地喝了回去，還提著兩副手板作想打我狀，嚇得我拎起相機就逃了。當時挺懊惱的，現在我明白磕長頭者的心思了。磕等身長頭是一件神聖的事情，你作為一個旁觀者，一個獵奇者，怎麼能輕易打攪人家。那情形就好比我們在寫作時，容不得旁人在一邊多嘴多舌一樣。如果你要和人家交談，起碼得表現出自己的尊敬和善意。

我提著相機往回跑，來到他的跟前，和他打招呼。他似乎也有些驚訝，在這個地方，怎麼還會有一個漢人。不過他朝我笑了笑，算是回答。我看到了機會，便趕忙遞了二十元錢過去，算是我敬奉的一點功德。他收下錢，低聲說用漢語說謝謝。還是蠻標準的普通話呢。

我用手指指頭上的大山，對他說，上面在落石子兒。要小心。

他看也不看上面，說，我知道。然後又伏向大地磕了一個頭。

我追上去，問，我可以給你拍照嗎？

他頭也不回地說，你拍。

他的年齡大約在二十五、六歲左右，身體壯實，面容堅毅，皮膚粗糙，那一定是被大地打磨的。他的額頭上已經結了一塊繭，但繭的周圍還有血痂。我想身上的其他地方都可以找東西保護，而額頭這地方，必須直接和大地砥礪。磕頭磕頭，頭不著地，如何叫磕頭呢？

我一路跟拍著他來到流石灘前，山上流彈一般飛逝的石子兒並沒有因為一個磕長頭者的到來而停止。朝聖者往山上看了看，稍作停頓，就伏身向流石灘、我忍不住在他身後喊，喇嘛，要小心啊。

他一伏一等身地往前磕去，好像並不把危險當一回事。至少不下兩次，我都看見拳頭大的石頭從他的頭頂呼嘯而過，可是他似乎連往上觀望的時間都沒有，或者說根本就不屑一顧。在碎石鋪就的危機四伏的斜坡上，他成了如入無人之境的超人，以至於我心裏都十分肯定，神山上下來的流石，絕不會打中一個功德無量的虔誠喇嘛。因為他是在向神山磕長頭啊。

更不用說，在我的身後，那群曾經簇擁著他的藏族人，此刻全都在山道上或跪或坐，念起了祈誦吉祥平安的經文。他們是在為磕長頭的喇嘛禱告還是為自己呢？不管怎麼說，這些經文給了我信心和力量，我今天的好運來了。

我用一件雨衣頂在頭上，外面再扣一頂帽子，也學著藏族人那樣念了一句六字真言「唵嘛呢叭咪吽」，撒腿就在那條生死道上玩開了奪命狂奔，我本來是想讓自己鎮靜一點，英雄氣概一點。可是雙腳卻像是受到驚嚇的兔子的，而不屬於我。我感到一塊不大的石子兒——大約有拇指大那麼一塊正正地砸在我的頭頂。當時渾身一激靈，腦子都發懵了。隨後感到自己的腳還在大地上，於是就跑得更歡了。

我衝過了生死線，在那邊等我的馬幫們衝我鼓掌，讓我很自豪。今天所有的人都是勇敢者。我只是勇敢者中相對怯弱的一個。

晚上，我們露宿在怒江畔的一處溫泉邊，那是一個令人高興的宿營地。出門十多天來，人人都一身馬汗味。我把自己那匹叫「庸次姆」的坐騎稱為「汗馬」，在這種地方，牠遠比美國佬的悍馬吉普管用。儘管這些天我發現自己和「庸次姆」幾乎一個味兒。

我相信在溫泉邊能等到那個磕長頭的喇嘛。果然，第二天，他就到了。他的帳篷就搭在一處山崖下，不斷有一些也是朝聖的藏族人前去佈施。他們給他揹去青稞、臘肉、速食麵等食物。我在晚上提了兩大瓶可樂、幾包糕點——是我在路邊的小賣部買的，權當一個漢人對活佛的供奉，摸進了他的帳篷。有幾個人坐在裏面，一個老阿媽正在為大家打酥油茶。

我們開始交談。我得知他來自四川甘孜藏族自治州，法名曲吉，出門半年多了。我發現他戴的那副手板已經磨得很薄，據他說已磨壞了兩副，身上還有一副。我不知道如果所有的手板都用光了，他將怎麼辦？他的膝蓋上裹了幾層厚厚的海綿以作保護，循環反覆地下跪，使那幾層海綿已經千瘡百孔，過去我聽另一個喇嘛說，還有用汽車輪胎來作護墊的，因為那東西經得住磨。

我問，這些人都是你的後援嗎？

他回答道，就我媽媽一個。他們是來佈施的。他指著屋子裏的其他人說。

曲吉喇嘛每天的行程大約是五公里左右，如果以他約一米七左右的身高，完成一次朝聖的基本動作，也只能在大地上前行一米七。那麼，他一天大約要磕將近三千個長頭。那是三千多次俯身、爬起，再俯身、再爬起的單調繁重的重複勞作——假如我們認為這是一種勞作的話。磕長頭者有自己嚴格的規定，上一個長頭磕下去手指尖到什麼地方，下一個長頭的起點就必須從那裏開始。假如有所誤差，都會被認為是對神靈的不敬。我的一個朋友曾經說，這簡直不可理喻。要是我，在荒無人煙的大山上磕頭，多走一步少走一步，多磕一個少磕一個，有誰知道呢。當時我回答他說，這不是一個幹活偷懶的問題。確實沒有人看見你一天中是否多磕或少磕了，可是神山看得見呢。

曲吉喇嘛打算繞梅里雪山外轉經路磕一圈，費時一年左右。當然，這只是理論上的計算，如果路上出點什麼意外，如某人生病了，路途受阻，在某個地方為了籌集食物而耽擱等等，都可能使遠行的時間一再延長。好在對於一個真正的朝聖者來說，體驗朝聖的過程，是一件幸福的事情。朝聖之路的長短和所費時間的多少，有什麼必要計較呢。

曲吉喇嘛的母親像我見到的許多藏族老婦人一樣，沉默寡言，樸素羞澀。她大約有六十多歲，一頭濃密的頭髮已經有些花白了，我相信這一路朝聖下來，雪花和風塵還將染白她頭上的白髮。和所有善良賢慧的藏族老阿媽一樣，她一直在忙前忙後，為我們沖酥油茶，我沒有聽到她說一句話，我相信她也許可以講一點簡單的漢語，也試圖和她談點什麼，可是面對一個靦腆、樸實的老人，我真的無話可談。我只有感動。如果我要問她什麼問題，那一定是膚淺的，無知的，甚至是有所冒犯的。

我想，在藏族人眼裏，她是一個光榮的母親，了不起的母親。不僅如此，這一路上，凡是遇見他們母子的藏族人，都會把她當成可敬的白度母。我不知道她是如何揹負兩個人的行囊，那是一個簡陋的化纖蛇皮袋，我提了一下，大約有二十公斤重，轉山路百分之九十以上都是崎嶇險峻的山路，我們空著雙手走一趟也是一件艱難萬分的事，需要下最大的決心和鼓足所有的勇氣。但是他們就像尋常的出門一樣，簡單收拾一下行裝就踏上了這漫長的旅程。而我們來外轉經，沒有兩匹馬相隨，——一匹爬雪山時自己騎，一匹馱行囊和吃的，就不敢上路。在一個六十歲的老婦人面前，我為自己感到汗顏。

你們只帶這點東西，不夠一路上的花銷吧？

有那麼多的朝聖者，他們會幫助我們的。喇嘛平和地回答

我明白了，在這條轉經路上，一個磕長頭者就是人們心目中的英雄。沒有誰不願意幫助一個英雄。人們曾經告訴我，你幫助一個朝聖者，就是在幫助自己在佛祖面前贏得一份功德。因此，一個出門磕長頭朝聖的人，在只要有藏族人的地方，是不會餓肚子的。

我終於忍不住問，為什麼你們要採取磕長頭的方式出來朝聖呢？帳篷裏所有的人都用不解的眼神看著我。我知道我問了一個像很多漢人面對一個磕長頭的朝聖者，通常也要問的愚蠢問題。他們悲憫的目光似乎在告訴我，你怎麼不問人為什麼要吃飯？為什麼要穿衣？為什麼要掙那麼多錢？你為什麼不戒煙？為什麼非要自己的孩子上名牌大學？

我喜歡。曲吉喇嘛目光透過火塘上方的火苗，簡單地回答。

我已無法再追問。世界上很多種不可思議的生活方式，僅僅是人們喜歡它而已。

我後來在卡瓦格博雪山腳下的一家客棧裏，邂逅了一個雲遊四方的喇嘛上師。一個陽光燦爛的上午，我們坐在客棧的屋簷下閒聊，我向他打聽了一些有關磕長頭朝聖者的

事。他說一個磕長頭朝聖的喇嘛是有非凡的法力的。當他發願外出朝聖磕頭時，他就不是一個一般的僧侶了，他也不會有什麼克服不了的困難。一般的喇嘛磕一天的長頭，第二天會起不了床，而磕長頭的喇嘛天天都在路上磕頭，體力上卻沒有多少影響。這是因為他獲得了非凡的法力，一個磕長頭者的功德很大，高於一般人，因此護佑他的神靈就多。

我想這很容易解釋，一個經常鍛煉的人和一個從不鍛煉或很少鍛煉的人，是不能具備相同的運動量的。但是神奇的是，據這位雲遊僧講，當磕長頭的喇嘛具備了某種法力後，一個長頭磕下去，可以在地上滑行三、四米，而一般人只能磕一個等身的距離。這就是說，他已經不再是一個普通的僧侶，他可以像蛇一樣在地上自如地滑行——或者說貼地飛行，這該是一個多麼令人驚嘆的奇蹟啊！

不過我在怒江峽谷見到的曲吉喇嘛，也只能磕一個等身的距離。我想，在民間傳說或文學上，這樣的奇蹟是存在的，也是有人相信的。雲遊僧說，磕長頭的喇嘛朝聖修功德是一個方面，另一個方面是為了離別家鄉。因為家鄉總和個人的恩怨有千絲萬縷的聯繫，一個想真正苦修的僧侶應該一刀斬斷所有的個人恩怨。外出苦修是一個很好的選擇，同時，他的悲憫就不僅限於對家鄉親人朋友的悲憫，而是廣大的眾生。從悲憫自己身邊的親人到悲憫天下所有眾生，這是小境界與大境界之分，也是小乘佛教和大乘佛教的區別之一。磕長頭朝聖者功德圓滿後，一般都不會回到家鄉，因為這樣會讓他修到的功德受到影響，甚至會瓦解他修煉到的法力。當然，如果他已經超越了人間的一切恩怨，回到家鄉眾生面前，此眾生與廣大眾生之間，也並無什麼區別了。眾生皆為父母，都是需要施加慈悲憐憫的對象。

雲遊僧說，最大的功德是磕長頭到拉薩朝聖。從康區到拉薩，距離大約在兩千公里左右，按每天五公里的行程磕頭，加上一路上的休整、化緣，一般需要兩年到三年的時間。如碰上什麼意外，花的時間或許會更長。

雲遊僧還告訴我說，磕長頭者功德圓滿後，他就像換了一個人，他獲得了新生。他可能就修煉到了密宗的某些法門。我問他具體有哪些呢？他說，密宗的很多東西是不可言說的，他只說，比如，這個功德大圓滿者可以預知來世，可以預言誰之將至。就像我們現在坐在這客棧裏長談，他可能會告訴你說，晚上某個遠方的客人將來拜會我們。真的是這樣嗎？我想驗證，但是那時，我們的身邊沒有一個磕長頭的朝聖者。那天我也忘了問曲吉喇嘛，我們將會遇到誰。

而且，他又說，有的磕長頭喇嘛還會治好自己身上原來的頑疾。

我想，這在因緣果報的佛法道理上是講得通的。你有了如此巨大的功德，你就有了抵禦一切災難的本錢。或許我們可以說，日深月久的戶外運動鍛煉了他的體魄，風霜雪雨已經把他雕塑成一個強壯的漢子。是的，我們完全可以這樣認為，我們總是習慣用現代文明教給我們的種種知識，解釋喇嘛們對生命、對社會、對宗教、甚至對歷史的某些看法。

但是，請為那一群對信仰始終恪守初衷的人們，保留一片心靈自由翱翔的天空吧；請在這個紛繁、功利的世俗世界裏，為他們的神靈世界保留一片淨土吧；請為我們蒼白乏力的想像力增添一點意料之外的驚訝吧。至少在精神領域裏，喇嘛們的宗教及其朝拜儀式為我們的藝術作品——無論是美術、攝影、還是文學，構築了一個精彩萬分的神靈世界；同時，也為人類宗教文明提供了不可多得的文化內涵。一個磕長頭的喇嘛向我們證明，信仰的力量是無邊的。

16 塵緣

作爲一個遠行的路人，他隨時要注意，大地上有些道路暗示著某種錯誤，常常會把人帶入歧途，這樣的道路要麼意味著死亡，要麼屬於魔鬼。即便一個經驗豐富的出門人，也會一不小心就走上了這種經常連陽光都曬不到的幽徑。就像久走夜路的人，總會和孤魂野鬼打照面一樣。

一條岔路從驛道中分了出去，它越走越窄，越來越暗，最後，它的盡頭竟然是一座小小的村莊。說是村莊，其實也只有六七戶人家，零散地點綴在山坡下。

這是一座隱匿在大山皺褶深處的小村子，藏式土掌房遠遠看去，像漢地那些馬幫馱來的洋火柴盒，土掌房的牆邊屋頂，經常會缺邊少角，不知是被風刮跑了，還是被山上那些莽撞的野獸啃吃了。這些孤零零的房子，膽怯地散落在荒無人煙的大山懷裏，還不如一塊岩石挺立得埋直氣壯。烏雲後的魔鬼時而呼嘯而至，吞噬一切生靈；雪山下的土匪強人，等貧瘠坡地上稀疏的青稞一黃，便打著尖銳的口哨，帶來死亡的消息；森林裏的老熊，除了冬季，大半年的時間裏都嗅著血腥味在村莊周邊轉悠。人蜷縮在這火柴盒般的房子裏，成了最弱小的生靈。連風的吼聲都比人的歌聲嘹亮。

還有比人更可憐的，便是那些忠厚老實的犛牛。魔鬼的瘟疫折磨牠們，土匪搶殺牠們，狗熊豹子捕殺牠們。現在，牠們中的一頭老了，人們饑餓的胃充滿了對血紅的牛肉的想像。想像當然不能塡飽肚子，但是想像可以驅使人幹出最殘忍的事來。

這裏的人殺牛有著奇特的方式，他們喜歡生吃帶血的，甚至還帶著牛體溫的新鮮牛肉。如果用刀殺牛，血就從肉中流失了，這樣就不能給那些漢子們補充面對嚴酷自然的勇氣，也不能給女人們增添愛的力量。他們要讓鮮活賁張的牛血充斥在牛強健的肌肉裏。就像捕香獐的人，在捕殺牠之前，總要設法讓香獐分泌出更多的麝香一樣。他們需要那頭老犛牛的肉裏有更多的血。

殺牛成了這個孤獨村莊的節日。幾個漢子把牛套住，然後一個人衝上去抱住牛脖子，另一個漢子用一根結了個活套的牛皮繩套在了牛鼻子部位，雙手使勁一拉，牛便感到了窒息。

「哦呵呵，拉緊啊，拉緊！」周圍的人一齊跺腳，齊聲呼喊，爲那兩個傢伙助威。那就像一場小小的戰爭，緊張、血腥、殘忍。

牛開始掙扎，一雙哀婉的眼睛不知是因爲窒息得難受還是感到深切的悲哀，眼淚嘩嘩地淌。但這一點也沒有感動饑餓的人們，他們興奮地亂喊亂叫，手舞足蹈，彷彿燥熱的牛血已經注入到他們的體內，他們也像垂死的牛一般狂躁起來了。

但是這條牛渴望生命的力量大過了人們饑餓的欲望。牠暴跳起來，幾下就把想制服牠的那兩個傢伙甩開了，牛悲憤地長鳴一聲，撒腿就往山上跑，牛身後的一群人大呼小叫地追，可是他們怎麼追得上一個逃生的生靈呢？

眼看著那牛就要越過前方的一座山梁，逃進森林裏。人們不但吃不到帶血的牛肉，連牛的腥味都聞不到了。

忽然一聲槍響從山梁上傳來，牛應聲倒地。追牛的人愣了一下，紛紛湧到倒在地上胡亂蹬腿的牛身邊，捧起泉水般湧出的牛血就往嘴裏塞，就像一群嗜血的狼。山風如此地冷硬，稍一遲疑，牛血就成塊了。

然後，他們滿嘴鮮血地抬起頭來，尋找那放槍的人，眼裏冒著怒火，就像尋找有殺父之仇的人。

三個行路人從山梁上策馬而下，他們的身後還跟著一匹馱行囊的騾子。從行頭上看，他們是一主二僕，只是主子顯得太年輕，而其中的一個僕人又看上去太老了點。這樣年紀的老人，一般該在家念經修佛了。

村莊裏的人圍住了他們，有幾個漢子已經把手按在刀柄上，看樣子一場格鬥不可避免。「遠方來的客人，爲什麼殺我們的牛？」一個阿老上前問道。

「哈哈，你問得倒奇怪了，我把你們逃跑的牛放倒了，還以爲你們該請我們喝酥油茶呢。」那個年輕的主子說。

「誰要你們開槍？我們有自己殺牛的方法。你壞了我們的規矩，就不要怪我們砍下你們的頭。」那阿老冷酷地說。

年輕的主子並沒有被嚇倒，他只把槍橫在身前。這些像野人一般的野蠻部落，連身像樣的衣服都沒有，人人在一張羊皮上挖三個洞，留著頭和手在外面，就像直著兩條腿走路的羊。佛祖，你怎麼不來教化這些野蠻人？

「我在山梁上看見你們殺牛了，難道就不害怕下地獄嗎？」

那阿老冷笑道：「地獄？難道我們不是生活在地獄裏嗎？看看你周圍的山崗吧，吃人的魔鬼比村子裏的人還多。你在地獄裏可有見到這樣荒涼險惡的地方？」

「沒有。」年輕的主子傲慢地說，「也沒有見到過如此不講道理的野蠻人。」

「那你就說對了。下手吧！」阿老一聲吆喝，他身後的漢子紛紛怪叫起來，然後兇猛地撲上前。騎在馬上的那三個人還沒有反應過來，就被連人帶馬地掀翻在地。山道上頓時亂著一團，年輕的主子在扭打中，伸手抓住了一個漢子蓬鬆的頭髮，可是他馬上痛得哇哇大叫。那頭髮就像荆棘一樣地刺手。他發現自己的手掌上已是一片模糊的血肉，十幾根小針扎在了肉裏。他大聲向同伴叫道：

「小心啊，他們頭髮裏有針！這是哪裡來的野蠻部落啊？」

他們三個很快就被按翻了，捆綁起來吊在了村口的樹上。所帶的行囊財物悉數被村人搶掠一空。有幾個漢子在路邊的岩石上磨刀，他們被村子裏的阿老指定爲劊子手。

那個指揮眾人搶劫的阿老，看上去卻像一個有些教養的人。他擼擼袖子走到三人面前，臉上一點也不因爲要殺三個無辜者而感到內疚，似乎他面前不過是三隻等待宰殺的羔羊而已。他慢悠悠地對他們說：

「你們誰會念經啊？」

「只要是會說話的藏族人，哪有不會念經的。」年輕的主子說。

「那就抓緊時間爲自己的來世念幾句吉祥的經文吧，我們還要去分牛肉。唉，你們這些倒楣鬼，破壞了我們的味口，所以你們今天必須死。年輕人，你要知道，殺一頭牛，比過佛菩薩的節日還重要呢。」

這時，那個也被綁著的老僕人說：「少爺，求求情吧。看在佛菩薩的慈悲上，求他們放我們一條生路。」

年輕的主子鄙夷地說：「他們這樣的野蠻部落，心中還有佛菩薩，那就真是雪域佛土上的稀罕事了。動手吧，別囉嗦了。」

阿老臉上的傲氣比那年輕的少爺顯得更足，「野蠻部落？在你們投牛到來世前，我要讓你們知道，我們的部落屬於高貴的朗薩家族。」

朗薩家族？三個被綁著的可憐蟲頓時看到了活下來的希望，但是他們鬧不明白自己爲什麼要被朗薩家族的人砍腦袋。還是那個老年僕人更沉著一些，他朗聲說：「哦呀，這真是菩薩和菩薩打起來了！混帳東西，還不趕快下跪，你們想砍朗薩家族少爺的頭嗎？」

那剛才還很傲慢的阿老一下就矮了一截下去，彎腰低頭地問：「那……那那那麼，請問遠方來的客人，從……從從從哪裡……來呢？」

「卡瓦格博雪山下。」老年僕人驕傲地說。

阿老「撲通」一聲就跪下了，老淚縱橫，唏噓不已，雙手一上一下地拍打著大地，「有罪啊有罪！老爺啊……老爺，我們等朗薩家族的老爺等了好幾代人了。」頃刻間，他便從一個冷酷的老殺手，變成了找到爹的孩子。

他身後那幾個在磨刀的漢子，也「哐嘡」把刀扔在了地上，紛紛衝三個還被綁吊著的人磕起了頭。

「還不快把我們放下來！」年輕的主子就像身臨美夢，這個美好的夢值得回憶並不是因爲他們能夠絕境逢生，而是他又找到了當老爺的感覺。

三個死裏逃生的行路人正是朗薩家族的二少爺達波多傑、老管家益西次仁和小廝仁多。他們從「斷頭樹」上放下來，然後被當成尊貴的主人迎請進村莊，村裏所有的人，無論是婦孺還是剽悍的漢子，見到他們都把頭低到膝蓋以下了。

爲了尋找令一個康巴男人驕傲的「藏三寶」——快刀、快槍和良馬，他們已經出門快半年了；或者說，瀾滄江西岸剛剛坐穩主人位置的二少爺達波多傑，爲了一樁荒唐的愛情，爲了逃離另一樁更加錯誤的婚姻，不得不走上了流亡他鄉的漫漫長路。

他們被請進了阿老的火塘邊。那個阿老名叫索朗貢布，是村子裏的最年長者，實際上他還不到五十歲，可看上去卻彷彿有八十歲了。但在這個環境惡劣的地方他已經是高壽了，因爲男人們一般活不過四十歲，而女人們則活得更短。索朗貢布說，幾百年前，他們的祖上曾經追隨朗薩家族的祖先，一同從聖地拉薩向藏東流亡，戰爭把他們這一支與朗薩家族沖散了，他們被掠爲奴隸，曾經在雪山上開過銀礦，後來家族中的幾個男人逃了出來，但他們始終逃不出宿命的安排。他們知道朗薩家族的人後來到了瀾滄江峽谷的卡瓦格博雪山下，可是每次想繼續遷徙的腳步，剛走上官道就會被其他部落給趕回來，因爲人家把他們視爲野人。這裏雖然像地獄一般艱辛恐怖，但能活人，地獄又有什麼可怕的呢。

「老爺，是祖先的蔭福派你來救我們出地獄的啊！」索朗貢布在敬酒時說。祖先的蔭福？達波多傑喝了那碗酒後想，朗薩家族現在跟我有什麼關係呢？我恨透這個家族的陰險和狡詐啦。他說：「你們在這裏有家有房子有女人，不是過得還好嗎？」

索朗貢布一下就哭了，他抹一把眼淚說一句話，「老爺啊，我們這裏，每年死的人比生下來的人多，強盜魔鬼來的次數比天上的雨還多。他們的馬隊衝進村子，只要是剛長成人的姑娘，就像老鷹抓羔羊一般，一把抓住頭髮就拖走了。我們的人爲什麼都要在頭髮裏藏那麼多針，就是被他們抓怕了的啊。」

達波多傑想到下午自己和他們搏鬥時抓到的那一手的針，手掌還在隱隱作痛。真是人被逼急了，什麼辦法都想得出來。他問：「你們就沒有好槍好刀嗎？」

「有我們也打不過他們，他們是一些和魔鬼在一起的人。他們的刀一刀劈來，能把人劈成兩半，人還會走上兩步，身體才分開，大團大團的血才會湧出來。」索朗貢布說到那些土匪的刀，還心有餘悸。

「噢，總算讓我聽到一把好刀的傳說了。」達波多傑欣慰地對自己的老管家說。「快講，這刀在哪裡？是誰打的？」

「在森林裏的強盜們手中。」索朗貢布有些納悶。

「我們的老爺想找一把比風還快、比月光還要明亮、比岩石還要堅硬、連魔鬼也可以斬殺的寶刀，快告訴我們吧。我們出遠門，就是爲了在神靈的指引下求到它。」老管家說。

「那你們要去找沒鼻子的基米，他是一個懂刀的傢伙。」索朗貢布說。

「沒鼻子的基米，是誰？在哪兒？」達波多傑追問道。

「從這裏出去，十站的馬程，有個叫黑風林的大驛站，你們到那裏去打聽，誰是沒鼻子的基米，人家就會帶你們找到他了。」

「那我們明天就啓程吧。」達波多傑有些迫不及待地說。他們出來這麼長的時間了，一路打聽哪裡有令藏族男人心儀的快刀、快槍和良馬。有人告訴他們說，要找快槍應去後藏，找快刀要到藏東，而要找良馬則必須去藏北草原。他們也確實看到了很多的刀、槍和好馬，可是達波多傑始終認爲，這三樣寶貝應該和一段傳奇有關，和某種命運相連，和神靈的旨意相符。

睡覺的時候，索朗貢布實在拿不出更好的東西來招待自己的主子，就爲達波多傑叫來了一個姑娘。他對達波多傑說，這是我們村最漂亮的姑娘了，三個男人爲她丟了命。達波多傑只往姑娘身上看了一眼，就差點沒發起脾氣來。她臉膛黝黑，頭髮像野人一般蓬鬆——天知道那裏面藏了多少根針！她的五官彷彿不是自然生長出來的，而是被山谷裏的風霜東一刀西一刀胡亂雕刻出來的。她踡縮在一張羊皮裏，只露出黑乎乎的頭，傻傻地望著她要服伺的主子，不知道害羞，也不知道害怕。好像人們今晚叫她來，只是作爲一個女人來服一次烏拉差役。如果說眼前這個女子也叫姑娘的話，那麼野貢土司家那個麻臉小姐就是仙女了。這正應了藏族人說的那句話，在一個沒有鳥的地方，一隻烏鴉也貴如孔雀。

達波多傑揮揮手，打發走了那姑娘，自己鑽到羊皮褥子裏睡了。這個晚上他卻老睡不著，並不是沒有姑娘相伴，自出來以後，他就沒有沾過女色。女人已經讓他吃夠苦頭了，今晚不要說那個醜姑娘讓他心煩，就是來一個比他嫂子——噢，親親的嫂子啊，我是多麼地想妳，又多麼地恨妳——漂亮十倍的女人，也提不起達波多傑的興致呢。在漫長的旅途中，顛簸的馬背讓他想到了貝珠在他身下的扭動和呻吟，那淫蕩尖銳的叫聲已經浸淫到他的骨子裏了。

在和嫂子有那一腿之前，達波多傑雖然也閱人無數，可是他還沒有聽到過一個女人在那種時候如此銷魂的歌唱。那是一把溫柔的刀，一點一點地刮著你的骨頭。一個再有雄才大略的好男兒，也會被這刀把體內的骨氣刮光。在路上，樹林裏的畫眉鳥甜蜜清脆的叫聲，是他嫂子挑逗的溫婉細語；燦爛的山茶花讓他看到了嫂子的笑臉；而在岩洞裏避雨的時候，洞外的雨滴讓他想到了嫂子的眼淚。

她怎麼會哭呢，是因爲害怕地牢裏的黑暗嗎？是由於達波多傑走後相思的寂寞嗎？是丈大扎西平措的鞭子打出來的嗎？不，都不是。貝珠的眼淚，達波多傑一輩子都不會忘記究竟爲誰而流。她是爲他們的孩子而流的啊！

那個孩子大概已經出生了吧。這段時間，達波多傑幾乎每晚都在想這個問題。這孩子是他的，他對此堅信不疑。出門那天，天上下著有情人眼淚一般的雨。他隔著瀾滄江峽谷，看見了嫂子立在對岸朗薩家碉樓頂的身影。嫂子在哭。他對身邊的老管家說。而管家勸他道，少爺，隔得那麼遠，你怎麼看得見？可是達波多傑相信自己看見了她臉上的眼淚。他癡情地說，如果嫂子沒有哭，天爲什麼會下雨？老管家無言以對，因爲他不知道情人的眼睛，是不受距離限制的。

如今縮在腥臭的羊皮褥子裏，達波多傑不能不懷想那些溫情浪漫的時刻。嫂子在他身下從激情歡娛的巔峰滑下來的時候，曾經感嘆道，你們雖然是兄弟，可給我的感覺怎麼那麼不一樣。他問她，我們兩兄弟不一樣在哪裡？那個風情萬端的女人吃吃笑著說，因爲你們的媽不一樣，生出的兒子當然就有差別了。

達波多傑這輩子就沒有見過自己的親生母親，她在生他時就死了。在人們的傳說中，她是一個歌兒特別清脆嘹亮的牧羊姑娘。一個放牧姑娘骨子裏的精血，肯定比一個病兮兮的貴族小姐濃得多了。

第二天，他們就離開了這個恐怖的村莊。索朗貢布曾經要求達波多傑把全村的人一起帶走，他們願意幫他尋找「藏三寶」，也願意跟隨他到處去流浪。達波多傑怕這一村老老少少的人耽擱今後的行程，就沒有同意。

他們出村的時候，村莊裏所有的人都跪伏在地上，索朗貢布執意要達波多傑踩著自己的背上馬，以盡一個朗薩家族的僕人最後的忠心。以至於達波多傑也感動地說：「等我找齊了藏三寶，回到瀾滄江峽谷後，就派人來接你們。」

到黑風林驛站十天的馬程，他們六天就趕到了。果然如索朗貢布所說，這裏沒有人不知道那個叫「沒鼻子的基米」的。他們在驛站後面山崖下的岩洞裏找到了他。這個沒有了鼻子的傢伙嘴唇上面只有兩個幽深的鼻孔，形同一隻奇怪的猿猴，因此他只能過離群索居的生活。任何遇到他的人，都會把他當成魔鬼。但達波多傑從看到他時起就斷定，他要找的寶刀，一定在這個人手上。因爲佛祖的慈悲總是公正的，他雖然沒有了鼻子，但他有一雙豹子一般明亮如閃電的眼睛，他看人的目光中彷彿都蘊藏著一把寶刀清冷的光芒。

達波多傑給這個可憐的人帶去了漢地的茶磚，潔白的酥油，還帶了一坨牛肉，一條哈達。

「沒鼻子的基米」似乎從來沒有受到過如此的尊重，看見那些貴重的禮物當時就哭了。他的哭很奇異，由於鼻子不關風，哭聲就像狼在嗥叫。

「沒鼻子的基米」從前當然是有鼻子的。他原來是一戶大貴族家的刀相師，這個職業一度非常吃香。人們要買刀，總要請他來觀察刀相，尤其是那些貴胄人家，身上的佩刀常常價值連城。因此基米的一句話，就可能使那些賣刀和打刀的人一年不愁吃喝。但是他是一個忠厚老實的傢伙，又自持身懷絕技，常常不給那些刀商面子，壞了人家的好買賣。

基米鑒別刀有自己的辦法，通常是經過看刀，聽刀，嗅刀，試刀四道程式。看刀是觀刀相，長短，厚薄，刀形，刃口，刀柄搭配等等；聽刀是聽刀的聲相，手指一彈，撮口一吹，刀唱出清脆悠悠的歌聲，有如寺廟裏的鐘聲縈繞，又如美女在無人之處時獨自哼唱；嗅刀是聞刀的味相，好刀的味道有如大旱天的甘露，少女胸間的乳香，沁人心脾，令人陶醉；而試刀，當然就是論刀的動相，好刀在手，人刀合一，心到刀到，心不到，刀也到，快如閃電，動如脫兔。這些苛刻的條件，如果有一條達不到基米的標準，他就不肯說這是一把好刀。

有一次，一個陰毒的刀商實在受不了他的真話，就偷偷在一把刀上撒上胡椒，然後送到他面前請求鑒定。基米在看和聽之後，將刀湊到鼻子前嗅，刀上辛辣的胡椒便一下嗆進了他的鼻子。可憐的基米猛地打一個噴嚏，刀就將他的鼻子削下來了。

「就這樣，人們便稱我沒鼻子的基米了。」基米用手捂著自己的臉說。在尊貴的客人面前，他說話總喜歡捂自己的臉。他曾經用酥油拌上松樹膠，做了一個假鼻子按在臉上，可是他卻見不得陽光，太陽一曬，假鼻子就融化了。

「其實沒有鼻子也沒什麼，口能吃眼能看耳能聽，能走能跑還能做事，還不是跟常人一樣。」益西次仁安慰道。

「我再不能做刀相師了。」沒鼻子的基米說。

「我們去把那個可惡的刀商殺了，爲你報仇。」達波多傑說。

「刀已經幫我報了仇啦。那把削掉我鼻子的刀，有一天自己就跳進了那個刀商的肚子裏，他從馬背上滾下來，滾到了刀尖上。你們要知道，每一把寶刀都是有塵緣的。」沒鼻子的基米從臉上放下了自己的手，「我的命一生都和刀有關，在我剛出道的時候，觀刀的法力還不夠深，有的寶刀被我看成一般的刀，流入一些凡夫俗子的手裏，他們用寶刀去砍柴、宰殺牲畜，做一些瑣碎的事情，隨便丟在院子裏牆角邊，從來不去打磨它，只讓時光將一把寶刀慢慢銹蝕。就像一個人，本來具足做活佛的善根，因爲人們沒有開慧眼，不知道他就是佛，他身上的佛性也就慢慢被世俗的塵埃掩蓋了。刀也有自己的靈性啊，你怠慢輕薄了它，它也會生氣哩。」

達波多傑說：「基米的話可真讓我們大開眼界了。現在世界上還有寶刀嗎？」

沒鼻子的基米又把手捂在了自己的臉上。「良馬配好鞍，寶刀配英雄。在英雄還沒有死光的年代，寶刀當然是有的。只是要看這位少爺跟寶刀有沒有因緣。」

「我爲了尋找一把和男兒的雄心相配的寶刀，連老爺都不做，流浪異鄉半年多了，這段塵緣還不夠嗎？」達波多傑急切地說。

「不是夠不夠的問題，而是和寶刀的緣起有沒有像彩虹一樣升起的事情。緣起未到，寶刀和英雄的榮耀便不會被四方傳唱，當寶刀和英雄贏得了名聲後，塵緣也了斷了。」

那時，他們三個人都還聽不明白沒鼻子的基米這段話。多年以後，當達波多傑手中的寶刀離他而去的那一天，他的英雄夢也就此破碎。那時候他會想起沒鼻子的基米說的這些話，他還會想起一個人和一把刀的塵緣，想起一把刀所承載的英雄夢。遺憾的是，寶刀並沒有幫助他實現這個夢想，而是躍馬揮刀之間，夢想破滅。

「你說的這樣一把刀，只有神界才會有了。」益西次仁說。

「有的人往返於神界和人間之間，爲什麼就不能擁有這樣一把刀呢？」沒鼻子的基米反問道。

「那麼，他會是誰呢？」達波多傑問。

「我兒子。」沒鼻子的基米木然的說。

達波多傑激動得一把抓住了沒鼻子的基米，「你兒子？他在哪裡？他有這樣的一把寶刀嗎？」

「有，在他的屍骨身上。」沒鼻子的基米冷冷地說，「睡覺吧，那邊有一塊空處，你們三個剛好擠得下。明天，你們就會知道一把寶刀和一個人的命運。」他往那空處扔了一捆青稞桿，權當爲客人鋪了床，然後兀自蹺縮到洞的一邊睡了。

第五章

17 殺手

一人一騎出現在廣袤空曠的荒原上，藍天離他很近，強烈的陽光包圍著他，他就像從天邊的雲團中鑽出來的一樣。這片高原上的戈壁灘彷彿還在史前社會，巨大的冰川漂礫石在天地間鋪展開去，野蠻而蒼涼。千萬年前冰川萌生了漂向大海的欲望，挾帶著山上的岩石一起向大海奔去，可是岩石沉重的步履跟不上冰川輕盈的身姿，它們被大地一路挽留，東一團西一堆，散落在冰川遠遁的航道上，就像一個個凝固了的夢，也像滿地的冰川之蛋，等待下一個新紀元的輪迴重生。

大地乾燥、荒涼，強烈的陽光把荒原都灌醉了，使它在騎手的面前不斷幻化出一些地獄裏的幻景。魔鬼在天際間翩翩起舞，地獄之火卻在身邊熊熊燃燒。馬蹄揚起的塵埃久久不散，彷佛已經形成一片黃色的小雲團。那個騎手在荒原上揚馬催鞭，不知他是在逃離地獄還是想奔向地獄，他就像這個星球上的最後一個動物，在世界末日降臨之前奪命狂奔。

其實，他就是魔鬼的化身，是個在雪域高原四處遊蕩的殺手。孤獨，冷酷，殘忍，愚昧。他只爲銀子、女人、酒這三樣事情活著，但卻經常吃不飽肚子，找不到一個溫暖的火塘，更找不到一份屬於自己的愛，儘管已經浪跡天涯，卻窮得連買雙靴子的錢都沒有。顛沛流離和墮落邪惡的生活讓這個叫昂青的殺手對人生充滿怨憎，在荒涼貧瘠的戈壁灘上，由於孤獨落寞，也由於沮喪失意，他經常會咒罵自己的影子，「你老像一條狗一樣跟著我幹什麼，你爲什麼不滾下懸崖去呢？爲什麼我不一刀捅了你呢？」

而卡瓦格博雪山下的朗薩家族要找的，正是這樣一個把靈魂抵押給魔鬼的殺手，他們雇他追蹤都吉家的後代已有半年多了。瀾滄江峽谷的頭人扎西平措也是個與魔鬼爲伍的傢伙，貢巴活佛的悲憫並沒有讓他看到自己今生的罪惡，反而令他陰毒的心更加兇殘，墮落的靈魂比地獄裏的魔鬼還要邪惡。一個人既然連活佛都敢毒殺，那他就活脫脫是人間的魔鬼了。

當扎西平措聽說貢巴活佛擋在那個朝聖者之前，搶先把有毒的奶渣吃了下去，試圖以此太悲心來感化他時，這個心比魔鬼還黑的傢伙說：「這些只知道死讀經書、愛慕虛榮的喇嘛，我倒真看不出，他的死能阻擋朗薩家族報殺父之仇的刀子。」他給了殺手昂青一馱銀子的報酬，出於所有藏族人對磕長頭喇嘛的尊敬，扎西平措沒有告訴這個傢伙要殺的人是一個喇嘛，只是對他說，打聽到都吉家的後人阿拉西，就殺了他。

在這個炎熱的下午，殺手昂青在荒原盡頭的一道山梁上堵住了朝聖者一家老少四口，磕長頭的喇嘛還在他們身後。殺手昂青不知道，他今天要做的活兒，從一開始就錯誤百出。

朝聖者一家打算今天借宿在山梁下面的那個村子裏，他們總是會先到當天的目的地，爲後面的洛桑丹增喇嘛打好酥油茶，等他磕完今天的頭，他便能在火塘邊坐下來喝茶了。在許多個夜晚，一家人不管是借住在人家的屋簷下，還是露宿在荒野，有一個溫暖的火塘，有香甜的酥油茶，有孩子的哭鬧，有家人相互的體貼照料，朝聖者一家就不覺得這顛沛流離、風餐露宿的朝聖有多艱難了。

可是那個等待他們的殺手，卻不願意他們像往常一樣有一頓寧靜祥和的晚茶。他已經跟路人問清楚了，這一家人正是來自瀾滄江峽谷卡瓦格博雪山下的都吉家。他遠遠看見他們從荒原上急急地走來，他坐在山泉邊的石頭上，那山泉在半崖上，離下面的山道還有十幾步的距離，有一條取水的小徑通向它。他斷定那家人一定會像所有的路人一樣，在這個山泉下稍作歇息，往羊皮囊裏灌滿水，再繼續趕路。昂青想，今天他將兌現一個殺手的諾言了。

他們來了，已經走得口乾舌燥，還牽著一匹騾子。玉丹讓阿媽和達娃卓瑪抱著孩子在路邊等他，他爬上山崖取水。當他看見清冽的泉水時，也同時發現了泉水邊那個面色陰沉的傢伙，一種不祥的感覺漫上心頭。他戴一頂寬邊破氈帽，身上的藏袍已辨不出顏色，腳下的靴子露出了腳趾頭，儘管他渾身佈滿浪跡天涯的征塵，落魄潦倒的頹廢，可是腰間的刀鞘卻已現出半截鋥亮的刀身，看得出那刀天天都在被擦拭，也像它的主人一樣，天天都渴望著嗜血。

玉丹對他笑笑，伸了一下舌頭，然後用自己的羊皮囊去打泉水。

「是卡瓦格博雪山下都吉家的人嗎？」那傢伙的聲音沙啞低沉，聽上去像鐵一般冷硬、冰涼。

「是，你是……」玉丹看見泉水對面的那人已經把手下意識地按在了腰間的刀柄上，他的心便打了個激靈，彷彿從頭到腳被冰涼的泉水澆了個透。他的腦子現在異常清醒。

「我是朗薩家族派來的殺手昂青。」他可真是個做事不隱名、心硬如鐵的傢伙。

「噓——請小聲一些！」玉丹不明白自己爲什麼會這樣，但是他明白今天已在劫難逃。殺手昂青也很奇怪，在他殺過的無數冤魂中，當他們聽說他的名字時，要麼跳起來和他搏殺，要麼臉色早就白如死灰了。

「我女兒才睡著。昂青，你叫昂青對嗎？你要做的事，請不要驚醒我的女兒。」玉丹小聲地說，就像和一個人討論一件很尋常的事情。

「噢，你真是一個好父親呢。」殺手站了起來，把一塊小石頭踢進泉水裏，石頭入水「咚」地一聲響，又讓玉丹緊張地往下面看了看，彷彿這也會驚醒他女兒甜蜜的夢。

這時，達娃卓瑪在下面喊：「哎，打到水了嗎？你在和誰講話？」

「打到了。」玉丹往下伸伸頭，見阿媽央金抱著孩子坐在路邊的一塊石頭上，達娃卓瑪將手搭在額頭上，往上翹望。

「碰見一個從家鄉來的朋友，說兩句話就來。」他對自己的妻子說。

「呵，我是你的朋友嗎？」殺手昂青問。

「從現在起，就算是吧。朋友，你是來殺阿拉西的吧？」

「正是。這個傢伙的命值一馱銀子哩。」

「我就是阿拉西。」玉丹沉著地說。從看到殺手昂青時起，他已決心像貢巴活佛那樣，用自己的生命保護好哥哥的佛緣。

「知道你是一條好漢，一箭就把我東家的阿爸射到了陰間。可惜啊，今天輪到你了。」殺手昂青冷漠地說。

「是一段孽緣，總有了斷的時候。朋友，只是想請你不要在我的家人面前殺我。他們都是女人。」

「你想找一把刀來和我搏殺嗎？」昂青顯然聽進了對方的提議。

玉丹說：「不用了。我們在一個老人，一個女人，還有一個孩子面前舞刀弄槍的做什麼？再說，你要是殺不了我，我們家和朗薩家的孽緣就不能了斷。」

「那麼我在哪裡下手？」殺手問。

玉丹還真爲這個問題爲難了。自己被殺了是小事，給家人帶來綿綿不盡的悲傷才是大事。可是哪有男人的鮮血不驚嚇到女人溫柔慈愛的心呢？

「我不知道。」玉丹如實地回答。他在想，哥哥這下可以安心地磕他的長頭了，再不會有人來打擾他。

「就在這裏動手吧，可是我又不忍心糟蹋了這汪泉水。瞧，這山泉多麼清澈啊，像女人的眼睛，這讓我想起一個我曾經愛過的女人，可她卻一點也不愛我。唉，我造的孽已經夠多的啦，求你行個好，讓我的罪孽稍微輕一點。」一個殺手向要被他殺的人求情，這在昂青的殺手生涯中，可是第一次。

「那就等我們回到山路上，我們走一段路後，我回來找你。」玉丹認為這個辦法還可行，這樣他就有和達娃卓瑪、阿媽、還有自己的女兒告別的時間了。

「你不會跑吧？」殺手不相信地說。

「我會把自己的阿媽、妻子和女兒留給你嗎？」玉丹反問道。

「唉，」殺手昂青嘆了一口氣，「魔鬼為什麼讓我攤上一個拖家帶口的好男人。你先走吧，我會跟著你的影子。」他忘了自己也是一個魔鬼。

玉丹下來了，他看見達娃卓瑪接過他的水囊，自己沒有喝，先去給阿媽的木碗裏倒了一碗，然後才往嘴裏灌了一口，但是並不咽下去，而是等水在口腔裏捂溫熱了，才將嘴對著女兒的小嘴，一小口一小口地餵她。葉桑達娃並沒有睡，睜著黑黑的眼珠看看她的母親，又看看她的父親。玉丹忍不住把女兒抱過來狠狠地在她嬌嫩的臉蛋兒上親了一口，可是他的眼眶不知怎麼就濕潤了。

達娃卓瑪喝下一大口水後，看見丈夫在揩眼睛，她問：「你怎麼了，玉丹？」

「沒……沒什麼，沙子掉眼裏了。」玉丹慌忙把孩子還給達娃卓瑪，借彎腰拾地上的行囊，掩飾住了快要流下來的眼淚。

他從行囊翻出自己的木碗來，又往碗裏倒滿了水，遞到「勇紀武」嘴邊，輕聲對牠說：

「阿爸，喝吧。以後……你要自己去找水喝了。」

「勇紀武」一口將木碗裏的水飲盡，搖搖頭，嘴裏發出「呼哧呼哧」的響聲，像一個人的抽泣，牠的眼睛撲閃著，兩大滴眼淚掉下來了。

「『勇紀武』怎麼啦？」達娃卓瑪問。

「沒什麼。」玉丹撫摸著「勇紀武」的脖子，「風沙真大啊。」

「沒有起風啊。」阿媽央金納悶地說。

「我們該走了。」玉丹慶幸地想，幸好阿媽沒有看出阿爸想說什麼。

三個人繼續上路。阿媽牽著「勇紀武」走在前面，達娃卓瑪抱著孩子走在中間，玉丹揹著一個小行囊走在最後。只有他知道，還有一個魔鬼尾隨著他的影子一路而來。現在，他並不爲身後的殺手而害怕擔心，他只爲前面的親人而心疼。我要離開她們了，她們以後怎麼照料哥哥啊。到拉薩的路還遠哩，按現在這個走法，再有一年的時光都到不了。今後誰來幫她們擋風雨，誰來幫她們驅野獸，誰來幫她們揹行囊啊？

「玉丹，快些走，阿媽都走在前面去了。」達娃卓瑪頭也不回地催促道。她感覺身後丈夫的腳步越來越沉重。

「達娃，達娃……」

「什麼事？」

「達娃，達娃……」

「怎麼啦，玉丹？」達娃卓瑪回過頭來，看見了丈夫反常而又一往情深的臉。她不知道這是丈夫站在死亡的門檻邊留戀人間的面容，也不知道丈夫的每一聲呼喚，心中惦記的都是他的兩個達娃，更不知道他的心在無聲地哭泣。

玉丹強撐著笑臉，掩飾了自己內心的慌亂，「我在喊我的兩個達娃呢。」自從孩子出牛以後，玉丹一高興，就達娃達娃地叫，讓大家不知道他到底是在喊自己的妻子呢還是呼喚女兒。一個幸福男人的心裏，妻子和女兒的份量一樣重，他叫一個的名字，心中盛滿的其實是兩份幸福。

「她已經睡了。你揹不動行囊了嗎？昨晚是不是沒有睡好？」達娃卓瑪關切地問，她的臉略微紅了一下。

昨天晚上，他們好不容易把女兒哄睡了，達娃卓瑪剛把自己的乳頭從葉桑達娃的嘴裏輕輕拔出來，玉丹就將自己的頭拱了過來。儘管一路上櫛風沐雨，生活艱辛，可是健壯豐滿的達娃卓瑪豐沛的奶水就像兩眼不會枯竭的泉水，有時葉桑達娃吃不完，多餘的奶就給玉丹吃。那是他們夫妻倆躲在羊皮褥子裏的秘密。男人一吃了女人的奶水，白天消耗殆盡的所有力量都恢復過來了；女人也被男人強勁有力的吸吮撩撥出了興致，生活的苦難也暫時被愛淹沒了。一番溫存之後，他們總會仔細聽聽阿媽是否睡了，哥哥洛桑丹增喇嘛是否已在夢鄉，然後再做夫妻間的事情。達娃卓瑪覺得，玉丹在她的身上越來越像一個成熟的男人，他已經聰明地完成了從一個阿弟到丈夫的角色轉換。在漫長的朝聖路上，他的皮膚不再白皙，終於被高原的太陽曬成了一個粗礪剛硬的康巴人。

後面傳來一聲口哨，尖銳而急促，想追趕而來的死神的呼嘯。這個催命鬼。玉丹心裏恨恨地想。

「玉丹，後面有個騎馬的人，就是你說的那個朋友嗎？」達娃卓瑪往後面看了看。

「是。」

「他為什麼不跟我們一起走？」達娃卓瑪問。

「他喜歡一個人獨自闖蕩。」

「他不像一個做農活的人。他是幹什麼的？」

「他做生意。」

「哪有一個人出來做生意的？玉丹，我看他不像一個好人。」

「他做的生意……唉，不要管他了，卓瑪，阿媽已經走到前面去了。」

「阿媽今天心裏想著給哥哥打茶，腳步走得飛快。」達娃卓瑪說。

玉丹看著母親在山道前方矮小卻壯實的身影，蹣跚而堅定的腳步，還有那一頭在陽光下泛著慘白光芒的白髮，不知為什麼，他忽然對跟阿媽說幾句告別的話失去了勇氣和信心。並不是後面的殺手催得急，也不是即將赴死令他膽怯，而是面對阿媽苦難的背影，他不能保證自己的眼淚不流下來；面對阿媽滿頭飄零的白髮，他也不能保證自己是否會重新拾起求生的欲望。——阿爸在的時候，阿媽還是一頭青絲哩。

他記得小時候，有一年，一家人在溫泉裏洗澡，他第一次對女人的身體產生了渴望，就是由於看見了阿媽豐滿的身體。溫泉裏男男女女、老老少少一大池子的人，可只有阿媽的身體最吸引他的目光。從小到大，直到偷偷愛上達娃卓瑪以前，玉丹都認爲阿媽是峽谷裏最漂亮的女人。儘管多年過去了，兒時的記憶就像溫泉裏飄蕩的氤氳，遮蓋了許多生動的歲月，鮮活的細節。可是惟有關於阿媽的記憶永遠清晰，永遠近在昨天。就像現在，他仍然能準確地回憶起那溫泉的味道，回憶起溫泉裏美麗的阿媽，她濃密的黑髮鋪展在溫泉裏，幾乎要把一潭清泉遮蓋；她一下水，溫泉裏就有了女人的乳香。她從泉水裏站起來時，天地間一片光芒，清澈晶瑩的水珠從阿媽身體的各個部位淌下。滑膩溫香的泉水，健康豐腴的母親，乳酪一般光滑細膩的膚肌，還有那兩個乳頭如同夏天裏的櫻桃，豐潤嬌嫩，上面淌下的兩小行水注，像珍珠一般濺落在玉丹的心頭，濺落在他美好的童年回憶裏。當他也爲人夫、爲人父時，當他在夜深人靜的時候，輕輕含著達娃卓瑪同樣飽滿成熟的乳頭時，他從心底裏感嘆女人的神奇和偉大。男人的孔武有力和雄心壯志，都在這裏找到力量和愛的源泉。

他不能去跟阿媽告別，他也不敢去。從小他就承認，自己沒有哥哥勇敢。他常常爲自己的膽怯而害羞，當哥哥殺了白瑪堅贊頭人，爲父親報了仇後，在他的心目中，哥哥就像一尊維護家族榮耀與驕傲的護法神。他甚至認爲，達娃卓瑪那樣深情地對哥哥的愛，——他怎麼不知道達娃卓瑪愛情的深度呢？——他一輩子也得不到，如果哥哥不當喇嘛，他永遠只是達娃卓瑪愛情中的小阿弟。她當然也愛他，但她給予他的愛，和對哥哥的愛，也許有著天壤之別。在這一點上，玉丹比誰都清楚明瞭。

但是只有神靈知道，他是多麼地愛他們呵。

好吧，現在就讓我來作個補償吧。他想。他最後深情地凝望著前方的兩個親切的背影，默默地對她們說，貢巴活佛啊，求你給我勇氣，讓我像個好男兒那樣去死。阿媽，達娃，朝聖路上人的災難該結束啦。非人的災難就只有指望你們了。他最後把親人們的背影深深地嵌入自己的眼簾，融進自己的生命，然後轉身向魔鬼走去。

幾分鐘以後，達娃卓瑪沒有聽到身後玉丹熟悉的腳步聲，她回頭一望，山道上空空蕩蕩，惟有山風嗚咽。她還在催促自己的丈夫，玉丹，腳步加快啊！她不知道一場悄無聲息的殺戮已經完成，她也不知道玉丹已經用自己的死證明了世界上最深厚、最廣博的愛。這至死不渝的愛用生命與鮮血凝結而成，一份給了達娃卓瑪，一份給了他的哥哥洛桑丹增喇嘛。

殺手昂青沒有料到這樁活兒會做得如此俐落。被殺者沉著勇敢地向他的刀尖走來，彷彿每走一步都放下一袋金幣，每走一步都減少一份人生的煩惱與苦難，每走一步，還多增添一份榮譽與自豪。在對手驕傲的胸膛上，他不得不捅進那一刀，讓人家升向天堂，自己下地獄。

昂青已經聽見了被殺者妻子的呼叫，這個與魔鬼為伍的傢伙，這一次忽然感到害怕了。他慌忙翻身上馬，逃之夭夭。

那時，在這場殺戮的後面，洛桑丹增喇嘛還在光禿禿的荒原上繼續自己的修行。頭頂的太陽依然很大，連草都不見一根，只有一些耐旱的荊棘，枝條上全是刺，似乎多長一片葉子都顯得奢侈。喇嘛伏身叩向大地的時候，常常被這些荊棘拉扯，好在他穿的那身袈裟已經布縷條條了，荊棘們不過是將破爛不堪的袈裟再一遍一遍地梳理而已。

天上有一隻兀鷲在巡弋，牠大概很久都沒有找到肉吃了。有時牠發現大地上那個人影會長時間地伏在地上一動不動，憑牠的直覺，這人快不行了，牠等待著一場饕餮大餐。兀鷲估計要不了多久，這人就再也不會起來。前幾天，牠和牠的夥伴們在這片荒原上才掏空了一匹倒斃的馬，那馬也像這個人一樣，竭力掙扎了一個多時辰，最後倒在地上，成了牠們的一頓美食，牠和夥伴降落到馬身上時，那馬的眼睛還沒有閉上哩。可是今天兩個多時辰過去，地上的那個人影永遠都在蠕動，那人偏偏歪歪地爬起來，再偏偏歪歪地跪伏向大地。似乎這就是那個人在大地上的行走方式。兀鷲失望地一振翅膀，衝向乾熱的藍天。

喇嘛全身已經和這褐色的大地渾然一體，塵埃追逐著他的身影在荒原上一起一伏。除了兩個眼珠是黑的，眼仁是白的外，他的頭髮和裸露在外面的每一寸皮膚，都被大地打磨得像一塊岩石一般堅硬、粗糙，與其說這是一個人，不如說那是一塊在大地上永不停歇挪動的石頭。強烈的陽光彷彿不是照射下來的，而是被一個神靈密密地潑灑在乾枯的大地，炫目密織的陽光像萬箭齊發，大地上的一些指頭大的沙礫，都被鋼針一般的光線擊打得跳動起來。悶熱的空氣令人喘口氣都會在眼前金星四射，好像吸進嘴裏的不是空氣，而是這些乾澀堅硬的小星星，它們拌著灰塵、汗水、沙礫，還有像鞭子一樣的光線，統統被喇嘛吸進嘴裏了。

大地已被炎炎烈日灼傷了，它在顫抖。洛桑丹增喇嘛在明晃晃的陽光下已經看不清前方的路，一切都被陽光扭曲，歪歪斜斜地升向天空。一些魔鬼的身影也呈現在喇嘛的前方，他們也被曬變形了，無精打采地在半空中晃來晃去。喇嘛每一次伏向大地，都不想再爬起來，都在渴望天上的神鷹趕快下來，把自己沉重疲憊、破敗不堪的肉體帶到天上去。牠的陰影遊蕩在他前方的地上，像一條在塵土中無聲滑行的蛇。他現在多麼想喝一碗茶呀！可是打茶的人呢？

洛桑丹增喇嘛即便在磕長頭的時候，也不能不牽掛自己的家人，儘管這讓他感到慚愧，世俗之心畢竟還沒有徹底割捨，這說明自己的修行還不到家。可是今天自一大早出發，他就覺得不吉祥。出門一年多來，他天天伏身向大地，已經能辨別出大地的語言，閱讀大地的文章。什麼時候這裏曾經有河流匆匆而過，什麼季節裏，大地上曾經鮮花盛開，碧綠如茵，遠行人的身影在何方，魔鬼的足音有多遠，他都比一般人清楚。

有一次，他在一面山坡上聽出了泥石流爆發前醞釀力量的爭吵，他果斷地放棄了磕頭，讓大家儘快通過那一段山路，他們剛剛翻過那山坡，一面坡便飛起來，滑進了山谷。今天早晨的太陽一從遠方的地平線跳出來，就有火辣辣的感覺，地上的露珠竟然是苦的，他在磕第一個長頭時，就嘗到了這些苦澀的露珠，他還看見它們像小石子兒一樣地到處滾落。喇嘛的心有一些慌亂，不似以往那樣專心致志了。

前方的那個村莊叫格布村，它位於這片荒原的盡頭，那裏有一片樹林，也就有了人家。昨天有一對外出回村的父子曾經給朝聖者一家佈施了一小口袋青稞。他們說，有好多年這裏沒有見著磕長頭去拉薩朝聖的喇嘛了，他們希望喇嘛磕頭的時候，也爲村子裏的人們祈福祈禱，他們會在村莊裏爲喇嘛一家打好酥油茶的。

葉桑達娃昨晚哭鬧了一整夜，渾身發燙，好像是病了。因此今天一大早，洛桑丹增喇嘛就催促玉丹夫婦帶著孩子先去村子裏等他，這樣孩子在野外就少經一些日曬風塵，阿媽央金本來說留下來陪洛桑丹增喇嘛，但喇嘛對她說，妳還是跟他們一起去吧，孩子的病還不知輕重，反正天黑時，我們在前面的村子裏會合。

這時，遠方忽然傳來急促的馬蹄聲，一人一騎逆著陽光從前方的道路上飛馳而來，喇嘛長長地鬆了一口氣，你可真是神靈派來的信使啊。

很快，那人到了喇嘛的面前，洛桑丹增雙手合十高舉在頭頂，攔下馬來。

馬背上正是那個剛殺了玉丹的昂青，只不過他一點也沒有殺手的榮譽感，只有一個心虛者的失魂落魄。他看見路邊的喇嘛，忙勒住馬頭，扔下一坨乾牛肉，算作是對磕長頭的人的佈施，也算是對自己剛犯下的罪孽的解脫。然後他一鬆韁繩，想繼續趕路。

「尊敬的施主，請等一等。」

「我只有這些了，喇嘛上師。」騎手說。

「我並不需要你的佈施，我只需要你的慈悲。」

騎手一驚，險些從馬背上跳下來，因爲他不知道這個喇嘛爲什麼會這樣說。他甚至在慌亂中將手按在了腰間的刀柄上。

喇嘛沒有在意騎手的驚慌，他問：「你來的路上，可有看見一個老婦人、一對夫妻和一個孩子？」

「看見……沒……看見。他們是你什麼人？」騎手慌亂地說。

「是我的阿媽和弟弟一家。」

「你阿弟叫什麼名字？」

「他叫玉丹，是個善良厚道的好兄弟。」

「那麼……那個叫阿拉西的傢伙呢？」昂青感到快要從馬背上跌下來了。

「正是我這有罪之人啊。」喇嘛回答道。

「佛祖啊！罪孽……」這個行事莽撞的殺手大叫一聲，知道自己殺錯人了，可是現在就是借他十個魔鬼的膽量，他也再不敢將手裏的刀指向一個磕長頭的喇嘛。昂青看到自己眼前的荒原在沉淪，大地在開裂，地獄之火從大地深處噴出，直奔他而來。一個人縱然把靈魂抵押給了魔鬼，也不能不怕地獄的烈火。

洛桑丹增喇嘛也奇怪地看見了一團地火從遠處的一個地縫竄了出來，正對著這個騎手的腦袋飄過來，就像飄來的一團紅雲。

騎手再次驚叫一聲，打馬跑了。

那團地獄之火追逐著騎手，永遠懸在他的頭頂上方。可憐的人，他活不過今天晚上。喇嘛悲憫地想。但是騎手怪異的舉止也使洛桑丹增喇嘛心頭升起不吉祥的雲霧，家人出事了？會是葉桑達娃嗎？她的生命那樣地弱小，這一路的風塵別說一個嬰孩，就是大人也吃不消呢。他跪在地上念了一遍經文，請求神靈告訴他該怎麼做。經文一念，他的腦海裏便一片血光，那血光和天空中的塵埃攪裹在一起，向遠方邐迤而去；而且左手頓時失去了知覺，麻木得抬都抬不起來，這可是從來沒有過的體驗。這時，他看見前方的天空上，並排著三個太陽。神的昭示讓喇嘛決定暫時放棄磕頭，先去找自己的家人。

洛桑丹增喇嘛趕到玉丹身邊時，他的血已經冷了。阿媽央金和達娃卓瑪已經哭成了淚人，兩個女人面對一個渾身是血的男人措手無策，她們就像還在一場噩夢裏沒有醒過來。

男人們在這個世界上要面對的凶險和他們心底裏的勇氣，女人最好永遠也不要知道，她們只需要知道一個結局。但是她們面對結局所承受的打擊，也和男人們面對死亡的災難一樣巨大。

喇嘛跪在弟弟身邊，用一雙溫熱的手掌去捂他心窩上的刀口。他觸摸到了兄弟那顆忠勇的心，左手立即就恢復了知覺。弟弟那顆流血的心在哭泣，冰涼的血讓他顫慄，彷彿在告訴他一段孽緣的代價。這時他才明白神靈的昭示，兄弟之情，情同手足，現在他的一隻手臂要斷了。

洛桑丹增喇嘛感覺到手心裏玉丹的心在漸漸離他遠去，就像一個飄逝的背影，你心碎的呼喚，你牽掛的目光，你絕望的親情，都隨風而逝。血冷了，生命之光暗淡了。生命無常，體現在這面對死亡的門檻，門內和門外，雖然只是一步之距，卻有星星與大地之間的遙遠；體現在生命在手掌之中，時而像緊緊攥住的無價之珠寶，時而像小心捧著的一捧清水，可是任誰也不能永遠握住一捧水；體現在生命的火焰有燃燒也有熄滅；它還體現在生命是如此的脆弱呵，折斷一根樹枝，飄零一片樹葉，都沒有生命夭折來得更快、更迅猛、更慘烈、更令人猝不及防。

格布村的人們不知怎麼得知了玉丹遇害的消息，也許是達娃卓瑪和阿媽央金淒厲的哭聲穿透了荒原，也許是玉丹的熱血讓大地也感到了悲痛。一群提刀舞棍的年輕漢子在一個阿老的帶領下騎馬趕來，他們對洛桑丹增喇嘛說，要去追殺那個天理不容的殺手。

面對親兄弟的死亡，作爲一個修行者，洛桑丹增喇嘛努力平息自己心中的傷痛，努力觀想貢巴活佛在死亡面前的莊嚴和慈悲。他勸阻了那些要去幫他復仇的善良人們，他對他們說：

「我的上師告訴我，不管別人如何對待你，都要對他施予慈悲。那個殺我兄弟的人，腳上連一雙好靴子都沒有，今天晚上也不知道他能不能找到一處溫暖的火塘，地獄之火正追逐著他的馬蹄揚起的塵埃，我擔心他死的時候，身邊恐怕連一個親人都沒有。這難道不是對一個惡人最好的報應嗎？人心中的殺心一起，報應也就像影子一樣會跟隨終生。我不願意你們為了自己的善良和俠義而揹負上殺生的罪孽。我也是動過殺心並有罪孽在身的罪人，在朝聖的路上，我每磕一個長頭，不是在為自己的來世祈福，只是在一點一點地洗滌身上的罪孽。如果當初我能以慈悲去對待別人的殺心，以寬恕去看待別人的貪婪，我就不會走上這贖罪的朝聖之路，我的上師也不會為了我的佛緣而奉獻自己寶貴的生命，我的弟弟也不會面對一個殺手的馬刀。生命無常啊生命無常……我們藏族人說，明天和來世何者先到，我們不會知道。可是，可是啊……」喇嘛終於泣不成聲，淚如雨下，高聲向蒼茫大地呼喊道：

「今後我在世界上，哪裡找得到這樣好的兄弟！」

18 英雄

扎傑是一個只剩下一副屍骨的英雄，這屍骨現在還在草原上四處遊蕩。有時遊牧的牧人看見他，還會衝遊蕩的屍骨磕頭。在星光閃耀的夜晚，英雄的光芒從屍骨上放射出來，十里之外，人們也清晰可見，像一盞照耀著英雄夢想的指路明燈。

吟誦英雄故事的歌謠在這片草原已經傳唱了許多年，唱的是多年以前魔鬼統治下草原的黑暗，唱的是俠士扎傑和魔鬼派出的獨角龍搏殺的英雄故事，唱的是天上的星星隕落時，英雄的靈魂飄往天堂。還唱了英雄身上的寶刀像雪峰一樣挺立，像星星一樣閃爍著寒光，像閃電一樣開天闢地。現在這寶刀還掛在英雄的屍骨上，等待另一個英雄去佩帶它。

英雄的屍骨在草原上行走，忽東忽西，忽南忽北，人們看見英雄遊蕩的屍骨，無不揮淚崇拜，無不心生悲憫。人間英雄像珍珠一樣地罕見，像星星一樣地高遠，大家都是凡夫俗子，英雄就愈顯高大神秘，凡人就愈顯渺小卑微。在這片草原上，你要當英雄，先想好自己是否會成爲另一副遊蕩的屍骨，就像扎傑那樣。

很久以前，這片肥美的草原被一群只長一個角的獨角龍霸佔，牠們是受魔鬼差遣的兇猛動物，體大如象，狡詐如蛇，嗜血如狼。當牠們奔跑在草原上時，大地像鼓一樣地被擂響，當牠們放聲嗥叫時，聲浪像洪水一般席捲一切。草原上的虎豹熊羆，都被牠們趕盡殺絕，然後牠們開始慢慢地享受草原上溫馴的牛羊和牧人。

這些傢伙肥厚粗礪的舌頭一舔，可以舔掉人的一隻胳膊；牠們身上的皮像岩石一樣，牧人們的刀劍砍上去，不是捲刃，就是折斷；火繩槍的霰彈就像是給牠們搔癢。更不用說牠們頭頂上的獨角，比鐵更堅硬，比劍更鋒利。那角還翹起個漂亮的弧形，任何動物被牠一頂一翹，就被拋到了天上，然後牠像腳一般的巨蹄，在對手落地之時兜頭一腳，蹄下的生靈要麼五臟迸裂，要麼粉身碎骨。

扎傑來到這片恐怖的草原上時，並不像現在這樣，只有一副屍骨，那時，他是一個遊歷天涯的獨行俠士，身跨駿馬，腰佩寶刀，英武挺拔，長髮飄拂。那個年代，你只要有一把寶刀，有一身的膽量，有一匹好馬，世界就在你的手上，最美的姑娘也在你的懷裏。那天他打馬從草原上經過，白雲下一個美麗的姑娘對他說，如果你真心愛我，就請留下來；如果你是真正的英雄，就請你殺光橫行草原的獨角龍。

英雄扎傑笑著說，別說獨角龍，就是兩個角的龍，三個角的龍，九個角的龍，又有什麼害怕的呢？

姑娘說，英雄，我們只請求你殺一個角的龍。你每殺一條獨角龍，就可以在這草原上挑一個姑娘陪你。

英雄問，那麼，草原上有多少條獨角龍呢？

姑娘說，不多，只比一群牛多一些，大概也就兩三百頭吧。

英雄笑了，那麼多的姑娘，我可享受不起。

姑娘說，真英雄就該有這樣的福氣。

於是扎傑爲了愛情，爲了英雄夢，開始了一個人和獨角龍的戰爭。

扎傑的英雄氣概來自於腰間的寶刀，那是他的父親找遍全世界的好刀之後，相中的一把舉世無雙的好刀。那刀在扎傑出門追尋自己的英雄夢那天，由父親親自掛在他的腰間。刀一上身，扎傑就成了一個英雄，就像春天一到來，萬物便開始復甦生長一樣，寶刀也讓扎傑身上的英雄氣概一天天地增長。到他來到獨角龍肆虐的草原上時，無人可匹敵的獨角龍，在他的眼裏不過是一些跳動的小螞蚱而已。況且，在他的身後，還有那麼多美麗姑娘期盼的目光。

英雄扎傑捕殺獨角龍的故事，就像扎傑和姑娘們的愛情一樣，多年以後人們都還在傳唱。他把獨角龍引到一棵大樹前，獨角龍猛衝過來，扎傑一閃身躲在了樹後，獨角龍鋒利的角深深地扎進了樹裏，然後扎傑唱著歌兒揮刀斬下獨角龍的頭。他的寶刀快如閃電，可以直刺獨角龍的心臟。他用獨角龍碩大滴血的心臟拌糌粑吃，這讓他渾身是膽，豪情萬丈。獨角龍在他的刀下紛紛倒斃，姑娘們在他的身下幸福地歌唱。在那些美好的夜晚裏，成群的獨角龍在草地的邊緣哀號，而帳篷裏卻夜夜傳出歡快的歌聲。

只剩下最後一頭獨角龍了。牠是獸中之王，魔鬼的近親。英雄扎傑和牠周旋了三個月，都沒有殺死牠。扎傑把牠引到樹前，但牠把樹連根拱翻；扎傑把牠引進陷阱，可牠從陷阱裏一躍而起。後來扎傑用堅韌粗大的犛牛繩做了一個圈套，圈套一頭墜上一塊巨石，在秋天時扔進快要封凍的湖裏，到了冬天，扎傑把獨角龍引到結了冰的湖面上，湖面的結冰有一人多厚，就像一件堅實的白色鎧甲，把曾經碧藍如玉的湖泊死死罩住。

他們在冰上搏殺，攪起沖天的白霧，扎傑邊打邊退，獨角龍步步緊逼，最後牠踩進了扎傑設好的圈套，牠一抬腳，套繩就拉緊一次，牠愈掙扎，套繩套得愈緊。牠被堅韌的犛牛繩套牢了，牠被厚實的冰層拖住了。扎傑哈哈大笑，一連串的歌聲從他的喉嚨裏飛出來。姑娘們在岸邊亭亭玉立，吶喊助威，暗自盤算今晚誰可以光榮而幸福地走進扎傑的帳篷；男人們在想如何用潔白的哈達和青稞酒來迎接他們的英雄。

那力大無比的獨角龍被套繩牢牢地套住了，可牠還不服輸。牠蹦跳掙扎，巨大的蹄子震撼著厚實的冰面，使整個湖泊都搖晃起來，讓岸邊的樹瑟瑟發抖，湖邊的雪山發生了雪崩，姑娘們的心被揪到了嗓子眼，天空也打了個冷噤。但是勇敢的扎傑這時跳下馬來，持刀向前。他要舉刀直刺獨角龍的心臟，他就要喝牠的血了。他就像行走在一面被擊打的鼓上，震動不已的冰面將他一彈三尺高，他跳起又落下，落下又彈起。

狡猾的獨角龍打算用這種方式讓對手近不了身，牠憤怒的巨蹄蹂躪著冰面，把平整的冰面擊打得到處是巨大的坑，牠的怒火從頭頂的角上噴射出來，那是魔鬼才有的綠色火焰，人們看得清清楚楚，綠色的火焰在冰面上燃燒，厚重的冰被融化了。魔鬼在這關鍵時刻助了獨角龍一臂之力，冰面開裂了，發出骨頭折斷、心被撕裂的脆響和呻吟。岸邊的姑娘們齊聲尖叫，男人們跪了一地祈禱神靈的護佑。扎傑都聽見了，可是這更讓他勇往直前，在他的刀離獨角龍的心臟只有一臂之距時，湖底的魔鬼忽然翻了身，竄了出來，和獨角龍一道擊敗了英雄扎傑。

結冰的湖翻滾起來，天上被白霧和黑霧籠罩，人們再也聽不到英雄扎傑爽朗的笑聲和動人的歌聲，再也看不到英雄矯健的身姿和他明亮的寶刀。黑白兩種顏色的霧在虛空中搏殺，從湖面打到草原，又從草原打到雪山上。人們只能在霧中聽到英雄的吶喊和魔鬼的獰笑，只能從撒落在草原的血雨裏判斷英雄的悲壯。白霧和黑霧廝殺了三天三晚，血雨也在草原上下了三晚三天，英雄的熱血終於流盡了，白霧退去，黑霧籠罩人間。整整一個冬季，人們白天出門也要點火把，整整一個冬季，人們沒有看到太陽，沒有看到月亮，只看到一顆明亮的星星，在草原的遠方隕落。

春天來了，春風終於吹走了統治人間的黑霧。可是人們的生活中再也沒有了英雄，姑娘們在一個冬季全都變得白髮蒼蒼，心力交瘁；男人們在冬季裏也都沉默無語，悲愴沮喪。大地上重新傳來恐怖的足音，那條獨角龍從魔鬼的世界裏又回來了，只是牠的角上神奇地挑著英雄白骨森森的屍骨，不知是牠不能將英雄從角上甩下來，還是英雄扎傑還想和牠繼續搏殺。牠走到哪裡，英雄扎傑的屍骨就跟到哪裡，永遠都在牠的頭頂上方，保持著赴湯蹈火、捨生忘死的驕傲姿勢。

那把明亮的寶刀還掛在英雄屍骨的腰間，在獨角龍的眼前晃來晃去，隨時威懾著胡作非為的獨角龍，迫使牠遠離牛羊和渴望平安吉祥的人們。從那以後，獨角龍再也不敢來騷擾草原上的牛羊，牠不得不整日整夜地和英雄扎傑搏殺。在天氣陰霾的黃昏，在風和日麗的夏季，在淒風苦雨的荒原，人們都能看得見英雄扎傑和獨角龍仍然在天空和大地上追殺。

多年過去了，英雄的屍骨依然完美如初，連一個趾節骨都沒有脫落一根，就像英雄的美名在人們口中傳誦時，一個細節，一個音節，一滴眼淚，一聲嘆息，都完美得令人扼腕，高貴得令人敬仰。

「這就是英雄扎傑的故事。他是我的兒子，天底下最勇敢的兒子。」

聞名雪域高原的刀相師、沒鼻子的基米的英雄故事講完了，講述者和聽講者，淚珠撒落一地。英雄扎傑的故事在沒鼻子的基米的火塘邊講了一天一夜，可是誰都忘記了饑餓，忘記了沒鼻子的基米棲身的山洞外的星移斗轉，日升月落。

達波多傑問：「那片有獨角龍的草原在哪裡呢？」

他已經知道，只有一段英雄的傳奇，才可鑄就一把威名遠揚的寶刀。這段傳奇的上半部分已經演繹完了，下半部分的光輝故事，即將屬於他。

「哪裡的草原像天空一樣遼闊呢？哪裡的草原離天最近呢？哪裡的草原上湖泊像珍珠一樣撒落，野獸和牛羊像星星一樣繁多呢？」沒鼻子的基米問。

「你說的是羌塘草原。」老管家益西次仁說。

「那我們就去那裏吧。明天就出發。」達波多傑堅定地說。

沒鼻子的基米說：「老爺，我隨你們一起去，好嗎？我要把我英雄兒子的屍骨帶回故鄉。他已經在夢裏告訴我啦，說該是讓他回家的時候了。我還想去看看那把創造了英雄美名的寶刀，看看它的刀刃是否依然鋒利。那真是一把舉世無雙的好刀啊，它是天上的星星掉下來的一塊石頭打造出來的。星星上掉石頭，是三百年才有一回的事情。那石頭帶著一團火從天而降，燒紅了半邊天空。世界上沒有比它更堅硬的石頭了，打刀的師傅把它丟進火爐裏煉了七天七夜，才把它熔化成鐵水，打成了雌雄兩把寶刀。」

達波多傑兩眼放出癡迷的目光，「我彷彿已經看到那刀身的光芒了。」

「刀鞘上的光芒才更加耀眼哩。」沒鼻子的基米說，「那上面有三顆印度來的珍珠，三顆拉薩來的貓眼石，三顆漢地來的翡翠。鑄刀師傅的刀一打成，我就知道這就是世界獨一無二的寶刀，我用我的兩個女兒換來了兩把刀的刀身，那個鑄刀的鐵匠已經五十多歲了，可他還是個老光棍，我眼都沒有眨一下就把兩個女兒給他送過去了。然後用我一生爲人家相刀積攢下來的全部財富，換成了九顆寶石，鑲嵌到了刀鞘上。雌刀四顆寶石，雄刀五顆寶石。寶刀要有好刀鞘，跟男兒要有千里馬，女人要有豹皮衣一個道理。一個刀相師，當然要有世界上最好的寶刀，就像一個國王，肯定要娶全國最美的女人做王妃一樣。我把兩把寶刀分別給了我的大兒子昂青和小兒子扎傑，我對他們說，好男兒一生中只須做一件事，那就是身跨駿馬，腰佩寶刀，離家遠遊，闖蕩世界，建立英雄的美名。」

「你有兩把寶刀？」達波多傑驚訝地喊道。

「我有兩個兒子麼。他們都爲了這個世界上的寶刀而生，也爲寶刀而亡。」沒鼻子的基米哀傷地說。

達波多傑問：「師傅，你的小兒子成就了你的英雄夢，但你的大兒子呢？那個叫昂青的，他不是還拿著另一把寶刀嗎？」

「唉！」沒鼻子的基米深深嘆了口氣，「前不久，一隻鳥飛到我的夢裏，告訴我，說我的大兒子昂青也死了。他誤殺了一個去拉薩朝聖的人，天上飛下來一塊石頭砸死了他。他沒有當成英雄，只成了遭報應的殺手。」

「噢，可憐的基米。」達波多傑想，一把刀的劫緣真是說不清楚呢。那時他還不知道昂青誤殺的人，就是他家族的仇人，他也不知道，雌雄兩把寶刀，就像人間有情的男女，總有會面的那一天。不過，他更想立即就找到那把建立了英雄功勳的寶刀，一把誤殺了好人的刀，就再不是一把寶刀了。

一個月後，達波多傑帶著自己的兩個僕人和沒鼻子的基米來到了藏北草原，大地如此遼闊，天空如此之低，前方的白雲彷彿伸手便可攬入懷中。那時正是夏季，碧綠寬廣的草原鋪展到天邊，把天都映藍了。英雄的故事在吹過草原的風中仍在流傳，但是英雄的足跡卻遠在天邊。他們從一個遊牧部落到另一個遊牧部落，都可以聽到英雄扎傑的美名，還找到不少扎傑的後代，他們和英雄扎傑幾乎長得一模一樣，英武挺拔，長髮飄拂，只是他們腰間沒有扎傑的寶刀，因此他們做不了英雄，只能做一個在牧場放牧的普通牧人。沒鼻子的基米看到這些沒父親的孩子時，老淚總是一次次的淌下來，讓人不明白那究竟是因爲幸福，還是由於悲傷。

他們沿著英雄扎傑散落在草原上的種子，追尋著英雄浪漫故事傳播的方向，在一座破舊的白塔邊，他們遇到了一個酒醉的少年。這個看上不過十來歲的小傢伙幾乎不用問，就知道是英雄扎傑的後代。他的頭髮飄到肩上，一雙孤獨但堅定的眼睛，與他實際的年齡不相稱；頎長的身子略顯單薄，可掩藏不住早熟的軒昂豪邁之氣；看不出顏色的羊皮藏袍上曾經鑲滿一個手巧的母親精心縫製的金絲花邊，現在卻滿是發餿了的酒味。「一個過早落魄了的少年英雄。」過路的人這樣對達波多傑說。

沒鼻子的基米走上前去，在那孩子面前蹲下，捂著自己的臉問：「你是英雄扎傑的兒子嗎？」

少年像個被廢黜了的王子一般，懶洋洋地看了看沒鼻子的基米一眼，「英雄扎傑的名字也是你這樣的人可以提起的？」

達波多傑有些氣惱，提馬過去一鞭子抽在少年的身上，「狗奴才，睜大你的眼睛看好了，他是英雄扎傑的父親。」

少年的眼光裏閃過一道亮光，隨即又暗淡下來，重新恢復到從前心灰意冷的模樣，「別說英雄扎傑的父親，就是大英雄格薩爾王來了，也成不了什麼事啦。」

「難道魔鬼統治了草原了麼？」沒鼻子的基米問。

「魔鬼沒有統治草原，我從未見面的爺爺，雖然我還不知道你叫什麼。」那少年抹了一把鼻涕，「但是，那頭挑著我父親屍骨的獨角龍，已經被一個活佛降服了。牠現在是念青唐古喇山的護法神。」

「你說什麼？」達波多傑驚得從馬上滾了下來，抓住孩子的雙肩猛晃道：「誰降服了獨角龍？他在哪兒？」他每日每夜都在設想，爲了拿到那把寶刀，自己該如何和獨角龍搏殺。如此，刀到手之時，就是他達波多傑英雄揚名之日。

「念青唐古喇山腳下，離這裏有七天的馬程。」少年冷冷地說，「如果你要去找他，成就自己的英雄名聲，你要想清楚，敢不敢跟一個護法神打仗。」

達波多傑愣住了，使妖魔變成護法神，是佛法的力量，非人力可爲之。在這片佛土上，有許多的妖魔鬼怪，當人們不能戰勝他們時，佛法便顯示出它無所不能的力量。法力非人力可比，英雄也和活佛生活在不同的世界。英雄創造歷史，活佛締造神話。

「如果你不敢和護法神打仗，」那少年用譏諷的口吻繼續說：「就只有像我這樣，在酒中尋找我父親扎傑的身影。」

達波多傑不無懊惱地說：「有些人真是生不逢時，總是活在英雄的身影之下，就像蒼鷹飛過天空，凡人的心比天高，也只能仰望。不管怎麼說，我們還是要去看一看。獨角龍不在了，那把英雄佩帶的寶刀總還在吧。」

「寶刀已和我父親的屍骨長在一起了，你取不下來的。除非你和那刀有塵緣。」少年老成地說。

「我的孫子，你和我們一起去嗎？」沒鼻子的基米問。

少年傷感地說：「爺爺啊，我早就去過一次啦，我也想成就我父親的英雄夢，殺了那條獨角龍，可是現在你看看，英雄的兒子成了這個樣子。要是再去一次，我不知道還有沒有臉在世上活哩。」

四人告別了英雄扎傑的兒子，向天邊的雪山奔去。念青唐古喇山離天很近，不知不覺人就走到了天的邊緣，挺立在白雲之上。晚上睡覺的時候，星星一不小心就落到了懷裏，月亮伸手扯過來就可以當被子。而白天，神靈在雪山上匆忙趕路的身影清晰可見，這裏的一切都彷彿是不真實的，是夢中的某個曾經見到過的場景。

他們在雪山腳下找到了那個降服獨角龍的活佛，把成群的牛羊供奉給了寺廟，那是達波多傑用自己身上的一顆十二個眼的貓眼石換來的。活佛是一個瘦削蒼老的老僧，像一棵枯樹一般乾硬彎曲，飽經滄桑。

這個叫覺色的活佛謙遜地說：

「我並沒有降服什麼獨角龍，我只是從雪山上把一頭牛帶回來了，另外還帶回來了一個人的屍骨。」

「一頭牛！不是一條體大如象的獨角龍？」達波多傑忘了在活佛面前應有的謙遜，高聲叫道。

「是一頭牛。」覺色活佛依舊語調平穩地說：「只是牠有一隻角，見到有佛緣的人還會淌眼淚，牠屬於神靈。人們現在都來供養牠。」

「尊敬的色覺活佛，你是說……沒有獨角龍？」達波多傑驚訝得合不攏嘴，「那隻角上頂著英雄扎傑屍骨的獨角龍呢？」

色覺活佛平和地說：「我從雪山上修行回來的時候，看見一頭牛蹲在一副屍骨邊淌眼淚，我就把他們都帶回寺廟裏來了。」

「難道那條頂著英雄扎傑的屍骨到處遊蕩的獨角龍，是人們的傳說嗎？」達波多傑嘀咕道。

「我們本來就是一個生活在傳說中的民族啊。」活佛說。

「那副屍骨上有一把刀嗎？」沒鼻子的基米急切地問。

「有一把刀。」活佛回答道。

「刀呢？」達波多傑問。

「還在屍骨的身上。」活佛說。

「可是……可是獨角龍怎麼會變成了牛？」達波多傑依然不解地問。

覺色活佛微微閉了雙眼，輕聲說：「年輕人，世界上的一切都是可以轉換的。在因緣大法中，前世的惡魔，只要具足善根，在六道輪迴中洗清罪孽，今生同樣可以結出佛果。」

「那麼，活佛，請帶我們去看看那頭牛吧。」達波多傑說。

「我要先去看我兒子的屍骨。」沒鼻子的基米借遮擋自己的鼻孔，把一張已經淚流滿面的臉大半遮住。

「屍骨和那把刀在一起，連我都不能把它從屍骨上取下來。那是一把英雄佩帶的刀。」活佛說。

達波多傑和益西次仁先去看牛，牠就放養在寺廟後院的空地上，周圍的樹上掛滿了經幡，拴牛的樹下還有成堆的糌粑和酥油做的瑪朵①。那頭牛跟草原普通的犛牛比起來大了整整一輪，雖然牠現在已經因爲蒼老而顯得消瘦、孱弱，但牠依然威風凜凜——有誰見過如此龐大的牛啊？牠的頭上的獨角更爲神奇，想必那就是挑著英雄扎傑的屍骨遊蕩了許多年的角吧，還有那不同凡響的眼神。看你一眼，便可讓人靈魂震撼。

達波多傑呆呆地看這怪異的牛，喃喃地問：「你就是那條人們傳說中的獨角龍嗎？」

牛點點頭，又搖搖頭。

「是活佛降服了你，使你變成了一隻角的牛嗎？」他又問。

牛慚愧地望著達波多傑，不予回答。

「你是英雄扎傑的好對手嗎？」

「哞——」牛充滿崇敬地長嘯一聲，算作回答。

「別問了，老爺。」益西次仁說，「牠現在已經是皈依了佛法的護法神了。我們該像對神靈磕頭那樣，向牠頂禮啦。」

達波多傑和益西次仁一起對牛跪了下去，他嘀咕道：「佛祖，英雄都讓人家當了，我在這個世界上還能幹什麼呢。」

不多一會兒，沒鼻子的基米和他勇敢的兒子、英雄扎傑一起來了。準確地說，是和扎傑的骷髏一起走過來的。那英雄的屍骨依然完好無損，竟然還能走路。他緊跟在他的父親後面，就像所有的兒子都曾經緊緊牽過自己父親的手那樣，此刻，父子倆的手緊握在一起，父子倆的身子也緊緊相依。他看上去比他的父親還要高大挺拔，威風凜凜。只是骷髏一走動，全身的骨骼就嘩啦嘩啦地響。

周圍的喇嘛們一點也不驚奇，因為自從這骷髏被活佛帶回寺廟後，他們經常看見他在月光下的寺廟裏到處走動。拴有那頭獨角牛的寺廟後院，是他最愛去的地方。在行走的骷髏面前深感驚訝的只是小廝仁多和益西次仁，老管家差一點就一屁股坐在了地上，他驚嘆道：

「佛祖啊，英雄真的是不會死的。」

沒鼻子的基米一手捂著臉，一手牽著他兒子的手自豪地說：「他一直在等我呢。我一去，說，扎傑，阿爸看你來了。他就從地上站起來了，就像早上從床上爬起來一樣。看看，這骨頭還是熱的哩；看看，他還可以走路哩；看看啊，多健壯的兒子。」

沒鼻子的基米拍拍他兒子肩上的骨骼，把一副骷髏拍得嘩啦啦一片亂響，骨節與骨節間還迸發出歡快的白灰，嗆得人忍不住要流眼淚。

「你就這樣帶他回家嗎？」益西次仁問。

「難道一個父親不該帶久不歸家的兒子回去嗎？」沒鼻子的基米生氣地反問。

「他可以騎馬嗎？」益西次仁又問。當慣了管家的人，就是喜歡瞎操心。

沒鼻子的基米再不說話捂著自己的臉，「我兒子，我兒子在獨角龍的頭上騎了那麼多年了，天下什麼樣的馬不能騎？」他最後用世界上最理直氣壯的語氣高聲宣布：

「英雄該凱旋了！」

「刀，還是取不下來？」從英雄扎傑的骷髏和沒鼻子的基米一起走過來時起，達波多傑貪婪的目光，一刻也沒有離開過掛在屍骨架上的刀。他一點也不爲一副會走路的骷髏感到意外，他的心已經被那骨架上的寶刀緊緊攥住，刀鞘上的五顆寶石，依然發出璀璨奪目的光芒。

「活佛都取不下來，我們凡人怎能取下它呢？」沒鼻子的基米說。

「讓我來試試吧。」達波多傑上前一步。

「你要小心。」骷髏身後的一個老喇嘛說。

「小心什麼？」達波多傑問。

「小心自己也成這個樣子。」那個喇嘛回答道。

「那不很好麼？」達波多傑說得很乾脆。

「老爺，你只要不碰壞我兒子的屍骨，這把寶刀就歸你。」沒鼻子的基米說。

「你兒子是真正的英雄，誰也傷不了他。」達波多傑說完，一把抓住了寶刀的刀鞘，他身上的熱血「騰」就竄到腦門上了。

這把寶刀屬於我了。他對自己說。

你的英雄傳奇結束了，下面該看我的了。他對屍骨說。

那真是很神奇的一幕，寺廟的喇嘛們、沒鼻子的基米和益西次仁，甚至連覺色活佛都感到神靈的法力已經加持到這個一頭鬈髮的年輕人身上。

人的身上有多少根骨頭啊，又有多少條筋絡啊，屍骨身上的刀已經和那些骨頭連在一起了，刀柄上的纓鬚也和屍骨上乾枯的筋絡纏繞交織，刀就像這副屍骨多長出來的一根骨頭，它支撐著骷髏的英雄氣概。可是這個看上去冒冒失失的年輕人，抓住刀後就像變成了另一個人，他跪在英雄的骷髏前，小心翼翼地將刀從屍骨上剝離了出來。沒有動著一根筋，也沒傷著一根骨頭。那神奇的一幕，就像從湛藍的湖裏摘下一個真實的月亮。

在這整個過程中，人們默默無言，骷髏也默默無言。刀豁然下身時，所有的人，都聽到了從屍骨身上發出的一聲深深的嘆息。

❖ ❖ ❖

①一種供奉給神靈的圓形酥油花。

19 母愛

鬱鬱莽莽的原始森林永無盡頭，遮天蔽日。自從朝聖者一家進入森林地帶以來，已經在裏面緩慢行走了兩個月了，可是似乎還沒有走到森林的邊。時值雨季，森林的雨水也特別的多，雨水在天上，在樹上，在地上，在飄來飄去的雲霧裏，到處都是濕漉漉的。呼一口氣，就像喝下半碗水，讓人肚子成天撐得難受；伸開手掌在空中抓一把，也能把空氣捏出水來。潮濕泥濘的道路加重了那個磕長頭的喇嘛的負擔，他每天都彷彿是在泥裏打滾，一路的泥巴也被他帶走了不少，以至於每天晚上在火塘邊時，達娃卓瑪和阿媽央金都要用棍子敲打，才能將他一身的「泥鎧甲」敲打下來。

黑密密的森林裏也是魔鬼出沒的領地，在他們進入這片廣袤的森林前，曾經有好心的路人勸他們最好是和馬幫一同進去，因爲森林裏的每一棵古樹後，都可能是魔鬼的藏身之地。可是那些趕馬人都是些疾走如飛的傢伙，哪支馬幫隊伍願意和一天只能前行十來里路的朝聖者一家同行呢？人們還說森林裏有一種墨藍色的毒霧，是從魔鬼的鼻孔裏噴射出來的，人、牲畜一嗅到，立即倒地，就像瞌睡來時睡過去了一樣，只是沒有誰能夠再爬起來。當然了，森林裏的各種野獸也是路人的天敵，大到虎豹熊羆，小至毒蛇螞蟥，一座與世隔絕的原始森林，是動物們的天堂，卻是人類的陷阱。

洛桑丹增喇嘛說：「在我們出發時，貢巴活佛說，朝聖的路上有人和非人的災難，有強盜、猛獸、乾旱、魔鬼、饑餓五大險境，這是佛祖對我們心誠不誠、志堅不堅的考驗。沒有付出，怎能求到世界上解脫罪孽的真正佛法。這片森林就是一座地獄，我們也要去闖一闖。」

在他們進入森林之前，格布村的兩個漢子曾經星夜趕路，送來了殺手昂青的佩刀。倒不是他們為朝聖者一家報仇殺了昂青，而是這個傢伙在驛道上平白無故地就被山上滾下的一塊石頭砸中了腦袋。

「尊敬的喇嘛，他的報應來得就像你的咒語一樣快。」

洛桑丹增喇嘛說：「並不是我的咒語殺了他，而是神靈的譴責無所不在。我一個出家修行人，要刀作什麼呢？」

一個漢子說：「拿它斬殺一路的魔鬼。尊敬的喇嘛，我是個打刀匠，但還沒有見過如此做工精湛的寶刀。」

喇嘛將這把殺了自己兄弟的刀接過來，如果他不出家，他的眼睛一定會一亮，他的心中一定會升起一股英雄般的熱血。刀鞘上鑲嵌有四顆寶石，像四顆耀眼的星星，他把刀從刀鞘裏輕輕抽出來，瓦藍的刀身映著星星和月亮的光芒，映著英雄的夢想，也映著他弟弟玉丹迎面走向這把刀時最後的身影。

喇嘛閉上了眼睛，沒有讓自己的眼淚流下來。他把刀小心放回刀鞘，遞給了身邊的達娃卓瑪。「妳收好它吧，讓它的殺氣永遠不要再出來，讓它的刀刃再不要沾到眾生的鮮血。」

洛桑丹增喇嘛在刀的另一面曾經看到過殺手昂青淒苦懊悔的臉，他的孤魂在半空中飄浮，彷彿是一隻離群掉隊的鳥。那塊從山上滾下來的岩石把他的頭砸進了肚子裏，現在他努力想把頭伸出來，因此那頭在脖子處一伸一縮的，像一隻長脖鳥。他的來世只有投生爲一隻隨著季節四處遷徙的鳥，地上時常會有槍口和箭瞄準牠，天上有猛禽捕捉牠，牠永遠都在逃亡，流浪，爲覓一粒食，得飛上幾百里的路程。

森林裏的道路極難辨認，枯枝敗葉還沒有來得及腐爛爲泥，新的落葉和倒下的大樹又遮蔽了一切。在很多路段，他們只能靠倒斃在路邊的屍骨和一些隱約可見的火塘遺跡來確定自己的方向。那些白骨森森的屍骨在朝聖的路上，真是一個個慘澹悲涼的路標，可是屍骨的主人卻充滿幸福，他們安詳而滿足地在路邊或坐或臥，爲後來的朝聖者指路，告訴他們一路上需要躲避的災難。

洛桑丹增喇嘛曾經從一副屍骨那裏，得到了自己要去拉薩拜訪的上師的消息。那屍骨的主人也是一名喇嘛，他在森林裏被熊啃去了一條大腿和一隻胳膊，在臨死時，喇嘛把自己的手印留在身後的岩石上，爲後來者指明去拉薩的方向。他還通過自己仍在森林上空中飄浮的陰魂告訴洛桑丹增喇嘛，上師在拉薩已經知道了一個來自卡瓦格博雪山下的喇嘛正在磕長頭修大苦行的消息，上師已經在拉薩的寺廟裏爲他念經祈禱，並加持無上的法力。這個葬身熊口的喇嘛還告訴洛桑丹增喇嘛，要提防森林裏的熊，牠們是魔鬼的幫兇。

魔鬼的身影在原始森林裏雖然飄忽不定，但的確隨處可見。一個大雨過後的下午，他們在一片林間空地發現了一個小小的村莊，這就是說，朝聖者一家即將走出黑森林了，但並不意味著他們已經逃離了魔鬼的領地。

朝聖者一家進入村莊時，人們正在爲一件事情大聲爭吵。兩個母親同時宣稱一個才三歲的孩子是她的親生兒子，她們長得一模一樣，不要說村人和她們自己的丈夫，就是孩子也分辨不出來誰是自己的親生母親。

這樣奇怪的官司在孤僻的村莊裏年年都有發生，村人面對爭奪孩子的母親時，就像一隻手不得不伸到火上去烤，是先燒手背呢，還是先烤手心一般，難以做出人的決定。因爲這是魔鬼給人類出的難題。在這種人與魔鬼的官司中，人類總是上魔鬼的當。通常的情況是，當村裏的阿老將孩子判給這兩個母親中的一個時，另一個就會被村人當場打死。可是到了第二天，孩子便被那個打贏了官司的母親吃得只剩下手和腳的指頭了。魔鬼派出的羅刹女①總能騙過善良淳樸的村人，在孤獨的村莊裏扮成母親騙孩子吃。

「磕長頭的喇嘛來了，他的法力一定深厚無邊，請他來給我們指出誰是羅刹女，誰是孩子真正的母親吧。」村中的阿老一看見洛桑丹增喇嘛，就欣慰地說。

洛桑丹增喇嘛一家被人們簇擁在中間，聽村人七嘴八舌地敘說了事情的原委。他看見兩個婦人一邊一個拉著一個孩子的手，她們果然長得就像孿生姐妹，也許連孿生姐妹都沒有她們相像，她們甚至連爲爭奪孩子弄零亂了的頭髮，都飄散得分毫不差，一個婦人眼睛裏掉五滴眼淚，左眼兩滴，右眼三滴；另一個也會掉五滴，也是左眼兩滴，右眼三滴。只有魔鬼要害人時，才會把人類的軟弱掌握得清清楚楚，從而找到攻擊人類的法子。

「妳們到底誰是孩子的阿媽？」洛桑丹增喇嘛問。

「我是。」兩個婦人同時說，連說話的語調都一樣。

洛桑丹增問村裏的阿老，「過去你們怎麼辨認孩子的母親呢？」

「我們採用占卜的方法，可是魔鬼比我們更精明；我們又叫她們在口袋裏摸黑白兩種石子，摸到黑石子的就是羅刹女，可是魔鬼在口袋裏把石子悄悄換了，羅刹女每次都能摸到白石子。我們已經知道，村子裏哪戶人家的孩子多出一個阿媽來，這家人就要遭殃了。尊敬的喇嘛，我們鬥不過魔鬼的法術啊。」

「那好吧。」喇嘛讓圍著的眾人讓開一塊空地，對那兩個女人說：「妳們都緊緊地各拉住孩子的一隻手，使勁拉吧，誰把孩子拉到自己的懷裏，誰就是孩子真正的阿媽。」

兩個婦人淚眼婆娑地互相看一眼，彷彿不明白喇嘛的話。

「來呀，使勁拉！」洛桑丹增喇嘛喝道。

她們一狠心，開始拉扯爭奪那孩子。孩子大哭，喊：「阿媽呀，我痛！」

一個婦人聽到這揪心的哭喊，頓時把手鬆開了。孩子被拉到另一個婦人懷裏。

喇嘛走到那抱著孩子的婦人面前，厲聲說：「還不把人家的孩子放開！妳危害村人多年，快滾回地獄裏去！」

在村人的目瞪口呆中，那個羅刹女終於現了原形，她放下孩子，嘴裏血紅的舌頭像放布簾一般滾落出來，一直耷拉到了胸前；她的身上也發出綠色的光來，人們方才看清她衣服裏面一寸長的綠毛，她在村人的一片喊打聲中落荒而逃。

村莊裏多年來第一次響起了歡快的歌聲，人們爭搶著要把朝聖者一家接到自家的火塘邊去。阿老說，自從這個羅刹女來到村莊後面的山上後，大家的臉上就沒有了笑容。曾經有獵人悄悄地摸到了她棲身的山洞，那洞裏到處是人頭蓋骨和頭皮，洞壁上還掛滿男人風乾了的生殖器和女人的乳房，她在人頭蓋骨碗裏捏糌粑，在乾枯了的女人乳房做的茶碗裏喝茶。天知道她從哪裡抓來這麼多的受害者，大概這些可憐的人都和你們一樣，是一些路過這片森林的朝聖者。

洛桑丹增喇嘛說：「如此作惡的妖孽不除，朝聖的路上還不知要留下多少白骨。明天你們帶我去那個山洞看看，她到底是哪一路的魔鬼。」

第二天，洛桑丹增喇嘛在村人的引領下，找到森林裏的那個山洞。它在一道懸崖下，人們需拉著樹藤才可以溜到洞口。洞裏面果然陰森恐怖，到處是人的器官和白骨。一隻母狼被人們堵在洞裏，睜著驚恐的目光踡縮在洞深處。

「原來她是一隻狼變的。」有人說。

人們用箭來射那狼，卻怎麼也射不中牠。牠在岩石後面跳來跳去，發出女人號喪時的淒厲叫聲。

洛桑丹增喇嘛說：「別射了，我們把洞封死就行了。」於是眾人退出來，找來石頭將山洞一層又一層地封得嚴嚴實實。

到時光荏苒，世事輪迴，人間善惡因果，互為交替。洛桑丹增喇嘛二十年學法、十年苦修，終於證得了密宗大法中某些精深奇妙的佛法要旨時，他才明白這個被封在山洞裏的羅刹女原來也是一個修行者。只不過她沒有證悟到人間的正法，而是修持到魔鬼的套路中去了。就像有的人學到了起死回生的咒術，但又沒有學到咒生到死的法門，如果他碰巧從地獄裏放出來一個惡魔，人類就要遭殃了。

村人勸朝聖者一家在村莊裏多住一些時日，等雨季過了才走。洛桑丹增喇嘛想到兩個達娃和阿媽央金在風雨裏的艱辛，尤其是葉桑達娃，她現在已經是一個可以滿地跑的孩子了，可是泥濘崎嶇的林間山路讓這孩子少有在大地上撒歡的機會。「那就歇一歇再走吧。」喇嘛對自己身後的兩個女人說。

自從進入原始森林以來，洛桑丹增喇嘛總感覺到有某種威脅潛伏在密林的深處，它緊隨著他們緩慢的前進速度。喇嘛曾經透過念大威德金剛經祈誦佛法的加持，可是以他目前所掌握的法力，他還不能看清威脅究竟來自何方，也不知道到底是哪一路的魔鬼纏上了這支小小的朝聖隊伍。有時候，在林間陣陣松濤的背後，在溪流潺潺流水的淺唱之間，他能聽到魔鬼的足音如影隨行地緊跟著他們。它一會兒隱匿在濃霧後面，一會兒閃現在巉岩之間，一會兒又懸浮在人的腦海深處。

有幾天，他都看見了一頭豹子的身影，牠就隱身在離他們不遠的半山腰上，用一雙明亮的眼睛注視著山道上的朝聖者。洛桑丹增喇嘛想：這傢伙不是魔鬼派來的幫兇，就是佛祖請來的護法神。喇嘛一年多來的苦修使他已不懼怕任何魔鬼，可是他不得不爲身後的兩個女人和孩子擔憂。在與魔鬼同行的路上，女人和孩子是一個男人的軟肋。

這是兩個讓朝聖之路上所有的路人看見都要心生悲憫的女人啊。他們同情和崇敬的眼淚會被阿媽央金滿頭的白髮感動出來，會被襁褓中的孩子饑餓的啼哭牽扯出來。他們問磕長頭的喇嘛，這一路上魔鬼強盜遍地都是，爲什麼不多帶幾個男人出來？他們還會充滿擔憂和疑慮，這支小小的朝聖隊伍，怎麼可能走到聖城拉薩？除非一個人的悲憫之心，像大地一樣寬廣。人們還說。以至於在去拉薩的路上，來往的朝聖者都會互相打聽洛桑丹增喇嘛已到哪裡的消息，只是他們不會說他的名字，他們稱他為「悲憫喇嘛」。「悲憫喇嘛」在雪山下。「悲憫喇嘛」在森林裏。「悲憫喇嘛」降服了湖裏的一個魔鬼。「悲憫喇嘛」生病了，住在湖邊的一所木楞房裏。

關於「悲憫喇嘛」的消息，和風一起在雪域高原上穿梭往來。魔鬼當然也知道了這個消息，它們要阻止「悲憫喇嘛」的悲心，因為悲心一旦惠及眾生，魔鬼就不能控制人們的心靈，在人間也沒有了立足之地。

半個月以後，雨停了，洛桑丹增喇嘛的體力也恢復得差不多了，朝聖者一家啓程離開了這個森林裏無名的小村莊。村莊的前方有一座叫尕布幾的雪山，據村人稱，蓮花生大師曾在這座雪山上修行，還降服了雪山上吃人的妖魔，是它成為了佛法的護法神，村人每年秋季都要繞神山一圈，以洗滌自己一年來的罪孽。洛桑丹增喇嘛想，既然已經來到了神山腳下，那就磕長頭繞山一圈吧，也算是為這個善良純樸的村莊祈福禳災。到拉薩朝聖的人，路經一些神山聖湖，一般都會臨時改變行程，圍繞當地的神山轉上一圈或幾圈，以示對當地神靈的尊重。而這一路上的神靈何其多，這也就是朝聖需費時幾年的原因之一。

一個陽光燦爛的下午，朝聖者一家在一條溪流邊打茶休息。溪流兩邊的灌木特別茂密，灌木後面是黑密密的森林。葉桑達娃在溪邊玩水，上午時，達娃卓瑪隨手採了兩朵野花別在她的頭髮上。小傢伙已經長出一頭烏黑的頭髮，野花別上去，映襯著她童稚的笑臉，讓人一時分不清哪是孩子的臉龐，哪是嬌豔的花兒。

這個出生在朝聖路上的孩子，路越走越長，她也越長越大。她就是一個看得見、抱得著、永遠都溫暖著內心的希望，比喇嘛心中的聖城拉薩更鮮活，比達娃卓瑪綿綿無盡的思念和愛更具體；同時，嬌小玲瓏的葉桑達娃也是朝聖路上的一份傷心和憐憫，一份牽掛和惆悵。如果說當葉桑達娃還在母腹中時，達娃卓瑪喝一口酥油茶，熱了怕燙著肚子裏的孩子，吸一口山路上的雪風，也怕凍著自己心尖上的血肉的話，那麼當葉桑達娃降生在朝聖路上以後，在無數個顛沛流離的白天，在漫長的天當被地作床的夜晚，達娃卓瑪惟有用自己一人之軀，用母親懷裏的熱氣，來抵禦大自然中的風霜雪雨。在廣袤的大地上，在迢迢的旅途中，一個母親的胸懷是那樣地微不足道，是如此地渺小纖弱，可是，它卻是世界上最溫柔的地方。

「葉桑，別玩水了，水涼。」達娃卓瑪在一塊岩石下升火，透過飄起的青煙對女兒喊。

阿媽央金去找柴火去了。洛桑丹增喇嘛靠在路坎下用酥油搓揉自己的膝蓋，早晨出發時，天還沒有亮盡，他沒有看清山路，膝蓋重重地磕在了一塊尖銳的石頭上，儘管還隔著一層棉花，可那裏當時還是腫了。喇嘛不知道這是神靈對他的一次警告，因爲這一路上像這樣磕磕碰碰的事情太多了。酥油和青稞酒，是喇嘛療外傷最好的外用藥。

「過來吧，葉桑。」喇嘛對那小女孩喊。

「爸……爸爸爸。」小女孩說。她正在學發音，常將洛桑丹增喇嘛喊成爸爸。而且，這是她學會的第一句話，甚至早於學會叫媽媽。這讓大人們頗感意外，沒有人教她喊爸爸，可孩子生活中需要一個父親，這卻是生命中天經地義的事情。

每當孩子這樣叫他時，洛桑丹增喇嘛不能不想起玉丹。唉，他能聽到孩子的叫聲嗎？喇嘛想。

在夜深人靜的時候，洛桑丹增喇嘛經常能看到弟弟玉丹的臉，沉著，堅毅，充滿愛心。那臉上的鬍子已經長了很長了，使他看上去像一個威風八面的康巴漢子。玉丹過去總是把鬍子修得乾乾淨淨，儘管那時他臉上的鬍子並不多。他給人的印象就像寺廟裏的一個讀經僧一般文靜，曾經有人問阿爸都吉，爲什麼不送這孩子去寺廟裏呢？說不定你家會出一個大格西。阿爸總是說，念經的人心要靜才行，這孩子外表看起來像個姑娘，內心裏也有一匹野馬在跑哩。

阿爸雖然常年在外奔波，可是他對弟弟的心事卻看得很準。洛桑丹增喇嘛想，恐怕阿爸沒有想到的是，自己會成爲一名喇嘛，人生真是無常啊。甚至連阿爸講的故事，都和現實中人的命運不一樣。洛桑丹增喇嘛還記得起阿爸講的康巴人帶著妻子、兒子和兄弟去拉薩朝聖的故事，在魔鬼面前，他保住了自己的親兄弟，把妻子和兒子供奉給魔鬼了。可是，喇嘛悲哀地想，我失去的恰恰是自己的親兄弟。

「勇紀武」在離孩子不遠的樹林裏安詳地吃草，這騾子每天忠實地跟在朝聖者一家的後面，默默無言地馱起一路的艱辛與苦難。只有到了晚上，牠才把心裏的話跟阿媽央金傾心交談。那時，牠在阿媽央金眼裏不再是一匹騾子，而是丈夫都吉。他們就像從前在火塘邊聊家常那樣，一聊就是半夜。聊天的內容包括磕長頭的喇嘛的手板已經磨破了，要給他重新找一副；前面的山道上有一條岔路，要走左邊的那一條；有一個叫安羌的村莊，你們千萬不要進去，村裏有害人的黑寡婦，過去多少馬腳子都命喪那裏等等。

這一路上，「勇紀武」就是一個忠實的老僕人，一個慈祥的老父親，牠也許沒有為朝聖者一家化解苦難的能力，但是牠和他們一起承受著這苦難，分享著那個向著聖城拉薩一等身一磕頭的喇嘛的虔誠與喜悅。而在有的時候，牠還會提前向朝聖者一家發出危險的警報。就像現在，牠忽然嘶鳴起來，前蹄像少女一腳踩到蛇身上那樣一蹦三尺高。

樹林裏傳來很大的響動，緊接著，一個粗壯的黑色身影帶著一股濃烈的腥風撲了出來，直奔溪邊的孩子而去。

「熊！」洛桑丹增喇嘛驚呼道。

「葉桑快跑啊！」達娃卓瑪大喊。

熊從溪流那邊一躍就撲進了水裏，濺起的水花在陽光下映射成滿天的珍珠。孩子看見一個大傢伙落了水，呵呵的笑起來，還拍起了小巴掌。平常在枯燥的旅途中，洛桑丹增喇嘛經常與她玩跌倒的遊戲，喇嘛故意滑倒，弄出很大的響聲，讓孩子呵呵直樂。

在熊和孩子之間，洛桑丹增喇嘛離孩子更近一些，因此他先向孩子撲過去，但一個身影比他更快速敏捷、更勇猛兇狠。那是達娃卓瑪，她沒有奔向孩子，而是撲向了正從水裏站起身來的熊。

「滾開！」達娃卓瑪跳進了溪流。

那傢伙渾身濕漉漉的，立起來比達娃卓瑪還高出一頭。牠愣了一下，大概在想今天這頓獵物竟然會如此輕易地到口。熊和達娃卓瑪對視了幾秒鐘，然後仰天長嘯。

「畜生！不要叫啊！」達娃卓瑪張開雙臂，彷彿要攔住的只是一匹馬，而不是一頭嗜血的熊。牠野蠻的叫聲，比撕吃人的血盆大口更讓達娃卓瑪憤怒。

「別嚇著我女兒！」她厲聲喝道。在生死攸關的時刻，一個母親最能展現出女人從不輕易示人的英雄氣概和盛滿生命之愛的柔情。

熊往前一撲，就將她按倒了。但是達娃卓瑪揪住了熊的耳朵，死死地揪住，就像她當年還是一個姑娘時揪住豹子的尾巴，如一隻蝴蝶依戀在豹子身上一樣，現在她和熊在水裏滾成一團。

可惜的是，洛桑丹增喇嘛已不是當年的阿拉西，他手裏也沒有了那桿轟跑了豹子的火繩槍。他已把孩子抱在了懷裏，卻只有眼睜睜地看著達娃卓瑪在溪流裏和熊搏鬥。幸好這時阿嫣央金聽見響動趕來了，喇嘛忙把孩子交給她，返身從行囊裏抽出了殺手昂青的那把刀。這是他們一路上唯一可以用來防身的武器。

喇嘛抽刀出鞘，「唰」地一聲金屬磨擦的聲音，喇嘛聽得很真切，彷彿心中的熱血也被這乾脆俐落的聲音沸騰了；但是，他聽見還有一個更真切溫和的聲音：

「你已經是受過戒的喇嘛了。殺生爲萬惡之首，難道你忘了嗎？」

在後來洛桑丹增喇嘛閉關修行的黑暗山洞裏，在他手捻一顆顆光潔圓潤的佛珠，梳理時光的脈絡時，在他深入記憶的庫房，翻揀塵封的歷史，辨認往昔歲月的崢嶸與溫馨時，在他從三味禪定②中回到紛繁喧囂的人世，重新拾起回憶的碎片，悲憫大地上的有情眾生時，他會爲當年在那條無名的溪流邊，面對老熊以身相抵的達娃卓瑪掬一把傷感而慚愧的眼淚。

「去殺了那頭熊啊，喇嘛！」母親在他的身後高喊。

洛桑丹增喇嘛立在水邊，一動不動。

「喇嘛，快來幫幫我！」卓瑪從熊的身下掙扎出頭來，一雙眼睛裏交織著怒火和絕望。

洛桑丹增喇嘛依然未向前一步。

「佛祖啊，我的兒子，你這是怎麼啦？」阿媽央金急得捶胸頓足，要不是懷裏抱著孩子，她真的要跳下溪流裏去了。

溪流來自雪山下的冰川，冰冷刺骨。達娃卓瑪的身子已經凍僵了，但是她的雙手還緊緊揪住熊的耳朵，熊卻一口銜住了她的肩膀，一甩就將卓瑪的半個肩頭撕爛了，清冽的水一下成了鮮紅色。

喇嘛看見了紅色的溪流，像瀾滄江水一般漫過了他的眼簾，漫過了他悲憫眾生的心靈，漫過了男兒的英雄夢，還漫到了他的腳邊，幾滴紅色的水珠濺落在喇嘛的袍子上，透過袍子厚厚的麻布，又穿過喇嘛被大地打磨得堅硬粗糙的皮膚，直接浸到了他的心上，讓他一顆矛盾的心裂成兩半。

紅色的溪流遠去。一同遠去的還有熊和達娃卓瑪。熊已經把卓瑪的一個肩膀撕下來了，但牠仍然被對手死死地纏住，在溪流裏隨波逐流。前面有一個十幾丈高的瀑布，熊知道自己雖說是林中之王，被沖下瀑布也絕無生還可能。牠暴怒地在溪流裏掙扎，用兩隻後腿蹬裂了對手的腹部，還咬著她的肩甩來甩去，把對手的骨與肉撕扯得滿世界都是。可牠還是被一股世界上最強大的力量拖住了。一種以母愛的名義以死相拼的勇氣，必然匯聚成世界上最高貴、最強大的力量，不要說一頭熊，就是魔鬼也會害怕呢。

❖ ❖ ❖

①魔女的代稱

②密法修持中的一種個體意識與宇宙融合為一，恬淡虛無，天人合一的最高境界。

田野調查筆記（之五）

此登都吉是個八十四歲的老喇嘛，年輕時，他曾經十一次沿著滇藏茶馬古道趕馬去拉薩，最遠走到過印度噶倫堡。我們曾經有過一次三天三夜的長談，這個飽經風霜的老人在給我說到熊時，我還能感受得到他內心的恐懼。

我的感覺是，和一個喇嘛聊天，近似於和半個神靈交談，他們具有往返神界與人間的雙重身分。只是我不知道的是，他們什麼時候心靈翱翔在神界，什麼時候又活在當下。一個能在兩個世界來去自如的人，我不知道這究竟是一種幸福呢，還是某種負擔。至少在我和此登都吉喇嘛交談時，我得努力轉換自己的思維，才能捕捉到他話語中那些神靈與魔鬼飄浮不定的影子。

那個時候去拉薩的路上熊多，有些熊是山林裏的，有些熊是魔鬼的化身。此登都吉老人說。

那麼，你遇到過魔鬼變的熊麼？我問。

老喇嘛說，遇到過，經常的事。你要是得罪了當地的山神，造了孽，魔鬼就變幻成熊來捉拿你。

可是，尊敬的喇嘛，你怎麼區別一頭熊是魔鬼變的，還是山林裏的？

魔鬼變的熊，會飛。老喇嘛咕嚕了一句，裹了裹自己身上寬大的袈裟。

會飛的熊？

啊嘖嘖，那時候會飛的傢伙多了。熊啦，豹子啦，野豬啦，都在天上飛來飛去。喇嘛肯定地說。

怎麼現在牠們不飛了呢？我忍住笑，儘量一本正經地問。

現在？現在的天空不屬於神靈了。喇嘛不滿地說，似乎察覺到了我的輕慢。現在的天上到處飛的都是你們漢人的飛機不是？嗡——，那麼大的聲音，神靈和魔鬼都被嚇跑了。昨天我看見，電視上的那些飛機還在拉屎下來殺人哩。

那是美國人的飛機。我說。

我年輕時打仗，第一次看見飛機拉屎。啊嘖嘖，人被彈起來三尺高。我問我們隊伍裏的如本①，天上飛的那傢伙拉屎我們怎麼辦？如本踢了我一腳，說你去擦它的屁股啊。

我笑了，老喇嘛也笑了。我知道他曾經參加過五十年代末期的那場叛亂，他是被人家裹挾進去的。他趕馬到後藏時，遇到一些人在路邊支了一排大鍋，裏面煮滿了牛羊肉，招呼大家去吃。他沒有想到天下竟然還有這樣美好的事情，也沒有想到這是天下最大的陷阱。他舀了一碗牛肉吃了，就被編進了藏軍隊伍裏，然後就不明不白地和解放軍打仗，他的趕馬人生就此改變。

可是今天我不想聽他講打仗的故事，我更想弄清楚熊為什麼會飛。於是我又問，尊敬的喇嘛，熊是怎樣飛的呢？

熊在月光裏飛。此登都吉喇嘛說。有一次在波密②的森林裏，我們晚上時把騾馬拴到樹上，然後就把藏靴脫下來壓在頭下睡覺。為什麼頭枕著靴子睡？這樣早上起來，靴子才不會凍成一坨冰。我們睡在幾棵大樹下，騾子都拴在附近的林子裏。剛剛睡了一小會兒，林子裏的騾子忽然驚叫起來，蹄子敲打得大地就像滾下來的一場泥石流。我們爬起來舉著火把一看。啊嘖嘖，騾子不見了好多匹。我們想糟糕，一定是熊把騾子趕走了。

熊怎麼趕騾子？我問。

喇嘛沒有正面回答我的話，繼續沉浸在往事的回憶當中。他說，我們借著月光去找騾子。那天晚上月亮把森林照得來像白天，連樹上的樹鬍子都看得見，我們跟著騾子的腳步聲追到了那幾匹跑散了的騾子。剛把它們趕在一起，一個大傢伙從空中飛來，一下就跳到了一匹頭騾背上，就像一個騎手跳上駿馬一般。

我問，你是說熊嗎？

就是牠。這個傢伙駕著月光從我們的頭頂飛過去，趕在了我們的前面，把我們的騾子給趕跑了。有六匹騾子呢。

那麼，牠把騾子趕到哪裡去了呢？

當然是懸崖下了。頭騾摔下去了，後面的騾子就跟著往下跳。熊會飛，牠摔不死，騾子是地上跑的動物，不會飛。天亮後，我們繞到懸崖下，看見一頭大熊正坐在摔死的騾子背上大吃哩，這狗娘養的就像坐在飯桌邊吃飯一樣不慌不忙。那一趟走拉薩，我們可虧慘了，只有找人把騾子馱的貨揹到拉薩，你說說，那要花多少銀子？後來我們才知道，我們在過當地的神山時，我們的馬鍋頭（老闆）和山下的一個黑寡婦睡了一覺。

哦呀，人們都叫她黑寡婦。那女人人長得風騷，比電視上那些做廣告的女人都風騷。（我大笑）。馬鍋頭年年到這裏時都要去找她。可是這一次他和她做男女間的事情時候，那黑寡婦要喝他的血，馬鍋頭就把她殺了。原來她是羅剎女變的，是魔鬼的媳婦。我們把魔鬼得罪了。

黑寡婦又怎麼會變成了羅剎女？我差一點又忘了是在跟誰對話啦。

老喇嘛嘆了一口氣說，那寡婦本來是一個好女人，但被一個羅剎女害死了，自己變成女主人的樣子，就成了黑寡婦。馬鍋頭不知道，還以為是自己原來的相好，那羅剎女在驛道上專門喝趕馬人的血，那些一出門心就犯花了的趕馬人，被她害了不少。什麼都是因緣果報啊。現在的一些有錢人，到外面去亂找女人睡覺，結果害得自己生意是生意做不成，幹部是幹部當不成，老婆、娃娃面前是臉也沒有了。他們以為外面的女人好，其實這些女人都是些羅剎女。她們喝男人的血，一直喝到把男人的身子掏空。

老喇嘛後面緊扣社會現實的話，再次讓我笑了起來。我們頂多說那些迷惑了成功男人的女人為「包二奶」，沒有人把她們當成羅剎女。當一個成功男士栽倒在美色之下時，他是否會認為自己原來是被一個羅剎女掏空了身子和遠大理想呢？

你這個人，東跑西跑的，也要小心身邊的羅剎女。老喇嘛忽然對我說。

我麼？我有些詫異，他怎麼會把話頭轉到我的身上來了。尊敬的喇嘛，你看出我有這樣的危險嗎？我問。同時努力在想那些和我交往過的女人，她們中誰會是魔鬼的女兒。

電視上像你這樣念過書、戴個眼鏡的人，經常被羅剎女害得很苦。我看見你的時候，以為電視上的人走下來了。老喇嘛誠懇地說。

這扯淡的電視，把我們的老喇嘛害成什麼樣了啊。不過我真的很感謝此登都吉喇嘛對我的悲憫，以後哪個女人對我送秋波，或者在我對哪個女士示殷勤之前，我一定要好好看看，她是不是一個羅剎女。

此登都吉是那種居家修行的喇嘛，這種喇嘛不屬於寺廟，只屬於自己的心靈。人老了，世俗生活看透了，就自己置辦一身袈裟，到寺廟裏舉行個剃度受戒的儀式，以在家修行念經，禮佛供神為主。他看上去老實厚道，平和溫順，寬大的袈裟裏著佝僂的身子，狂風一吹，彷彿天上的神靈隨時要把他帶走。他行走時，背像一座小山峰一般地隆起，胸部永遠和大地平行，保持一種謙遜的姿態；他的膚色是古銅色的，光潔健康，還微微發紅，彷彿皮膚上印滿了一層又一層陽光的年輪，臉上並不如我們的想像有那樣多深刻的皺紋，除了花白的頭髮和白盡了的鬍子，他連老年斑都沒有一塊，他幾乎算得上是一個保養得很好的老人家。

我想這種保養，並不是通常我們所認為的諸如良好的醫療條件，富足而科學的營養搭配，有專家指導的延年益壽的活法等等。此登都吉喇嘛的養身方式來自於他平和的內心，與世無爭的精神狀態，視人生苦難為修行的一種方式和手段。他絕對沒有刻意地保養生命，也絕對沒有認真地和衰老與孤獨作鬥爭，他就像蹦落在大地上的一粒堅硬的核桃，在大自然中默默地承受一個卑微的生命所要面對的一切。

他只會簡單的幾句漢語，還會一些印度話。比如：「姑娘，妳長得很漂亮」，「老闆，請給碗水喝」，「姑娘，晚上出來找我」等等。當他給我學說這樣一些語句時，他像一個老小孩般親切可愛，逗得我們哈哈大笑，青春時的浪漫時光彷彿又回到了他蒼老的臉上。我相信這些話都和他當趕馬人的美好回憶有關。一個人的心靈裏總有一些話語是刻骨銘心的，它和生命裏某些生動的片段和鮮活的細節有關，哪怕他是一個最為平凡普通的人呢。

我請了我的一個藏族康巴兄弟扎西尼瑪來幫忙做翻譯，那真是一場馬拉松式的採訪。老人家有時說了半個多小時，扎西兄弟翻譯過來也就是幾句話。我常常不甘心地問扎西，就這些？扎西說，就這些意思。老人家囉嗦麼，一個事情翻來覆去地說。可是我分明感覺到在老人的陳述中，有許多生動的細節在語言的轉換過程中流失掉了，我只能恨自己不懂藏語。而有時候，扎西為了向我說清某種情形，也得把此登都吉喇嘛的幾句話咀嚼成冗長的漢語，扎西總是說，這個意思用漢語說出來就沒有原來的味道了。

扎西是個挺認真的藏族詩人，在做翻譯時，總想把老喇嘛的話弄出詩的韻味。在我們反覆討論的時候，老喇嘛要麼默默地坐在一邊捻手上的佛珠，要麼已經酣然入睡。他睡得很深，但睡得很短，一分鐘前分明還在打呼嚕，一分鐘後從他的喉嚨裏就冒出一串經文來了，那經文彷彿來自他的睡眠深處，嗚嚕嗚嚕嗚嚕，嗚嚕嗚嚕嗚嚕嚕嚕……我不知道他在念什麼經，但我知道這就像人要呼吸一般，是他生命的自然流露。

尊敬的喇嘛，你打過熊嗎？在此登都吉嘴邊的經文剛剛滾落出一段後，我抓緊問。

只有傻瓜才會去惹那個大傢伙。老喇嘛笑著說，我們見到熊一般都繞著走，撞到一起了，就把牠嚇唬開。輕易不開槍打牠，你一槍打不死牠，牠就跟你拼命，人怎麼拼得過魔鬼。

你在馬幫隊伍裏帶槍嗎？

我當然帶得有槍，每支馬幫都有人帶槍呢。一路上那麼多野獸的災難，土匪的災難，各種魔鬼的災難，沒有槍怎麼行？那個時候的好男兒要有三件寶，寶刀、快槍和良馬麼。我腰別一把二十響的駁殼槍，肩上還揹一桿裝五發子彈的漢陽造步槍，威風得很哩。

此登都吉老人說自己當年「威風得很」的時候，我看到了一股豪氣在他蒼老的臉上蕩漾。我想，要是現在讓我也像他當年一樣，身帶長短槍，胯下白駿馬，像個牛仔一樣地走南闖北，我也會感到自己威風八面，我也會在老了的時候，回憶自己年輕時的浪漫時光，以慰藉老年孤獨蒼涼的人生。

那頭熊是一個大強盜的投生轉世。此登都吉喇嘛突兀地說。

哪頭熊？吃了你們六匹騾子的那傢伙？我問。佛祖啊，我又面對一個轉世輪迴的故事啦。

就是。老喇嘛肯定地說。它的前世是一個很厲害的強盜，名叫強佐貢布，過路的馬幫一聽到他的名字，連騾馬的腿都要打顫。強佐貢布跟魔鬼的四個女兒睡覺，他的女人有的專喝小孩的腦子，有的喝馬腳子的血，有的還喜歡用人皮作自己的衣服。

你剛才說的那個羅刹女就是強佐貢布的媳婦、魔鬼的女兒嗎？我有些明白，又有些糊塗。

就是。老喇嘛回答說。他們是一家，天下的魔鬼都是一家。官府拿他們也沒有辦法，打不過強佐貢布的人馬。有一年，雲南的兩家大馬幫商號，夥同四川的一家馬幫商號，還有三家寺廟帶槍的喇嘛，一起跟強佐貢布的人馬幹。把他們圍在一個山洞裏，馬幫的人就將柴火堆在洞口，點燃火，燒了兩天兩夜，把裏面的土匪都燒死了。那強佐貢布在死的時候發了個惡願，請求魔鬼讓他來世轉生為一頭熊，專吃過路的馬幫。魔鬼是他老丈人，就答應了自己女婿的要求，真的讓他投生為熊了。

可是……可是，你怎麼判定……你們是怎麼知道強佐貢布轉世投生為一頭熊了呢？儘管這個故事已經很完美了，不需要更多的注釋，但我還是想找到故事成立的依據。

年輕人，你們不信佛，不懂因果。此登都吉喇嘛嘀咕道，扎西尼瑪如實向我轉述了老喇嘛的不滿。他嘟著嘴說，我們向神靈祈求的時候，有善的願，也有惡的願，善願造就了善人，惡願就留給惡人。你今生做了什麼，說了什麼，祈求了什麼，來世都會應驗的。強佐貢布胸前有一團白毛，有的人還叫他白毛強佐呢。到他投生為熊時，熊胸前那團白毛和它的前世強佐貢布的一模一樣。

可牠是一頭會飛的熊，就像你說的。那個叫強佐貢布的，他又不會飛。我努力想找出他們轉世之間的可疑之處，以求證喇嘛給我講的究竟是真實的歷史，還是傳說。

強佐貢布也會飛。此登都吉喇嘛輕聲說。

他怎麼飛？也在月光裏飛嗎？我高聲問道。即便他是一個汪洋大盜，即便他也像我們一樣，可以不認識牛頓，但他也得受地球引力的束縛吧。

不，他有一架飛機。老喇嘛說。

我聽見他用漢語準確地說出了「飛機」這個詞。因為「飛機」是一個飛進古老的藏語裏的現代漢語辭彙，就像我們的漢語裏也飛進來了許多外來辭彙一樣，因此當我聽此登都吉老喇嘛說一百多年前的西藏大盜強佐貢布有一架飛機的時候，我差點暈了過去。

他怎麼不說那傢伙有一顆原子彈呢。我對扎西尼瑪說。

強佐貢布在當強盜的時候，他手下有一個喇嘛，他會造飛機。老喇嘛認真地說，他幫強佐貢布造了一架飛機。那時我們不叫飛機，叫它神鷹。神鷹一天可以飛到聖城拉薩，再一天又飛到了印度。強佐貢布坐著這架神鷹去拉薩朝聖，然後又去印度朝拜蓮花生大師修行的聖地。在他回來的路上，一個磕長頭朝聖的高僧告訴他，西藏人用不著這些沒有靈魂的、消磨人意志的東西，朝聖之路是用腳步和身體來丈量的，飛在天上容易讓人分心，找不到內心深處的佛。那個高僧為了教化強佐貢布，就念了個咒，讓神鷹再也飛不起來了。後來連能造神鷹的喇嘛也由於磕長頭高僧咒語的法力，再也想不起來神鷹該如何造了，他毀掉了造飛機的所有工具，自己到山洞裏去作了一名苦修者，再沒有走出過那個山洞。要不然，我們藏族人造出來的飛機，比你們漢族人造的飛得更高，更遠。因為它是用喇嘛們的法力造出來的。

一個生活在二十世紀初的西藏喇嘛獨自造了一架飛機，這是天方夜譚裏的故事嗎？不。在此登都吉喇嘛看來，這是真實的。

我問我的藏族兄弟扎西尼瑪，你相信他說的是真的嗎？

藏族詩人扎西尼瑪用詩一般的語言回答道：大哥，沒有一個藏族人不相信一名喇嘛上師的話。如果我們過去能造飛機、輪船、火車、電腦，甚至能造原子彈，你們漢族人、還有全世界的人，還會喜歡我們藏族人嗎？佛教的境界是超越輪迴，悲憫眾生，也要求修行者毀心滅智，追尋自我寂滅。太聰明的腦袋瓜和太執著的心機並不受藏族人喜歡。我們藏族人裏肯定曾經產生過愛迪生、愛因斯坦，比爾·蓋茲這樣的天才，如果他們發明了電燈，他們一定會覺得在佛菩薩面前燃一盞酥油燈比電燈更能敬佛，這樣他們就會把發明了的電燈丟棄。同樣，飛機也許被西藏的某個聰明人發明了，但是面對磕長頭去拉薩朝聖的人，這個聰明的傢伙會感慚愧。經書裏記載許多具有神識的喇嘛高僧可以御風飛行，可他們面對神山聖湖，面對聖城聖者時，仍然以自己的身體和心去朝拜。機器，電腦也許都被我們的前人想到過，但是當他們走進寺廟，在諸佛菩薩面前朝拜進香，在神靈面前洗滌自己的罪孽，他們會發現，這比發明一架機器更對人生有意義。機器只能使人勞作，活得更累，而禮佛卻讓人心靈安詳，找到生命的本質。

「機器造出來了，佛的位置就沒有了。」

此登都吉喇嘛突兀地插進來用漢語準確地說。——如果我的耳朵的確還在腦袋瓜上的話，我想我聽到的是一句從喇嘛嘴裏說出來的漢話。

嗨嗨！在採訪開初，他透過扎西尼瑪告訴我說，他既不會聽也不會說漢語，為了藏漢兩種語言準確的翻譯，我們費了多少時間，花了多大功夫啊！我和扎西尼瑪面面相覷，但不得不承認，這句話此登都吉老喇嘛說得很對。

再看看此登都吉喇嘛，這時已深深地蜷縮進那身暗紅色的袈裟裏，只露出一張閱盡人間滄桑、波瀾不驚、寵辱皆忘、苦樂平等、怨親一味的平和淡漠的臉。輕微的鼾聲已經從那袈裟裏蕩漾起來了。他就像打了人一拳的老練拳手，早退縮到一個安全的地帶上養心去了。而我們還在想，我怎麼就挨揍了？

❖ ❖ ❖

①舊時藏軍隊伍裏的營級軍官。
②現在的西藏林芝地區波密縣。

20 父愛

渡口擺渡人才桑看見那個磕長頭的喇嘛已經在河對岸磕了有兩個時辰的長頭了，他是在把過河的這一段距離先補磕回來，可是兩個多時辰的長頭足以在河上走五六個來回。

「他真是一個虔誠的喇嘛。」才桑對自己的妻子色珠說。

色珠是個患了痲瘋病的女人，現在的嘴還是豁的。但是她從魔鬼的利爪下逃了出來，一年前，一個路經此地的藍眼睛大鬍子的洋人給了她一種白色的藥丸，救了她的命。

兩夫妻在這個渡口以擺渡爲生，妻子色珠因爲嘴缺，平時話不多。她木木地望著對岸那個在大地上一起一伏的身影，「他們今，晚，不會過河，來了。」色珠一張口說話，風就往她的嘴裏邊灌，將她從喉嚨裏滾出來的語句吹得七零八落。

「不過來好，我們再也佈施不起了。」才桑說。

「他，們去，拉薩，總要過，河。」

「佛祖，我們拿什麼來佈施？」

「還，有半，口，袋糌粑。」色珠費力地說。

「半個多月沒有人過渡口了，佛祖才知道人都到哪裡去了？那些去拉薩和印度的馬幫商隊，那些朝聖的人馬，那些走村串寨的手藝人，好像都被魔鬼捉去了。這驛道上好不容易盼來幾個行人，卻是去朝聖的喇嘛。不但不能給我們過渡費，還要我們佈施給他們。可我們已經吃了一個多月的野菜拌糌粑麵了。」才桑滔滔不絕地說。

「牛口，袋，糌粑。」色珠固執地說。

才桑有些惱怒，看看對岸，喇嘛還在磕頭，一個老婦人在河邊升火，還有一頭枯瘦如柴的騾子，在光禿禿的河對岸不耐煩地揚著蹄子。天色向晚，冷風從河面上刮過，帶著雪山的冰涼氣息。節令剛剛進入春天的門檻，正是青黃不接的時候，大地上仍是一片空曠。河水剛開凍，一些冰塊從上游漂下來。其實在這個季節裏並不能怪路上沒有人，因爲還不到出門的時候；也不能怪才桑抱怨家中的糌粑少，因爲在冬季裏，人們並不需要渡船，河上的冰層融化以後，才桑才有生意做。他已經苦撐了一個冬天了。

才桑解開了船的纜繩，跳上船，一點篙桿，撐船而去。色珠默默地看著丈夫的背影，知道他嘴裏嚷得再厲害，心裏還是對佛菩薩充滿敬畏的。

才桑作爲擺渡人，是個既可以渡陽間的人也能渡陰間的鬼的快活過日子的傢伙。那些經常往來於渡口的風騷娘們兒們，說起才桑的本事，都要咒罵這個遲早要被魔鬼捉去的騷公狗，說他駕船就像騎馬，搞女人就像採路邊的野花。才桑是個樂觀豁達的人，在這荒野上擺渡，形形色色的人南來北往，難免會有一些魔鬼混雜其間，可是他們看見才桑臉上陽光一樣明媚的笑臉，雪山一般高遠的胸懷，都不再想打他的主意了。連那些四處害人的羅刹女，雖然知道他好色，卻從不來找他的麻煩。

才桑的船到了對岸，對那喇嘛喊：「尊敬的上師，你過河嗎？」

喇嘛說：「我今天的功課還沒有完哩。」

才桑說：「天要黑了，河邊風大。你磕的頭已經夠你過十次河了。」

喇嘛說：「今天是個特殊的日子，爲了紀念一個妻子和她丈夫的團聚。」

「噢，他們在哪裡見面了啊？」

「天上。」喇嘛說著又重重地磕了個頭。

才桑不說話了，他看見了在不遠處升火的那個老人家，他走了過去。問：「老阿媽，喇嘛在爲誰超薦啊？」

那老婦人木然地說：「我的小兒子和兒媳婦，也是他的弟弟和弟媳。還有就是，」老婦人指指一個藤條編的大筐子裏那個睡著了的孩子，說：「他們也是這孩子的阿爸阿媽。」

才桑看看磕頭的喇嘛，又看看老婦人，再看看筐裏的孩子，總算弄明白了這一家人裏生者和死者的關係。他的眼睛就像被河水淹沒了。

「今天是我兒媳投生轉世的日子。」①央金又說，「我們在祈禱神靈讓她去找我的兒子。」

「老阿媽，我送你們過河吧。那邊雖然沒有一頓豐盛的晚飯，但是還有一間木屋可以避避風哩。」

「豐盛的晚飯？」老婦人不無悲哀地說，「施主啊，我們已經吃了一個多月野菜和樹根了。只是苦了我這孫子……看看吧，她都餓得能看見身上的血管和骨頭了。」

月亮升起來之前，才桑把朝聖者一家接過了河。他一走進河邊低矮的木屋，就高聲喊：

「色珠，來尊貴的客人了，趕快打茶，打茶。快去啊，妳這個笨婆子。」

「酥，油沒，有了，怎，麼打茶？」色珠爲難地說。

「沒有酥油還有茶葉麼。」才桑忘了自己這一段時間來是怎麼過的了。

「茶，葉，沫子，也，沒有了。」

「妳這個笨嘴婆子，怎麼那麼話多！」才桑叫罵起來，舉手要打色珠。

隨他進來的洛桑丹增喇嘛伸手拉住了他。「慈悲的施主，你沒有聽過一句俗語說，只要肉不要骨，只要茶不要茶葉，這是過分的要求嗎？燒一鍋熱水給我們就是了。」

「沒有酥油和茶葉，但是我們還有糌粑哩。色珠，咱們捏糌粑佈施給磕長頭的喇嘛吧。」才桑豪爽地說。

色珠猶豫了片刻，把佛龕下面的一個藏式木箱拖出來，打開了一把老銅鎖，再拿出一小個布口袋，那裏面大約還有三斤左右的糌粑麵。

「吃糌粑，吃糌粑。」一個看上去四歲左右的兒子，像一條可憐的狗一般爬了過來。才桑一步搶到孩子和糌粑口袋之間，抬起一腳，就將孩子撥拉到了火塘邊。

「那邊烤火去，別來搶喇嘛上師的食。」他厲聲說。

「是你的兒子嗎？」央金阿媽問。

「是。」

「他有四歲多了吧？」央金問。

「今，年就，八歲。孩，子吃，沒有，不長，個子。」色珠一邊抹眼淚，一邊揉著糌粑麵回答道。

「唉。」央金嘆了一口氣，把行囊裏上午吃剩的半個野菜餅拿出來，掰開後，放進色珠揉糌粑的木盆裏。

那頓晚飯，喇嘛一家吃得很香，並不是指他們母子倆吃了多少，而是一個多月來，他們第一次幸福地看著葉桑達娃吃飽了。孩子終於吃得臉上有了光亮，有了笑容，有了嘴裏吃到香甜食物的「巴嘰巴嘰」聲。這一個晚上，她再沒有在半夜裏被饑餓從睡夢中趕出來了。而才桑一家也感覺非常幸福，色珠把揉糌粑的木盆仔細地用一瓢水洗了，給自己和才桑一人分了小半碗湯，平常人們揉糌粑是不用洗碗的，糌粑麵根本就不黏碗，糌粑吃完，那些洇浸著古老歲月的糌粑盆依然油亮發光，可以映出人影。因此色珠洗木盆的那碗湯，實際上只是有點糌粑味兒的清水而已。至於他們的兒子，那個具有悲憫心的喇嘛把自己的糌粑團掰下一半來給了他。孩子的胃裏就像有一隻手，一把就將那糌粑團拽進去了。末了還後悔地跟他媽說，糌粑真香啊，我還沒來得及好好在嘴裏咂咂味道，就咽下去啦。

晚飯後，洛桑丹增喇嘛問：「前面的村莊離這裏有多遠？」

「三天的路程。」才桑回答道，「你磕頭去的話，大概要十多天呢。」

喇嘛陷入了深思，這十來天裏，給葉桑達娃吃什麼呢？這孩子的身體狀況已經每況愈下，他甚至沒有把握葉桑達娃能不能捱過這段沒有人煙的路程。

第二天，洛桑丹增喇嘛謝絕了才桑的挽留，他不想再給人家增添吃飯的嘴。可是在他們要上路時，才桑把剩下的那小半口袋糌粑麵全都扔到了騾子的馱架上。他輕鬆地說：

「從小我阿爸就告訴我，與其佈施給寺廟裏的菩薩，不如佈施給修行的喇嘛。尊敬的上師，我們本地的山神會保佑你們一家的。」

「可是，這是你們最後的幾口糧食了。我們不能要。」阿媽央金說。

「最後的糧食？老阿媽，這是哪裡的話。」樂觀的才桑用唱歌一般的語調說，「一個慷慨的人是不會餓肚子的。地裏年年都在長糧食，山林裏也有會奔跑的糧食，天上還有會飛的糧食，做一個擺渡人，他的糧食會有南來北往的過路者送來。到處都有糧食呢，我尊敬的喇嘛。請好好爲我們祈誦頓頓有糌粑、天天有茶喝的吉祥幸福的生活吧。我們盼望這一天已經把頭髮都盼白了。」

洛桑丹增喇嘛不會忘記這無名野渡善良純樸的一家人，也不會忘記才桑的豪爽與慷慨，更不會忘記他說到吉祥幸福的生活時一臉的嚮往——他的願望是多麼地渺小，又是多麼地難以實現。洛桑丹增喇嘛在離開渡口後的一段時間裏，天天都在念經的最後，祈求神靈滿足渡口邊那個善良的人小小的心願。無所不在的神啊，求你賜予這個好人一口糌粑，一碗酥油茶吧。

可是，喇嘛不知道的是，他的這個心願被魔鬼一口吞了。他們走後，才桑天天都在爲如何塡飽肚子犯愁。他從祈禱渡口早日有人來過渡，到祈求山神讓他在附近的山林裏撞上什麼野物，再到最後哀求神靈幫他趕走肚子裏的餓鬼，它折磨得他實在受不了啦。那些餓鬼不但在他的肚子裏折磨他，把他的腸子一段一段地揉碎、擠癟，在他的胃裏拳打腳踢，甚至還從他空洞的嘴裏跑出來，飄浮在屋子裏，到處翻揀，看有什麼東西可以下口。

有一天，才桑看見幾個餓鬼纏繞著自己的兒子，讓他抓火塘裏的灶灰吃。那孩子一把一把地將黑色的灰往嘴裏塞，吃得淚流滿面，滿頭黝黑，乾嘔不已。才桑一狠心，從自己的腳肚子上割下一大坨肉來，血淋淋的肉丟進了火塘上已經冷了多日的鍋裏。他忍著劇痛對兒子說：「別吃火塘灰了，我們煮肉吃吧。」

那孩子沒好氣地說：「阿爸，家裏連糌粑渣渣都沒有了，佛菩薩那裏才有肉哩，可是他讓我們吃上肉了嗎？」

才桑強撐著笑臉說：「兒子啊，你只要虔誠供佛，佛菩薩給的肉就會飛到鍋裏來。」他舀了一瓢水倒進鍋裏，「你看看吧，這不是你要吃的肉麼？」

等色珠回來看見鍋裏的肉時，才桑已經痛昏在火塘邊，這個一說話嘴就漏風的女人再也不結巴了：「才桑啊才桑，你真是最有菩薩心腸的好男人啊！」

那一坨肉也沒有讓饑腸轆轆的三口之家支撐多久，渡口畔的小木屋終於再也不冒炊煙了。半個月後，一支早行的馬幫商隊才姍姍來遲，他們在河對岸喊了半天也不見艄公出來，就派了一個馬腳子凫水過來。那馬腳子上岸後推開擺渡人的門，發現屋裏的三個人浮腫得通體透明，手和腳關節處的骨頭都戳破了皮，每個人的手指爲了在虛無貧瘠的世界裏抓到一點可以塡進嘴裏的東西，指節骨全都只剩下一半了。他們滿嘴的木渣和布絮，在絕望的深淵裏也沒有放棄對一口糌粑的期望。

但是他們的臉上依然寧靜而慷慨。

那支馬幫商隊後來追趕上了朝聖者，洛桑丹增喇嘛向他們打聽才桑時，才知道這一家人爲了給喇嘛佈施，已經全家餓死。那天晚上喇嘛一夜未眠，悲心大發，爲才桑一家念了整晚的經。人間真正的佛法啊，眾生永脫輪迴苦海的道路啊，將由誰來指引給那些善良無助、卑微命薄的藏族人呢？

魔鬼似乎還要考驗洛桑丹增喇嘛求法救世的決心，他們被一群饑餓的豺狗盯上了。這是幫既厚顏無恥又兇殘無度的傢伙，像狼一樣大，比狼還更兇狠。牠們在荒野裏成群結隊，專門攻擊形單影隻的弱者。在一個沒有月亮的晚上，這幫野獸偷襲了「勇紀武」。牠們從「勇紀武」拉屎的地方咬進去，一直咬到把騾子的腸子拖出來。可憐的「勇紀武」早就餓得跑不動了，眼睜睜地看著豺狗就像蒼蠅一樣圍著自己的屁股瘋狂撕咬，把腸子拖得一地都是。洛桑丹增喇嘛和阿媽央金聽見響動趕過來時，只見「勇紀武」站在那裏淌眼淚，已經搖搖晃晃得站立不穩了。

阿媽央金當時氣得跌坐在地，嚎啕大哭，「都吉，你再不想陪伴我們了嗎？」

「勇紀武」眼淚漣漣地對阿媽央金說：「央金啊央金，這一路上只有指望妳了。我累啦，再也走不動啦。那邊的魔鬼催得急哩。佛菩薩會保佑你們的。」

洛桑丹增喇嘛等「勇紀武」快閉上眼睛時，才重新看見阿爸都吉的身影，就像他當初作爲「回陽人」在峽谷裏飄來飄去那樣，都吉的靈魂從「勇紀武」的屍體上飄出來了，他的那顆破碎的心還裸露在外面。喇嘛急速地念誦超薦亡靈的經文，還試圖和阿爸說上兩句話，但是都吉向他揮揮手，就像一陣煙一樣地飄走了。從那天以後，他就再也沒有看見阿爸的身影，甚至連在夢裏，他都只是一個朦朧模糊的影像。

現在，朝聖的隊伍裏就只剩下磕長頭的喇嘛和阿媽央金以及小葉桑了，但是邁向聖城拉薩的腳步一天也沒有停留。沒有了騾子，喇嘛有時不得不在一些險峻的山路上，停下磕頭的功課，幫阿媽央金揹一段路的行囊，然後自己再回去補磕；有時是阿媽央金把葉桑達娃放在路邊喇嘛磕頭看得見的地方，自己先把行囊往前揹一段，再折回來揹孩子。就這樣走一程返一程，每天前行的距離只是原先的一半。

許多路人看見這勢單力孤的朝聖者一家，都紛紛流著眼淚佈施，讚嘆。

一個八十多歲的老阿媽和她的兩個兒子牽了一匹騾子，專程趕來佈施青稞和酥油的，她說：「我一年前就聽人家講，朝聖的路上有一個叫『悲憫喇嘛』的聖者，我雖然老得不能到聖城朝聖了，可是我要祈求佛祖，讓我供奉給『悲憫喇嘛』的佈施增進我在來世的功德。」

有一次，一個非人非魔的傢伙從天上飛來，降落在洛桑丹增喇嘛的前方，他看見喇嘛磕頭磕得辛苦不說，後援也實在令人心酸。就對喇嘛說，他駕馭的這隻能在天上飛翔的神鷹，是一個聰明的喇嘛班智達②發明的，騎上牠，就像駕馭一匹長了翅膀的神駒一般，一天就能飛到拉薩，因爲這神鷹的翅膀堅硬無比，強勁有力。他勸洛桑丹增喇嘛一家搭他的神鷹一起去聖城，在大昭寺磕百十萬個頭，也是一樣的功德啊。洛桑丹增喇嘛一眼就看出他是魔鬼派來迷惑他內心的孽障。他平和地對這個可以在天上飛的人說，迷惑人靈魂的東西，總是想讓我們的心離開大地，我們藏族人可不是急匆匆趕路的人。用腳步和身體丈量出來的朝聖路，才真正具備無量的功德。你飛在天上的時候，還感受得到大地上的悲憫、找得到內心深處的佛嗎？那個傢伙被喇嘛一席話羞愧得無地自容，駕著他的神鷹逃了。

這天下午，央金把孩子放在一塊岩石下，自己揹上行囊先走。岩石的後面是一片不高的雜樹林，裏面很安靜，喇嘛在不遠處一步一步地磕頭，葉桑達娃就在他的視線之內，這讓央金放心。可是她剛走出去不遠，就聽見葉桑達娃尖厲的哭喊，央金回頭一看，頓時嚇得腳都軟了。至少有七八條豺狗──就是曾經偷襲了「勇紀武」的那幫傢伙，──圍住了葉桑達娃，還有豺狗不斷從雜樹林裏竄出來。這幫畜生自從盯上了孤獨無援的朝聖者一家後，已經跟蹤了他們半個多月了。

「滾開啊！」央金老阿媽丟下行囊，從包裹抽出那把從來沒有用過的寶刀來，像一頭憤怒的老母獅，舞刀向豺狗群衝過去。路後面的洛桑丹增喇嘛也赤手空拳地衝了過來，嘴裏喊著不連貫的咒語，也許他認爲咒語可以嚇跑兇殘的豺狗。

那群豺狗是懂得分工協作的狡猾傢伙，牠們分成三撥，一撥對付持刀的老阿媽，一群對付衝上來的喇嘛，剩下的那幾隻，竟然合力把孩子叼起來，想往樹林裏跑。

央金已經劈翻了兩條豺狗了，可是她不得不眼睜睜地看著葉桑達娃被豺狗叼走。一條兇猛的豺狗咬住了她的藏袍，把她拖翻在地。在她倒地的一瞬間，她看見洛桑丹增喇嘛也被幾條豺狗撲倒了，他手上一樣自衛的家什都沒有啊。

「佛祖啊佛祖，求求你，幫幫我們！」她仰天哭喊。

不知是哪一位神靈聽到了老阿媽央金悲切絕望的呼喊，一頭花斑豹從天而降，帶著憤怒的呼嘯，一躍就跳到了豺狗群中央，那叼著孩子想跑的幾條豺狗剛一發愣，就被花斑豹連搧幾掌，搧得牠們滿地亂滾。那些圍攻央金和喇嘛的豺狗，都是些欺軟怕硬的傢伙，牠們一哄而散，眨眼逃得無影無蹤。

孩子從豺狗的嘴裏跌落在地上，哇哇大哭。豹子立在孩子的身前，雄視著四周，似乎不允許任何動物再靠近牠的獵物。

「神聖的佛、法、僧三寶，你們中是誰趕走了豺狗，又是誰派來了豹子！」央金再次絕望地用自己的手掌猛拍身下的大地。如果他們還勉強可以和豺狗搏鬥的話，面對豹子，他們不過只是牠嘴巴邊的一小團糌粑而已。

洛桑丹增的心都快蹦跳出來了，他想念誦一段經文來加持自己的勇氣，可是他的腦子裏一片空白。這時，他清晰地聽見一個熟悉萬分的聲音：

哥哥，不要怕，我是玉丹。

喇嘛驚得四處張望，可是這個世界除了他們祖孫三個，就是那頭站在葉桑達娃身邊的豹子了。他更加驚奇地看見，那豹子走到孩子面前，用鼻子輕輕地嗅了她一下，孩子就不哭了。彷佛是傳說中的奇蹟出現，豹子圍著葉桑達娃轉圈子，不時用牠的鼻子去觸摸孩子的臉蛋，那份親暱，就像是葉桑達娃的父親。阿媽央金在山道上看得目瞪口呆，路那一頭的喇嘛彷佛終於明白了什麼，感動得一頭匍匐在地上，感謝佛祖的慈悲。

喇嘛走到豹子面前，深情地問：「玉丹，你是我的好弟弟玉丹嗎？」

豹子頷首，跪下了自己的前腿，一向淩厲如閃電的一對豹眼淌出亮晶晶的兩行淚花。喇嘛把豹子頭攬進懷裏，痛哭失聲地喊道：

「阿媽，阿媽，牠……牠是是……玉丹的轉世啊！」

「我的兒啊！你怎麼不早點來幫我們……」阿媽央金跪伏在地上嚎啕大哭。

「嗚——」那豹子一聲哀鳴，彷佛也在爲沒有從熊口裏救下達娃卓瑪而悲傷。

從此以後，這頭漂亮的花斑豹成了朝聖者一家的守護神，牠一直護送著朝聖者到聖城拉薩。許多行走在朝聖路上的商旅都看見過這樣的奇蹟，豹子若即若離地跟隨在磕長頭的喇嘛的周圍，荒野和森林裏的百獸再不敢來打擾朝聖者虔誠的長頭。在人們的傳說中，這頭豹子原來是朝聖者的親兄弟，他在被一個殺手殺死之前，用刀在自己的手臂上刻了一頭豹子的圖案，虔誠地向前世、今生、來世的諸佛菩薩發願，祈求自己能轉世投生爲一頭豹子，以保護磕長頭的喇嘛和自己的家人。直到今天，人們在說起這個故事時，還稱牠爲「護佑佛法的豹子」。

❖ ❖ ❖

①即亡者死後的第四十九天，藏傳佛教稱之為「受生中陰」，亡者的靈魂經過一段時間的徘徊後，在這一天選擇轉世投生的方向。

②梵語，指精通聲明（律學）、因明（聲正理學和邏輯學）、工巧明（工藝學）、醫方明（醫學）、內明（佛學）這「五明」的博學者。

第六章

21 種馬

羌塘草原上大雨如注的夜晚，雷在草地上像一個巨大的石碾子一般滾過，閃電彷彿是從前方不遠處的地上竄出來的一條條發著白光的蛇，把草原上濃厚的夜幕撕得支離破碎。曾經溫順寬廣的藍色草原現在變成了黑色的海洋，地上的水，天上的雨，爆炸的雷，揮舞的閃電，讓這個夜晚在草原上找不到地方避風雨的五人五騎狼狽不堪。

借著閃電的亮光，可以看見英雄扎傑的屍骨傲然挺立在馬背上，他的父親、沒鼻子的基米騎馬在前，手裏緊緊攥著一根韁繩，英雄扎傑雖然已經不能駕馭馬了，但是他父親手上的這根韁繩，將帶他光榮地回到故鄉。英雄扎傑的屍骨上已經有好幾個花環，那都是路上遇見的人們獻給他的。英雄並沒有被人們遺忘，尤其是英雄永不屈服的屍骨，讓善良的人們心中的希望，即便在這個魔鬼肆虐的狂風暴雨之夜，也不至於被澆滅。

自從達波多傑得到了那把寶刀之後，他們已經在羌塘草原上轉悠了快一年了。並不是英雄扎傑的屍骨走不出這草原，而是達波多傑執意要在吹過草原的風中捕捉夢中的那匹寶馬的足音。這裏到處都流傳著有關馬的動人心魄的傳說，從日行千里的良馬，到踢雲破霧的神駒，都馳騁在每一個流浪歌手的歌聲裏，跳躍在每一個遊牧民的夢想中。他們告訴達波多傑說，你找的那匹馬，羌塘草原上肯定有囉。在白雲的盡頭，在草原的深處，我曾經看到過牠；在喇嘛上師的經文裏，在老阿爸的回憶中，在格薩爾王的傳說裏，一匹英雄騎過的良馬剛剛踏歌而去，草地上被馬蹄掀起的塵埃也才剛剛悄然落定。而在神靈的世界，在幸福的來世，這樣的神駒到處都是。

到了羌塘草原，達波多傑才發現，每一個遊牧民心目中，都有一匹他要尋找的寶馬；而在現實生活裏，他要尋找的寶馬離他忽遠忽近，忽虛忽實。但即便牠是一個雲中的幻象，是夢裏的一次閃現，達波多傑也要追上去，抓住牠，躍上牠的馬背，附在牠的耳邊輕輕對牠說：如果佛祖把我們所有的幸福都留給來世，所有的苦難都判給今生，就讓我找到一次真正的幸福吧。

我的心肝寶貝我的美夢，爲了你，我把我的來世抵押給魔鬼也心甘情願。

借助閃電短暫而耀眼的光芒，他們看見了一條寬大的河——天知道它到底是一條河還是窪地上的積水，但不管怎麼說，絕望中的五個人還看到了河對岸的山坡上有依稀可辨的幾頂犛牛帳篷。兜頭而來的暴雨密集得令人窒息，連騎在馬上的英雄扎傑，也從嘴裏呼出「絲絲」的寒氣。這讓跟在後面的小廝仁多渾身直起雞皮疙瘩。

自從扎傑的屍骨與大家一起旅行以來，仁多夜夜都要做噩夢，他才十六歲，命還很弱，不足以抵禦一副屍骨散發出來的陰氣。晚上睡覺時，那屍骨經常一步就跨進了他的夢裏，和他取笑打樂，拿他開心。他不知道這是英雄在磨礪他的勇氣，他只是對這個成了一副骷髏卻仍倔強地到處行走的傢伙心生畏懼。

達波多傑在風雨中大聲招呼他身後的人，「我們過河去！」

益西次仁在猶豫，沒鼻子的基米說：「我兒子認爲這河不能過。」

很多時候，每當他們在路上遇到難題時，他們都要問英雄扎傑的意見。方法之一，是把扎傑的屍骨從馬背上請下來，供在幾支香前，由沒鼻子的基米詢問那副屍骨他們前程的吉凶。

達波多傑不滿地說：「你又沒有敬香，怎麼知道你兒子的想法？」

「他的嘴裏在哈寒氣，這就是在警告我們。」沒鼻子的基米說。

「誰的身上還有一絲熱氣？」達波多傑反問道，「再不找到一處火塘，我們都會被凍死的。走啦！」他率先撥馬跳下了河。

河水開初只在馬肚以下，可是等他們打馬走到河的中央時，河水越來越湍急，馬已經漸漸站立不穩。雖然是夏季，但河水依舊冰涼刺骨，人的雙腿已經麻木得感覺不到馬蹬。到河水漫到馬鞍時，天忽然就黑了下來，人在馬鞍上連馬頭都看不清了。

達波多傑感到自己忽然飄了起來，河水帶著他像一片樹葉一樣地隨波逐流，他聽見忠心的老管家最後的嘶喊：「少爺要小心啊……」還聽見小廝仁多膽怯地驚叫：「阿媽——」然後他就什麼都不知道了。

達波多傑醒來時，已經在一個溫暖的火塘邊，一個臉膛黝黑的老阿媽裸露著半個奶子，正在一口一口地餵他酥油茶。他是被女人懷裏的溫暖和滾燙的酥油茶暖和過來的。那女人一雙黑黝黝的手在他的一頭鬈髮裏摩挲，「多漂亮的頭髮啊。」他聽見女人說。

「我這是在哪兒？」達波多傑問。

「在我的帳篷裏。」女人回答道。

「我的僕人們呢？」

「我只撿到了你，就像撿到一匹迷路的駿馬。」女人笑瞇瞇地說。

達波多傑這才想起了昨晚的遭遇，他一摸腰間，那把命根子似的寶刀還在，他鬆了一口氣。他想爬起來，但是女人緊緊地攬住他不鬆手，「別動，你身上的寒氣還沒有跑完。」女人溫情地說。然後她拉過一張羊皮褥子，把兩人一起蓋上了。

那個晚上，達波多傑渾身燥熱難當，顫抖不已。身邊這個看上去可以當他媽的女人在羊皮褥子裏一點也不老實，她的手在他滾燙的身子上到處遊走，撫摸得他一肚子的羞憤。可是他身上一點力氣也沒有啦，迷糊中，他感到有一段時間女人騎在了他身上，要和他做那事兒。他想起了嫂子貝珠的溫存與柔軟，想起了和嫂子在歡娛的巔峰時的瘋狂尖叫。——噢，那個女人此刻離他有多遠啊！現在他身上的女人倒是夠瘋狂的了，可就像是一個喝醉了酒的女人，在欺負一個無辜的孩子。

天亮以後許久，達波多傑才醒來，女人已殷勤地爲他打好了酥油茶。牧區的奶茶比半農半牧的峽谷地區更濃郁芳香，厚厚的一層酥油喝下去後，人身上的力氣便一寸一寸地增長。達波多傑就像還在夢中，對昨晚發生的一切依然恍惚迷惘。我怎麼會和這個又老又醜的女人睡在一張羊皮褥子裏呢？

佛祖，我的刀呢？他一摸腰間，沒有觸摸到那熟悉萬分的刀柄，驚得他從褥子裏跳了起來——他從來都沒有跳得那樣高，就像那些煉瑜伽法力的密宗瑜伽士，騰在半空中遲遲不落地。帳篷裏很暗，加之達波多傑又不熟悉周圍的環境，他一下成了沒有脊樑的人兒，像一個即將要飄走的靈魂。

「我的主子，求求你下來吧！」那個昨晚把他摟在懷裏的女人，在火塘那邊驚慌地喊，駭得雙膝一軟，跪在了地上。

「我的寶刀，去哪兒了？」達波多傑懸在半空中，張惶失措地左顧右盼。

「你說的是你的刀嗎？喏，在那堆衣服下面。」女人說。

這時達波多傑才看見地上的一堆衣服裏有微弱的光芒，那是刀鞘上那些寶珠透過層層的衣服映射出來的。他的心倏然落地，人也從半空中重重地跌了下來。到他老的時候，達波多傑還可以回想起自己懸在半空中的情景，「魔鬼有時會把人一把扯到天上，讓他找不到腳下的土地。如果沒有誰來幫你趕緊下來，你的靈魂就飄走了。」他對一個喜歡聽他講過去的故事、靠寫字吃飯的傢伙說。

不一會兒，有許多的女人嘰嘰喳喳地來到了帳篷外，她們就像看稀罕動物那樣從帳篷的視窗、門簾處往裏張望，她們都用一塊羊毛編織的頭巾裹住了大半個臉，只留出一雙滴溜溜轉的大眼睛，那眼神緊張，興奮，驚喜，羞澀，彷彿無數雙手，把不知所措的達波多傑渾身摸了一個遍。

喝午茶的時候，女人們在帳篷裏坐了一地，達波多傑才弄明白，原來他落到了一個純女人的部落。這個部落除了還有幾個小男孩，就只剩下清一色的女人了。部落的男人們兩年前外出馱鹽，可是他們在半路上遇到了準噶爾強盜，那是一幫兇殘無度的傢伙。藏北一帶的遊牧民，每年都要組織馱鹽隊到鹽湖馱鹽，以換取生活之需。可是準噶爾強盜是依附在馱鹽隊身上的吸血鬼，他們自己不去馱鹽，卻專搶馱鹽的商隊。這個部落的男人們不但被準噶爾人搶走了所有的財物，還將他們在脖子上繫上石頭，都沉到了湖底。

「我們部落已經兩年沒有男人了。」那個昨晚和達波多傑過了一夜的老女人玉珍說。實際上她並不老，只和達波多傑的嫂子差不多大。生活的艱辛讓她看上去比實際年齡至少長了二十歲。

「遠方尊貴的老爺，留下來吧，我們推你做部落的首領。」玉珍說。

「我要去找我的兩個僕人和一個叫沒鼻子的基米的人。昨天他們和我一起落的水，你們有誰看見了他們嗎？」

「他們是男人，被命運帶到哪裡都有茶喝。我們這兒需要男人，就像牧場上的牛羊總得有公有母，牲畜才會像星星一樣興旺起來。老爺，我們不會讓你去放牧受苦，每個晚上你到幾個帳篷裏走走轉轉就行啦。」玉珍呵呵笑著說，她周圍的女人都以殷切的眼光看著他。

狗娘養的騷娘們兒些，把你老爺當種馬啊。達波多傑想破口大罵，但轉念一想，現在自己身無分文，落難到人家的帳篷裏，罵人的資格已經沒有了，老爺的架子也端不起來了。

「我不是來你們這裏當老爺的，我還有更重要的事情要去做。」達波多傑說。

「沒有比當我們的老爺更重要的事情了。」玉珍擺動了一下腰間的刀，達波多傑這才發現，帳篷裏的女人都帶著腰刀，也許是因爲她們沒有男人的緣故吧，這些女人看上去都有一股剽悍勁。「沒有我們的同意，你走不出這片草原。」玉珍最後用略帶威脅的口氣說。

達波多傑也把自己的手摸向了腰間，但是他看著眼前這幫女人，心裏頓生羞愧。哪有一個男人和女人揮刀搏殺的？你把她們殺得屍橫遍地，又算是哪一路的英雄好漢？他的心軟下來了。

達波多傑的英雄夢就這樣無端地沉陷在了草原上溫柔的女兒鄉裏。玉珍似乎是這個女人部落的頭領，部落裏有十來頂帳篷，達波多傑每隔上一兩天，就會被玉珍領著，走進一個帳篷，在那裏待上幾天後，又給他換另一處帳篷。她就像給牧場上的牛羊安排交配期一樣，分配著部落裏女人們的歡樂與喜悅。

草原上的姑娘比起峽谷裏高山牧場上的姑娘來，顯得更粗獷健壯，敢作敢爲。有一次，達波多傑在一處帳篷多待了一天，一個女人就提著刀找上門來，兩個女人就在帳篷外的草地上拼殺，完全像男人們爲了自己的愛搏殺一樣。在一旁觀戰的達波多傑苦笑不已，佛祖啊，世界真是掉了一個個兒啦，老爺成了乞丐，一心想實現男人光榮夢想的康巴漢子，卻成了草原上的種馬，而娘們兒爲了男人，也敢動刀子啦。

這個令另一個女人動刀子的姑娘名叫貝珠，如果說部落裏的二十多個女人中，還有讓達波多傑心生憐惜之情的人的話，貝珠或許就是其中之一。並不是因爲她讓達波多傑想起了瀾滄江峽谷那個狐狸變的貝珠，而是出於他從未有過的憐憫。

這個貝珠就像一隻草原上的沙鼠，機敏柔弱，招人憐愛。達波多傑是她的第一個男人，當她第一次鑽進達波多傑的懷裏時，可憐的姑娘什麼都不會，又什麼都想做。她在羊皮褥子下像沙鼠一般到處亂鑽，可就是找不到自己的快樂之源。達波多傑忍不住笑了，問，姑娘，妳多大了？姑娘說，十二歲了。達波多傑又問，誰讓妳來的？回答說是奶奶。奶奶說，在這個世界上，羌塘草原上兩條腿的男人比四條腿的種馬生命還短。一不抓緊，草原上的牛羊就稀少下去了。達波多傑摸著姑娘光溜溜的硌手的背脊憐惜地說，可是妳還不到做母馬的年紀啊。姑娘淚流滿面地說，奶奶說了，種播下後，草原就有希望了。老爺，求求你，我阿爸和兩個哥哥，都被他們殺了。

夏季裏的羌塘草原牧歌悠遠，詩意盎然，成片的牛羊點綴在青青草地上，與藍天白雲相互映襯，讓人分不清哪是飄逸的羊群，哪是落地的白雲。而達波多傑卻沒有好興致來欣賞廣袤無垠的草原。他常常在白天暖洋洋的太陽裏，把懷裏的寶刀一次次地抽出來，對著亮麗的陽光，仔細地閱讀刀刃上的每一個細節，就像在讀一個個精彩絕倫的故事。這把寶刀自從到了他的手上後，刀相師沒鼻子的基米爲它重新開了刀刃，仔細地擦洗了刀身，還告訴他如何收藏一把寶刀，保養一把寶刀，即便是供佛的儀式，也沒有供養一把寶刀那般繁瑣細緻。

遠處草地上的白雲忽然急劇地翻滾起來，不是在天上飄飛，而是在地上逃命。女人們的驚叫和牛羊的哀鳴也同時傳來了。

貝珠姑娘從帳篷後面跑過來喊道：「老爺老爺，強盜來了！」

達波多傑這才看清，在地上翻滾的白雲後面，有兩個騎手正策馬殺來，草地上四處逃逸的白雲就是玉珍家的羊群，玉珍在羊群後跌跌撞撞地往達波多傑這個方向逃。達波多傑心中一陣狂喜，試刀的機會來了，他衝貝珠姑娘大喊一聲：

「給我牽匹好馬來！」

草原上哪能沒有好馬，貝珠順手就將帳篷外拴著的一匹馬的韁繩解了，將韁繩朝他一扔，「上馬吧老爺，殺了那兩個強盜啊！」

達波多傑翻身上馬，一提韁繩就衝了出去。他幾乎還沒有來得及思考，刀彷彿自己就從刀鞘中跳出來了，達波多傑高舉著寶刀，旋風一般殺了過去。那兩個傢伙沒有想到這個女人部落裏會衝出一個男人來，他們是在這個部落嘗到了甜頭的兩個強盜，隔上一段時間就來搶掠一次，既搶牛羊也搶女人。但這一次，他們遇到麻煩了。

領頭的是一個四十多歲的黑臉漢子，肩揹一桿雙叉火繩槍，手舞一把長柄馬刀，他看見一個男人斜刺裏衝了過來，手上的刀像月光一般潔白又陰森。這一片月光眨眼就到了眼前，漢子揮刀就擋，但是他的刀就像一根樹棍，「喀嚓」一聲就被對方的刀劈成兩截。兩匹戰馬擦身而過，漢子的馬驚慌地竄出一箭之地。黑臉漢子想，這傢伙的刀真夠快的啊，他想提馬回身再戰，忽然發現馬已經不聽他的使喚了。

這一場搏殺，很多年以後人們都在津津樂道。人們說，當時不是馬不聽那強盜的使喚，而是強盜自己的雙手已不聽腦袋的指揮。當他想提韁繩時，他還不知道自己從右肩到左肋，半個身子已經被達波多傑的寶刀劈了。

他騎馬跑了一箭之地，上半身才終於齊斬斬地從馬背上掉下來，落在草地上了，那強盜還在喊：「我的馬！我的馬！」等他發現自己半截身子戳在草地上、半截身子還騎在馬背上時，這個傢伙才大叫一聲，頹然倒地。馬背上的那下半截身子一時沒有了主張，任那驚慌失措的馬兒帶著那沒有心的軀體漫遊天涯了。

那另一個強盜在不遠處看到這場僅一個回合就讓自己的同夥身首異處的搏殺，驚訝得目瞪口呆。當達波多傑打馬衝向他時，他滾鞍下馬，跪在草地上，把手裏的刀雙手高高舉在了頭頂上。

達波多傑身上的熱血已經沸騰到了頂點，就像火塘上鼎沸了的茶壺，即便你把火塘滅了，壺裏的水仍還要翻滾一陣子哩。他的馬一眨眼就衝到了投降了的強盜面前，刀像閃電一般劈下去，——不是他要劈人，而是刀在他的手裏像一匹奔跑的豹子。達波多傑不得不緊緊地握住刀柄，刀才沒有從他的手掌裏飛出去。他胯下戰馬的馬蹄，從投降者的耳朵邊，像一雙迅疾的鳥一掠而過。這個強盜是個不長鬍子的青年人，乾乾淨淨的臉，看上去像一個僧侶。他直挺挺地跪在草地上，眼望著達波多傑遠去的背影。過了很久，一陣風吹來，他的身子才倒下去，可腦袋還懸在半空中，彷彿是想向勝利者快得如撕裂天空的閃電般的寶刀致敬。

這顆腦袋多年來都沒有落到大地上，風把它帶到遙遠的地方，風也把一把寶刀驚風雨泣鬼神的故事吹遍羌塘草原。一顆飄浮的人頭在草原上的各個部落，在雪山溪流間，在流浪歌手的琴弦聲中如泣如訴，講訴著連神靈也不會相信的真實傳說。那人頭在歌聲中曾經這樣唱道：

「英雄的寶刀閃電一樣劃過來，
英雄的駿馬雄鷹一般飛來。
天空中的白雲嚇呆了，
草原上的花兒不再凋謝，
擠奶姑娘的心兒落到了草地上。
英雄的寶刀啊，
讓一顆人頭永遠飄在了天空中。」

達波多傑受到了英雄凱旋般的歡迎，部落裏的女人們興奮得烹牛宰羊，放聲歌唱。那真是一個狂歡的夜晚，達波多傑像國王一樣，和女人們通宵達旦地飲酒、歡娛。並不是女人們的溫情讓他放縱，而是身邊的寶刀令他自豪驕傲。他從來沒有如此乾淨俐落、漂亮完美地戰勝過對手；他也從來沒有發現自己原來可以擁有那麼多女人的愛——佛祖啊，峽谷裏的天真是太小啦，那個貝珠，她有什麼好呢？不就是一隻狐狸精變的嗎？看看眼前這些女人吧，儘管她們皮膚黝黑，渾身牲畜味，可是她們一個比一個健壯，一個比一個多情，一個比一個情歌綿長。噢，佛祖，我從前真的很蠢呢。

如果不是一個多月以後，老管家益西次仁和沒鼻子的基米帶著他的兒子英雄扎傑打馬找來，達波多傑就真的會忘記自己曾經擁有的遠大理想了。這兩個傢伙被沖到另外一個遊牧部落裏，幫人看了一陣子的羊，才在英雄扎傑的幫助下逃了出來，追趕他們的人看到一副傲然挺立的屍骨擋在路上，就不敢窮追下去了。而小廝仁多則再沒有消息。他們說，在大家失散的那天晚上，當冰涼的河水沒過頭頂時，是英雄扎傑救了他們一把，將他們拉上了岸。連老管家益西也說，他感到英雄扎傑在水中抓住他的胳膊時，那隻剩下骨節的手指捏得他生痛生痛的，「就像鐵鏈拴住了我的手。老爺，你是被誰搭救的呢？」他問。

「我麼，我被娘兒們的奶子搭救了。」達波多傑用玩世不恭的口吻說，「你們再不來，河水沒有淹死我，這幫騷娘們兒的奶水也快淹死我了。哈哈，國王也沒有我活得快樂啊！」

但是，英雄扎傑屍骨的寒光喚醒了達波多傑的春夢，他們來到他的帳篷時，儘管他還沒有從頭晚的宿醉狂歡中醒過來，但他在夢中聽到了英雄扎傑屍骨走路時的「喀嚓、喀嚓」聲，這個在女人們的懷裏被寵壞了的寶貝才如夢方醒。佛祖啊，英雄不會死在敵人的刀下，卻會死在女人的溫柔之鄉。我這身有血有肉的皮囊，真不如人家的那副屍骨呢。

部落裏的女人們對新來的兩個老男人已經沒有了興趣，而且充滿仇視，因為他們想帶走她們的老爺，帶走她們的愛。女人們之所以沒殺死他們，是因為跟在他們身後的英雄扎傑的屍骨，令女人們不寒而慄。那屍骨就像護持這兩個老男人的金剛，看他一眼都會心生敬畏呢。

忠心的老管家益西次仁是來告訴自己的主子，他們已經打聽到一匹寶馬的消息了，牠是一匹有翅膀的神駒，可以在雲中翱翔，在大地上飛行，在傳說中揚名，在美夢裏踏歌而來。人們看見牠飛奔出去很遠了，才傳來遺落下來的馬蹄聲和牠嘹亮的嘶鳴。

「就是聲音，也沒有牠奔跑得快。」益西次仁最後補充說。

「那麼，我們就去找牠。」達波多傑感到自己身上的血液又被點燃了。

「牠怎麼會屬於人類！」益西次仁感嘆道，「那是念青唐古喇山護法神的坐騎啊。」

「噢，益西，你說的又跟牧場上那些老阿爸講的故事一樣了。」達波多傑沮喪地嘀咕道。

「可是，可是，牠為我們人類留下了一匹小馬駒。」益西次仁說。

「什麼什麼？一匹小馬駒？」達波多傑睜大了眼。

「是的，這匹神駒和牧場上的母馬生下來了一匹小馬駒。」益西次仁見主子來了興致，便眉飛色舞地講道：「搭救我們的那個部落裏的一個阿老說，兩年前，他們牧場上的一匹母馬跟著神駒跑了，人們看見牠們在雪山上嬉戲追逐，等母馬回到牧場上時，牠就下了匹小馬駒。一看就知道是神駒的種。」

「難道牠也有一雙翅膀嗎？」達波多傑急切地問。

「牠沒有。」益西次仁咽了咽口水說，彷彿他也希望那小馬駒也有一雙翅膀，「但是牠跟一般的小馬駒不一樣，牠會念經。」

「一匹會念經的小馬駒？」達波多傑高聲叫道。

「是的，會念經的馬駒。牠會念大威德金剛經。」

「那就把牠送到寺廟去得了。」達波多傑似乎已經洩了氣，沒有了興致。

益西次仁說：「不錯，現在牠在一個修煉瑜伽的喇嘛身邊，因爲人們已經不能馴服牠了。」

「練瑜伽的喇嘛怎麼馴服一匹馬？也給他講密宗裏的那些神秘修持嗎？」

「此馬非瑜伽士不能馴養，」沒鼻子的基米插進來說，「要是你沒有這樣的一匹馬，我的寶刀也白送給你了，老爺。」

達波多傑怔怔地看著沒鼻子的基米，他奇怪的是，這個傢伙說好要帶兒子光榮回鄉，可爲什麼老跟著他？他難道非要看到他的寶刀配上寶馬，才心甘嗎？

「那我們就去找這個瑜伽士，馬上就走。」達波多傑在一瞬間開悟了，世界上有些人，自己沒有英雄命，便希望親手締造出一個英雄來，或者見證一個英雄橫空出世。英雄的夢想屬於所有有血性的好男兒。

「我們需要給瑜伽士的供養，老爺。」益西次仁說。

「要多少呢，我的管家，你還有銀票嗎？」

「早被那天晚上的河水沖走了，老爺啊，你給我一頓鞭子吧。」管家爲自己的失職流下了一行老淚。「老爺，我們只要趕去兩百頭牛羊就行了。」他又補充說。

「你以爲我現在還是老爺嗎？」達波多傑嚷了起來，「羌塘草原上的河水把我們沖了個精光，還把我沖到女人堆裏作了一匹種馬，神靈的馬駒已經會念經了，我的馬駒兒還在女人們的肚子裏撒歡哩。這狗娘養的命運，把一個老爺變成一個叫花子，讓他跌一跤就夠了；而一個男人的英雄夢，只要一聞著女人的騷味，他的骨頭就軟了，他的寶刀也生銹了。這狗娘養的命運……」達波多傑說著說著就哭了起來。

「我的寶刀是不會生銹的。」沒鼻子的基米肯定地說。「你見過月亮生銹嗎？你見過太陽生銹嗎？」

「可是，你見過趕著一兩百頭牛羊討飯的叫花子嗎？」達波多傑反問道。

「你可不是叫花子，你是我們的老爺。」玉珍這時插進來說。

「哼，老爺？」達波多傑用嘲諷的口吻說，「我不過是你們用套馬桿套住了的種馬。」

「不就是獻給瑜伽喇嘛的兩百頭牛羊嗎，老爺？」玉珍溫柔地說，「部落裏的女人都是你的，牛羊難道還不屬於你嗎？都趕走吧。只要老爺你高興，你趕走多少頭牛羊，我們都不會多看牠們一眼。只是老爺你……一定要回來看看你的兒女們啊！」玉珍哭了。

她身後的女人們也跪伏一地，淚淌成河。那個叫貝珠的女孩，更是哭得像一個又要失去父親的孩子。

「我會有那麼多的兒女嗎？」達波多傑嘀咕道，「我連獨角龍的一根毛都沒有傷到，英雄沒有當成，卻到處都有我的兒女了。」

他不知道，多年以後，這片草原上凡是有一頭漂亮鬈髮的孩子，都會傳唱一個名叫達波多傑的英雄父親的故事，他和扎傑一起成了草原上人人頌揚的英雄。儘管他沒有揮刀鏖戰獨角龍，儘管他沒有成爲一副不屈服的屍骨，但是他讓草原上的牲畜興旺發達，像星星一樣繁多。他還讓草原上女人們的牧歌裏多了愛情的甜潤和流暢，多了遙遠的期盼和永無止境的思念；那時他並不知道，愛也可以使人成為英雄，愛也可以成為一段傳奇。他也不知道，在三個男人和一副屍骨趕著成群的牛羊打馬遠去的時候，部落裏女人們的日光被牽走了，心也被牽走了，眼淚淌成了羌塘草原上的一條河，這條河的名字多年以來就叫做米秋河。「米秋」在藏語裏就是眼淚的意思。

到後來，部落裏的孩子們出生，就在這河水裏沐浴，當他們長大了時，就在河邊放牧。河畔兩岸芳草凄凄，百花盛開，年年長得都比其他地方茂盛，有一種長得像達波多傑那一頭鬈髮樣的草，牛羊吃了特別能長膘，也特別能繁殖，這種草被草原上的人們叫做榛生草。在藏語裏，「榛生」就是那種在骨子裏生長，在心窩間蕩漾，在歲月裏延伸，在夜深人靜時與女人的一顆柔腸寸斷的心纏綿交織、相伴終生的東西。

它就是我們說的相思啊。

22 相聚

葉桑達娃已經可以在地上跑了。這個出生在朝聖路上的孩子，渾身黝黑，身體強健。高原的陽光妝扮著她的笑臉，天上的風雨沐浴著她的身心，崎嶇的道路砥礪著她的筋骨，在漫長的朝聖之旅上，她跟著磕長頭的喇嘛在大地上一步一步地往前挪，也一天天地長大。有些時候，她爬行在山道上的小小身影，與其說那是一個孩子，不如說是大地上一頭活蹦亂跳的小獸。她已經知道大地上野花野草在什麼季節生長，知道各種野菜的不同味道，知道和她一樣在地上爬行的許多小動物的名字，並和牠們成了朋友。她往哪裡一站，就和那裏的環境融合在一起，連那些小動物們，都把她當成牠們中的一員。她甚至可以和螞蟻對話，與螞蚱同行，與猴子嬉戲，與小鳥對歌。

有一天，她爬到一個蛇窩邊，一條碩大的蛇盤在一枚金蛋上，用狐疑陰鷙的眼光打量著她。那金蛋閃閃發光，是屬於前世的財富。許多人曾經想盜走這枚金蛋，但是這蛇用牠劇毒的蛇信子將那些貪婪的人統統吞噬了，蛇窩的四周到處都是人的骷髏。可是葉桑達娃並不知道這些，她認爲這條蛇或許可以成爲她新結識的一個朋友。她對蛇說：

「你還沒有睡醒嗎？太陽已經好高好高了。」

「嗤！嗤嗤——」蛇回答道，把牠的頭昂起來，準備發起進攻。

「起來吧，磕長頭的喇嘛就要到了。」葉桑達娃把她的小手伸了過去，就像要去拉住一根漂亮的樹枝。

「嗤——」蛇發出嚴厲的警告，蛇信子像火焰一樣地吐了出來。

「哈哈，你的辮子怎麼藏在嘴裏？你的衣服很漂亮，你叫什麼名字啊？」葉桑達娃想用自己的小手去撫摸那根在她眼前晃來晃去的辮子，孩子的手離蛇的口只有一根指頭的距離了。

那時，洛桑丹增喇嘛還在離孩子不遠的山坡腳下磕頭哩，阿媽央金揹著行囊走在了前面。這些時日以來，幾乎都是他一邊磕頭，一邊照料葉桑達娃。他們在大地上前行的速度幾乎相當。在那孩子面臨危險的關鍵時刻，神靈通過一塊冰涼的石頭及時地告知了喇嘛孩子的危險。當喇嘛伏身向大地時，那石頭就像一條鑽進他懷裏的蛇，從他的胸口一直滑到大腿，他的半個身子都涼了。

「蛇！」喇嘛暗自驚叫一聲。

「達娃！」喇嘛伏在地上高喊。

孩子從山坡上回望下去，「有一條大蟲，阿爸。」

喇嘛「呼」地從地上飛了起來，就像一隻騰空而起的鷹，向葉桑達娃飛去。但是那頭被稱爲「護佑佛法的豹子」——佛祖才知道牠是從哪裡竄出來的，搶在騰飛在空中的喇嘛之前，像一陣風似的，就將孩子捲走了。

蛇忽然立了起來，想追蹤那風而去。洛桑丹增喇嘛及時趕到，將那風擋在了身後。蛇嘴裏哈出死亡的氣息，立得竟有喇嘛那麼高，斑斕的身子在陽光下令人暈眩。喇嘛急速地念了一段經文，驅趕蛇撲面而來的恐怖氣息。那蛇被喇嘛的經文鎭住了，搖擺了幾下，重新盤回到金蛋上。

豹子把孩子叼到一個安全的地方，回頭看看喇嘛，然後扭頭走了。牠總是在朝聖者一家最危險的時候出現，但牠從不驚擾孩子的美夢，也不耽擱喇嘛的磕頭。許多時候，一些山林裏的野獸，試圖打朝聖者的主意時，是「護佑佛法的豹子」默默地爲朝聖者掃除路上的障礙。在飛禽走獸的世界裏，這頭豹子是孤獨的遊俠，既肩負著神聖的使命，又履行著一個父親慈祥的愛心和一個兄弟溫暖的責任。一隻螞蚱跳到那個小女孩的身上，也逃不過豹子明察秋毫的眼睛，就更不用說一條陰毒危險的蛇了。

喇嘛這時已經認出蛇其實是一個財主的轉世。這個傢伙在前世守財如命，從不施捨窮人，也不佈施喇嘛，連他的妻子和兒女們，都別想從他的口袋裏多得到一文錢。家裏人在神龕前多點一盞酥油燈，也會受到他的叱罵，騾子多吃一口草料，也令他心疼，灑落在地上的糌粑麵，他會讓自己的兒子舔乾淨，甚至掉進岩石縫裏的一粒青稞，他也會敲碎岩石把它找出來。在他死的時候，他才發現所有積攢下來的財富一個子兒也帶不走。他向神靈乞求投生爲一條蛇，將一生的財產轉化爲一枚金蛋，以在來世也要緊緊守住自己的財富。

神靈爲了教化這個世界上最吝嗇的守財奴，滿足了他的願望。到他真的轉世爲一條蛇時，他才發現，一個從不施捨行善的人，在來世即便擁有一枚金蛋，他也無法花它用它，享受財富帶來的一切快樂和幸福了。而且，他還得隨時提防別人來盜走他的金蛋。

「前世貪婪愚癡的人，今生只能在大地上爬行。願佛祖的慈悲也能惠及到你。」喇嘛朗聲念道。

蛇忽然說話了，「尊敬的喇嘛，看在我沒有咬死你的份上，請告訴我，我如何花我前世的財富？」

「你今生的這個願望，在前世時可有把它畫在空中，寫在水裏？」喇嘛問。

蛇費力地想了想，回答說：「沒有過，喇嘛上師。難道你不明白嗎？畫在空中的畫是虛的，寫在水裏的字會流走。世上哪有這麼愚癡的人呢？」

喇嘛回答道：「是的，對一個守財奴來說，前世積攢的財富在今生也是虛的，也會像水一樣流走。世上的確沒有比一個守財奴更愚癡的人了。」

蛇恨恨地低下了自己的頭，呼出絲絲黑氣。洛桑丹增喇嘛那時不知道這是一種魔鬼的毒障。他還以爲自己已經開示了這條冥頑不化的蛇呢，可是世間人們對財富的執著和貪婪，豈是喇嘛上師的幾段說法開示就破解得了的啊?

洛桑丹增喇嘛對自己這一段時間裏法力的增強越來越有信心，他竟然可以和一條蛇對話，並看到牠的前世，這讓他也感到驚訝。人們說一個磕長頭的喇嘛即便沒有上師教誨，他的法力也會由神靈賜予。洛桑丹增喇嘛發現自己慢慢找回了多年前的某些記憶，比如他小時候曾經能和家裏成群的騾馬對話，牠們告訴過他一路上的艱辛和見聞，還有那些大地上密如蛛網的羊腸小徑，現在喇嘛都能清晰地回想起來，就像已經走過無數次一樣，從不會迷路。又比如，他磕頭的速度越來越快了，他一個頭磕下去，可以在地上滑行兩個多身子的距離，有時他感覺自己就像一條在大地上游動的魚，有時他又覺得身前的那條牛皮裙，像一條擺渡的船一般，將他從愚癡執著的此岸，一步步地渡到彼岸。這條由貢巴活佛賜給他的牛皮裙，是多麼耐用啊。出門以來，所有的隨身用具都被一路的風霜雪雨摧毀了，都更換過無數次了，可就是這條天天和大地磨礪的牛皮裙，雖然已顯得陳舊毛糙，但依然堅韌皮實。喇嘛相信，它是一條被賦予了神的力量的牛皮裙。

在他身上發生的奇蹟越來越多，越來越令人不可思議。有一次天降暴雨，喇嘛正磕頭在荒原上，四周毫無遮攔。可是喇嘛磕頭所到之處，地卻是乾的，他的身上也沒有淋到一滴雨珠。喇嘛讓葉桑達娃到他跟前來躲雨，奇怪的是，她就站在他的面前，可照樣被淋得透濕。連葉桑達娃也用童稚的聲音說，阿爸，雨不敢淋喇嘛。

其實，更神奇的事情來自於人們不可回避的現實世界，而不是天上。一天，洛桑丹增喇嘛一家到一座不知名的村子裏化緣，那是前往拉薩的官道邊的一個大驛站，有許多來往的商旅，葉桑達娃跟著她奶奶一路，喇嘛自己一路，三人在村子裏分頭挨家挨戶乞求人們的佈施。在一個酥油茶館裏，喇嘛剛一走進去，就看見了自己的冤家達波多傑坐在裏面，兩人眼神一碰，就像刀和刀碰撞在一起，目光的火星濺落一地。

達波多傑和自己的管家益西次仁以及沒鼻子的基米，帶著英雄扎傑的屍骨，剛剛在這個村莊後面的一個山洞裏找到了那個練瑜伽的喇嘛，用成群的牛羊換來了那匹傳說中由神駒配種產下的小馬駒。達波多傑慶賀的酒還剛喝到一半，他的老對手便不期而至。他本能地將手按在了腰間的刀柄上，像一個眼看著獵物到手的勝利者。

「嗨，你們看誰來了？魔鬼總是喜歡讓冤家在同一個碗裏喝茶。」

不知爲何，洛桑丹增喇嘛首先想到了被刺殺的弟弟玉丹，而不是自己此刻的處境。那個叫昂青的殺手，就是受他的指使嗎？看看這個朗薩家的少爺吧，他臉上的殺氣依然和從前一樣，就像一場噩夢留下的印痕；他腰間的刀和殺弟弟的那把多麼相似。喇嘛努力地調息自己的呼吸，儘量用一個修行者平和的口氣說：

「瀾滄江東岸朗薩家族的刀伸得太長了。」

「不是長不長的問題，」達波多傑「唰」地把刀抽出來了，「而是一段孽緣要了斷的事兒啊。」

這時，喇嘛看見一個沒有鼻子的怪人從達波多傑身後冒了出來，一把抱住了他，「老爺，你可不能殺一個磕長頭的喇嘛。我的雌雄兩把寶刀，雌刀已經殺錯一個人，留下了一段冤孽了，雄刀要建立的是英雄的功勳和業績。老爺，今天你的刀刃上要是黏上一滴這位喇嘛上師的血跡……」

達波多傑粗暴地推開了沒鼻子的基米，「他與我有殺父之仇，你知道嗎？」

「佛祖，難道你真的要我這個刀相師下地獄嗎？英雄扎傑啊，你的刀是斬殺魔鬼的利劍，不是砍向一個喇嘛上師的兇器。」沒鼻子的基米在茶館裏失聲痛哭。

這時，從坐在屋子一角的英雄扎傑的屍骨處，發出一聲深深的嘆息。人們記得，在寶刀從他的屍骨身上摘下來的時候，曾經有過這樣的一聲嘆息。

達波多傑即便可以不聽世人的相勸，但他不得不敬畏一副屍骨的忠告。他恨恨地想，殺都吉家的後人怎麼就那麼難？上次是一幫峽谷裏的信衆讓他的馬蹄不能從仇人的耳朵邊飛過去，這次是與仇人素不相識的英雄扎傑也來阻擋他復仇的渴望。難道這個磕長頭的喇嘛真的是受神靈護佑的嗎？他將刀塞回了刀鞘，然後從藏袍裏抓出一把藏幣來，走上前兩步，「嘩」地撒到喇嘛的木碗裏，「我要恭喜你，」他嘴裏不無傲慢地說：「你還可以多活一些時日。」

「在輪迴的苦海裏，大家都一樣。」喇嘛低下頭，輕聲地說。

「我跟你過的可不是一樣的日子。」達波多傑快活地說，「我們都出門那麼久了，我已經跑遍大半個雪域高原，到處都有我的朋友。而你還在朝聖路上像蝸牛一樣地挪動你那罪惡的身軀。嗨，喇嘛，你的佛、法、僧三寶求到了嗎？但願它們以後能救你的命。」

「我離拉薩已經越來越近了。」喇嘛自信地說。

「阿拉西，你知道我出遠門也是爲了尋找三樣寶貝嗎？」對手喊出了喇嘛凡塵裏的名字，對洛桑丹增喇嘛來說，這彷佛是另一個人的名字了。

「佛祖保佑你能找到吉祥的三寶。」喇嘛真誠地說。

達波多傑驕傲地說：「吉祥的三寶當然屬於高貴的朗薩家族。只是我要尋找的三樣寶貝，寶刀，良馬和快槍，件件都是一個康巴男人的自豪，樣樣都可以取我們朗薩家族的仇人的命。」

「你所執著的，是多麼虛妄的三寶啊！」喇嘛感嘆道，欲轉身離去。這時，一個老婦人從門外搶了進來，手裏揮舞著一把寒光閃閃的馬刀，直奔達波多傑而去。

「仇人！還我兒子一條命來！」老婦人手裏的刀在空中劃了一條弧線，達波多傑感覺自己還沒來得及抽刀，刀自己就從刀鞘中跳了出來，兩把刀「噗」地碰在一起，令人感到奇怪的是沒有傳來金屬相撞時的脆響，倒像一隻手掌抓住了另一隻手。兩個持刀人竟然不能將刀抽回來再度投入搏殺。

「阿媽，這不是妳做的事。」洛桑丹增喇嘛一把拉住了阿媽央金。

「朗薩家的惡人，我的兒子是喇嘛不能殺你，我這把老骨頭還殺得了你。」老阿媽氣咻咻地說。她被洛桑丹增喇嘛往後一拉，刀就從她手裏脫落了。但是那刀沒有落地，它和達波多傑手裏的刀架在一起，懸在半空中，刀和刀黏住了。

「我的雌雄兩把寶刀啊，我的兩個苦命的兒子！」

沒鼻子的基米認出了兒子昂青的刀，立刻明白自己傾盡全部家產求得的兩把寶刀，和瀾滄江峽谷的兩個家族有著永遠割捨不斷的因緣關係。他不是締造英雄的導師，就是幫助罪人的幫兇；不是寶刀的鑒賞者、呵護者，就是寶刀一世英名的毀滅者、玷污者。現在，這兩把承載著沒鼻子的基米的英雄夢想，承載著他兩個兒子命運的寶刀，在跟隨主人顛沛流離了大半個雪域高原以後，驟然相聚，像久別重逢的親人。

沒鼻子的基米衝達波多傑叫道：「老爺，請讓雌雄兩把刀說說它們自己的話！」

他不喊，達波多傑緊握刀柄的手也要鬆開了，不然刀會傷著他的。達波多傑已經感到刀正以一股神秘的力量從他的手掌裏掙脫出去。兩把刀就像吸鐵石一般糾纏在空中，它們翻轉，纏綿，刀刃和刀刃相互砥礪磨擦，然後它們就像兩個手挽手的親兄弟，從屋子裏飛了出去。

「我的寶刀！」達波多傑大叫著要去追，沒鼻子的基米拉住了他，「別管刀！我的兩個好兒子，有八年沒見面了。」他涕泗橫流地說。對這個刀相師來說，刀就是他的兒子，就是他破滅了的英雄夢。

人們看見，雌雄兩把寶刀在空中飛舞，不是在格殺，而是在追逐親暱。它們飛過了驛道，繞過一幢幢低矮的房舍，來到一片草甸上空。雄刀像箭一般直刺藍天，雌刀就如展翅的鳥兒，翺翔在雄刀的身邊；雄刀劈開天邊的一團白雲，雌刀便像入水的魚兒，一頭扎進白雲的深處；雄刀向山崖俯衝而去，斬下一塊岩石來，雌刀也不示弱，一個翻滾貼地而飛，從一條溪流上一劃而過，溪流從此斷流，溪水不再流淌。

遠處天邊的閃電受到大地上兩道白光的挑戰，揮舞著鞭子問罪而來，雌雄兩把寶刀一齊迎上去，第一個響雷被雄刀一刀劈爲兩半，摔落在地還未炸響，第二個響雷已被雌刀挑在了刀尖，刀刃一彈就扔回了天庭。閃電的鞭子剛一舞起來，雌雄兩把寶刀奮力一揮，閃電便被斬成三截，一截飄向了印度洋，一截落在了喜馬拉雅山，還有一截歸順了雄刀，成爲刀柄上漂亮的纓鬚。

直到現在，草原上的人們每逢重大節日，都有祭祀寶刀的儀式。在這個莊重的儀式上，人們還會吟唱在英雄傳說的年代，沒鼻子的基米的雌雄兩把寶刀，曾經帶給草原的傳奇和驕傲。人們既唱它們建立的功勳，也唱它們造下的孽障。還唱它們在天空中兀自嬉戲、斬殺閃電和雷霆的神蹟。

在人們的吟唱中，我們得知，如果不是大地上人們虔誠的祈禱，如果不是沒鼻子的基米驕傲的歡呼，還有，如果沒有英雄扎傑的屍骨對他弟弟昂青深切的思念——他跟隨人們來到戶外，用空洞的眼窩仰望藍天，嘴裏呵出深沉的寒氣，彷彿在爲兄弟倆多舛的命運哀嘆。這兩把寶刀也許就再也不會回到人間了。

三天以後，人們才在草地的邊緣找到了雌雄兩把寶刀，它們一齊插在一個魔鬼的心臟上。那是一個專門撥弄是非的魔鬼，凡是他所到之處，兄弟成仇，夫妻反目，部落相互殘殺，民族爭鬥不休，連那些不同教派的喇嘛們，也時常被他所迷惑。

撥弄是非的魔鬼被殺，達波多傑就暫時找不到殺磕長頭喇嘛的理由。他取回了自己的那把寶刀，再不敢將它輕易在喇嘛面前亮出來。而洛桑丹增喇嘛卻念了一遍經文，讓雌刀永遠插在魔鬼的胸口。多年以後，這把刀化成一塊堅硬鋒利的岩石，變成了一段美麗動人的傳說。

「這把刀上黏有我弟弟的血，我要把它作爲鎮壓魔鬼的法器，讓撥弄是非的攪鬼永世不得翻身，是我的心願。」喇嘛對沒鼻子的基米說。

沒鼻子的基米慚愧地說：「尊敬的上師，喇嘛播撒慈悲，凡人崇尚英雄。你讓人們看到了一個修行者的悲憫。」

洛桑丹增喇嘛說：「寶刀不一定能讓人稱爲英雄，人的善行卻可以讓寶刀留下名聲。」

沒鼻子的基米說：「我的小兒子不配作一個英雄，可是我的大兒子離建立英雄的功勳只差一步。」

「真正的英雄要有大悲之心。」喇嘛說。

「別聽他的，」達波多傑說：「我們還有良馬呢。等牠長大了，你的英雄就會從你夢中奔跑出來。」

洛桑丹增喇嘛看見達波多傑身後站有一匹小馬駒，牠的周身散發出神駒才會有的光芒。牠的毛色是金黃色的，細長的腿，瘦削的腰身，身子兩側有一排牙齒一樣的肉團，彷彿要從那裏長出傳說中的翅膀來。如果他還是牧場上的牧人，他會對這匹神奇的馬駒讚不絕口，但是他現在已經預感到，這匹馬駒的馬蹄將來會從他的耳邊飛過。

「一匹從小就有嗔心①的馬駒，因爲要駕馭牠的人沒有斷除自己的惡業。」喇嘛說。

「不是惡業沒有斷除，而是孽緣沒有了斷。」達波多傑回答道，「喇嘛，你還回瀾滄江峽谷嗎？」

洛桑丹增喇嘛眼望著道路的前方，緩緩說：「如果你的殺心還沒有消除，我將回峽谷等你。」

「好啊。」達波多傑擊掌道，「我的三寶已經找到兩樣了，而你還沒有到聖城拉薩。佛祖才知道你能不能求到佛、法、僧三寶，我的小馬駒會念的咒語都比你的靈。貝珠，來，念一段經文給我們的喇嘛聽聽。」達波多傑給這馬駒取名爲貝珠，只有他自己才知道這是爲了人生中一段刻骨銘心的思念。

那馬駒晃晃馬頭，一串咒語從牠的鼻孔裏噴出來，路邊的青草隨著咒語搖擺起舞，一些石子兒在地上排列出矩形的圖案。連洛桑丹增喇嘛也看得一臉的迷惑。

「看見了吧，這是真正的神駒的種，」達波多傑洋洋得意地說，「等我們都回到峽谷，讓大家看看，誰擁有的藏三寶更能帶給我們榮譽和驕傲。」

喇嘛平靜地說：「我所皈依的三寶，並不是爲了滿足一顆驕傲的心。我在尋找它們的這些時日裏，越來越學會謙卑了。」

達波多傑感到眼前這個磕長頭的喇嘛就像一個他從不認識的人，但他可真是一個生命中的好對手。等我們都找到了自己的「藏三寶」，再來看看到底誰才是瀾滄江峽谷裏真正的英雄吧。他想。他甚至有些心生嫉妒，沒鼻子的基米當初只造就一把寶刀就好了。可是，源遠流長的佛教傳統在今後的歲月裏將會告訴他，世界上的任何事物都是二元對立的。有雄刀，就有雌刀，有出門尋找寶刀、良馬、快槍「藏三寶」的達波多傑，就有在朝聖之路上追尋佛、法、僧三寶、磕長頭的喇嘛；正如有生，就有死，有善，就有惡，有美，就有醜；也如有因，就有果。

❖ ❖ ❖

①是佛教指的七種惡之一。

23 疑惑

瀾滄江峽谷兩岸的兩個家族在雪域大地上尋找「藏三寶」的競賽，達波多傑似乎已經領先一步，他要尋找的「藏三寶」只差一樣了。人們告訴他說，快槍要到後藏去找，多年以前，英國人從那裏打開了西藏的大門，用快槍和大炮一路攻到聖城拉薩。雪域高原的護法神們和英國人打了幾戰，雖然他們失敗了，但據說，他們把那些來自異邦的魔鬼的槍炮都變成了鎮壓魔鬼的法器。在後藏的一些寺廟裏，在那些閉關苦修的僧人的山洞內，可能還找得到這些被收伏了的魔鬼的兵器。

傳說和夢指引著旅人的道路。達波多傑帶著益西次仁去了後藏，那匹小馬駒跟在他們的身後，還要再等兩年，達波多傑才能躍上牠的馬背。沒鼻子的基米在一個晚上與扎傑的屍骨做了同一個家鄉的夢。從那以後，英雄扎傑白森森的屍骨便開始發黃，沒鼻子的基米將之解釋爲兒子思念故鄉了。於是，這個可憐的老人對達波多傑說：

「老爺，我的家鄉有一種大樹在春天會開出巨大的紅色花朵來，它是古時候被英雄的鮮血染紅的，因此，我們那裏的人們叫這種花爲英雄花。家鄉的英雄花要開了，老爺，我的英雄該回家了。」

達波多傑當時惋惜地說：「你這個傢伙啊，做事情總是命裏差著一點點。我馬上就要找齊我的三樣寶貝了，那時，你就可以看到一段英雄的業績是如何在一個好男兒手中成就出來。去吧，戀家的人當不了英雄。」

沒鼻子的基米在把自己的馬頭撥向家鄉的方向之前，傷感地說：「老爺，一個再大的英雄，總要回到故鄉。不是名揚四方的威名，就是一具屍骨。」

達波多傑感嘆道：「可憐的基米，世界上再也找不到你這樣的好父親了。」然後，他說了句爲自己的命運埋下了伏筆的話，「我們還會見面的。那時我不是一個流浪漢，就是一個馳騁疆場的英雄。」

沒鼻子的基米，這個英雄的導師，寶刀的鑒賞家，古道熱腸的俠士，失去了兩個渴望當英雄的兒子的父親，最後再次跳下馬來，緊緊地抱住了達波多傑，「老爺，我的英雄夢全在你身上了。離女人遠一點，她們會消磨一個英雄的氣概。」

達波多傑目送沒鼻子的基米和英雄扎傑的屍骨慢慢消失在道路的盡頭。扎傑的屍骨騎在馬上，依然像一個高貴而勇敢的騎士那樣，身子筆挺，頭顱高昂，胯下的馬邁著均勻的腳步，把英雄家鄉的期盼，一點一點地拉近了。

西風捲起滿天的落葉，追逐著英雄扎傑屍骨的坐騎。達波多傑禁不住潸然淚下，「佛祖保佑我不要這樣回到故鄉。」他輕聲說。

而朝聖者一家繼續向拉薩前進。朝聖路上的村鎮越來越密集，這說明他們離聖城拉薩已經很近了，朝聖者一家已經看到了希望的曙光。可是最近一段時間，他們發現一個奇怪的現象，人們紛紛從道路的前方退回來，連從前那些超過他們的香客，現在也神色慌張地逃回來了。路邊倒斃的屍體也越來越多，就像行走在屍陀林①。他們的屍身腫脹，佈滿疤痕和疙瘩，死時面目驚恐，雙眼暴突，彷佛在潰逃的路上忽然遭到魔鬼從背後致命的一擊。

「難道前方發生戰爭了嗎？」洛桑丹增喇嘛問一個歪倒在路邊、奄奄一息的老人家。

「喇嘛，回去吧。再不能往前走了，魔鬼的血盆大口已經吞噬了一個又一個的村莊。」老人有氣無力地說。

「佛祖，魔鬼會有多大的嘴啊？」喇嘛驚訝地問。

「不大，但厲害著哩。」老人伸出自己枯瘦的拳頭，「它的口就這麼大一點。」

喇嘛又問：「它怎麼害得了那麼多人？」

「那是一條蛇的口。」老人知道自己快要死了，面對慈悲堅定的磕長頭的喇嘛，他不能不說出魔鬼害人的秘密。「牠是魔鬼的化身，呼出的黑色鼻息讓人們患上了蛇風病②魔鬼的瘟疫從風中吹來，黏在人身上，皮膚立即起泡，開裂，化濃，就像被滾開的水燙了那樣。蛇呼出的風吹到哪裡，哪裡的天空就被魔鬼的氣息污染了。可是，佛祖！我們怎麼知道魔鬼的口吞下的是哪一片天？」老人憤懣地對天喊道，他的手微微顫顫地指著虛無的天空，這時喇嘛才發現老人的兩個眼珠已經沒有了，不知是給魔鬼挖走了，還是再不忍心看這人間地獄的慘景，眼珠乾脆躲藏了起來。

老人悲哀地說：「從前面的那個山埡口下去，就沒有一個還在飄炊煙的村莊了。一家挨一家地絕戶，一個村莊接一個村莊地死人。回去吧，悲憫的上師，那條由魔鬼派來散播蛇風病的蛇就在山的那邊……」

老人的話音還飄在半空中，最後一口氣便倏然斷了。在魔鬼的災難降臨之前，它和人類有一個約定，誰道出了災難的真相，就要誰的命。那條散播蛇風病的蛇，總是躲在陰暗處偷聽人們的交談，然後用世上最致命的瘟疫殺死那些敢說真話的人。

洛桑丹增喇嘛想起不久前曾經爲之說法開示的蛇，想起從蛇的鼻孔裏噴出的黑色氣體。難道奪命無數的蛇風病就是由牠那裏發端出來的嗎？喇嘛不由得倒吸一口冷氣。因爲他想到了桑達娃，那天她離那條蛇有多近啊。

這似乎是一個不吉祥的預兆。要是在往常，洛桑丹增喇嘛或許會改變行程，或者找一個安靜的村莊住上一段時間，等魔鬼的身影遠遁以後再踏上朝聖之路。可是現在，喇嘛急於求到佛、法、僧三寶，急於見到天天夢中都要會面的上師。他和家人出門快三年了，喇嘛日日伏身向大地，用血肉之軀向聖城拉薩一等身又一等身地前行，就像每天早晨起來要喝茶、走路一樣，磕長頭已成爲生活中的必需，成爲面向神靈和大地的自然姿態。有時遇上惡劣天氣，或者需要在某個村莊化緣，不能修持磕長頭的功課，喇嘛反倒會渾身不自在，彷彿像一個關在囚籠裏的人，身體的肌肉和骨頭得不到舒展，人也顯得萎靡不振，六神無主。而當他的身體一接觸到大地，他的力量和信仰，他的希望和快樂都回來了。

他曾經感受到朝聖的路上，信眾崇敬的目光催生著自己的體能和信心；他也曾經看到自己在大地上拉長的身子之後，百花盛開，青草起舞，眾鳥歌唱；他還目睹了天上的眾神爲他的虔誠感動，掃除道路上的孽障，撥開天空中的雹雲，驅散魔鬼的迷惑；他更體驗到了大地的悲憫，它承載著他有罪的身軀，一點點、一絲絲地消磨掉他身上的貪欲、瞋怒、愚癡、嫉妒、疑惑③，讓他慢慢學會謙遜、慈悲、寬容、忍耐，讓他找到一顆比大地更深厚、更寬廣的心靈。而現在，他就要證悟到自己的法性了，他相信，拉薩的上師正急迫地等待他的到來。他彷佛已經看到了布達拉宮的金頂，聽到了三大寺的法鼓。他更相信，一個磕長頭的喇嘛，可以依恃神靈賜予的無上法力，抵禦魔鬼的侵襲。不管魔鬼們是以何種化身來迷惑他、加害他。

洛桑丹增喇嘛決定繼續前進，儘管阿媽央金躲著他在偷偷地抹眼淚，儘管「護佑佛法的豹子」幾次跳到路的中央，試圖勸阻固執的喇嘛。可是喇嘛把豹子的意思理解反了，他還認爲這是自己的兄弟在爲他掃除路上的孽障哩。

他們進入由魔鬼控制的天空，死亡的氣息逼迫得人喘不過氣來。山腳下的第一個村子只有一條狗還剩下一口氣，牠用悲涼的目光告訴喇嘛說，回去吧，再往前走一步，就意味著死亡。喇嘛看著那些漂浮在村子上空的陰魂無人爲他們超度，就想，那麼多人死了，總得讓這些無辜的人們感受到雪域佛土的慈悲啊。

於是，喇嘛獨自在死亡籠罩的村莊裏做了七天超度亡靈的法事。單調寂寞但是堅忍慈悲的經文驅趕著村莊裏的死亡之氣，讓那些遊蕩躁動的陰魂安寧下來，夜晚村莊上空的風便不再淒厲地哭泣。大部分死者的屍體已經腫脹潰爛，屍水橫流，污染了土地和水源，連地上的青草都變黑了，泉水也發出濃烈的腥臭之氣。令喇嘛深感遺憾的是自己的法力有限，還招不來天上的神鷹。實際上，在一片由魔鬼控制的天空裏，神鷹的翅膀再堅強，也無法自如地翺翔。

喇嘛剩下的工作便是將一幢幢房屋推倒，掩埋那些彷佛還坐在火塘邊喝茶的父親，還餵著孩子奶的母親，以及那些還跪在神龕前祈禱的老人。在諸佛菩薩的慈悲還沒來得及拯救這些普通善良的人家時，魔鬼便將他們一掌推到了死亡的深淵。

很長一段時間裏，洛桑丹增喇嘛的長頭所過之處，儘管已無一生存者，但佛的悲憫關照著苦難的大地，天空中遊蕩的亡靈，因爲一顆心的慈悲而不再孤獨無助。在普通的生靈無法超越的六道輪迴中，他們由於洛桑丹增喇嘛的悲憫而轉生到三善道。在許多世輪迴以後，虔誠善良的人們還會向他們的後代提到一個磕長頭喇嘛在朝聖路上的慈悲行。儘管他只是在一座座無人的村莊念了一些經文，儘管他只是在荒蕪死寂的大地上掩埋了一堆堆無人照顧的屍體，可是，他救渡了無數的靈魂，他以自己的身體力行昭示了佛的悲憫。在喇嘛的經文加持之處，大地返青，萬物復甦，生命的希望在死亡的土地上悄然復活。

救渡眾生，自身必然要付出代價。洛桑丹增喇嘛穿過了一座又一座無人的村莊，當他快要看到生命的曙光時，死亡的陰影追上了朝聖者一家。在就要離開魔鬼控制的天空的最後一天，喇嘛和阿媽央金放鬆了警惕，他們讓葉桑達娃在一片枯死的樹林下休息，喇嘛到村子邊爲亡者的靈魂念經，央金老阿媽找柴火去了。常年餐風露宿的生活已將葉桑達娃磨煉成一個自然之子。她精瘦而健康，就像是一棵隨風搖曳的小樹。也許正由於此，喇嘛和阿媽央金認爲把葉桑達娃放在一片樹林邊，是一件再自然不過的事情了。

但那卻是一片籠罩著死亡之氣的枯樹林。滿地焦黑的腐葉掩蓋了幾具散架了的骷髏，葉桑達娃刨開樹葉，想找自己在大地上的那些爬行的小朋友。但是她刨出了一根人腿脛骨，她不知道這是什麼東西，便放進嘴邊吹。一陣陣黑灰從脛骨幽深的孔裏吹出來，夾帶著一隻幽靈一般的黑蛾倏然落地，死亡的塵埃頓時籠罩了一無所知的孩子。

這是隻受魔鬼差遣的黑蛾，在黑暗的地獄裏已經煎熬了三千六百年，孩子口裏清純芳香的氣味復活了牠的魔性，使牠在一瞬間化蛹爲蛾，並且越長越大。

葉桑達娃從來沒有見到過如此美麗而巨大的蛾子，牠有六個黑色的翅膀，比葉桑達娃的胳膊還要粗的身子，像黑色的鞭子一樣的觸鬚，骯髒而烏黑的嘴裏還咀嚼著人的碎骨，墨綠色的花紋遍佈其身，那是地獄裏的枷鎖禁錮牠時留下的痕跡，更加深了牠死亡天使的陰森恐怖。

「你的身子爲什麼那樣黑呀？」葉桑達娃好奇地問。

黑蛾狡黠地笑道：「因爲我總是在黑暗裏飛，黑夜染黑了我的衣裳。」

「月亮也在天黑後才出來，爲什麼月亮不是黑的呢？」

「噢，因爲……因爲月亮是在雪山上出生的，雪域高原的風雪染白了她的衣裳；而我出生在幽暗的山洞裏，但是月亮的光芒讓我們像仙女一樣地美麗。」

「那麼，你是從月亮上飛來的黑仙子了。」葉桑達娃肯定地說，還伸手想去捉這隻老在她的眼前飛來飛去的黑蛾。

黑蛾一閃身躲開了，「噢，我可沒有住在月亮上的福氣。我來的地方離月亮可遠了。」

孩子問：「有我們離月亮遠嗎？」

「比你們人遠多了。」

「奶奶說，我還有一個阿爸，和我的阿媽住在比月亮還遠的地方。你也和他們住在一起嗎？」

「差不多吧。我看見過他們。」黑蛾在孩子的面前翩翩起舞。

「我的那個在天上的阿爸是一名喇嘛嗎？」在孩子的心目中，天下的男人都跟洛桑丹增喇嘛一樣，他們只做磕長頭一件事兒。

「妳天上的阿爸呀，」黑蛾在孩子的頭上繞了兩圈，「他可是一個勇敢的人，連魔鬼都很害怕他。」

「他做了什麼，讓魔鬼也感到害怕？」

「他把魔鬼擋在了身後，好讓那個磕長頭的喇嘛，安心地磕他的長頭。」

「魔鬼的力氣大嗎？」

「很大。」

「有我阿爸的力氣大？」

「有。」

「那我阿爸怎麼打得贏魔鬼？」

「他讓魔鬼下地獄，自己升向天堂。你們人類中的一些很勇敢的人，都是用這種辦法戰勝魔鬼。」

孩子望著黑蛾上方大團大團厚重的烏雲，想起奶奶告訴過她的話，便又問：「我的阿媽也在天上，她也把魔鬼打敗了嗎？」

黑蛾不飛了，肅穆地停留在半空中，莊重地回答道：「是的，妳的阿媽更是一個令魔鬼敬畏的人。」

「什麼叫敬畏？」孩子問。

「敬畏就是你們人類面對神靈時的感情。既由於心生敬仰而害怕，又因爲害怕而無限敬仰。噢，這些話怎麼給一個孩子才說得清。」

「你是說，就像我們面對神山呀聖湖呀、還有看見佛菩薩的時候，就要燒香磕頭那樣嗎？」

「妳說的不錯。多聰明的孩子啊。」

葉桑達娃受到了表揚，很高興。因爲這是平常在路上經常聽得到的一句話。她又說：「我還可以念經哩。每天晚上，我都要跟著我的喇嘛阿爸和奶奶念。」

「噢，那可真不是一件容易的事情啊。」連魔鬼聽到一個孩子這樣說話也會被感動。黑蛾飛到一棵樹枝上，做出要飛走的樣子，「我不能再和妳說下去啦，不然我就做不成自己的事情了。」

「你要做什麼呢？」

「我麼，」黑蛾閃爍其辭地說：「我本來是來帶妳去見妳阿爸阿媽的。」

「那多好啊，漂亮的黑仙子，你快帶我去吧。我天天都想見到他們啊。」

「但願妳的這個願望能減輕我的罪孽。小姑娘，妳跟我來吧。」

黑蛾在前面飛，小姑娘在後追。人間的陽光離葉桑達娃越來越遠，陰間的死亡之氣卻越來越重。有一段時間，黑蛾像一隻在天空中形蹤詭秘、做賊心虛的老鼠，而葉桑達娃則彷彿是在大地上翩翩起舞的蝴蝶。喇嘛勢單力薄的法力已不能護佑跑遠了的孩子。那頭隱藏在不遠處的豹子，卻以一個父親的直覺感受到了死亡對孩子的威脅。牠看到了天空中黑色翅膀的搧動，牠知道這翅膀是受地獄裏最深處的黑暗浸染成的，是可以淹沒人間一切生命的黑，更是可以吞噬日月萬丈光芒的黑。豹子從山崗上飛奔而來，風聲夾帶著牠憤怒的吼聲。但是魔鬼的作祟使一個父親不死的慈愛一頭掉進了一個深邃無底的黑暗陷阱。「護佑佛法的豹子」頓時迷失了方向。

洛桑丹增喇嘛和阿媽央金都聽到了豹子絕望的哀號。喇嘛匆匆結束了自己的對佛陀慈悲的祈請，撩起破舊的袈裟向那片枯樹林跑來，阿媽央金已經在那裏急得團團轉了，「佛祖啊，達娃不見了！」阿媽央金捶胸頓足地喊。

洛桑丹增喇嘛看見了枯枝敗葉下的一堆屍骨，他才發現這片枯樹林生長得——或者說死亡得——十分奇怪，所有的樹枝沒有一片樹葉，而且都是垂向地面；樹枝發黑，地上的落葉也發黑，就像被地獄的烈火焚燒過千百次，樹的屍體沒有成灰，卻乾枯如鐵，那些黑色的樹葉甚至還帶著地獄之火的餘溫。喇嘛明白自己剛才將孩子放錯了地方。即便是喇嘛，也有犯錯誤的時候。他想起自己的上師曾經告誡過他的話。

「葉桑達娃，妳跑到哪裡去了？」喇嘛悲聲呼喚。

「我的達娃呢？」阿媽央金憤怒地問自己的兒子。

喇嘛這時看見前方山坡上有一隻巨大的黑蛾在盤旋，就像一個黑色的幽靈在天空中舞蹈。他的腦海裏頓時一片轟鳴，像一條瀾滄江的水傾頭而來，悲憫的心立即被無邊的黑暗淹沒了。喇嘛的眼淚潸然而下，自踏上朝聖路以來，前所未有的悲哀一下擊垮了他。

許多年以後，洛桑丹增喇嘛經過長年的修持，已經證悟到自己的法身和佛性，他才反省到佛性對一個修行者的要求其實很簡單，但又非常不容易做到，那便是捨棄了人間的一切執著，讓人的本性像河流裏順水而漂走的木棍那樣，自然而輕盈地漂向大海。因爲執著讓人疑惑，讓人看不見自身的佛性。

如果他當年是深愛著葉桑達娃的，他就不應該冒險通過那片魔鬼控制的天空。但他執著於自己的朝聖之路，急於求到佛、法、僧三寶。他被自己的執著之心所疑惑，忘記了人生命中隱藏著的佛性的悲憫。一個人求佛法，本來是要解疑惑的，但是他卻被求法的方式所疑惑了。

後來，在他無數個於黑暗的山洞裏閉關修行的某一天，神靈派來的使者告訴他說，由於他的悲憫和所修持到的功德，也由於葉桑達娃在生命的最後時刻，在魔鬼和死神面前所呈現出來的天真爛漫，清純無邪，她已經轉世投生到一個白色湖泊的一朵蓮花上，神靈的使者問喇嘛，是否給孩子取名爲「蓮花仙子」。

喇嘛在黑暗中沉默了許久，才告訴使者說：「我想，就叫她『疑惑』吧。」

❖　❖　❖

①指抛棄七具屍體以上的地方。
②過去西藏人認為天花是由蛇的鼻息引起的，因此那時的人們將天花稱為蛇風病。
③即佛經上所指的「五毒」。

田野調查筆記（之六）

作為一個常在藏區轉悠的人，我總會碰到一些令人感到不可思議的事。比如，縱然寺廟裏的喇嘛們腰間都掛一個諾基亞或者摩托羅拉的手機，可是他們並不認為這個神奇的玩意兒與神靈有關。有一天，我在卡瓦格博雪山下與一個從西藏波密來的老喇嘛相遇，他的手機沒有電了，向我借手機用用。我把自己的手機遞給他，他老練地打開蓋子，用粗壯的手指按了一通號碼，就在明亮的雪山下咿哩哇啦地向遠在幾百公里之外的人講開了。

我忽然想起佛經中曾經描述過的「五神通」①之一的「天耳通」，那些通過嚴格的密宗修行而獲得了超人本領的高僧大德，早在人類發明電話的一千多年前，他們便可以用肉耳聽到遠方的聲音，聽到天上的聲音。當這個叫頓波的喇嘛將電話還給我時，我問道，師傅，這很神奇，對嗎？

他反問道，你說什麼？

電話。我舉了舉手裏的手機，說，它讓你在幾百公里外的親人近在眼前。

喇嘛笑了，對我的話不置可否。彷彿這是一件很自然的事情，跟神靈的神通一類的概念沒有什麼關係。

頓波喇嘛的身影在我的眼前漸漸遠去，雪山在我們的上方閃耀著耀眼的白光，除了它的高遠、聖潔，似乎一點也看不出多少神秘之處。倒是雪山下的那條沿著山谷綿延了十多公里的冰川上，到處都佈滿了隱晦費解的符號。冰川表面那些巨大的冰縫裏，泛出幽藍的光芒，彷彿連著地獄深處。現在已經不准人們到冰川上去，一則危險，二則上去的人多了，會毀壞這條具有珍貴價值的冰川。

沒有見到過冰川的人，不會想到冰川的深處是藍色的，就像我們這沒有信仰的一代人，不會知道神靈世界的種種神奇之處一樣。像頓波喇嘛這樣的修行者，相對於我來說，就像是來自另外一個星球上的人。儘管後來的一段時間裏，我們成了朋友。據介紹說，他在雪山下的一個山洞裏修一種叫做「還識法」的密宗，一旦他練成了這個功夫，他就可以將自己的靈魂轉移到任何想寄生的動物（包括人）身上，也就是我們所說的起死回生術。按喇嘛們的說法，叫做肉體雖滅，精神不死。

這些年來我總在想，就像喇嘛不在意手機為什麼能起到和經書中的「天耳通」一樣的功能，我們也並不理解喇嘛們的神靈世界。對於我們雙方來說，手機和神靈們的天地，都屬於不同的世界。

秋去冬來，雪山腳下色彩繽紛，宛如童話世界。頓波喇嘛已經結束了閉關，準備回去了。我後來在朝聖轉經路上再次和頓波喇嘛邂逅，那是一個月黑風高的夜晚，我們暫住在牧人們放牧時臨時搭建的木楞房裏。那房子並不大，四面漏風，中間的火塘才讓我們有勇氣抵禦夜晚的寒冷。外面有一小片夏季高山牧場，在這接近初冬的時候，牧人們早就趕著牛羊回到海拔較低的牧場上去了。現在這裏只有我和頓波喇嘛擁著火塘相對而坐，我裹著睡袋，身上的外衣還一件也不敢脫，而頓波喇嘛只穿一件加厚的袈裟，火塘裏的光在他的身上塗上了一層暗淡的金色，加之他時常長久不說話，這使他看上去像一尊鍍金的雕像。我沒有問他是否已經獲得了「還識法」的無上法力，因為這是不恭敬的。

而外面，則只剩下天界的神靈和魔鬼在廝殺。屋外的雪風似乎要把這小屋吹得飛起來，就像吹起一片樹葉。不遠處的森林裏時不時滾過一陣陣的咆哮聲，彷彿有一個龐大的獅群，冰川上偶爾也傳來一兩聲脆裂而尖銳的炸響，像折斷一塊鋼板，那是冰崩的聲音。可頓波喇嘛的解釋是：

神山又在嘆息了。

我理解頓波喇嘛的這句話，近年來旅遊熱升溫，各地來的遊客已經涉足到神靈們的領地。他們要登雪山，要看冰川，還想窺視神靈逐漸遠去的身影，像我這樣的藏文化愛好者多如牛毛，還有比牛毛更多的被都市生活中的喧囂搞厭煩了的現代人，他們想在藏區找到自己依稀的夢——單純而有信仰的生活，透明得像西藏的藍天一樣的心靈。

可是他們並不知道神山已經在嘆息，只有那些神山的守護者們知道。

頓波喇嘛尊奉的是寧瑪派，這個派別在藏東一帶比較盛行。它修持的許多東西都是超自然的，令我們現代人深感困惑，比如它所注重的瑜伽能力，以密宗手段而不是用科學來控制和調節人體內的氣、脈、明點（穴位）的各種機能，對死亡的修持和超越等等。當我和頓波喇嘛談論這些問題的時候，我常常發現自己一會兒被帶到了冥界，一會兒又來到了天堂。那感覺就像在瀾滄江裏漂流，驚悚，刺激，跨越生死的門檻，如同進出自己的家門。

頓波喇嘛鄭重其事地對我說，他的前世曾經是這雪山下的一頭豹子，這是他的上師告訴他的，他通過修行與觀想，能清楚地記得這雪山下哪條山澗曾經是他作為豹子棲息過的地方，哪塊草甸上牠曾經叼走過牧人的牛。

我仔細的打量面前的喇嘛，他精瘦而結實，大概身上不會有一塊多餘的脂肪。他還真長得有一雙豹眼，儘管他對人的態度始終和一名僧侶的身分相稱——溫和、仁慈、謙遜。可是他突兀的眉骨、深陷的眼窩，高聳的顴骨，還有看上去很堅挺的腮幫，讓你不得不很自然地將他與一頭豹子相比較。我記得相書上喜歡把人以某種動物的習性和型態來歸類，以此來推斷這人的性格特徵。如說某人是虎型人、熊型人、猴型人等等。如果我會看相，即便我還不知道他的前世是什麼，面對頓波喇嘛時我肯定也會脫口而出，你是豹型人。

我想起我的康巴兄弟培楚告訴我的關於豹子谷的傳說，一個寧瑪派的喇嘛高僧在被朝廷軍隊的將軍砍了頭後，搖身變為豹子的悲壯故事。於是我給頓波喇嘛復述了培楚的故事，然後問：你的前世就是那頭豹子嗎？

頓波喇嘛慨然回答，是的，那就是我。

我不寒而慄，不是因為害怕，而是覺得自己離神靈們的世界是多麼地近啊。

我今天關心的是生命的傳遞——或者說寧瑪派教派的傳承問題。我問，可是作為一頭豹子，又是怎麼轉世為人呢？

頓波喇嘛說，我的前世捍衛了自己的教派，那是多大的一份功德啊。我當然又要輪迴到三善道做一名喇嘛了。

我不敢肯定我能相信他多少，也許每個虔誠的喇嘛都會為自己找一個令今世驕傲的前世。更多的時候，在我努力理解頓波喇嘛的話時，同時也試圖觀想自己的前世，但是腦海裏一片混沌；又觀想自己是否有來世，同樣是一片迷茫。我們只是緊緊抓住今生的現代人。我們經常說世世代代，可其實我們自身都只有一世、一代，這個今世一旦不存在，我們就什麼都沒有了。因此我們中的大多數人畏懼死亡，我們既看不到自己前世的身影，也看不到來世的一丁點光芒。

但是頓波喇嘛在那個晚上試圖用一些很有說服力的例子，向我證明前世是可以觸摸和感覺到的。他問我，為什麼有的人識字，而有的人到老了還大字不識幾個？我回答說，是由於受教育的情況不一樣。但是頓波喇嘛用肯定的口氣對我說，是由於這些字他前世就認得了。在他的生命裏，早就種下了識字念書的因果。

他又問，你是不是有這樣的經歷，當你來到一個從來沒去過的地方，但一去就特別喜歡，覺得那裏像天國一樣的美麗？

我回答說，有。比如這卡瓦格博雪山。從我一看見它那天起，我就愛上它了。甚至想退休後在雪山下蓋一間小木屋，就在那裏養老。

那是說明你的前世就生活在這雪山下。在今生說這叫緣，你和雪山有緣。可是你要明白，緣從何而來。頓波喇嘛說。

我似乎有些明白，但又不明白。我的前世生活在藏區的雪山下？天哪，那個曾經是我的傢伙，可真會挑好地方呢。

頓波喇嘛又問，除了你的父母親人，你身邊有特別愛你的人嗎？有特別恨你的人嗎？

我回答說，當然有。每個人都會有的。

頓波喇嘛說，他為什麼會特別愛你，那是由於前世的善果在今生來報答；恨你的人呢，肯定是前世種下了惡因，今生來償還。

噢。我感嘆一聲，在想那些愛我的好人，讓我無法用語言和行動去回報他們的愛；而那些恨我的人，也讓我無法理解我為什麼會被他們恨。

都把它們留待來世去償還吧。

我發現我的思路在不自覺地跟著頓波喇嘛的話語走，這真讓我感到吃驚。我只是一個觀察者，甚至是一個批判者，但是我的靈魂在他撲朔迷離、空靈飄忽的話語中被操縱。我想起了「靈魂控制」這個現代心理學的辭彙，如果生命是可控制的，靈魂當然也可以被控制。看看那些發了瘋或走火入魔的人們吧，就是由於有某種強大的力量控制了他們的靈魂。這是否說明，靈魂是具體存在，並可以觸摸的呢？

小屋裏只有火塘裏的火苗跳躍的影子和濕柴爆裂的炸響。忽明忽暗的火光使頓波喇嘛看上去大約在五十歲到五百歲之間，因為如果他真的掌握了起死回生術，如果他就是命運之鏈中某段生命的顯現，你就無法斷定他是屬於哪一個年代的修行者了。當我單獨和一個渾身都充滿神秘氣息的喇嘛坐在一起時，我總覺得在面對一段隱秘的歷史，面對一個時間老人。他不僅僅是有血有肉的一個人，他更是永遠在輪迴的時間。

從頓波喇嘛那邊時而會嘀咕出一段段經文，它們從他的鼻腔中流淌出來，極輕又快，自然得如同山上滾下一串串的小石頭。山上的石頭為什麼會滾落，肯定是大自然的力量所致，經文在喇嘛的口中流出，也與神靈無處不在的因素有關。在我的倦意快要把我淹沒時，我決定繞開轉世輪迴、因緣果報的纏繞，因為這讓我對自己的未來絕望。我只想再問最後一個問題——喇嘛們修持的神通，在現代社會還有用嗎？

頓波喇嘛，現在一個人可以不修持你們的「天耳通」，他用手機就能聽到遙遠地方的聲音，就像你也要用手機一樣。「五神通」中的「他心通」，現代人也可以透過一種叫測謊器的儀器，知道別人內心深處的東西，員警們常用這玩意兒來審訊犯人。X光機，高倍望遠鏡，甚至天文望遠鏡，都可以比擁有「天眼通」的喇嘛上師們看得更深、更遠。頓波喇嘛，你瞧，現代技術正在進入到你們的領地。你們修持的「五神通」，還有多少用處呢？

頓波喇嘛長久沒有回答我的話，他的眼睛微微開闔，彷彿已入禪定，但他右手捻著那串陳舊的佛珠永遠都在輪轉，祈誦的經文如月光下的淙淙清泉，在寂靜的小屋裏緩緩流淌，像要穿透頑石的那一滴又一滴的水珠。在天就要亮的時候，我不知道自己是在夢中還是在半睡半醒之間，一個聲音在小屋裏像一縷裊裊的青煙飄來：

這些沒有靈魂的東西，只能代表你們的傲慢而已，你為什麼要那麼執著呢？我們修持的神通，只是為了自己一顆寧靜的心。

❖ ❖ ❖

①神通是活佛或高僧大德們通過修行而獲得的超越人類行為的一種能力，有神境通、天眼通、天耳通、宿命通、他心通。

24 雪人

洛桑丹增喇嘛伏在雪地上一動不動已經很長時間了，幾隻狼守候在山坡上，牠們之所有沒有衝下來將那個趴在雪地上的人撕成碎片，是因爲有一頭豹子橫臥在牠們的前面。

豹子和狼群已經搏殺了兩天，儘管豹子也付出了代價，牠的一條後腿被狼咬傷，使得牠不得不一瘸一瘸地走路，但牠始終沒有讓狼群靠近喇嘛一步。在豹子和狼群搏鬥的時候，連雪山上的神靈也不寒而慄，神靈們不明白狼和豹子爲什麼要廝殺到天昏地暗的地步。很多時候他們想助豹子一臂之力，可是豹子的頑強與韌勁連雪山上高大的雪松都向牠彎腰致敬，這頭受到佛法加持的豹子，將以牠不屈的力量證明，世間有一種愛，是可以穿越生死輪迴的。

豹子雖然把兇殘的狼群打敗了——正如牠的前世把一個殺手擋在磕長頭的喇嘛身後一樣，但是牠卻沒有辦法讓雪地上的喇嘛再站起來，牠的眼中充滿焦慮。牠對著風雪飛舞的天空哀號，呼喚喇嘛的阿媽，可是豹子不知道，阿媽央金此刻正陷在一個深深的雪窩裏，像風沙一樣不斷堆積的風雪，已經快將無助的老人淹沒了。豹子隱約感到喇嘛唯一的後援有了麻煩，但是牠如果返身回去的話，雪地上的喇嘛很快就會成爲狼群的口中食。

那是一個足有兩人深的雪窩，老人也不知道自己是怎麼掉進去的。頭頂只看得到一方小小的天，厚重得彷彿隨時都要塌下來。「要是天垮下來就是這個樣子，你就垮下來吧。我早就累不動啦。」央金衝上面喊道。

央金感到，隨著磕長頭的兒子離聖城拉薩越來越近，災難也就越來越多了。看看在她的身上都發生了些什麼吧，兒子被殺，兒媳葬身熊口，唯一的孫女竟然給魔鬼騙走。難道佛祖真不知道一個苦難的母親的心？難道佛祖真的不是雪域高原威力無比的神靈，它的仁慈不能惠及虔誠卑微、孤獨弱小的眾生？

不知是雪窩上方的天空被遮蓋了，還是央金的眼睛再也看不到光芒，她感到自己不是被積雪深埋，而是被黑暗包裹了。這種黑暗是可觸摸到並令人喘不過氣來的，濃稠得像一場鋪天蓋地而來的黑色泥石流，其實它是地獄的黑色光芒。央金彷佛看到了死亡的臉，在這張陰森冷漠的臉後面，飄浮著她的二兒子玉丹的身影，還有她的老伴都吉，他不再到處飄浮了，坐在峽谷裏的驛道邊，陪著身邊的「勇紀武」，彷佛剛從外面趕馬回來一樣。

雪窩的周圍都是疏鬆的雪，一拔拉就簌簌往下掉，她越往上掙扎，掉下來的雪就越多，積雪已經將央金的半身埋住。可憐的老人想，除非是佛祖伸出他慈悲的手，不然她再也不能爲磕長頭的喇嘛兒子做後援啦。可是，佛祖，你的幫助在哪裡？

佛的幫助總是無處不在。這次他派來的使者是一個身高九尺的巨人，他是雪域高原半人半神的神秘金剛，是人類的近親，是大自然之子，是雪原上真正的王者，同時，也是這個星球上最不爲人知的孤獨的一群。人們通常稱他們爲「雪人」、「野人」。多數情況下，他們生活在人們的傳說中，而當人類中的某個幸運者與他們猝然相遇時，他們留給人們的印象不外乎是力大無比，健步如飛，渾身是毛，來去無蹤，經常出沒在莽莽原始森林，以大地爲家，和神靈相交，與魔鬼為伍。其實他們身上的邪惡並不比人類的多，慈悲也並不比人類的少。可是人們卻憎惡他們，捕殺他們，把他們追趕到森林的深處，雪原的盡頭。他們對人類的恐懼，並不少於人類對他們的害怕。而他們的悲憫，卻沒有語言可以表達。

這個雪人巨手一攬，就將央金從雪窩裏拔了出來，就像拔出一根蔥那樣輕鬆。雪原上刺目的光芒讓阿媽央金的眼睛幾乎睜不開了。她感到身邊有一大團陰影，一堵長滿雜草的褐色岩壁聳立在她的面前，她扶著這岩壁想：我這是到哪兒了？剛才我掉下去的時候，身邊沒有岩壁呀。

央金忽然感到那岩壁在動，自己雙腳找不著地，人升在半空中。待她的眼睛慢慢適應了外面的強光，她才看見雜草叢生的岩壁上張開一張巨大的嘴，血盆似的大口呼出腥臭的氣息，就像悶熱的夏天裏吹來的一股熱風。那嘴上面的鼻孔有一個小孩的拳頭大，兩隻眼睛隱藏在深深的黑毛裏。

「魔鬼！你要把我這個老人家怎麼樣？」央金懸在半空中，竟然沒有感到害怕，一個人上了年紀，還有什麼可怕的呢。

雪人仔細地端詳了巨掌中的央金，躊躇片刻，然後像放下一個嬰兒般的，輕輕把央金放在了雪地上。央金這才發現自己和這個傢伙有多大的差距，她抬頭望他的時候，竟然把頭上的一頂破帽子都望掉了。

央金雙腳一軟，癱在了雪地上。

雪人彎下腰來，就像一座山頭倒下來一般，他把央金抱在了懷裏，他用寬大而肥厚的舌頭舔央金滿身的雪渣，一股腥熱的氣息籠罩著已快凍僵了的老阿媽。這使央金想起故鄉的一處溫泉，從地下不斷湧出的蒸騰熱氣也跟這個大傢伙口裏哈出來的差不多，溫暖得令人聯想到神的親近。

央金忽然感到渾身燥熱，不是因爲激動或恐懼，而是由於害羞。她被雪人抱在懷裏，就像回到了嬰孩時代。上帝啊，哪有當祖母的人還被一對乳房溫暖啊。那雪人的兩個乳房散發出火塘一般的熱量，大得就像兩床被子，幾乎令央金窒息。可是當央金明白了雪人的好意後，她真想好好在這峰巒突起的懷中睡上一覺呢。

「你是人？是神？還是魔鬼？求求你，放我下來吧。」

「嗚——嗚嗚。」雪人晃晃頭，不知道他究竟要說什麼。

「我要下去！我還要去找我的兒子。他是一個磕長頭的喇嘛！」央金忽然想起了也在絕境中的兒子，她拍拍巨人的胸脯，又指指雪原的前方。

雪人明白了央金的意思，再次輕輕地把她放下來。在與人們一代代上演的生死追逐的遊戲中，他們已經能聽懂人類的語言，甚至能看透人類的心思。因爲人類敬畏的各路神祇和魔鬼都是他們的朋友，而人類卻對他們知之甚少。

央金心中惦記著兒子，離開了這雪人的懷抱後，撒腿就往前面跑，她跌跌絆絆地在雪地上跑出去很遠了，忽然覺得應該給自己的救命恩人磕個頭。她停下腳步，回頭望去，雪人在遠處用手搭在眉骨上，正向這方瞭望，像一尊立在曠野裏的威猛金剛。央金「噗」地跪在雪地上，衝他就是一個長頭。

「你也是雪域高原的神！求你保佑所有流浪他鄉的朝聖者。」

那雪人一定聽到了老阿媽的祈請，也一定知道朝聖者一家此時的困境。他只跨了兩步，就站到了央金的面前。

「嗚——」雪人將自己的嘴望前方一呶，那意思是要與老阿媽同行。

儘管在智力發展上，雪人沒有與人類同行，但是神靈賦予他們在其他方面超越人類的神力。他們在大地上闊大、高遠的步履，人類就是再進化一萬年，也許還是追趕不上。在雪地上，這個大傢伙就像腳上有翅膀，他留下的腳印幾乎可以把央金掩埋。他往前走一步，好半天央金才能跟上來。於是雪人乾脆伸手將央金夾在自己的臂膀裏，央金感到自己在雪地上飛翔。

不多一會兒，央金就看到了那頭豹子，牠正在俯趴著的洛桑丹增喇嘛跟前嗚咽。央金的心一下就涼了，「我的喇嘛兒子，我的喇嘛兒子！」她拍打著雪人的胸部，指給他看雪地上的喇嘛。

豹子在一開初誤會了雪人，牠看見阿媽央金被挾持在一個龐然大物的胳膊裏，帶著呼嘯聲就撲過來了。雪人一閃，躲開了豹子致命的一撲。雪人在雪地上隨便一拔拉，竟抓起一塊盆大的石頭來，揮臂要將石頭向豹子扔去，阿媽央金不知從哪裡來的力量，大叫一聲，竟然一縱身抓住了雪人的胳膊，人也隨著胳膊的揮舞晃悠了出去，吊在上面像一顆乾瘦的老核桃。

「豹子也是我的兒子，求求你，別傷害到牠！」央金懸在半空高聲喊。

豹子此時已返身回來，準備再撲，央金又喊道：「玉丹，我的好兒子玉丹！這是阿媽的救命恩人，別過來！」

雪人大概永遠也無法弄明白一頭豹子和一個家庭的關係。可是他看見那頭豹子眼光中閃耀著人類的眼睛中才會有的愧疚和感激。至少他已經知道，豹子和這個老人的關係非同一般。

準備搏殺的雙方都平靜下來了。央金從雪人的臂彎中跳到雪地上，撲到喇嘛的身邊，可是洛桑丹增喇嘛早就凍僵了。

阿媽伏在喇嘛身上嚎啕大哭，撕心裂肺的喊叫在曠野裏捲起一陣陣的雪風，打著旋兒向遠方逃去；雪地下的冰層也被尖銳的哭喊割裂，「嘎吱嘎吱」地紛紛破裂，一些地方從此形成雪原上永不會彌合的溝壑；遠方的雪嶺上還發生了雪崩，撼動得大地一陣陣顫抖。

雪人蹲下來，俯瞰著雪地上的喇嘛。喇嘛也幾乎跟他一樣，也成了個渾身蒼白的「雪人」了，雪渣和冰屑沾滿了他的全身，裸露在外面的皮膚早已僵硬、皸裂，像傷痕累累、萬劫不復的荒地。雪人把喇嘛抱在懷裏，舔去他一身的雪渣，試圖再次用自己胸前和舌頭上的溫暖使喇嘛暖和過來，可是喇嘛依然僵硬得一動不動，彷彿是一截冰涼的木頭。

雪人對著阿媽央金「嗚嗚」叫了幾聲，抱起洛桑丹增喇嘛就飛奔起來，豹子開始想追出去，可是牠發現，要在雪地上追上這個神秘的雪人幾乎是不可能的。在你一眨眼的功夫，他就消失在一片雪霧之後了。

阿媽央金對豹子說：「我活這麼久了，還是第一次被神派來的使者抓在手掌裏，救回一條命。玉丹，你放心吧，你哥哥是個磕長頭的喇嘛，功德無量，他自己也是半個神了。神靈們要做的事情，我們凡夫俗子不要多管。你哥哥會回來的。」

兩天以後，風雪的身影已遠遁，陽光重新普照大地。茫茫雪原一片潔淨，一個黑點從天邊緩慢而堅定地踏雪而來。洛桑丹增喇嘛完好如初地回到了阿媽央金身邊，在他沉著剛毅的面孔上，已看不到一絲死亡的痕跡。他身披一張巨大而嶄新的虎皮，那是雪人贈送給他的禮物，從今以後，喇嘛將不再受寒冷之困。至於雪人如何用自己的方法救活了磕長頭的喇嘛，那是人們永遠也弄不明白的問題。這種雪域高原特有的生靈，本來就被傲慢又膽怯的人類拒之於認知範圍之外，人們也就永遠走不進他們的世界。

可是，神聖雪域，無一物不莊嚴，幻化國土，無一事是真實。有些神靈的身影，是我們永遠也看不到的。不是我們沒有能力，而是我們只有一雙人的眼睛；也不是我們缺少虔誠，而是我們的因緣未到；更不是我們沒有找到進入神靈世界的路徑，而是上蒼在日益無所不能的人類面前，總得給我們留下最後的幾點秘密、給神靈們留下一點來去自如的空間。對吧？

緣卷

Tibetan Rinpoche

第七章

25 性奴

時間像篩子一樣地把生活中的一些細節無情地篩走了，只留下粗大的記憶片段和傷痛的顆粒。正如一個旅途中的人，他對經過的道路和村莊，翻越的雪山和跨過的河流，遇到的野獸和女人，多年以後也只能想起一些零星的場景和刻骨銘心的溫存。也正如在雪域大地四處流浪的達波多傑，他現在出門已經整整六年了，那些雪山埡口上的飛雪，那些草原上遍地開放的花兒，那些一張張羊皮褥子下不斷更換的女人，還有那些在旅途中碰見的酒友，俠士，商賈，流浪歌手，喇嘛，牧人，都被時間的篩子篩走了。現在達波多傑只想念一個人，在饑腸轆轆沒有人煙的荒野，在漫長寂寞的黑夜，在寒冷破舊的帳篷裏，在顛簸起伏的馬背上，達波多傑想念一個人想到了骨子裏。這可是他一生中從來沒有過的體驗，這種思念就像鑽到人體內的一群群螞蟻，日日夜夜地啃噬著他的一顆漂泊動盪的心。

這個人不是他曾經迷醉在她的尖銳呻吟中的嫂子貝珠，也不是牧場上那些健壯多情的女人，更不是旅途中的帳篷裏，某個像路邊的野花肆意地開放又隨意地採摘到手的姑娘。這個人是他的精神導師，是在他的心目中比父親還要偉岸的大丈夫，他在他的教誨下一步步走向自己的夢想；當他站在他的身後時，達波多傑的力量與勇氣便在心底裏一寸一寸地生長，就像在千軍萬馬陣前，身後擁有一個強大的軍團。

這個人，就是那個被刀削掉了鼻子、鑄造了兩把寶刀、培養了一個英雄、一個殺手的基米啊。達波多傑有兩年多沒有他的消息了，他不知道這個沒有鼻子的老傢伙是否也在想念他，是否還念念不忘他的英雄夢想。

而他自己，卻已經快把曾經擁有過的英雄夢想遺忘殆盡了。並不是他又沉醉於哪個女人的溫柔之鄉，也不是異鄉的風情令他流連忘返，不思進取，而是他現在已淪落到幾近於奴隸的地步。一個成了奴隸的人要成就英雄的偉業，顯然還要走更長的路。只是這奴隸並不幹很繁重的活兒，也不愁吃喝，更不挨鞭打責罵，而且還是許多男人求之不得的好差事。達波多傑這樣的傢伙是那種命犯桃花的種，他即便當了奴隸，也不過是一名性奴隸而已。

事情發生在半年以前，達波多傑和忠心的老管家益西次仁流浪到雅魯藏布江支流的一條乾熱河谷，人們告訴他們說，穿過這條河谷，就可走向通往後藏重鎮日喀則的官道。那條不知名的河谷狹窄又隱秘，熱浪像死水一樣瀰漫在空氣中，而河裏的水卻冰冷刺骨，人若跳到河裏，就不是退涼的事兒，而是凍死的問題啦。

益西次仁一再告誡熱得焦渴難當的達波多傑，你不能下河去尋求一時的痛快，這是魔鬼控制的河，你沒有看見不斷有屍體從上游飄下來嗎？這樣的河谷裏一定有溫泉，讓我再找找吧，老爺，我好像已經聞到溫泉的味道了。達波多傑那時沒有好氣地說，我還聞到鮮花的香味呢。

神靈在那天聽到了兩個流浪人的祈求，他讓益西次仁找到了溫泉，讓達波多傑嗅到了鮮花的芳香。在山道的一個褶皺處，一汪從山上淌下來的溫泉積水成潭，一陣陣熱氣的氤氳飄蕩在河谷裏，還有姑娘們嬉水的歡笑。達波多傑當時呵呵一笑：「今天我們真是磕頭碰到真佛，燒香遇見菩薩了。」

從他們所在的山坡處望去，水潭裏有兩個姑娘在沐浴，看不出她們漂亮與否，但是她們的黑瀑布一般的頭髮飄散在水潭裏，就像烏亮發光的黑色錦緞。達波多傑有好長時間沒有近女色了，心裏有些癢癢得難受。他對老管家說：「這兩個娘們兒，需要一個男人幫她們呢。」

老管家畢竟行事謹慎一些，他說：「老爺，在這荒無人煙的河谷裏，兩個泡在溫泉裏的姑娘，不是魔鬼的女兒，就是強盜的陷阱。我們走吧。」

但是達波多傑不聽，他太相信自己在姑娘們面前的魅力了，他讓益西次仁先去周圍看看，有沒有魔鬼的足跡。等他和姑娘們洗完澡後，他再來換他。事態的發展也正如達波多傑所料，當他笑盈盈地站到溫泉邊時，水裏的兩個姑娘眼睛一下亮得蓋過了泉水的光芒。

「水溫暖嗎？」他問。

「不冷。」年輕一些的那個姑娘說，有點害羞似地把臉埋進了水裏。而那個年紀大很多的姑娘，卻用眼睛直勾勾地看著這個彷彿是畫中走出來的俊男。

「好洗麼？」他輕佻地問。

「天上淌下來的水，是神靈賜予的；泉水邊站著的人，是何方來的呢？」年紀大的姑娘問。她的目光讓情場老手達波多傑也感到害怕，是那種看你一眼就會從你身上挖走一坨肉的眼光。

「管他是從哪裡來的。妳只需說，遠方的客人，下來與我們一同沐浴吧。」

「那你爲什麼還站著不動？」目光很潑辣的那個姑娘說話也很衝，看得出來她內心的欲火一點也不比達波多傑小。

在藏區的許多地方，男女同浴的風俗很普遍，但一般只限於家族裏或者同一村莊的人，由於都是親戚長輩，因此在溫泉裏並沒有人會升起邪念。像這樣和陌生人同浴，是需要一點膽量和浪漫情調的，而這兩者達波多傑恰恰都不缺。那兩個姑娘的膽子大得來令情場高手達波多傑也感到吃驚。一個姑娘的腳率先從水裏伸過來，像一條水蛇一般地纏住了達波多傑的腿。大家都感到溫泉裏的水溫在升高，此刻別說是一潭溫泉，就是雪山上融化下來的冰水，也會被三個人的欲火燒開。他在那一方淺淺的潭水裏與兩個姑娘周旋，兩個姑娘被他挑逗得春心蕩漾，欲罷不能。

其中年紀較小的那個想起身離開，可是達波多傑只用一雙炯炯有神的眼睛盯住她看了片刻，她的骨頭就酥了，豐滿的胸脯急促地起伏，掀起陣陣的波浪，平靜的泉水彷彿成了波浪洶湧的雅魯藏布江。人的目光的能量有時能蓋過太陽的光芒，在一些特定的場合下，它是世界上最明亮強大的光。一些法力深厚的密宗喇嘛，他們的目光可以擊落天上的飛鳥，打掉樹梢的樹葉。而達波多傑情欲氾濫的目光，可以輕易俘獲姑娘們的心。

最後，到兩個姑娘都癱在泉水裏再也爬不起來的時候，她們已經成爲達波多傑情欲香案上的祭品。在溫泉邊的一塊巨石上，達波多傑與兩個姑娘輪流做愛，攪得溫泉裏的水熱得開了鍋，還把人的皮膚燙得起了一串串的小泡。

一切就像水總要往潭裏流，鷹總會往高處飛一樣自然。漫長旅途中的豔遇並不需要更多的理由和情感的鋪墊，達波多傑是一頭孤獨的公狼，他才不在乎在哪兒播種，以及季節是否適合呢。

但是這一次他徹底錯了。當他回到泉水邊穿好衣服，準備繼續自己的旅程時，他發現兩支雙叉火繩槍一齊對準了他。持槍者就是剛才與他一起在情欲橫流的泉水裏嬉戲的姑娘。

「跟我們走！」年長的那個姑娘說。

「噢，這可不是妳們幹的活兒。」達波多傑不當回事地說。

「拿上你的行囊，跟我們走！」還是那個姑娘說，口氣不容置疑。

「姑娘們，妳們有妳們的路，我有我的路。別把溫泉裏的事情當一回事啊。」

「等我點燃火繩槍，事情就大了。」年紀較小的那個姑娘從腰間抽出了火鐮石。剛才在巨石上，她還是那麼羞澀，是達波多傑一點一點地導引著她奔向快樂之源。可是現在你看看她，「嚓」地一聲就把火鐮石上的火星擦出來了。姑娘手上的火捻子已被點燃，然後用一雙勇敢而野性十足的眼睛盯著達波多傑。

「你可要想好了，世上沒有這麼便宜的愛情。」姑娘一手持槍，一手舉著火捻子。

「我的愛情都交給了流水。」達波多傑笑嘻嘻地說，他還把她們當孩子看。

姑娘將火捻子湊到槍的火繩上，「嗤——」那裏冒出一陣歡快的青煙和火苗。

現在達波多傑相信了，她真的會殺了他。他撓著自己的頭說，「唉，沒見過這樣求婚的。姑娘們，要帶我去哪兒呢？」

「帶你去見我們的阿爸！」

「哦呀！」達波多傑感到事態嚴重了，「嗨，嗨，小心啊！槍子兒飛起來可不好玩。」火繩槍已經快要擊發了。

「是嗎？」姑娘一抬槍口，「砰」地一聲巨響，一團霰彈從達波多傑的頭頂飛過。姑娘們的眼睛卻垂了下來，「你再不好好說話，你就做不成我們的男人了。」

這可真是一場自己撞到槍口下的婚事。兩個姑娘大的叫娜珍，小的叫甘瑪，她們的父親巴桑是一個流浪部落的頭人，其實這個部落真正的主人是巴桑的老祖母朗姆。人們說她已經活了兩百多歲，因爲部落裏只有她可以和神靈交談，與死神共眠，並隨時帶來老祖先的囑咐。在這個世界上，已經沒有人知道她從前的經歷，據說她年輕時看見過格薩爾王的軍隊，她還見過顯出真身的蓮花生大師，那時她身材高挑，貌美無比，格薩爾王的軍隊爲了她的美麗四處征戰，而她最後卻嫁給了一個放牧的牧人。

朗姆老祖母說過一句洞穿生命歷程的名言：

愛就是命運。

現在，她像一顆老核桃一般地堅硬，承受住了兩百年命運的折磨。之所以在她如此高壽的時候還被部落裏的人們帶出來四處流浪，是因爲朗姆老祖母告訴大家說，在後藏有一處地方被稱爲世界的中心，那就是崗仁波齊神山。神山的東面有一條白色的河流，名爲當卻藏布，它繞過肥美的草原，河裏流淌的不是水，而是潔白的鮮奶；河床上遍佈金沙和寶石，可是人們並不稀罕，因爲它們俯首即拾，一點兒也不顯得珍貴；草場上的鮮花開得有一人高，牛羊比天上的星星還要多，遠處的山頭上不是岩石，全是糌粑和乳酪；天上飛翔的雄鷹是部落祖先的轉世，人們終生行善，來世都升到了天國。那裏就是部落久遠的故鄉，一千多年前的戰爭讓部落裏的人們在雪域大地四處流亡，從那以後，他們就再沒有見到過鮮奶河和糌粑山，也沒有星星一樣多的牛羊，更不能像雄鷹一樣自由翺翔。

每當朗姆老祖母講起自己的故鄉，空洞的眼窩裏已經沒有眼淚，只是在鄉愁濃郁得化不開時，會淌出一些粉紅色的血珠。現在她只有一個三歲孩子般大小，在流浪的途中一直被巴桑頭人揹在背上。她的眼睛早在一百年前就瞎了，可是整個部落裏，就只有她才知道回家的道路。連哪一條岔路口有幾棵古樹，哪段河流上有渡口，哪座雪山埡口有魔鬼，他們長什麼樣叫什麼名字，她都清清楚楚。

「神靈告訴我們，只要回到自己的故鄉，才可以過上幸福美滿的日子。就這樣，我們在老祖母的帶領下，終於走上了回家的路。」部落頭人巴桑對達波多傑說。

達波多傑和他的兩個女兒在溫泉裏折騰的時候，他其實已經帶了一群人俘獲了益西次仁，而他的兩個女兒則俘獲了達波多傑。因爲部落裏有一條古老的規矩，同部落的男女絕不通婚。這使部落在與外族男女的婚姻中保持著自己旺盛的繁衍能力。

巴桑頭人是一個滿臉鬍鬚的壯年漢子，密集粗壯的鬍子讓人想到拔起來的樹根。他的部落現在還有一百來號人，與其說這是一個部落，不如說它是一個龐雜拖沓的商隊，老人和小孩，婦孺和病人，出家的喇嘛和相信傳說的新加入者，甚至還有說唱格薩爾的、打鐵的、趕馬的、朝聖的、無家可歸的各色人等混雜其間。他們其實已經出來十多年了，並不是道路不好走才讓他們還沒有抵達傳說中的故鄉，而是他們走一路，耕作放牧一路。遇上幾塊好地，他們會停留下來，種上幾季莊稼，爲今後的旅程儲備一些食糧。他們不要土地，不要牛羊，更不要房舍和家。他們只要自己心目中的富饒美麗、魂牽夢繞的故鄉。他們的希望就寄託在自己的腳下。

「你們是在尋找夢中的故鄉。」達波多傑說。

「對一個流浪了多少代人的部落來說，故鄉不就是在夢中嗎？夢中的故鄉，是最美的家園。」巴桑一往情深地說。

達波多傑沒有見過如此輕率、又如此浪漫的部落頭人。對比他的父親和哥哥，他們的祖先雖然也是從遙遠的地方遷徙到瀾滄江峽谷，可是他們把峽谷裏那一方狹窄的土地看得多麼重要啊。

故鄉就是長在心裏面的那棵樹，時光年復一年地把它澆灌，傳說日復一日爲它施肥，使它在人心裏根深葉茂，果實累累。對巴桑部落的人來說，現在是去故鄉的田園裏享受思鄉的果實，痛飲落葉歸根的乳汁，了斷綿綿無盡的鄉愁的時候了。爲此，他們哪怕走遍天涯海角，哪怕終生流浪，也要找到傳說中的故鄉。

達波多傑那時還不能理解這些，他對自己的故鄉還充滿怨恨哩。他對巴桑頭人說：「尊敬的頭人，我們都是出門尋找自己夢想的人。在我們沒有把夢想抱在懷裏的時候，我們的腳步不會停下。請放我走吧。」

「放你走？你要去哪裡？」頭人斜著眼睛問。

「我也要去找我的夢想。」

「你的夢想已經在溫泉裏泡沒了。你還不知道嗎？」

女人真是英雄的絆腳石。達波多傑現在終於後悔了，他站起身來想抽出腰間的寶刀，可是他的背後同時抵住了三四把馬刀。

「我的兩個女兒都給你了。在我回到故鄉時，我要一手牽一個孫子。愛就是命運。認命吧，夥計。好好幹，一路上時間還有的是，我的女兒們是兩匹不錯的母馬哩。」頭人拍拍達波多傑的肩說。

就這樣，達波多傑便被強迫留在了這個流浪部落裏。

巴桑頭人規定每晚爲自己的女兒單獨準備一頂帳篷，達波多傑在月亮升起來的時候，會被人帶進帳篷，裏面會有兩姊妹中的一個在等他。至於是誰，達波多傑不知道，天黑以前，兩姊妹也不會知道，因爲她們要靠父親巴桑抛貝殼占卜來決定自己的一個夜晚是溫情纏綿，還是孤獨難耐。帳篷外雖然沒有人站崗，可是朗姆老祖母有一種神奇的咒語，凡加入了部落的人，靈魂都會被這咒語所束縛，當他想離開這個流浪部落時，即便腳想走，心也會被朗姆老祖母的咒語拴得緊緊的。

也並不是多情的達波多傑已經再一次沉溺在女人的溫柔之鄉，其實在他的眼裏，兩姐妹都奇醜無比，比當年哥哥扎西平措強行要娶給他的野貢土司家族的麻臉女兒好不了多少。當初在溫泉裏，自己爲什麼要那麼猴急地跳下去，實在令萬念俱灰的他百思不得其解。難道是被溫泉裏的熱氣迷糊了眼，還是女人被溫泉一泡，都顯得美麗嬌嫩，賽過王妃呢？唉，一個擁有英雄夢想的人，怎麼又淪落到女兒的溫柔鄉？愛就是命運。可這場愛情比當年跟嫂子貝珠昏天黑地的愛，比在羌塘草原上糊裏糊塗的愛，更讓達波多傑感到自己愛的命運充滿錯誤。

他曾經想到過逃跑，那匹叫貝珠的寶馬，已經長到三歲了，牠身子兩側那排翅膀殘留的痕跡，還隱約凸現著兩排肉芽，要仔細地撫摸才感覺得出來。達波多傑平常輕易不騎這馬，無論一路上多麼勞累辛苦，每個夜晚他總要起來兩三次，爲牠添加草料。落入巴桑頭人手裏後，他對頭人唯一的請求就是要親自飼養貝珠。頭人並沒有認出這是一匹神駒，只是說，好男兒總是愛馬勝過愛女人，有你喝的，就有你的馬吃的。

他有寶刀和寶馬，要逃脫這些人的手掌應該不成問題。但是老管家益西次仁卻成了真正的奴隸，他的馬被沒收了，就等於他想飛的翅膀被剪斷了。他每天在部落裏幹最重的活兒，和十多條漢子睡在一頂帳篷裏。達波多傑不忍心丟下這個像自己的父親一樣的老人。

半年多時間過去，達波多傑在娜珍姐妹倆身上的辛勤耕耘得到了報答，兩姐妹的肚子都顯山顯水了，巴桑頭人時常用愛惜的眼光打量達波多傑，說等到了我們的故鄉，我大概也老啦，我沒有兒子，部落頭人的位置就交給你來坐吧。以後你再傳給我的孫子。

達波多傑心裏苦笑不已，怎麼我在家裏沒有頭人的位置坐，到外面卻誰都要我去坐呢？媽的，女人們的奶子成了我這個沒有多大出息的傢伙的坐墊啦。這樣的人還能當英雄嗎？每當想到此，他就深切地懷念起沒鼻子的基米。這個傢伙與他分別時說的話，現在讓他後悔得肝腸寸斷。離女人遠一點，她們會消磨一個英雄的氣概。

有一天，達波多傑忍不住問巴桑頭人，「你真的相信你們家鄉的河裏淌的是鮮奶，山頭上全是糌粑和乳酪嗎？」

巴桑頭人回答道：「不是相信不相信的問題，因爲它千百年來就是這樣。就像你的父親和母親，你用得著去懷疑什麼嗎？」

「這樣的傳說在我們那裏也有，我們把它說成是『香巴拉』王國。」

「要是你相信傳說，你的內心就像孩子一樣地單純，你就沒有那樣多塵世的煩惱。這不是很好嗎？」巴桑頭人又補充道：「這是一名喇嘛上師說的。」

「那你相信『藏三寶』的傳說嗎？」達波多傑又問。

「藏三寶？」巴桑頭人睜大了眼睛，「夥計，藏三寶多了，你說的是那一類的三寶呢？」

「寶刀，良馬和快槍。」達波多傑響亮地回答道。

「噢，那可是一個英雄的佩帶。」巴桑頭人感嘆道。

「是的，我就是要去作這樣的英雄。可是你的女兒們把我絆倒了。」

「那麼，你找齊了你的三樣寶貝了嗎？」

「快了。但是又可能永遠找不齊，要是我天天做你兩個女兒的奴隸的話。」

巴桑頭人沉默了許久，才說：「等回到了我們的家鄉，你就走吧。」

26 聖城

「阿媽，阿媽，我看見聖城拉薩了！」

「是嗎？哦，佛祖！我的兒子終於來到你神聖的領地了。他是磕著長頭來的啊，你們怎麼還不打開聖城的城門，獻給他潔白的哈達？」

「阿媽，聖城不需要城門，它向所有的朝聖者敞開神聖的胸懷。面對雄偉壯觀的布達拉宮，我還要磕一天的頭，才能到哩。」

「喇嘛，聽你這麼一說，我也看見啦。潔白的牆，是嗎？」

「是的，阿媽，高大潔白的牆。」

「黑色的窗戶。」

「是的，阿媽，窗框是黑色的。」

「紅色的樓房。對嗎，喇嘛？」

「是的，阿媽，就像天國裏的樓宇。」

「還有金色的頂。」

「哦，阿媽，多漂亮的金頂啊，就像飄浮在天上一樣。只有在西方佛國中的極樂世界裏，才會有這樣漂亮巍峨的宮殿。阿媽，我要在這裏多磕三千個長頭，再去朝拜它。」

「你磕吧，我的兒子，幫我好好看看我們的聖城。佛祖啊，這兒連吹來的風都帶有神的味道。聖地拉薩啊，我們終於到啦！可是我卻看不見你……」

阿媽央金早已乾枯了的眼眶裏就像復活了的泉眼，眼淚簌簌地淌下來，洇濕了洛桑丹增喇嘛長頭下的土地。喇嘛的眼淚也禁不住嘩嘩地流淌，不是爲他自己這一路的辛勞與苦難，而是爲阿媽央金再也不能看到她眼前輝煌燦爛的拉薩。

阿媽央金眼睛裏仁慈明亮的光芒在半個月前就徹底暗淡下去啦，她在深沉的黑暗中感受拉薩的輝煌。她這一路上，瞳仁裏的期盼太多，看到的苦難太多，爲親人們流淌的眼淚早就盈滿了沿路的江河。

大地因爲一個老阿媽的眼淚而悲憫，在朝聖的道路兩旁，開滿了慈悲的白花，結滿了信仰的果實，都是由磕長頭喇嘛的汗水和阿媽的眼淚滋潤出來的啊。現在，喇嘛每磕一個頭，淚水便潑灑一地，在漫長的朝聖路上，這是從來沒有過的事。不多一會兒，腳下的這塊本來很乾燥的地便變得濕潤而泥濘了。虔誠的眼淚，感激的眼淚，幸福的眼淚，形成一條條溪流，歡快地流淌。拉薩前面的那條河，就是這些朝聖者們的眼淚匯集而成的吧？

兩天以後，磕長頭的喇嘛進入了拉薩。那是一個暴風驟雨的下午，拉薩城古舊泥濘的街道早已沒有了行人，喇嘛在如注的暴雨中專注地磕自己的長頭，彷彿雨根本未曾在下。他在泥水裏一步一磕頭地向大昭寺磕去，街道屋簷下的一些拉薩市民用崇敬但又木然的眼光看著那個雨水中的喇嘛。

「喲，又來了一個磕長頭的。」他們說。「他可沒有趕上好時候，有雨也不歇一歇。都到拉薩了，慌什麼呢？」他們又說。

但當他們看見喇嘛的身後，揹負行囊的只是一個瞎眼的老阿媽時，那些待在屋簷下和窗戶裏躲雨的人悲心大發，他們把早已衣不蔽體的老阿媽拉進了家門。

「老阿媽，你們從哪裡來的啊？」

「瀾滄江峽谷，卡瓦格博雪山下。」

「什麼地方啊，沒聽說過。」

「你們怎麼沒有聽說過呢，那裏可是世界的中心。」

拉薩人自豪地說：「拉薩才是世界的中心。老阿媽，你們那兒離拉薩有多遠？」

「噢，善良的拉薩人，每一個藏族人都有自己心目中的中心。我不知道走過的路有多遠，我只知道我們已經走過了七個春天。」

「佛祖，那可是不短的一段路啊。老阿媽，就妳一個人做喇嘛的後援嗎？」

阿媽央金沒有回答這個令她傷感的問題，空洞的眼眶望著外面的風雨世界，聆聽著拉薩酣暢淋漓的暴雨和天上滾來滾去的炸雷，「你們聽，」她高聲而豪邁地說，「連你們拉薩的神靈，都在為我的兒子哭哩。」

雨停的時候，喇嘛終於磕到了大昭寺的門口。那時正是拉薩金色的黃昏，古老的聖城籠罩在祥和明淨的暖色光芒之中。他伏在寺外的地上，從來沒有感受到自己對諸佛菩薩如此地敬畏，離日夜思念的上師如此地親近。

大昭寺外面的石板地凸凹不平，到處是一條條磕長頭者磨擦出來的人體的痕跡。洛桑丹增喇嘛匍匐在上面時，就像伏在一個民族信仰的脊樑上，朝聖路上所有的艱辛與磨難，所有的風塵與霜雪，都讓他在喘一口氣的一瞬間，輕輕地吐納出去了。吉祥的晚霞從天邊映射到寺廟的金頂，又從金頂反射到人間，就像神的光輝普照大地。洛桑丹增喇嘛在心裏對自己說，儘管藏族人在佛菩薩面前已經磕了一千多年的頭了，不過我來得還不算太晚。

大昭寺緊鄰八廓街，那裏每天都湧動著川流不息的來自藏區各地的朝聖者，像洛桑丹增喇嘛這樣的磕長頭者也非常多。人們履行生命的使命都一樣，只是命運卻各有不同。在聖城，各種消息隨著灰塵、紙片、經幡、以及飄飛的樹葉，在低矮的房屋、狹窄的小巷裏傳得像風一樣快。不到一個月的時間裏，拉薩的大部分市民已經知道了一個來自藏東康巴地區的喇嘛，歷經千難萬險，磕長頭前來拜師朝聖的故事。這個修大苦行的喇嘛手裏拿著寫在一塊薄羊皮上的介紹信，到處找一個叫格茸的上師。

可是在僧侶如雲的拉薩，學識高深、法力深厚的大德高僧，就像天上的星星一樣多。洛桑丹增喇嘛朝拜了甘丹寺、哲蚌寺、沙拉寺三座巍峨雄壯、名震天下的大寺。

一天黃昏，在沙拉寺，洛桑丹增喇嘛正在寺廟的大殿外磕頭，一個也是從藏東康區來的老喇嘛對洛桑丹增喇嘛說，「小比丘，跟我來吧，你要找的上師已經等你很久了。」

洛桑丹增喇嘛喜出望外，沒想到這樣順利地就可以見到上師了。他跟隨那個叫曲多的老喇嘛在密集的僧舍間繞來繞去，最後來到寺廟後院的一排靈塔前。

曲多喇嘛指著一個上面長了些荒草的靈塔說：

「格茸上師在裏面等你哩。」

洛桑丹增瞪大了眼，「喇嘛，你……你是說，格茸上師圓寂了？」

曲多喇嘛嘆了口氣，「有十多年了。上師圓寂時對我說，他會有一段佛緣從瀾滄江峽谷來。」曲多喇嘛向靈塔頂禮，磕頭，然後將自己的頭俯向靈塔，輕聲說：「上師，你要等的人終於來了。」

洛桑丹增喇嘛在格茸上師的靈塔前長跪不起。十多年前他還沒有出家，但是上師已經在期待今天的佛緣了。他覺悟得多麼晚啊。可是，他歷盡千辛萬苦來到聖城學法，難道就只能面對上師一座無言的靈塔嗎？在朝聖路上的許多個日夜，他把上師的莊嚴想了無數遍，也把上師的尊容默念了無數遍。他是一個像貢巴活佛那樣寬厚慈悲、悲心無量的老者，還是一個博學睿智、顯密精通的高僧？但洛桑丹增喇嘛萬萬沒有想到的是，他連上師的法相都無緣相見。

天天的星星像地上升上去的一顆顆善良的靈魂，亮晶晶地高懸在深藍色的夜空，洛桑丹增喇嘛不知道究竟是天上的星星更飄渺，還是上師的靈魂離自己更遙遠。他長久地跪在格茸上師的靈塔前，已經哭乾了自己的眼淚。在朝聖的路上，再大的艱難，再凶惡的環境，再高遠的雪山，他都沒有喪失過信心，因爲他心存希望。可現在希望成了一個破碎的夢，夢的碎片讓洛桑丹增喇嘛一時找不到方向。

天上的星星忽然向跪著的喇嘛眨起了眼睛，就像一盞在風中忽明忽暗的酥油燈。洛桑丹增喇嘛正感到有些奇怪，就聽見一個蒼老的聲音從靈塔裏傳來：

「法子，佛陀告訴我們，『依法不依人，依義不依語，依智不依識，依了義不依不了義。』你不要把大象放在家裏，卻跑到森林裏來尋找牠的足跡。佛法遍地都可以求，佛緣卻只和一個人的因緣有關；佛法的上師成百上千，奉獻出你的恭敬心，上師才能轉化你的凡夫心啊。」

洛桑丹增喇嘛俯身向靈塔，急促地祈求道：「上師啊上師，是你在給我指路嗎？我在哪裡可以找到他，我學法的領路人？」

一陣風在靈塔間穿越而過，洛桑丹增喇嘛只聽到一句彷彿是來自天外的聲音，「……人生易得，佛法難求……解脫之路，修心爲要……」

洛桑丹增喇嘛後來圍著格茸上師的靈塔轉了三天三夜，可是他再也沒有聽從靈塔裏得到自己要尋找的上師的任何消息。

曲多老喇嘛悲憫洛桑丹增喇嘛的虔誠，便對他說：「你在大昭寺外磕滿十萬八千個頭，或許你的佛緣就到了。許多來拉薩朝聖的僧侶都這樣做。你要知道，在聖城，八廓街某個角落裏蹲著的乞丐，也可能就是一個修苦行的上師。」

於是，洛桑丹增喇嘛每天到大昭寺磕頭，阿媽央金則在八廓街化緣乞討。阿媽對他說：「一時找不到上師，也不用急，反正要拜上師的人，總要給上師大量的供養。過去那些外出學法的人，都是給上師揹金子去，揹銀子去。儘管我們身上一個藏幣都沒有，但很多朝聖者來到拉薩時，也跟我們一樣窮，他們後來卻可以給佛祖釋迦牟尼的佛身貼一層真金。他們靠什麼做到的啊？靠一雙乞討的手和世人的善心。」

阿媽央金把自己的一隻黝黑、乾枯、疤痕累累的手伸向路人時，一個再心硬如鐵的人也會被這一路乞討了幾千公里的手感動。與其說那是一隻手，不如說是一截朽木，或者說，是一顆苦難卑微的心。

拉薩是朝拜者的聖城，也是佈施者們進入天堂的前殿。有許多善男信女們相信，在拉薩行善佈施可以為自己換來幸福的來世。他們佈施給寺廟，佈施給喇嘛，也佈施給那些一無所有的乞丐、流浪兒、朝聖者。聖城拉薩居住著那樣多的神靈，誰不想在眾神面前好好表現一下呢？更何況拉薩有句俗話說，「向你乞討的乞丐，正是那幫助你生起慈悲心的佛。」

一天，一個來自後藏的商人在八廓街遇到乞討的阿媽央金，他對伸到面前的那隻幾乎只剩下一層皮的手皺起了眉頭。這是一個滿臉油光、穿金佩銀的傢伙，他戴著火紅色的狐皮帽，豹皮鑲邊的華麗藏袍，胸前的佛珠和護身符就像一個四處遊動的珠寶櫃。

「喂，妳就是那個獨自陪兒子磕長頭來朝聖的瞎眼老阿媽嗎？」商人問。

央金的眼前雖然一片黑暗，但是有些人的財富與權勢，你可以從他說話的口氣中聽出來，也可以從他的呼吸中感受得到，甚至可以從他在這個世界上擠佔的空間得到準確的答案。一個有經驗的老乞丐能從乞討對象的隻言片語中判定自己的收穫。這個人一來到阿媽央金的面前，空氣都被擠到一邊去了，就像水缸裏猛地砸下一塊巨大的石頭。

他的身軀一定像一頭大象。阿媽央金心裏想。

「請給兩個藏幣吧，磕長頭的喇嘛今天還沒有喝茶哩。佛菩薩會看到你的悲憫。」阿媽開口要得並不多，因為她知道，越有錢的人，手攥得越緊。

「噢，誰的悲憫有妳這個當阿媽的大啊！」商人感嘆道，從自己的胸前解下來一件佩飾，放在阿媽央金的手掌裏，「拿著，可惜妳看不見它是什麼。但妳說對了，佛菩薩會看得見的。」

阿媽央金感覺手掌裏的那件東西光潤圓滑，細膩冰涼，沁人心脾。就像握在手掌中的一塊冰，但是它並不寒冷刺骨。

「慷慨的善人，這是一塊瑪瑙，對嗎？」阿媽央金問。

「一塊九眼貓眼石。」商人回答道。

「佛祖啊！」阿媽央金也禁不住驚呼起來，引得大街上的行人紛紛駐足觀望，也驚動了寺廟大殿裏的諸佛菩薩，讓他們平和慈悲的目光也微微跳動了一下。阿媽央金知道，一塊九眼貓眼石，可以換一片大牧場上的所有牛羊。峽谷裏的朗薩家族，也沒有如此珍貴的寶石呢。

阿媽央金摸索著把貓眼石塞到了那個商人手裏，「我們可受不起你這樣大的功德，你把它佈施給佛菩薩吧。」

商人又把貓眼石重新放進阿媽央金的手裏，「這不是我的功德，它只是我留給來世的一筆財富。請妳虔誠的兒子代我保管吧。」

四周圍觀的人嘖嘖連聲，商人轉身走了。央金衝那逝去的一陣富貴而慈悲的風高喊：「善人，留下你的名字吧，我兒子念經時會爲你祈誦的。」

商人頭也不回地說：「我今生的名字，在來世有什麼用呢？」

一個一貧如洗的乞丐老阿媽，手上卻握有價值連城的寶石，這個消息很快又傳遍了拉薩城。曾經有個富人想用一座小莊園外加兩個僕人跟阿媽央金換，但是央金說，這塊貓眼石我是不換的，它是我兒子將來奉獻給他的上師的供養。

可是，在一天早晨，阿媽央金起來時，卻發現放在袍子裏的貓眼石不見了，她尖厲慌張的哭叫驚醒了主人，頭晚他們就露宿在這一戶人家的屋簷下。那主人恰好是拉薩地方政府裏的一個小官吏，他聽了央金的哭訴後告訴她說，「小偷在妳還在夢鄉裏的時候，偷走了妳的九眼貓眼石。不過，他可真是一個愚蠢的小偷，竟敢到我索郎旺堆門前來行竊。」

索郎旺堆就是官府裏專門負責緝拿罪犯的官員，那時在拉薩辦案，有一套人的辦法和神的指點相接合的方式。索郎旺堆先到大昭寺燒了高香，供養了酥油，然後找到一個高僧問了卦象。高僧問清了事由，說那丟失的貓眼石是一顆星星掉在了人間，今晚月明星稀的時候，貓眼石將在八廓街的一個角落被人買走。

果然，到了晚上，偷竊九眼貓眼石的盜賊仲永被索郎旺堆擒獲。在仲永出售這塊珍貴的貓眼石時，他沒有料到來和他談價錢的人同時也帶來了索郎旺堆。因爲除他之外，全拉薩的人都知道，這貓眼石是磕長頭的喇嘛將來要奉獻給上師的供養，別說被人偷走，就是有一天不小心掉在了拉薩的大街上，也會有人揀到後送回到阿媽央金手中。

第二天，索郎旺堆要在大昭寺外的廣場上公審那個膽大的盜賊仲永。這個傢伙是個流浪兒，父母給他取這個名字，命中註定使他要和饑餓和乞討相伴①。儘管他還不到二十歲，可幹這一行當也有十多年了。藏族人有句俗語說，吃一顆大蒜和吃十顆大蒜，嘴都是一樣地臭。因此偷一根針和偷神龕上供奉的佛食，都是一樣的罪孽，哪還有什麼大罪和小罪之分？一個人要是把靈魂抵押給了魔鬼，也就不怕地獄烈火的煎熬了，不是他勇敢，而是他對自己的來世已徹底喪失信心。

按照當時的刑律，獲罪的仲永今天必須當眾被鞭笞三十鞭。拉薩城裏的熱鬧本來就不多，看人被鞭打應算是一年裏除了喇嘛們的法會，世俗生活中少有的幾次熱鬧了。因此那天太陽剛升上來，大昭寺外面的廣場上就開始有人在等候。

寺廟裏喇嘛們上午的誦經剛一結束，盜賊仲永已被帶到場地中央，在主審法官索郎旺堆的身邊有一件牛皮衣服。據說這是專門給罪行累累的罪犯受到鞭笞後穿的，牛皮衣一旦穿在渾身是鞭傷的罪犯身上，再放到太陽下曬一天，待脫去罪犯身上的牛皮時，一張人皮也就被扒拉下來了。這張人皮會拿給那些修持密法的喇嘛去修一種很兇猛的法，據說此法一旦修成，可以驅除世間所有的魔鬼。

仲永被拴在一根木頭樁上，黝黑瘦削的脊背已露了出來。圍觀的人群紛紛倒吸一口冷氣，如此瘦弱的背，怎經得住索郎旺堆揮舞起來的牛筋皮鞭。索郎旺堆將手裏長長的皮鞭在旁邊的一個水桶裏浸了又浸，然後在空氣中舞了幾圈，牛筋皮鞭帶著沉重的風聲，在場地中央像厲鬼的低鳴般劃過來劃過去，陽光下的空氣都禁不住一陣陣地顫慄，光線也被皮鞭揮舞得旋轉起來，令人不寒而慄。

索郎旺堆很喜歡自己的這個職業，更喜歡在眾目睽睽之下鞭笞那些違背了佛經教義教規的罪人。這是他人生的舞臺，是他挑戰魔鬼的戰場。每次，他都是這個戰場上的勝利者。

可是今天，他遇到了真正的挑戰。

在他的牛皮鞭剛剛要揮舞起來，打向那個盜賊的脊背時，一個流浪瑜伽士跳到了場地的中央。他身佩骨質六飾②，衣衫襤褸，頭髮過肩，面帶青色，神情剛毅，目光悲憫。胸前掛著由一百零八顆死人頭蓋骨做成的項鏈泛著灰褐色的冷光，令人不寒而慄。

「請等一等，大人，」他對索郎旺堆說：「讓我來替他受這三十皮鞭吧。」

索郎旺堆一愣，問：「爲什麼？」

流浪瑜伽士說：「這個可憐的罪人需要的是悲憫，而不是懲罰。懲罰只能帶來恨，悲憫會讓他看到自己身上的佛。」

索郎旺堆在這裏處罰過許多犯人，還從沒有遇到過這樣的事，他又問：「你是誰？少管閒事。」

「我麼，我只是一個在雪域高原閒閒散散的僧人，人們叫我『野犬僧』，」流浪瑜伽士說：「你只管做你該做的事。來吧，打完你的鞭子，好回去交差。這是我前世欠的。」

人們都知道的一則佛經故事說，一個虔誠正直的喇嘛，在某一天被人誤指爲小偷，官府將他關進監獄，他在大牢深沉的黑暗裏不去爲自己申辯，而是反省出自己的前世肯定偷過人家的東西，報應才會在今世讓他深受牢獄之苦。因爲一切都逃脫不了因果大法。

圍觀的人群交頭接耳，嚶嚶嗡嗡，等著看這齣好戲如何收場。索郎旺堆感到自己的權威受到了愚弄，他厲聲問：「一個修行的僧人，不好好待在寺廟或山洞裏，自己來找鞭子受。你這修的是什麼法？」

「施受法。」流浪瑜伽士說：「他不是偷了人家珍貴的貓眼石麼？是因爲我想要這個東西。」

人群譁然。他們沒有弄明白流浪瑜伽士所修持的這個法，就是要用自己的悲憫來承擔別人的痛苦，來開啓眾生狹隘怨憎的心智。他們只是驚訝於一個流浪瑜伽士也會有貪欲之心。這個世道真是世風日下了啊，索郎旺堆當然更不能容忍這種褻瀆僧侶榮譽的事情。

「這樣的話，你就站到那個木樁下吧。」索郎旺堆用鞭子指著流浪瑜伽士說。

仲永被人解下來，茫然地看著被綁在木樁上的流浪瑜伽士。索郎旺堆的鞭子毫不留情地揮了起來……

「一！」人群中有人在幫著數數。

「啪！」地一鞭子抽下去，流浪瑜伽士的身子顫抖了一下，很快又挺直了。

「二！」鞭稍飛過處，連空氣也在哭泣。

「三！」人們繼續喊。興奮，緊張，好奇，還有不約而同的驚訝。因爲人們沒有看見血珠從流浪瑜伽士的背脊上滲出來！要在往常，三鞭子打下去，早就該血肉橫飛了。這時大家才發現，這個流浪瑜伽士其實也不比那盜賊健壯多少。長年的苦修讓他幾乎只剩下一把骨頭了。索郎旺堆感覺到自己的皮鞭不像是抽在皮肉上，而是抽在骨頭上。這讓他在下手之前，心裏禁不住也在晃悠。我是在懲罰一個罪犯呢，還是在鞭打一尊神？

在雪域高原有許多這樣的流浪瑜伽士，密宗修行者。他們行事乖張，言談怪異，法力高深，悲心博大。他們出離世間，遊歷四方，眼界開闊，心靈淡泊，雪山上的山洞就是他們的寺廟，對心的修持就是他們的戒律。他們只生活在自己博大精深、像宇宙一樣寬廣的世界裏。當他們面對塵世時，他們的言行便與世俗生活格格不入，因此他們常被人們稱爲「瘋狂瑜伽士」、「流浪瑜伽士」、「瘋子喇嘛」等等。

索郎旺堆感到今天跟以往不一樣的是，鞭子越打越沒有力量，以至於三十鞭打完，那個流浪瑜伽士的背就像牛的脊背一樣堅強，或者說，像曬乾的牛皮一樣堅韌。也許他真是一尊神。

索郎旺堆把手中的皮鞭一扔，沮喪地說：

「好啦，你走吧。牛皮衣也不給你穿了，因爲你修煉到的苦難，遠勝過於一頓鞭子。我不知道是你的悲心成就了因緣，還是我的皮鞭結下了罪孽。世間的官司，人判不清楚，神自會判定一切。」

「且慢！我讓你看看，人和人之間，其實並沒有官司；心有疑惑和嗔怒的人，才有永遠糾纏不清的官司。」流浪瑜伽士忽然高喊道：「那個磕長頭來拉薩的洛桑丹增喇嘛，你在人群裏嗎？」

洛桑丹增喇嘛和阿媽央金當然在，剛才索郎旺堆還當著眾人的面，將那顆九眼貓眼石還給了他們。在鞭子打在那個流浪瑜伽士身上時，洛桑丹增喇嘛的背上彷佛也一陣陣火辣辣地痛。他想，難道我與這個瘋瘋癲癲的喇嘛有什麼佛緣嗎？如果他真是替人受過，那他可算是我在拉薩遇到的第一個具足大悲心的上師了。

「尊敬的瑜伽士，你怎麼知道我的名字？」洛桑丹增喇嘛在人群中說。

「哈哈，你真是個把大象放在家裏，卻跑到森林裏去找牠的足跡的愚癡之人啊。」流浪瑜伽士用嘲諷的口氣說。

這不是靈塔裏格茸上師說的話嗎？

「佛祖！」洛桑丹增喇嘛衝流浪瑜伽士跪下了，「你……你怎麼知道我的上師說的話呢？」

「混帳小子，看清楚了，誰是你的上師！」流浪瑜伽士一腳踢翻了洛桑丹增喇嘛，「依法不依人，依義不依語。你連自己家鄉的老朋友都不認識了？」

洛桑丹增喇嘛猛然醍醐灌頂，在離開瀾滄江峽谷前，貢巴活佛曾交代他說，讓他去拜訪一個叫仁欽的密宗上師，說他是他的老朋友。難道他就是那個經常在峽谷翻雲覆雨、驅趕冰雹與東岸的穹波喇嘛仗劍鬥法的密宗大師嗎？難道他就是自己要在拉薩尋找的佛緣嗎？

「仁欽上師，你就是仁欽上師，對嗎？」洛桑丹增喇嘛撲通一聲跪在地上，千言萬語一時不知該從何說起。

「我不是什麼上師，只是一個無知無識的野犬僧。」流浪瑜伽士粗魯地說。

「是我們家鄉的貢巴活佛讓我來拜訪你。」洛桑丹增喇嘛說，又趕忙從行囊裏翻出貢巴活佛當年寫在那張羔羊皮上的推薦信，恭敬地遞給瑜伽士。

流浪瑜伽士胡亂看看那羊皮上的字，輕慢地說：「嘿嘿，嘴上說得像打鐵，心裏卻在懷疑。」他一點情面也不給年輕的喇嘛留，「要拜師學法，一張破羔羊皮能給上師長什麼臉？你給我的供養呢？快拿出來！」

「尊敬的上師，我……我給您準備了一塊華貴的虎皮，是一個雪人送我的。」洛桑丹增喇嘛慌亂中說。

「噢，雪人也是眾生的父母。還有呢？」

「還有……還有就是，我的阿媽在八廓街乞討了一些銀錢……不多……」

「還有還有，都拿出來！」他顯得那樣急迫，就像一個貪財的人。

多粗魯的上師啊！洛桑丹增喇嘛想。但洛桑丹增喇嘛想起貢巴活佛說過的話，要視上師爲父母，上師的話就是佛法。「還有，就是今天惹下大禍的這顆貓眼石了。」喇嘛跪著將它雙手捧住，頂在自己的頭上，等瑜伽士來取。

流浪瑜伽士一把將貓眼石從喇嘛手裏取走，然後說：「一顆平凡普通的石塊，搞那些煩瑣的禮節幹什麼。對一個牧人來說，還不如一堆牛糞管用。不過，對一些人來說，它倒是一枚修行的法器呢。」

這個古怪的流浪瑜伽士攥住那貓眼石，轉身走向還呆立在一邊的盜賊仲永，將他的手抓過來，把那寶石放在他的手心上。

「現在，它是你的了。」流浪瑜伽士說。

「不……不不不，我不敢要。」仲永渾身顫抖著說。

「爲什麼不要呢？」流浪瑜伽士把手摸在仲永的頭頂，「願佛菩薩的悲憫，也成爲你心中的珠寶，讓你永遠滿足與寧靜。去吧，孩子。記住，你心中已經有佛了，今後不要再讓人把你看成盜賊。」

❖ ❖ ❖

①仲永在藏語裏是乞丐的意思。

②指密宗修行者佩帶的用人骨做成的項鏈、釵環、冠冕、絡腋帶、耳環和塗在身上的死人骨灰，這是密宗修行的一種特殊儀式。

讀書筆記（之一）

每當我們面對西藏的寺廟裏誦經的喇嘛，我們總想進入他們的世界。在我們的眼裏，他們就像另外一個星球上的人，說著和我們不一樣的語言，過著和我們迥異的生活方式，他們的精神世界更讓我們覺得神秘高深、宛如星辰一般遙遠。幸好在我們這個多民族的大家庭裏，藏學的研究碩果豐盛，像一桌琳琅滿目的盛宴。我們懷著敬畏的心情，被邀請到這華麗的餐桌旁入席。可是待我們要舉杯答謝主人為我們留下的這份寶貴的文化遺產時，卻常常不知道該如何下箸。

這就是許多時候我們面對博大精深的藏傳佛教時的窘境。

其實，他們的心靈離我們並不遙遠。

眾所周知，藏傳佛教來源於印度佛教，它是一種被引進來後，結合雪域高原獨具特色的人文景觀而形成的宗教。有意思的是，佛教的種子第一次在西藏生根發芽，卻不是來自印度，而是漢地的中原。史料記載，在唐朝初期，偉大的藏王松贊干布統一了西藏的各部落，建立了強盛的吐蕃王朝。在冷兵器時代，那真是驍勇善騎的吐蕃人的天下。

吐蕃兵輕易地就可從青藏高原長驅直入，圍攻唐朝的首府長安，而那時的長安，似乎更適合於出詩人，而不是戰將。唐蕃兩個王朝打打談談，終於明白還有一種方式比戰爭、比掠殺更有意義，更能讓自己的政權長治久安。那就是愛情。

於是就有唐蕃會盟，文成公主和藏王松贊干布和親的千古絕唱。歷代的史學家和文學家曾經對文成公主進藏這一史實潑灑了許多的筆墨，試圖詮釋這位遠嫁他鄉的公主的內心世界，以及這場愛情對唐蕃兩個王朝、漢藏兩個民族停戰結盟的歷史意義。但是一個不容置疑的事實是，文成公主進藏還帶進了佛教的種子，隨同她而去的除了大批珍貴的嫁妝外，還有一尊佛祖釋迦牟尼十二歲身量的等身像。那大概是吐蕃人第一次見到佛陀的法像，藏王松贊干布專門為這尊法像修建了一座寺廟，這就是現在作為格魯派修持密宗金剛乘的上密院——小昭寺。

與此同時，精力旺盛的松贊干布還迎娶了尼泊爾的赤尊公主，她也給藏王帶來了釋迦牟尼佛祖的八歲身量等身佛像。松贊干布專門為此建立了大昭寺供奉。就這樣，有了佛像，還有了寺廟，更有了信佛的嬌妻，於是藏王也開始信奉佛教。

任何一個源遠流長的宗教都和人類文明發展的歷史同步，皈依了佛教的藏王這時才發現，自己的民族還沒有文字。這給那些輝煌的經典翻譯、閱讀和傳承帶來了困難。就像沒有江山可以打下一片江山來，沒有文字同樣可以創造文字。一個真正的英雄總是充滿締造一切的勇氣和信心。藏王派出了自己的一批優秀弟子到印度學習創制文字一樣。一個叫吞米桑布紮的貴族子弟，堪稱那個時代的語言天才，他借鑑梵文，創立了用三十個字母組成的西藏文字，還模仿烏爾都文創制了藏文草書體。這是大約發生在西元七世紀中葉的事情，那時，詩意的唐朝已經培養出了大批大師級的詩人，而歐洲還處於中世紀前的黑暗年代。

約一百年後，吐蕃王朝傳位到赤松德贊（西元七五五——七九七）手中，佛教已經在西藏到處開花結佛果了。有趣的是，西藏佛教差一點就走上了漢傳佛教的道路，但是一場著名的宗教辯論使漢傳佛教失去了在雪域高原傳承下去的機會。赤松德贊在宗教上是一個兼收並存、博採眾長的藏王，他不僅讓漢地的一些禪宗法師到西藏傳法，還邀請從印度來的密宗法師蓮花戒來弘揚密法。

禪宗的修行和密宗的修行儀式當然有區別，藏王不知道哪一家的學說更好，他也沒有採用強權手段，打壓一方，扶持一方。他算得上是一個英明儒雅的君王。你們都說自己的教理更優秀，那麼好吧，你們就在宮廷裏當著本王的面辯論一番吧。誰贏了，請留下來弘揚佛法；誰輸了，經書埋入地下，人送走。

那真是一場決定西藏宗教前途的大辯論。一個叫大乘和尚（又名摩訶衍）的禪宗法師擔任了漢傳佛教的主辯手，他的對手便是精通密法的蓮花戒大師。據說那場辯論持續了兩天，現在已難以想像大師們滔滔不絕的立論是何等的精彩絕倫，因為作為一個凡人，是很難理解大師們深邃的思想的。我們只知道大乘和尚以禪宗修行的「頓悟」立論，而蓮花戒大師以密宗修行的「漸修」反駁。現在來看，這只是不同的法門需用不同的修持儀式，不存在誰對誰錯、誰高誰低的問題。但是在當時狀態下，讓我們來設想，滔滔的辯才和敏捷的思維，深奧的經論和形象的闡述，極大程度上決定著藏王赤松德贊的評判。

蓮花戒大師是印度著名寺廟那爛陀寺的高僧，滿腹經綸、學富五車，又來自佛教的故鄉，從底氣上來說，就比大乘和尚更足一些。這場宗教史上的「頓漸之辯」，於是以蓮花戒大師獲勝而落下帷幕。西藏由此走上了印度佛教的傳承道路。

於是，漢地的法師被送走，藏王赤松德贊請來了印度著名的高僧寂護來西藏弘揚佛法，幫助建立西藏的寺廟體系。第一批剃度的喇嘛是七個貴族子弟，他們在西藏首個寺廟桑耶寺出家，成為正式的僧侶，被稱為「七覺士」。這也是到目前為止，桑耶寺寺廟雖不算大，但名聲頗盛的原因之一。

寂護法師的傳法雖然得到了藏王的支持，但是也不是沒有遇到阻力。那時，西藏的本土宗教苯教還有相當的勢力，苯教的巫師們擅長巫術，可以任意調遣各路鬼神興風作浪。寂護法師深感自己勢單力薄，便向藏王建議請印度著名密宗大成就者蓮花生，入藏降魔弘法。藏王採納了這個引進人才的建議，於是，一代密法宗師來到了西藏。

在現在的藏區，還流傳著許多關於蓮花生大師收服妖魔、使他們成為佛教的護法神的故事。如果你探問每一座雪山的宗教背景，人們會告訴你，過去這座雪山上住著一個或多個魔鬼戕害人類，它們要麼散播瘟疫，要麼專喝小孩的血。是蓮花生大師來後降服了它們。於是兇暴的魔鬼變成了依持的神靈，像我們前面提到的卡瓦格博神山，就是這樣的典型，儘管蓮花生大師根本沒有到過藏東一帶，但蓮花生大師降魔的故事卻到處傳誦。據說關於他的個人傳記，竟有四百五十部之多。無論是典籍還是傳說，蓮花生大師降服魔鬼的方法，卻是神話傳說居多。

也許是神鬼的戰爭人類難以理喻的緣故吧。但有一點可以肯定，自從蓮花生大師來到西藏後，密宗修行成為了藏傳佛教的一個重要法門，蓮花生也被稱為藏傳佛教的祖師，護教法王，我們在西藏的寺廟裏都可以見到他的法像。他五官飽滿，目光威嚴，嘴唇上留著驕傲的髫鬚，手結神秘的法印，有的寺廟裏還供有蓮花生懷抱明妃雙修的法像。在傳說中，蓮花生本人不是胎生，而是從蓮花中誕生的。

從西元八世紀末到九世紀初，佛教在西藏打下了基礎，並得到了長足的發展，史稱「前弘期」，佛教成了西藏的國教。到吐蕃王朝傳到赤祖德贊（西元八一五——八四一）時期，西藏佛教發展到一個極端的階段，僧侶的社會地位極為特殊。國王規定每七戶人家必須供養一名僧侶，甚至還制訂了嚴酷的刑律，「惡視僧人剜其目，惡指僧人斷其手，惡言僧人割其舌。」本來以慈悲、解脫眾生脫離輪迴苦海為己任的僧侶，成了社會上的特權階層，你連多看他一眼都可能被挖去眼睛。

物極必反的定律即便是僧侶階層也不能倖免。到了西元八四一年，不喜歡佛教的貴族們發動了宮廷政變，謀殺了赤祖德贊，推舉他的哥哥朗達瑪執政吐蕃政權。這個藏王不喜歡印度佛教，而偏愛本地的苯教，他可不像自己的祖先那樣，讓兩個教派的大師們來一場彬彬有禮的宗教辯論，他喜歡屠殺和烈火。一場「興苯滅佛」的浩劫，使大批的佛教僧侶被趕殺，寺廟連同經文典籍被焚毀，西藏的佛教受到毀滅性的打擊。

可是，宗教的災難最終波及到政權，一個修習密宗的勇敢喇嘛刺殺了朗達瑪，他利用向朗達瑪叩見的機會，忽然從懷中掏出箭來，一箭射死了這個被後人稱為惡魔的君王。於是，吐蕃王朝便開始崩潰，陷入分裂割據、混戰不堪的局面。而且，這一折騰就長達四百多年。

噢，對不起，我忙於去梳理歷史，忘了講故事了。儘管在很大程度上，西藏的歷史就是一部宗教史，但是一個小說家的責任只是講好故事而已。

28 供養

在久遠年代的某一天，在聖城拉薩，洛桑丹增喇嘛沒有想到自己的拜師儀式竟是這樣一個倉促、迷亂的場面，奉獻給上師真誠而昂貴的供養竟然被視爲糞土，轉手就給了一個小偷。仁欽上師對他的慈悲甚過於一個磕長頭朝聖的喇嘛。他連看也沒多看洛桑丹增喇嘛兩眼，他悲憫的目光全在那個小偷身上，直到仲永拿了那顆貓眼石，像一條喪家犬一般從人群中溜走，上師才回過身來，瞥了洛桑丹增喇嘛一眼，問：

「喂，你有點心疼，是不是？」

洛桑丹增喇嘛激動得渾身顫抖，「尊敬的上師，我不心疼。我……我從瀾滄江峽谷一路磕長頭而來，就是爲了終生跟隨在您的身後。」

仁欽上師高聲喝道：「跟隨我幹什麼？我的身後只有塵埃。」

洛桑丹增喇嘛跪在地上哭了，在他的身前就像下了一陣暴雨，廣場上乾燥的土地頃刻間淚水潺潺。可是仁欽上師看也不看這虔誠的淚水，扭頭就走。在洛桑丹增喇嘛的婆娑淚眼中，仁欽上師很快就消失了，就像一隻鳥消失在眼前那般快。

「喇嘛，你說錯話啦！」阿媽央金也跪在兒子的身後，急得用手一掌一掌地拍在地上，一團團塵埃被阿媽央金拍起來，弄花了母子倆淚流滿面的臉。拉薩的大地因爲一個母親焦慮的拍打而震動，寺廟裏的一些僧侶也受到了驚嚇，因爲他們看見佛像前的酥油燈在奇怪地跳動，火苗不再燃燒成一顆心形，而是間斷著像珠子一般從燈芯裏吐出來，一直竄到大殿的穹頂。

大昭寺裏的一個活佛說：「有人的心碎了。」

洛桑丹增喇嘛的心的確碎了，他像個無助的孩子似地抱著阿媽央金大哭，旁邊的一些老阿媽也忍不住掬了一把把同情的眼淚。「這些密宗瑜伽士，他們的心已經修煉得像鐵一樣堅硬了。眼淚不管用，孩子。」一個老阿媽說。

阿媽央金最先醒悟過來，「喇嘛，皈依佛、皈依法、皈依僧三寶，難道你忘了嗎？既然上師說他的身後只有塵埃，你就把上師的塵埃頂在頭上啊！」

洛桑丹增喇嘛恍然大悟，這是上師在開示我，讓我沿著他的腳印追隨他啊。上師的腳印即便深陷在土裏，飄逝在風中，湮沒在水裏，洛桑丹增喇嘛發誓也要把它們一一頂在頭上。

「阿媽，我跟上師去了，妳怎麼辦啊？」喇嘛剛起身要走，又回頭問。

「一個出家修行的人，心裏只有佛，哪裡還有自己的親人。我還要你管嗎？拉薩有那樣多行善佈施的人。過上一些時日，你就來取奉獻給上師的供養吧。」

喇嘛和阿媽央金揮淚道別，追隨上師的足跡而去。那個流浪瑜伽士從不回頭看自己的身後，他在拉薩城裏，和那些遊來晃去的密宗修行者沒有多大的區別，一身僧裝已經看不出原來的模樣，就像在雪山埡口上懸掛了經年的經幡，飄散出古舊蒼老的顏色；他披散的頭髮至少有十年沒有梳理過，與其說那是一個人的頭髮，不如說那是一堆遊動的荒草崗。他穿過拉薩的街道、小巷，穿過熙攘的人群，衣著華麗的貴族、氣宇軒昂的活佛，在他眼前猶如凡夫俗人。他穿行在聖城拉薩就像走在一片荒原上，眼睛裏沒有一棵大樹，也沒有一片雲彩。在巍峨的布達拉宮面前，他甚至不肯低下自己蓬頭垢面的腦袋。

洛桑丹增喇嘛爲了不在人群面前再次丟醜，再不敢貿然跪拜在他的面前，誰知道這個傲慢的上師會不會一腳踢飛自己呢？他只有悄悄地跟隨著上師的足跡。他想起貢巴活佛曾經告訴過他的話，雪域大地上那些形形色色的密宗瑜伽士，他們已經超越了這俗世凡塵，他們既是開啓人類心智的大師，又是能把自己的心和身訓練得如空氣般透明的人。如果他們願意，他們可以像一片煙消失在天空中，像一隻鳥隱藏在森林裏，像一滴水溶解在江河中。因爲當一個人真正做到了無我，忘我，那在他的眼前，就再沒有人與人的糾纏，再沒有心與心的煩惱，只有天空中星星與星星的默默守望。

仁欽上師出了拉薩城，來到拉薩河邊，寬廣的河面上波浪翻滾，在強烈的陽光下泛著耀眼的光芒。洛桑丹增喇嘛看見上師沒有走向渡口，那裏有一群人正在等待對岸的牛皮筏過來。他獨自走向一片隱秘的河灣，河水在這裏打著旋兒，像一群奔騰的烈馬側身掉頭。

洛桑丹增喇嘛正在尋思上師該怎麼過河時，神奇的一幕展現在他的眼前。上師立在河岸，念了一通咒語，然後邁步走向河裏，彷彿在上師的面前並沒有河，而是一條泛著波光的路。他信步淩波，彷彿羚羊掛角，無跡可求，連破爛的袈裟都不曾沾濕。就在洛桑丹增喇嘛驚得目瞪口呆之際，仁欽上師已經到了河對岸。

「上師啊，您是我終身的依恃！」洛桑丹增喇嘛跪在地上淚流滿面。他知道憑自己一路磕長頭修持到的微薄法力，根本不能在這波浪翻滾的河面上踏波而行。喇嘛對著上師遠去的背影磕了三個頭，然後飛奔到渡口，有一條牛皮筏剛好離岸，喇嘛一步就跳了上去。他不知道自己這一步跳了多遠，牛皮筏上的艄公和過渡的人全都駭得跪在了筏底，把他視為法力高深的瑜伽士。他們親眼目睹了這個年輕的喇嘛飛越了時空，並通過他們神形兼備的描述，讓他活在了傳說裏。

許多年以後，在拉薩河邊，人們還會指給外地人看一個著名的聖蹟，說當年有一個法力深厚的喇嘛，從離渡口十多米遠的地方，一躍而飛到牛皮筏上。你們看，這就是那個喇嘛留在河岸上的腳印。人們指著岩石上深凹進去的一個足跡模樣的印痕說。

在蒼茫的大地上，有的人的足跡是可以不朽的。洛桑丹增喇嘛過了河後，並不知道上師往哪個方向去了。那時在他的面前有三條路，他選擇了中間的那一條，彷彿是神靈告訴了他這是一條智慧之路。實際上，左邊的那一條通向天葬場，右邊那一條通向一個村莊，那裏的人們正在為一對新人舉行婚禮。洛桑丹增喇嘛走的這條路一直把他帶到了深山，這裏沒有人煙，也沒有樹木，也無所謂生和死。因為在荒涼的山崗上有一些洞窟，那是那些常年在山洞裏閉關苦修者們的家，他們在這裏修持戰勝生死輪迴的秘密法力。

洛桑丹增喇嘛看見上師在一處亂石崗上歇息，像是在入定打座，又像是在等他。洛桑丹增喇嘛激動得高聲呼叫「上師！」跌跌撞撞地向亂石崗上爬去。但是上師一見他爬上來了，起身就走。而且，還故意蹬下一堆石頭。

喇嘛看著那些大小不一的石頭從山坡上呼隆隆滾下來，眼眶裏的眼淚也下來了。難道我令上師如此地厭惡嗎？但他突然從心裏升起強烈的皈依感，彷彿有一位智慧仁慈的佛菩薩在告訴他，來自上師的一塊石頭，遠比來自凡夫的一塊金子更爲珍貴。不要說從上師腳下滾來一堆石頭，就是飛來一陣箭雨刀光，你也得迎上去，承受住。

那堆石頭的確就是古怪的仁欽上師對洛桑丹增喇嘛奇異的加持，是爲了打掉他身上的矯飾之情和凡夫之心。拳頭大的石塊砸在他的頭上、肩上，讓他頭暈目眩，血流滿面，險些被砸下山崗，但這讓他幸福無比。他此刻就像一個置身戰場的勇敢士兵，危險越大，他的榮譽感就越大。上師的腳下不斷有石塊飛下來，有的石塊大得足以把人砸成一堆肉醬。可洛桑丹增喇嘛心裏堅信：如果這個瘋狂的瑜伽士是一個具足悲憫心的上師，他腳下的石塊不要說砸死一個人，就是一隻螞蟻也不會傷及到呢。

信仰與堅忍是戰勝死亡的兩隻腳，使人在死亡面前頂天立地。當巨大的石塊飛到洛桑丹增喇嘛頭頂的時候，他並沒有躲避，而是石塊在避讓他。一個有信仰的人在面對死亡時，不是有沒有畏懼的問題，而是如何將死亡作爲一個修持的對象。它就像迎面走來的一個似曾相識的朋友，你得學會辨認出死亡的本來面目，並對它報以微笑。

洛桑丹增喇嘛經受住了考驗，至少他自己這樣認爲。當他再次跪在上師的面前，奉獻出自己一顆純淨虔誠的心時，他的內心充滿了無上的喜悅。

此刻，那個行事瘋狂的瑜伽士正仰面朝天地躺在一個山洞外的破爛木榻上，木榻用一些胳膊粗的樹幹胡亂搭成，上師頭枕著的那一邊，一隻床腿斷了一截，因此木榻顯得頭低腳高，可上師似乎渾然不知，斜歪著頭銜著地，一雙目光炯炯的眼睛逼視著藍天白雲。

洛桑丹增喇嘛向上師行大禮，他已經沒有奉獻給上師的任何供養了，只有奉獻出一顆虔誠的心。他磕頭到上師的床前，覺得上師躺的並不舒服，便跪著用自己的肩膀將上師瘸腿的床頂了起來。

那床腿的末端並不平整，有一根木頭像錐子一般刺進了洛桑丹增喇嘛的皮肉裏，血潺潺流出，喇嘛心裏再次升起無限的喜悅。

血已經洇紅了喇嘛身下的一片土地，喇嘛跪在木榻前頂著瘸床腿，依然一動不動，上師也躺著一動不動。他的眼睛直視著藍天，彷彿一點也不在乎身前有鮮紅的血在流，有火熱的心在跳動。

洛桑丹增喇嘛想，如果太陽下山時，我的血還沒有流光，那麼，我的佛緣就成了。

到日頭偏西時，上師終於開口說話了。「你在幹什麼？」

「我在頂禮我終生皈依的上師。」

「你的一生有多長？你沒有看見山下的大樹也在向我俯首嗎？」

洛桑丹增喇嘛往山下望了望，果然發現山坡下的一排排大樹也如他一樣，在晚風中面向著上師的方向叩拜。

「大樹供養給上師的是一陣陣隨風飄散的松濤，我供養給上師的是一顆虔誠的心。」喇嘛堅定地說。

「呸，你這狂妄無知的人，難道你不知道松濤已經和一個修行者相伴了上千年了嗎？你才來上師面前多久？」

「從我在瀾滄江峽谷開始磕長頭時起，上師就日夜都被頂禮在我的腦海裏。」

上師翻身爬起來，一腳踩在地上的一灘熱血上，但是上師並不爲所動，他恨恨地說：「哪裡來的野僧，攪亂了我的修持。」

「請問上師修持的什麼法？」洛桑丹增喇嘛跪著說。

「凝視藍天法！別把一個密宗上師的修法看得那麼神秘。」上師終於正眼看著洛桑丹增喇嘛說。「法子，藍天和大地，也是我們的修持對象。明白嗎？」

上師說完轉身進山洞了。

「上師啊，」洛桑丹增喇嘛淚如泉湧，「我終於成爲您的法子啦！」

拜師皈依的儀式就這樣結束了。那天晚上，洛桑丹增喇嘛睡在上師的山洞外——上師沒有邀請，他是不敢貿然進去的。那是一個神奇的夜晚，天上的星星似乎伸手可摘，可是洛桑丹增喇嘛不敢；清涼的山風撫慰著他肩上的傷口，一層層新肉像遇水的禾苗，噌噌地往外生長。上師在山洞裏鼾聲大作，可在洛桑丹增喇嘛聽來，那不是一個人甜睡的鼾聲，而是修行的祈禱文。因爲在這鼾聲中，乾坤在起伏，宇宙在旋轉，大地寧靜得聽得見遙遠星星的腳步。

第二天早晨，太陽還沒有從遠方的山巒上升起，仁欽上師就起來了。洛桑丹增喇嘛趕忙迎上去請安。上師一手拎著一隻羊皮口袋，一手拎著一包衣服，像對待一個叫花子一樣對洛桑丹增喇嘛說：

「喏，這是你的衣，這是你的食。滾吧。」

洛桑丹增喇嘛如雷霆擊頂，跪在上師面前說：「上師，我不需要您給我衣食，相反的是，我會供養給上師所有的衣食。」

仁欽上師冷笑道：「貢巴活佛寫給我的信中說，『請提供衣食和佛法』，我不是都給你了嗎？」

「可是，我從瀾滄江峽谷磕長頭而來，上師還沒有傳授給我真正的佛法啊！」

「磕個長頭，時時念叨在嘴裏，不覺得自己很虛榮嗎？」仁欽上師忽然撩起了自己破爛的僧衣，露出一個黑瘦尖削、疤痕累累、老繭層層覆蓋的屁股，「嘿嘿！什麼叫真正的佛法？請看看，這就是我的傳授！這就是我的佛法。靜坐，入定，閉關，苦修，觀想，厭世，出離，超越生死，往生佛土。靠的就是這醜陋堅硬的屁股啊！磕長頭有什麼了不起，滿腹經綸又如何，傲慢的山崗上留不住學識的水。從前有個叫常啼的菩薩，為了求法，毫不猶豫地把自己的心掏出來賣了。」

「上師，我明白了。」

「明白什麼了？」

「要學佛法，需修大苦行，磕長頭只是我走向佛門的第一步。今後我要在上師面前奉獻出自己的恭敬心。」

「嘿嘿，你還不算太愚癡，偽飾和矯情是修行者的大敵。法子，看到那片岩壁了嗎？」上師指著不遠處的一道懸崖說。

「看到了，尊敬的上師。」

「自己挖一個山洞去。」上師說。

「遵命，上師。可是我沒有工具。」

「難道你沒有手嗎？」上師說完轉身進洞去了。在洛桑丹增喇嘛的山洞挖好之前，他再沒有出來。

當天，洛桑丹增喇嘛就開始了這件過去從沒有幹過的工程。一個也在附近修行的老僧借給了他一把斧子和一把鐵鍬。那老僧憐惜地說，你可真找到了一個在西藏的地上、地下、天上都無人與之相比的好上師，好就好在他是全西藏最癲狂、又最悲憫的上師，跟他學法，你至少也得死九次。我們學佛經的人說，如果你視自己的上師如佛；你將證得佛果，如果你視上師如菩薩，你將成為菩薩；但是如果你視上師如凡夫，你也將永生停留在凡夫之地。

洛桑丹增喇嘛在那老僧的指點下，砍下一些粗壯的樹枝，先把懸崖上鬆動的岩石撬開，然後用鐵鍬一點一點地往裏掏。後來他發現，火可以讓堅硬的岩石產生鬆動，便搬來許多的柴火，焚燒一天後，岩石簌簌地往下掉。洛桑丹增喇嘛幹起活兒來就更快了。

在這期間，阿媽央金來過一次，給他送來吃的和一些討到的銀錢。沒有人知道一個瞎眼的老阿媽如何找到這裏的，但是一個老阿媽自然有她尋找兒子的道路。她撫摸著洛桑丹增喇嘛手上的傷痕說：

「兒呀，你這不是在挖一個山洞，而是在修建一座寺廟啊！」

兩個月以後，洛桑丹增喇嘛挖好了自己的山洞。那是一個規規整整的山洞，人在裏面不但可以站立，甚至要跳起來才摸得到洞頂。喇嘛把洞壁戳得光光的，看上去如一面圓形的牆壁，他像建造自己的家一般來打磨這山洞，將來入定靜坐的地方，燒火的地方，睡覺的地方，他都設計並建造好了。與其說那是一個苦修的山洞，不如說那是他的臥房。

仁欽上師應洛桑丹增喇嘛的一再邀請，結束了自己暫短的閉關，出來視察了喇嘛精心打造的山洞。喇嘛跟在上師的身後，期待著他的讚許。他要向上師證明，自己可以做好上師要求的任何事情。

可是，仁欽上師虎著臉看了一番後，沒說一句話，轉身就出來了。

喇嘛跟在上師的後面，緊張地問：「尊敬的上師，我的這個山洞你滿意嗎？」

「你怎麼不問佛祖滿意嗎？」上師反問道。

「我想……我想，這麼漂亮規整的山洞，佛祖會滿意的。」喇嘛回答說。

「呵！漂亮？」仁欽上師怪叫了一聲，「可是它已經塌了。」

洛桑丹增喇嘛只聽到身後「轟隆」一聲巨響，他回頭一看，剛才還好好的山洞果然垮塌了，沖天的塵埃從洞口處撲面而來。

「佛祖啊，我辛辛苦苦挖好的山洞，怎麼說垮就垮了啊！」喇嘛捶胸頓足。

「因爲它太漂亮了。重新挖一個吧。」仁欽上師說完，又進自己的洞裏去了。

那時洛桑丹增喇嘛還不明白，太漂亮精緻的東西，是一個苦修者的敵人。在接下來的半年多時間裏，他連續挖了九個山洞。可都是在仁欽上師看過後就垮了。上師只要「呵」一聲，山洞便應聲而塌。他一點也不憐惜洛桑丹增喇嘛已經磨得沒有了指甲的雙手。

喇嘛已經知道上師那一聲法力無邊的「呵」，可以摧毀世界上一切最堅固的東西，也可以將世界上最虔誠的一顆心拒之千里以外。有幾次，他跪在仁欽上師的面前，乞求他施捨悲憫之心，不要再讓大地山崩地裂，也不要讓一個無助的人撕心裂肺。可是上師武斷地說，要麼繼續挖山洞，要麼滾。他甚至在一次暴怒中，將洛桑丹增喇嘛一腳踢下了山坡，使他像一塊石頭一般滾到山腳。如果不是一棵大樹最後擋住了他，洛桑丹增喇嘛將摔得粉身碎骨。

在洛桑丹增喇嘛就要絕望的時候，總算有了點轉機。阿媽央金好長時間也沒有送吃的來了，他已經沒有力氣再打造一個精緻漂亮的山洞。喇嘛胡亂在一處岩縫處戳出一個連野狗洞也不如的小洞穴，他只有躬身才能爬進洞裏。洛桑丹增喇嘛精疲力竭地躺在洞邊，準備聽上師的那一聲「呵」，然後讓垮下來的石頭砸死自己，讓所有的絕望埋葬自己。

可是仁欽上師卻在洞外說：「這就是佛祖喜歡的山洞了。既然眾生都是平等的，人爲什麼不能和野狗住同樣的洞穴呢？」

洛桑丹增喇嘛豁然開朗，就像迷濛的心在黑暗中忽然被一盞酥油燈照亮，上師這是在打掉自己身上的矯情之氣啊。仁欽上師傳授的第一課就這樣結束了。

第八章

29 幻滅

在世界的中心，肯定要有我們這個星球上最高遠壯麗的雪山，也肯定要有最神奇動人的傳說，還要有最湛藍清澈的湖泊，最綿長壯闊的江河之源。崗仁波齊神山被藏族人公認爲矗立在世界的中心位置，就因爲它具備了萬山之祖、百川之源的所有條件。神山雄踞在崗底斯山脈的最高處，身邊的瑪旁雍措湖無論是天上的神靈還是地上的人類，都不能將之征服。四條偉大的河流從她豐滿的身軀裏奔騰而出，它們是健壯俊美的良駒，美麗高貴的孔雀，雍容大度的大象，雄壯威武的獅子，向著東南西北四個方向奔騰而去①，它們穿越雪山峽谷，淌過戈壁荒原，在雄偉的喜馬拉雅山脈的懷抱裏舞蹈嬉戲，然後去到佛教的發源地印度，帶給那裏的人們雪域高原的人間消息。直到有一天，河水猛漲，印度平原幾爲澤國，淪爲水蛙的下游地區的人們，驚奇地發現河水裏有眼淚的苦澀和鹹味，才知道喜馬拉雅山那邊的藏族人悲傷的命運。

是巴桑部落朗姆老祖母的眼淚引發了這場大洪水。人們曾經認爲，一個眼瞎了一百多年的老人，已經被苦難榨乾了最後一滴眼淚。在常年流浪的旅途中，人們只看見過朗姆老祖母空洞的眼眶裏流出過兩次血紅色的液體，一次是從一個說唱藝人那裏聽見了故鄉的消息，一次是因爲在一個月光皎潔的晚上，夢中的故鄉顯得如此生動逼真，讓老祖母夢裏不知身是客，夢外不知家何處。鄉愁久積於心，淌出來的就是血，而不是淚。其實並不是眼睛裏的淚泉早已乾枯，而是被儲存在內心的深處，積蓄在希望的高峰。也許這場眼淚的洪水永遠也不會爆發，可是一旦心已絕望，希望被粉碎，由信念、勇氣、夢想、榮譽、驕傲鑄就的大壩便會訇然坍塌，眼淚氾濫成洪水滔滔，生命也暗淡爲淒風苦雨。

當巴桑部落在朗姆老祖母的指引下，終於來到夢寐以求的崗仁波齊神山腳下，按照傳說中的夢想找到故土時，他們看到了水晶一般明亮潔白的崗仁波齊神山，看到了神山周圍如盛開的八瓣蓮花般的眾多雪山，看到了綠玉一般湛藍深邃的瑪旁雍措湖，還看到了奔騰不息的當卻藏布（馬泉河），故鄉就像傳說中的那樣雄偉壯觀、宛如仙境。

可是，傳說中的許多美麗故事卻被荒沙掩埋，被時光侵蝕，被魔鬼吞噬，早已蕩然無存了。當卻藏布河裏的水不是鮮奶，兩岸的金銀珠寶早已被魔鬼掠走，只剩下一川碎石，滿目洪荒年代的景象，更沒有肥美的草原和一人高的鮮花；遠處的山頭全是風化了的岩石，赤裸荒蠻到撐破了人的眼珠；星星遠在天上，地上卻不見能與星星堪比的牛羊的蹤影。大地吝嗇到一根草也不生長。

流浪的部落來到苦寒荒蕪的故鄉，就像一小汪清水注入浩渺的沙漠，瞬間便無聲無息，死亡的氣息籠罩了整個部落。只有跟隨巴桑部落流浪而來的達波多傑，就像早就猜中了謎底的知情者，只是等待答案的最終揭曉。

他一點也不感到驚訝，他預感到自己快要擺脫這個固執剽悍的流浪部落，去追尋閒置已久的夢想了。儘管他現在已經是兩個孩子的父親，娜珍和甘瑪各生了一個兒子，一個兩歲，一個才一歲半，都像他一樣有一頭漂亮的鬈髮。巴桑頭人曾經預言，他們將成爲部落裏最聰明能幹的頭人，因爲他們將再不流浪，他們會在故鄉的土地上過著天堂一般幸福美好的日子。可是現在，達波多傑看到部落裏所有人都傻呆呆地站在荒原上，他們在流浪的終點——自己的故鄉——找到的不是歸宿，而是徹底的絕望；他們的心在迅速地死亡，就像烈火之下的荒草，轉眼枯萎，化爲灰燼。

而朗姆老祖母卻興致勃勃，容光煥發，彷彿年輕了一百歲。她對巴桑說：「佛祖啊，我們終於回家了！巴桑，你看見星星一樣多的牛羊了嗎？」

巴桑噙著絕望的淚水說：「看見了，老祖母。大地上的牛羊真的比星星還要多啊。」

「遠處的糌粑山還在嗎？」老祖母又問。

「是的，它還在。還有白色的乳酪山，鹽巴山，蜂蜜山。我們部落世世代代的人都吃不完哩。」

「可是我怎麼沒有聞見鮮花的香味呢？」

「風太大了，老祖母。風要把故鄉鮮花的香味，吹給那些在雪域大地上找不到家的人，讓他們尋著這香味回家。」

「是啊，巴桑。我們不也是這樣找到家鄉的嗎。嘿嘿，你們以為我的眼睛瞎了，不知道回家的路怎麼走？可我是聞著家鄉的氣味來辨別方向的啊。人不管他輪迴多少次，輪迴成什麼，他總能用鼻子找到回家的路。我的鼻子還沒有老，我的耳朵還好使。巴桑，我聽見當卻藏布的河水聲啦。這流淌著鮮奶的河水聲啊，在我的耳邊已經響了兩百多年啦。巴桑，去給我舀一碗鮮奶吧。」

巴桑長久地站在河邊，一動不動，兩行眼淚早已流淌成河。

「巴桑，巴桑，河裏的鮮奶淌得很急嗎？」

「是的，很急，老祖母。」

「你難道就不能舀一碗給你可憐的老祖母喝嗎？我等著喝故鄉河裏的鮮奶，已經等得頭髮牙齒都掉光啦。」

巴桑狠了狠心，取出一隻木碗，到河裏舀了一碗亮花花的河水，哭泣著遞到朗姆老祖母的嘴邊，「來，老祖母，這就是我們故鄉河裏的鮮奶。」

朗姆老祖母的嘴雖然已經癟成一條縫了，可是她把木碗裏的河水一口喝下去了，彷彿一個乾渴了幾百年的人。

「噢，巴桑，不是你舀錯了，就是魔鬼在使壞。這不是鮮奶呀，巴桑。我還沒有老到連水和奶都分不清的地步！」

巴桑跪在朗姆老祖母的面前，像一個不會哄孩子的大人，因爲他已經泣不成聲，「老祖母，河裏流淌的本來就不是鮮奶啊。我們受騙了，老祖母！」

「吓！巴桑。」老祖母把手裏的木碗砸了出去，「難道故鄉會騙我們嗎？難道傳說是假的嗎？巴桑，神山就在我們身邊看著我們哩。你不要說對不起祖先的話。」

回答老祖母的除了穿過荒原的風聲外，再沒有其他的聲音，部落裏的人彷彿都遠遁了。朗姆老祖母靜靜地傾聽著曠野裏空空蕩蕩的風聲，傾聽動人美麗的傳說在風聲中化爲烏有，傾聽回家的熱血在每一顆心靈中慢慢變冷，終於在漫長無垠的黑暗中承認了一個事實：

傳說死亡了。

「嗚——，嗚——，嗚——」朗姆老祖母像失去最後希望的母狼一般高聲嗥叫起來。她叫出了部落幾十代人的失敗，叫出了自己兩百年來的失望，還叫出了傳說破滅後整個部落的絕望啊。

絕望的老祖母頹然倒地，積蓄了百年的淚泉破眶而出，它不是流淌出來的，而是噴湧而出，滔滔不絕。故鄉乾裂的土地頓時被思鄉的淚水淹沒，當卻藏布河眨眼間便水漲三尺。

朗姆老祖母絕望的淚水流啊流，整個流浪部落的眼淚都被釋放出來了，大地上頃刻間洪水滔滔，淚波翻滾。部落裏無論男人和女人，老人和小孩，全都淹沒在自己失敗的淚水裏。他們已經沒有向命運抗爭的勇氣，傳說曾經支配著他們的腳步，就像信仰支配著人們的精神，使他們在雪域大地克服了千難萬險，涉過無以計數的雪山和江河，戰勝了比天上的星星還要多的非人和非魔的災難與侵害。而現在，他們就要淹死在自己絕望的淚水裏了。

只有兩個人還不願淹死在這場失敗的淚水裏，這就是達波多傑和老管家益西次仁。當巴桑部落的人們還在眼淚的波浪中掙扎的時候，達波多傑牽出了自己的寶馬貝珠，他對也在掬一把同情之淚的老管家說：

「我們趕快逃吧。他們的傳說死了，而我們的傳說還在遠方。」

益西次仁說：「老爺，你不能丟下自己的兩個孩子。」

達波多傑說：「只要有巴桑部落血脈的人，都活不過今天了。難道你沒看見嗎？」

益西次仁當然看見了，自從傳說破滅，朗姆老祖母倒下後，部落裏的人彷彿被魔鬼一把抽走了靈魂，他們要麼哭著跪著爬著往當卻藏布河爬去，要麼癱倒在故鄉貧瘠的土地上，再也站不起來。剽悍的巴桑頭人瘋了似的抱著已經萎縮成一顆核桃般大小的朗姆老祖母，在荒原上四處亂跑。老祖母淚流得越多，她的身子就變得越小。

巴桑已經察覺到朗姆老祖母的眼淚是苦難的汪洋之泉，他乞求道：

「老祖母啊，求求妳別哭啦。滿世界都要被妳的眼淚淹沒啦。」

朗姆老祖母其實也在自己的眼淚中掙扎，「巴桑，難道你不知道嗎，女人的身子是由水做成的啊。不是淚水，就是苦水。」

巴桑這才明白，朗姆老祖母一生的苦水並不因爲年齡的衰老而乾涸，它被生命濃縮了，不到命運的關鍵時刻，不會輕易傾瀉出來。開初巴桑頭人還不願意看到自己的老祖母淹死在淚水裏，他跑到高處，淚水立刻就淹沒過來，他站到巨石上，可是眼淚的波浪沖得巨石遍地亂滾。最後，他的頭顱在淚水的汪洋裏閃現了幾下，就再不見蹤影。

娜珍姐妹抱著各自的孩子癱坐於地，淚水淹到了孩子的脖子了，她們也渾然不知。孩子的髻髮最後在波浪中飄呀飄，流浪部落未來的頭人便隨著流浪的終止而終結了暫短的生命。

在這眼淚滔天的世界裏，誰能止住眼眶裏的眼淚，誰便能撿回一條生命。

❖ ❖ ❖

①流向東方的是當卻藏布，即馬泉河（下游為布拉馬普特拉河），傳說飲此水的人們如良駒一般強壯；流向南方的是馬甲藏布，即孔雀河（下游為恆河），傳說飲此水的人們如孔雀一般可愛；流向西方的是朗欽藏布，即象泉河（下游為蘇特累季河），傳說飲此水的人們壯如大象；流向北方的是森格藏布，即獅泉河（下游為印度河），傳說飲此水的人們勇似雄獅。

30 修心

夏季裏，山上的萬物生長得迅猛而恣意，彷彿山也豐滿壯實了許多、長高了許多。對那些隱匿在山洞中閉關修行的人來說，滿世界的綠色不僅裝飾了大地，也染綠了他們的皮膚和內心。他們已經和大地上的萬物融爲一體，沉寂，安詳，寧靜，除了心在跳動，你幾乎感受不到在這紛亂的世界上，還有一個修行者生活在我們中間。

虬枝蔓繞的青藤封閉了洛桑丹增喇嘛閉關的山洞，從洞口那些野生植物的長勢來看，喇嘛至少有三個月沒有出過洞了。在進洞閉關之前，上師仁欽說他要外出遊方，讓弟子自己在黑暗中觀修大悲觀世音菩薩。仁欽上師說，在黑暗中練習禪坐，是淨化你的凡夫心的第一步，凡夫心去掉以後，你就可以看見觀世音菩薩的真身，那時候就可以出來了。如果沒有吃的，大地會供養你的。

上師只給喇嘛留下了一小口袋青稞和一些酥油，那大概只是喇嘛一個月省吃儉用的食糧。當初洛桑丹增想，一個來月的時間，憑著上師教授的那些觀修方法，他怎麼也該清靜自己，看見大悲觀世音菩薩了。

那是一場在黑暗與孤寂中和內心的較量，是一場掙脫世俗束縛、尋求心地自由開闊的開悟。內心的菩薩可以觀想，但是看見菩薩的真身卻不是一件容易的事情，許多修行者苦修一輩子，也無緣看見菩薩的真身。儘管經書上講，菩薩的數量猶如人的毛孔，佛總是和菩薩一起出現。可按仁欽上師的說法，菩薩的真身總會在你見空性、發悲心之際，他才會顯現。就像遠走他鄉的兒子終於回家見到自己慈祥的父親，佛的真身可以拯救一顆流浪漂泊的心。

修行其實就是修心。而心是什麼呢？洛桑丹增喇嘛記得在故鄉時，貢巴活佛說過，凡夫俗子的心就是樹梢上跳來跳去的猴子，哪棵樹有香甜的果子，牠就跳到那裏去。人爲什麼有無窮無盡的欲望？因爲這個世界的果子太多了。你在茫茫人海裏撲來撲去，撲到一個果子了，眼睛還望著下一個，心裏又想著更大的一個。但是人終將會發現，即便窮盡一生的努力，世界上的果子還是撲不完，而要死的時候，你一枚果子也帶不走。因此人的心會感到累，感到苦，感到絕望和悲傷。

仁欽上師臨走前曾對洛桑丹增喇嘛說：「心創造了一切，痛苦和歡樂，驕傲和卑瑣，欲望和貪婪，希望和恐懼。我要你把這一切都在心裏吹掉，就像風把天上混亂的雲吹乾淨一樣，只留下一片湛藍無垠的天空。心如果像天空一般透明、廣闊、纖塵不染，悲心才會生起，你才可以見到心中的佛菩薩。」

可是三個多月過去了，洛桑丹增喇嘛內心中依然雲飛濤走，潮起潮落。他看不到雲後面的天空，看不到心的本質，更看不到大悲觀世音菩薩的真身。阿媽央金在乞討的路上會發出深深的嘆息，爲兒子修行的失敗焦慮；弟弟玉丹穿行在遠方的森林裏，美麗的豹身也時而遮蔽了喇嘛黑暗中寧靜的目光；還有達娃卓瑪總是羞澀的眼睛，捨身撲向老熊時的吶喊，以及葉桑達娃天真無邪的笑臉，都讓喇嘛在修心時升起無數揮之不去的妄念。

而妄念之心，就是一顆沒有徹底解脫煩惱的心。妄念就像世俗生活裏的一股股污濁之氣，在呼吸吐納間玷污著人的心靈。洛桑丹增喇嘛甚至能看見這濁氣的顏色，它是黑色的，比山洞裏的黑暗更黑。但是即便你能分辨它，你卻很難逃避掉。因爲你就活在這個並不全然潔淨的世界上，你總得呼吸。所以修心的訓練，不過是一個不斷同外界抗爭的過程，你通過佛法的各種教誨，拒絕一切誘惑，把心訓練得跟空氣一般輕靈透明，甚至連輕靈和透明都不存在。

糧食早就吃光了，現在已經連一個瞎眼的老阿媽的供養也不要指望啦。山洞裏的喇嘛餓得實在受不了時，就隨手扯下垂掛在洞口的青藤爲食，那些不知名的青藤剛吃進嘴裏時，苦得喇嘛翻腸倒肚地嘔吐。但是到了後來，腸胃慢慢地適應了這本不是人吃的食物，青藤便成了喇嘛唯一的主食，甚至還越吃越香呢。

懸掛在洞口的青藤總是生長得很快，正如仁欽上師說的，大地的供養是最豐盛的。洛桑丹增喇嘛不知道已經把自己吃成了一根渾身發綠的青藤，他的臉是綠色的，皮膚也是綠色，長長的頭髮鬍鬚也是綠色的，連眼睛裏射出來的光也是綠色的了。一些蜘蛛爬到他的頭上結網，洞裏的各種寄生小蟲在他的身上做窩。喇嘛總是很小心地不傷害到牠們，因爲上師曾經告訴過他，眾生都在輪迴的苦海中掙扎，如果一蟲不救，何以救眾生？

喇嘛瘦得來比一根青藤粗壯不了多少。當他站在茂盛的青藤中時，就是再有經驗、眼神再好的獵人，也看不出這是一個修苦行的人呢。

如果不是仁欽上師回來，洛桑丹增喇嘛真的就成爲一根枯死在山洞裏的青藤了。上師撥開層層虬枝，推倒砌在洞口的石牆，光線就像一注破堤的洪水一般，將洞中的喇嘛擊倒，使他半天爬不起來。上師看見地上踡縮的弟子，彷彿像一堆綠色的亂草。他一點也不驚訝，只是用失望的口吻說：

「嘿嘿，看來你的佛緣真是太淺。出來吧，光吃青藤也參悟不到佛的悲憫。」

洛桑丹增喇嘛羞愧地爬出洞外，他已經虛弱得幾乎不能走路了。洞外的光線壓迫得他抬不起頭來，可是更讓喇嘛慚愧的是，他辜負了上師的期望。他真想就此滾下山去，讓這不能見真佛的軀體就此了結。

仁欽上師給喇嘛帶來了一坨糌粑和一塊風乾牛肉，喇嘛的眼裏放著綠光，兩口就將糌粑和牛肉吞下去了。他幾乎忘了咀嚼，好像胃裏長了一隻手，把那久違了的食物一把攫了進去。可是，喇嘛的胃馬上又開始翻江倒海起來，糌粑和牛肉已不屬於吃慣了青藤的胃，它拒絕接受它們。

仁欽上師在一邊看得哈哈大笑，喇嘛吐得眼淚鼻涕一起往下淌，身子不停地抽搐，彷彿大地也在跟著他一起抖動。待他平靜下來，上師說：

「法子，你吐出內心的妄念了嗎？」

「是的，尊敬的上師。」洛桑丹增喇嘛如實地回答道：「我心底裏還是在渴望牛肉和糌粑，這世俗的濁物讓我貪婪。這就是我的妄念。」

「錯了！」上師大喝一聲：「你以爲饑餓就是真正的苦行，就可以讓你參悟到佛性嗎？饑餓讓你內心裏只有餓，而絕不會有佛。沒有佛性，何見佛身？不見佛身，何來悲心？」

「請問上師，我該如何參悟到佛性呢？」

「見過江河裏的一根順水而下的木頭嗎?」

「見過，上師。」

「它是怎麼漂流的呢?」

「水往哪裡流，它就往哪裡漂呀，上師。」

「這就是你在內心裏要找的佛性了。如果河裏的木頭逆水而上，就像你的心還在執著於某人某事。執著是修心的敵人。參禪的要領便是要學會放棄，什麼都不要執著。放鬆，恬靜，安詳，讓聽去聽，讓看去看。聽到的和看到的，一點也不要污染自己潔淨的心。心不是大地，可以承受人間的一切；心應該是天空，純淨，空闊，透明，高遠。天上有一朵彩雲要飄走，跟你的內心有什麼關係呢?讓它飄走好了;人間有一場恩怨在上演，殺父之仇，奪妻之恨，在輪迴的苦海裏，不也就像小孩子們的一場遊戲嗎?」仁欽上師忽然問:「一個辛苦操勞的人回到家的感覺是什麼?」

「是放鬆。」喇嘛答道。

「這就對了。禪修並不神秘，不過是把散亂的心帶回家而已。其實回家的人並沒有刻意地想到放鬆，因爲它根本就不需要去想。你越是想要放鬆，就越放鬆不了，放鬆到連放鬆的念頭都沒有時，你的心就像河裏順水而漂走的木頭了。」

洛桑丹增喇嘛深深地嘆了口氣，三個月來在黑暗中的閉關看來是白做了。他在參禪時越是想控制自己散亂的念頭，可是妄念之心卻越重。現在仁欽上師開示了他的心智，讓他明白了禪修爲什麼失敗。

「上師，我心裏的煩惱還是沒有徹底解脫，因此我參悟不到佛性。」

「呵呵，這就像人身上長了瘡，不把膿擠出來，傷口怎麼癒合啊。說一說你的煩惱吧。」

「我還有愛，親情，怨憎，得失等凡夫心。」

「你有親人嗎？」

「只有一個瞎眼的老阿媽了。其他的人爲了我學法，都死了。」

「人死如樹枯。枯樹腐爛爲泥，新樹又長出來了。有什麼可傷心的呢？」

「是的，上師。新的輪迴又開始了。我該爲他們祈禱，而不是傷心。」

「你有仇人嗎？」

「有。我們都有殺父之仇，他一直在追殺我。」

「你恨他嗎？」

「恨。瀾滄江峽谷裏的朗薩家族不僅挑起了峽谷兩岸的戰火，殺死了我的父親，還派出殺手殺死了我的弟弟，更爲可恨的是，他們連貢巴活佛都敢謀害。現在，朗薩家族的二少爺還在到處尋找快刀、快槍和快馬這三樣寶貝，這些東西都是爲了要取我的命啊。」

「好了，現在我要你重新回到山洞裏去。只做一件事情，愛你的仇人，觀想他眼下的苦難，把你的悲心施予他。」

「上師……」

「回去！照我說的去做。」仁欽上師用不容置疑的口吻喝道。

又是三個月過去了，洛桑丹增喇嘛終於自己推倒了封閉山洞的石牆。在這個充滿仇恨的世界上，愛自己的仇人可真不是一件容易的事情，活吞一隻老鼠也沒有此事難，那必須拿出翻越一座連鷹都飛不過去的雪山的勇氣和力量。

洛桑丹增喇嘛知道在他參禪這三個多月的時間，仁欽上師一直在山洞外陪伴著他。因此他一出洞就向上師頂禮：「尊敬的上師，愚鈍的法子讓您久等了。」

仁欽上師躺在一塊巨石上，懶懶地看了他一眼，說：「什麼久等不久等的，我不過剛剛從三昧禪定中回來。在我的時間裏，你還沒有進去一個時辰呢。」

洛桑丹增喇嘛大爲驚駭，上師的法力是多麼深厚廣闊啊。世俗的時間流失對於他來講已然不存在，而他要練習對仇人的慈悲卻是這樣地艱難。洛桑丹增喇嘛羞愧地說：

「上師，我看到仇人達波多傑的苦難了。他可也真不容易。」

「噢，說說看，他怎麼啦？」仁欽上師似乎並不怎麼激動。

「他漂泊異鄉，到處求心中的『藏三寶』，其實人間根本就沒有快刀、快槍和快馬。寶刀和快槍會銹蝕，化爲塵土，良馬會老去，轉投他生。他的心被這三樣並不能永恆存在的東西所累，就像一個不修法的人，被世俗的欲望所累一樣。我看見他也被人追殺，被水淹，被女人迷惑，被疾病困擾。他不知道自己歷盡艱辛找到的寶貝，最後不過是一場夢而已，一切都是空的。而即便他最後殺了我，我也會爲他祈禱，並對他充滿悲憫。因爲在輪迴的苦海裏，我們所受的苦都是一樣的。而我覺悟了，他還沒有。」

仁欽上師自從收洛桑丹增喇嘛爲法子以來，第一次在臉上蕩開了笑容，他一擊手掌道：

「法子，你終於有一顆慈悲的心了，這就是佛性的顯現啊。」

31 人祭

達波多傑是從幾個到崗仁波欽神山朝聖回來的康巴人口中，得到沒鼻子的基米的消息的。

「哈哈，這個狗娘養的老刀相師，這個締造英雄的老父親，他的聲名終於又傳到我的耳朵裏來啦。」

達波多傑已經預感到，他又要和自己英雄夢的導師見面了。那幾個康巴人告訴他說，在雪山的那面，一個沒有鼻子的人和一幫大鼻子的外國人在一起，做他們的嚮導。那些鼻子像雪山一樣高聳的外國佬對藏區的什麼東西都感興趣，連路邊的一塊石頭，他們也要用一種魔鬼的鏡子看半天。更不用說樹上飛的鳥兒，地上跑的動物，山上開的花兒。他們雇傭了一幫藏族人爲他們幹活，自己過著老爺一樣的日子。一個饒舌的康巴朋友說，他們甚至用太陽的光來點煙斗。那種魔鏡會把一隻螞蟻變得有小狗那麼大，當它照在人身上時，能把皮膚燙起泡來。

「那麼，我們就翻過這雪山去找他。」達波多傑用馬鞭指著前面的雪山對益西次仁說。

「老爺，你們最好不要去翻這雪山。」那個饒舌的康巴人說。

「爲什麼？」

「雪山背面有個吃人的部落，他們不是藏人，也不信我們的神靈，說的話連那些博學的喇嘛上師都聽不明白。我們一起來的夥伴裏，就有三個人被他們吃了。」

達波多傑問：「是那些大鼻子的洋人嗎？」

「不是，是會吃人的人。」康巴人又補充道：「他們的鼻子並不大，嘴卻很大。」

「哈哈，只聽說過熊啦豹子啦狼啦吃人的肉，還聽說槍子兒、刀刃吃人的肉，沒聽說過人吃人的肉。益西，你聽說過嗎？」

益西次仁緊張地望望遠處的雪山，又看看滿不在乎的達波多傑，舌頭有些掄不轉地說：「魔鬼，魔鬼也會吃人的肉。」

「那他們就是魔鬼的部落囉？讓我們去看看，我手上的寶刀能不能斬殺魔鬼。沒鼻子的基米還在雪山那邊等著我們哩，我得給他帶點見面禮。」達波多傑自信地說。

「老爺，還是別去吧。我有不吉祥的感覺。」益西次仁臉色灰暗，脖子縮在寬大的楚巴裏。出門這麼些年了，達波多傑第一次發現了他的畏懼，這更令他平添了萬丈豪情。他認爲，管家真的老啦。

「在神山下斬殺魔鬼，這是蓮花生大師做的偉業，今天輪到我達波多傑了。」他一勒胯下的寶馬貝珠的韁繩，看也不看那些被吃人的部落嚇破了膽的康巴人，也不想再問老管家的意見，兀自向神秘的雪山打馬而去。

前方的那座雪山常年籠罩在雲霧裏，人們難得一見它的尊容。而且，那些罩在雪山上的雲霧經常是黑色的，看上去不像是雲，而是內心裏由恐懼、敬畏、害怕構成的噩夢，沉重得讓人時常擔心雲霧會像山崩一般塌下來，像黑色的洪水那樣沖過來，像魔鬼的毒霧瀰漫而來。益西次仁跟在達波多傑的身後，心裏便越走越涼，在跟隨主子顛沛流離的這些年裏，他從來沒有像這一次那樣感到害怕。

這座雪山當地人稱之爲扎隆神山，傳說當年蓮花生大師曾經在雪山上修行，還降服過山上的魔鬼。但是有一種魔鬼可以活九萬年，即便法力深厚的上師將他碾成粉末，他也會變幻成另外一種身形，重新出來害人。在我們這個世界上，魔鬼的形狀總是千奇百怪，他們可以龐大如大象，渺小似塵埃。看得見的魔鬼消滅了，看不見的魔鬼有可能就鑽進了人的內心裏。因此喇嘛上師們說，心魔才是人最可怕的魔鬼，人的內心一旦被魔鬼控制，所犯下的罪惡連大地也承受不了。

「山那邊都是些被魔鬼控制了內心的人，他們用自己的巫術和喇嘛上師們的佛法鬥法。可是佛教的悲憫總敵不過他們血腥的殺氣。」雪山下有一座小寺廟，只有三名喇嘛，他們告訴想要進山的達波多傑說：「還是回去吧，人是不能和魔鬼打仗的。」

「但是人若是有了天下無雙的寶刀和良馬，就可以斬殺一切魔鬼了。」達波多傑自負地說。

益西次仁拉拉達波多傑的胳膊，「老爺，我們還是聽喇嘛們一勸吧。」

「你是怎麼啦，益西！難道你不知道沒鼻子的基米在山那邊等我們嗎？難道你沒有看見寶馬貝珠的蹄子，正在等待飛過那些魔鬼的耳朵嗎？難道你沒有聽見我腰間的寶刀，就要跳出刀鞘的脆響嗎？」達波多傑高聲說，像一個即將慷慨出征的英雄。

「去年是扎隆神山的本命年，有許多藏族人來朝聖，」一個年紀最大的喇嘛小聲說：「拉薩派來一個藏軍代本，帶了幾百人來攻打他們。可是……還是有許多朝聖者被他們吃了。」

「呵呵，那幫傢伙能打什麼仗啊，我見過的。他們只會走洋人的步子，花哩胡哨的，還不如人家跳弦子舞好看哩。」達波多傑輕蔑地說。

他真的是以跳弦子舞的良好心情，踏上了這片魔鬼控制的土地。他們第二天早晨離開那破舊寒傖的喇嘛寺，達波多傑在喇嘛們的念經聲中跨上了寶馬。天似乎要放晴的樣子，至少此刻沒有下雨。他們已經在雨水裏走了有十來天了。雲霧依舊壓得很低，有些灰暗，但已經比黑色的雲層讓人看上去心情好受得多。

達波多傑吹著一支弦子舞的曲子，打著馬兒不緊不慢地爬山。益西次仁緊張地跟在後面，越往雪山上爬，他的心就越沉重。因爲他感覺他們不是在爬山，而是在往雲層裏鑽，這讓他的心裏越發不踏實，人間似乎離他們越來越遠了。誰知道在雲霧的深處，是仙境還是魔域。

這是一條朝聖者的轉經路，但從路上人的足跡和牲畜的糞便看，大約已經有好幾個月沒有人在這條道路上走過了。而山坡上那些泥石流和山崩的痕跡，卻新鮮得如同剛被放倒後開腸破肚的野犛牛。幾人才能合抱的古樹被連根拔起，橫亙在道路中央，沖得滿坡亂滾的巨石就像凝固的浪花，彷彿剛才還在翻滾。偶爾還可見到一些倒斃在路邊的屍骨，令人奇怪的是，屍骨的骨架都不完整。達波多傑回頭對老管家說：

「只有英雄的屍骨，才會永不散架。人的骨頭是由一股英雄氣概支撐的，骨氣骨氣，就是因爲那股英雄氣還在骨頭裏。」

老管家氣喘吁吁地說：「這好像是沒鼻子的基米說的。」

達波多傑豪邁地說：「不，是我說的。」

要是在過去，老管家聽到這樣的話，會爲達波多傑感到高興。因爲他的主子終於像一個真正的康巴男人了。他不再迷亂在女人的乳香裏，不再周旋在情欲的泥潭中，想當英雄的夢想即便遠在雲霧中的雪山上，他也要穿雲破霧、翻山越嶺去找到它。益西次仁不明白的是，不知是英雄扎傑的屍骨在召喚自己的主子，還是擁有「藏三寶」的榮耀在激勵他。到他真的找齊了「藏三寶」時，他會不會也成爲一副屍骨呢？想到這些，老管家常常會不寒而慄。按一個閱盡人間滄桑的老人家的想法，在自家的火塘邊平平安安地壽終正寢，比什麼都好。

但是他沒有這樣的命。人的願望是一回事，命裏註定的東西又是另一回事，而對命運的預感，卻是人生中最爲重要的。對於普通信眾來說，想預知命運的結果，不過是在黑暗中去捕獲一個朦朧的影子，敏感的人在它一閃現之機，便看到了命運的某些徵兆。就像益西次仁，在翻越扎隆雪山前，有一天，他在一棵古樹後面看到一片人形狀的黑雲，那黑雲不是飄在半空中，而是像一個想要逃匿的動物，在古木森森的林間躲躲閃閃。當他追過去時，卻什麼也沒有發現，林間瀰漫著死亡的腐味。晚上，益西次仁在夢裏和閻王猝然相遇，他才明白黑雲就是白天在古樹後看到的閻王的顯現。益西次仁在夢裏禁不住老淚縱橫，難道自己的命數真的要在這裏的雪山上到頭了嗎？

人一旦到了疑神疑鬼的境界，神鬼自然就是他的朋友了。所有的事物在益西次仁的眼中，都被賦予了魔鬼的色彩。天上飛過的兀鷲，讓他倍感蒼涼；一隻烏鴉的叫聲，也令他憂心；路邊開敗的花兒，讓他想到生命默默無聞地凋零；更不用說那些散落在山道邊的人體骨骸，真不知會在哪一年哪一天，哪一個路人，會對自己腐爛在大地上的一副屍骨空悲嘆呢？

山道越走越險，森林越來越密，兩人不得不下馬步行。一大團黑雲再次籠罩了森林，綿密冰涼的雨彷彿不是從天上飄下來的，而是在森林裏到處流淌。地上一片泥濘，空氣潮濕得令人透不氣來，人和馬就像不是在森林裏穿行，而是在一層層水幕裏游泳。

「真想變成一隻鳥兒，飛過這黑色的雲，也飛過這看不到頂峰的雪山。」達波多傑牽著馬氣喘吁吁地說。

「老爺，就是一隻鳥兒，也飛不過去的。這黑色的雲厚得來像一張網。」

益西次仁話音剛落，一張真實的網果然從天而降。當達波多傑已經進入垂暮之年時，他還想得起這張從天上、從森林裏隨著雨水兜頭而來的網，那是帶給他人生中最爲屈辱的一張網，儘管那時他有寶馬和寶刀，可是他卻掙不脫這張魔鬼編織的網。

就像撞見鬼的人最不能說鬼一樣，渴望飛翔的人偏偏要被一張網將自由的心靈罩住。益西次仁和達波多傑還沒有鬧明白是怎麼一回事，人就騰空而起，被網在半空中了。寶馬和寶刀只能馳騁揚威在廣闊的天地，而在一張網裏便徒有其名。在他們的周圍傳來魔鬼的歡呼聲，一群身穿獸皮的男子大呼小叫地從樹林裏鑽出來。他們就像一群歡樂的獼猴，在樹枝上蕩來蕩去，難怪兩個久走江湖的人事前一點兒也沒有聽見他們的動靜，甚至連一向警覺的寶馬貝珠，也只能用無助的眼光看著自己的主子了。

沒多大功夫，他們就被連人帶馬地拖到一個巨大的山洞裏，那裏已經關有一群藏族人，許多人看上去關了許久了。頭髮和鬍子比那些閉關修持密宗的喇嘛上師還要長。每個人的眼睛都透著深刻的絕望，但是，當他們看到又有兩個同類被關進來時，所以的人都悄悄地噓了一口氣。苦難總算要結束了。

離洞口最近的一個老者俯臥在地上，瘦得看得見皮膚下的骨節。他哈了口寒氣說：「你們怎麼才來啊？看看，大家都在等你們啊。」

「等我們？做什麼？」達波多傑納悶地問。

「大家一起去死。」老者有氣無力地說，「我們已經等得不耐煩啦。」

老者的講述令即便是益西次仁這樣見多識廣的老人，也感到頭髮一根根豎起來了。捕獲他們的是來自境外不丹國的一個野蠻部落，他們不是藏族人，但是他們敬畏的鬼神可比藏族人厲害多了。並不是這些鬼神有多麼強大，而是他們敬畏的方式令人膽寒。部落裏每年要搞一次供奉鬼神的儀式，必須要用一百零八隻人的腿和手來祭祀。現在他們已經儲存了一百零四隻手和腳了，只是這些手腳目前全都還長在山洞裏的這些俘虜身上。

「也就是說，他們可以做這場巫術了。」達波多傑說。

「夥計，我們不用再等了。」老者沮喪地說。

「可多出了一雙手和一雙腳。他們不是只要一百零八隻嗎？」達波多傑又說。

老者說：「聰明的人，並不一定就活得長久。只有看這洞裏二十八個倒楣的傢伙中，誰的命硬了。」

達波多傑的眼睛現在已經適應了山洞裏的黑暗，他看到洞裏與其說是一群還活著的人，不如說是一群泥塑。但就是泥塑的眼睛，也比他們的亮。這幫和他一樣可憐而倒楣的被俘者，早就生不如死了。可是最悲慘還莫過於，他們等死已經等了不知多少時日了。

「我們得想辦法逃出去。」達波多傑說這話時，自己心中都沒有底。因爲山洞口大約在他們頭頂一人高的地方，上面有幾個剽悍的漢子把守，他們手中的長刀在黑暗中泛著清冷的光。而在洞口的外面，可以看到篝火一閃一閃的光芒，還能聽到那些野蠻人唱歌跳舞、歡笑嬉戲的聲浪。他們大概在爲自己終於找齊了一百零八隻手腳而慶賀。

「今晚死和明天死有什麼區別呢？你不過才等一晚上，而我們已經等了好幾個月了。」老者根本不附和達波多傑逃跑的想法。山洞裏的這些人都是些朝聖者和走南闖北的趕馬人，其中也不乏英雄好漢。他們不是沒有試過，可是沒有成功過一次。誰願意等死啊？

「祭祀儀式明天就要開始了。」益西次仁憂心忡忡地說。從他一被扔進這個洞裏，他似乎已經徹底喪失了生命的希望。只有他才清楚，閻王就像他的影子一般站在他的身後，他稍一動彈，那傢伙就躲在一邊冷笑。一個被閻王纏上的老人，已經沒有力量和勇氣和閻王搏鬥啦。他寄希望於能和閻王講和，求他能放過自己。可是他發現這個閻王始終板著黑臉，一點講和的餘地也不留給他。

第二天天色微微發亮時，山洞裏的人被一個個拖了出來，部落裏的人們已經豎起了一根高高的旗桿，上面飄著一塊黑色的旗幟。一個巫師一樣打扮的人坐在旗桿下，念著誰也聽不懂的咒語。一排排木柵欄圍在四周，被剁下的手和腳將供在這些木柵欄上。木柵欄的後面跪滿了密密麻麻的野蠻人。部落的頭領是一個面相兇狠的傢伙，看不出他究竟有多大，這是由於他長有一張魔鬼的臉。他用往一個舊羊皮口袋裏丟石子的辦法來清點自己的祭品。每數一個俘虜，他就朝口袋裏丟四顆小石頭。但是到最後他皺起了眉頭，因爲他弄不明白爲什麼會多出四顆石子兒來。

昨天和達波多傑說話的那個老者懂這些野蠻人的語言。他對頭領說，「你們多抓了一個人。」頭領用老鷹一般犀利的目光在人群中掃來掃去，然後去問坐在旗桿下的巫師。巫師說，「神不會多要不屬於他的祭品，留一個活的，讓他出去告訴藏族人我們的法術。」於是頭領跟老者說，「你們自己決定，誰可以活。」

老者徑直走到達波多傑和益西次仁面前，平靜地說：「我們都是等待這一天把心都等死了的人。心早死了，再活下去就沒有多大意思啦。而你們是昨天才來的，心裏還想著怎麼活。我不管你們倆誰是主子誰是奴僕，我只想知道，誰更願意活下去？」

達波多傑腦子一陣陣發懵，一個想成就英雄大業的人，難道就這樣莫名其妙地死在這些野蠻人手裏嗎？而且，死後竟然還不能像英雄扎傑一樣，留下一副完整的屍骨！可是，如果一個人真的想留下英雄的美名，這種時候他就不應該畏懼死亡。看看這個不知道名字的老人家，他在死亡面前的態度是多麼令人敬佩啊。

令達波多傑意想不到的事情發生了，益西次仁忽然跪在了老者的面前，痛哭流涕地高喊：「尊敬的老人家，求求你放我一條生路吧。我還沒有活夠哩！我身邊的這個年輕人，雖然年紀輕輕，可是他已經享盡了世上所有的福。從來沒有餓過肚子，也不知道寒冷的滋味，更不缺女人的愛。他的種子在雪域高原到處播撒，並不是他想做西藏人見人愛的王子，而是女人們見不得他俊俏的臉和一頭捲曲的頭髮。他往女人們面前一站，那些娘們兒就想跟他睡覺。佛祖啊，天下竟會有這樣完美的男子和那樣多浪蕩的女人！他的福早已經享盡了，今天該他爲自己欠下的情債償還果報了。」

「益西！」達波多傑彷彿不認識自己的老管家，他猛然發現益西次仁本來已經花白的鬍子和頭髮昨晚徹底白了，而且，他說話的聲調已經變得非常陌生，那是孤魂野鬼們的話語——顛倒黑白，厚顏無恥，前言不搭後語。在死亡面前，魔鬼不但輕易地控制了這個老傢伙的靈魂和話語，還讓他變得來連自己是誰都不知道啦。

「狗奴才，益西也是你叫的！」益西次仁就像中了魔一樣地怪叫道。「我早聽夠了。益西，去把我的馬牽來。益西，我的帽子呢。益西，去找點吃的來。益西，那個姑娘真漂亮，去把她弄來給我。益西是你什麼人啊？是你的奴才？還是你養的一條狗？益西是你的父親，是你的爺爺，是你的主子！你明白嗎？老人家，老阿爸，這個年輕的傢伙本來只是我的奴隸啊。」

「益西，看看你在死神面前都做了些什麼？你也配當貴族？」達波多傑厲聲說。他為自己竟然有這樣一個管家深感失望和屈辱。只有在死亡的鏡子裏，人才會暴露出他的本來面目。難怪那些喇嘛上師要專門修習面對死亡的功課，他們說「死亡是真理到來的時刻」。可你看看現在的益西次仁，這個成了一條賴皮狗的老傢伙，他可以像一個管家一樣盡職，也可以像爺爺一般慈祥，可是他永遠不可能像一個貴族那樣在死亡面前保持尊嚴，也不可能像喇嘛們在生死間來去自如。

那個能決定他們生殺大權的老者也被這場戲搞糊塗了，他看看達波多傑，又看看跪在地上的益西次仁，他們都一樣地衣衫破爛，一樣地飽經滄桑，一樣地落魄潦倒。浪跡天涯的痕跡不管是老爺還是僕人，都公正地刻在他們的身上。

老者慢悠悠地問：「你們到底誰是老爺，誰是僕人啊？」

「我是！」益西次仁迫不及待地說，「你們不能讓一個貴族去死。」

達波多傑沒有辯解，因爲他爲益西次仁感到羞愧。他的眼淚無聲地掉下來了，人間真是醜惡不堪啊，連最忠實的僕人都要背叛自己，活在這個世上還有什麼意義呢？成就了英雄的大業又有何用呢？也許，背叛就是英雄最大的敵人。

老者充滿鄙夷地對益西次仁說：「可惜啊，尊貴的老爺，你看看我們這些即將要去死的人，都是些黑頭藏民。我們即便到了陰間，也需要一個貴族老爺來使喚我們，不然我們該給誰磕頭聽吩咐呢？起來，跟我們走吧。在死神面前，老爺和普通百姓都一樣。」

益西次仁已經癱在地上了，他這時才明白，既然閻王已經纏上了他，任何求生的努力都是徒勞的。那邊的野蠻人已經在把他們的俘虜一個個地推到了一塊巨石充當的祭臺上，他們剁人的手和腿就像砍柴那樣冷酷而熟練。淒慘的叫聲一陣陣響起，被砍去手腳的人被隨意地丟在祭台邊，彷彿是一個個破敗不堪的布袋。一些人翻滾幾轉，就再也不動彈了，一些人絕望地嚎叫幾聲，便眼睜睜地看著自己身上的血淌光。這簡直就是地獄裏的某個情景在人間的再現。益西次仁被拖到祭祀臺上的時候，其實已經死了，他是被嚇死的。他的手腳都抽筋蹉縮到一起，劊子手們怎麼也掰不順，以至於大半個身子都被劈下來了。

一百零八隻手腳供奉在了野蠻人的祭祀台周圍，那真是一個腥風血雨的白天。達波多傑感到這個世界只有自己一個人還站立在大地上，有腳有手的善良無辜的人都被一幫禽獸不如的傢伙侮辱了。他努力在血腥的屠戮和野蠻的行徑前保持著一個人的尊嚴，現在，他再不敢想一個英雄在死神前該做什麼了，可是他的確像一個有骨氣面對死亡的英雄那樣，直面死神猙獰的臉。骨氣讓他的骨頭比那幫劊子手的刀斧還要硬朗。

他重新跨上自己的寶馬貝珠，馬蹄踐踏過一雙雙絕望的目光和滿地血紅的泥濘。在屍橫遍野、血流成河的土地上，在獸性與邪惡主宰人的命運的罪孽中，他的寶馬在顫慄，他的寶刀再也跳不出刀鞘。他第一次感悟到，一個再大的英雄，也不能拯救人們的苦難，更不能阻止人間的罪惡。邪惡的信仰只能製造地獄般的恐怖。憑生第一次，他爲自己感到羞愧。

「走吧，我們就只有這樣去見沒鼻子的基米了，像一個失敗的懦夫。」他對胯下的寶馬貝珠說。

讀書筆記（之二）

直到現在，我還不能確定上面寫的那一段發生在西藏的什麼年代。但是我可以向你舉出許多史料，證明我沒有瞎編。在西藏的歷史上，曾經有許多的宗教流派，有形形色色的信仰方式。既有自成大觀的正宗教法，也有違反人性的旁門左道。

宗教在某種程度上可以維繫政權，規範人性，在它的另外一面，也會顛覆政權，蠱惑人心。就像我們在前面提到的朗達瑪「興苯滅佛」，為信仰而戰，本身就是對信仰的反動，充滿血腥和暴力的信仰是絕不會傳承下去的。信仰只是為了恢復或者尋找真正的人性（佛性），而不是反人性，更不是獸性。真正能觸摸並撫慰到人內心深處的宗教，哪怕遠隔千山萬水，也會借著某種冥冥之中的機緣，深入到每一顆有善緣的心。

當西元九世紀中後期吐蕃王朝滅亡後，王室的後裔們各自分封為王，割據一方。其中有一支在後藏阿里地區建立起了有名的古格王朝，那裏離印度很近，佛教的影響並沒有因為朗達瑪的滅佛受到多大的影響。到了西元十世紀左右，一些印度法師翻越喜馬拉雅山而來，他們有的是受到古格國王或其他王室的邀請，有的是立志要在西藏弘法。有個被稱為阿底峽的尊者，是那個時代傳法到西藏的代表人物。

阿底峽是東孟加拉的王子，自小出家為僧，苦修佛法，將解脫眾生脫離輪迴苦海視為自己的使命。到了他的晚年，他已經是一個名震四方的偉大上師。當西藏王室的侍者前來請他去雪域高原弘法時，據說他祈請了觀世音菩薩和度母，詢問自己是否應該前往。度母告訴他，如果他去西藏，將對雪域佛土大有裨意；但是不去的話，他可以活到九十二歲，去了則只能活七十二歲。

阿底峽尊者為了利益彼邦，弘揚佛法，毅然來到了雪域高原。果然，他七十二歲時在西藏圓寂。

阿底峽尊者以少活二十年的生命，換來了西藏佛教的復興。他帶來了印度佛教一整套完整的僧侶修行制度，還應邀到拉薩等地講經說法，修訂經典，翻譯經書。宗教史家以阿底峽尊者入藏為起點，將西藏佛教的再次弘揚稱為「後弘期」。

「後弘期」的西藏佛教一個顯著的特徵就是教派開始產生，這是由於當時西藏封建割據的社會形態所決定的。朗達瑪王朝滅亡後，各封建王室發現宗教對這個民族、對自己的統治不可或缺的重要作用，於是派出使臣，馱著黃金珠寶，紛紛到印度去請佛教上師。而那時印度佛教已經式微，正在走向衰落。於是大批的高僧紛至沓來，他們帶來各自喜愛的經論和法門，向虔誠的藏族人傳輸自己的學說，這樣就形成了不同的教派。

有的人堅持「前弘期」時代的宗教學說，便形成了寧瑪派，「寧瑪」在藏文裏是故舊、保守的意思，因為這個教派的僧侶穿紅色袈裟、戴紅帽，便被稱為紅教。而在後藏的薩迦地區，有一個叫袞喬桑波的貴族創建了薩迦寺，供養了大批的僧侶，便形成了薩迦派。由於薩迦派的寺廟圍牆都用象徵文殊、觀音、金剛手三菩薩的紅、白、藍三色花紋裝飾，人們稱他們為花教。

到了十一世紀，西藏著名的大譯師瑪爾巴數次赴印度拜師求法，回來後創造立了噶舉派，因為這一派的僧侶都穿白色僧裙，所以又稱之為白教。而阿底峽尊者的弟子以其教法為依據，創立的是噶當派；到了西元十五世紀，宗喀巴大師以噶當派的教義為基礎，針對西藏當時各教派的優劣長短，制定了一套嚴謹、修行次第分明的教義和嚴格的教規，創立了格魯派。「格魯」在藏文就是善守戒規的意思，這個教派的喇嘛戴黃色的僧帽，因此就被人們稱為黃教。

就這樣，藏傳佛教的四大主要教派黃、紅、白、花，便在西元十五世紀前後形成格局。在歷史的長河中，還有一些小教派像種子一樣遍撒雪域高原的莊嚴沃土，它們有的傳承下來，有的被歷史的風塵淹沒了。四大教派中，黃教現在成了主流教派，達賴和班禪兩大活佛體系都是屬於黃教體系的。

我們可以從修持方法上來區分這些不同的教派。一般來說，格魯派的黃教強調顯教和密教兼修，先顯後密，講究修行的次第。至於如何認識藏傳佛教顯宗和密宗，我們可以理解為理論和實踐的關係。一個喇嘛進入寺廟後，要先進行顯宗學習，也即學經讀經典。經典是所謂五部大論，是佛教重要的五部論述專著。它們是《量釋論》、《現觀莊嚴論》、《入中論》、《俱舍論》、《戒律論》。如果學習者還算聰明的話，光是學完這五部大論就要十多年。然後他才有資格考取格西，格西必須在拉薩的三大寺考取，不是做試卷，而是當堂辯論佛學知識。通過了就相當於獲得佛學博士的榮譽，是佛學的精英階層了。這時，他才有資格進入上下密院，專修密法，這又是一個漫長的學習過程。也許等他顯宗和密宗的功課都修完，他已經步入暮年，垂垂老矣了。

相對於黃教先顯後密的修持方法，其他三個教派紅、白、花更重視密宗的修行，修持的法門側重點各不一樣。寧瑪派的紅教主修「大圓滿法」①，噶舉派的白教主修「大手印法」②和「那若六法」③而薩迦派主修「道果法」④。這三個教派也不是不注重理論學習，該讀的經典同樣要讀，有的也需要先習顯宗後修密宗，但是他們在實修上，的確有獨具特色、高人一等的法門。

值得特別一提的是，有些密宗修行者並不在乎經院或寺廟裏的修行次第，他們直接依持上師在大自然中苦修密法。其修行方式千奇百怪，這些修行者常常被人們稱為瘋狂瑜伽士，他們蔑視常規，反對矯飾，獨來獨往，我行我素，他們的口號是「不需要向任何人證明任何事情」，他們只在乎自己的一顆純淨無污染的心。因為他們認為從理論上來討論佛教的教義，不過是用螢火蟲來測日光。一切重在實修，追求不被污染的佛性，也即內心的覺醒。雪山，森林、黑暗的山洞，幽深的峽谷，甚至恐怖兇險之地，就是他們的課堂。即便是西藏人，也沒法理喻他們的修習方式。比如有一種叫「墳墓瑜伽法」的修持方法，修行者選擇荒郊野外的亂墳崗上，直接坐在腐爛的死屍上修持對人生無常、苦海輪迴的認識，斷除對名色肉欲的貪婪。他們屬於藏傳佛教的希解派，一個我們平常很少聽說的流派。

噢，天哪，要釐清藏傳佛教的源流和派別是一件多麼難的事情，比翻越喜馬拉雅山還難。噢，天哪，你看看我案頭上堆積如山的那些藏學著作，幾乎就要將我掩埋。實際上在我閱讀這些典籍和資料時，時常都有要被淹死的感覺。我相信讀者們已經不耐煩了，沒有耐心的讀者可以忽略這一節不讀。因為我深知我沒有能力對藏傳佛教各教派做出一個學者式的研究和評判，我不過是想給大家交代一下故事發生地的宗教背景而已。

還是讓我們回到故事本身吧。

❖ ❖ ❖

①依據著名藏學著作《圖觀宗派源流》言：「大圓滿法若釋其字義，說現有世界，生死涅槃，所包含的一切諸法，悉在此靈明空寂之內，圓滿無缺，故名圓滿；再無較此更勝的解脫生死方便，故名為大。」也即世界上的萬事萬物以及生生滅滅的變化過程，無不在人的思想的靈明空寂中產生或消亡，人的內心從本質上來說是純淨無染的，人們可以通過依法修行，使內心不受任何污染。並將之置於一個空虛明淨的理想境界中，以達到「涅槃寂靜」、「即身成佛」的成就。

②「大手印法」最初由瑪爾巴譯師從印度高僧那若巴處學得，然後傳入藏區，成為噶舉派諸多支系共同推崇的密宗教法。它要求修習者通過將自心安住於某一對象或某種情景上，從而證悟空性，即佛性。

③指來自印度高僧那若巴傳授的六種密法，分別為拙火定，幻身，夢境，光明，中陰，遷識。

④道果中的「道」，是指經過修行的過程，而「果」意為達到覺悟的境界。這一密法主要靠上師口傳，不注重文字記載，是「只能意會不能言說」的密法。

32 修身

很久以來，拉薩的市民都知道，那個磕長頭喇嘛的瞎眼老阿媽一直和一隻瘸狼在一起。倒不是說她帶著這頭瘸狼在拉薩塵土飛揚的街道上走街串巷，也不是說老阿媽已和瘸狼到了相依爲命的地步。沒有一個人會把手中的食物施捨給帶著一頭狼的乞丐，但是也沒有人看到過這頭瘸狼和瞎眼老阿媽的感情。準確地說，阿媽央金和這頭瘸狼是荒野裏的伴兒。

那是一個大雪瀰漫的下午，老阿媽從兒子修行的地方送供養回來，山道上忽然傳來一陣陣淒厲的哀號，阿媽央金開初以爲是自己的小兒子玉丹的叫聲。噢，自從到了拉薩後，她已經有很長時間沒有見到過那頭漂亮的花斑豹啦。她不知道豹子已經完成護送朝聖者的使命，回去找自己的妻子達娃卓瑪了。

兒子走得再遠，母親始終都會認爲他就在自己的身邊。她向著哀號聲傳來的方向摸索著過去，她先摸到一顆毛刺刺的頭，摸到了臉頰上的眼淚，然後摸到一副獵人下的扣子，它已經夾斷了狼的一隻腿。老阿媽頓生憐憫之心，「唉，你可真是一個不走運的傢伙。」

她說著，爲那狼解下了扣子，狼腿上的血沾滿了她的手，老阿媽又從身上撕下一塊布來，爲狼包紮。那時她並不知道這是一隻狼，她還以爲是一條大獵狗呢。

從那天以後，這頭瘸狼就一直跟著她，當然，牠不會跟她走進村莊和拉薩城裏。在野外，瘸狼就像一頭忠實的獵狗一樣地尾隨在老阿媽蹣跚的身影後。老阿媽討來的食物，有一半是給牠的，另一半給自己在山洞裏閉關修行的兒子。老阿媽對瘸狼說，你們都是需要供養的人。要是沒有一顆母親慈悲的心，你們在這個世界上怎麼活啊？我就叫你尕布吧，那是我小時候家裏養的一條狗的名字。我昨晚在夢裏看見牠了。你說奇怪不奇怪，一個瞎眼的老人家，白天什麼都看不見，晚上卻能看到過去了很久的人和事。還看得清楚得很哩。

瘸狼於是便成了阿媽央金童年時代的一條狗尕布。牠似乎也知道老阿媽的不易，儘管牠已經不能長途奔襲，捕獲那些善跑的動物，但是牠憑藉自己豐富的狩獵經驗，總會在曠野有所收穫。牠有時會長時間地守候在一些野兔、鼬鼠的洞穴外，等那些傢伙出來時，瘸狼一躍而出，將牠們按在爪下。尕布把這些獵物留下來，交給老阿媽來分配。有一次，牠甚至用自己的智慧捕到一頭掉隊的小野鹿，那是牠最大的一次收穫。

央金老阿媽抱著牠的頭親暱地說：「尕布，你的腿雖說瘸了，心眼兒卻不瘸啊。」

開初，看見這一人一狼結伴蹣跚在山道上的人都說，牠可真是全西藏最有佛性的狼啦。央金老阿媽不知道，一段時間以來，一群狼已經盯上了她這個瞎眼的老人。但是有尕布在，那群狼就不敢貿然進犯。牠們搞不懂這個狼群中的另類爲什麼會對一個孤獨的老人這麼好，也搞不懂人和狼之間爲什麼就沒有了攻擊與追殺的欲望。牠們總是遠遠地跟在這形如母子的一人一狼身後，想找到下嘴的機會。但是尕布過去是牠們的頭兒，不怒自威的氣概還能震懾住這幫兇殘的傢伙，那裏面有些是牠的狼崽，有些曾做過牠的配偶。牠們對瘸狼尕布充滿怨恨，但是又不得不心存敬佩。

洛桑丹增喇嘛已經認識這條與母親相依爲伴的瘸狼。她差不多一個月左右來一次，討來的食物也不多，一小口袋糌粑，一隻獸腿，或者一點奶渣什麼的。洛桑丹增喇嘛悉數供養給自己的上師，他現在已經吃得很少，仁欽上師的灌頂加持讓他離人間越來越遠了，他和阿媽央金的話也越來越少。

有一次，央金問他最近跟上師修什麼法呢？他沉默了許久才說，修的是「六味一平等法」。阿媽央金不知道這是一個什麼樣的法，她只是感到兒子愈發地沉靜，深邃，當年磕長頭的路上，哪怕再累，他都還會和她說一天來的感受，說家鄉的事情，說對弟弟玉丹的思念，甚至還會跟阿媽談起達娃卓瑪，訴說出家的喇嘛對一個姑娘的愧疚之情。阿媽央金記得有一次他甚至跟她講，出家人以救眾生爲己任，可是他卻連自己的親人都救不了，不但救不了她的命，更救不了她的愛。他出家學佛法究竟是爲了什麼呢？

現在阿媽央金也有些弄不明白了，一個曾經生龍活虎般的兒子，一個曾經令一個村的姑娘都愛慕不已的小夥子，現在因爲做了喇嘛，因爲要學佛法，就像換了一個人，連在自己的母親面前也不願多說一句話。一段時間以來，他的話少得來連阿媽央金也不得不擔心，兒子將來會不會修煉成荒原上的一塊石雕像，一萬年也不會開口說話。

洛桑丹增喇嘛其實已經知道阿媽和一頭瘸狼在一起，要是在過去，他一定會趕走那頭瘸狼，告訴阿媽人和狼是不能交朋友的。可是上師教誨的眾生平等，生命輪迴的觀點，讓他對一頭狼也持悲憫之心。誰知道這狼的前世是否是家裏某個人的轉世呢？牠就像一個忠實的家犬一樣緊緊地跟隨著阿媽。因此當央金告訴洛桑丹增喇嘛說她領養了一隻狗，並叫牠爲尕布時，喇嘛只是說：

「是啊，阿媽，牠可真的是尕布的轉世，一條聽話可愛的好家狗。」

在以後持戒修行的漫長歲月裏，每當心中的妄念升起，世俗的煩惱像雲霧一般飄然而至的時候，洛桑丹增喇嘛還會想起這隻「好家狗」尕布——腦袋尖尖、眼睛陰鷙的瘸狼，正是牠把阿媽央金領進了狼群，讓她葬身狼口。狼終究是狼，哪怕在輪迴的地獄裏進進出出多少次，牠都改變不了嗜血的本性。

沒有人知道在阿媽央金與狼群做殊死的搏鬥時，這頭瘸狼究竟扮演的是什麼角色。在一個大雪初霽的下午，一個獵人曾經與阿媽央金在山道上不期而遇，那個獵人驚訝萬分地對阿媽說，老人家，妳的身後跟著一頭狼啊。而阿媽央金平和地回答道，牠不是一條狼，牠是我家忠實聽話的狗尕布。獵人說，牠的腿瘸了，是狼中最兇惡的傢伙，讓我幫妳把牠殺了吧。老阿媽用身子護著尕布說，你可以把我殺了，也不要傷害到牠的一根毛。善良的人，走你的路吧。請發發你的慈悲。這個善良的獵人後來非常後悔，他對人們說，我要是不聽那個老阿媽的話就好了。那頭瘸狼躲在老阿媽的身後，兩隻眼睛全是凶光。那是要吃人的眼光啊。

獵人走後，阿媽央金和瘸狼曾經有一段最後的對話，那是只有他們才能聽懂的話語。也是我們這個星球上，除了古代在漢地一個名叫東郭先生的人外，在人和狼之間唯一的一次面對面的交談。

狼說，我們做得再好，你們人始終不相信我們。

阿媽說，因爲你們是狼，人到底還是怕你們的。

狼說，那妳知道我是一條狼，不是妳家的狗。

阿媽說，儘管我老得看不見任何東西了，可我還分得清人心和狼心。

狼說，即便我皈依了佛，即便我學著像一個人那樣內心裏有了慈悲，你們人還有什麼怕的呢？

阿媽說，噢，可憐的尕布，人害怕的東西多著哩。在大地上跑的，在天上飛的，在水裏游動著的，凡是和他們不一樣的野獸，他們都害怕著呢。要麼怕牠們吃了自己，要麼怕牠們帶來魔鬼的災難。

狼說，所以人要殺死牠們，以證明自己不害怕。

阿媽說，我也不明白哩，人為什麼要通過殺生來證明自己不害怕。

狼說，其實，我們也是這樣的。我們只有殺死對方後，自己才更有勇氣。

阿媽疑惑不解地哀嘆道，人和狼怎麼想法都一樣了啊。然後她又補充說，所以才有那麼多好孩子出家修行呢。他們在上師的面前學會慈悲，對一切生靈都不傷害。

狼說，可惜真正的上師太少了。

阿媽說，不是太少，是你沒有發現。我們人有一句話說，菩薩像牛身上的毛一樣多。

狼說，菩薩再多，貪婪的人更多。就像我們狼一樣，貪婪是我們狼和你們人共同的本性。

阿媽說，噢，尕布，你可別這麼說，你不是就很好麼。

狼問，老阿媽，妳真的認為我是一頭好狼嗎？

阿媽說，我把你當我的家犬看。

狼猶豫了片刻，才說，妳犯了一個人不該犯的錯誤，把一頭狼當自己的家犬。

阿媽問，爲什麼不可以呢？佛教的上師說，慈悲可以化解仇怨。而你只是一頭狼而已啊。

狼說，是的，我是一頭狼。可是我也有孩子。

阿媽說，是啊，人和狼，都有當母親的。

狼說，妳到處去乞討，是爲了供養妳當喇嘛的兒子。我的孩子也在餓肚子，我該怎麼辦啊老阿媽？

阿媽說，我們也給牠們找一些吃的去吧。

狼說，妳只有一個兒子，而我有一群孩子。牠們都快餓瘋了。

阿媽說，今天討到的食物裏還有一坨肉，先給你的孩子吃吧。

狼說，這怎麼夠啊！老阿媽。

阿媽問，你的孩子們有多大的肚子呢？

狼說，吃一個人的肚子啊，老阿媽。

瘸狼撲到阿媽央金的身上，輕易地就扳倒了她。在瘸狼的身後，一群伺機攻擊的狼一擁而上，殺戮與撕咬頃刻間就在人與狼的平等對話下血腥而殘酷地展開。阿媽央金只來得及說一聲：「你的孩子們可沒有你好……」她的喉嚨就被咬破了。她本來還想對瘸狼說，你看看我的兒子，他過去也犯下過殺生的罪孽，可他現在已經是一個慈悲的喇嘛了。她還想說……

兩天以後，洛桑丹增喇嘛在那個好心的獵人的引導下，找到了自己已成了一把骨頭的阿媽。那群狼將她的骨頭拖得滿山崗都是，洛桑丹增喇嘛的眼淚也灑滿了開著無名小花的山坡。

他把阿媽央金的骨頭裝進一個羊皮口袋裏，抱著那口袋在山崗上哭了三天三夜。那把骨頭在口袋裏像沒裝滿壺的水一般晃蕩起伏，彷彿是一個人還在辛勤地勞作，還負重走在朝聖的路上，還在城鎮和鄉村裏四處乞討，以及還在家鄉的火塘邊忙忙碌碌。一個終身操勞的母親，即便變成了一把骨頭，她也一刻都閒不下來。

洛桑丹增喇嘛抱著這捧躁動不安的骨頭傷心欲絕。他相信自己悲痛的淚水，可以讓那些被狼啃得精光的骨頭重新長出肉來，還可以將一根根扯散了的骨頭連接起來，更可以讓苦命的阿媽神奇般地站立起來。看哪，她站在喇嘛閉關修行的山洞外等待，她站在拉薩的大街一角乞討，她站在朝聖的路上歇息，她站在家鄉的土掌房前守望，她還站在屋裏的火塘邊忙碌，火光映紅了她的臉，讓阿媽年輕慈祥，美麗無比。阿媽曾經是村莊裏美人中的美人，山上的杜鵑花只能在她打柴放羊走過之後，才會羞澀地開放；天上飛翔的雄鷹，看見她會忘記扇動翅膀，滑翔著越飛越低，直到一頭栽進瀾滄江裏。阿媽啊阿媽，瀾滄江一樣豐滿的阿媽，卡瓦格博雪山一樣聖潔的阿媽，爲什麼現在只剩下一把骨頭了呢？

兒子的骨頭在母親期盼的目光中一天天長大變粗，母親的骨頭卻在兒子的眼淚中萬劫不復啦。

第三天下午，仁欽上師拄著一根木棍充當的拐杖，一晃一晃地出現在山道上，喇嘛那時還在低聲啜泣。

仁欽上師面無表情地走到洛桑丹增喇嘛跟前，木然地問：

「誰死了？」

「我美麗的母親。」喇嘛悲傷萬分地說。

「誰的母親不美麗呢？」

喇嘛嚎啕大哭，「可是我慈祥的母親啊，她死啦！」

「誰不死呢？」上師依舊冷漠。

「是阿媽陪伴我走完的朝聖路！沒有她老人家一生的操勞，哪有我的今天？」

「你幹嘛不想想你的明天呢？」

洛桑丹增喇嘛啜泣道：「尊敬的上師，不是我要悲傷，而是悲傷像江水一般淹沒了我。狼群拖走的不是別的什麼，是我的母親……」

「呵，好的去處啊。法子，你在母親現在在森林裏，在山崗上，在懸崖邊，在黑黝黝的山洞裏，她已經去到了從來沒有去過的地方。」

洛桑丹增喇嘛抱緊了懷裏的口袋，兩眼的火光已經要把一座山崗點燃了。「難道這就是我的上師要說的話嗎？難道上師的悲憫之心，就不能施捨給一個苦命的母親嗎？」

「法子，我最近在教授你什麼樣的佛法呢？」上師反問道。

「六味一平等法。」洛桑丹增喇嘛抹了一把眼淚，恨恨地說。「可就是爲了在山洞裏修煉這個法，我的阿媽才被狼拖走了。」

「是哪六味啊？告訴我，法子。」上師用拐杖敲著喇嘛的頭說。

「苦，樂，生，死，怨，親六味，觀修它們都是平等的，是不存在和空的。我們要像看待自己的親兄弟一樣，看待這人生六味。這是你的教法，上師。」

「那麼，面對生和死，你做到真正平等地對待嗎？不知死，安知生；不懂平等，安悟空性；不悟空性，又怎能修得即身成佛的正果？」上師的聲音越來越高、越來越嚴厲起來。

喇嘛內心裏的悲傷就像漏斗裏的水，倏然漏光了，內心一片大空，眼前透徹如水。悲傷、親情、愛憎的重擔是最不容易卸下來的，誰能把它們從心頭真正地放下，誰就好比放棄一袋金幣。

洛桑丹增喇嘛把懷裏的口袋放到地上，平靜地把一把土撒了上去，然後又一把，再一把。

「你要幹什麼？」上師問。

「我要把母親的骨頭葬在這裏。我怕對母親的愛，影響我在山洞裏的觀修。」喇嘛說。

上師喝道：「不，你錯了。」他從懷裏拿出一塊烤肉，遞到喇嘛的鼻子前，「聞到這肉的香味了嗎？」

洛桑丹增喇嘛當然聞到了，烤肉的香味引得他的胃一陣陣痙攣。他這才想起自己已經三天三夜滴水未進，滴米未沾了。

「感到餓嗎？」上師問。

「是的，上師，我很餓。」

「香味能解你的餓嗎？」

「不能，上師。它只能讓我更餓。」

「這就對了，法子。吃才能解餓。學法也是如此，光背經書、光聽和講，都只是像這肉的香味。要證悟空性，修心是第一步，實修是第二步啊。實修才是密宗大法的根本。帶上這苦難而美麗的屍骨，跟我走。」

「上師，我們要去哪裡？」

「回到你的山洞。白天閉關靜坐，晚上把你母親的骨頭當枕頭吧，苦難是學法的人最大的加持，親人的屍骨是最好的修持對象。哪天能安然入睡了，哪天再出來。」

忘記悲痛就像忘記愛一樣，都是一件不容易的事情。閉關三個月後，洛桑丹增喇嘛再次自己推開了堵在山洞口的石塊，神色安詳地走出來了。阿媽央金的骨頭也已經安寧下來，再不會在羊皮口袋裏動來動去，忙忙碌碌。現在喇嘛把那口袋繫在自己的腰上，就像繫了一小口袋糌粑麵。這捧骨頭一生都沒有離開過洛桑丹增喇嘛的身體，就像其他人的身上都有護身符一樣，母親的屍骨成了洛桑丹增喇嘛最貼身的修持法器。

喇嘛立在山洞外的高處，太陽剛剛從遠處的山巒上冉冉升起，他看見大地上的氤氳，像他的心一樣地輕靈；他還看見大地的悲憫，自遠古以來都無聲無形，無言無歌；千百年來，苦難在大地上並沒有留下什麼痕跡，千萬人的悲苦與富貴，仇怨與歡樂，早已在大地上消失得無影無蹤。死亡與新生，輪迴與轉世，不過是一片苦海。這是人們產生一切苦難的根源，人用雙手和雙腳無論如何也涉不過去，只有用佛法的力量，用修持佛法的心靈，才可超越。

仁欽上師可不理會洛桑丹增喇嘛那樣深刻的感悟，他斜躺在自已山洞外的破木榻上，似乎還在修持他的「凝視藍天法」。上師問：「法子，你睡得好嗎？」

洛桑丹增喇嘛從容地回答道：「我睡得很香，尊敬的上師。我的母親給了我無上的加持，我解脫了一種煩惱啦。」

上師仰望著天空，喃喃地說：「世上沒有比解脫煩惱更難的事啦。明天下山去，你將親眼看到大悲觀世音菩薩。」

儘管洛桑丹增喇嘛對自己是否能如願見到觀世音菩薩心存狐疑，但是上師的話就是法，就是經典。那是一個風雪瀰漫的早晨，洛桑丹增喇嘛腰掛阿媽央金的屍骨，獨自下山去了。這時他才想起，自跟著上師苦修以來，他已經有六個寒暑沒有下過山了。他背誦了那樣多的經書，接受了上師無數次的灌頂和加持，學習了無上瑜伽的真正密法，掌握了許多神通法力。如果爲了利益眾生，顯示佛法的力量，他可以赤裸上身端坐在雪地上三天三夜，也可以結跏趺坐，騰身而起，離地三尺，他還可以在雪山下的湖泊裏信步凌波，並在水面上留下自己的腳印，連波浪都不能將它們打散，就像當年他的上師在拉薩河上所顯示的神蹟一樣；他甚至還在上師的指導下雕刻了一尊會說話的石佛像，並與之對話。那尊佛像多年以後還供在山上，只是除了洛桑丹增喇嘛，再沒有人能與它說話。但是所有這些神通，都不是一個學法者生命中的頭等大事，都不足以和親眼見到一尊佛菩薩的真身更開悟人的佛性啊。

時值隆冬季節，凜冽的北風刀子一般地割在人的身上，雪花吹在人臉上會感覺到它們的重量，可是喇嘛身上卻熱氣蒸騰。不是因爲他走得太急，也不是由於他已經掌握了「拙火定」的法門，而是他的內心像火一樣地在燃燒。一個凡人要去見夢中的情人時，會有這樣熾熱的激情；而一個喇嘛要去見日夜觀修都不得見的佛菩薩時，便會令自己的每一根毛孔裏散發的滾滾熱量，融化滿天飛舞的大雪。

道路上的積雪很厚，連野獸的足跡都見不到。想必在這樣惡劣的天氣裏，凡是活著的動物都不會貿然出來了。難道佛菩薩只有在白茫茫的雪地上才會顯現嗎？洛桑丹增喇嘛想。

在一棵枯樹前，他突然聽到幾聲嗚咽，像一個老人的哭泣。洛桑丹增喇嘛抬眼一望，哦，是一隻狼俯趴在雪地上。牠的身上堆滿了雪，使牠看上去有些臃腫，儘管牠的毛已經快脫光了。當牠看見洛桑丹增喇嘛時，這傢伙努力地想躍起來，但牠的後半身卻死死地拖在地上。原來牠的兩隻後腿已經腐爛凍僵了。

佛祖啊，這不是吃掉了阿媽央金的那隻瘸狼嗎？洛桑丹增喇嘛的怒火一下衝到頭頂，你也有今天的果報呀。真是在因果大法裏，即便是一頭兇惡陰險的狼，也在劫難逃啊。

這頭曾經被阿媽央金叫做尕布的瘸狼已經被狼群拋棄了，牠在等死。當牠看見洛桑丹增喇嘛走來時，求生的欲望驅使著牠本能做出撲咬的動作。可洛桑丹增喇嘛就站在離牠一尺遠的地方，牠也只能無望地咬咬飄飛的雪花了。

喇嘛審視著這垂死掙扎的瘸狼，感受到腰間阿媽央金的屍骨又開始躁動不安起來，似乎那些被這瘸狼撕咬過的骨頭要伸出來，擊打這背信棄義的禽獸。喇嘛對她說：「阿媽，我看見妳的仇敵的下場了，牠正受著地獄般的煎熬哩。」

洛桑丹增喇嘛耳邊忽然響起仁欽上師的一聲斷喝：要愛你的仇敵！喇嘛一激靈，內心深處的慈悲頓時被喚醒了。我還算是一個在修法的人呢。縱然牠曾經吃了我的阿媽，但在這罪惡深重的狼面前，我不能喪失一個修行者的戒律和悲憫。

喇嘛蹲在瘸狼的面前，將口袋裏的一個糌粑團遞給牠，說：「吃吧。我的阿媽曾這樣餵過你，那是因為她的眼睛瞎了，錯把你當成我們家的一條狗；我現在救你的命，是因為我要做一個慈悲的人。」

但是瘸狼嗅嗅喇嘛手中的糌粑，並沒有吃。牠的頭忽然昂起來，一口咬住了洛桑丹增喇嘛的手腕，鮮血立即淌出來了。

「啊！」洛桑丹增喇嘛痛得大叫一聲，「你……你你你……你這忘恩負義的畜生！難道是佛祖讓你來考驗我的悲心夠不夠嗎？你想咬就咬吧。」

但是那頭老瘸狼已經沒有力氣把一塊肉從人身上撕下來了。牠咬著喇嘛的手甩來甩去，搞得潔白的雪地上一片洇紅。

喇嘛的手腕彷彿不是被銜在狼嘴裏，而是被一個人握住，在緩緩的搖晃。因爲那被咬住手腕的人，非但沒有一點反抗，反而抽出了身上的刀子，說：

「來，讓我來幫你吧。你可真是老得連牙齒都不好使了。」

他割下了手臂上一塊肉，把它餵進瘸狼嘴裏。奇怪的是，肉割下來後，手上並沒有淌多少血。

瘸狼一口一口地將那肉慢慢咽下去，牠幾乎連咀嚼的能力都喪失了。洛桑丹增喇嘛看見瘸狼腐爛凍僵的兩隻後腿，牠回不到自己的窩了。喇嘛的悲憫之心再次生起。他跪在雪地上，將那代表著狼的陰險、狡詐、兇殘的後腿擁入懷裏……

神奇的一幕出現了。天地忽然一片光明，雪花不再飛舞，北風不再凜冽，天空中飄著吉祥的檀香味。洛桑丹增喇嘛驚訝地發現不是自己在溫暖快凍僵的瘸狼，而是大悲觀世音菩薩在恩賜他千載難逢的佛緣！菩薩就像平時在黑暗的山洞裏觀想的一樣，懸浮在半空中，在他的身後有萬道金光，有花雨飄灑，有彩虹飛架。菩薩的一千隻手伸到宇宙的各個角落，爲一切苦難的眾生提供幫助；一千隻眼用悲憫的目光觀照著天上和地下的所有苦難。

「終於看到你了！我心中的菩薩。爲什麼我現在才看到呢？」洛桑丹增喇嘛激動得跪伏在地，語無倫次。

大悲觀世音菩薩慈祥地說：「那是因爲你的業障讓你看不到我。其實我一直在你身邊，在眾生的身邊。一個凡夫俗子，修行到你這個份上，具備了真正的慈悲心，都可以看見我的啊。」

「令人敬仰的觀世音菩薩啊，那頭瘸狼一直就是你的化身嗎？」

「過去不是。今天不過是爲了讓你證悟佛性而已。善待你的悲心吧。」

倏然間，大悲觀世音菩薩不見了，喇嘛的眼前仍然只有飄飛的雪花，還有那頭苟延殘喘的瘸狼。一千隻手和一千隻眼彷彿在一瞬間已融化在風雪中。洛桑丹增喇嘛在雪地上到處追尋呼喊，從山崗跑到山澗，又從山澗跑回山崗。可是哪裡有菩薩的身影？

他重新跪在那頭瘸狼的面前，對牠說：「好吧。既然觀世音菩薩說有業障的人看不到他的真身，那就讓我們去試一試吧。」

他把瘸狼扛在肩頭上，向山下跑去。不多會兒就到了一個村莊，正碰見兩個牧人把雪地上的牛羊往家裏的牛圈趕。洛桑丹增喇嘛攔住他們問：「尊敬的施主，看見我肩上的一頭狼了嗎？」

兩個牧人都用詫異的眼光看著他，其中一個沒好氣地說：「狼如果爬上了你的肩頭，還有你活的嗎？真是的。」

那另一個說：「又是一個瘋狂瑜伽士。看看他的臉吧，綠得像夏天的草坡。」

他們兀自幹自己的活兒去了。喇嘛又往村莊裏走，這次碰見一個在白塔前轉經的老阿媽。在這樣的風雪天還不忘轉經，她一生的業障也該消除得差不多了。因此當喇嘛問她看見他肩頭有什麼時，那個老人家搖著手裏的轉經筒，瞇著眼睛看了半天才說：

「你這個有大慈悲心的人啊，怎麼把一頭癩狼放在自己的肩頭上呢。牠曾經咬死了一個和我這樣年紀大的人。願你的慈悲能讓這牲畜看到自己的罪孽。」

洛桑丹增喇嘛終於明白了，有些事情有的人看不見，是因爲他們的業障阻礙了他們清潔純靜的心。佛菩薩是不能僅用眼睛去看的，需要用一顆深邃寬廣如天空般透明、純潔飄逸如雪花般輕靈的悲心去看他。

第九章

33 快槍

炊煙隨著大不列顛帝國的米字旗一同在山谷裏飄浮。這是一條寧靜的狹長河谷，一條清亮的小河從谷中若有若無地穿過，有時它被河兩岸茂盛的樹木青草遮蔽了，有時是被散落在草地上的牛羊覆蓋。在河谷的左側有一片森林，森林的前面是一排在陽光下白得耀眼的房子，鐘斯太太坐在房前寬敞的走廊前，正讀著法蘭西斯·榮赫鵬男爵①征服拉薩的回憶錄。進軍拉薩的遠征軍行進到一個叫古魯的地方，西藏軍隊在一位將軍的率領下進行了無望的阻擋。之所以說是無望的，是因爲那些手持中世紀時期的大刀和火繩槍的藏兵在馬克沁機槍前實在不堪一擊，那場戰鬥甚至連抵抗都談不上。以至於遠征軍的軍官們在激戰後紛紛感到「羞愧和噁心」，連榮赫鵬上校也對戰場上那些視死如歸、被殺得屍橫遍野的藏族人「深爲震驚」。

鐘斯太太現在已難以想像當年的戰爭，她對藏族人在緊要關頭卻老是打不著火的火繩槍深感遺憾。她曾經問過她的一個忠實的藏族老僕人，你們爲什麼不喜歡我們西方的快槍呢？

這個被人稱爲沒鼻子的基米的僕人告訴她說，我們有快槍，可要是由於魔鬼作祟，藏族人的火鐮石就打不出火來。山崖上跑得再快的岩羊，從來都沒有獵手的槍快。只是我們藏族人更偏愛戰馬和寶刀，如果英國人不用槍和大炮的話，你們永遠過不了喜馬拉雅山。

鐘斯太太相信這一點。榮赫鵬男爵在書中曾經寫道，一個遠征隊的廓爾喀兵在和藏兵搏鬥時，藏兵揮刀劈來，廓爾喀士兵忙用手中的梅特福特槍去擋，那藏兵的刀不但斬斷了梅特福特槍，還把那可憐的廓爾喀士兵的半個身子劈下來了。

外面的陽光很柔和，正是黃昏時分，那個叫沒鼻子的基米的僕人給鐘斯太太送來一杯咖啡，垂手恭順地站在一旁。

鐘斯太太問：「鐘斯先生該回來了吧？」

沒鼻子的基米說：「夫人，昨晚我又做了一個很吉祥的夢，一頭六隻角的鹿跑到我的夢裏來了。」

「這說明什麼呢？」鐘斯太太問。她知道藏族人總喜歡把夢和現實混爲一談。

「有老朋友要來了。」

「啊，一定是克雷爾伯爵夫人要來了。」鐘斯太太歡呼道。因爲昨天的電報說，伯爵夫人和一個探險小組近期將至。

「不，夫人。」沒鼻子的基米眼睛眺望著山谷遠方的雪山，用深厚的鼻音說：「是我的朋友要到了。」

鐘斯太太抬頭看看自己的僕人，不明白他的眼眶裏爲什麼會有閃爍的淚花。

兩年前，當鐘斯先生把沒鼻子的基米帶進家時，他看上去就像一個馬戲團的小丑。鐘斯先生目前爲東印度公司服務，是這個位於西藏和尼泊爾接壤的邊境小鎮上的商務經理，同時兼管著一部重要的電臺。這裏每年都有不少歐洲的探險者、信使、學者往來，因此鐘斯夫婦並不寂寞。再說山谷裏景色宜人，氣候還算溫和，歐洲絕無如此純淨的天空和寧靜如遠古的森林與草地。

一天，外出打獵的鐘斯先生揹進來一個渾身是血的藏族人，他說是這個從森林裏冒出來的傢伙救了他的命。當時他正被一頭受了傷的狗熊追趕，他打傷了牠，但是卻沒有將狗熊擊倒。狗熊撲了過來，鐘斯先生已經來不及給自己的雙筒獵槍再裝彈。這時，一個身影擋在了他的前面，引著狗熊往一條山澗奔去。和鐘斯先生一同外出去打獵的植物學家波爾博士證實，如果沒有這個富有同情心和勇敢精神的小個子藏族人的話，鐘斯太太大概就要守寡了。

他們後來在一道懸崖上找到了掛在樹枝上的沒鼻子的基米，那時他們甚至也以爲他是一頭大猩猩呢，他醜陋怪異的相貌實在令第一眼看見他的人目光散亂，於心不忍。鐘斯夫婦收留了沒鼻子的基米，讓他做了一名比較清閒的僕人。鐘斯太太還記得，當他們問他為什麼要為鐘斯先生捨身擋在狗熊的前面時，這個傢伙答非所問地回答：「你的槍太好了。」

鐘斯先生說過，別小看了這個侏儒一樣的傢伙，他是一個有野心的藏族人，和拿破崙一樣。

天黑前，除了鐘斯先生回家以外，並沒有客人到來。鐘斯夫婦發現自己的僕人在火爐邊煩躁不安，就像一個發高燒的病人。那一個晚上，他幾乎沒有睡覺，在房子外皎潔的月光下走來走去。第二天早晨鐘斯夫人出門時，發現沒鼻子的基米正在收拾行囊，僕人請安道：

「夫人，早安。」然後又用肯定的口吻對夫人說：「我要到雪山上去找我的朋友。」

「一個很重要的朋友嗎？」鐘斯夫人問。

「像我的親生兒子一樣。」沒鼻子的基米答道。

「你怎麼知道他在雪山上呢？」夫人又問。

「神靈告訴我了。」

「在夢裏？」

「不，在我的耳邊。我已經聽到了他的腳步，我再不去，他會死在雪山上的。」

鐘斯夫人聳聳肩，再次表示她對藏族人的不可理喻。這樣的事情自從沒鼻子的基米來了後，她遇到的太多啦。就像他曾經告訴鐘斯夫婦說，他兒子的一副屍骨可以到處行走，還能騎在馬背上，被人視為不屈的英雄。鐘斯先生當時哈哈大笑，把這故事視為在歐洲中世紀才能聽得到的傳說。還有一次，這個傢伙堅持說跳到屋子裏來的一隻青蛙是他的一個叔叔的轉世，他把牠小心地供在一隻瓦罐裏，每天捉來小蟲子餵牠，還對那青蛙說了許多思念家鄉的話，然後向鐘斯夫婦轉達他家鄉的種種消息。我叔叔說，洪水沖毀了二十多頃莊稼地；我叔叔說，一個活佛來到了家鄉，為一座新建的白塔裝藏；我叔叔說，拉姆家的姑娘出嫁了，拉姆是我的一個遠房表姐，差一點就做了我的老婆，她的姑娘一定跟她媽媽一樣漂亮。每當沒鼻子的基米將耳朵湊到瓦罐口，在鐘斯夫婦面前轉述一隻青蛙的話語時，他們除了聳肩，真的無話可說。

因此，鐘斯夫人准了他的假，目送著他矮小的身影消失在山谷的盡頭。她不明白當年大英帝國政府為什麼要和這樣一個善良溫和的民族刀兵相見。當然，如果沒有榮赫鵬男爵的遠征軍，她和自己的夫君就不會到這彷彿是世界盡頭的地方供職了。不過聽說共產黨的軍隊就要進軍西藏了，誰知道他們能在這裏待多久呢？

沒鼻子的基米才沒有鐘斯夫人想得那樣多。他的腦子裏只有達波多傑，那把寶刀的光芒昨天晚上已經借著月光在他的眼前閃耀了，因為他昨晚看見月亮泛出一陣陣青光，和他的寶刀出鞘時映射人眼珠的青色光芒一致。還有達波多傑的嘆息回蕩在遠方的雪山上，那是一個落魄者灰心絕望的感傷，沒鼻子的基米聽得十分真切。一個男人在成為真正的英雄之前，總會有挫折和沮喪；就像一個孩子在成長當中，難免會撒撒嬌一樣。

儘管沒鼻子的基米可以想像達波多傑的窘境，但是他卻沒有想到他們見面是一個如此令人失望的場面。他先是聽到了寶馬貝珠的嘶鳴，這通靈性的良駒，一聽到沒鼻子的基米的腳步聲，就激動得前蹄不斷地緊刨地面，可是牠被拴在一棵樹上，而牠的主人，此刻還宿醉在一塊岩石下沒有醒哩。他看上去就像一個被巨大的失敗徹底擊垮的男人，曾經擁有的信心、勇氣和驕傲，像摔碎的瓷器散落一地，彷彿身上的每一寸骨頭都是斷的，每一塊肌肉都是癱的。

「嘿，你不想找一個溫暖的火塘嗎？」沒鼻子的基米用腳踢了踢地上的達波多傑，儘量想使自己的語調俏皮輕鬆。

達波多傑微微睜開眼，一下把頭上的破氈帽拉下來蓋住了自己的臉。沒鼻子的基米看到，眼淚從那個往昔驕傲的少爺滿臉濃密的鬍子上淌下來了。

「起來走吧，被眼淚淹死的英雄是最冤枉的。」

「英雄早成一副屍骨了，這個時代再沒有英雄啦。」他終於說話了，那聲音就像從地上的枯枝敗葉中飄起來的一樣，透著一股陳腐味。

「你錯了，這正是一個出英雄的時代！」沒鼻子的基米大喝一聲，然後又輕聲而神秘地說：「達波多傑，我們就要和紅漢人打仗了。」

「什麼紅漢人，難道漢人是分顏色的嗎？」並不是漢人的顏色讓達波多傑睜大了眼睛，而是打仗讓他來了點精神。

「我也不知道他們爲什麼叫紅漢人，是鐘斯老爺告訴我的。」

「誰是鐘斯老爺？」

「一個英國大鼻子洋人，我跟他當僕人已經兩年了。」

達波多傑勃然大怒起來，「基米啊基米，我一直把你當我的父親看。可你這個聞名雪域的刀相師，有骨氣和血性的老傢伙，爲什麼要跟大鼻子英國人當奴僕呢。難道你不知道當年就是他們骯髒的靴子踏進了聖城拉薩嗎？」

「呵！呵呵，你落在地上的驕傲和信心終於找回來些啦。」沒鼻子的基米用右手捂著自己的胸口說，「感謝佛祖！我尊貴的達波多傑老爺，你的英雄心還沒有徹底死亡。」

「那你離開那個什麼鐘斯老爺，跟你的達波多傑老爺走吧。」

「可是他們有你想要的快槍。不用點火繩，一次可以打出去兩發子彈。一把真正的好槍啊。」

「你說什麼？」達波多傑從地上騰地跳了起來，曾經斷了的骨頭和癱了的肌肉彷彿一瞬間都痊癒了。

「你的寶刀還在，良馬也正渴望著在草原上馳騁，一個英雄要找的『藏三寶』就差一把名副其實的快槍了。我爲什麼要去給我們藏族人的敵人當一名奴僕啊，都是爲了你的夢想啊！達波多傑老爺。」沒鼻子的基米眼淚掉下來了。

「唉，你這締造英雄的老父親！」達波多傑喟然長嘆：「你在等待另一副屍骨。」

「不是屍骨，是一個真正的英雄。」沒鼻子的基米肯定地說。

「管它是什麼呢？英雄的屍骨總比凡夫俗子的堅硬一些。」達波多傑走向了自己的寶馬，「走吧，貝珠，我們的夢就要實現了。」

當鐘斯夫人在房前的走廊裏看到他們打馬並行在河谷的草甸上時，感覺他們就像兩父子。那年輕人的馬一路小跑到走廊前時，鐘斯夫人的眼睛忽然明亮起來。她隨丈夫來西藏已經三年多了，還從來沒有看到過如此挺拔驕傲的藏族人，也從沒有見到過如此漂亮強健的駿馬。他雖然滿臉鬍鬚，狀如野人，但眼睛裏的光芒卻像亂草叢中的寶石，發出燁燁璀璨逼人的光芒；他身上堆積的風塵，絲毫不能掩蓋他內心深處的活力和渴望，她從他跳下馬的動作上看出了這個年輕人的矯健和優雅氣質。

沒鼻子的基米把達波多傑介紹給自己的主人時說：

「夫人，這個年輕人是西藏最有勇氣的藏族人，因爲他心中有英雄的夢想。」

「噢，歡迎啊！」鐘斯夫人站起來走下前廊，將自己的手伸了出去，「我總算看見一個有英雄夢的西藏人啦。」

達波多傑回答道：「夫人，西藏的英雄很多，只是你們不知道我們藏人的夢。」

「看到你們的現實，就可以想像你們的夢境。來，我的英雄，這邊請。」鐘斯夫人喜歡上了這個氣度不凡的年輕人。

他們受到了鐘斯夫婦的熱忱歡迎，儘管達波多傑老是用傲慢而略帶敵意的眼光來看這幢房子裏的主人，但是鐘斯夫婦並沒有察覺，因爲他們不知道一個藏人的眼睛裏深藏不露的諸多情感，就像他們永遠也不知道一座白塔裏裝藏得有多少豐富的寶貝一樣。

晚上在火爐邊，達波多傑給他們講了跟隨流浪的巴桑部落尋找故鄉的幻滅，講了雪山那邊經歷野蠻人砍活人祭祀的巫術，講了老管家益西次仁的死。不要說鐘斯夫婦，就是沒鼻子的基米也聽得目瞪口呆。不過達波多傑有一點沒有講透，就是他渴望從鐘斯夫婦那裏得到一支快槍。因爲在來的路上，沒鼻子的基米就告誡過他了，這事兒急不得，鐘斯先生也是一個愛槍如命的傢伙，出門必帶槍。因爲他們沒有好槍的話，在這裏一天也待不下去。我們得想點別的辦法，槍才能到手。

別的辦法是什麼，沒鼻子的基米也沒有想好。他認爲鐘斯夫婦也是心地善良的人，他爲他們做僕人兩年了，每當他們要給他算工錢時，沒鼻子的基米總是說，我在這裏有吃有住，要錢也沒有用。等我要離開你們時，再說吧。先生和夫人認爲該給我點什麼留個紀念，賞我一點就是啦。鐘斯夫婦曾經大爲感動，認爲他們遇到了心腸最好的藏族人，其實他們不知道這個忠厚勤懇的老僕人的心思全在另外一個方面呢。

鐘斯夫婦雖然收留了達波多傑，但也把他當一個僕人看。他們養得有五匹馬和一群奶牛。鐘斯夫人每天都要喝新鮮的犛牛奶。天一亮就要給犛牛擠奶的活兒，是沒鼻子的基米做。澾波多傑來後第三天，鐘斯夫人就交代他說，以後放牧的活兒和擠奶的事就你來做吧，我們會付給你報酬的。可是當那天早晨達波多傑獨自站到犛牛面前時，他才想起自己的一生中雖然喝的犛牛奶和酒一樣多，吃的乳酪也和糌粑一樣多，他卻沒有擠過一次奶。在清晨凜冽的寒風中，他用自己的手捏住了犛牛的乳頭，又搓又揉又拍打，但卻沒有一滴奶滴出來，而犛牛卻被他搞得煩躁不安，險些要蹦出牛圈。這時沒鼻子的基米站在了他的身後。

「奶牛還沒有睡醒？」

「奶……奶凍住了。」達波多傑狼狽地說。

「呵，小時候你媽媽的奶凍在奶子裏過嗎？」沒鼻子的基米打趣地說。

達波多傑一抬身，將沒鼻子的基米掀翻在地，壓在凍硬的地上。達波多傑壓低聲音喝道：

「你這個老基米，別以爲給了我一碗飯吃，就可以跟我這樣說話！」

沒鼻子的基米連忙說：「是囉是囉。尊貴的老爺，你就是討飯了，也有一個老爺的驕傲。」

達波多傑鬆開了手，長嘆一聲，「老爺真的到了討飯的那一天啦。」

沒鼻子的基米爬起來說：「這樣的事情多了，你還不算最走背運的。那些出家修行的喇嘛，還要專門修持一種叫做『忍辱法』的密法，學會了後，便能忍受人間的一切羞辱和苦難。看著點老爺，這活兒可跟摸姑娘們的乳頭不一樣。」

幾個月下來，以達波多傑的聰明，他便學會了擠奶，學會了劈柴，學會了放牧，學會了如何爲鐘斯夫婦煮咖啡，烤麵包，以及學會了如何做得像一個恭順卑微的僕人那樣，給主人請安，隨時聽候吩咐。他令人驚訝地很快就掌握了英語的一些日常會話，當他垂下眼簾低聲說「是，先生」，「是的，夫人」時，他胸膛裏有一萬匹戰馬在奔騰，有一萬把戰刀在搏殺，還有一把鋥亮的好槍在猛烈地吐著憤怒的火舌。

可是在鐘斯夫人看來，這個長相俊朗的年輕人完全堪稱維多利亞女王時代宮廷裏的一流侍從，盡職盡責，優雅從容，舉止得體，像一個子爵一樣地讓所有的貴婦人們傾倒。鐘斯婦人甚至私下裏跟鐘斯先生商量，如果紅漢人真的來到了這個地方，他們不得不回英國的話，她建議鐘斯先生把老的留下，將年輕人帶走。

「就像弗朗索瓦·巴布讓②將一個叫阿德酋的藏族人帶到歐洲，引起巨大的轟動一樣，他會在我們的社交圈子裏爲你贏得榮耀的。」她對鐘斯先生說。

可是共產黨的軍隊進入西藏的消息讓鐘斯夫人的設想落了空。那天，鐘斯先生手裏抓住一張長長的電文衝進家裏來，氣喘吁吁地對夫人說：「他們真的來了！」

「到哪裡了？」鐘斯夫人鎮靜地問。

「電報上說，共產黨的軍隊在藏東地區的金沙江剛和西藏軍隊打了一戰。」

「誰是勝利者呢？」

「當然是漢人了，拉薩和北京馬上就要簽署和平協議。」

「噢，看來我們該收拾行裝了，親愛的。」鐘斯夫人沮喪地說，然後又嘀咕道：「真不明白，英國政府在幹什麼呢？」

「他們麼，」鐘斯先生撇了撇嘴，「唐寧街的那幫白癡還在喝著咖啡辯論呢。」

「紅漢人會不會跟我們一樣，簽署了協議就撤軍？」鐘斯夫人心存幻想地問。

「這怎麼可能？中國政府從來都認為西藏是他們的。他們在這裏駐紮軍隊已經有好幾百年的歷史了。」

「尊敬的鐘斯先生，尊敬的夫人，我想我們該結算工錢了。」鐘斯夫婦沒有料到沒鼻子的基米已經悄無聲息地站在書房的門口。顯然剛才他什麼都聽到了。

「當然，」鐘斯先生有些不高興，他不喜歡被人偷聽。「我相信我們在離開之前，一定會付給你們應得的工錢。所有的，一文不會少。」

「先生，夫人，不是少不少的問題。而是從仁慈的先生夫人那裏得到的賞賜，我們喜歡不喜歡的事兒啊。」

他跟隨鐘斯夫婦快三年了，他們從來沒有聽到過沒鼻子的基米用這樣的口氣說話。難道下等人一聽到紅漢人三個字，說話的語氣都會發生變化嗎？

「那麼，你們會喜歡什麼呢？」鐘斯夫人看出了丈夫臉上的不高興，便接過話來說。這時，她還看見達波多傑也站在了沒鼻子的基米身後，他的眼睛裏流淌出渴望的光芒。

「鐘斯先生的槍。」達波多傑搶先說。

鐘斯先生用嘲笑的眼光看著他面前的兩個藏族人，「噢，一把獵槍值多少錢呢，剛夠你們一個月的工錢。」

「我們爲你當僕人，就是爲了這把快槍啊，鐘斯先生。」沒鼻子的基米說著，竟然淌出了眼淚。

鐘斯先生想起來了，當年問他爲什麼要救自己時，他只讚賞過自己的獵槍。藏族人的腦袋瓜裏究竟在想些什麼問題，鐘斯先生覺得自己永遠弄不明白。他點燃了自己的煙斗，問：「請告訴我，你們要槍幹什麼？」

沒鼻子的基米反問道：「要打仗了？」

「是的。」

「那麼，我們的英雄就要出現了。」

「會是誰呢？」鐘斯先生對這個回答充滿了好奇。

「他。」沒鼻子的基米把達波多傑推到前面，「鐘斯先生，鐘斯夫人，請看看這個孩子，這個貴族驕傲的後代，這個一心想要擁有英雄名譽和勇氣的年輕人，爲了自己的英雄夢，爲了找到一個藏族人心中夢寐以求的『藏三寶』——快刀、快馬和快槍，他已經外出流浪十多年了。現在他的身邊，就差鐘斯先生的快槍了。如果你願意用這把槍結算成我們這三年來的工錢的話，你不但付清了我們所有的報酬，還成就了一個男人的英雄夢想。求求你啦，尊敬的鐘斯先生。」

鐘斯先生大爲感動，但是他絲毫沒有將心中的情緒流露出來。多年的經商歲月讓他就是簽了一大宗買賣，臉上也會波瀾不興。他在屋子裏踱了兩圈，湊近到沒鼻子的基米臉前，厲聲說：

「你武裝他，這個可愛的年輕人，就是爲了把他推向和紅漢人打仗的戰場嗎？」

「一個英雄只會產生在戰場上。」沒鼻子的基米乾脆俐落地回答。

「你是他什麼人，父親嗎？」

「不是。我再輪迴三世，也不會有他那麼高貴的血統。」

「那你有什麼權力讓他去送死？」

「不是去送死，而是送他坐到英雄的位置上。我已經送了兩個兒子走這條路。一個失敗了，變成一隻鳥飛走；一個成功了，卻成了一副屍骨。」

鐘斯夫人插話進來說，「你願意嗎，年輕人？」

「我期待這一天已經很久了，夫人。」達波多傑平靜地說。

鐘斯夫人又問：「你不認爲這是一個錯誤的選擇嗎？」

「夫人，對於我們藏族人來說，選擇了，就沒有錯。神靈早就安排好了一切。」達波多傑說。

「唉，爲什麼你們非要看上我的這把獵槍呢？」鐘斯先生哀嘆道，「那可是我的老父親在我出門時送給我的禮物。」

達波多傑回答道：「因爲它是一把真正的快槍。」

「你錯了，年輕人。」鐘斯先生說：「這不是打仗時用的槍啊。你們藏族人真不知道在這個世界上，已經打了兩次世界大戰了嗎？比這厲害的殺人武器多啦。有一種叫原子彈的東西，『轟』地一聲，幾十萬人的生命就被奪走了。」

「我知道，那是魔鬼的兇器。我們的經書上說起過。」沒鼻子的基米不以爲然地說，似乎從未聽說過的原子彈不過是某個熟悉的魔鬼。

「你們的經書提到過原子彈……」鐘斯先生一時顯得有些驚訝，但他馬上反應過來了，和一個藏族人交談，你得時常分清他們話語中的神話傳說和現實之間的巨大鴻溝。他們在神靈的世界裏浪漫地遨遊，而你不得不隨時將他們拉回來。因此他很現實地說：

「如果你願意去和紅漢人打仗，在邊境那邊有一些號稱是非政府的組織，正在武裝你們藏族人，要什麼樣的槍都有。不過，爲了表達我對你們的敬意，我決定將我父親的禮物送給你們。還有，請允許我向兩位令人尊敬的騎士介紹，如果你們認爲子彈擊發得快的槍就是好槍的話，我這裏還有一把德國造的卡賓槍，一扣扳機，便可以打出幾十發子彈。那才是你們看到的真正的快槍啊。」

「你這是在把他們推向戰場！」鐘斯夫人抗議道，「他們應該回到牧場上去，過自己浪漫的生活，而不是去和紅漢人打仗。他們不是紅漢人的對手，這是不公平的。你不明白嗎，親愛的？」

「這絕對公平，尊敬的夫人。」沒鼻子的基米接過話來說：「當我兒子的屍骨被獨角龍挑在頭上到處遊走的時候，沒有哪個藏族人認爲這不公平。」

鐘斯先生以讚許的口吻對夫人說：「這是真正的騎士精神。親愛的，難道不是嗎？」

鐘斯先生才不管什麼公平不公平呢，他像境外的那些非政府組織一樣，希望藏族人和漢族人儘早打起來，這樣他們或許還有在這裏發展下去的空間。他也欣賞這兩個藏族人的勇敢。他們平常看上去溫順善良，富有信仰，連對一隻小蟲也充滿仁慈。可是他們卻有一顆英雄的心。

幾天以後，鐘斯先生在他的一幫朋友的幫助下，爲達波多傑馱來了大批的武器，甚至還有一挺機槍，那幾乎可以裝備一個戰鬥班了。他們教會了他如何使用卡賓槍，如何在現代戰爭中合理地保護自己，有效地殺傷敵人。可是達波多傑對那些戰術理論不以爲然，更對其他的武器也不感興趣。他只挑了那把德國造的卡賓槍，沒鼻子的基米將鐘斯先生的雙筒獵槍揹在了肩上，他是個固執的人，從看見這把獵槍一槍將老熊打倒以後，他就爲它夢魂牽繞了。

達波多傑裝備完畢，沒鼻子的基米爲他牽來了寶馬貝珠，他蹲下身去，頭幾乎磕在了地上，淚流滿面地說：

「老爺，上馬吧，你現在已經找齊了『藏三寶』啦，只差踩在我這不中用的老傢伙背上的一步了。從這把老骨頭身上跨上你的寶馬，你就可以去實現自己的夢想了。」

達波多傑好久沒有踩在僕人背上上下過馬了，過去在瀾滄江峽谷當老爺的時候，這是再自然不過的事情。出來後，身邊多數時候只有老管家益西次仁，他也不忍心踩著他的背上馬。現在他忽然有些明白，踩在人的身上跨上戰馬，是一個貴族找回自己的驕傲和自信的第一步。

這一步要麼走向輝煌，要麼走向死亡。達波多傑想。

兩人兩騎在河谷裏飛奔起來，漸漸消失在遠方。鐘斯先生以欣賞的眼光看著在這大地上馳騁的勇士，而鐘斯夫人卻用憂心忡忡的口吻說：

「也許，他們要去實現的，不過是一個童年時期的夢想而已。」

鐘斯先生摘下嘴邊的煙斗，「在我們看來，迄今為止，他們就是一個生活在童話中的民族。」

鐘斯夫人在胸前劃了個十字，「願聖母瑪麗亞的仁慈護佑他們，再不要發生古魯那樣的悲劇。」

❖ ❖ ❖

①榮赫鵬上校，一九〇四年率領英國遠征軍入侵拉薩的指揮官。

②法國探險家，旅行家，法國《地理社會》記者，一九〇五年到滇藏一帶及瀾滄江（湄公河）流域探險旅行，著有多部在這些地域所寫的旅行見聞。

34 還鄉

「瀾滄江峽谷裏曾經有個叫阿措的趕馬人，結婚不到三個月就跟著馬幫去拉薩。那一年，他才十八歲。」不知爲什麼，從達波多傑看到雄偉壯觀的瀾滄江峽谷時起，他就想起了這個久遠的故事。

「老爺，你離開瀾滄江峽谷時，也是十八歲。」沒鼻子的基米跟在達波多傑的馬後面接嘴道。他追隨達波多傑來到瀾滄江峽谷，只是爲了見證自己一手締造的英雄如何創造出輝煌的業績。他現在是他的導師，父親，管家，僕人，同時還兼養馬人，刀相師，占卜師，曆法推算師——他可以根據星相，準確地預測一個英雄橫空出世的最佳時間。他對達波多傑的瞭解，甚於他自己的兒子。

「是的，我們都是不走運的傢伙。」達波多傑騎在寶馬貝珠背上，發現卡瓦格博雪山依舊高聳雲天，瀾滄江峽谷依然壯觀險峻，而自己的心已經蒼老了許多。當一個人觸景生情，湧動出些許滄桑之感的時候，歲月已經在他的心裏刻下道道傷痕了。

「阿措在回來的路上，遇到了土匪。」達波多傑望著高懸在天邊的卡瓦格博雪山，自顧自地說：「他們把他擄到了一座不知名的雪山上，然後又被賣給一個土司當奴隸。這奴隸一當就是整整六十年。」

「六十年！嘖嘖，那要命大才可活那麼久。」沒鼻子的基米感嘆道。

「不是命大，是命苦。」達波多傑說：「阿措回到峽谷時，滿臉的皺紋已經像一張網一般地罩在他的臉上，他已經變了樣子，曾經英武挺拔的身子成了一棵乾枯的老樹。峽谷已經沒有一個人能認出他來，當年和他一起趕馬的馬腳子都不在人世了。他也找不到自己的家，因爲在他走後不久的一場泥石流，讓一切都面目全非了。」

「沒有比找不到家門的人更可憐的了。面對神山卡瓦格博，我祈求佛祖保佑天下所有的流浪漢都能回家。」沒鼻子的基米想到自己和老爺達波多傑的身世，真誠的祈禱道。

達波多傑扭頭看看這個忠厚的老僕人，幽幽地說：「老基米，你還不明白麼，有的人有家不能回，有的人回到了家卻不被家人認識。那可憐的阿措在村子裏像個幽魂一樣的到處遊走，最後胡亂摸進一戶人家，看見一個老奶奶正坐在火塘邊念經。阿措對那老奶奶說，仁慈的施主，我是一個找不到自己家的流浪漢，請布施一碗熱茶吧。那老奶奶是個瞎子，可是看人間的事情卻比阿措更明亮。她往裏屋喊了聲：多吉，你阿爸回來啦。還不快來打茶！阿措奇怪地問，你是誰啊？我怎麼會在這裏有兒子？瞎子老奶奶感嘆道，阿措啊，你這趟馬趕得可夠長的啦！你的兒子都有孫子了。阿措更驚訝了，問，那我的央珍媳婦呢？」

「是啊，他的媳婦……那個叫央珍的女人呢？」沒鼻子的基米急切地問。

「那個瞎子老奶奶平和地說，你的央珍媳婦等你把眼睛都等瞎了。你要是再不回家，你連我這個老瞎子都看不到啦。」

「哦呀，這個可憐的傢伙老得連自己的媳婦都不認識了。」

「更可憐的是，」達波多傑眼睛裏忽然有了淚光，「當時老阿措就像一屁股坐在了火上，驚得從火塘邊跳了起來，痛哭流涕地大聲叫嚷，不對啊，我媳婦央珍是一個才十七歲的像杜鵑花一樣鮮嫩的姑娘啊！」

達波多傑一夾馬肚，兀自跑了。沒鼻子的基米感覺得到老爺的淚水一路拋灑在山道上。

「是啊，是啊。流浪異鄉的人，家中的媳婦是不會老的。」沒鼻子的基米感嘆道，自己也眼睛酸酸的了。

達波多傑回到故鄉後，倒沒有老阿措那麼倒楣，可是他卻發現自己回到了一片由失望和背叛構成的沼澤地。首先，沒有戰爭可打了。峽谷裏已經和平解放，儘管頭人的領地和寺廟的權威還得到充分的尊重。人們告訴他，紅漢人就像一場春風之後的急風驟雨，眨眼間就把他們的紅旗插遍了峽谷裏的每一個村莊、每一座山崗。

他們的軍隊一眼望不到頭，在峽谷裏的驛道上走了三天三夜，他們從這裏向藏區的縱深進軍。沒有哪個帶槍的人敢向這支軍隊挑戰，更不用說他們留下一些人來，把那些黑頭藏民叫到一起，教他們唱歌，分給他們吃的、穿的，做得比寺廟裏的喇嘛們還要慈悲。那些一向貧窮得從來沒有吃飽過飯的乞丐，那些終生都在爲自己永遠償還不完的高利貸賣命的佃戶，那些命中註定世代是奴隸的下人，都說紅漢人是「菩薩兵」。

「你總不能和菩薩的軍隊打仗吧，老爺。」一個曾經是達波多傑的佃戶對他說，「你連一個門戶兵都找不到呢。」

不但找不到一個門戶兵，他也像從前的老阿措那樣，連自己的家門也找不到了。當年他負氣出走的時候，和扎西平措說過，要將瀾滄江西岸的土地讓給哥哥，他自己外出尋找快刀、快槍和良馬，要爲家族的榮耀爭光，現在這三樣寶貝到手了，他卻發現自己一無所有。

曾經是達波多傑領地的瀾滄江西岸，現在屬於一個叫扎西頓珠的少年。據說他是哥哥扎西平措和嫂子貝珠的兒子，可他滿頭的鬈髮、俊俏的面容，連一個瞎眼老婆婆都知道他的父親到底是誰，更不用說由於他母親的一段風流韻事，他不得不出生在地牢裏。不過這些年，瀾滄江兩岸真正的主子只有一個，那就是曾經風流成性、多情妖嬈的女子貝珠。她的丈夫扎西平措早些年因爲把靈魂抵押給了魔鬼，成爲了他們的幫兇，有一天魔鬼們乘風而來，一把將他掠走了。扎西平措只是迎著峽谷裏神秘的風大大地打了一個噴嚏，就一頭栽倒在地，再也沒有爬起來。從那以後，貝珠才被從地牢裏放出，那時扎西頓珠剛剛五歲。

五年多的地牢生涯讓這個天生麗質的女人一點也沒有消蝕掉往日的容顏，相反還令她更加美麗。那是一種歷經苦難的美，冷酷無情的美，看破紅塵的美，置人於死地的美。她的眼睛已經習慣了地牢裏的黑暗，她的心也被殘酷的現實染黑。當年扎西平措爲了防備她像狐狸一樣從地牢裏溜走，連唯一的小窗口都叫人封死了。到她終於從地獄般的黑暗中熬出來時，她已經看不慣峽谷裏春天杜鵑花的爭奇鬥妍，看不慣夏天草場上的青青芳草、百花盛開，看不慣秋天山梁上的姹紫嫣紅，碩果累累，也看不慣冬天雪山上的潔白無瑕，冰清玉潔。一個姑娘要是不小心歌聲高亢了點，馬上就會被扇嘴巴，直到把心底裏所有的歌兒都扇得血淚斑斑；一個小夥子爽朗的笑聲被她聽到了，如果他幸運，碰上女主人心情好的話，那快樂而倒楣的傢伙最多短一截舌頭，還不至於連命都不保。當然了，要是女主人的權力再大一點的話——只需一點點，就像指甲讓手指變長的那麼一點。——她就可以讓滿山的花兒不再開放，讓自由的牛羊不准交配，讓瀾滄江倒流，讓雪山成爲黑色的，讓天下所有的愛情都不結果，讓嘹亮的歌聲和翩翩的舞步都在人間絕跡，讓峽谷裏的狐狸成爲人間的主宰，還有，除了她的兒子扎西頓珠，她還想砍下天下所有鬈髮男兒的頭顱。

佛祖保佑，眼下她還做不到這一點，回到家鄉的達波多傑也就保住了自己的腦袋。

一個女人的愛如果轉化成了恨，那就是世界上比大海還要深的恨，比蛇蠍還要毒的恨。大海乾枯了，這恨還不會消解；蛇蠍從良了，這恨依然恐怖得令人背脊發涼。

達波多傑那時還不明白這些，他還以爲自己依然是大眾情人，是愛神派到人間的天使。當他腰佩寶刀，肩挎卡賓槍，身騎寶馬貝珠，去瀾滄江東岸造訪另一個貝珠時，他還做著鴛夢重溫的美夢呢。

時值夏季，高山牧場上的花兒開得漫山遍野。瀾滄江西岸的女主人在一群僕人的簇擁下，早把自己的帳篷紮在了青青的草甸上。並不是她喜歡看草地上的那些花兒如何開放，而是她更喜歡看它們如何凋零，如何俯首稱臣。當她美麗的目光掃過大地上的花兒時，百花萎靡，瑟瑟發抖，不敢與這個權傾一方的女主人爭奇鬥妍，一比芳華。可是令貝珠沮喪而憤怒的是，她霸道的目光始終有限，在她的目力所不能及的地方，甚至在她的目光身後，她依然聽得見花兒們舒展開放的幸福呻吟，聽得見萬花叢中的呢喃私語，甚至還聽得見愛神隱秘而匆忙的腳步。

這天上午，她剛把昨晚在草甸上偷歡的兩個牧羊人吊起來痛打了一頓。因爲他們在夜晚播撒愛的雨露時，由於過於精耕細作，攪得草甸微微顫抖，也攪得孤獨的女主人惡夢連連。在她把這對情侶吊上樹時，女主人說了句意味深長的話，「野食管飽，味道卻很苦。」

就在這個時候，那個吃慣了野食的浪子達波多傑來了，他先看見了吊在樹上的兩個男女，他們幾乎衣不蔽體，那姑娘的兩個飽滿的奶子裸露於外，像樹上多餘的果實。

「唉，我離開那麼多年，峽谷裏什麼都沒有改變。」達波多傑扭頭對沒鼻子的基米說。

「鐘斯先生說過，把人吊起來鞭打是野蠻人幹的事兒。」沒鼻子的基米經常將他一路上的見聞，和在鐘斯夫婦身邊學到的教養相比較。

「難道這是貝珠那個狐狸精做的事情嗎？」達波多傑嘀咕道，「野食又不是只有她吃得，別人就不能吃。」他說著從肩上取下了卡賓槍，「噠噠，噠噠」兩個點射，樹上掛著的人兒「撲通」兩聲落在了地上。

「誰打的槍？」貝珠從帳篷裏出來，厲聲喝道。

達波多傑策馬而來，居高臨下地對那個柳眉豎起來了的女人說：「嫂子，這是達波多傑少爺獻給妳的見面禮。讓在大地上相愛的人，都找到他們的愛情吧。」

貝珠彷彿已經置身來世，因爲在漫長的地牢歲月裏，她在無邊無際的黑暗中絕望地相信：只有在下一世，才會再見到這個給自己的生命帶來過最徹底的歡樂和最深刻的痛苦的人。現在，她渾身禁不住顫抖起來。那不是因爲激動，而是由於憤怒。她早幾天前就耳聞達波多傑要回來，但沒有想到他們竟是在這樣的場合下相見。而且，他還是那麼傲慢、輕浮，對給別人造成的人間最大的傷害絲毫沒有愧疚之意。他的眼神也跟多年前一樣自信，以爲僅是用目光就可以脫掉自己情人身上的所有衣服，將她擁進懷裏，淹沒在放蕩的情欲裏。

「哪裡來的流浪漢？把他拉下馬來，吊上去！」女主人一聲怒喝，從此喝斷了自己十多年來對這個天涯浪子的思念。

達波多傑愣在馬背上，竟然忘記了做出任何反應。他癡迷地看著這個憤怒的美麗女人，額頭上的皺紋因爲她的蛾眉高聳而溝壑縱橫，曾經蝴蝶飛舞的眼波現在凶光四溢，像飛出來的兩把刀子。達波多傑怎麼也無法將眼前的這個羅刹女一般的女人，與他曾經迷醉過的乳香和愛到高峰時的尖叫聯繫在一起。在情欲的烈火焚燒了他們的美好生活以後，在藏地四處流浪的那些艱辛歲月裏，他都沒有像現在這樣，對自己深愛著的人充滿了像瀾滄江大峽谷一樣深刻的蒼涼情懷。

這個女人曾經說過，對男人，愛是一場雪崩；而對女人，愛是一首歌。

現在，達波多傑想，在這娘們兒心裏，愛大概只是草地上已經乾硬了的牛屎。多年前，她把它像拉屎一般的排泄出來，就不管不問了。他忽然想起了在流浪的旅途中，曾經聽到了一個說唱藝人唱的歌謠：

「英雄最終要被流水帶走，
美人最後要被時間打敗，
人生最美好的記憶要被大風吹散，
我輕率的愛情啊，
讓我在來世再與你好好分享。」

貝珠身邊的幾個僕從猶猶豫豫地走上前來，他們當然知道朗薩家族桀驁不馴的少爺達波多傑，他們中有的過去還是他的小廝呢。可是他們也知道現在的女主子的厲害，她纖細柔美的胳膊一揮，再剛強不屈的腦袋也會落地。

沒鼻子的基米大喊一聲：「你們瞎了眼嗎？他不僅是你們的老爺，還是峽谷裏的英雄！看看他胯下的寶馬，看看他腰間的寶刀，再看看他手裏的快槍，那可是你們從來沒有見識過的好槍，可以一氣打落一排高飛的大雁。」

這話提醒了達波多傑，得給峽谷裏的這幫木腦袋開開眼，也得給那個自以爲是的娘們兒看看，他這些年在外面沒有白混。他朝那幾個僕人前面的空地上打了一梭子彈，就像一陣急促的羚羊蹄敲打著大地，你只聽得見聲響，但是卻不見羚羊的蹤影。那些傢伙看得目瞪口呆，竟然忘記了誰是他們的主子。

「少爺，真是一把好快槍啊！」幾個傢伙跪了下去。

他們的頭上馬上就挨了一頓鞭子，貝珠有一根純銀把柄的鞭子，小巧精緻得像一件玩具，可是它卻是峽谷裏最令人恐懼的玩具。她對那幫不爭氣的傢伙又打又踢，他們就順勢躺倒在地上，做出被打得很痛苦的樣子，讓他們的女主人高興，實際上，他們才不想去撞達波多傑少爺快槍的槍口呢。

貝珠看到把僕人打不起來，一怒之下，奪過了身邊一個家丁的長槍。那是一桿漢地來的步槍，她麻利地推彈上膛，向達波多傑舉起了槍口。

「少爺小心啊！」沒鼻子的基米高喊道。

達波多傑還沉浸在自己的傲慢與自負當中，這個曾經在自己的身下快樂得尖叫不已的女人，怎麼會向她的歡樂之源開槍呢？那迷惘癡情的一刻，他在將來生生世世輪迴的苦海裏，不論是轉世爲人，還是投生爲一隻狗，一條蟲，都沒有想明白。

在關於瀾滄江峽谷的許多傳說中，這一段最爲吸引人。倒不是達波多傑又幹出了什麼驚天動地的事情，也不是貝珠的尖叫讓我們的耳朵發麻，而是這個故事被演繹成了好幾個版本，讓人不知該相信哪一個。因爲它們都很真實，都有血有肉、活靈活現。

版本一：在貝珠就要開槍的一剎那，另外一個貝珠顯然比那個狐狸變的女人更愛自己的主子得多。牠一聲嘶鳴，忽然高舉起前蹄，像一頭展翅起飛的鷹，閃電一般劃了過去，達波多傑順勢就將自己心愛的人兒攬到了馬背上。那可真是一匹長有翅膀的神駒，牠快得連人們連想看清牠翅膀的機會都沒有。在所有的人一愣神之間，朗薩家的少爺達波多傑，漂亮的女主子貝珠，以及跟她叫一樣名字的寶馬，都飛走了。只剩下一陣急促的輕雷滾過草甸，一道浪漫的閃電劃向草地邊緣的森林。許久以後，那裏傳來發情的母貓一般的尖叫。只有朗薩家族的一個老僕人才知道這尖叫的含義，但他從沒有對人提起。他迫不及待地向人家宣布，朗薩家族的權力又回到男人手裏了。

版本二：在貝珠就要開槍的一剎那，她看到了達波多傑癡情的眼睛，這是一雙令天下的女人都會著迷的眼睛；還有他那一頭爆炸開了的鬈髮，使她忍不住想再次將這驕傲的頭不是砍下來，而是攬入懷中。貝珠忽然一聲痛苦的尖叫，扔掉了槍，跪在了達波多傑少爺的寶馬前。

因爲達波多傑的槍比她的更快，其實更快的是這個曠世情種見到漂亮女人後的那顆愛心。它沒有從達波多傑的快槍裏射出來，而是穿越了十多年的思念與怨憎，從內心深處一蹦而出。它擊中了貝珠，使她在這個男人面前再次癱倒，再次快樂地尖聲尖叫。於是少爺像傳說中的格薩爾王，將那個女人降服了。

版本三：在貝珠就要開槍的一剎那，她聽到朗薩家族高貴的祖先們的怒喝，聽到了丈夫扎西平措亡靈的哭泣，還聽到了峽谷裏各路神靈紛紛趕來爲達波多傑助戰的腳步。貝珠是峽谷裏最聰明的女人，女人要想征服男人，自然有她們獨特的方式。她們不需要勇氣、力量和手中的槍，她們小小的心眼兒一轉，就可以把世界顛倒過來。更何況，貝珠還可以搖身一變成爲狐狸，竄到森林裏去。貝珠沒有開槍，她和達波多傑少爺在森林裏無人知曉的地方談判。她先讓那個天涯浪子滿足了自己的欲望，也讓自己多少年來的寂寞得到了撫慰。

但是所有的版本都有同一個結局。貝珠和達波多傑在做了一對老情人該做的一切事情後，她對他說，你幹嘛不繼續流浪下去呢，峽谷裏已經沒有了你的地盤。

達波多傑說，難道瀾滄江西岸的土地不是屬於我的麼？

女人說，不，它屬於扎西頓珠。

達波多傑驕傲地說，別以爲我什麼都不知道，難道扎西頓珠不是我的種嗎？

這個鐵石心腸的女人說，不，他是卡瓦格博雪山神的種，跟你沒有關係。有一天發生了雪崩，我就懷上了扎西頓珠。

反正，不管是哪一種傳聞，一個事實是，峽谷裏的浪子達波多傑回來後，就再沒有當成瀾滄江峽谷西岸的老爺。他曾經去見西岸的主人扎西頓珠——他認定這個和他一樣有著漂亮鬈髮的小雜毛來到這個世界上，並不是因爲雪山上發生了雪崩，而是比雪崩更壯觀、更磅礴、更豪氣沖天的愛。

但那個乳臭未乾的傢伙在他媽媽的唆使下，放出了四條兇猛無比的藏獒，就像攆一個叫花子那樣，將他和沒鼻子的基米攆得狼狽逃竄。氣得那個「雪崩」的製造者捶胸頓足地喊：「峽谷裏真的變天了，連兒子也敢放狗來攆老子了。」

可更讓達波多傑想不通的事情接踵而至。就在他被兒子的狗攆得找不到歸宿的那天下午，兩個紅漢人就像從地上冒出來一樣地站在了他的馬前。他們一個腰別短槍，紮著武裝帶，一個看上去像是僕從，肩上也揹一把跟達波多傑的快槍一樣的卡賓槍。這讓達波多傑一度很沮喪，我找這樣一支快槍，費了那麼大的勁，這些漢人怎麼隨隨便便地就挎在肩上了?

「是朗薩家族的達波多傑少爺嗎?」那個別短槍的軍官模樣的人說。

「哪裡還有什麼朗薩家族，還有什麼少爺?現在是娘們兒當家，少爺成了叫花子。」達波多傑沒好氣地說。他回到峽谷後，曾多次和這些紅漢人擦肩而過，他對他們沒有惡意，也無好感。他曾經把他們當戰鬥中的對手設想，因爲在鐘斯先生身邊的時候，他已經聽了許多藏族人和紅漢人如何打仗的傳聞。

那個軍官笑呵呵地說：「被狗攆的日子你又不是第一次遇到。我們早就仰慕你的英名了。」他們卻好像對他的什麼都知道，甚至對峽谷裏的許多事情都知道。

「我有什麼英名?」達波多傑沮喪地說，「一個流浪漢的名聲罷了。哎，你是誰?怎麼會知道我的事。」

軍官身後的那個挎卡賓槍的年輕人說：「這是我們峽谷裏的王縣長。」

「縣長？」達波多傑嘀咕道：「那可是一個不小的官。什麼時候峽谷裏的宗府衙門改叫做縣了？」

「新社會了麼，一切都會改變的。」王縣長說：「我們還想請你來新成立的縣政府做事呢。你願意嗎？」

「做事？我能做什麼？」達波多傑問。

「你可以來當一個副縣長。」王縣長手一揮說，似乎這麼大的事兒就這樣定了。他的臉上光光的，沒留鬍子，看上去也很年輕。但卻有著和達波多傑一樣的闖蕩天涯的非凡氣度。

達波多傑知道從前即便是瀾滄江峽谷這麼遠的地方，宗本（縣長）都是拉薩那邊任命來的，據說還要花幾支馬幫隊伍的銀子，才可以謀得這樣的位置呢。拉薩的那幫貴族老爺從來不會相信康巴人的。

「爲什麼……要找我，因爲我有『藏三寶』嗎？」達波多傑張口結舌地問。

「你是朗薩家族的貴族，在老百姓中有威望。」縣長又一揮手說，「團結民族上層是我們黨的民族政策。」

「噢，這到底是哪一路神靈在安排這一切？」達波多傑感嘆道。他想起了送槍給他的鐘斯先生，想起了曾經在腦海裏幻想了無數次的和紅漢人往來衝殺的戰鬥場面，想起了沒鼻子的基米多次在他耳邊嘮叨的話，在和紅漢人的搏殺中驗證「藏三寶」的威力，建立起自己的英名。

可是現在你瞧，對自己好的人，恰恰是那些你想和他打仗的人；而自己的兒子，最愛的女人，卻攆得他沒有立足之地。

三天以後，寄居在一家驛站的達波多傑接到了紅漢人的邀請，請他到新成立的縣政府喝茶。臨走前，沒鼻子的基米在他的身後深深嘆了口氣，達波多傑回頭問他怎麼啦。他捂著自己的臉說，「沒什麼，戰爭盼勇士，談判要辯士。兩個對手坐在一起喝茶的話，嘴巴就至關重要了。」

達波多傑回答說：「不，是胃口。」

紅漢人的胃口才是最好的，他們將瀾滄江峽谷方圓數百里的貴族頭人都請來了，他們說，這些人都是他們的朋友，寺廟裏的活佛高僧及喇嘛也是他們的朋友，外面牧場上放牧、田地裏耕作、驛道上趕馬的那些沒有時間來喝茶的黑頭藏民更是他們的朋友。他們在藏區沒有敵人，他們的敵人是一個叫蔣介石的白色漢人，但他已經被打敗，跑到一個海島上去了。

達波多傑沒有想到貝珠也是紅漢人的朋友，她穿金帶銀，鑲珠佩玉，在一群貴族頭人面前特別耀眼奪目。達波多傑想起他第一次把她放平在自己身下時，要摘去她身上的這些累贅繁複的珠寶，費了他多大的勁；想起前幾天和她在森林裏的較量，她骨子裏狐狸的本性——貪婪，狡詐，無恥，下作——絲毫沒有因爲五年地牢裏的黑暗、沒有因爲這些年來滄桑的演變而改變。只是那尖叫聲已經有一些悽惶，有一些酸楚，像深秋裏的第一股肅殺的秋風，追趕著即將開敗的花兒，已經露出不可掩飾的悽楚。而他自己在那尖叫聲中，也沒有了賁張的激情，沒有了狂熱的衝動，竟然還會產生些許的厭惡。因爲現在你看看這娘們兒，端莊得像佛母，驕傲得像王妃。可是紅漢人說，爲了團結藏區的藏族婦女，他們也任命貝珠爲副縣長。

那一天，連上達波多傑，紅漢人在喝茶獻哈達的時候，趁著大家胃口好，一氣任命了八個副縣長。

貴族頭人們皆大歡喜，只有達波多傑有些氣哼哼的，他悄悄對身邊的一個頭人說：「要是狐狸也能當副縣長的話，那些請我們喝茶的紅漢人就有得受啦！」

35 悲心

仁欽上師告訴洛桑丹增喇嘛說，再過十三天，他就要圓寂了。

洛桑丹增喇嘛知道，一個密宗法師可以準確地預測自己的生死，他們能夠做到觀生死如看自己手掌上的紋路。多年來的苦修使他們在生死之間來去自如，跨過死亡的門檻就像進出自己的家門一樣自如方便，他們也有許多獲知生死秘密的訣竅。洛桑丹增喇嘛還記得，幾年以前，他和仁欽上師游方到藏北地區，遇見兩個法力高深莫測的密宗上師，大家建立了很深的感情。他們一個叫赤裸瑜伽士，一個叫黑白瑜伽士。赤裸瑜伽士可以用專注的目光打掉樹上的所有樹葉，而黑白瑜伽士則能施展法力讓那些飄落在地上的樹葉重新回到樹上去。

那兩個法師臨走時，提出和仁欽上師比試騎馬，這是個令大家都很費解的建議。仁欽上師答應了，精心找了一匹好馬來和客人比賽，雖然他盡了全力，結果他還是跑在了最後。仁欽上師在送客人走時，痛哭流涕地說，我這至今還沒有修得大成就的軀體，竟然要比你們兩位尊貴的上師晚到銅色山①，果然不久後，就傳來兩位上師相繼圓寂的消息，賽馬只是上師們向世人昭示他們修行的結局，而凡人卻傳誦著密宗法師們謙遜者長壽的美名。

儘管一個密宗修行者證得佛果的最高境界就是死亡，可是當洛桑丹增喇嘛眼看著上師就要離自己而去的時候，還是禁不住淚水漣漣，痛哭失聲。上師是那樣地健康、安詳、慈悲。和過去一樣，在他的臉上看不出一絲死神的陰影。他說到死神時，就像說一個遠方的老朋友就要來到一樣，內心裏充滿了平靜的期待。

仁欽上師說：「法子，你哭什麼呢？我們應該爲此而感到高興。一個真正的修行者從不慶祝上師的生日，而只慶賀上師的死亡。」

「上師，親生父母給了我的肉身，而你卻讓我成了一個真正的人。你讓我如何高興得起來啊？」洛桑丹增喇嘛跪伏在上師面前說。

「那是你還沒有學會如何面對死亡。對死亡的修持，也是我們修行者的一大法門啊。在你的身邊雖然已經死去了那樣多的親人，可是你對他們的死只有悲傷，而沒有歡樂。現在我要求你從我的死開始，修習歡樂的法門。」

「實修上師的死亡？」

「是的。不知死，安知生。你內心裏的慈悲，將來源於對死亡的認知。」

「上師，在你圓寂的時候，將會有些神奇的殊勝顯示給我嗎？」洛桑丹增喇嘛知道，有的密宗上師圓寂的時候，在大自然中總會發生一些奇妙的事情，比如大地會顫抖，天空中會下花雨，諸佛菩薩中的某一尊會適時地顯現人間，等等。

「如果不是爲了利益眾生，你不認爲那樣太矯飾了嗎？就像我們獨自站在鏡子前，扭捏作態是多麼地可笑。這和我們終身追求的寂滅虛無的境界是多麼相悖啊。死亡不過是一個上師覺悟的時刻，是真理呈現的時刻，是他直接面對自己的時刻。」

那幾天，仁欽上師照樣安詳而自在，生活跟平時一樣，他並沒有什麼多餘的話說給洛桑丹增喇嘛，也沒有什麼後事需要準備。因爲一個修行者從修習密法開始，就已經在迎接這一天的到來。早上師徒倆要麼在山上念經，觀修，要麼下山去化緣。晚上夜深人靜時，上師會在山洞裏爲徒弟灌頂加持某些密法。洛桑丹增喇嘛也並沒有認爲上師的灌頂和以往有多大不一樣，師徒倆的生活一切都顯得從容不迫，井然有序。

到第七天，一個商人模樣的人帶著僕人趕著一群牛羊到了山洞前，見到仁欽上師納頭就拜，直呼恩人。原來他就是當年偷走了別人佈施給阿媽央金的那顆珍貴的九眼貓眼石，然後又被仁欽上師從皮鞭下救下來的小偷仲永。如今他已經不再是個乞丐，而是一個富可敵國的牧場主。仲永說，他後來聽從了上師的教誨，用那塊貓眼石換取了一個大牧場，現在他的牛羊堪比天上的繁星。而這一切，都仰仗於仁欽上師的慈悲啊。

除了供養給仁欽上師一群牛羊，仲永還奉獻出一塊黃燦燦的金條。仲永虔誠地對上師說：「這些年來我積攢下來的錢，一共買了兩塊金條，一塊我供在了家中的神龕裏，一塊我供養給我恩重如山的上師。請一定要收下啊。」

「狗屎。」仁欽上師撇了那金條一眼，輕蔑地說。

仲永詫異地問：「你說什麼，尊敬的上師？我向佛、法、僧三寶起誓，它是真金的。」

「人世間無論什麼東西，無論它是真的假的，我都不需要。法子，你以後面對世界上一切東西的誘惑，你都要學會說，我不需要。明白嗎？」

洛桑丹增喇嘛答道：「除了佛法，我什麼都不需要。」

仲永接過話來說：「你們都是有智慧的喇嘛上師，而我們凡人，什麼都不需要的話，吃什麼穿什麼？要是當初你給我那塊九眼貓眼石時，我說『我不需要』，我哪有今天？」

上師回答道：「財富只給那些有需要而不要求的人，而不給並不需要卻貪得無厭的人。習慣說『我不需要的人』，內心裏便種下了慷慨的種子。一個慷慨的人，是世界上最快樂的人。法子，那塊人家那麼遠送來的『狗屎』，對你我有什麼用呢？」

喇嘛看了一眼三人面前的火塘，指指火塘上的鐵鍋說：「用來墊那只鍋吧，我看鍋是斜的。」

仁欽上師非常滿意這個回答，隨手就把那金條丟在火塘邊，洛桑丹增喇嘛用一根棍子將金條墊到鍋底。後來直到他們離開，這根金條都還埋在火塘的灰燼中。仲永曾經在兩個修行者走後，心疼這塊被視爲狗屎的金條，想把它找回來，可是仁欽上師那句「我不需要」的話，像一道咒語一般阻擋了他的腳步。每當他想往那個方向去的時候，雙腳便羞愧得走不動路，但是心裏卻一片輕鬆。多年以後，仲永成了一個遠近聞名的慷慨者。有一天，他把整個牧場佈施給了一座寺廟，重新去當了一名乞丐。並不是他的名字決定了他的命運，而是他透徹地參悟了「我不需要」四個字。慷慨的種子發了芽。

第十天的時候，仁欽上師終於顯出了病態，但那是一個遠離家鄉多年的遊子的思鄉病。那天，仁欽上師指導洛桑丹增喇嘛在一條溪流邊修持「拙火定」，喇嘛現在已經可以赤裸上身跳進雪山下冰涼的溪水中，通過自身的熱能，將一潭清水變成溫泉一般熱氣蒸騰。可仁欽上身只需把自己的一根指頭放到泉水裏，泉水立即就沸騰起來。上師說，這是由於喇嘛的意念還不夠專注，調動身體內的能量不夠。

喇嘛坐在溪邊的岩石上潛心地修習。不一會兒，忽然聽見上師說：

「阿媽，我走了。」

洛桑丹增喇嘛睜開眼睛，看見仁欽上師彷彿剛睡醒一樣，在搓自己的眼。他問：「上師，你怎麼啦？」

「噢，我剛從家裏出來。」上師的眼裏充滿柔情與癡迷，「峽谷裏的杜鵑花又開了，我家門前的那兩顆老核桃樹，剛剛發出新芽。只是我家的土掌房，年久失修，已經垮了一半啦。我那可憐的老母親，還住在過去的牛圈裏，峽谷裏所有的人都對她充滿怨恨，沒有一個人幫她，她連生火塘的柴火都沒有啊。就在今天早上，她剛剛凍死了。」

「什麼什麼，上師？你的母親死啦？」洛桑丹增喇嘛差一點就從岩石上跳了起來。自跟隨仁欽上師以來，從來沒有聽他說起過故鄉，說起過自己的母親。

「叫嚷什麼！我才把母親的亡靈超度到西方佛土。別嚇著了她老人家。」

洛桑丹增喇嘛有些疑惑，難道早已證得佛性的上師也會想家嗎？正如當年瀾滄江峽谷的貢巴活佛說的那樣，對於一個修行者來說，離家遠遊，便成就了一半的佛法。親情和鄉情，會極大地阻礙一個修行者恬靜自然、出離人世間、悲憫眾生的內心。洛桑丹增喇嘛沒有想到的是，上師對故鄉竟然還有如此深厚的愛。

「上師，你終於想到故鄉，想到阿媽了，可是卻在她老人家死了時你才提起。這是不是為了避免在你明淨無瑕的內心裏，生起障礙呢？」

「法子，你怎麼會認為故鄉和母親是一個修行者內心的障礙呢？故鄉的山水難道不能使你生起明淨之心嗎？阿媽慈祥的目光難道不能讓你產生依戀之情嗎？當你觀修心中的佛時，這就是最大的方便之道啊。」

「上師，你是不是說，故鄉和母親，也可以作爲修行的方便？」

「爲什麼不？既然平等和悲心是成就菩薩之因，天下還有比故鄉更親熱的土地嗎？人間還有比母親更悲憫的心嗎？因此你觀修心中的佛，首先要觀修自己的母親，把她當空行母②看待。此處的土地和遠方的故鄉，自己的母親和眾生的母親，都是無分別的，都是你的故鄉和母親。」

於是，洛桑丹增喇嘛開始想念自己的母親了。過去他不敢想，他怕心中再次生起妄念，阻礙他的修行。現在，他看見了母親滿頭的白髮，看見了她臉上盛滿苦難的皺紋，看見了她弱小負重的肩膀，還看見了阿媽枯瘦如柴的手，這隻手在天地間乞討，一個子兒，一口糌粑，一把奶渣……行行好吧，苦修的喇嘛今天還沒有喝一碗茶呢；行行好吧，尊敬的施主，佛菩薩會保佑你的慈悲，請賞賜一點糌粑吧……

掛在喇嘛腰間的那袋阿媽的屍骨，忽然像起伏的波浪上下左右扭動起來。彷彿是一個母親在奔跑著張開慈愛的懷抱，準備迎接遠行的兒子歸來。洛桑丹增喇嘛淚如雨下，激動得渾身顫抖。此刻，天空一片燦爛，仙樂輕鳴，空行母裙裾飄拂，挾花帶雨，翩然而至，天上人間，已然一體。

仁欽上師平靜地問：「法子，你看到了嗎？」

喇嘛陶醉在自我無上的感受中，「哦，上師，我看到了。上師，我證悟了。」

「現在把你的心放在一個不著邊際的地方，不要去管它。觀修那尊空行母吧。」

喇嘛眼望著那「天空中的舞者」，感覺自己已經渾身透明，身上所有的脈絡和關節都打通了，彷彿這個肉身已不存在，與天地已相融，心隨意念，任意幻化。當他想追隨她而去的時候，自己真的騰空而起，飄升起來了。他感到自己身體像掠過水面的燕子，而內心像燕子翅膀尖上的那滴水珠，悠悠地升到了空中，被溫暖的陽光輕輕撫摸。白雲相伴於他的左右，山崗和田野在他的身下急速地後退，像被一個威力無比的牧人驅趕。他聽見地上的一個孩子說：

「阿爸，你看，一個人飛過來了！」

孩子的父親仍然埋頭耕作，「這有什麼奇怪的，在我們這片天空中，能飛的東西多得很。」

孩子說：「可那是一個人在飛啊！」

父親抬頭往天空中望了望，看見了洛桑丹增喇嘛，他曾經給這個喇嘛佈施過一小口袋糌粑。於是他說：「噢，他終於可以守護我們的天空了。」

洛桑丹增喇嘛聽到這話，心裏升起無限的喜悅。是的，天空中不能只有魔鬼橫衝直撞，還需要有悲憫的法師巡行，以守護藏族人像天空一樣寬廣的心靈。

洛桑丹增喇嘛回到上師身邊時，幸福而疑惑地望著仁欽上師，彷彿在問：這是怎麼做到的呢？

「這是由於你的悲心和大地的悲心融為一體了啊。」上師說。

離仁欽上師的死亡只剩下最後一天了，他真正地顯現出病入膏肓的模樣。他的靜坐觀修不再穩如磐石，而是時而微微搖擺，他的目光雖然依舊堅定，但是已有些散亂，他雖然沒有修持「拙火定」，可汗水卻一身又一身地淌。

「上師，你要是病得很重，就躺一會兒吧。」洛桑丹增喇嘛說，他不明白一個病重的人還如何可以在野外結跏趺坐一整天。

「法子，印證真理的時刻就要到了。」仁欽上師努力調息自己的呼吸，「對一個瑜伽修行者來說，病痛是一種莊嚴；而對一個凡夫來講，病痛則是一場苦難。」

「上師，你曾經告訴我說，有一種密法名爲『分病法』，你可以示現給弟子嗎？」洛桑丹增喇嘛聽仁欽上師說起過，有的法師可以將自身的病分到他物身上，比如說一隻動物或者一棵樹上。法師立即痊癒了，那動物或樹卻死去。

「可以。但是這如何能體現我的悲心呢？」

「可是，上師不在了，悲心又何尋？」洛桑丹增喇嘛悲哀地說。

「法子，悲心並不在自我的身體內，而在人世間。讓我示現給你另外一種法門吧。」

「是什麼法呢？」

「延壽法。」

「上師還是不想離開這人世間啊。」洛桑丹增喇嘛心中又生起了疑惑。

「不是我要執著於我這肉體，而是人間還需要我的悲心。」仁欽上師抬手指了指山腳下的那個村莊，「你去看看，地裏的莊稼是不是有蟲了？」

「有蟲沒有蟲，跟上師的延壽有什麼關係？」

走。」

「這是一場巨大的蟲災啊，莊稼將顆粒無收。我要多活幾天，修法把地裏的蟲子都帶

山腳下那個叫幾布的村莊，今年真的遭受了罕見的蝗蟲災害，無助的人們看見蝗蟲像烏雲一般地壓來，覆蓋了村莊，覆蓋了田野。村人除了祈禱和流淚外別無他法。可是奇蹟卻在一天早晨悄然降臨，他們看見成片的蝗蟲向那個瑜伽士修行的山上飛去，就像有人在召喚牠們一樣。更爲神奇的是，甚至連被蝗蟲啃噬過的莊稼，又重新發出了新苗。

而在山上，仁欽上師通過調息自己的呼吸，控制生命的能量，讓自己又多活了四天。在他即將圓寂之時，他依然跏趺而坐，雙拳緊握，法相莊嚴。他對洛桑丹增喇嘛說：

「法子，回到我們的家鄉去吧。藏東的雪山峽谷人煙稀少，生活艱難，卻是一個修行者的樂園。」

上師又說：「法子，我們的家鄉有戰火了，你要回去阻止他們，放棄殺戮，弘揚佛法。」

上師還說：「法子，一個修行者死後有三個去處，往生西方淨土，再生爲人，下地獄。我祈禱自己能下地獄去，因爲這些年來，我看見地獄裏苦難的眾生太多啦，他們需要我的幫助。」

上師最後說：「法子，我已經忘記宗教爲何物啦。我苦修一生，一切如夢如幻，毫無記憶。我已不需要向任何人證明任何事情，也不需要和任何人討論任何經論。因爲我的人生圓滿而充實。修行是終生的快樂，不是刻意爲之的苦難，保持自己內心的自然和本性，捨棄一切，甚至捨棄你的上師，捨棄你學的佛法理論，但是切不可失掉你的悲心。這時，你就會明白，你

不用再尋找真理，因爲真理與你同在；你也不用再尋找佛，因爲你就是佛。」

仁欽上師停止呼吸時，終於伸開了這些天來一直緊緊攥著的雙拳。洛桑丹增喇嘛看到，上師的手掌裏全是密密麻麻的蝗蟲。

❖ ❖ ❖

①即銅色山淨土，經書上記載它是由蓮花生大師管轄，像這樣人死後嚮往的淨土，還有鄔金剎土、五臺山、香格里拉等五六處。

②在佛經中，空行母是證悟了靈性的偉大女性，擁有女神的地位，能以各種不同的形式顯現，被稱為「天空舞者」。

讀書筆記（之三）

西藏的古代文學史在很大程度上也是一部宗教史。在我所看到的西藏古典文學作品中，有兩本書堪稱經典。它們都是兩個大法師的人物傳記，一本是《瑪爾巴譯師傳》①，一本是《米拉日巴傳》②。這兩本書的作者查同傑布和桑傑堅贊其實是同一個人，他還有一個名字叫「乳畢堅金」，意思為「骨飾佩帶者」，可見此人不僅是一個有名的傳記作家，還是一個密宗修行者。

據記載，他也是噶舉派中有名的歷史人物。他出生於明景泰三年（一四五二），卒於明正德二年（一五〇七）。由於他出生在後藏，又特立獨行，行為怪異，因此人們稱他為「後藏瘋子」。我想在當時他大概像我們現在的一些先鋒藝術家，才華橫溢，個性鮮明，超凡脫俗。更不得了的是，他還是一個密宗修行者，我輩再怎麼玩文學之外的絕活兒，都不能與之比肩。

這兩本書都寫於十六世紀初期，在那個時期，明代的市井柳巷，歌肆茶樓，人們正熱衷於談論《三國演義》和《西遊記》。而在西藏，人們在傳唱著瑪爾巴譯師和米拉日巴法師的苦修密法，證悟成佛的故事。

瑪爾巴譯師和米拉日巴法師是師徒倆，是藏傳佛教「後弘期」開山鼻祖式的人物。瑪爾巴到印度去找上師那若巴學法，翻譯了大量的佛經經典，並將它們帶回西藏，堪稱一代宗師。而米拉日巴歷盡千辛萬苦，受盡百般磨難，終於得以拜瑪爾巴為師，學得甚深密法，並將上師的教法弘揚光大。延續至今的藏傳佛教四大教派之一的白教，就是瑪爾巴、米拉日巴的傳承。在白教的一些寺廟裏，可以看到他們的法像。

看這兩本傳記，我們既可以一窺藏傳佛教顯宗和密宗的修持源流，方式，特點，傳承路線，以及那些高深莫測的密宗上師們既有被尊為神的一面，也有一代宗師作為人的喜怒哀樂、愛恨情仇的凡人習性。

在《瑪爾巴譯師傳》中，瑪爾巴被描述成一個從小就有非凡慧根的人，他十二歲從父命皈依佛門，由於根器好，佛緣深，學什麼都一點就通，甚至還在未到印度之前，就精通了梵文。也許那個時代正是西藏的智者紛紛外走印度拜師學法的高峰期，就像現在的聰明人和有錢人要出國留學一樣。瑪爾巴三次赴印度學經求法，第一次十二年，第二次六年，第三次三年，一共用去了二十一年的時間。

我總是試圖在腦海裏勾勒出瑪爾巴譯師的某種形象，以讓我們能更親密地認識這位古代西藏的密宗大師。他是像唐玄奘那樣的學者兼佛學翻譯家、旅行家嗎？也許是吧。

面對遙遠陌生的路程，博大精深的印度佛教，他們都謙遜，嚴謹，虔誠，刻苦，忍耐。不過，瑪爾巴既不像史料中記載的唐玄奘那樣得到了朝廷的支持，也不像《西遊記》中的那個唐僧那樣有三個得力的徒弟，瑪爾巴第一次到印度求法時，把自己的家產換成金子，全部作為給上師的供養；在路上，他寧願做同伴的僕人，以換取一路的衣食。

他的學法經歷也頗多磨難，為了向那若巴上師表明自己的虔誠，他把上師足跡留在地上的塵土頂在自己的頭上，一路追尋而去，且一追就是八個月。而那若巴上師用各種磨難來考驗他的真心。有一次竟然在夢裏顯現給他，要他吃死屍。他都依照上師的話做了，無條件地服從。因為對一個求法學經的人來說，上師就是佛，上師的話就是佛法。

第一次學法回來，瑪爾巴並沒有得到家鄉人的承認，沒有人請他去講經說法。他所帶回來的教法也許在當時還是很陌生的東西。於是他只有再次到印度學經，他跟著那若巴學得「那若六法」，並把這種密法傳到西藏，終於為自己贏得千古名聲。在理論上，這六種密宗實修之法已經幾乎完美得無懈可擊，經書上記載修持成功的人很多，一些地方史料上也時有記述。比如「那若六法」中的「頗瓦法」，又叫往生奪舍法，就相當神奇，把一個將死的生命的神識遷移到另一個死去的生命身體內，賦予後者新的生命，以將前一個生命的精神與意識得以保存。

瑪爾巴的兒子塔瑪多德在臨終前，修往生奪舍法將自己的神識遷移到一隻死鴿子體內，然後自己死去，死鴿子活回來，展翅飛走。從此，瑪爾巴將那鴿子當自己的兒子看，然後又修法讓鴿子去替換一對老夫妻剛死的獨生子。鴿子飛到那獨生子的屍體邊，一頭扎在地上死去，老夫妻的兒子卻立時站了起來，跟自己的父母磕頭說：「我不是詐屍裝死，是法師們的慈悲救了我。我們回家吧。」

這就是西藏的故事，宗教和傳說水乳交融，法師和神靈合二為一。有些時候，你以為看到的（或聽到的）是一段傳說，其實它絕對是一段史實；也有很多這樣的情況，當你把一段史實當傳說來看時，你會發現它是多麼地絢爛而充滿想像力。這也許就是西藏的歷史吸引人的原因之一吧。

米拉日巴的傳記更為精彩，那完全是一個凡夫俗子如何成長為一代宗師、最終證悟佛性的真實寫照。作者桑傑堅贊是古代西藏優秀的傳記作家，嫻熟的故事講述者。米拉日巴在成佛之前，也是一個具有怨憎之心的凡人，家庭遭遇不幸，家產被自己的叔叔侵吞，和母親一起倍受欺辱。他發誓要外出學法，以懲罰世間的惡人。在學法的最初動機也即緣起上，他不是出於慈悲和愛，而是為了報仇和恨。他離鄉背井，投奔一個咒術大師，修法學咒術。那是一種「取人性命比彈食供神還要容易」的法門。米拉日巴在千里之外的地方修法念咒，家鄉的仇人（他叔叔一家）便災禍從天而降，三十五條人命頃刻間被奪走。他呼風喚雨，施放雹術，召來冰雹將家鄉的莊稼打得顆粒無收。那時，家鄉的人們視他為凶煞魔鬼，他卻覺得這是為報父恨家仇，一個男兒應該做的事情。

不過，米拉日巴是一個懺悔意識非常強的修行者，他所行的法術，被稱之為「黑業」，也即屬於殺人奪命，旁門左道一類。僅修此法絕不可證悟佛性，更不會有悲憫之心。於是米拉日巴主動放棄此「黑業」，轉求行善成佛的「白業」。這樣，他找到了恩師瑪爾巴。

一個罪孽深重的人要學佛法，上師一定會先打掉他身上的孽障，清靜他的嗔怒之心。瑪爾巴上師磨礪米拉日巴的佛性頗值得玩味，他一開初對米拉日巴就沒有過好臉色，責罵、呵斥、踢打，甚至讓他再施咒術去殺人，然後又讓他後悔。瑪爾巴令米拉日巴獨自修建一座碉樓，建好拆，拆了再建，屢建屢拆，直到米拉日巴的背全部被磨爛，上師依然不滿意。好幾次米拉日巴絕望地逃跑，但走到半路上又被上師的法力召回。直到後來米拉日巴才明白，上師要讓他大灰心九次，以常人難以忍受的痛苦和失望洗滌自己的黑業。這樣，米拉日巴的心中才會生起大慈悲心。

米拉日巴跟隨上師修習的過程是先修心，後修身，也即先修顯宗，再修密宗。修心不是由上師講解經典，徒弟廣研教理，而是在上師的灌頂和傳授之後，強調自我開悟和靜坐觀修。這裏面有許多我們這些凡夫身的人只知道概念而不明白修行次第和方式的秘密修法，一個研究宗教的專家可以寫上好幾本書。米拉日巴回到家鄉時，已經是一個刻苦修行的苦行僧。他在山洞裏閉關苦修，常年以蕁麻為食，竟把自己吃得渾身長滿了綠毛，連自己唯一的親人——他的妹妹都把他當野人看。刻苦的修行讓他獲得了無上的密法，書中記載他的「身體能夠起火，湧水」，可以「騰空飛行」，隨意飛到西方佛土等等。

在這本傳記中，米拉日巴法師的死極具悲憫情懷，與耶穌臨死前的慈悲、寬容、以德報怨等高尚情操驚人地相似。耶穌知道猶大出賣了他，但是他仍然以仁慈和悲憫感化這個見利忘義的小人，以自己的身體和血教化世間眾生。

米拉日巴法師由於在信眾中威望益高，引起了一個只會死背經書的格西札甫巴的嫉恨，他便讓自己的姘婦送下了毒藥的乳酪給米拉日巴吃，並許諾事成後，給這女人一塊貴重的松耳石。

婦人把乳酪送到米拉日巴面前時，上師問她：「妳做這事的報酬——那塊松耳石得到沒有？」

婦人嚇得跪在地上求饒，說札甫巴還沒有給她。米拉日巴說，我吃了這有毒的乳酪，人家就會不給妳松耳石了。妳先回去拿到了那東西，再給我送毒乳酪來。

婦人再次來時，說松耳石已經到手了，這使她感到很羞愧，就讓自己這有罪之身先吃了這下毒的乳酪吧。

米拉日巴說，讓妳吃下這毒食，對一個密宗修行者來說悲心不忍，我把它吃下了，你們才會知道自己的罪過，才會知道懺悔。懺悔也是一種修行呢。

米拉日巴當著婦人的面吃下了毒乳酪，最後一次向有罪的人昭示了一個法師的悲心。不久，他就生病圓寂了。

書中記載，尊者米拉日巴悲歌一曲之後，身體自燃，融化在一派大光明之中。

❖ ❖ ❖

①查同傑布著，張天鎖等譯，西藏人民出版社一九八九年版。

②桑傑堅贊著，劉立千譯，民族出版社二〇〇〇年版。

達波多傑原來以爲當了紅漢人的副縣長，他們會幫他主持公道，將瀾滄江西岸屬於他的土地索要回來。然而沒隔多久，紅漢人說要邀請一幫貴族頭人到漢地去參觀。他們描述了許多貴族頭人們從沒有見識過的新鮮事兒，可沒有多少貴族頭人回應，他們說漢地沒有酥油茶和青稞酒，有什麼稀罕的呢。只有達波多傑天生好周遊四方，才對紅漢人的邀請充滿熱情。他積極報了名，還被紅漢人選爲參觀訪問團的副團長。

這趟漢地之行可真讓他大開眼界，去過的地方比當年尋找「藏三寶」時還要多，還要遠，對他今後選擇人生道路意義深遠。半年以後，他風光滿面地回來了。他跟沒鼻子的基米說，漢地那邊的寶貝多得數不清，當年到藏區去尋找「藏三寶」，真是走錯了方向。他們點燈不用油，用氣吹不熄；有一種車叫汽車，一輛這種傢伙就可以拉一整支馬幫隊伍馱的貨；還有一種叫火的車更厲害，全用鐵做成，又用氣來推著跑，可一跑起來像一百頭老熊在咆哮，過去鐘斯夫人跟我們說的英吉利國的那些神奇玩意兒，這次我是親眼看見啦，而且紅漢人還讓我坐過。那種喘著粗氣奔跑的火車比寶馬貝珠還跑得快；他們煉鐵的爐子有我們的碉樓那麼高，鐵水像江水一般淌出來；漢地的江面比瀾滄江寬廣得多了，上面飄著冒黑煙的房子，人在裏面有吃有住。紅漢人說，這些東西以後我們藏區都會有。

沒鼻子的基米看著這個彷彿被紅漢人改變一新了的前老爺，覺著他差不多是一個熟悉而又陌生的「漢人」了。沒鼻子的基米冷冷地說：

「這些寶貝哪有我們的『藏三寶』好，它們不能讓一個人成爲英雄。」

達波多傑好像被觸動了某根神經，他深深地嘆了口氣，「唉，我的寶貝們，你都還替我照料得好好的嗎？」

沒鼻子的基米欣慰地說：「佛祖保佑，你在紅漢人的那麼多沒有靈魂的寶貝中，還想得起自己的寶貝。」

達波多傑長嘆一口氣，「基米啊，你這個不死心的老傢伙，總是把人往做過的美夢裏拉。唉，這是一種痛苦，你知道嗎？就像你老在想一個曾經愛過的女人。」

沒鼻子的基米忽然哭了，「老爺啊，你還不知道嗎？『藏三寶』終於要顯示出它們的威力啦。我們要打仗了！」

「大家日子過得好好的，爲什麼要打仗？」

沒鼻子的基米止住了哭，一本正經地回答道：「因爲雪崩了，老爺。」

「哈哈，貝珠這娘們兒肚子裏又該懷上哪個的野種了。」

「老爺，這次的雪崩跟愛情沒有關係，是戰神在召喚我們。」

達波多傑詭秘地笑了笑，說：「誰是戰神，貝珠嗎？我知道啦，我離開峽谷那麼久，是她空蕩蕩的床在召喚我了。那裏才是我們倆的戰場。」

自從回到峽谷以來，他和舊情人的關係就像被大風吹著到處跑的山火，這邊過去了，那方又起來了。當他們談論土地和財產、權力的時候，他們水火不容，形同陌路；當他們什麼不說，目光交織在一起時，卻互相都能把心裏的欲望看得一清二楚。他以爲，他離開峽谷這麼久了，那個女人想他啦。

可是達波多傑想錯了，峽谷裏連樹上的鳥兒們都嗅到了戰爭的氣息，牠們紛紛遷徙到雪山半山腰的古樹上，再也不肯下山來。戰爭的消息已經通過許多徵兆顯示出來，牠們有些來自神靈的昭示，有些則是受到魔鬼的挑唆。從迦曲寺裏傳來的說法是，一塊黃色的綢緞再次從天上飄來，上面寫好了和紅漢人開戰的日期、理由以及戰神將在何時前來幫助投入戰鬥的藏族人。喇嘛們說，這黃綢緞來自拉薩，因爲上面蓋有布達拉宮才會有的官印。

迦曲寺的僧官洛追大喇嘛說：

「菩薩苦了！紅漢人要來跟佛菩薩搶食吃啦。」

還有一個不容忽視的事實是，卡瓦格博雪山的確發生了一次巨大的雪崩，雪崩是神山砸向人間的拳頭，而不再是達波多傑和貝珠的愛。兩個高山牧場被吞沒，驚天動地的巨響讓瀾滄江都停止了流淌。有人看見是一個魔鬼在雪山下，用刻毒的咒語讓冰雪融化，挑起了卡瓦格博神的怒氣。沒鼻子的基米在自己做的卦相上，依稀看到了英雄馳騁的身影。這個老傢伙一夜之間忽然年輕了十歲，在獨木梯上也能健步如飛。

沒隔幾天，瀾滄江西岸的貝珠便差人來請達波多傑去喝茶，倒讓這個浪子有些始料不及。達波多傑總以爲這個女人對他的要求，僅僅是一隻野貓對一口食的欲望，頂多也就是一頭狐狸對一個男人的圈套，不過他現在是走南闖北的好漢，他不怕狐狸。

但他想得太簡單了，這次他要面對的不是一張寂寞的床，而是峽谷裏要造反的貴族頭人們。當年被紅漢人委任的八個副縣長，有五個都來到了朗薩家族寬大的廳堂。他們異口同聲地對他說：「達波多傑，你走南闖北，見多識廣，又有令人羨慕的『藏三寶』，帶著我們一起跟紅漢人幹吧。」

「幹什麼？」達波多傑多傑問。

「跟他們打仗。」貴族頭人們說。

達波多傑就像看一群不懂事的孩子那樣望著他們，「你們知道他們有多少人多少槍嗎？知道他們的地盤有多大嗎？知道他們到底有多少力量強大的寶貝嗎？」

「他們的人槍多，但是我們有神靈的護佑；他們的地盤大，可爲什麼要來分我們的土地呢？連寺廟的地都要分，以後佛菩薩的法相前，連酥油燈都點不起啦。」一個頭人說。

「我可沒有一寸土地，也就沒有什麼給他們分的啦。倒是紅漢人分給我一頂官帽。」達波多傑說這話時，用嘲弄的眼光看了看貝珠。

「可是你有一顆英雄的心。」貝珠迎著達波多傑的目光說。

「是啊，是啊，你是我們峽谷裏的英雄。」頭人們七嘴八舌地迎合著說。

那時刻，達波多傑並不感到自己是一個英雄，而是一個懦夫。他第一次在一個女人面前感到了羞愧。

一個會說話的聰明女人，抵得十萬雄兵。天黑的時候，貝珠要留貴族頭人們吃飯，但是他們都面帶曖昧之色地說家中還有事，紛紛打馬走了。外面在下著雨，達波多傑藉口等雨停了再走，實際上是他的腳步被貝珠的目光拴住了。讓他坐在厚重柔軟的氆氌上起不了身。況且，在這個寬敞的廳堂裏，還留有父親白瑪堅贊頭人的強悍身影，有哥哥扎西平措遊弋飄浮的目光——自從達波多傑回到峽谷，每次見到貝珠，眼前就會浮現出哥哥那雙陰鷙的眼睛，耳邊還會響起打鐵的「叮噹叮噹」聲，這聲音讓他快樂，也讓他絕望。現在那個打鐵愛好者的亡靈只剩下一雙哀憐的眼睛，它懸在廳堂的上方，看見兩個昔日的情人在貴族頭人們面前也眉來眼去。那雙曾經屈辱而憤怒的眼睛再一次看見了不願看到的一幕，那對如野貓和野食互相吸引著的狗男女，竟然迫不及待地在廳堂火塘邊的方榻上像狗一樣地快活起來。扎西平措亡靈眼睛裏的目光再犀利，也不能打一把斬殺偷情者的刀啦。它只有大滴大滴的眼淚，從天花板上滴落下來，落在達波多傑光光的脊樑上。

達波多傑感到了背脊上的涼意，他仰頭往上看了看，竟然駭出一身冷汗，強健的身體一下軟了下來，這可是在他閱人無數的風月史中從來沒有過的事情。

「你怎麼啦？」貝珠在男人的身下癡迷地問。

「哦呀呀，我哥在上面淌眼淚哩。瞧，都滴到我的背上了。」

「噢，是房子漏雨。老房子了麼，還是你爺爺當家的那個時候蓋的吧？朗薩家族的男人都是些吝嗇鬼，遲早我要把它拆了重新蓋。朗薩家族的那些孤魂野鬼就再不會來找我們的麻煩了。啊，啊啊，達波多傑，你的馬兒怎麼不跑啦？」

這可是哥哥在她身上時說過的一句話！達波多傑忽然在心底裏生起對哥哥的無比愧疚之情和對身下這個女人強烈的恨。祖先啊，血脈悠久的朗薩家族就要敗在一個女人手裏了。

「妳這個不知羞恥的老狐狸精，沒有朗薩家族的男人會有妳的今天？妳看見我哥哥扎西平措眼睛裏的目光了嗎？那可比一把刀快多了。」

他順手就給了她一個耳光。

「噭——」女人痛得尖叫一聲，將扎西平措亡靈的一滴掉下來的眼淚在半空中一劈兩半。

「你可真是個大英雄啊，敢打女人了。」

達波多傑重重地哼了聲，從女人身上翻下來，歪倒在方榻上，氣得渾身顫抖。

「紅漢人該感到高興了。」貝珠衣衫不整、袒胸露懷地跳到廳堂中央開始數落起來。當一個狐狸精變的女人要迷惑男人時，穿不穿衣服，和說不說人話，都一個樣。

「康巴人的大英雄，原來只是在女人面前耍威風；峽谷裏的『藏三寶』，原來只是一個傳說。有人把他找齊了，可又有什麼用呢？比風還要快的寶馬只能養在馬廄裏，已經變得跟一匹馱馬沒什麼兩樣了；比月亮的光芒還要亮的寶刀卻抽不出刀鞘，因爲男兒的手軟了；那比雨點還要急促的快槍呢，都要生銹了！因爲一個好男兒的心也生銹了！紅漢人捨給他一碗粥，他就以爲是靈芝湯；紅漢人布施給他一百，他就幫他們賺回一千。天下有這樣慷慨的傻瓜嗎？他們給貴族頭人們一頂官帽，然後就唆使他們的奴隸逃跑，一句話就讓他們成爲了自由人；他們讓那些欠債的人把高利貸借據燒掉，說那是什麼剝削，不公平。可是峽谷裏山有高低，人有貴賤，平坦的地方有多少？他們還讓世代都在租種土地、放牧牛羊的黑頭藏民，突然有一天跑來跟他們的主子說，那土地是自己的了，牛羊也屬於他們了。因爲地是他們種的，就該歸他們所有；牛羊是他們放牧的，就像他們養大的孩子一樣。世上哪有這樣的好事？太陽每天都在出來，曬在那些窮叫花子身上，為他們禦寒，讓他們不被凍死。他們能說太陽就歸自己了，就能把它帶回家嗎？天下哪裡有這樣的慈悲？就是寺廟裏的喇嘛上師們，也還在收租放高利貸啊。紅漢人一來，把什麼都要改變，連佛菩薩的財產都要分，菩薩都要遭罪，人怎麼辦？嘿嘿，這些都不重要，我一個女人需要什麼呀，不是土地，不是牛羊，也不是什麼副縣長，我要的是一個好男兒的愛啊！我要的是一個讓我感到驕傲的英雄啊！可你看看現在我們峽谷裏的英雄，他連在女人身上都驕傲不起來，還指望他去跟紅漢人打仗？當年他能製造一場雪崩，可現在，一片雪花都可以把他擊倒，你還指望他像個男人？他哪兒有什麼『藏三寶』啊，不過是一條賴皮狗，在雪域高原轉了一圈，出去是一條尾巴，回來還是只有一條尾巴。而且還是夾在屁股裏的尾巴！」

「說夠了沒有！」達波多傑站了起來，攥緊了雙拳。

「沒有！」貝珠挺著飽滿的胸脯迎了過去，「把這兒當你的戰場吧，你在這裏早就英名遠揚了。」

達波多傑像他第一次征服這個女人那樣，一下將她橫抱起來，大踏步走向臥房。他把她扔到床上，輕蔑地說：「一個真正的英雄，他的戰場大著哩。妳這兒還不夠我跑一趟馬。」

達波多傑和一隻狐狸在陰暗的臥室裏較量時，一支搜山的紅漢人隊伍發現了一個藏在山洞裏的修行者。他們其實一直在暗中監視貴族頭人們的動向，悄悄地把所有的路口和制高點都置於他們的槍口之下。可是他們卻沒有料到這個修行者最終會打亂他們的作戰計畫。

修行者被帶到紅漢人的營房。他蓬頭垢面，衣衫襤褸，形銷骨立，渾身發綠，行動遲緩，沉默寡言，年齡在五十歲到八十歲之間。因爲紅漢人從他飽經風霜、頭髮鬍子一樣長的臉上，實在看不出他的實際年齡。紅漢人在搜他身時，發現了他腰間的一個盛人骨頭的小口袋，他們問他這是什麼。修行者輕聲說：

「是一個回家的母親。」

這是他在紅漢人面前說的唯一一句話。

一個叫格茸的老翻身農奴一直在給紅漢人帶路，可他也沒有認出這個修行者。他對紅漢人說：「別管他了，這些苦修者只爲自己的來世修行，而不會管人間的煙火。」

紅漢人的軍官問那個修行者：「喂，大爹，你要吃點東西嗎？」

修行者木訥而沉默地望著他。

軍官又對自己的警衛員喊：「小劉，帶這個大爹去洗個澡，剪剪頭髮，再給他換身乾淨衣服。真是可憐，餓得像個野人。」

格茸感嘆道：「修大苦行的人都是這樣。金珠瑪米真是『菩薩兵』啊。」

警衛員小劉過來把修行者帶走，他幾乎是被架著走的，因爲他似乎虛弱得連路都走不動了。警衛員把他帶到營房後面的一道僻靜的山崖下，那裏有一個木頭搭建起來的臨時澡棚。他給他提來一桶熱水，還抱來一件紅漢人穿的黃色軍大衣，示意他洗完澡後穿上。

來自內地的警衛員小劉後來一直沒有想明白，那人怎麼可能從戒備森嚴的部隊營房消失掉。他身後的山崖至少也有十多米高，別說這一陣風都能將這個修行者吹倒，就是部隊偵察連那些身經百戰、身手敏捷的弟兄，也不可能翻越這道山崖。可是，他的確失蹤了。洗澡水一動未動，抱去的軍大衣也原樣擺在那裏。

爲此，警衛員小劉被關了禁閉，因爲部隊首長擔心這個修行者是叛亂分子派來的探子。不過，格茸大爹安慰紅漢人的指揮官說：「這種人都是些有高深法力的瘋子喇嘛。過去我們峽谷西岸都吉家的兒子，磕長頭去拉薩做了一個苦修瑜伽士，聽說他有一天坐在山洞口就飛到天上去了。唉，都吉家現在絕戶了啊，從前是多興旺的一個大家族啊。」

峽谷裏的風雲變幻，像夏季裏的天空，剛才還晴空萬里，轉眼就是黑雲密佈。就像達波多傑的命運，昨天他還是備受紅漢人尊敬的副縣長，今天他就被參加反叛的貴族頭人們推爲頭領，有將近一千來號人馬跟隨在他的寶馬貝珠後面。另外一個貝珠被推爲副頭領，因爲她不僅代表驕傲的朗薩家族，還出人出錢出槍最多。按照貴族頭人們的商定，叛亂後，他們要先攻佔縣城，驅逐那裏的紅漢人，讓雪山峽谷重新回到神靈的統治之下，然後把這些年跟著紅漢人跑的黑頭藏民要麼殺掉，要麼役爲奴隸。有身分有財產、屁股卻坐在紅漢人那一邊去了的貴族頭人，所有的財產全部沒收，分給那些參加過叛亂的頭領。貴族頭人們已經達成了默契：叛亂不過是權力和財富的重新分配。

在叛亂開始之前，貴族頭人們還要做一件決定戰爭勝負的重要事情，那就是祭神，迎請藏族人的戰神前來幫助他們與紅漢人開戰。

祭神儀式選在卡瓦格博雪山下的一處高山牧場上，各家族、部落的頭人們帶來了自己的人馬，鬧鬧嚷嚷地撒滿牧場。一些人是武士打扮，而另一些人則穿上了節日盛裝，叛亂隊伍看上去花花綠綠，色彩紛呈。他們中，有貴族頭人們的家丁武裝，有被裹挾來的佃戶奴隸，有寺廟裏的喇嘛，有說唱藝人，還有做法事迎請來的三個戰神，五個密修身形的閻王，七個不同顏色的魔鬼，十二個能呼風喚雨的神巫，以及二百八十個雪山下的陰魂。

神巫和喇嘛們在草地上設置了祭祀的壇城，供奉了各路戰神，保護神，也邀請來了魔鬼為他們壯膽，請他們入席，並奉為上賓，還獻給他們哈達和酥油茶。神巫們經過一番複雜煩瑣的儀式，宣布說他們已經和魔鬼結成了聯盟，當康巴人的馬隊向紅漢人發起衝鋒時，魔鬼將在峽谷裏施放出自有人類以來最骯髒污穢的毒瘴，讓紅漢人在來世統統轉生為地上爬行的動物，再不能投生為人。

那個沒鼻子的基米，就像一個即將要抱孫子的老人家，樂顛顛地在隊伍中竄來竄去，他對達波多傑說：「老爺啊，英雄出世的吉祥日子終於到啦。」

「誰知道這是不是一場夢呢？」達波多傑騎在寶馬上，感到未來就像雪山上面的雲霧一般虛無縹緲，難以把握。在回到峽谷之前，他從來都認為自己是天生當英雄的命，總有一天，他會在戰場大顯身手。可當這一天來到時，他卻不得不用悲壯的口吻說：「我只知道自己的命運，要麼是一個英雄，要麼是一副屍骨。」

神巫們即便能升天入地，把天上的神靈和地下的魔鬼都迎請來，可是他們卻不知道，紅漢人已經把這片高山牧場圍了個水泄不通。一支強大而精銳的部隊悄悄佔據了牧場周圍的所有山頭。他們得到了嚴格的命令，牧場上的人馬只許進，不准出。待他們表演夠了，要向縣城進軍時，部隊發起進攻。紅漢人的炮口和機槍，已經把出牧場的山口封得連一隻鷹也飛不出去了。

王縣長跟隨部隊參加了這次行動。他對帶兵的一個團長說：「先給他們一點警告吧。裏面有許多人都是被裹挾進去的普通藏族人，還有些上層人士也是我們今後要團結的對象。」

團長擔心這樣會暴露部隊的戰術意圖，失去戰鬥的突然性和隱蔽性。在他看來，蕩平這些烏合之眾，半個小時就足夠啦。不過，他還是讓王縣長派了一個叫阿旺的藏族人去送一封勸告信，他告誡阿旺，千萬不要讓牧場上的人知道我們的意圖，他們問你什麼，你都說不知道。團長還遞給阿旺一塊哈達，讓他折疊起來藏進帽子裏，如果他的生命遇到危險了，就摘下帽子揮舞哈達，然後就地臥倒，剩下的事情他就不用管了，金珠瑪米會保護他的生命的。

阿旺是一個剛被解放了的奴隸，對未來的新生活正充滿希望。他騎了一匹快馬衝進牧場，將信交到了達波多傑手中。

達波多傑看了看這個勇敢的信使一眼，問：「我認識你嗎？」

阿旺不卑不亢地說：「不，可我認識你。小時候，我的背是你的馬墩石。」

「噢，你現在有出息了。」達波多傑拆開了信。

「誰寫的信？」貝珠在達波多傑身後問。

「王縣長寫來的，」達波多傑心事重重地念道，「讓我們放下武器，各自回家，人民政府既往不咎，否則大軍到來之際，區區抵抗，不足爲戰。惟憂峽谷和平不久，百姓安康，戰火再起，生靈塗炭，人神不容。」

「哼，他們倒來說人神不容了？」貝珠恨恨地說，「來打劫我們的土地和寺廟的財產時，那才是神怨鬼怒呢。」

達波多傑懶洋洋地回頭看她一眼，這個女人心中只有土地和財富，並不是爲了讓他成爲女人心目中的英雄。只有那個懷揣英雄夢想的老小孩沒鼻子的基米，才是真正想在戰場上看到一個擁有「藏三寶」的英雄的誕生。

算了吧，就算是爲了不讓一個老人家失望，我也得跟紅漢人幹一戰。

達波多傑把信揣進袍子裏，問阿旺：「告訴我，紅漢人在哪裡？」

「在他們該在的地方。」

「說實話吧，阿旺。我還會賞給你牛羊的。」

「晚了，達波多傑。」阿旺直呼其名，再不叫眼前的這個人老爺：「紅漢人還給了我們『新藏三寶』呢。而你們從來沒有。」

「呵！『新藏三寶』？」達波多傑嘲笑道，「看看你騎的那匹駑馬，大概還跑不過一隻羊；看看你的刀，切酥油都會捲了刃；你的槍呢，不好意思帶在身上吧。這就是紅漢人賞給你們這些黑頭藏民的『新藏三寶』？」

「不是。」阿旺高聲回答道：「紅漢人給我們藏族人送來的是翻身、自由和土地三樣寶貝。這可比你的『藏三寶』珍貴多啦。」

「反了！哪有這樣跟老爺說話的。」貝珠大喝一聲，「把這小廝吊起來，打他幾十鞭，看他的舌頭還敢不敢朝紅漢人那邊彎。」

有個頭人建議道：「就拿這傢伙來祭刀吧。達波多傑，給我們來一段『刀贊』，讓我們在你的舞步中欣賞你的寶刀，在祭刀中找到斬殺魔鬼的膽量。」

「刀贊」是峽谷裏的康巴人祭祀神靈、投入戰鬥前的一種舞蹈。舞步凝重又飄逸，歌詞也極富號召力。一場精彩的「刀贊」舞，可以把康巴人的血液全都跳得燃燒起來。因為在峽谷裏，打仗其實就是一場人生的宏大演出，戰場就是好男兒最佳的舞臺。沒有一個康巴漢子不會幾句慷慨激昂的「刀贊」歌詞，跳幾段優美雅致的「刀贊」舞。跳「刀贊」舞和打仗衝鋒陷陣，似乎本來就是一回事。

雖然跳「刀贊」舞還是達波多傑當年離開峽谷前的事，但骨子裏的舞步是不會忘記的。喧囂聲中，他身著盛裝，渾身披掛護身符、綠松石等佩飾，頭戴雪白的狐皮帽，腳蹬一雙漂亮的藏靴，手握鋥亮的寶刀，走著戲臺上的步伐來到場地中央。達波多傑大喝一聲，走了幾個花步，開始自己的吟唱——

「好男兒要有三樣寶啊，
快刀，快馬和快槍。
今天先把刀來贊。
寶刀握在好漢手，
猶似森林長在雪山上。
先看刀尖像那日月的光輝，
再看刀身如彎月般流暢，
還頌刀柄上的珠寶似星星閃爍。」

他每唱一句，眾人都附和一聲：「哦呀——」，康巴漢子們的刀槍舉過頭頂，形成一片冷酷的叢林；而渴望搏殺的歡呼聲又猶如千萬年前衝出峽谷的瀾滄江，一波未平，一浪又起，波起雲湧，綿綿不絕。達波多傑彷彿已經置身戰場，他繼續唱道：

「我手握寶刀砍敵人，
惡魔也讓他頭落地。
我健步向前走三步，
惡魔朝後退六步。
神靈壯膽威力大，
妖魔逃竄無處藏。
願吉祥啊，
戰神保佑勇士的平安。
呀快日幾給快日幾尼色！」

草場上的「刀贊」跳得殺聲震天，周圍山頭上的紅漢人可就按捺不住了，他們擔心阿旺有生命危險。可是他的哈達爲什麼還不揮舞起來呢？紅漢人的團長傳下了命令：「聽我的口令，準備戰鬥！」

這時，一個聲音從團長的頭頂上方傳來：「放棄你的戰鬥吧。」

團長周圍的人都嚇了一大跳。他們看見那個修行者天上掉下來一般，正坐在上面的一塊岩石上，警衛員小劉推彈上膛，在他就要將那修行者一槍打下來時，團長及時壓下了他的手腕。

小劉爬上去把修行者押下來，「姥姥的，你不跑啦？跑啊！飛上天去啊！姥姥的，你可把我害得苦！」

團長問：「你剛才說什麼？」

修行者說：「我能勸他們回家種地放牧去，而不是在這裏和你們打仗。」

「呵，你會說話呀，還說你是啞巴哩。」小劉譏諷道。

團長瞪了小劉一眼，讓他閉嘴。「剛才派去的一個藏族兄弟已經被他們綁起來了，看來那些傢伙是鐵了心要跟我們過不去啦。」

「他們的心都不壞。只是還沒有被慈悲感動而已。」

團長有些聽不明白，「你到底是幹什麼的？」

修行者回答道：「我祈願眾生都能平安吉祥。」

這時王縣長過來問：「你是本地寺廟的喇嘛嗎？」

「不是。」修行者指著遠處的草場說：「但那邊的人都是我的父母兄弟。」

王縣長對團長說：「他們或許會聽一個修大苦行的喇嘛的。讓他去試試吧。」

「這戰打的，拖泥帶水。要不是在藏區……唉！好吧，讓他去。」團長一揮手，讓人放這個修行者走。王縣長又遞給他一條哈達，修行者把它掛在脖子上，說：「願吉祥的哈達不會給峽谷帶來戰爭的災難。」

團長說：「不是那個意思，你遇到危險時，就揮舞它。我們會來幫你的。」

「連阿旺都不肯做的事情，你以爲我會做嗎？」

團長和王縣長都有些吃驚，似乎他們的一切意圖，全都被這個修行者掌握了。

草場上，在驚天動地的喧囂中，戰神猙獰的面孔把太陽也嚇著了，它匆匆加快了在天上逃亡的速度。可是大地上的人們仍然被戰爭這血腥的遊戲興奮著、刺激著，他們紅光滿面，血脈賁張，豪氣比雪山還要高。

阿旺已經被人推到了草地的中央，綁在一棵木樁上。在阿旺聽到他們要拿自己來祭刀時，知道一場血腥的戰鬥已經不可避免。他本來有時間摘下帽子揮舞起哈達，但是他發現今天在牧場上的許多人都是他的朋友甚至親戚。他們曾經一同爲頭人幹活、一同放牧，一同在神靈的節日裏唱歌跳舞。阿旺實在不忍心看到他們因爲自己揮舞起了哈達，而倒在紅漢人的槍林彈雨中。他寧願自己先死。當他的人頭落地，藏在帽子裏的哈達飄起來，紅漢人自然就知道他們該怎麼做了。

四周的人們引頸張望，等待著看一場砍人頭的好戲。達波多傑心中的豪情和勇氣已經被一曲「刀贊」舞揮灑出來了。接下來的熱血祭刀儀式，若不把那勇敢的信使、自己從前的「馬墩石」的頭砍下來，草場上的人們打仗時就不會有激情。達波多傑躍上了寶馬貝珠，挺直了身子，草地四周響起一片歡呼和口哨。

「阿旺，紅漢人送給你的『新藏三寶』你享受不了啦！」

「我還有來世呢。動手快點，看看你的刀還能砍頭不？」阿旺豪邁地說。

達波多傑有些替他惋惜，也想不起從前他在自己的馬前一次次地跪下身子，恭順卑微地供他踩在背上翻身上馬的樣子。他只記得有一段時間，他喜歡在上下馬時揍人，那些「馬墩石」和負責開門的小廝，是挨打挨得最多的。紅漢人真的有魔法，他們能讓這些一向卑躬屈膝的黑頭藏民也找到做人的感覺，並且敢於和他們的主子較勁。

達波多傑撥轉馬頭，向草地的邊緣跑去。草地上的人們屏住呼吸，許多人幾乎都有那寶刀即將砍向自己的脖子的感覺。他們看見寶馬從遠處衝來，由慢而快，由快到飛，最後四蹄交替化成一陣陣風，滾雷一般從草地上掠過。人們幾乎看不到馬和馬背上的騎手，只見到達波多傑老爺揚到了半空中的寶刀。這道耀眼的白光像閃電一樣，把天空劃破，把空氣劃破，把人們懸起來的心兒也劃破了。

忽然，那道閃電懸停在了半空中。那真是峽谷裏幾百年來都沒有過的奇蹟，連神靈降服魔鬼的神蹟也不能與之相比；瀾滄江有一天要改道、要斷流，也不能如此讓人們驚訝。在阿旺的頭顱只須一眨眼的功夫就將被砍下來時，達波多傑老爺的寶馬在疾馳中忽然不跑了，就像前面遇到了萬丈懸崖，牠一個急停，前腿高高地亂踢在空中，幾乎舉得有雪山那麼高。要不是達波多傑老爺的騎術高超，早就被甩到草地對面的森林裏去了。

馬蹄下面並不是懸崖，還是平坦的草地。但是，一個修大苦行的密宗瑜伽士從地上冒出來——或者說天生飛下來——一般，結跏趺坐擋在寶馬貝珠的面前。

在那令人難忘的一天，在那驚心動魄的一刻，草地上有近千雙眼睛，可沒有誰知道那個喇嘛是如何進到草地中央的。更不用說牧場外面的山頭上那些四面埋伏的紅漢人。他們把一切都看得清清楚楚，但就是沒有看清這個剛才還和他們在一起的喇嘛是怎樣出現的。甚至連達波多傑的寶刀什麼時候要砍向阿旺的頭，紅漢人都掐算好了。一個神槍手早把準星瞄準了馬背上的達波多傑，他已得到準確無誤的命令，不管阿旺的哈達揮不揮舞起來，只要達波多傑的馬一到阿旺面前，他就開槍。峽谷裏的戰爭便會就此展開，炮彈和機槍子彈將會像下雨一樣，把牧場上的叛亂者淹沒。

但是一個喇嘛的悲心改變了這一切。他端坐在草地中央，腰上掛著他母親的屍骨袋，一身的袈裟已經看不出顏色，無論是他的衣衫還是裸露在外的皮膚，都跟這個季節綠色大地一樣的顏色。

達波多傑好不容易才按平了馬頭，坐穩了身子。他用寶刀指著地上的那個人喊：「哪裡來的瘋子喇嘛，走開！」

「達波多傑少爺，該走開的是你。死神已經在嘲笑你了。」

這熟悉的聲音，達波多傑怎麼能不知道呢？「你……你是阿拉西？那個去尋找佛、法、僧三寶的喇嘛？」他受到的震驚比剛才寶馬忽然急停不跑還要大。

洛桑丹增喇嘛平和地說：「我們都在外漂泊多年，你的心還是像夏天裏的瀾滄江。」

「不是我的心，而是我的血。喂，你外出求的佛、法、僧三寶，求到了嗎？」

「正在修持中。」喇嘛說。

達波多傑哈哈一笑，「我的『藏三寶』可找齊了，看看我胯下的駿馬，牠能從你的耳邊飛過；看看我手中的寶刀，它可砍下你的腦袋，再看看我肩上的快槍吧，　眨眼的功夫，能把你的身子打得像篩子。」

「你說的不錯。」洛桑丹增喇嘛說：「可三件寶不過是三件寶的煩惱罷了。」

「我才不煩惱呢，我驕傲得很。看看草地周圍的那些好漢，他們要跟隨我去和紅漢人打仗，就是相信這『藏三寶』的威力。讓開道，喇嘛！」

「達波多傑，我們都不年輕了，都經歷了好多事情。我不想看到你被人打下馬來。」喇嘛說。

達波多傑感到自己受到了侮辱和嘲弄，他勒緊馬頭說：「那我先砍下你的頭，就當祭刀了。我還真有點不想砍那個被你擋在後面的傢伙呢。」

他驅馬向前，可是他卻感到胯下的坐騎遇到了強大的阻力，馬蹄明明敲打在草地上，寶馬貝珠卻使勁地喘著粗氣，腳步凌亂，馬耳下垂，馬頭亂擺，就像陷進了沼澤地裏。

他不得不撥轉馬頭轉了一圈，可那馬能向後走，就是不能朝喇嘛的方向跑。最後，牠甚至把達波多傑從馬背上顛下來了。這可是他騎上寶馬貝珠的馬背以來，從來沒有過的事情。達波多傑跌倒在草地上，絕望地看著自己的寶馬，心碎得猶如荒原上的沙礫，一陣風也能將它吹得沒有著落。寶馬貝珠垂下雙眼，羞愧萬分，就像一個鬥敗了的勇士，不敢看自己的主人。

草地上傳來一陣噓聲，感嘆聲。達波多傑感到自己的臉都快丟盡了。他從肩上取下了卡賓槍，「嘩啦」一聲推彈上膛，他要讓這個驕傲的喇嘛爬著跟他求饒。他平端了槍口，瞄準了喇嘛的膝蓋。但是，「咯嚓」一聲悶響，槍機卡住了。

難道今天神靈站在了那個喇嘛一邊？達波多傑想把槍栓退出來，可他怎麼也扳不動。這支爲鐘斯先生當了幾年奴僕才換來的快槍，轉眼就成了一根廢鐵。他感到身後的整支軍隊都在看他的笑話，英雄的臉面像山崩一般垮塌得不可收拾。

「達波多傑，放棄你的仇恨吧。你的三寶殺不了一個一直在悲憫你的人。這讓你活得多累啊。」洛桑丹增喇嘛就像和一個老朋友說話那樣。

「哼哼，悲憫？」達波多傑咬牙切齒地說：「過去你殺了我的父親，今天你再次羞辱了朗薩家族的榮譽。這就是一個喇嘛的悲憫？」

「侮辱能喚起一個人的覺醒！達波多傑，這也是一種修行啊。」

幸好沒鼻子的基米及時解了他的困境。「老爺，神巫們來了，讓他們來和這個喇嘛鬥法吧。」

達波多傑扭頭一看，果然那隨軍征戰的十二個神巫已經簇擁著他們的戰神、挾帶著烏雲背後的魔鬼趕來了。

「阿拉西，我不管你這些年來修的什麼法，在我們的戰神和神巫面前，你的末日到了。」

達波多傑從不需要修行，他只要報仇。他將十二個神巫推到了前面。那些傢伙臉上塗著死人的骨灰，描著黑蜘蛛的花紋，做著奇形怪狀的恐嚇手勢，似乎要憑此召喚各路魔鬼來與洛桑丹增喇嘛應戰。

一股黑色之氣隨著神巫們的咒語，從峽谷的一條山澗升起，頃刻間，牧場上飛沙走石，煙瘴瀰漫。草地上的花兒頓時枯萎了，樹上來不及逃走的鳥兒，像中彈一般紛紛墜落，牧場上的牛羊，成片成片地倒下，峽谷對岸一個叫拉珍的大嬸，正在土掌房的屋頂上晾曬青稞，黑色霧氣掩襲過來時，金黃色的青稞粒先是變黑，隨後就像黑色的蟲子一般到處爬行，拉珍大嬸嚇得一屁股坐在房頂上，嚎啕大哭，眼睜睜地看著自己一年的收成化爲蟲子。

洛桑丹增喇嘛本來可以抵抗神巫們摧毀一切的魔力，但他爲了讓大家看清他的悲心，便自我放棄了。神巫們把他捉了去，扔在了貴族頭人們面前。

貝珠揮舞著她的那根精緻的馬鞭，衝著洛桑丹增喇嘛就是幾鞭子，「哪裡來的野喇嘛，想壞我們的大事？達波多傑，你的寶馬跑不動了，快槍也打不出子彈了，難道你的寶刀也挖不出仇人的心嗎？他哪是什麼修大苦行的喇嘛，其實他是紅漢人派來的，他的心是紅漢人的心。」

達波多傑愣愣地站在喇嘛對面，不知道該不該把腰間的寶刀抽出來。寶馬和快槍都在這個找到了另一種「藏三寶」的對手面前失去了力量。難道佛、法、僧三寶的威力，真的要高於我的「藏三寶」？要是寶刀再失手，他將如何面對英雄扎傑的屍骨，如何面對沒鼻子的基米，還有這牧場上的人們？

「達波多傑，你的寶刀是糌粑麵做的嗎？」貝珠又高喊道。

達波多傑胸中的熱血再次被煽動起來了。他抽出了腰間的寶刀，一步步向喇嘛走去。這時，一個人突然抱住了他的一隻腳。「不能這樣啊，老爺，我的一個好兒子就毀在你們兩個家族的仇殺中啦，你忘了嗎？可是你別忘記，你手中拿著的是英雄扎傑的寶刀！」

沒鼻子的基米一把眼淚一把鼻涕地跪伏在達波多傑的腳下，就像一條緊緊咬住了他褲腳的老狗。除非達波多傑一刀劈了他，他才能邁出復仇的步履。

「難道我不能殺自己的仇人嗎？」達波多傑惱怒地對沒鼻子的基米說。

「難道你想玷污了一個英雄的名聲嗎？一個英雄走到末路了，才會去殺一個手無寸鐵的人。更沒有哪個英雄會去殺一個喇嘛！」

「究竟誰是英雄！是他，還是我？」達波多傑一怒之下，猛地將手裏的寶刀揚了起來，指向他前方的洛桑丹增喇嘛。神奇的一幕再次出現，就像當年這把寶刀見到另一把寶刀那樣，它掙脫了達波多傑的手，在天空中劃出一道耀眼的白光，飛了出去。

在後來充滿懺悔的歲月裏，達波多傑總是想弄清楚寶刀是如何脫手的。它彷彿是一隻從手裏逃走的兔子，又好像是他扔掉的。到了他的暮年，在他靠回憶往昔的光榮和血性張揚的青春與孤獨、衰老作抗爭時，他才明白一把寶刀和一個英雄的因緣。不是他擔心自己一怒之下劈了那個英雄的締造者沒鼻子的基米，也不是他沒有膽量去殺洛桑丹增喇嘛，而是他怕寶刀在那時傷了自己驕傲的心。

寶刀像流星一般隕落，插在了草地上。非常奇怪的是，寶刀就像插在了沒鼻子的基米的胸口上，他一聲慘叫，倒在了地上，口裏吐出一團鮮血，再也沒有爬起來。他蕩盡家產收藏的雌雄兩把寶刀，都曾經試圖指向這名具有大悲心的喇嘛，但是都以失敗告終，聞名於世的刀相師已經提前知道，藏族人的英雄時代結束了。不尋常的寶刀和生來就不平凡的人總是有因緣的。

達波多傑抱著沒鼻子的基米失聲痛哭，就像失去了自己的父親。他想起這位老邁的刀相師一手締造出來的兩個充滿悲劇命運的英雄，想起他牽著英雄扎傑不屈的屍骨，在雪域大地上追尋一個男人終身的夢想，想起多年前和這個刀相師見面時他說過的話。「一個英雄和一把寶刀是有塵緣的，塵緣未斷，寶刀和英雄的榮耀便不會被四方傳唱；當寶刀和英雄贏得了名聲後，塵緣也了斷了。」現在不是塵緣了不了斷的問題，而是夢想徹底破滅啦。就像他曾經跟隨著到處流浪的巴桑部落，當他們看到傳說中的故鄉一片荒蕪時，他們情願用失敗的淚水淹死自己，也不想面對夢想破滅的殘酷。

在達波多傑還在傷感英雄夢破碎時，洛桑丹增喇嘛已被拖在馬後面，沿著草地的邊緣一路急跑。神巫們聲稱他們捉到的是一個魔鬼，唆使大家往他身上扔石頭，吐吐沫，甩鞭子。那是一場一個人面對一支軍隊的戰爭，是一顆悲心在力圖平息千百顆殺心。洛桑丹增喇嘛已經衣不蔽體，披頭散髮，渾身是血。那條紅漢人給的哈達還掛在他的脖子上，也已經被一路的拖曳掛得筋筋縷縷的了。外面的紅漢人不知道，他們永遠也等不到這條吉祥的哈達揮舞起來，就像他們永遠也看不到一個喇嘛的悲心。

許多圍在外面的康巴騎手，聽說神巫們爲他們捉來了一個魔鬼，都紛紛湧上來看個究竟。可他們根本看不出那個拖在馬屁股後面一路翻滾而來的，到底是一個人還是一個鬼，或者是一團不成人形的血肉。有的人出於害怕，有的人出於義憤，紛紛湧上去砸石頭，或者踢上幾腳，甩幾馬鞭。鬼和單個的人面對面的時候，人害怕鬼；人比鬼多時，人的膽子就比鬼壯了。雨點一般的石塊和飛舞過去的馬鞭，幾乎把那可憐的喇嘛覆蓋，只有他悲憫的聲音還在一片喧囂中孤獨地抗爭。

「你們打吧，砸吧，罵吧，這傷害不到我，只能傷害到你們自己的心！你們傷害我越深，你們的靈魂就淨化得越快！」

許多年以後，人們已經不爲自己當年的勇敢而自豪，相反，非常羞愧和害怕。他們常常在夢裏看見那個遍體鱗傷、渾身是血的喇嘛，看見自己有罪的腳踹在他的胸口，看見自己罪惡的手舉起石頭砸在他的頭上，有人甚至還看見自己撒了一泡尿在喇嘛的身上。當時他們多麼血腥和殘忍，一點也不知道這世上還有悲憫。

貴族頭人們急於跨過洛桑丹增喇嘛的身軀，前去攻打縣城。可是他們發現，那個喇嘛在馬後面越拖越精神。彎道上的岩石，他一碰就炸裂開了，草地邊緣的那些樹樁，竟被他連根帶了起來；在他被拖過的草地上，刹那間開滿了血紅的花兒。他們越折磨這個喇嘛，他就顯示出越高深的法力和悲憫，連天上前來助戰的陰兵都在流淚。最後他竟然爬起來，身子騰空地和疾馳的馬一起奔跑，嘴裏還一路高喊：

「善良的人啊，善良的人，放棄你們的殺心吧，你們已經坐在死亡的門檻上了。我祈禱我能站在地獄的門口，擋住你們奔向死亡的莽撞腳步。並不是因爲紅漢人我才下地獄，只不過是我願意承當你們的罪業與苦難。你們該種地放牧的就回家去，該念經伺奉諸佛菩薩的就回寺廟去。天不早了，該去給神山煨桑啦！」

洛桑丹增喇嘛的聲音越來越微弱，但是聽進去話的人卻越來越多，他最後拼盡了全力斷喊道：「峽谷裏的父老鄉親，別忘了我們是藏族人啊！」

草場上的情形在發生著微妙的轉換，藏族人的悲心在被一點一點地喚醒。喇嘛被拖得越久，康巴騎手們的士氣就越低，已經少有人衝上去砸石塊甩馬鞭，有的人衝那受難的喇嘛跪下了，因爲這是他們從來沒有見到過的奇蹟。一個甘願承受苦難與折磨的喇嘛，在他們的心目中就是一尊神，甚至是一尊佛。

康巴騎手們一向堅硬如鐵的內心，從來沒有像現在這般柔軟、慈悲。悲的淚水潮濕了慈的天空，一個鐵血男兒如果要被征服，只能是心，而不是將他打倒。剛才跳「刀贊」時煽動起來的戰鬥激情，已經消失殆盡，有的人甚至在悄悄開溜。因爲一些消息像風一樣在康巴騎手們的耳邊滑過——這個喇嘛就是從前峽谷裏都吉家的阿拉西，他磕長頭去拉薩證得了無上甚深的悲心；紅漢人已經包圍了草場，如果大家回家去，他們就給我們翻身、自由和土地「新藏三寶」。

達波多傑終於明白，面對一個擁有佛、法、僧三寶的僧侶，這場戰鬥看來是打不成了。在峽谷裏演繹了二十多年的尋找「藏三寶」的競賽，以他的失敗告終。正如那個喇嘛說的那樣，快槍、快刀、快馬只是屬於自己永遠也擺不脫的三種煩惱。神聖的佛、法、僧三寶，卻屬於所有的藏族人。而阿旺宣稱的那些黑頭藏民將得到紅漢人給予的「新藏三寶」，更讓會貴族頭人們輸得一乾二淨。

牧場上的喧鬧，連外面山頭上那個準備下命令發起衝鋒的指揮員，也忘記了發號施令。他的望遠鏡就像沾在了眼眶上，久久拿不下來。他看見那個修行者被拖在馬後，在草場上轉了一圈又一圈，人們開初紛紛往前湧，用最殘忍的手段折磨他。在他就要下命令發起進攻時，他發現有人在向他下跪，有人面帶悲憫，肅然起敬；一些本來攜槍來參戰的喇嘛，此時也扔下了槍，盤腿坐在草地上，邊淌眼淚邊念經文，爲他們心中敬仰的上師祈禱。他還發現叛亂者的隊伍奇怪地發生了動搖，一些戰馬已經找不到自己的主人，康巴騎手們丟下手裏的槍，正往草地邊緣的森林裏躲。而那幾個策動叛亂的貴族頭人，正試圖把失散了的人馬重新召集攏來，但此刻這對他們來說，是一件多麼困難的事情啊，就像一隻手掌裏握不住一捧流沙。那個叫貝珠的女頭人，用鞭子去抽打那些跪著的騎手，可是沒有一個人理會她。貴族頭人們身邊已經沒有了多少人，不要說去打仗，就是去神山下做一場祭祀神靈的儀式都顯得寒傖。

團長臉上繃緊了一上午的肌肉鬆弛下來了，甚至還露出一絲笑意。在他的身後，那個準備吹衝鋒號的號手，詫異地看著他的團長；士兵們也呆呆地不知所措，不知何時才能躍出戰壕；機槍手的食指搭在扳機上，已經僵硬。他們沒有想到從這一刻起，嘹亮的衝鋒號和機槍歡快的歌唱，今後永遠只能在腦海中迴響，更沒有料到從這一天起，峽谷裏的叛亂剛剛開始，就被終止了。奉命前來平叛的部隊沒有放一槍，從此便刀槍入庫，馬放南山。

就像那個喇嘛所祈願的那樣，康巴騎手放棄了戰鬥，紅漢人撤回了他們的軍隊。他們的士兵已經得到嚴格的命令，讓願意回家的藏族人回去吧，別耽誤了他們的農活。在死亡的門檻邊緣遊戲的人們，被一顆悲心拯救了。

紅漢人和平地進入了牧場，逮捕了幾個煽動叛亂的貴族頭人。此時已經沒有人願意為他們而戰，先前貴族頭人們做法事迎請來的那三個戰神，五個密修身形的閻王，七個不同顏色的魔鬼，十二個能呼風喚雨的神巫，以及天上的陰兵，都懼怕紅漢人的威力，逃得無影無蹤。據說他們後來逃到了印度，再也不敢到峽谷裏來興風作浪了。

紅漢人的醫生試圖為洛桑丹增喇嘛包紮傷口，可他身上已經沒有一塊好肉，連骨頭都斷得一節一節的了。他的心臟不知是被馬蹄踩的，還是被石塊砸的，一顆悲憫的心隱約可見。

那個為紅漢人帶路的阿老格茸儘管還沒有認出洛桑丹增喇嘛，但他忽然想起了往昔，他對紅漢人說：「哦呀，從前我們西岸有個叫都吉的人，心臟也是這樣被朗薩家族頭人的馬蹄踩穿了。」

紅漢人的醫生盡自己的全力搶救洛桑丹增喇嘛。但一切都晚了，一個小時後，醫生擦著滿頭汗水對王縣長說：「救不回來了，他的血幾乎都淌光了。就是在戰場上，我都沒有看到過心臟露在外面的人還可以活回來。」

一直在一邊觀望的格茸大爹說：「都吉的心臟也在外面露好了久，後來還活成『回陽人』呢。」

紅漢人的醫生問：「什麼叫『回陽人』？」

格茸大爹說：「就是死了後從陰間又活回來了的人，他們在地上飄著走。」

醫生收起了急救箱，「那樣的話，還要我們醫生做什麼。老鄉，人死不能復活，這是科學道理。王縣長，怎麼處置……這個喇嘛？」

格茸大爹嘟嚕道：「你們有你們的道理，我們藏族人也有我們的說法。」

王縣長摸摸地上洛桑丹增喇嘛的脈搏，他不僅沒有摸到，而且明顯感到喇嘛的身子已經冷了。他有些感慨地說：「他死了，許多人卻活下來了。」

王縣長的眼眶有些濕潤，他似乎是問醫生，又像是叩問蒼天，喃喃地說：「唉，誰能救這個好人一命啊？」

醫生雙手一攤，「除非發生奇蹟。」

可是，紅漢人沒有料到的是，奇蹟卻以另外一種形式發生。牧場上的藏族人對紅漢人說，按照他們的習慣，應該給這個大悲心的喇嘛實行火葬。紅漢人尊重了藏族人的這個習俗，讓人架起了一大堆柴火，把洛桑丹增喇嘛抬了上去。

他被紅漢人的醫生實施搶救時，渾身裹滿了白色的紗布，達波多傑那時已經和幾個貴族頭人被紅漢人押在一邊，他遠遠望去，就像看到一個身披白袍的神靈，宛如白盔白甲的卡瓦格博戰神。他忽然被感動了，對看守他的一個紅漢人說：「那真是一個英雄的座位。你們讓他成爲了英雄。」

那個紅漢人是部隊裏的文書，有些文化，他恨恨地說：「不對，是你們這些反動貴族頭人讓他成爲英雄的。」

尾聲：涅槃

到滄桑巨變，時間像江水一樣一去不回，悠揚的牧歌一年又一年地在牧場上唱響，達波多傑已經再次成爲紅漢人的座上賓，成爲與紅漢人一道共同治理峽谷的官員。他以政協副主席的身分光榮退休後的某一天，他對一個來自漢地、對藏民族的歷史與文化深感興趣的作家說：

「其實，那不是一堆木柴，是一個人生命中的最高點。洛桑丹增喇嘛坐上去的時候，就像坐上了一個高高的法台。那天我真希望坐在柴堆上的人是我啊。」

「你爲什麼會這樣想呢？還想當英雄嗎？」作家問。

「不是想當什麼英雄，而是想得到一個人成佛的因緣。」前政協副主席平和地回答。

他告訴作家，牧場上的人們驚訝地發現，就像傳說中的那樣，一個法力深厚的喇嘛，是能夠在烈火中涅槃的。人們把洛桑丹增喇嘛的屍體放到柴堆上時，讓他結跏趺而坐，看上去就像是正在入定觀修的禪師。

乾柴劈哩啪啦地爆響，烈焰越升越高，幾乎要吞噬喇嘛的身影。但是人們依然可以看到他挺直的身軀，驕傲而沉靜，莊嚴而尊貴。烈火中的喇嘛根本就不是一具肉身，而是一尊塑像。他的法身最後被燒成了一副屍骨，但依然端坐得筆直莊嚴。在這之前，當他被魔鬼們抓到後，他們已經打斷了喇嘛身上的每一寸骨頭，可是在烈火中，這些尊貴的骨頭傲然挺立，威武凜然。

正如達波多傑多年前曾經說過的那樣，人的骨頭是由一股英雄氣概支撐的。骨氣骨氣，就是因爲那股英雄氣還在骨頭裏。喇嘛的屍骨曾經被烈焰薰得一度晃了晃，似乎要倒下去，但是神的力量讓他又重新昂起了頭顱。當火中的喇嘛身子傾斜時，他頭頂上的卡瓦格博雪山也在傾斜，似乎要坍塌下來了。因爲世間有一種力量是超越自然之力的，凡人的肉眼看不見，只能在某些特殊的狀態下可以感受到它。

在這個莊嚴悲壯的時刻，達波多傑才明白，一個人們心目中的英雄應該怎麼做。英雄不是某種虛名，而是奉獻和犧牲。英雄的行爲可能會很短暫，短暫到猶如劃過夜空的閃電；英雄的英名卻很長遠，因爲它照亮了在黑夜中迷路了的人們，讓他們看清了方向。馳騁疆場，出生入死，斬敵八千，只是一般意義的英雄；拯救人的心靈，救度苦難的眾生，才是真正的英雄。但是，當你發現你和英雄走的其實根本就是不同的道路時，你就只剩下仰慕的份了。你在凡人所在的此岸，英雄在光芒四射的彼岸。彼岸的確存在，可惜只有少數人才能抵達。正是從那一刻起，達波多傑開始對自己的仇人心生敬仰和欽佩。

「就像那個喇嘛說他在愛著我一樣，我也思念了他一生啊！」

峽谷裏的前頭人，擁有快刀、快槍、良馬的英雄，在尋找「藏三寶」的競賽中的失敗者，指著自己的頭說：「看看這滿頭蜷曲的白髮吧，那上面還飄著洛桑丹增喇嘛高貴的骨灰哩。」

火已經熄滅了，洛桑丹增喇嘛的屍骨依然傲立在柴堆的灰燼中。而洛桑丹增喇嘛本人，按峽谷裏經久不衰的說法是，「他和他的阿媽騎著太陽的光芒回到太陽中去了。」虔誠的人們目睹了一個喇嘛的飛升，他們相信一個喇嘛上師的悲心就像太陽一般溫暖。而且，他們也相信，當陽光普照大地，他們可以看到洛桑丹增喇嘛在光線中煒煒生輝的身影。

後來，人們在這裏爲洛桑丹增喇嘛建起了一座白塔，喇嘛的屍骨就裝在白塔內，一同裝進塔裏的有經過活佛加持過的經書、法器、五穀、酥油、糌粑等，渴望平安的人們還把一支卡賓槍和一把珍貴的寶刀也裝在了裏面，不僅僅是由於刀和槍的主人不再需要它們，而是不願意這些曾被當作寶貝的東西擾亂人們慈悲的心和平安的生活。因爲他已經成爲一個平凡普通的人，成爲了一個學著用悲憫之心去改變自己、觀照眾生的人。

人們稱此塔爲平安塔，它護佑著大地的和平與安寧。白塔建起來後，峽谷裏再沒有發生過戰爭，人們再沒有動過刀槍。

再後來，那裏成爲了一個宗教聖地，五彩的經幡常年掛滿平安塔的四周，雪山上的風吹過來，掠過青翠的山崗，掠過浪漫的牧場，掠過莊嚴的平安塔，吹拂著經幡獵獵作響。人們說那是洛桑丹增喇嘛在念誦祈禱平安的經哩。風把這些祈禱經文撒向人間，撒向大地，讓每一個祈誦詞，都深入到人的內心深處。多年以前，人們已經忘記了這經文的教誨，自那以後，人們才明白平安是峽谷裏最爲值得珍惜的寶貝，就像祖宗傳下來的珍貴陶器，旦摔碎，就再也沒有當初的完美與吉祥了。

洛桑丹增喇嘛離開峽谷的那一年，人們記得他是個磕長頭去朝聖的喇嘛。年輕，英武，剛毅，虔誠，如今已很少見到如此堅忍不拔的喇嘛了。更早以前，他是瀾滄江西岸富裕的馬幫商人都吉家的大兒子，自信，勤勞，俠義，血性，如果他不當喇嘛，他將去拉薩的一家商號當掌櫃。再早以前，他是牧場上的牧童，天真，活潑，聰慧，頑皮，差一點就被確認爲一個大活佛的轉世靈童。只有峽谷裏的貢巴活佛才認定他具備佛緣，並指引他走向了一條成佛的道路。一個孩子就是這樣在人們的記憶中一天天地長大，一天天變成我們越來越陌生的人，直到他成爲一名受戒的喇嘛，成爲一個心懷悲憫的密宗瑜伽士，成爲一副烈火中莊嚴的屍骨。最後，涅槃成人們心中的佛。

二〇〇四年九月十八日至二〇〇五年七月廿九日晚十時一稿完於昆明北郊
二〇〇五年八月廿六日二稿
二〇〇五年十月廿八日三稿
二〇〇六年二月十日晚十二時四稿

藏地三部曲

藏地三部曲之大地心燈（又名：藏三寶）

作者　范穩
出版者　風雲時代出版股份有限公司
出版所　風雲時代出版股份有限公司
地址　105台北市民生東路五段一七八號七樓之三
風雲書網　http://www.eastbooks.com.tw
官方部落格　http://eastbooks.pixnet.net/blog
電子信箱　h7560949@ms15.hinet.net
服務專線　（〇二）二七五六—〇九四九
傳真　（〇二）二七六五—三七九九
郵撥帳號　一二〇四三二九一
執行主編　劉宇青
封面設計　風雲時代編輯小組
法律顧問　永然法律事務所　李永然律師
　　　　　北辰著作權事務所　蕭雄淋律師
版權授權　人民文學出版社
（本書原由人民文學出版社出版中文簡體字版，經由人民文學出版社授權風雲時代出版股份有限公司出版本書的中文繁體字版）
出版日期　二〇一〇年二月初版
定價　新台幣三五〇元
總經銷　成信文化事業股份有限公司
地址　台北縣新店市中正路四維巷二弄二號四樓
電話　（〇二）二二一九—二〇八〇
行政院新聞局局版台業字第三五九五號
營利事業統一編號二二七五九九三五

國家圖書館出版品預行編目資料

藏地三部曲之大地心燈／范穩 著. -- 台北市：
風雲時代, 2010.01
面；公分

ISBN　978-986-146-623-1（平裝）

857.7　　98020555

張愛玲

色，戒

短篇小說集三

一九四七年以後

主編的話

在文學的長河裡，張愛玲的文字是璀璨的金沙，歷經歲月的淘洗而越發耀眼，而張愛玲的身影也在無數讀者心中留下無可取代的印記。

為紀念張愛玲百歲誕辰及逝世二十五週年，「張愛玲典藏」特別重新改版，此次以張愛玲親筆手繪插圖及手寫字重新設計封面，期盼能帶給讀者全新的感受，並增加收藏的意義。

「張愛玲典藏」根據文類和作品發表年代編纂而成，包括張愛玲各時期的長篇小說、短篇小說、散文和譯作等，共十八冊，其中散文集《惘然記》、《對照記》本次改版並將增訂收錄近年新發掘出土的文章。

一樣的悸動，一樣的懷想，就讓我們透過全新面貌的「張愛玲典藏」，珍藏心底最永恆的文學傳奇。

目錄

鬱金香

金香很吃力的把兩扇沉重的老式拉門雙手推到牆裏面去。門這邊是客廳。牆上掛著些中國山水畫，都給配了鏡框子，那紅木框子沉甸甸的壓在輕描淡寫的畫面上，很不相稱，如同薄紗旗袍上滾了極闊的黑邊。那時候女太太們剛興著用一種油漆描花，上面洒一層閃光的小珠子，也成為一種蘭閨韻事。這裏的太太就在自己鞋頭畫了花，沙發靠墊上也畫了同樣的花。然而這一點點女性的手觸在這陰暗的大客廳裏簡直看不到什麼。

門那邊，陳寶初陳寶餘兄弟倆在那裏吃早飯。兩人在他們姐夫家裏住了一暑假，姐姐姐夫是太太老爺，他們便被稱作大舅老爺二舅老爺，雖然都還是年紀很輕的大學生，寶初今年剛畢業。這一天，寶餘只管把燻魚頭肉骨頭抛到桌子底下餵狗吃，寶初便道：「你不要去引那個狗了！把這地方糟蹋得這樣子！」寶餘笑道：「你看這小傢伙多有意思！」他見那丫頭金香走了過來，越發高興起來了，撕了一塊油雞逗得那狗直往桌子上蹦，笑道：「金香你看你看！」金香一眼瞥見寶初的臉色有點不快，便道：「喲！這狗得洗澡了！」一面又去拿掃帚簸箕，說道：「我來掃掃，是不能再給牠吃了！」她一說，寶餘就歇了手，訕訕的自去吃粥。

金香掃了地，又去捉狗，說：「去洗澡去。」這狗是個黑白花的叭兒狗，臉是白的，頭上有些黑毛絲絲縷縷披下來，掩沒了上半個臉，活像個小女孩子，瞪著大眼珠子在那前劉海後面偷偷的看人。

金香把狗抱在懷中，寶餘便湊上前去撈撈狗的下頷，笑道：「你看我們多美啊，前劉海兒……還帶著這眼神兒，就跟你一樣，就苦臉上沒搽胭脂。」金香抽身待走，卻被寶餘一隻手指勾住了狗的領圈。她道：「二舅老爺，你別瞎鬧了。」寶餘道：「怎麼，你不搽胭脂的麼？」金香道：「誰搽胭脂呢？」然而她的確是非常紅的「紅顏」，前劉海與濃睫毛有侵入眼睛的趨勢，欺侮得一雙眼睛總是水汪汪的。圓臉，細腰身，然而同時又是胖胖的。穿著套花布的短衫長袴，淡藍布上亂堆著綠心的小白素馨花。她搭訕著就把狗抱走了，自言自語道：「狗幾天不洗就要蛇蚤多了！」寶餘趕在她後面失驚打怪的叫了聲：「喏，真的，這麼多蛇蚤！」金香倒給他嚇了一跳，一回頭，他便在她背上摸了一把，道：「喏，在這兒！在這兒！」金香恨道：「二舅老爺真是！」寶餘涎著臉笑道：「真是怎麼？真是好，是罷？」金香早走了，也沒聽見。

寶初先一直沒做聲。雖說自己的兄弟，究竟是異母的。兩人同是庶出，寶初的母親死得早，那時候寶餘的母親還只有一個女兒，就把寶初撥給她，歸她撫養了。後來又添了寶餘。在這樣的環境裏長大的寶初，本來就是個靜悄悄的人，今年這一夏天過下來，更沉鬱了些，因為從讀書到找事，就像是從做女兒到做媳婦，對於人世的艱難知道得更深了一些。今天他實在有點看不過去了，金香一走他就說寶餘：「二弟，你真是的，總這樣子跟金香油嘴滑舌的——叫人看不起！讓姐夫聽見了，不大好。」寶餘笑道：「你怎麼啦？你總是看不得我跟金香說話，一來就這麼一篇大道理！」他回到桌子上。

心不在焉的又捧起飯碗，用筷子把一碟子醬菜掏呀掏，戳呀戳的，兜底翻了個過。寶初道：「你這叫什麼話？你也不想，我們住在姐姐家，總得處處留神點！」寶餘道：「姐姐是我自己姐姐，給你這麼說著反而顯得生分了！」寶初不言語了。

這裏金香去到廚房裏拎開水給狗洗澡，卻見外老太太也在廚下，在那裏調麵粉。金香笑道：「老太太自己大清早起就在廚房裏忙嚯嚯？」金香還是從前那個太太的人，自從老爺娶了填房，她便成為阮公館裏的遺少了，她是個伶俐人，不免寸步留心，格外巴結些。阮太太的母親本是老姨太太，只有金香一個人趕著她叫老太太。

這老姨太太生得十分富泰，只因個子矮了些，總把頭仰得高高的。一張整臉，原是整大塊的一個，因為老是往下掛搭著，墜出了一些裂縫，成為單眼皮的小眼睛與沒有嘴唇的嘴。她出身是北京的小家碧玉，義和團殺二毛子的時候她也曾經受過驚嚇，家裏被搶光了，把她賣到陳府，先做丫頭，後來收了房。

幾十年了，她還保留著一種北方小戶人家的情味，如同《兒女英雄傳》裏的張大媽。張大媽一看天色不大好，就說：「咱們弄些什麼吃的，過陰天兒哪！」她也有同類的藉口，現在對金香就說：「我今天早上起來，嘴裏發淡，想做點雞湯麵魚兒吃！」她把調麵的碗放到龍頭底下加水，不料橡皮管子滑脫了，自來水拍啦拍啦亂濺，金香道：「喲，老太太濺了鞋上了！」老婊太無法看見自己腳上的鞋，因為肚子腆出來太遠。金香疾忙蹲下身去為她揩擦了一番。

水開了，金香拎著一壺水挾著狗上樓去，不料她自己身上忽然癢起來了，腳背上，袴腰上，她慌了手腳，知道是狗身上的跳蚤，放下了狗，連忙去換衣裳。來到下房裏，一間下房裏橫七豎八都是些床鋪箱籠，讓虼蚤跳到床上去，那就遺患無窮。她轉念一想，便把那壺熱水，給狗洗澡的，權且倒在紅漆腳盆裏，脫下的衣服都泡在水裏。門雖然關著，她怕萬一有人推門進來，便立在門背後。剛把一件汗背心從頭上褪了下來，她的一套乾淨衫袴搭在床闌干上，去取時，已經不在那裏了。她叫了聲「咦？」忽然聽見門外噗嗤一笑。她嚇得臉上一紅一白，忙去抵住了門，叫道：「噯喲，二舅老爺——你把我的衣服還我！」寶餘道：「不要你叫我二舅老爺！」金香道：「你是二舅老爺嗎，叫我叫什麼呢？謝謝你，先還了我再說罷！」寶餘胆子也小，就不敢使勁把門頂開再看她那麼一看，只說：「不行，你先好好的叫我一聲再還你！」金香哀求道：「二舅老爺！請你還我！」寶餘道：「告訴你叫你別叫二舅老爺嗎！」金香擺了一會，把聲音一變，道：「你再不還我，我要嚷了！」寶餘笑道：「我知道你不敢嚷嚷！」金香賭氣自把盆裏的濕衣服撈出來絞乾了，胡亂穿在身上。

寶餘究竟年青，其實他也和她一樣的面紅耳赤，心驚肉跳的。當下也就走開了，一路嘟囔著：「我倒看你怎麼嚷嚷！」正遇見寶初迎面走來，寶初見他那神魂顛倒的樣子，因問：「你這是幹嗎？」一眼看見他手裏的衣服，就認得了，道：「這不是金香的衣裳嗎？」寶餘還有點夢夢糊糊的，帶著迷惘的微笑，道：「可不是！誰叫她強——她不好好叫我一聲我真不還她呢！」寶初劈手奪過衣服，道：「你越鬧越不成話了！」寶餘如夢方醒，略有點詫異，睜大了眼睛，只說了聲「喝！」便揚長而去。

寶初敲敲門，道：「金香！」金香聽得出他的聲音，便把門開了，她兩隻手努力牽著扯著，不給那衣服黏在身上。寶初道：「怎麼啦？濕的衣裳怎麼能穿？」金香滿面緋紅，接過一疊衣服，低聲道：「正要換，二舅老爺把我的搶走了。」她那聲音本就是像哭啞了嗓子似的那一種「澄沙」喉嚨，聲音一低，更使人心裏起一陣淒迷的蕩漾。寶初沒說什麼，就走了。阮太太一醒就撳鈴叫人。老姨太照例來到女兒床前覲見，阮太太照例沉著臉冷冷的叫一聲「媽」。阮太太面色蒼白，長長的臉，上面剖開兩隻炯炯的大眼睛。她是一個無戲可演的繁漪，彷彿《雷雨》裏的雨始終沒有下來。

老姨太道：「今天怎麼醒得這麼早？」阮太太道：「還說呢！早上想睡一會兒總不行，剛才金香也不知跟誰在那裏嘰呱嘰呱的？」搶了金香的衣服那件事情老姨太也略有風聞，她只「嗯……啊……」的應了一聲，沒敢答應。這時候伺候老姨太的榮媽給她送了牙籤進來。她慢慢的剔牙，一隻手籠著嘴，彷彿和誰在耳語似的，帶著秘密的眼色。阮太太頓時起了疑心，問道：「她到底是跟誰在那兒鬧呀？」老姨太道：「我剛才在樓底下做麵魚兒吃，倒沒聽見呀！」阮太太便道：「榮媽你去給我把金香叫來！」一面說，一面坐起身來，趿上拖鞋。把金香叫了來大罵，金香先沒則聲，後來越罵越厲害，道：「你這丫頭一定是在那裏作嫁了！——

你到底在那裏嚷嚷什麼？」金香哭道：「哪兒？是二舅老爺。……」阮太太越發著惱，不但惱她的兄弟跟底下人胡鬧，偏這麼不爭氣，偏去想她丈夫的前妻的丫頭——而且給人說一句現成話：他本是丫頭養的，「賤種」——連她都罵在裏頭！她有苦說不出，只索喝道：「你這個死丫頭！自己那樣瘋，還要說二舅老爺！你就少給我惹惹他們罷！下回你再敢招惹舅老爺們，我馬上把你趕出去！」金香哭得嗚嗚的，還在那裏分辯，被老姨太做好做歹把她推了出去，說道：「得了得了，去吧，下回少跟舅老爺們說話，下回別理他們！」

阮太太氣得心口疼，點了根香烟倚在床上吸著，說道：「我倒要問問二弟看，是怎麼回事！」老姨太道：「寶餘出去了，他們哥倆剛拿著游泳衣說是到虹口游泳去了。」阮太太一隻腳踏在床上穿絲襪。她因為瘦，穿襪子再也拉不挺，襪統管永遠嫌太肥了，那深色絲襪皺出一抹一抹的水墨痕。她蹙著眉道：「媽，你也應該管管他們了！我也覺得來著，二弟有時候也是愛說廢話！」老姨太怯怯的咳嗽了一聲，嘆道：「噯！他一年到頭用功念書，回來說兩句笑話都不讓他說呀？不太憋悶了麼？」阮太太怒道：「媽就是這樣！你不說我跟他說！」老姨太深恐她措詞太嚴厲，忙道：「得了得了，你也別生氣了，我回頭跟他說得了！」

老姨太怕女兒，怕兒子，也怕榮媽。榮媽是個大家風範的女僕，高個子，腰板挺得筆直，因為是旗人；一張忠心耿耿的長臉，像個棕色的馬。老姨太做了她的主人，一輩子於心有愧。那天榮媽背地裏和老姨太說：「剛才姑奶奶告訴我，叫我給這金香找人家兒。」老姨太道：「她認真要想把她給了？我們姑奶奶也是——剛過門，把他們那邊的老人全開發了。等會讓人家說，連個丫頭也容不住！」榮媽道：「可不是嗎！——還說呢！這丫頭，給人家，人家也不敢要。人都知道她跟少爺們瘋瘋傻傻的。老姨太，你也是得說說二少爺——跟金香那麼拉拉扯扯，叫人看著也是不像樣子！您不想，自從老太爺過世，那麼些年，該多苦呢！好容易這時候靠著姑老爺，就是我們少爺們，也全仗著姑老爺照應他們。將來也還得仗著姑老爺照應他們。這樣子要讓姑老爺知道了。他准不樂意！」榮媽所說著，老姨太就得受著。她連連點頭，一擺手道：「你別囉嗦了，我知道，我知道，我回頭是要跟他說的！」

寶初寶餘一直到晚飯後方可回來。他們姐夫也有應酬，出去了。阮太太老姨太都在洋台上乘涼。寶餘洗了個澡上樓來，穿堂裏靜悄悄黑魆魆的，下房裏卻有燈。他心裏想可會是金香一個人在裏面。若是別人，他就說是要拖鞋便了。當下把門一推，原來金香因為看見寶初回來了，她操作了一天，滿臉油汗，見不得人，偷空便去拿一塊冷毛巾擦了把臉，又把她的棉花胭脂打潮了一角，揉了些在手掌心上，正待拍到臉上去。她在黯淡的燈光下傴僂著對準窗台上的一面小鏡子，鏡子兩隻腳站不穩，老是要分開成為一字式，雖然用根細繩子拴了，還是有點一溜一溜的。她又退後一步，剛把她的臉全部嵌在那鵝蛋形的鏡子裏，忽然被寶餘在後面抓住她兩隻手，輕輕的笑道：「這可給我捉到了！你還賴，說是不搽胭脂嗎？」金香手掌心上紅紅的，兩頰卻是異常的白，這時候更顯得慘白了。她也不做聲，只是掙扎著，寶餘的襯衫上早著了嫣紅的一大塊。寶餘哪裏顧得到那些，只看見她手臂上勒著根髮絲一般細的暗紫賽璐珞鐲子，雪白滾圓的胳膊彷彿截掉一段又安上去了，有一種魅麗的感覺，彷彿

《聊齋》裏的。寶餘伏在她臂彎裏一陣嗅，被她拼命一推，跌到了一個老媽子的床上去，舖板都差一點打翻了，他一隻白皮鞋帶子沒繫好，咕咚一聲滑落到地下去。接著便聽見有一個李媽在外面叫道：「金香，你去把澡盆洗一洗，大舅老爺要洗澡呢！」一語未完，把門一開，卻萬萬想不到屋裏是這個情形。寶餘連忙爬起來穿鞋，金香低著頭立刻跑了出去，前劉海蓬蓬鬆鬆全部掃到兩邊去了。

面臨洋台的起坐間裏開著無線電，正播送著話劇化的《王熙鳳大鬧寧國府》。燈光明亮的房間裏熱熱鬧鬧滿是無線電人物的聲音，人卻被攆到外面的黑暗裏去了。裏面外面各講各的。寶初陪著阮太太老姨太坐在那老式大洋房的洋台上。那闌干，每一根石柱上頂著個和尚頭似的石球，完全像武俠小說裏那種飛檐走壁的和尚陰森森凝立著的黑影。每次見到總有點感到突兀。究竟不是自己的家，這奇異的地方。在這裏聽著街上的汽車喇叭聲也顯得非常飄渺，恍如隔世。榮媽拿了把芭蕉扇來要寶初給她寫個「榮」字在上面，然後她就著門口的燈光，用蚊烟香一點一點烙出這個字來。

寶初向阮太太說道：「剛才我們碰見閣小姐同她母親。她母親非常熱絡，一定叫我們明天上她家去吃飯。」閣小姐和他們是先後同學，她畢業以來，參預了好幾種社會福利事業，兼管接送外賓，逐日在飛機場獻花，等於生活在中國的邊疆上，非常出頭露面。她生著烏黑的眼珠子，上小下大的粉團臉，臉的四周彷彿沒剪齊，有點荷葉邊式。見了人總是熱烈而又莊重地拉手，談上幾分鐘，然後又握手道別。

老姨太在旁說道：「可就是那個——那個閻小姐？說起來我們還有點親戚呢！」阮太太道：「是誰家？」老姨太道：「喏，是那個閻裕衡的女兒。」阮太太道：「哦，我聽見說閻裕衡新近進了外交部了呀！」她頓了一頓，接上去便道：「那個閻太太別是對你們有意思呢？」寶初微笑道：「不見得吧？」他已經在那裏懊悔提起這件事，一隻手擱在藤椅扶手上，只管把那上面的藤條一圈一圈的拆下來。老姨太道：「小姐多少歲了？」阮太太對於小姐的歲數並不感到興趣，只說：「要給閻裕衡做女婿，要出去做事，有閻裕衡這樣的丈人給薦薦，那還不容易麼？靠你姐夫好了——給托了一暑假也沒找到事，結果還是塞在自己徐州分行裏。」

老姨太卻又担憂起來，同寶初道：「哎，真的，那事是你去就，是罷？」阮太太道：「還是讓他去好。二弟他那個孩子脾氣，離開家哪行？」老姨太聽了，方才放心。又道：「那這個閻家小姐……」寶初忙接口道：「那閻小姐要給二弟倒挺合適的，不知二弟的意思怎麼樣？」阮太太笑道：「那你呢？你也得自己留神點了，現在人都講究自由戀愛了，單靠人介紹是不行的！」寶初笑道：「我想，對於這婚姻的事，現在真還談不到了，我總想等我對於事業上有點成就才能講這一點。」

正說著，寶餘來了。寶初便笑道：「你來正好，媽要給你討媳婦兒呢！」阮太太道：「剛才你大哥說有一個閻小姐，我說挺好的——那樣的人家哪兒找去？」寶餘才坐下來又站了起來，走到闌干邊朝外望著，淡笑了一聲道：「啊，那閻小姐！滿臉像要做外交官太太那樣子——我不要，我夠不上！」老姨太發急道：「你這叫什麼話呢？你爸爸當時不是保加利亞國的第一任公使館的一等秘書，你還是養在保加利亞國呢！」寶餘並不答理，逕自走到屋裏去撥無線電。阮太太跟了進來，冷眼看著他，半晌方道：「哼！你洗了澡沒換衣服啊？」寶餘茫然道：「換了。」阮太太指著他領口上一大塊胭脂痕子，冷笑道：「才換了衣服這兒襯了什麼？」寶餘低下頭去看看自己，不禁紫漲了臉，馬上一溜烟跑了。

李媽來請寶初去洗澡。老姨太向來只有和傭人們在一起話最多，這時候恰又引起了談興，因把她生命史上最光榮的一頁敘述與李媽聽。寶初寶餘的父親放洋到保加利亞，就是帶了她去的。她搖著扇子道：「嗐！我那時候才十七歲！坐的那個船，那才大呢！是德國船，上上下下什麼都是德國人，連西崽也是德國人，那伺候的真好！

——我那不是年青火氣重，其實人家也不是有意的：上船的時候有一個西崽搶著來攙我，我可不好意思叫他攙，不知怎麼一來他整個的撞了我懷裏了，我捧起來給他一個嘴巴子，差點兒把人家打的掉了海裏去了！那公使館裏房子講究著呢，開跳舞會，那舞廳真不像現在上海這些——又高又大，連那頂上都有一排玻璃窗，我帶著老媽子們扒在窗口往下看——那時候就是不開通：看見男男女女摟之抱之的，都臊死了！其實那賽金花不也就是跟他們那麼混混！我們叫沒她那麼臉皮厚！——不過那也不行，就是我肯去我們老爺也不讓去。那時候到底年青，記性好，還學法文呢，把字母全記住了——」當即悠悠的背誦起來，聲音略有點幽默冷：「啊，倍，賽，呔……」

阮太太回到洋台上來，盤問李媽二舅老爺剛才可是跟金香在一起。寶餘自己心虛，換了襯衫之後一直沒出來乘涼，阮太太後來差人去請二舅老爺吃西瓜，他只得來了。阮太太若無其事，先談著一些別的，忽然和顏悅色的問道：「你們明天到閻家去是吃晚飯還是吃中飯啊？」寶餘道：「我不高興去。」老姨太道：「為什麼呢？人家好好的請你們嘿！」

寶餘噘著嘴道：「我不高興去嘿！等會廢話又多了！」阮太太道：「你就是這麼沒長進！人家好好的小姐你就挑精揀肥的，成天的跟丫頭們打打鬧鬧，我的臉都給你丟盡了！」寶餘道：「姐姐就是這樣！我說我不願意上閻家去又惹出你這一套來！」阮太太冷笑道：「你還當我不知道呢！你以為我不看見就不知道啦？兩個人揪著在床上打，給人家說的成什麼話？剛才你襯衫上襯的什麼，你自己心裏該明白！你姐夫要是知道了不是連我都要看不起了！」老姨太忙道：「姐姐說的都是好話，你明天去吃頓飯又怕什麼呢？」寶餘無奈，緊蹙雙眉道：「好好好，我去我去就得了！」

次日，他獨自到閻家去赴宴，寶初就沒去。那天晚上阮太太夫婦與老姨太都圍著無線電聽舞台上馬連良的轉播。寶初不懂戲，聽了一會，便下樓來到自己的房間裏，沒想到有人在裏面。他和寶餘的兩張床都推到屋角裏去了，桌椅也挪開了，騰出一塊空地來，金香蹲在地下釘被。通客廳的兩扇高大的栗色的門暗沉沉的拉上了，如同一面牆。地下鋪著的一床被面，是玫瑰色的綈，在燈光下閃出兩朵極大的荷花，像個五尺見方的紅艷的池塘，微微有些紅浪。金香赤著腳踏在上面，那境界簡直不知道是天上人間。

寶初呆了一呆，金香一抬頭看見了他，微笑著，連忙就站起身來，她有一雙圓口布鞋放在旁邊地板上，她穿上了鞋，走去把窗台上晾著的幾張市民證防疫證拿給他看，皺著眉笑道：「大舅老爺，這是在你衣服口袋裏的，我洗的時候沒看見，連衣裳給扔了水裏了！這一張是電車月季票罷？」

金香卻又有點不好意思，道：「我也一半是猜的。」寶初低聲道：「你真聰明。」金香道：「從前我們太太有時候一高興，也教我認兩個字——鬧著玩兒。」她自謙地一笑，卻有一種悲涼的意味。她把那張月季票按在窗台上慢慢的抹平了，道：「這上頭小照都掉下來了——」寶初把那一疊文件拿在手裏翻著，並沒有照片夾在裏面。那一張半邊臉上打了個藍色印戳子的二寸照片，是不是給她留了下來呢？她繼續說道：「字也糊塗了。我給你晒乾還能用罷？」寶初道：「不要緊，反正我也不要用了，我後天就走了。」金香不禁怔住了，輕輕的道：「你走？你上哪兒去呀？」寶初道：「姐夫給我在徐州的銀行裏找了個事。」金香沉默了一會，倒淡淡的一笑道：「呵，怪不得呢，太太叫我給你釘被，我想這熱天要棉被幹嗎？」

說著，她就又去釘被，這回沒脫鞋，雙膝跪在那玫瑰紅的被面上。寶初不由主的也跟過來，也在她旁邊跪下了，彷彿在紅氈上。金香別過頭去望了望房門口，輕輕道：「你快起來，快起來！」他把她的手握住了，她便低下頭去，湊到她縛在腕上的一條手絹子上拭淚。是紅淚，因為她臉上的胭脂的緣故。

寶初到底聽了她的話，起來了，只在一邊徘徊著，半晌方道：「我想……將來等我……事情做得好一點的時候，我我……我想法子……那時候……」金香哭道：「那怎麼行呢？」

其實寶初話一說出了口聽著便也覺得不像會是真的，可是仍舊嘴硬，道：「有什麼不行呢？我是說，等我能自主了……你等著我，好麼？你答應我。」金香搖搖頭，極力的收了淚，臉色在兩塊胭脂底下青得像個青蘋果。她又搖了搖頭，道：「不是我不肯答應你，我知道不成呀！——喲，你看我糊裡糊塗，那麼大一根針給我戳了哪兒去了？」越是心慌越找不到，她把棉被一處處捏過來，道：「可別扎了棉花裏頭去了，那可危險！」寶初便也蹲下身來幫著她找，兩人把一床被掀來掀去半天也沒找到。「就讓這根針給扎死了也好，也一點都不介意」，他心裏未免有這樣的意念。

然而臨走那天她覷空又同他說了一聲：「針找到了。」別在她胸前的布衫上。意思他可以放心了，他聽了反而有點失望，感到更深一層的空拒。可是，不都怪他自己麼？他也很知道她為什麼回得他那麼堅決——只是因為他不夠堅決的緣故。

坐在黃包車上，扶著個行李捲，膝下壓著個箱子，他騰出一隻手來伸到袴袋裏去，看有沒有零碎票子付車錢。一摸，卻意外地摸出一隻白緞子糊的小夾子，打開來，裏頭兩面都鑲著玻璃紙罩子，他的市民證防疫證都給裝在裏面。那白緞子大概是一雙鞋面的零頭，緞子的夾層下還生出短短一截黃紙絆帶。設想得非常精細，大約她認為給男人隨身攜帶的東西沒有比這更為大方得體的了，可是看上去實在有一點寒酸可笑。也不大合用，與市民證剛剛一樣大，尺寸過於準確了，就嫌太小，寶初在火車站上把那些證書拿出來應用過一次之後就沒有再筒進去了，因為太麻煩。

但總是把它放在手邊，混在信紙信封之類的東西一起。那市民證套子隔一個時期便又在那亂七八糟的抽屜中出現一次，被他無意中翻了出來，一看見，心裏就是一陣淒慘。然而怎麼着也不忍心丟掉它。這樣總有兩三年，後來還是想了一個很曲折的辦法把它送走了。有一次他在圖書館裏借了本小說看，非常厚的一本，因為不大通俗，有兩頁都沒有剪開。他把那市民證套子夾在後半本感傷的高潮那一頁，把書還到架子上。如果有人喜歡這本書，想必總是比較能夠懂得的人。看到這一頁的時候的心境，應當是很多悵觸的。看見有這樣的一個小物件夾在書裏，或者會推想到裏面的情由也說不定。至少……讓人家去摔掉它罷！當時他認為自己這件事做得非常巧妙，過後便覺得十分無聊可笑了。

他漸入中年，終於也結了婚。金香是早已嫁了。姐姐姐夫對於寶初這個太太也還贊成，可是為了一樁小事到底還是把姐姐給得罪了。姐姐向來有一個毛病，喜歡托人捎帶物件，而且範圍很廣，不像一般的太太們限於從香港帶絲襪呢絨。她雖然終日在家不過躺躺靠靠，總想把普天下的人支使得的溜轉。她一直常叫寶初從徐州帶東西來，已經不大滿意他了，說他不會做事。他結婚之後她一定要薦一個老媽子給他帶去。寶初覺得很不值得這麼許多麻煩，他太太呢，也怕是非，不願意讓一個親戚那邊的人窺見他們家庭生活的一切瑣屑，省一點，費一點，都叫人議論。那老媽子其實也不怎麼想去，因為聽說內地住家要挑水的。然而阮太太全都怪在寶初身上，十分不樂。寶初那時候在徐州分行裏做到會計科主任的位置，就再也升不上去了。

他早就應當知道他這樣的人是一輩子也闊不起來的。

有一年放春假，他單身一個人到上海來看牙齒，有兩隻牙齒蛀壞了需要拔。寶餘和閻小姐結了婚以後，閻小姐不大看得起老姨太，因此老姨太至今還住在女兒家裏。寶初來探看了老姨太兩次，然而他還是寧可另外耽擱在一個朋友那裏。老姨太新裝了一副假牙，寶初去找的就是和她同一個牙醫生。牙醫生住在一個公寓裏，要乘電梯上去。這一天他去，已經有一個小大姐抱著一隻狗立在電梯裏。寶初不由得多看了她兩眼，比當初的金香還要年紀小些，不過十五六歲：一雙倒掛瓜子眼，一臉憊賴的神氣。照規矩僕役不可乘電梯，那開電梯的便向她蹙額叱道：「去去去！」那小大姐並不答言，只發出一股狗的氣味。這時候正有一羣娘姨大姐買了菜回來，嘻嘻哈哈乘機一擁而入，開電梯的雖然咕噥著，也就順便把她們帶了上去了。人聲嘈雜，寶初彷彿聽見人喚了聲「金香」，他震了一震，簡直疑心是他自己自言自語，叫出聲來了。擠得密密層層的，實在無法看見，又不便過分的伸頭探腦。但是回想到剛才那些人走進電梯，彷佛就是很普通的一羣娘姨大姐，並沒有哪一個與眾不同的。可見如果是她，也已經變了許多了，沉到茫茫的人海裏去，不可辨認了。那麼，不看見也罷。電梯門上挖出個小圓窗戶，窗上鑲著一枝鐵梗子的花。只一瞥，便隱沒了。再上一層樓，黑暗中又現出一個窗洞，一枝花的黑影斜貫一輪明月。一明，一暗；一明，一暗。

電梯在三樓停了，又在四樓停了，裏面的人陸續出空，剩下的看來看去沒有一個可以是金香的。

他離開上海前一天又到姐姐家去了一次。那天晚上寶餘的太太也在那裏，她和從前做閻小姐的時候並沒有什麼兩樣，只是更覺得體態鬆腴，更像個雪人了。雪白的臉上嵌著兩顆烏黑的眼核，腮上淡淡的抹紅了兩塊。應酬起人來依舊是那麼莊重而又活潑。寶初看看她，覺得也還不差，和他自己的太太一樣，都是好像做了一輩子太太的人。至於當初為什麼要娶她們為妻，或是不要娶她們為妻，現在想來都也無法追究了。

他有點惘惘的，但是忽然一注意，聽見阮太太說要添一個傭人，老姨太道：「真的，你不會叫那個金香來？她做事倒挺好的。」老姨太一直對金香很有好感，因為「那孩子嘴甜。」阮太太酸溜溜的道：「她不是嫁的挺好嗎？做老闆娘了！」老姨太道：「哪兒？我那天去看牙，看見她的呀！托我給找事；她就在牙醫生下頭有一家子，說那人家人多，挺苦的。說她那男人待她不好，也不給她錢，她賭氣出來做事了，還有兩個孩子要她養活。」閻小姐含笑問道：「是不是就是從前愛上了寶餘的那個金香？」

寶初只聽到這一句為止。他心裏一陣難過——這世界上的事原來都是這樣不分是非黑白的嗎？他去站在窗戶跟前，背燈立著，背後那裏女人的笑語啁啾一時都顯得朦朧了，倒是街上過路的一個盲人的磬聲，一聲一聲，聽得非常清楚。聽著，彷彿這夜是更黑，也更深了。

・初載於一九四七年五月十六日至三十一日上海《小日報》。

多少恨

前言

一九四七年我初次編電影劇本，片名《不了情》，當時最紅的男星劉瓊與東山再起的陳燕燕主演。陳燕燕退隱多年，面貌仍舊美麗年青，加上她特有的一種甜味，不過胖了，片中只好儘可能的老穿著一件寬博的黑大衣。許多戲都在她那間陋室裏，天冷沒火爐，在家裏也穿著大衣，也理由充足。此外話劇舞台上也有點名的潑旦路珊演姚媽，還有個老牌反派（名字一時記不起來了）演提鳥籠玩鼻烟壺的女父——似是某一種典型的旗人——都是硬裏子。不過女主角不能脫大衣是個致命傷。——也許因為拍片辛勞，她在她下一部片子裏就已經苗條了，氣死人！——寥寥幾年後，這張片子倒已經湮沒了，我覺得可惜，所以根據這劇本寫了篇小說〈多少恨〉。

在美國，根據名片寫的小說歸入「非書」（non-books）之列——狀似書而實非——也是有點道理。我這篇更是彷彿不充分理解這兩種形式的不同處。例如小女孩向父親嘵嘵不休說新老師好，父親不耐煩；電影觀眾從畫面上看到他就是起先與女老師邂逅，彼此都印象很深，而無從結識的男子；小說讀者並不知道，不構成「戲劇性的反諷」——即觀眾暗笑，而劇中人懵然——效果全失。

我當時沒看出來，但是也覺得寫得差。離開大陸的時候，文字不便帶出來，都是一點一滴的普通信件的長度郵寄出來的，有些就涮下來了。

前兩年在報上看到有人襲用「不了情」片名，大概別人也都不知道已經有過這麼張片子，不禁憮然。想不到最近瘂弦先生有朋友在香港影印了圖書館裏我這篇舊作小說，寄了來。影片本身早已消失得無影無蹤，根據它的「非書」倒還頑健，不遠千里找上門來，使人又笑又嘆。

——卅年後記

——我對於通俗小說一直有一種難言的愛好；那些不用多加解釋的人物，他們的悲歡離合。如果說是太淺薄，不夠深入，那麼，浮彫也一樣是藝術呀。但我覺得實在很難寫，這一篇恐怕是我能力所及的最接近通俗小說的了，因此我是這樣的戀戀於這故事。——

現代的電影院本是最大眾化的王宮，全部是玻璃，絲絨，仿雲母石的偉大結構。這一家，一進門地下是淡乳黃的；這地方整個的像一隻黃色玻璃杯放大了千萬倍，特別有那樣一種光閃閃的幻麗潔淨。電影已經開映多時，穿堂裏空蕩蕩的，冷落了下來，便成了宮怨的場面，遙遙聽見別殿的簫鼓。

迎面高高豎起了下期預告的五彩廣告牌，下面簇擁掩映著一些棕櫚盆栽，立體式的圓座子，張燈結綵，堆得像個菊花山。上面湧現出一個剪出的巨大的女像，女人含著眼淚。另有一個較小的悲劇人物，渺小得多的，在那廣告底下徘徊著。是虞家茵，穿著黑大衣，亂紛紛的青絲髮兩邊分披下去，臉色如同紅燈映雪。她那種美看著彷彿就是年青的緣故，然而實在是因為她那圓柔的臉上，眉目五官不知怎麼的合在一起正如一切年青人的願望，而一個心願永遠是年青的，一個心願也總有一點可憐。她獨自一個人的時候，小而秀的眼睛裏便露出一種執著的悲苦的神氣。為什麼眼睛裏有這樣的悲哀呢？她能夠經過多少事呢？可是悲哀會來的，會來的。

她看看錶，看看鐘，又躊躇了一會，終於走到售票處，問道：「現在票子還能夠退嗎？」賣票的女郎答道：「已經開演了，不能退了。」她很為難地解釋道：「我因為等一個朋友不來——這麼半天了，一定是不來了。」

正說著，戲院門口停下了一輛汽車，那車子像一隻很好的灰色雞皮鞋。一個男人開門下車，早已有客滿牌放在大門外，然而他還是進來了，問：「票子還有沒有？只要一張。」售票員便向虞家茵說：「那正好，你這張不要的給他好了。」那人和家茵對看了一眼。本來沒什麼可窘的，如果有點窘，只是因為兩人都很漂亮。男人年青的時候不知是不是有點橫眉豎目像舞台上的文天祥，經過社會的折磨，蒙上了一重風塵之色，反倒看上去順眼得多。家茵手裏捏著張票子，票子仍舊擱在櫃台上，向售票員推去。售票員又向那男子推去。這女售票員，端坐在她那小神龕裏，身後照射著橙黃的光，戲劇業供奉的一尊小小的神祇，可是男女的事情大概也管。她隔著半截子玻璃，冷冷的道：「七千塊。」那男子掏出錢來，見家茵不像要接的樣子，只得又交給售票員轉交。那人先上樓去了。家茵隨在後面，離得很遠。

座位在他隔壁，他已經坐下了，欠起身來讓她走過去。不見得是有意的，一般人都喜歡靠邊的位子，自然而然會先佔了那座位。散戲的時候從樓上下來，被許多看客緊緊擠到一起，也並沒有交談。一直到樓梯腳下，她站都站不穩了，他把她旁邊的一個人一攔，她微笑著彷彿有道謝的意思，他方才說了聲：「擠得真厲害！」她笑道：「噯，人真是多！」擠到門口，他說：「要不要我車子送您回去？人這麼多，叫車子一定叫不著。」她說：「哦，不用了，謝謝！」一出玻璃門，馬上像是天下大亂，人心惶惶。汽車把鼻子貼著地慢慢的一部一部開過來，車縫裏另有許多人與輪子神出鬼沒，驚天動地吶喊著，簡直等於生死存亡的戰鬥，慘厲到滑稽的程度。在那掙扎的洪流之上，有路中央警亭上的兩盞紅綠燈，天色灰白，一朵紅花一朵綠花寥落地開在天邊。

家茵一路走了回去，她住的是一個衖堂房子三層樓上的一間房。她不喜歡看兩點鐘一場的電影，看完了出來昏天黑地，彷彿這一天已經完了，而天還沒有黑，做什麼事也無情無緒的。她開門進來，把大衣脫了掛在櫃子裏，其實房間裏比外面還冷。她倒了杯熱水喝了一口，從床底下取出一隻舊的綉花鞋來，才換上一隻，有人敲門。她一隻腳還踏著半高跟的鞋，一歪一歪跑了去，一開門便叫起來道：「秀娟！啊呀你剛才怎麼沒來？」她這老同學秀娟生著一張銀盆臉，戴著白金腳眼鏡，擁著紅狐的大衣手籠，笑道：「真是對不起，讓你在戲院裏白等了這麼半天！都是他呀——忽然的病倒了！」

家茵扶著門框道：「啊？夏先生哪兒不舒服啊？」秀娟道：「喉嚨疼，先還當是白喉哪！後來醫生驗過了說不是的，已經把人嚇了個半死！我打電話給你的呀，說我不能去了，你已經不在家了。」家茵道：「沒關係的，不過就是後來我挺不放心的，想著別是出了什麼事情。」她掩上了門，扶牆摸壁走到床前坐下，把鞋子換了。秀娟還站在那裏解釋個不了，道：「先我想叫個傭人跑一趟，上戲院子裏去跟你說，傭人也都走不開，你沒看見我們那兒忙得那個烏烟瘴氣的！」家茵重又說了聲「沒關係的。」她把一張椅子挪了挪，道：「坐坐。」便去倒茶。

秀娟坐下來問道：「你好麼？找事找得怎麼樣？」家茵笑著把茶送到桌上，順便指給她看玻璃底下壓著的剪下的報紙，說道：「寫了好幾封信去應徵了，恐怕也不見得有希望。」秀娟道：「登報招請的哪有什麼好事情——總是沒人肯做的，才去登報呢！」家茵道：「是啊，可是現在找事情多難！我著急不是為別的——我就沒告訴我娘我的事丟了，免得她著急！」秀娟道：「你還是常常寄錢給你們老太太？」家茵點點頭，道：「可憐，她用的倒是不多……」說著笑了一笑，她也不必怕秀娟誤會以為她要借錢。這些年來和她環境懸殊而做著朋友，自然是知道她向不借錢的，當下只同情地蹙著眉點了點頭道：「其實啊……你父親那兒，你不能去想想辦法麼？」家茵聽了這話卻是怔了一怔，不由得滿臉不願意的樣子，然而極力按捺下了，答道：「我父親跟母親離了婚這些年了，聽說他境況也不見得好，而且還有後來他娶的那個人，待會兒給她說幾句——我倒不想去碰她一個釘子！」

秀娟想了想道：「噯，也是難──我倒是聽見他說，他那堂房哥哥要給他孩子請個家庭教師。」家茵在她旁邊坐下道：「噢。」秀娟道：「可是有一層，就是怕你不願意做，要帶著照管照管孩子，像保姆似的。」家茵略頓了頓，微笑說道：「從前我也做過家庭教師的，所以有許多麻煩的地方我都有點兒懂──挺難做人的！」秀娟道：「不過我們大哥那兒倒是個非常簡單的家庭，他自己成天不在家，他太太末長住在鄉下，只有這麼一個孩子，沒人管。」家茵道：「要末我就去試試。」秀娟道：「你去試試也好。這樣子好了，我去給你把條件全說好了，省得你當面去接洽，怪僵的！」家茵笑道：「那麼又得費你的心！」秀娟笑著不說什麼，卻去拉著她一隻手腕，輕輕搖撼了一下，順便看了看家茵的手錶，立刻失驚道：「噯呀，我得走了！他一不舒服起來脾氣就更大，傭人呢又笨，孩子又皮……」家茵陪著她站起來道：「我知道你今天是真忙。我也不敢留你了。」

家茵第一天去教書，那天天氣特別好，那地方雖也是衖堂房子，卻是半隔離的小洋房，光緻緻的立體式，樓上一角洋台伸出來蔭蔽著大門，她立在門口，如同在簷下。那屋簷挨近藍天的邊沿上有一條光，極細的一道，像船邊的白浪。仰頭看著，彷彿那乳黃水泥房屋被擲到冰冷的藍海裏去了，看著心曠神怡。

她又重新看了看門牌，然後揿鈴。一個老媽子來開門，家茵道：「這兒是夏公館嗎？」那女傭總懷疑人家來意不善，說：「噯。──找誰？」家茵道：「我姓虞。」這女傭姚媽年紀不上四十，是個吃齋的寡婦，生得也像個白白胖胖的俏尼僧。她把來人上上下下打量著，說：

「哦……」家茵又添了一句道：「福煦路的夏太太本來要陪我一塊兒來的，因為這兩天家裏事情忙，走不開……」姚媽這才開了笑臉道：「噯，你就是那個虞小姐吧？聽見我們三奶奶說來著！請進來吧。」家茵進去了，她關上大門，開了客室的門，說道：「您坐一會兒。」回過頭來便向樓上喊：「小蠻！小蠻！你的老師來了！」一路叫上樓去，道：「小蠻，快下來念書！」

客室佈置得很精緻，那一套皮沙發多少給人一種辦公室的感覺。沙發上堆著一雙溜冰鞋與污黑的皮球，一隻洋娃娃卻又躺在地下。房間儘管不大整潔，依舊冷清清的，好像沒有人住。裏間用一截矮櫥隔開來作為書房。家茵坐下來好一會方見姚媽和那個孩子在門口拉拉扯扯，姚媽說：「進來呀！好好的進來！」女孩子被拖了進來，然而還扳住門口的一隻椅子。姚媽道：「我們去見老師去！叫老師！」家茵笑道：「她是不是叫小蠻哪？小蠻你幾歲了？」姚媽代答道：「八歲了，還一點兒都不懂事！」一步步拖她上前，連椅子一同拖了來。家茵道：「小蠻，你怎麼不說話呀？」姚媽道：「她見了生人，胆兒小。平常話多著哪！兇著哪！」硬把她納在椅上坐下，自去倒茶。家茵繼續笑問道：「小蠻是啞巴，是不是啊？」姚媽不在旁邊，小蠻便不識羞起來，竟破例的搖了搖頭。而且，看見家茵脫下大衣，她便開口說：「我也要脫！」家茵道：「怎麼？你熱啊？」她道：「熱。」家茵摸摸她身上，棉袍上罩著絨線衫，裏面還襯著絨線衫羊毛衫，便道：「你是穿得太多了。」給她脫掉了一件。見桌上有筆硯，家茵問：「會不會寫字啊？」小蠻點點頭。家茵道：「你把你的名字寫在這本書上，好不好？我給你磨墨。」小蠻點點頭，果然在書面上寫出「夏小蠻」三字。家茵正在誇讚：「小蠻寫得真好！」見她仍舊埋頭往下寫著，連忙攔阻道：「嗳，好了，好了，夠了！」再看，原來加上了「的書」二字，不覺笑了起來道：「對了，這就錯不了了！」

姚媽送茶進來，見小蠻的絨線衫搭在椅背上，便道：「喲！你怎麼把衣裳脫啦！這孩子！快穿上！」小蠻一定不給穿，家茵便道：「是我給她脫的。衣裳穿得太多也不好，她頭上都有汗呢！」姚媽道：「出了汗不更容易著涼了？您不知道這孩子，就愛生病，還不聽話——」家茵忍不住說了一句：「她挺聽話的！」小蠻接口便向姚媽把頭歪著重重的點了一點，道：「嗳！老師說我聽話呢！是你不聽話，你還說人！」姚媽一時不得下台，一陣風走去把惟一的一扇半開的窗砰的一聲關上了，咕噥著說道：「說我不聽話！你凍病了你爸爸罵起人來還不是罵我啊！」

鐘點到了，家茵走的時候向小蠻說：「那麼我明天早起九點鐘再來。」小蠻很不放心，跟出去牽著衣服說：「老師！你明天一定要來的啊！」姚媽一面去開門，一面說小蠻：「我的小姐，你就別上大門口去了！再一吹風——衣裳又不穿——」家茵也叫小蠻快進去，她一走，姚媽便把小蠻一把拉住道：「快去把衣裳穿起來！」小蠻道：「我不穿！你不聽見老師說的——」她一路上給橫拖直曳的，兩隻腳在地板上嗤嗤的像溜冰。姚媽一面唸叨著一面逼著她加衣服：「老師說的！才來了一天工夫，就把孩子慣得不聽話！孩子凍病了，凍死了，你這飯碗也沒有了！礙不著我什麼呵——我反正當老媽子的，沒孩子我還有事做！沒孩子你教誰？」

小蠻掙扎著亂打亂踢，哭起來了。汽車喇叭響，接著又是門鈴響，姚媽忙道：「別哭，爸爸回來了！爸爸不喜歡人哭的！」小鑾抹抹眼睛搶先出去迎接，叫道：「爸爸！爸爸！新老師真好！」她爸爸俯身拍拍她道：「那好極了！」轉問姚媽道：「今天那位——虞小姐來過了？」姚媽道：「嗳。」她把他的大衣接過來，問：「老爺要不要吃點什麼點心？」主人心不在焉的往裏走，道：「嗯，好，有什麼東西隨便拿點來吧，快點，我還要出去的。」小鑾跟在後面又告訴他：「爸爸，我真喜歡這新老師！」她爸爸還沒有坐下就打開晚報身入其中，只說：「好極了，以後你有什麼事都去問老師，我可以不管了！」小鑾道：「唔……那不行，」她扳著他的腿，使勁搖著他，囉嗹不休道：「爸爸，這個老師真好看！」她爸爸半晌方才朦朧地應了聲「唔？」小鑾著急起來道：「爸爸你怎麼不聽我說話呀？……爸爸，老師說我真乖，真聰明！」她爸爸耐煩地說道：「嗳，小鑾是真乖！你聽話，你讓姚媽帶你上樓去玩，啊！爸爸要清靜一會兒。」

小鑾有一天很興奮的告訴家茵說明天要放假。家茵笑道：「怎麼才念了幾天書，倒又要放假啦？」小鑾道：「我明天過生日。」家茵道：「啊，你就要過生日啦？你預備怎麼玩呢？」小鑾聽了這話卻又愀然道：「沒有人陪我玩！」家茵不由得感動了，說：「我來陪你，好不好？」小鑾跳了起來道：「真的啊，老師？」家茵問：「你喜歡看電影麼？」小鑾坐在椅子上一顛一顛，眼睛朝上翻著看著自己額前掛下來的一綹頭髮擊打著眉心，笑道：「爸爸有時候帶我去看。爸爸挺喜歡帶我出去的。爸爸就頂怕跟娘一塊兒去看電影！」家茵詫異道：「為什麼呢？」小鑾道：「因為娘總是問長問短的！」家茵掌不住笑了，道：「你不也問長問短的麼？」小蠻道：「爸爸喜歡我呀！」隨又抱怨著：「不過他老是沒工夫……老師你明天無論如何一定要來的！」家茵道：「好。我去買了禮物帶來給你啊！」小蠻越發蹦得多高，道：「老師，你可別忘啦！」

這倒提醒了家茵，下了課出來就買了一籃水菓去看秀娟的丈夫的病。本來這幾天她一直惦記著應當去一趟的。然而病人倒已經坐在客室裏抽烟了，秀娟正忙著插花，擺糖果碟子。家茵道：「喲，夏先生倒已經起來啦？好全了沒有？」夏宗麟起身讓座，家茵把水菓放在桌上道：「這一點點東西我帶來的。」秀娟道：「嗳喲，謝謝你！你幹嗎還花錢哪？你瞧我這兒亂七八糟的！你上我們大哥那兒去來著嗎？小蠻聽話嗎？」家茵趁此謝了她。秀娟道：「嗳，真的，今天就是他們公司裏請客呀，你就別走了，待會兒大哥也要來。你不也認識大哥嗎？」今天是請一個要緊的主顧，是宗麟拉來的，秀娟很為得意。宗麟是副理，他大哥是經理。家茵道：「不了，我待會兒回去還有點兒事。我一直還沒見過那位夏先生呢。」秀娟道：「嗳呀，還沒看見哪？那麼正好，今天這兒見見不得了！」正說著，女傭來回說酒席傢伙送了來了，秀娟道：「你等著我來看著你擺。」家茵便站起身來道：「你這兒忙，我過一天再來看你罷。」到底還是脫身走了。

次日她又去給小蠻買了件禮物。她也是如一切女人的脾氣，已經在這一家買了，還有點不放心，隔壁兩家店舖裏也去看看，要確實曉得沒有更適宜更便宜的了。誰知她上次在電影院裏遇見的那個人，這時候也來到這裏，覺得這櫥窗佈置得很不錯，望進去像個耶誕卡片，扯棉拉絮大雪飄飄，搭著小紅房子，有些米老鼠小豬小狗賽璐珞的小人出沒其間。忽然，如同卡通畫裏穿插了真人進去似的，一個女店員探身到櫥窗裏來拿東西，隔著雪的珠簾，還有個很面熟的女人在她身後指點著。他一看見，不由得怔住了。

他也走到這爿店裏去，先看看東西，然後才看到人，兩人都頓了一頓，輕輕的同時叫了出來：「咦？真巧！」他隨即笑道：「又碰見了！——我正在這兒沒有辦法，不知道您肯不肯幫我一個忙。」家茵用詢問的眼光向他望去，他道：「我要買一個禮物送給一個八歲的女孩子，不知買什麼好。」說到這裏他笑了一笑，又道：「女孩子的心理我不大懂。」家茵也沒有理會得他這話是否帶有說笑話的意思，她道：「女孩子大半都喜歡洋娃娃吧？買個洋娃娃怎麼樣？」他道：「那麼索性請你替我揀一個好不好？」有的臉太老氣，有的衣服欠好，有的不會笑；她很認真的挑了個。他付了錢，道：「今天為我耽擱了你這麼許多時候，無論如何讓我送你回去罷。」家茵躊躇了一下，說：「要是不太繞道的話……不過我今天要去那個地方很遠，在白賽仲路。」他道：「那就更巧了！我也是要到白賽仲路！」這麼說著，自己也覺得簡直像說謊。

兩人坐到汽車裏，車子開到一家人家門口停下來，那時候他已經明白過來了，臉上不由得浮起了說謊者的微妙的笑容。他先下車替她開著車門，家茵跳下來，說：「那麼，再會了，真是謝謝！」她走上台階揿鈴，他也跟上來，她一覺得形勢不對，便著慌起來，回身笑說：「真是對不起，我不能夠請您進來了，這兒也不是我自己家裏——」然而姚媽已經把門開了，家茵無法把她背後這釘梢的人馬上頓時立刻毀滅了不叫人看見，唯有硬著頭皮趕快往裏頭一竄，不料那人竟跟了進來，笑道：「可是這兒是我自己家裏呀！」家茵吃了一驚，手裏的包裹撲吒掉在地下。小蠻跑出來叫道：「老師！老師！爸爸！」家茵道：「您就是這兒的——夏先生嗎？」夏宗豫彎腰給她撿起包裹，笑道：「是的。——是虞小姐嗎？」他把東西還她，她說：「這是我送給小蠻的。」宗豫便交給小蠻道：「哪，這是老師給你的！」小蠻來不及的要拆，問道：「老師，是什麼東西呀？」宗豫道：「連謝都不謝一聲嗟？」姚媽冷眼旁觀到現在，還是沒十分懂，但也就笑嘻嘻的幫了句腔：「說『謝謝老師！』」

小蠻早又注意到宗豫手臂裏挾著的一包，指著問：「爸爸，這是什麼？」宗豫道：「這是我給你買的。你不說謝謝，我拿回去了！」然而小蠻的牛性子又發作了，只是一味的要看。家茵送的是一盒糖。宗豫向小蠻道：「讓姚媽給你收起來，等你牙齒長好了再吃罷。」又向家茵笑道：「她剛掉了一顆牙齒。」家茵笑道：「我看……」小蠻張開嘴讓她看了一看，卻對著那盒糖發了會獃，悶悶不樂。家茵便道：「早知我還是買那副手套了！我倒是本來打算買手套的。」小蠻聽不得這一句話，就鬧了起來：「唔……我不要！我要手套嘿！」宗豫很覺抱歉。道：「這孩子真可惡！當著老師一點禮貌也沒有！」一說，她索性紅頭漲臉哭了起來。家茵連忙勸著：「今天過生日，不可以哭的，啊！」小蠻嗚咽道：「我要手套！」家茵和她悄悄商量道：「你喜歡什麼顏色的手套？」小蠻拉拉她肩上的檸檬黃絨線圍巾道：「我要這個顏色的！」

姚媽得空便掩了出去，有幾句話要盤問車夫。車夫擱起了腳在汽車裏打瞌盹，姚媽倚在車窗上，一雙手抄在衣襟底下，縮著脖子輕聲笑道：「噯，喂！這新老師原來是我們老爺的女朋友啊？」車夫醒來道：「唔？不知道。從前倒沒看見過。」姚媽道：「今兒那些東西還不都是老爺自個兒買的——給她做人情，說是『老師給買的禮物，』」車夫把呢帽罩到臉上來，睡沉沉的道：「我們不知道別瞎說！」姚媽道：「要你這麼護著她！」她把眼睛一斜，自言自語著：「一直還當我們老爺是個正經人呢！原來……」車夫嫌煩起來，道：「就算他們是本來認識的，也不能就瞎造人家的謠言！」姚媽拍手拍腳的笑道：「瞧你這巴結勁兒！要不是老爺的女朋友，你幹嗎這樣巴結呀？」

吃點心的時候姚媽幫著小巒圍飯單，便望著家茵眉花眼笑的道：「這孩子也可憐哪，沒人疼！現在好了，有老師疼了，也真是緣分！」宗豫便打斷她道：「姚媽，去拿盒洋火來。」姚媽拿了洋火來，又向小巒道：「真的，小姐，趕明兒好好的念書，也跟老師似的有那麼一肚子學問，爸爸瞧著多高興啊！」宗豫皺著眉點蛋糕上的蠟燭，道：「好了好了，你去罷，有什麼事情再叫你。」他把蛋糕推到小巒面前道：「小巒，得你自己吹。」家茵笑道：「得一口氣把它吹滅了，讓爸爸幫著點。」

菊葉青的方楞茶杯。吃著茶，宗豫與家茵說的一些話都是孩子的話。兩人其實什麼話都不想說，心裏靜靜的。講的那些話如同摺給孩子玩的紙船，浮在清而深的沉默的水上。宗豫看著她，她坐的那地方照點太陽。她穿著件呢的袍子，想必是舊的，因為還是前兩年流行的大袖口。蒼翠的呢，上面捲著點銀毛，太陽照在上面也藍陰陰的成了月光，彷彿「日色冷清松」。

姚媽進來說：「虞小姐電話。」家茵詫異道：「咦？誰打電話給我？」她一出去，姚媽便搭訕著立在一旁向宗豫笑道：「不怪我們小姐一會兒都不離開老師。連我們底下人都在那兒說：真難得的，這位虞小姐，又和氣，又大方，真是得人心——」宗豫沉下臉來道：「你怎麼儘著囉唣？」正說著，家茵已經進來了，說：「對不起，我現在有點兒事情，就要走了。」宗豫見她面色不太好，站起來扶著椅子，說了聲「噢！」——家茵苦笑著又解釋了一句：「沒什麼。我們家鄉有人到上海來了。我們那兒房東太太打電話來告訴我。」

是她父親來了。家茵最後一次見到她父親的時候，他還是個風致翩翩的浪子，現在變成一個邋遢老頭子了，鼻子也鉤了，眼睛也黃了，抖抖呵呵的，袍子上罩著件舊馬袴呢大衣。外貌有這樣的改變，而她一點都不詫異——她從前太恨他，太「認識」他了。真正的了解一定是從愛而來的，但是恨也有它的一種奇異的徹底的了解。

她極力鎮定著，問道：「爸爸你怎麼會來了？」她父親迎上來笑道：「噯呀我的孩子，現在長得真是俊！喝！我要是在外邊見了真不認識你了！」家茵單刀直入便道：「爸爸你到上海來有什麼事嗎？」虞老先生收起了笑容，懇切地叫了她一聲道：「家茵！我就只有你一個女兒，我跟你娘雖然離了，你總是我的女兒，我怎麼不想來看看你呢？」家茵皺著眉毛別過臉去道：「那些話還說它幹什麼呢？」虞老先生道：「家茵！我知道你一定恨我的，為著你娘。也難怪你！唁！你娘真是冤枉受了許多苦啊！」他一眼瞥見桌上一個照相架子，便走近前去，籠著手，把身子一挫，和照片臉對臉相了一相，叫道：「噯呀！這就是她吧？呀，頭髮都白了，可不是憂能傷人嗎？我真是負心——」他脫下瓜皮帽摸摸自己的頭，嘆道：「自己倒還年青，把你害苦了！現在悔之已晚了！」家茵不願意他對著照片指手劃腳，彷彿褻瀆了照片，她逕自把那鏡架拿起來收到抽屜裏。她父親面不改色的，繼續向她表白下去道：「你瞧，我這次就是一個人來的。你那個娘——我現在娶的那個——她也想跟著來，我就沒帶她來。可見我是回心轉意了！」

家茵焦慮地問道：「爸爸，我這兒問你呢！你這次到底到上海來幹什麼的？」虞老先生道：「家茵！我現在一心歸正了，倒想找個事做做，所以來看看，有什麼發展的機會。」家茵道：「嗳喲，爸爸！你做事恐怕也不慣，我勸你還是回去吧！」兩人站著說了半天話，虞老先生到此方才端著架子在一張椅子上坐了下來，徐徐的撈著下巴，笑道：「上海這麼大地方，憑我這點兒本事，我要是誠心做，還怕——」家茵皺緊了眉毛道：「爸爸你真不知道現在找事的苦處！」虞老先生道：「連你都找得到事，我到底是個男子漢哪——嗳，真的，你現在在哪兒做事呀？」家茵道：「我這也是個同學介紹的，在一家人家教書。這一次我真為了找不到事急夠了！所以我勸你回去。」虞老先生略楞了一楞，立起來背著手轉來轉去道：「我就是聽你的話回去，連盤纏錢都沒有呢。白跑一趟，算什麼呢？」家茵道：「不過你在這兒住下來，也費錢哪！」虞老先生自衛地又有點慚愳地咕噥了一句：「我就住在你那個娘的一個妹夫那兒。」

家茵也不去理會那些，自道：「爸爸，我這兒省下來的有五萬塊錢，你要是回去我就給你拿這個買張船票。」虞老先生聽到這數目，心裏動了一動，因道：「嗳，家茵你不知道，一言難盡！我來的盤纏錢還是東湊西挪，借來的，你這樣叫我回去拿什麼臉見人呢？」家茵道：「我就只有這幾個錢了。我也是新近才找到事。」虞老先生狐疑地看看她這一身穿著，又把她那簡陋的房間觀察了一番，不禁搖頭長嘆道：「嗐！看你這樣子我真是看不出，原來你也是這麼苦啊！嗐！其實論理呀，你今年也──二十五了吧？其實應該是我做爸爸的責任，找一個門當戶對的人家兒，那麼也就用不著自個兒這麼苦了！」家茵蹙額背轉身去道：「爸爸你這些廢話還說它幹嗎呢？」虞老先生自管自慨嘆道：「嗳，算了吧，我不能反而再來帶累你了！你剛才說的有多少錢？」他陡地掉轉話鋒，變得非常的爽快俐落：「那麼你就給我。我明天一早就走。」家茵取鑰匙開抽屜拿錢，道：「你可認識那船公司？」虞老先生接過錢去，笑道：「嗐！你別看不起你爸爸！──那我怎麼自個兒一個人跑到上海來的呢？」說著，已是瀟瀟灑灑的踱了出去。

他第二次出現，是在夏家的大門口，宗豫趕回來吃了頓午飯剛上了車子要走──他這一向總是常常回來吃飯的時候多──虞老先生注意到那部汽車，把車中人的身分年紀都也看在眼裏。他上門揿鈴，問道：「這兒有個虞小姐在這兒是吧？」他嗓門子很大，姚媽詫異非凡，虎起了一張臉道：「是的。幹嗎？」虞老先生道：「勞你駕，進去通報一聲，就說是她的老太爺來看她了。」姚媽將頭一抬，又一低，把他上上下下看了道：「老太爺？」

裏面客室的門恰巧沒關上，讓家茵聽見了，她疑疑惑惑走出來問：「找我啊？」一看見她父親，不由得衝口而出道：「咦？你怎麼沒走？」虞老先生笑了起來道：「傻孩子，我幹嗎走？我走我倒不來了！」家茵發急道：「爸爸你怎麼到這兒來了？」虞老先生大搖大擺的便往裏走，道：「我上你那兒，你不在家嘍！」家茵幾乎要頓足，跟在他後面道：「我怎麼能在這兒見你，我這兒還要教書呢！」虞老先生只管東張西望，嘖嘖讚道：「真是不錯！」姚媽看這情形是真是家茵的父親，立刻改變態度，滿面春風的往裏讓，說：「老太爺坐會兒吧，我就去給您沏碗熱茶！」虞老先生如同雨打殘荷似的點頭呵腰不迭，笑道：「勞駕勞駕！我倒正口乾呢，因為剛才午飯多喝了一杯。到上海來一趟，不是難得的嗎！」

姚媽引路進客室，笑道：「你別客氣，虞小姐在這兒，還不就跟自個家裏一樣，您請坐，我這兒就去沏！」竟忙得花枝招展起來。小蠻見了生人，照例縮到一邊去眈眈注視著。虞老先生也誇獎了一聲：「呦！這孩子真喜相！」家茵一等姚媽出去了，便焦憂地低聲說道：「噯呀，爸爸，真的——我待會兒回去再跟你說吧。你先走好不好？」虞老先生反倒攤手攤腳坐下來，又笑又嘆道：「噯，你到底年紀輕，實心眼兒！你真造化！碰到這麼一份人家，就看剛才他們那位媽媽這一份熱絡，幹嗎還要拘束呢？就這兒椅子坐著不也舒服些麼？」他在沙發上顛了一顛，蹺起一隻腿來，頭動尾巴搖的微笑說下去道：「也許有機會他們主人回來了，托他給我找個事，還怕不成麼？」家茵越發慌了，四顧無人，道：「爸爸！你這些話給人聽見了，拿我們當什麼呢？我求求你——」

一語未完，姚媽進來奉茶，又送過香烟來，幫著點火道：「老太爺抽烟。」虞老先生道：「勞駕！勞駕！」他向家茵心平氣和地一揮手道：「你們有功課，我坐在這兒等著好了。」姚媽道：「您就這邊坐坐吧！小鑾念書，還不也就那麼回事！」家茵正要開口，被她父親又一揮手，搶先說道：「你去教書得了！我就跟這位媽媽聊聊天兒，這位媽媽真周到，我們小姐在這兒真虧你照顧！」姚媽笑道：「嗳呀，老太爺客氣！不會做事！」家茵無奈，只得和小鑾在那邊坐下，一面上課，一面只聽見他們兩人括辣鬆脆有說有笑的，彼此敷衍得風雨不透。

虞老先生四下裏指點著道：「你看這地方多精緻，收拾得多乾淨啊，你要是不能幹還行？沒看見別的媽媽嘍？就你一個人哪？」姚媽道：「可不就我一個人？」虞老先生忽又發起思古之幽情，嘆道：「那是現在時世不同了，要像我們家從前用人，誰一個人做好些樣的事呀？管鋪床就不管擦桌子！」姚媽一方面謙虛著，一方面保留著她的自傲，說道：「我們這兒事情是沒多少，不過我們老爺愛乾淨，差一點兒可是不成的！我也做慣了！」虞老先生忙接上去問道：「你們老爺挺忙呃？他是在什麼衙門裏啊？剛才我來的時候看見一位儀表非凡的爺們坐著汽車出門，就是他嗎？」姚媽道：「就是！我們老爺有一個興中藥廠，全自個兒辦的，忙著呢，成天也不在家。我們小鑾現在幸虧虞小姐來了，她也有個伴兒了！」

小鑾不停的回過頭來，家茵實在耐不住了，走過來說道：「爸爸，你還是上我家去等我吧。你在這兒說話，小鑾在這兒做功課分心。」姚媽搭訕著便走開了，怕他們父女有什麼私房話說嫌不便。虞老先生看看錶，也就站起身來道：「好，好，我就走。你什麼時候回去呢？」家茵道：「我五點半來。」虞老先生道：「那我在你那兒枯坐著三四個鐘頭幹嗎呢？要不，你這兒有零錢嗎，給我兩個，我去洗個澡去。」家茵稍稍吃了一驚，輕聲道：「咦？那天那錢呢？」虞老先生道：「嗐！你不想，上海這地方，五萬塊錢，花了這麼許多天，還不算省的嗎？」家茵不免生氣，道：「指不定你拿了上哪兒逛去了！」虞老先生脖子一歪，頭往後一仰，厭煩地斜瞅著她道：「那幾個錢夠逛哪兒呀？嗐！你真不知道了！你爸爸不是沒開過眼的！從前上海堂子裏姑娘，提起虞大少來，誰不知道！那！那時候的倌人，真有一副功架！那真是有一手！現在！現在這班，什麼舞女囉，嚮導囉，我看得上眼？都是些沒經過訓練的黃毛丫頭，只好去騙騙暴發戶！」家茵擰著眉頭，也不作聲，開皮包取出幾張鈔票遞給他，把他送走了。

小蠻伏在桌上枕著個手臂，一直悄沒聲兒的，這時候卻幽幽的叫了聲：「老師！……老師，我想吃西瓜！」家茵走來笑道：「這天哪有西瓜？」小蠻道：「那就吃冰淇淋。我想吃點涼的。」家茵俯身望著她道：「呦！你怎麼啦？別是發熱了？」小蠻道：「今天早起就難受。」家茵道：「噯呀！那你怎麼不說啊？」小蠻道：「我要早說就連飯都沒得吃了！」家茵摸摸她額上，嚇了一跳道：「可不是——熱挺大呢！」忙去叫姚媽，又回來哄著拍著她道：「你聽老師的話，趕快上床睡一覺吧，睡一覺明兒早上就好了！」

她看著小蠻睡上床去，又叮嚀了姚媽幾句話：「等到六點鐘你們老爺要是還不回來，你打電話去跟老爺說一聲。她那熱好像不小呢！」姚媽道：「噢。您再坐一會兒吧？等我們老爺回來了，讓汽車送您回去吧？」家茵道：「不用了，我先走了。」她今天回家特別早，可是一直等到晚上，她父親也沒來，猜著他大約因為拿到了點錢，就又杳如黃鶴了。

當晚夏家請了醫生，宗豫打發車夫去買藥。他在小孩房裏踱來踱去，人影幢幢，孩子臉上通紅的，迷迷糊糊嘴裏不知在那裏說些什麼。他突然有一種不可理喻的恐怖，彷彿她說的已經是另一個世界的語言了。他伏在毯子上，湊到她枕邊去凝神聽著。原來小蠻在那裏喃喃說了一遍又一遍：「老師！老師！唔……老師你別走！」宗豫一聽，心裏先是重重跳了一下，倒彷彿是自己的心事被人道破了似的。他伏在她床上一動也沒動，背著燈，他臉上露出一種複雜的柔情，可是簡直像洗濯傷口的水，雖是涓涓的細流，也痛苦的。他把眼睛睞了一睞，然後很慢很慢的微笑了。

家茵的房裏現在點上了燈。她剛到房客公用的浴室裏洗了些東西，拿到自己房間裏來晾著，兩雙襪子分別掛在椅背上，手絹子貼到玻璃窗上。一條網花白蕾絲手帕，一條粉紅的上面有藍墨水的痕跡，一條雪青的，窗格子上都快貼滿了，就等於放下了簾子，留住了她屋子的氣氛。手帕溼淋淋的，玻璃上流下水來，又有點像「雨打梨花深閉門」。無論如何她沒想到這時候還有人來看她。

她聽見敲門，一開門便吃了一驚，道：「咦？夏先生！」宗豫道：「冒昧得很！」家茵起初很慌張，說：「請進來，請坐罷。」然而馬上想到小蠻的病，也來不及張羅客人了，就問：「不知道夏先生回去過沒有？剛才我走的時候，小蠻有點兒不舒服，我正在這兒很不放心的。」宗豫道：「我正是為這事情來的。」家茵又是一驚，道：「噢。——請大夫看了沒有？」宗豫道：「大夫剛來看過。他說要緊是不要緊的，可是得特別當心，要不然怕變傷寒。」家茵輕輕的道：「噯呀，那倒是要留神的。」宗豫道：「是啊。所以我這麼晚了還跑到這兒來，想問問您肯不肯上我們那兒去住幾天，那我就放心了。」家茵不免躊躇了一下，然而她答應起來卻是一口答應了，說：「好，我現在就去。」宗豫道：「其實我不應當有這樣的要求，不過我看您平常很喜歡她的。她也真喜歡您，剛才睡得糊裏糊塗的，還一直在那兒叫著『老師，老師』呢！」家茵聽了這話倒反而有一點難過，笑道：「真的嗎？——那麼請您稍微坐一會兒，我來拿點零碎東西。」她從床底下拖出一隻小皮箱，開抽屜取出些換洗衣服裝在裏面。然後又想起來說：「我給您倒杯茶。」倒了點茶滷子在杯子裏，把熱水瓶一拿起來，聽裏面簌簌有聲，她很不好意思的說道：「哦，我倒忘了——這熱水瓶破了！我到樓底下去對點熱水罷。」宗豫先不知怎麼有一點怔怔的，這時候才連忙攔阻道：「不用了，不用了。」他在一張椅子上坐下了，才一坐下，她忽然又跑了過來，紅著臉說：「對不起！」從他的椅背上把一雙溼的襪子拿走了，掛在床闌干上。

她理東西，他因為要避免多看她，便看看這房間。這房間是她生活的全貌，一切都在這裏了。壁角放著個洋油爐子，挨著五斗櫥，櫥上擱著油瓶、飯鍋、蓋著碟子的菜碗、白洋磁臉盆，盆上搭著塊粉紅寬條子的毛巾。小鐵床上鋪著白色線毯，一排白穗子直垂到地下，她剛才拖箱子的時候把床底下的鞋子也帶了出來，單只露出一只天青平金綉花鞋的鞋尖。床頭另堆著一疊箱子，最上面的一隻是個小小的朱漆描金皮箱。舊式的挖雲銅鎖，已經銹成了青綠色，配著那大紅底子，鮮艷奪目。在黃昏的燈光下，那房間如同一種黯黃紙張的五彩工筆畫卷。幾件雜湊的木器之外還有個小籐書架，另有一面大圓鏡子，從一個舊梳妝台上拆下來的，掛在牆上。鏡子前面倒有個月白冰紋瓶裏插著一大枝蠟梅，早已成為枯枝了，老還放在那裏，大約是取它一點姿勢，映在鏡子裏，如同從一個月洞門裏橫生出來。

宗豫也說不出來為什麼有這樣一種恍惚的感覺，也許就因為是她的房間，他第一次來。看到那些火爐飯鍋什麼的，先不過覺得好玩，再一想，她這地方才像是有人在這裏過日子的，不像他的家，等於小孩子玩的紅綠積木搭成的房子，一點人氣也沒有。

他忽然覺得半天沒說話了，見到桌上有個照相架子，便一伸手拿過來看了看，笑道：「這是你母親麼？很像你。」家茵微笑道：「像麼？」宗豫道：「你們老太太不在上海？」家茵道：「她在鄉下。」宗豫道：「老太爺也在鄉下？」家茵摺疊著衣服，卻頓了一頓，然後說：「我父親跟母親離了婚了。」宗豫稍有點驚異，輕聲說了聲：「噢。──那麼你一個人在上海麼？」家茵說：「噯。」宗豫道：「你一個人在這兒你們老太太倒放心麼？」家茵笑道：「也是叫沒有辦法，一來呢我母親在鄉下住慣了，而且就靠我一個人，在鄉下比較開銷省一點。」宗豫又道：「那麼家裏還有沒兄弟姐妹呢？」家茵道：「沒有。」宗豫忽然自己笑了起來道：「你看我問上這許多問句，倒像是調查戶口似的！」家茵也笑，因把皮箱鎖了起來，道：「我們走罷。」她讓他先走下樓梯，她把燈關了，房間一黑，然後門口的黑影把門關了。

玻璃窗上的手帕貼在那裏有許多天。

虞老先生又到夏家去了一趟，這次姚媽一開門便滿臉堆上笑來，道：「啊，老太爺來了！老太爺您好啊？」虞老先生讓她一抬舉，也就客氣得較有分寸了，只微微一笑道：「噯，好！」進門便問：「我們小姐在這兒嗎？我上她那兒去了好幾趟都不在家。」姚媽道：「虞小姐這兩天住在我們這兒呢！因為小蠻病了，都虧虞小姐招呼著。」虞老先生道：「哦……」他兩眼朝上翻著，手摸著下巴，暗自忖量著，踱進客室，接下去就問：「你們老爺在家嗎？」姚媽道：「老爺今天沒回來吃飯，大概有應酬。——老太爺請坐！」

虞老先生坐下來，把腿一蹺，不由得就感慨系之，道：「唉，像你們老爺這樣，正是轟轟烈烈的時候。我們是不行嘍——過了時的人嘍，可憐噉！」姚媽忙道：「你老太爺別說這些話！您福氣好，有這麼一個小姐，這一輩子還怕有什麼嗎？」言無二句，恰恰的打到虞老先生心坎裏去，他也就正色笑道：「那我們小姐，她倒從小就聰明，她也挺有良心的，不枉我疼她一場！你別瞧她不大說話，她挺有心眼子的——她趕明兒不會待錯你的！」姚媽聽這口氣竟彷彿他女兒已經是他們夏家的人了，這話倒叫人不好答的，她當時就只笑了笑，道：「可不是虞小姐待我們底下人真不錯！您坐，我去請虞小姐下來。」剩下虞老先生一個人在客室裏，他馬上手忙腳亂起來，開了香烟筒子就撈了把香烟塞到衣袋裏。

姚媽笑吟吟的去報與家茵：「虞小姐，老太爺來了。」家茵震了一震，道：「啊？」姚媽道：「我正在唸叨著呢，怎麼這兩天老太爺沒來嘛？老太爺真和氣，一點兒也不搭架子！」家茵委實怕看姚媽那笑不嗤嗤的臉色，她也不搭碴，只說了聲：「你在這兒看著小蠻，我一會兒就上來。」

她一見她父親就說：「你怎麼又上這兒來做什麼？上次我在家裏等著你，又不來！」虞老先生起立相迎道：「你幹嗎老是這麼恨？都是你不肯說——」他把聲音放低了，借助於手勢道：「這兒夏先生有這麼大一個公司，他哪兒用不著我這樣一個人？只要你一句話！」家茵愁眉雙鎖，兩手互握著道：「不是我不肯替你說，我自個兒已經是薦了來的，不能一家子都靠著人家！」虞老先生悄悄的道：「你怎麼這麼實心眼子啊？這兒這夏先生既然有這麼大的事業，你讓他安插兩個人還不容易？你爸爸在公司裏有個好位子，你也增光！」家茵道：「爸爸你就饒了我罷！你不替我丟臉就行了，還說增光！」一句話傷了虞老先生的心，他嚷了起來道：「你不要拿喬了！你不說我自個兒同他說！他對你有這份心，橫豎也不能對你老子這一點事都不肯幫忙！我到底是你的老子呀！」他氣憤憤的往外走，家茵急得說：「你這算哪一齣？叫人家底下人聽著也不成話！」攔他不住，他還是一路高聲咕噥著出去：「說我坍台！自個兒索性在人家住下了——也不嫌沒臉！」姚媽這時候本來早就不在小蠻床前而在樓下穿堂裏，她搶著替他開門道：「老太爺您走啦？」虞老先生恨恨的把兩手一摔，袖子一洒，朝她說了句：「養女兒到底沒用處，從前老話沒錯！」

家茵氣得手足冰冷。她獨自在樓底下客廳裏有半天的工夫。回到樓上來，還有點神思恍惚。一開門，卻見姚媽坐在小蠻床上餵她吃東西，床上擱著一隻盤子，裏面托著幾色小菜。家茵一時怔住了說不出話來，姚媽先笑道：「虞小姐，我給小蠻煮了點兒稀飯——」家茵慌忙走過來道：「噯呀，她不能吃，她已經好多天沒吃東西了，禁不起！」姚媽不悅道：「喲！我都帶了她好多年了，我還會害她呀？」家茵一看托盤裏有肉鬆皮蛋，一著急，馬上動手把盤子端開了，道：「你不懂——醫生說的，恐怕會變傷寒，只能吃流質的東西——」姚媽至此便也把臉一沉，一隻手端著碗，一隻手拿著雙筷子在空中點點戳戳，道：「我當然是不懂，我又沒念過書，不認識字！不過看小孩子我倒也看過許多了，養也養過幾個！」家茵也覺得自己剛才說的話太欠斟酌，勉強笑了一笑道：「當然我知道你是為她好，不過反而害了她了！」姚媽道：「我想害她幹嗎？我又不想嫁給老爺做姨太太！」家茵失色道：「姚媽你怎麼了？我又不是說你想害她——」姚媽把碗筷往托盤裏重重的一擱，端了就走，一路嘟囔著：「小蠻長到這麼大了，怎麼活到現在啦？我知道，我們老爺就是昏了心。」家茵到這時候方才回過味來，不禁兩淚交流。

姚媽將飯盤子送入廚下，指指樓上對廚子說道：「沒看見這樣不要臉的人！良心也黑，連這麼一個孩子，因為是我們太太養的，都看不得！將來要是自己養了還了得嗎！」廚子詫異道：「噯，你怎麼了？」姚媽只管氣烘烘的數落下去道：「現在時世不對了，從前的姨奶奶也得給祖宗磕了頭才能算；現在，是她自個兒老子說的，就住到人家來了，還要掐著孩子管！」廚子徐徐的在圍裙上擦著手，笑道：「今天怎麼啦？你平常不是巴結得挺好嗎？今天怎麼得罪了你啦？」姚媽也不理他，自道：「可憐這孩子，再不吃要餓死了！不病死也餓死了！這些天了，一粒米也沒吃到肚裏。可憐我們太太在那兒還不知道呢——她沒良心我不能沒良心，我明兒就去告訴太太去！太太待我不錯呀！」說著，便傷感起來，掀起衣角擦了擦眼睛，回身便走。廚子拉了她一把，道：「我勸你省省罷！」姚媽道：「呸！像你這種人沒良心的！太太從前也沒錯待你！眼看著孩子活活的要給她餓死了！——我這就去歸折東西去。」

不久，她拎著個大包袱穿過廚房，廚子道：「啊？你真走啦？」姚媽正眼也不看他，道：「還是假的？」廚子趕上去攔著她道：「噯，你走，不跟老爺說？待會兒老爺問起你來，我們怎麼說？」姚媽回過頭來大聲道：「老爺！老爺都給狐狸精迷昏了！——你就說好了：說小鸞病了，我下鄉去告訴太太去了！」

小鸞的臥房裏，晚上點著個淡青的西瓜形的燈，瓜底下垂下一叢綠縺子。家茵坐在那小白椅上拆絨線，宗豫走進來便道：「咦？你的圍巾，為什麼拆了？」家茵道：「我想拆了給她打副手套。」宗豫抱歉地笑道：「噯呀，真是——我要是記得我就去給她買來了！」家茵笑道：「這顏色的絨線很難買，我到好幾個店裏都問過了，配不到。」小鸞醒了，翻過身來道：「爸爸，等老師給我把手套打好了，我馬上戴著上街去，上公園去。」宗豫笑道：「這麼著急啊？」小鸞道：「我悶死了！——老師你講個故事給我聽。」家茵笑道：「老師肚子裏那點故事都講完了，沒有了。我家裏倒有一本童話書，過天我拿來給你看，好不好？」小鸞悶懨懨的又睡著了。

家茵恐怕說話吵醒她，坐到遠一點的椅子上去，將絨線繞在椅背上。宗豫跟過來笑道：「我能不能幫忙？」家茵道：「好，那麼您坐在這兒，把手伸著。」他讓她把絨線綳在他兩隻手上，又回過頭去望了望小鸞，輕聲道：「手套慢慢的打，不然打好了她又鬧著要出去。」家茵點頭道：「我知道，小孩就是這樣！」宗豫聽她口吻老氣橫秋的，不覺笑了起來道：「不知道為什麼，我總是覺得你比她大不了多少。倒好像一個是我的大女兒，一個是我的小女兒。」家茵瞅了他一眼，低下頭去笑道：「哦？你倒佔人家的便宜！」宗豫笑道：「其實真要算起年紀來，我要有這麼大的一個女兒大概也可能。」家茵道：「不，哪裏！」宗豫道：「你還不到二十罷？」家茵道：「我二十五了。」宗豫道：「我三十五。」家茵道：「也不過比我大十歲！」正因為她是花容月貌的坐在他對面，倒反而使他有一點感慨起來，道：「可是我近來的心情很有點衰老了。」家茵道：「為什麼呢？在外國，像這樣的年紀還正是青年呢。」宗豫道：「大概因為我們到底還是中國人罷？」

一個新僱的老媽子來回說有客人來了，遞上名片。宗豫下樓去會客。小蠻躺在床上玩弄著他丟下的一副皮手套，給自己戴上試試，大得像熊掌。她笑了起來道：「老師你看你看！」家茵硬給她脫下了，把手塞到被窩裏去，道：「別又凍著了！剛好了一點兒。」她把宗豫的手套拿著看看，邊上都裂開了。她微笑著，便從皮包裏取出一張別著針線的小紙，給他縫兩針。小蠻忽然大叫起來道：「老師，你怎麼給爸爸補手套，倒不給我打手套？幾時給我打好呀？」家茵急的把線咬斷了，把針線收了起來，道：「你別嚷嚷。待會兒爸爸來了你也別跟他說，啊？你要是告訴他，我不跟你好了，我回家去了！」小蠻道：「唔……你別回家！」家茵道：「那麼你就別告訴他。」

她把那手套仍舊放在小蠻枕邊。宗豫再回到樓上來先問小蠻：「老師呢？」小蠻道：「老師去給我做橘子水去了。」宗豫見小蠻在那裏把那副手套戴上脫下的玩，便道：「你就快有好手套戴了，你看我的都破了！」小蠻揸開五指道：「哪兒破了？沒破！」宗豫仔細拿著她的手看了看，道：「咦？我記得是破的嘍！」小蠻笑得格格的，他便道：「今天大概是好了，精神這麼好——是誰給補上的？」小蠻自己捣著嘴，道：「我不告訴你！」宗豫道：「為什麼不告訴我呢？」小蠻道：「我要是告訴你，老師就不跟我好了。」宗豫微笑道：「好，那你就別告訴我了。」他執著手套，緩緩的自己戴上了，反覆看著。

家茵一等小蠻熱退盡了，就搬回去住了。次日宗豫便來看她，買了一盒衣料作為酬謝，說道：「我買衣料是絕對的不在行，恐怕也不合適。」還有一個盒子，他說：「上回好像看見你有個熱水瓶破了，我帶了一個來。」家茵微笑道：「您真太細心了。真是謝謝！」洋油爐子上有一鍋東西嘟嘟煮著，宗豫向空中嗅了一嗅，道：「好香！」家茵很不好意思的揭開鍋蓋，笑道：「是我母親從鄉下給我帶來的年糕——」宗豫又道：「聞著真香！」家茵只得笑道：「要不要吃點兒嚐嚐，可是沒什麼好吃。」宗豫笑道：「我倒是餓了。」家茵笑著取出碗筷道：「我這兒飯碗也只有一個。」她遞了給他，她自己預備用一個缺口的藍邊菜碗，宗豫見了便道：「讓我用那個大碗，我吃得比你多。」家茵笑道：「吃了再添不也是一樣嗎？」宗豫道：「添也可以多添一點。」

家茵正在用調羹替他舀著，樓梯上有人叫：「虞小姐，有封信是你的！」家茵拿了信進來，一面拆著，便說：「大概是我上次看了報上的廣告去應徵，來的回信。」宗豫笑道：「可是來得太晚了！」家茵讀著信，道：「這是廈門的一個學校，要一個教員，要担任國英算史地公民自然修身歌唱體操十幾種課程——可了不得！還要管庶務。」宗豫接過來一看，道：「供膳宿，酌給津貼六萬元。這簡直是笑話嘿！也太慘了！這樣的事情難道真還有人肯去做？」兩人笑了半天，把年糕湯吃了。

宗豫想起來問：「哦，你說你有一本兒童故事，小蠻可以看得懂的。」家茵道：「對了，讓我找出來給你帶了去。」宗豫道：「我們中國真是，不大有什麼書可以給小孩看的。」家茵道：「嗳。」她在書架上尋來尋去尋不到，忽道：「哦，墊在這底下呢！這地板有一條塌下去了，所以我拿本書墊著——」她蹲下身去把那本書一抽，不想那小籐書架往前一側，一瓶香水滾下來，潑了她一身，跌在地下打碎了。宗豫笑道：「嗳呀，怎麼了？」他趕過來，掏出手絹子幫她把衣服上擦了擦。家茵紅著臉扶著書架子，道：「真要命，我這麼粗心！」她換了本書把書架子墊平了，連忙取過掃帚，把玻璃屑掃到門背後去。宗豫湊到手帕上聞了一聞，不由得笑道：「好香！我這手絹再也不去洗它了。留著做個紀念。」家茵也不作聲，只管低著頭，把地掃了，把地下的破瓶子與那本書拾了起來。宗豫接過書去，上面濺了些水漬子，他拿起桌上那封信便要用它揩拭，卻被家茵奪過信箋，道：「嗳，不，我要留著。」宗豫怔了一怔，道：「怎麼？你——想到廈門去做那個事？」家茵其實就在這幾分鐘內方才有了一個新的決心，她只笑了一笑。宗豫便也沉默了下來。打碎的那瓶香水，雖然已經落花流水杳然去了，香氣倒更濃了。宗豫把那破瓶子拿起來看了看，將它倚在窗台上站住了，順手便從花瓶裏抽出一枝洋水仙來插在裏面。家茵靠在床闌干上遠遠的望著他，兩手反扣在後面，眼睛裏帶著淒迷的微笑。

宗豫又把箱子蓋上的一張報紙心不在焉的拿在手中翻閱，道：「國泰這部電影好像很好，一塊兒去看好麼？」家茵不禁噗嗤一笑，道：「這是舊報紙。」宗豫「哦」了一聲，自己也笑了起來，又道：「現在國泰不知在做什麼？去看五點的一場好麼？」家茵頓了頓，道：「今天我還有點兒事，我不去了。」宗豫見她那樣子是存心冷淡他，當下也告辭走了。

她撕去一塊手帕露出玻璃窗來，立在窗前看他上車子走了，還一直站在那裏，呼吸的氣噴在玻璃窗上，成為障眼的紗，也有一塊小手帕大了。她用手在玻璃上一陣抹，正看見她父親從衖堂裏走進來。

虞老先生一進房，先親親熱熱叫了聲「家茵！」家茵早就氣塞胸膛，哭了起來道：「爸爸，你真把我害苦了！跑到他們家去胡說一氣……」他拍著她，安慰道：「噯喲，我是你的爸爸，你有什麼話全跟我說好了！我現在完全明白了，你怕我幹什麼呢？夏先生人多好！」家茵火極了，反倒收了淚，道：「你是什麼意思？」虞老先生坐下來，把椅子拖到她緊跟前，道：「孩子，我跟你說——」他摸了摸口袋裏，只摸出一隻空烟匣，因道：「喂，你叫他們底下給我買包香烟去。」家茵道：「人家的傭人我們怎麼能支使啊？」虞老先牛道：「那有什麼要緊？」家茵道：「住在人家家裏，處處總得將就點。」虞老先生道：「不是我說你，有那麼好的地方怎麼不搬去呢？偏要住這麼個窮地方，多受鱉啊！」家茵詫異道：「搬哪兒去呀？」虞老先生道：「夏先生那兒呀！他們那屋子多講究啊！」家茵道：「你這是什麼話呢？」虞老先生笑道：「噯呀，對外人瞞末，對自己人何必還要——」家茵頓足道：「爸爸你怎麼能這麼說！」

虞老先生柔聲道：「好，我不說。我們小姐發脾氣了！不過無論怎麼樣，你托這個夏先生給我找個事，那總行！」

正說到這裏，房東太太把家茵叫了去聽電話。家茵拿起聽筒道：「喂？……哦，是夏先生嗎？……啊？現在你在國泰電影院等我？可是我——喂？——喂？——怎麼沒有聲音了？」她有點茫然，半晌，方才掛上電話。又楞了一會，回到房裏來，便急急的拿大衣和皮包，向她父親說：「我現在要出去一趟有點事情，你回去平心靜氣想一想。你要想叫我托那夏先生找事，那是絕對不行的。你這兩天攪得我心裏亂死了！」虞老先生神色沮喪，道：「噢，那麼我在這兒再坐會兒。」家茵只得說：「好罷，好罷。」

她走了，虞老先生背著手徘徊著，東張西望，然後把抽屜全抽開來看過了，發現一盒衣料，忽然心生一計。他攏著盒子，一溜烟下樓，幸喜無人看見。他從後門出去了又進來，來到房東太太的房間裏。推門進去，笑道：「孫太太，我買了點兒東西送你。我來來去去，一直麻煩你——不成敬意！」房東太太很覺意外，笑得口張眼閉，道：「噯喲，虞老先生，您太客氣了，幹嗎破費呀！」虞老先生道：「噯，小意思，小意思！」他把肩膀一端，仿著日本風從牙縫裏「噝——」吸了口氣，攢眉笑道：「我有點小事我想托你，不知道你肯不肯？」孫太太道：「只要我辦得到我還有什麼不肯的麼？」虞老先生道：「因為啊，不瞞你孫太太說，我女兒在你這兒住了這些時，本來你什麼都知道的；我知道你是好人，也不會說閒話的。不過你想，弄了這麼個夏先生常跑來，外人要說閒話了！女孩子總是傻的，這男人你是什麼意思？我做父親的不到上海來就罷，既然來了，我就得問問他是個什麼道理！」孫太太點頭，道：「那當然，那當然！」虞老先生道：「我也不跟他鬧，就跟他說說清楚。他要是真有這個心，那麼就趁著我在這兒，就把事情辦了！」孫太太點頭不迭，道：「那也是正經！」虞老先生道：「我想請你看見他來了就通知我一聲。他什麼時候約著來，我女兒總不肯告訴我。」孫太太道：「那我一定通知你！」

家茵趕到戲院裏，宗豫已經等了她半天，靠在牆上，穿著深色的大衣，雖在人叢裏，臉色卻有一點淒寂，很像燈下月下的樹影倚在牆上。看見她，微笑著迎上前來，家茵道：「怎麼你只說一個地點同時間就把電話掛斷了？我也沒來得及跟你說我不能夠來。不來，又怕你老在這兒等著我。」宗豫笑道：「我就是怕你說你不能夠來呀！」家茵笑道：「你這人真是！」

他引路上樓梯，道：「我們也不必進去了，已經演了半天了。」家茵道：「那麼你為什麼要約在戲院裏呢？」宗豫道：「因為我們第一次碰見是在這兒。」二人默然走上樓來，宗豫道：「我們就在這兒坐會兒罷。」坐在沿牆的一溜沙發上，那裏的燈光永遠像是微醺。牆壁如同一種粗糙的羊毛呢。那穿堂裏，望過去有很長的一帶都是暗昏昏的沉默，有一種魅艷的荒涼。宗豫望著她，過了一會，方道：「我要跟你說不是別的——昨天聽你說那個話，我倒是很担心，怕你真的是想走。」家茵頓了一頓，道：「我倒是想換換地方。」宗豫道：「你就是想離開上海，是不是？」家茵道：「是的，我覺得……老是這樣待下去，好像是不大好。」宗豫明知故問，道：「為什麼呢？……我倒勸你還是待在上海的好。」有個收票人看他們老坐著不走，像是白借這地方談心，走過來，彷彿很注意他們。宗豫也覺得了，他做出不耐煩的神氣，看了看手錶，大聲道：「噯呀，怎麼老不來了！不等他了，我們走罷。」兩人笑著一同走了。

他先請她上館子吃了飯再看夜場電影，但是沒再深談。

又一天，他忽然晚上來看她，道：「你沒想到我這時候來罷？我因為在外邊吃了飯，時候還早，想著來看看你。不嫌太晚罷？」家茵笑道：「不太晚，我也剛吃了晚飯呢。」她把一盞燈拉得很低，燈下攤著一副骨牌。他道：「你在做什麼呢？」家茵笑道：「起課。」宗豫道：「哦？你還會這個啊？」

他把桌上的一本破舊的線裝本的課書拿起來翻著，帶著點藐視的口吻，微笑問道：「靈嗎？」家茵笑道：「我也是鬧著玩兒。從前我父親常常天亮才回家，我母親等他，就拿這個消遣。我就是從我母親那兒學來的。」宗豫坐下來弄著牌，笑道：「你剛才起課是問什麼事？」家茵笑道：「問哪？……問將來的事。」宗豫道：「那當然是問將來的事，難道是問過去？你問的是將來的什麼事？」家茵道：「唔……不告訴你。」宗豫看了她一眼，道：「我也許可以猜得著。……讓我也來起一個好不好？」家茵道：「好，我來幫你看。你問什麼呢？」宗豫笑道：「你不告訴我我也不告訴你。說不定我們問一樣的事呢！」

他洗了牌，照她說的排成一長條。她站在他背後俯身看著，把成副的牌都推上去，道：「喲，挺好，是上上。再來，要三次。——噯呀。這個不大好，是中下。」她倒已經心慌起來，帶笑叮囑道：「得要誠心默禱，不然不靈的。」宗豫忽然注意到烟灰盤上的洋火盒裏斜斜插著的一支香，笑了起來道：「你真是誠心，還點著香呢！」香已經捻滅了，家茵待要給他點上，宗豫卻道：「不用了。這也是一樣的——」他把他吸著的一支香烟插在烟灰盤子裏。重新洗牌，看牌，家茵道：「噯呀，不大好——下下。」她勉強打起精神，笑道：「不管！看看它怎麼說。」宗豫翻書，讀道：「上上　中下　下下　莫歡喜　總成空　喜樂喜樂　暗中摸索水月鏡花　空中樓閣。」家茵輕聲笑道：「說得挺害怕的！」宗豫覺得她很受震動，他立刻合上了書，道：「這個怎麼能作準呢！反正我們不迷信。」家茵道：「相信當然是不相信……」然而她沉默了下來。

宗豫過了一會，道：「水開了。」家茵道：「哦，我是有意的在爐子上擱一壺水，可以稍微暖和點，算熱水汀爐子。」宗豫笑道：「真是好法子。」家茵走過去就著爐子烘手，自己看著手。宗豫笑道：「你看什麼？」家茵道：「我看我有沒有螺。」宗豫走來問道：「怎麼叫螺？」家茵道：「噯呀，你連這個都不懂啊？你看這指紋，圓的是螺，長的是畚箕。」宗豫攤開兩手伸到她面前道：「那麼你看我有幾個螺。」家茵拿著看了一看，道：「你有這麼多螺！我好像一個也沒有。」宗豫笑道：「有怎麼樣？沒有怎麼樣？」家茵笑道：「螺越多越好。沒有螺手裏拿不住錢，也愛砸東西。」宗豫笑道：「哦，怪不得上回把香水也砸了呢！」

家茵不答，臉色陡地變了——她父親業已推門走了進來。他重重的咳嗽了一聲，道：「噯，家茵！這位是——」家茵只得介紹道：「這是夏先生，這是我父親。」宗豫茫然的立起身來道：「咦？你父親？虞先生幾時到上海的？」虞老先生連連點頭鞠躬道：「啊，我來了已經好幾天了。到您府上好幾次都沒見到。」宗豫越發摸不著頭腦，道：「噯呀，真是失迎！」他輕輕的問家茵：「我沒聽見你說嗎？」家茵道：「那天他來，剛巧小蠻病了，一忙就忘了。」虞老先生一進來，這屋子就嫌太小了，不夠他施展的。他有許多身段，一舉手一投足都有板有眼的。他道：「我們小女全幸而有夏先生栽培，真是她的造化。你夏先生少年英俊，這樣的有作為，真是難得！」宗豫很僵的說了聲：「您太過獎了！請坐。」虞老先生道：「您坐！」他等宗豫坐了方才坐下相陪，道：「像我這老朽，也真是無用，也是因為今年時事又不太平，鄉下沒辦法，只好跑到上海來，要求夏先生賞碗飯吃，看著小女的面上，給我個小事做做，那我就感激不盡了！」宗豫很是詫異，略頓了一頓道：「呃……那不成問題。呃……虞先生您……」虞老先生道：「我別的不行哪，只光念了一肚子舊書，這半輩子可以說是懷才不遇——」家茵一直沒肯坐下，她把床頭的絨線活計拿起來織著，淡淡的道：「所以囉，像我爸爸這樣的是舊式的學問，現在沒哪兒要用了。」宗豫道：「那也不見得。我們有時候也有點兒應酬的文字，需要文言的，簡直就沒有這一類的人才。」虞老先生道：「那！輓聯了，壽序了，這一類的東西，我都行！都可以辦！」宗豫道：「那很好，如果虞先生肯屈就的話——」家茵氣得別過身去不管了。虞老先生道：「那我明天早上來見您。您辦公的地方在……」宗豫掏出一張名片來遞給他，道：「好，就請您明天上午來，我們談一談。」虞老先生道：「噢。噢。」

宗豫又取出香烟匣子道：「您抽香烟？」虞老先生欠身接著，先忙著替他把他的一支點上了，因道：「現在的人都抽這紙烟了，從前人聞鼻烟，那派頭真足！那鼻烟又還有多少等多少樣，像我們那時候都有研究的。哪，我這兒就有一個，還是我們祖傳的。你恐怕都沒看見過——」他摸出一隻鼻烟壺來遞與宗豫，宗豫笑道：「我對這些東西真是外行。」但也敷衍地把玩了一會，道：「看上去倒挺精緻。」虞老先生湊近前來指點說道：「就這一個玻璃翡翠的塞子就挺值錢的。咳，我真是捨不得，但是沒辦法，夏先生，您朋友多，您給我想法子先押一筆款子來。」家茵聽到這裏，突然掉過身來望著她父親，她頭上那盞燈拉得很低，那荷葉邊的白磁燈罩如同一朵淡黃白的大花，簪在她頭髮上，陰影深得在她臉上無情地刻劃著，她像一個早衰的熱帶女人一般，顯得異常憔悴。宗豫道：「我倒不認識懂得古董的人呢！」虞老先生道：「無論怎麼樣，拜託拜託！」家茵道：「爸爸！」虞老先生一看她面色不對，忙道：「噢噢，我這兒先走一步，明兒早上來見你。費心費心啊！」匆匆的便走了。

家茵向宗豫道：「我父親現在年紀大了，更顛倒了！他這次來也不知來幹嗎！他一來我就勸他回去。他已經磨了我好些次叫我托你，我想不好。」宗豫道：「那你也太過慮了！」家茵恨道：「你不知道他那脾氣呢！」宗豫道：「我知道你對你父親是有點誤會，不過到底是你的父親，你不應當對他先存著這個心。」

虞老先生自從有了職業，十分興頭。有一天大清早晨，夏家的廚子買菜回來，正在門口撞見他。廚子道：「咦？老太爺今天來這麼早啊？」他彎腰向虞老先生提著的一隻鳥籠張了一張，道：「老太爺這是什麼鳥啊？」

虞老先生道：「這是個畫眉，昨天剛買的，今天起了個大早上公園去溜溜牠。」廚子開門與他一同進去，虞老先生道：「你們老爺起來了沒有？我有幾句話跟他說。」廚子四面看了看沒人，悄悄的道：「我們老爺今天脾氣大著呢，我看你啊——」虞老先生笑道：「脾氣大也不能跟我發啊！我到底是個老長輩啊！在我們廠裏，那是他大，在這兒可是我大了！」然而這廚子今天偏是特別的有點看他不起，笑嘻嘻的道：「哦，你也在廠裏做事啊！」虞老先生道：「嗳。你們老爺在廠裏，光靠一個人也不行啊，總要自己貼心的人幫著他！那我——反正總是自己人，那我費點心也應該！」

正說著，小蠻從樓上咕咚咕咚跑下來，往客室裏一鑽。姚媽一路叫喚著她的名字，追下樓來。虞老先生大剌剌的道：「姚媽媽，回來啦？」姚媽沉著臉道：「可不回來了嗎！」她把他不瞅不睬的，自走到客室裏去，嘰咕著：「這麼大清早起就來了！」虞老先生便也跟了進去，將鳥籠放在桌上道：「怎麼這麼沒規沒矩的！」姚媽道：「我還不算跟你客氣噠？——小蠻，還不快上樓去洗臉。你臉還沒洗呢！」虞老先生嗔道：「你怎麼啦？今天連老太爺都不認識了？」姚媽滿臉的不耐煩，道：「聲音低一點！我們太太回來了，不大舒服，還躺著呢！」虞老先生頓時就矮了一截，道：「怎麼，太太回來了？」姚媽冷冷的道：「太太遲早要回來的。『家無主，掃帚顛倒豎。』」虞老先生轉念一想，便也冷笑道：「哼！太太——太太又怎麼樣？太太肚子不爭氣，只養了個女兒！」

小蠻正在他背後逗那個鳥玩，他突然轉過身去，嚷道：「嗳呀，你怎麼把門開了？你這孩子——」姚媽也向小蠻叱道：「你去動他那個幹嗎？」虞老先生道：「嗳呀——你看——飛了！飛了——我好容易買來的，都沒有——」姚媽連忙拉著小蠻道：「走，不用理他！上樓去洗臉去！」虞老先生越發火上加油，高聲叫道：「敢不理我！」小蠻嚇得哭了，虞老先生道：「把我的鳥放了，還哭！哭了我真打你！」

正在這時候，宗豫下樓來了，問道：「姚媽，誰呀？」虞老先生慌忙放手不迭，道：「是我，夏先生。我有一句話趁沒上班之前我想跟您說一聲。」宗豫披著件浴衣走進來，面色十分疲倦，道：「什麼話？」虞老先生也不看看風色，姚媽把小蠻帶走了，他便開言道：「我啊，這個月因為房錢又漲了，一時周轉不靈，想跟您通融個幾萬塊錢。」宗豫道：「虞先生，你每次要借錢，每次有許多的理由，不過我願意忠告你，我們廠裏薪水也不算太低了，你一個人用我覺得很寬裕了，你自己也得算計著點。」虞老先生還嘴硬，道：「我是想等月底薪水拿來我就奉還。我因為在廠裏不方便，所以特為跑這兒來——」宗豫道：「你也不必說還了。這次我再幫你點，不過你記清楚了，這是末了一次了。」他正顏厲色起來，虞老先生也自胆寒，忙道：「是的是的，不錯不錯。你說的都是金玉良言。」他接過一疊子鈔票，又輕輕的道：「請夏先生千萬不要在小女面前提起。」宗豫不答，只看了他一眼。

姚媽在門外聽了個夠，上樓來，又在臥房外面聽了一聽，太太在那裏咳嗽呢，她便走進去，道：「太太，您醒啦？」夏太太道：「底下誰來了？」姚媽道：「嗐！還不又是那女人的老子來借錢！簡直無法無天了，還要打小蠻呢！」夏太太吃了一驚，從枕上撐起半身，道：「啊？他敢打小蠻？」姚媽道：「幸虧老爺那時候下去了，要不可不打了！太太您想，這樣子我們在這兒怎麼看得下去呢？」此時宗豫也進房來了，夏太太便喊了起來道：「這好了，我還在這兒呢，已經要打小蠻了！這孩子——要是真離婚，那還不給磨死了？」晨光中的夏太太穿著件中裝白布對襟襯衫，胸前有兩隻縫上口的口袋，裏面想必裝著存摺之類。她梳著個髻，臉是一種鈍鈍的臉，再瘦些也不顯瘦的。宗豫兩隻手插在浴衣袋裏，疲乏地道：「你又在那兒說些什麼話？」夏太太道：「你不信你去問問小蠻去，她不是我一個人養的，也是你的啊！」說著說著嗓子就哽了，含著兩泡眼淚。宗豫道：「你不要在那兒瞎疑心了，好好的養病，等你好了我們平心靜氣的談一談。」夏太太道：「什麼平心靜氣的談一談？你就是要把我離掉！我死也要死在你家裏了！你不要想！」她越發放聲大哭起來。宗豫道：「你不要開口閉口就是死好不好？」夏太太道：「我死了不好？我死了那個婊子不是稱心了麼？」宗豫大怒道：「你這叫什麼話？」

他把一隻花瓶往地下一摜，小蠻在樓下，正在她頭頂上豁朗朗爆炸開來，她蹙額向上面望了一望。她一個人在客室裏玩，也沒人管她。傭人全都不見了，可是隨時可以衝出來搶救，如果有慘劇發生。全宅靜悄悄的，小蠻彷彿有點反抗地吹起笛子來了。她只會吹那一個腔，「嗚哩嗚哩嗚！」非常高而尖的，如同天外的聲音。她好像不過是巢居在夏家簷下的一隻鳥，漠不關心似的。

家茵來教書，一進門就聽見吹笛子，想起那天在街上給她買這根笛子，宗豫曾經說：「這要吵死了！一天到晚吹了！」那天是小蠻病好了第一次出門，宗豫和她帶著小蠻一同出去，太像一個家庭了，就有乞丐追在後面叫：「先生！太太！太太！您修子修孫，一錢不落虛空地……」她當時聽了非常窘，回想起來卻不免微笑著。她走進客室，笑向小蠻說：「你今天很高興啊？」小蠻搖了搖頭，將笛子一拋。家茵一看她的臉色陰沉沉的，驚道：「怎麼了？」小蠻道：「娘到上海來了。」家茵不覺楞了一楞，強笑著牽著她的手道：「娘來了應當高興啊，怎麼反而不高興呢？」小蠻道：「昨兒晚上娘跟爸爸吵嘴，吵了一宿——」她突然停住了，側耳聽著，樓上彷彿把房門大開了，家茵可以聽得出宗豫的憤激的聲音。

還有個女人在哭。然後，樓梯上一陣急促的腳步聲，大門砰的一聲帶上了，接著較輕微的砰的一聲，關上了汽車門。家茵不由自主的跑到窗口去，正來得及看見汽車開走。樓上的女人還在那裏嗚嗚哭著。

家茵那天教了書回來，一開門，黃昏的房間裏有一個人說：「我在這兒，你別嚇一跳！」家茵還是叫出聲來道：「咦？你來了？」宗豫道：「我來了有一會了。」大約因為沉默了許久而且有點口乾，他聲音都沙啞了。家茵開電燈，啪答一響，並不亮。宗豫道：「嗳呀，壞了麼？」家茵笑道：「哦，我忘了，因為我們這個月的電燈快用到限度了，這兩天二房東把電門關了，要到七點鐘才開呢。我來點根蠟燭。」宗豫道：「我這兒有洋火。」家茵把黏在茶碟子上的一根白蠟燭點上了，照見碟子上有許多烟灰與香烟頭。宗豫笑道：「對不起，我拿它做了烟灰盤子。」家茵驚道：「嗳呀，你一個人在這兒抽了那麼許多香烟麼？一定等了我半天了！」宗豫道：「其實我明知道你那時候不會在家的，可是……忽然的覺得除了這兒也沒有別的地方可去。除了你也沒有別的可談的人。」家茵極力做出平淡的樣子，倒出兩杯茶，她坐下來，兩手籠在玻璃杯上捣著。燭光怯怯的創出一個世界。男女兩個人在幽暗中只現出一部分的面目，金色的，如同未完成的古老的畫像，那神情是悲是喜都難說。

宗豫把一杯茶都喝了，突然說道：「小蠻的母親到上海來了。也不知聽見人家造的什麼謠言，跑來跟我鬧。……那些無聊的話，我也不必告訴你了。總之我跟她大吵了一場。」他又頓住了沒說下去，拈起碟子裏一根燒焦的火柴在碟子上劃來劃去，然而太用勁了，那火柴梗子馬上斷了。他又道：「我跟她感情本來就沒有。她完全是一個沒有知識的鄉下女人，她有病，脾氣也古怪。不見面也罷，一見面總不對。這些話我從來也不對人說，就連對你我也沒說過。——從前當然是父母之命，媒妁之言。我本來一直就想著要離婚的。」他最後的一句話家茵聽著彷彿很覺意外，她輕聲說：「啊，真的嗎？」宗豫道：「是的。可是自從認識了你，我是更堅決了。」

家茵站起來走到窗前立了一會，心煩意亂，低著頭拿著勾窗子的一隻小鐵鈎子在粉牆上一下下鑿著。宗豫又怕自己說錯了話，也跟了過去，道：「我意思是——我是真的一直想離婚的！」家茵道：「可是我還是……我真是覺得難受……」宗豫道：「我也難受的。可是因為我的緣故叫你也難受，我——我真的——」然而儘管兩個人都是很痛苦，蠟燭的嫣紅的火苗卻因為歡喜的緣故顫抖著。家茵喃喃的道：「自從那時候……又碰見了，我就……很難過。你都不知道！」宗豫道：「我怎麼不知道？我一直從頭起就知道的。不過我有些怕，怕我想得不對。現在我知道了，你想我……多高興！你別哭了！」房間裏的電燈忽然亮了，他叫了聲「咦？」看了看手錶，不覺微笑道：「二房東的時間倒是準，啊——你看，電燈亮了！剛巧這時候！可見我們的前途一定是光明的。你也應當高興呀！」她也笑了。他掏出手絹子來幫她揩眼淚，她卻一味躲閃著。他說：「就拿我這個擦擦有什麼要緊？」然而她還是借著找手絹子跑開了。

她有幾隻梨堆在一隻盤子裏，她看見了便想起來說：「你要不要吃梨？」他說：「好。」她削著梨，他坐在對面望著她，忽然說：「家茵。」家茵微笑著道：「嗯？」宗豫又道：「家茵。」他彷彿有什麼話說不出口，家茵反倒把頭更低了一低，專心削著梨，道：「嗯？」他又說：「家茵。」家茵住了手道：「啊？怎麼？」宗豫笑道：「沒什麼。我叫叫你。」家茵不由得向他飄了一眼，微微一笑道：「你為什麼老叫？」宗豫道：「我叫的就多了，不過你沒聽見就是了。——我在背地裏常常這樣叫你的。」家茵輕聲道：「真的啊？」

她把梨削好了遞給他，他吃著，又在那一面切了一片下來給她，道：「你吃一塊。」家茵道：「我不吃。」他自己又吃了兩口，又讓她，說：「挺甜的，你吃一塊。」家茵道：「我不吃，你吃罷。」宗豫笑道：「幹什麼這麼堅決？」家茵也一笑，道：「我迷信。」宗豫笑道：「怎麼？迷信？講給我聽聽。」家茵倒又有點不好意思起來，道：「因為……不可以分——梨。」宗豫笑道：「噢，那你可以放心，我們決不會分離的！」家茵用刀撥著蜿蜒的梨皮，低聲道：「未來的事情也說不定。」宗豫捉住了她握刀的手，道：「怎麼會說不定？你手上沒有螺，愛砸東西，可是我手上有螺，抓緊了決不撒手的。」

樓下有一隻鐘噹噹噹敲起來了，宗豫看了看手錶道：「噯喲，倒八點了！」他自言自語道：「還有一個應酬。我不去了。」家茵道：「你還是去罷。」宗豫笑道：「現在也太晚了，索性不去了！」家茵道：「等會人家等你呢？」宗豫躊躇的道：「倒也是。我倒是答應他們要去的，因為廠裏有點事要談一談。……」他說走就走，不給自己一個留戀的機會，在門口只和她說了聲：「明天再來看你。」她微笑著，沒說什麼，一關門，卻軟靠在門上，低聲叫道：「宗豫！」灩灩的笑不停的從眼睛裏滿出來，必須狹窄了眼睛去含住它。她走到桌子前面，又向蠟燭說道：「宗豫！宗豫！」燭火因為她口中的氣而盪漾著了。

這時候她父親忽然推門走進來，家茵惘惘的望著他，簡直像見了鬼似的，說不出話來。虞老先生笑道：「我來了有一會兒了，看見他汽車在這兒，我就沒進來。讓你們多談一會兒。嗨嗨！你爸爸是過來人哪！」家茵也不作聲，只把蠟燭吹滅了。虞老先生坐下來，便向她招手道：「你來你來，我有話跟你說。你別那麼糊裏糊塗的啊。他那個大老婆現在來了。你還是孩子氣，這時候我做爸爸的不來替你出出主意，還有誰呀？」

家茵走過來道：「噯呀爸爸，你說些什麼？」虞老先生拉著她的手，道：「你現在還跑去教他那個孩子做什麼？孩子到底是她養的。你趁這時候先去好好找兩間房子。夏先生他現在回去，他大老婆總跟他吵吵鬧鬧的，他哪兒會愛在家獃著。你有了地方，他還不上你這兒來了？

頂要緊要抓幾個錢。人也在你這兒，你錢也有了，你還怕她做什麼呢？」家茵實在耐不住了，便道：「爸爸，我告訴你罷，夏先生倒是跟我說過了，他跟他太太本來是舊式婚姻，他多年前就預備離婚了，不過是為了這孩子。現在……他決定離了。他剛才跟我說來著，我倒是也答應他，等他離過婚之後……再提。」虞老先生也怔了一怔，道：「嗐！你不早告訴我。早告訴我也不著急了！能這樣當然更好了！」家茵才說了就又懊悔起來，道：「不過爸爸，你就別夾在中間說話罷！就是我現在這些話，你也別跟人說好不好？」虞老先生道：「好！好。」

樓下的鐘又敲了一下，家茵道：「時候也不早了，爸爸你該回去了罷？」虞老先生道：「呃，我這就走了！」他自己去倒茶喝，家茵又道：「不是別的，因為這兒的房東太太老說，天黑了大門開出開進的，不謹慎。她常常鬧東西丟了。說起來也真奇怪，我有一件衣料，」她把一隻抽屜拖開了，無聊地重新翻過一遍，道：「我記得我放在這兒的——就找不著了！昨天我看見房東太太穿著新做來的一件衣裳，就跟我丟了的那件一樣。我也不能疑心她偷的，不過我倒有點兒悶得慌——怎那麼巧！趕明兒倒去問問她是哪兒買的！」虞老先生喝著茶，忽然大嗆起來，急急的搖手道：「咳，你不問我也就不說了：是我替你送給她的。」家茵十分詫異，道：「嗯？」虞老先生嘆道：「嗐！你不想，你現在弄了這麼個夏先生常常跑來，鬧到挺晚才走，給人家瞧著不要說閒話的啊？所以我呀，給你做了個人情，就把你這件衣料拿著送給她了。不是我說你——做人，也得學學！」家茵氣得跺著腳道：「爸爸你真是！」

夏宗麟有一天對他太太說：「真糟極了，這虞老頭兒，今天廠裏鬧得沸沸揚揚，宗豫知道要氣死了！」秀娟道：「怎麼啦？」宗麟道：「有人捐了筆款子，要買藥給一個廣德醫院，是個慈善性質的醫院。不知怎麼，這一筆款子會落到這老頭兒手裏了。他老先生不言語，就給花了。」秀娟驚道：「真的啊？有多少錢哪？」宗麟道：「數目倒也不大！他老人家處處簡直就是丈人的身分，問他他還鬧脾氣！」秀娟道：「那他現在人呢？跑啦？」宗麟道：「他真不跑了！腆著個臉若無其事的照樣的來！」秀娟愕然道：「怎麼這樣！」宗麟道：「就這一點宗豫聽見了已經要生氣了，何況這是捐款，我們廠裏信用很受打擊的。」秀娟便道：「噯呀，家茵大概也不知道，她要聽見了也要氣死了！」

才這麼說著，不料女傭就進來報說：「大爺來了。」秀娟一看宗豫的臉色很不自然，她搭訕著把無線電旋得幽幽的，自己便走了開去。宗豫立刻就開口道：「宗麟，今天一件事，大家都鬼鬼祟祟的，到底是怎麼回事？你告訴我。是不是那虞老先生？」宗麟抓了抓頭髮，苦笑道：「可不是嗎？這件事真糟極了！」宗豫疲倦的坐下來道：「當初怎麼也就沒有一個人跟我說一聲呢？」宗麟道：「他們也是不好，其實也應當告訴你的。不過——」宗豫道：「怎麼？」宗麟微帶著尷尬的笑容，道：「也難怪他們。你都不知道，他老先生胡吹亂嗙的，弄得別人也不知道他到底跟你是個什麼關係。」宗豫紅了臉，道：「這不行！我得要跟他自己說一說。我現在就去找他。」宗麟道：「你就找他上我這兒來也好。」宗豫倒又楞了一楞，但還是點點頭，立起身來道：「我就叫汽車去接他。」宗麟又道：「待會兒我走開你跟他說好了，當著我難為情。」宗豫又點了點頭。打發了車夫去接，他們等著，先還尋出些話來說，漸漸就默然了。無線電裏的音樂節目完了，也沒有換一家電台，也忘了關，只剩了耿耿的一隻燈，守著無線電裏的沉沉長夜。

一聽見門外汽車喇叭響，宗麟就走開了。虞老先生一路嚷進來道：「夏先生真太客氣，還叫車子來接！差人給我個信我不就來了嗎？」宗豫沉重的站起身來，虞老先生先就吃了一驚。宗豫兩手插在袴袋裏踱來踱去，道：「虞先生，我今天有點很嚴重的事要跟你說。有一筆捐給廣德醫院的款子，上次是交給你手裏的——」虞老先生陪笑道：「是的，是我拿的，剛巧我有一筆用項。我就忘了跟你說一聲——」宗豫道：「你知道我們廠裏頂要緊是保持信用——」虞老先生道：「是的，是我一時疏忽——」宗豫把眉毛擰得緊緊的道：「虞先生，你不知道這事對於我們生意人多麼嚴重。」虞老先生忙道：「是我沒想到。我想著這一點數目，我們還不是一家人一樣嗎？還分什麼彼此？」這話宗豫聽了十分不舒服，突然立定了看住他，道：「像這樣子下去可是不行，我想以後請你不要到廠裏去了。」虞老先生道：「啊？你意思是不要我了麼？我下回當心點，不忘了好了！」宗豫道：「請你不必多說了。為我們大家的面子，你從明天起不必來了，我叫他們把你到月底的薪水送過來。」

虞老先生認為他一味的打官話，使人不耐煩而又無可奈何，因道：「噯呀，我們打開窗子說亮話罷！我女兒也全告訴我了。我們還不就是自己人麼？」家茵如果已經把一切都告訴了她父親，雖也是人情之常，宗豫不知為什麼覺得心裏很不是味。他很僵硬的道：「我跟虞小姐的友誼，那是另外一件事情。她的家庭狀況我也稍微知道一點，我也很能同情。不過無論如何你老先生這種行為總不能夠這樣下去的。」虞老先生見他聲色俱厲，方始著慌起來，道：「噯，夏先生，你叫我失了業怎麼活著呢？你就看我女兒面上你也不能待我這樣呀！」宗豫厭惡的走開了，道：「我請你不要再提你的女兒了！」虞老先生越發慌了，道：「噯呀，難不成你連我的女兒也不要了麼？也難怪你心裏不痛快——家裏鬧彆扭！可不是糟心嗎？」他跟在宗豫背後，親切的道：「我這兒有個極好的辦法呢！我的女兒她跟你的感情這樣好，她還爭什麼名分呢？你夏先生這樣的身分，來個三妻四妾又算什麼呢？」宗豫轉過身來瞪眼望著他，一時都不能相信自己的耳朵。虞老先生又道：「您也不必跟您太太鬧，就叫我的女兒過門去好了！大家和和氣氣，您的心也安了！我女兒從小就很明白的，只要我說一句話，她決沒有什麼不願意的。」宗豫道：「虞老先生！你這種叫什麼話？我簡直也不要聽。憑你這些話，我以後永遠不要再看見你了！至於你的女兒，她已經成年，她的事情也用不著你管！」虞老先生倒退兩步，囁嚅道：「我是好意啊——」宗豫簡直像要動手打人，道：「你現在立刻走罷。以後連我家裏你也不要來了。」

但是就在第二天早上，虞老先生估量著宗豫那時候不在家，就上夏家來了。姚媽上樓報說：「那個虞老頭兒說是要來見太太。」夏太太倒怔住了，道：「他要見我幹嗎？」姚媽道：「誰知道呢——也不知在那兒搗什麼鬼！」夏太太擁被坐著，想了一想道：「好罷，我就見他，也不怕他把我吃了！」說著，便把旗袍上的鈕子多扣上幾個，把棉被拉上些。

姚媽將虞老先生引進來，引到床前，虞老先生鞠躬為禮道：「啊，夏太太，夏太太，你身體好？」夏太太不免有點陰陽怪氣的，淡淡的說了聲：「你坐呀！」姚媽掇過一張椅子去與他坐下。虞老先生正色笑道：「我今天來見你，不是為別的，因為我知道為我女兒的緣故，讓您跟你們夏先生鬧了些誤會。我們做父親的不能看女兒這樣不管。」夏太太一提起便滿腔悲憤，道：「可不是嗎？現在一天到晚嚷著要離婚——」虞老先生道：「可不就是嗎！這話哪能說啊！我女兒也沒有那麼糊塗。夏太太，我今天來就是這個意思。我知道您大賢大德，不是那種不能容人的。您是明白人，氣量大，你們夏先生要是娶個妾，您要是身子有點兒不舒服，不正好有個人侍候您——哪兒能說什麼離婚的話？真是您讓我的小女進來，她還能爭什麼名分麼？」夏太太呆了一呆，道：「真的啊？你的女兒肯做姨太太啊？」虞老先生道：「我那小女，這點道理她懂。包在我身上去跟她說去好了。」夏太太喜出望外，反倒落下淚來，道：「嗐，只要他不跟我離婚，我什麼都肯！」虞老先生道：「這個，夏太太，我們小姐的事，包在我身上！你真是寬宏大量。我這就去跟她說。不過夏太太，我有一樁很著急的事要想請您幫我一個忙，請您栽培一下子。我借了一筆債，已經人家催還，天天逼著我，我一時實在拿不出，請您可不可以通融一點。我那女兒的事總包在我身上好了。」

姚媽在一邊站著，便向夏太太使了一個眼色。夏太太兀自關心的問道：「噯呀，你是欠了多少錢呢？」姚媽忍不住咳嗽了一聲，插嘴道：「我說呀，太太，您讓老太爺先去跟虞小姐說得了——虞小姐就在底下呢。說好了再讓老太爺來拿罷。」夏太太道：「噯，對了，我現在手邊也沒有現錢——」姚媽道：「噯，您先去說，說了明天來——」夏太太道：「我能夠湊幾個總湊點兒給你。」虞老先生無奈，只得點頭道：「好，好，我現在就去說，我明天來拿，連利錢要八十萬塊錢。」

姚媽把他送了出去，一到房門外面虞老先生便和她附耳說道：「我待會兒晚上回去跟她說罷。你別讓她知道我上這兒來的，你讓我輕輕的，自個兒走罷。」他躡手躡腳下樓去了。

姚媽回房便道：「太太，您別這麼實心眼兒，這老頭子相信不得！還不他們父女倆串通了來騙您的錢的！」夏太太嘆道：「嗐！我這兩天都氣糊塗了。——可不是嗎？」姚媽咬牙切齒的道：「心眼兒真黑！巴結上了老爺，還想騙您這點兒東西！」夏太太道：「不過，姚媽——可憐我只聽見說可以不離婚，我就昏了！你想她肯當小嗎？」姚媽道：「太太，你這麼樣的好人，她還能不肯嗎？」夏太太道：「真是她肯，我也就隨她去了！」姚媽道：「我說您還不如自個兒跟她說！她要是當了姨奶奶，她總得伏咱們這兒的規矩。」夏太太道：「也好。你這就叫她上來，我跟她說。」

小蠻這一天正在上課，忽然說：「老師老師，趕明兒叫娘也跟老師念書好不好？」家茵強笑道：「你又說傻話！」小蠻卻是很正經，幾乎噙著眼淚，說道：「真的，老師，好不好？省得她又跑到鄉下去了！老師，隨便怎麼你想想法子，這回再也別讓她再走了！」這話家茵覺得十分刺心，望著她，正是回答不出，恰巧這時候姚媽進來，帶著輕薄的微笑，說：「虞小姐，我們太太請您上去。」家茵楞了一楞，勉強鎮定著，應了一聲「噢，」便立起身來，向小蠻道：「你別鬧，自己看看書。」

她隨著姚媽上樓。臥房裏暗沉沉的，窗簾還只拉起一半，床上的女人彷彿在那裏眼睜睜打量著她。也沒有人讓坐。家茵裝得很從容的問道：「夏太太，聽說您不舒服，現在好點了罷？」夏太太酸酸的道：「噯呀，我這病還會好？你坐下，我跟你說。——姚媽，你待會兒再來。」姚媽出去了，夏太太便道：「以前的事，我也不管了。你教我的孩子也教了這麼些時候了，可憐我老在鄉下待著，也沒有礙你們什麼事，這趟回來了他還多嫌我！我現在別的不說了，總算我有病——你就是要進來，只要你勸他別跟我離婚，別的事情我什麼都不管好了！這總不能再說我不對了！」家茵道：「噯呀，夏太太，你說的什麼話？」夏太太道：「你也別害臊了！我看你也是好好的人家的女兒，已經跟了他了，還再去嫁給誰呢？像我做太太的，已經自己來求你了，還不有面子嗎？」家茵氣得到這時候方才說出話來，道：「什麼跟了他了？你怎麼這麼出口傷人？」說著，聲音一高，人也跟著站了起來。夏太太道：「我還賴你麼？是你自個兒老子說的，你不信問姚媽！」家茵道：「你知不知道這種沒有根據的話，你這麼亂說是犯法的？」夏太太道：「犯法的——你還要去打官司，還怕人不知道？離婚我是再也不肯的，他就是一家一當都給了我，我要這麼些錢幹什麼？病得都要死了！」家茵憤然道：「你別這麼死呀活的嚇唬人！」

夏太太又道：「你橫（音『恆』）也不是不知道，跟了他了還拿什麼掐著他？要不你怎麼我回來了還來，橫也是願意跟我見見面，大家都是女人，有什麼話不好說的？」家茵道：「我照常來是因為沒幹什麼虧心事，沒什麼見不得人的。可我憑什麼要聽你胡說八道，說上這麼些個瞎話？」說著轉身便走。

夏太太立即軟化，叫道：「嗳，你別走別走！就算我說錯了話，可憐我，心也亂啦！看在我有病的人——他沒跟你說？我這病好不了了！」家茵不禁臉色一動，回過頭來望著她，帶著一絲惶惑。夏太太繼續說下去道：「等我死了，你還不是可以扶正麼？」家茵聽了這話又有氣，頓了一頓方道：「什麼叫就算你說錯了？這種話可以隨便說人噠？」夏太太哭道：「是我不會說話。我也知道我配不上他，你要跟他結婚就結婚得了，不過我求求你等幾年，等我死了——」家茵道：「等人死也不是好事。再說，糊裏糊塗的等著，不更要讓人說那些廢話了嗎？」

夏太太放聲痛哭，喘成一團。姚媽飛奔進來道：「太太！太太，怎麼了？」忙替她搥背揉胸脯子，端痰盂，又亂著找藥丸，倒開水。

夏太太見家茵只站在一邊發怔，一說得出話來，便道：「姚媽，你還是出去罷。……虞小姐，本來我人都要死了，還貪圖這個名分做什麼？不過我總想著，雖然不住在一起，到底我有個丈夫，有個孩子，我死的時候，雖然他們不在我面前，我心裏也還好一點。要不然，給人家說起來，一個女人給人家休出去的，死了還做一個無家之鬼……」說著，又哭得失了聲。家茵木立了半晌，又掉過身來要走，道：「你生病的人，這樣的話少說點兒罷。徒然惹自己傷心。」夏太太道：「虞小姐，我還能活幾年呢？你也不在乎這幾年的工夫！你年紀輕輕的，以後的好日子長著呢！」家茵極力抵抗著，激惱了自己道：「你不要一來就要死要活的，你要是看開點，不嘔氣——」夏太太慘笑道：「看開點！那你是不知道——這些年來——，他——他對我這樣，我——我過的是什麼日子呵！」家茵道：「這是你跟他的事，不是我跟你的事。」夏太太道：「虞小姐，不單是我同你同他，還有他那孩子呢！孩子現在是小，不懂事——將來，你別讓她將來恨她的爸爸！」家茵突然雙手掩著臉，道：「你別儘著逼我呀！他——他這一生，傷心的事已經夠多了，我怎麼能夠再讓他為了我傷心呢？」夏太太掙扎著要下床來，道：「虞小姐，我求求你——」家茵道：「不，我不能夠答應。」

她把掩著臉的兩隻手拿開，那時候她是在自己家裏，立在黃昏的窗前，映在玻璃窗裏，她背後隱約現出都市的夜，這一帶的燈光很稀少，她的半邊臉與頭髮裏穿射著兩三星火。她臉上的表情自己也看不清楚，只是彷彿有一股幽冥的智慧。這一邊的她是這樣想：「我希望她死！我希望她快點兒死！」那一邊卻黯然微笑著望著她，心裏想：「你怎麼能夠這樣的卑鄙！」那麼，「我照她說的——等著。」「等著她死？」「……可是，我也是為他想呀！」「你為他想，你就不能夠讓他的孩子恨他，像你恨你的爸爸一樣。」

她到底決定了。她的影子在黑沉沉的玻璃窗裏是像沉在水底的珠玉，因為古時候的盟誓投到水裏去的。

她匆匆出去，想著：「我得走了！我馬上去告訴她，叫她放心。」趕到夏家，姚媽一開門便道：「你怎麼又來了？」家茵道：「我再要見見你們太太。」姚媽憤憤的道：「你再要見太太幹嗎？你還怕她死不透呀？你現在稱心了，你可以放心回家去了。她這次發得比哪回都厲害，現在上醫院去了。」家茵驚道：「噯呀，怎麼這麼快？」不禁滾下淚來。姚媽道：「這時候還裝腔作勢幹嗎？還不回家去樂去？我們老爺哪門子晦氣，碰見這些烏龜婊子的！」說罷，砰的一聲關上了門。家茵揩著眼睛，惘然的回來了。然後又不免有個聲音在腦子背後什麼地方小聲說：「這就等著了。也許等不長了。——可是，正因為這樣，你更應當走，趕緊走，她聽見了，會馬上好些，也許可以活下去。」

宗豫忽然推門進來，叫了聲「家茵！」家茵正是心驚肉跳的，急忙轉過身道：「噯呀，你來了？你們太太好點兒沒有？」宗豫道：「咦？你也知道啦？」家茵道：「我從你們家剛回來。」宗豫道：「好點兒了，現在不要緊了。我趕了來有幾句話跟你說，我只有幾分鐘的工夫。就是因為你們老太爺，他鬧出一點事來，我跟他說了幾句很重的話，我讓他以後不要去辦事了。」家茵只空洞的說了聲「噢。」宗豫道：「我以後再仔細的講給你聽，我怕你誤會。」家茵勉強笑道：「你也太細心了！我還不知道他老人家的為人！」宗豫道：「我想對於他，以後再另外給他想辦法。情願每個月貼他幾個錢得了。」他看了看錶道：「現在還要趕到廠裏去，有工夫再來看你。」他走到門口，忽然覺得她有點楞楞的，便又站住了望著她道：「你別是有點兒生氣罷？我匆匆忙忙的也許說錯了話……」家茵微笑道：「沒生氣。幹嗎生氣？」他仍然有點不放心似的，她便又向他一笑，柔聲道：「我怎麼會跟你生氣呢？」宗豫也一笑，又躊躇了一會，自言自語道：「嗯，這樣罷——我大概七點半離開廠裏。我上這兒來吃晚飯好不好？」家茵笑了一笑，道：「好。」宗豫道：「好，待會兒見。」

他一走，家茵便伏在桌上大哭起來。然後她父親來了，說：「呦！你幹嗎的？我這兒想來勸勸你呢！我想，一定要離婚哪，他太太真是不肯，也麻煩，指不定拖多少年，夜長夢多——這種事我看得多了。就是肯了，她獅子大開口，家當都歸了她，替你打算也不犯著。」家茵只是哭，並不理睬他，虞老先生在她肩膀上拍了拍，把椅子挪過來坐在她身旁，說道：「你聽爸爸的話總沒錯的。爸爸是為你好！她這麼病著在那兒，橫也活不長了。可是為了鬧離婚出了岔子，她那個孩子不該恨你一輩子麼？」家茵不能忍耐下去了，立起來要跑開，又被她父親握住她的手不放，顫巍巍的道：「孩子！想當初，都是因為我後來娶的那個，都怪她一定要正式結婚，鬧得我沒辦法，把你娘硬給離掉了，害你們受苦這些年。——你想！」

家茵掙脫了手，跑了去倒在床上大哭，虞老先生又跟過去坐在床上，道：「哪個男人不喜歡姨太太！哪個男人是喜歡太太的！我是男人我還不知道麼？就是我後來娶的那個，我要是沒跟她正式結婚，也許我現在還喜歡她呢！」

家茵突然叫出聲來道：「你少說點兒罷！你自己做點子什麼事情，我的人都給你丟盡了！」虞老先生吃了一驚：「誰告訴你的？」家茵道：「宗豫剛才告訴我的。你叫我拿什麼臉對他？」虞老先生搖頭道：「嗐！真是，男人真沒良心！他怎麼該對你說這些話呢？他——他怎麼說的？」家茵又哽噎得說不出話來，虞老先生便俯身湊到她面前拍著哄著，道：「好孩子，別哭了，你受了委屈了，我知道。隨便別人怎麼對你，爸爸總疼你的！只要有一口氣，我總不會丟開你的！」家茵忽然撐起半身向他凝視著，她看到她將來的命運。她眼睛裏有這樣大的悲憤與恐懼，連他都感到恐懼了。她說：「爸爸，你走好不好？」虞老先生竟很聽話的站了起來。家茵又道：「現在無論怎麼樣，請你走罷。我受不了了。」虞老先生逡巡了一會，道：「我說的話是好話。你仔細想想罷。」就走了。

家茵隨即也從床上爬起來，扶著門框立了一會，便下樓去打電話，訂了一張上廈門的船票。然後她又撥了個號碼，她心慌意亂的，那邊接的人的聲音也分辨不出，先說：「喂，秀娟是罷？」又道：「……哦，請你們太太聽電話。」才說到這裏，宗豫來了。家茵握著聽筒向他點頭微笑，宗豫挾著個紙包很高興的上樓去了，道：「我先上去等著你。」家茵繼續向電話裏道：「喂，你是秀娟啊？……我好，不過我這會兒心裏亂得很，我明天就要離開上海了。……」她向樓上看了看，又把聲音低了一低，答道：「到哪兒去呀？秀娟，我告訴你，可是你要答應我一個人也別告訴。……我到了那兒再寫信來解釋給你聽。……到廈門去。……去做事。……是我看了報去應徵的。……大概不錯罷。」她淡笑了一聲。

宗豫獨自在房裏，把紙包打開來，露出一個長方的織錦盒子，裏面嵌著一對細磁飯碗、盤子、匙子，他自己先欣賞著，見家茵進來了，便道：「瞧我買了什麼來了！以後你要把飯多煮一點兒了，我常常要留自己在這兒吃飯的！」家茵苦笑道：「可惜現在用不著了。我明天就要走了。」宗豫道：「嗯？上哪兒去？」家茵有一隻打開的皮箱擱在床上，她走去繼續理東西，道：「回鄉下去。」宗豫立在她背後，微笑著吸著烟，道：「哦，你是不是要回去告訴你母親……關於我們？」家茵隔了一會方才搖搖頭，道：「我預備去跟我表哥結婚了。」

宗豫倒還鎮靜，只說：「你表哥？怎麼你從來沒提起過？」家茵道：「我母親本來有這個意思。」宗豫道：「你——跟他感情非常好麼？」家茵又搖了搖頭，道：「可是，感情是漸漸的生出來的。到後來總有感情的，不能先存著個成見。」宗豫怔了一會，道：「那也要看跟什麼人在一起呀！」家茵道：「是的，可是——譬如你太太。你從前要是沒有成見，一直跟她好的，那她也不至於這樣。就是病，也許也不會病到這樣。」宗豫默然了一會，忽然爆發了起來道：「家茵，你不是在哪兒聽見了什麼話了？」家茵只管平板的說下去道：「還有我爸爸，我看你以後就不要管他了，他那人也弄不好了，給他錢也是瞎花了。不要想著他是我父親。」她囉裏囉唓的囑咐著，宗豫惶駭的望著她道：「我簡直不懂你。連你都不懂，那還懂什麼人呢？忽然的好像什麼人什麼事都不明白了，簡直……要發瘋……」家茵只顧低著頭理東西，宗豫又道：「家茵！難道我們的事這麼容易就——全都不算了麼？」他看看那燈光下的房間，難道他們的事情，就只能永遠在這房間裏轉來轉去，像在一個昏黃的夢裏。夢裏的時間總覺得長的，其實不過一剎那，卻以為天長地久，彼此已經認識了多少年了。原來都不算數的。他冷冷的道：「你自己的心大概只有你自己明瞭。」家茵想道：「噯，我自己的心只有我自己明瞭。」

她從抽屜裏翻東西出來，往箱子裏搬，裏面有一球絨線與未完工的手套，她一時忍不住，就把手套拿起來拆了。絨線紛紛的堆在地上。宗豫看著香烟頭上的一縷烟霧，也不說什麼。家茵把地下的絨線撿起來放在桌上，仍舊拆。宗豫半晌方道：「你就這麼走了，小蠻要鬧死了！」家茵道：「不過到底小孩，過些時就會忘記的。」宗豫緩緩的道：「是的，小孩是……過些時就會忘記的。」家茵不覺悽然望著他，然而立刻就又移開了目光，望到那圓形的大鏡子裏去。鏡子裏也反映著他。她不能夠多留他一會在這月洞門裏。那鏡子不久就要像月亮裏一般的荒涼了。

宗豫道：「明天就要走麼？」家茵道：「嗳。」宗豫在茶碟子裏把香烟揿滅了，見到桌上陳列著一盒碗匙，便用原來的紙包把它蓋沒了，紙張綷縩有聲。

他又道：「我送你上船。」家茵道：「不用了。」他突然簡截的說：「好，那麼——」立刻出去了，帶上了門。

家茵伏在桌上哭，桌上一堆拳曲的絨線，「剪不斷，理還亂。」

第二天宗豫還是來了，想送她上船，她已經走了。那房間裏面彷彿關閉著很響的音樂似的，一開門便爆發開來了。他一隻手按在門鈕上，看到那沒有被褥的小鐵床，露出鋼絲綳子；鏡子，洋油爐子，五斗櫥的抽屜拉出來參差不齊。墊抽屜的報紙團縐了抛在地下。一隻碟子裏還黏著小半截蠟燭。絨線仍舊亂堆在桌上。裝碗的織錦盒子也還擱在那裏沒動。宗豫掏出手絹子來擦眼睛，忽然聞到手帕上的香氣，於是他又看見窗台上倚著的一隻破香水瓶，瓶中插著一枝枯萎了的花。他走去把花拔出來，推開窗子擲出去。窗外有許多房屋與屋脊。隔著那灰灰的，嗡嗡的，蠢蠢動著的人海，彷彿有一隻船在天涯叫著，淒清的一兩聲。

・初載於一九四七年五月、六月上海《大家》第二期、第三期。

小艾

一

下午的陽光照到一座紅磚老式洋樓上。一隻黃蜂被太陽照成金黃色，在那黑洞洞的窗前飛過。一切寂靜無聲。

這種老式房子，房間裏面向來是光線很陰暗的。席五太太坐在靠窗的地方，桌上支著一面腰圓大鏡，對著鏡子在那裏剪前劉海。那時候還流行那種人字形的兩撇前劉海，兩邊很不容易剪得齊，需要用一種特別長的剪刀，她這一把還是特地從杭州買來的。

她忽然把前劉海一把撩上去，要看看自己不打前劉海是什麼樣子。五太太明年就三十了，在當時的「女界」彷彿有一種不成文法，一到三十歲，就得把前劉海撩上去，過了三十歲還打前劉海，要給人批評的。五太太在鏡子裏端相著自己的臉。胖胖的同字臉，容貌很平常，但是，都說她福相，也還有說她長得很甜淨。無論如何，是一點也不帶薄命相，然而……卻生就了很奇異的命運。

她是填房，前面那太太死得很早，遺下一子一女。五老爺年紀輕輕的，倒已經有了三房姬妾，後來因為要續絃，把她們都打發了，單留下一個三姨太太。這五老爺在他們兄弟間很是一個人才，談吐又漂亮，心計又深，老輩的親戚們說起來，都說只有他一個人最有出息，頗有重振家聲的希望。果然他出去做過兩任官，很會弄錢。可惜更會花錢，揮霍起來，手面大得驚人。

他們席家和五太太娘家本來是老親，五老爺的荒唐，那邊也知道得很清楚的。因此五太太出閣之前，她家裏人就再三的叮嚀，要她小心，不要給人家壓倒了，那三姨太太是一向最得寵的，得要給她一個下馬威。五太太過門後的第二天，三姨太太來見禮，給她磕頭，據說是五太太的態度非常倨傲。其實也並不是五太太自己的意思，她那兩個陪房的老媽子都是家裏預先囑咐過的，一邊一個攙住了她，硬把她胳膊拉緊了，連腰都不能彎一彎。三姨太太委屈得了不得，事後不免加油加醬向五老爺哭訴，五老爺十分生氣，大概對太太發了話了，太太受不了，大哭大鬧了兩回，大家都傳為笑談，說這新娘子脾氣好大。五老爺也並不和她爭吵，只是從此以後就不理睬她了。他本來在北京弄了個差使，沒等滿月就帶著姨太太上任去了。

二

這時候已經是辛亥革命以後，像席五老爺這樣，以一個遺少的身分在民國時代出仕，一般人議論起來，已經要罵他變節了，何況他本身還做過清朝的官。大家都覺得他這時候再出去，很犯不著。但是五老爺一半也是由於負氣，因為他揮霍得太厲害了，屢次鬧虧空，總是由家裏拿出錢來替他清了債務，弟兄們自然對他非常不滿，他覺得他在家裏很受歧視，他哪裏受得了這個氣，所以寧可出外另謀發展。五太太為了這緣故，一直恨著她那幾個大伯。她一恨自己娘家，二恨她那婆婆不替她做主叫她跟著一塊兒去，三恨他們兄弟們，都是他們那種冷淡的態度把他逼走了。也不知怎麼，恨來恨去，就是恨不到她本人身上。

五老爺到了北京，起初兩年甚是得意，著實大闊了一陣。後來也是因為浪費過分，大筆的挪用公款，不知怎麼又給鬧穿了，幸而有人從中斡旋，才沒有出事，結果依舊是由家裏拿出錢去彌縫，他不久也就回來了。三姨太太這幾年在北方獨當一面，散誕慣了，嫌老公館裏規矩大，不願意回去，便另外租了房子住在外面，對老太太只說她留在北京沒有一同回來。老太太裝糊塗，也不去深究。五老爺也住在外面，有時候到老公館裏來一趟，也只在書房裏坐坐，老太太房裏坐坐。

時間一年年的過去，在這家庭裏面，五太太又像棄婦又像寡婦的一種很不確定的身分已經確定了。小姑和姪女們常常到她房裏來玩，一天到晚串出串進，因為她這裏沒有男人，不必有什麼顧忌。五太太天性也是一個喜歡熱鬧的人，人來了她總是很歡迎，成天嘻嘻哈哈，打打鬧鬧的，人都說她沒心眼兒。

三

這一天她正半閉著眼睛在那裏剪前劉海，免得短頭髮落到眼睛裏去，她的一個小姑婉小姐在外面叫了聲「五嫂，你在幹什麼呢？」便一掀簾子走了進來。五太太笑道：「沒有事情做。這兩天天越過越長了，悶死了！」婉小姐道：「可不是嗎！」一面伸著懶腰，就在一張楊妃楊上坐了下來，隨手摸了摸榻上蟠著的一隻大狸花貓，又道：「可有什麼吃的沒有？上回那糖還有吧？」說著，便去開那隻洋鐵筒，向裏面張了一張，便鼓著嘴撒起嬌來道：「五嫂！那松子糖沒有了！」五太太道：「明兒再去買去。剛才我叫陶媽去買枇杷去了，等著吃枇杷吧。」五太太對於吃零食最感興趣，平常總是她領著頭想吃這樣，想吃那樣，買了來大家一塊兒吃，所以她每月貼在這上面的錢為數很可觀。那些妯娌們其實也不短吃她的，在背後卻常常批評，說大家同是拿這一點月費，只有她一個人又沒有小孩，又沒有什麼別的負担，全給她瞎花了。

五太太自己剪完了前劉海，又和婉小姐說：「你那劉海兒也長了，我來給你鉸鉸。」因把一張椅子挪了過來，兩人臉對臉坐著。五太太一面剪著，婉小姐閉著眼睛說道：「你看我這臉，反而比從前更黑了！」五太太便道：「你看我呢？」婉小姐瞇縫著眼睛向她臉上端詳著。她們前一向因為看見報上有一種西洋藥品的廣告，說是搽在臉上可以褪掉一層皮、使皮膚變為白嫩，就去買了來嘗試。一搽，果然臉上整大塊的皮褪下來，只好躲在房裏裝病不見人，等到褪完了，也確是又白又嫩。白了總有十幾天，那嫩皮膚大概是特別敏感，並沒有經過風吹日晒，倒已經變黑了，以前倒還沒有那樣黑。大家都十分氣憤。

四

那女傭陶媽買了一簍子枇杷回來，正遇見老姨太也到她們這裏來，便叫了聲「老姨太」，替她打起簾子。這老姨太年紀其實也並不大，不過三十來歲模樣，也還很有幾分風韻，穿著一件月白紗衫，黑華絲葛袴子。婉小姐是一身月白紗衫袴。五太太最羨慕的就是像她們那種瘦怯怯的身材，袖管裏露出的一截手腕骨瘦如柴，她拉著她們的手，說不出來的又愛又恨，嫌自己太胖了蠢相。

陶媽送了茶進來，五太太笑道：「咦，我們正是三缺一。」她們常常瞞著老太太偷偷的打牌，似乎五太太的興致比誰都好。她只管鬼鬼祟祟的含著微笑輕聲問著：「來不來？來不來？」老姨太笑道：「不知道三太太有工夫沒有。」那陶媽一聽見說打牌就很高興，因為可以有進賬，所以老在旁邊逗留著沒有走開。五太太對於這陶媽卻有幾分畏懼，她原來的那兩個陪房的老媽子已經走了，換了這個陶媽，但是五太太還是一樣的怕她，和她說起話來總是小心翼翼的，支使她做什麼事的時候，也總是笑嘻嘻的，用一種攛掇的口吻。當時五太太便悄悄的向她笑道：「老陶，你去看看三太太有工夫沒有！」陶媽一走，這裏就忙著叫另一個女傭劉媽把桌子擺起來，婉小姐和老姨太也幫著，把桌布紮起來，桌巾底下再墊上一床毯子，打起牌來可以沒有聲音，怕給老太太聽見了。同時陶媽已經把三太太請了來，他們家是三太太當家，她本來就比較忙，這兩天快過節了，自然更忙一點。一走進來，看見大家在那裏數籌碼，便笑道：「呦，又要打牌啦？我還當是什麼事情！」五太太笑道：「你不想打呀？又要來裝腔作勢的！」三太太笑道：「待會兒人家說婉妹妹全給我們帶壞了。」一面說著，已經坐了下來。

五

五太太讓三太太吃枇杷，老姨太早已剝了一顆，把那枇杷皮剝成一朵倒垂蓮模樣，蒂子朝下，十指尖尖擎著送了過來。老姨太從前是堂子裏出身，這種應酬功夫是最拿手的。五太太在旁說道：「今年的枇杷不好，沒有買著一回甜的。」三太太道：「今天田上來了人，帶了好些枇杷來，不知道比這兒買的可好些。還帶了些糯米來。哦，那兩個丫頭也買來了。」他們平常買丫頭，因為老太太不喜歡外省人，總是帶信給他們原籍鄉下的師爺，叫他在那裏買了送來。他們在鄉下有許多田地，有一個師爺常駐在那裏收租。

大家坐下來打牌，打了四圈，看看已經日色西斜，三太太便道：「這時候老太太該醒了，得有一個人去一趟。」五太太道：「好，我去我去！」照規矩她們全得去，但是如果大家一同去，老太太勢必要疑心，說怎麼這許多人在一起，剛好一桌麻將。所以只好輪流的去。他們老太太其實是最愛打牌的，現在因為年紀大了，有腰疼的毛病，在牌桌上坐不了一會就得叫別人代打，所以不大打了，就也不許她們打。老太太每天一大早起來，睡得又晚，媳婦們也得陪著她起早睡晚，但是她每天下午要睡午覺，卻不許媳婦們睡，只要看見她們頭髮稍微有點毛，就要罵出很不好聽的話來。不過她從來不當面罵人的，總是隔著間屋子罵，或者叫一個女傭傳話，使那媳婦更覺得羞辱些。

五太太到老太太那裏去，硬著頭皮走進那陰暗高敞的大房間，老太太睡中覺剛起來，正坐在那裏吃牛奶，因為嫌牛奶腥氣，裏面攙著有薑汁。一個女傭拿著把梳子站在椅子背後替她攏攏頭髮。

六

五太太叫了聲「媽」，問道：「媽睡好了沒有？」老太太只是待理不理的哼了一聲。五太太便站在一旁，準備著在旁邊遞遞拿拿的，其實也無事可做。她一有點窘，就常常在喉嚨口發出一種輕微的「啃」「啃」的咳嗽的聲音。

忽然聽見汽車喇叭響。上海這時候已經有汽車了，那皮球式的喇叭，一捏「叭」一響，聲音很短促，遠遠聽著就像一聲聲的犬吠。五老爺新買了一部汽車，所以五太太一聽見這聲音就想著，不要是他回來了，頓時張皇起來。他們夫婦倆也並不是不見面，不過平常五老爺來了，她們妯娌們本來要到老太太房裏請安的，聽見說五老爺在那裏，就不去了，五太太也是如此，但是要是她先在那裏，然後他來了，當然她也沒有迴避的道理。可是老太太有沒有聽見這汽車喇叭聲音呢？也甚至於老太太還以為她待在這兒不走，是有心要想跟他見面，那可太難為情了。

五太太正是六神無主，這裏門簾一掀，已經有一個男子走了進來，那女傭叫了聲「五老爺。」這席五老爺席景藩身材相當高，蒼白的長方臉兒，略有點鷹鈎鼻，一雙水泠泠的微暴的大眼睛，穿著件櫻白華絲紗長衫，身段十分瀟洒，一頂巴拿馬草帽拿在手裏，進門便在桌上一擱。老太太向來對兒子們是非常客氣的，尤其因為景藩向不住在家裏，隔兩天從小公館裏回來一次，陪老太太談談，老太太看見他更是眉花眼笑的，非常的敷衍他。因見他已經穿上了夏天的衣裳，便笑道：「你倒換了季了？不嫌冷哪，這兩天早晚還很涼呢。」又別過頭去向女傭說：「我還有那半瓶牛奶，熱了來給五爺吃，薑汁擱得少一點，剛才把我都辣死了！」

七

那女傭自去燙牛奶，五老爺便在下首一張椅子上坐了下來。五太太依舊侍立在一邊。普通一般的夫妻見面，也都是不招呼的，完全視若無覩，只當房間裏沒有這個人，他們當然也是這樣，不過景藩是從從容容的，態度很自然，五太太卻是十分局促不安，一雙手也沒處擱，好像怎麼站著也不合適，先是斜伸著一隻腳，她是一雙半大腳，雪白的絲襪，玉色綉花鞋，這雙鞋似乎太小了，那鞋口扣得緊緊的，腳面肉唧唧的隆起一大塊。可不是又胖了！連鞋都嫌小了。她急忙把腳縮了回來，越發覺得自己胖大得簡直無處容身。又疑心自己頭髮毛了，可是又不能拿手去掠一掠，因為那種行動彷彿有點近於搔首弄姿。也只好忍著。要想早一點走出去，又覺得他一來了她馬上就走了，也不大好，倒像是賭氣似的，老太太本來就說景藩不跟她好是因為她脾氣不好，這更有的說了。因此左也不是右也不是，站在那裏繃了半天，方才搭訕著走了出來。一走出來，立刻抬起手來攏了攏頭髮，其實頭髮如果真是蓬亂的話，這時候也是亡羊補牢，已經晚了。她的手指無意中觸到面頰上，覺得臉上滾燙，手指卻是冰冷的。

她還沒回到自己房裏，先彎到下房裏，悄悄的和陶媽說：「待會兒三太太她們在這兒吃飯，你看有什麼菜給添兩樣，稍微多做一點，分一半送到書房裏去。五老爺今天回來了。」他們這裏的飯食本來是由廚房裏預備了，每房開一桌飯，但是廚房裏備的飯雖然每天照開，誰都不去吃它，嫌那菜做得不好，另外各自拿出錢來叫老媽子做「小鍋菜」，所以也可以說是行的分炊制。五太太房裏就是陶媽做菜，陶媽是吃長素的，做起菜來沒法兒嚐鹹淡，但是手藝很不錯，即或有時候做得不大好，五太太當然也不敢說什麼，依舊是人前人後的讚不絕口。

八

當下她向陶媽囑咐了一番，便回到自己房裏去，三太太婉小姐老姨太幾個人乾坐在牌桌旁邊，正等得不耐煩，嗑了一地的瓜子。五太太急急的入座，馬上就又打了起來。陶媽進來倒茶，五太太一面打著牌，又陪笑向陶媽說道：「老陶，等會兒菜裏少擱點醬油，昨天那魚太鹹了一點。」陶媽頓時把臉一沉，拖長了聲氣說道：「哦，太鹹啦？」五太太忙笑道：「挺好吃的，不過稍微太鹹了點。」陶媽也沒說什麼，自出去了。

她們這裏打著牌，不覺已經天黑了下來，打完了這一圈就要吃晚飯了。劉媽已經在外房敲著貓砵子「咪咪！咪咪！」的喚著。五太太這裏養了很多的貓。

牌桌上點著一盞綠珠瓔珞電燈，那燈光把人影放大了，幢幢的映在雪白的天花板上。陶媽忽然領著一個襤褸的小女孩走了進來，在那孩子肩頭推搡了一下，道：「叫太太。」眾人一齊回過頭來看看，猜著總是那新買來的丫頭，看上去至多不過七八歲模樣，灰撲撲的頭髮打著兩根小辮子，站在那裏彷彿很恐懼似的。婉小姐不由得笑了起來道：「這麼小會做什麼事呀？」五太太問了一聲：「幾歲呀？」陶媽便道：「太太問你幾歲呢。說呃！」又推了她一下道：「說呀！——說呀！」那孩子只是不作聲。陶媽道：「說是當九歲買來的呢，這樣子哪有九歲？」一老姨太便笑著說：「小一點好，可以多使幾年。」五太太向陶媽說道：「把她辮子給鉸了，頭髮給鉸短了洗洗，別帶了蝨子過到貓身上。」陶媽答應著，就又把她帶出去了。

三太太她們在這裏吃了晚飯，又續了幾圈，方才各自回房。陶媽等人都走了，便氣烘烘的和五太太說道：「太太，一個好的丫頭給三太太揀去了！那一個總有十一二歲了，又機靈，這一個好了，連梳頭自已都不會梳！」五太太怔了一怔，方道：「算了，別說了。太機靈了也不好。」陶媽恨道：「太太就是太隨便了，所以人家總欺負你。」五太太也沒言語。

九

五太太因為那小丫頭來的時候正是快要過端午節了，所以給取了個名字叫小艾。此後她們晚上打牌，就是小艾在旁邊伺候著。打牌打到夜深，陶媽劉媽都去睡了，小艾常是靠在門上打盹，等到打完了牌，地下吃了一地的瓜子殼花生衣果子核，五太太便高叫一聲：「小艾！掃地！」小艾睡眼矇矓的搶著從門背後拿出掃帚來，然後卻把掃帚拄在地下，站在那裏發糊塗。大家都鬨然笑起來。

自從小艾來了，倒是添了許多笑料。據說是叫她餵貓，她竟搶貓飯吃。她年紀實在小，太重的事情當然也不能做，晚上替五太太搥搥腿，所以常常要熬夜，早上陶媽劉媽是一早就得起來的，小艾來了以後，就是小艾替她們拎洗臉水，下樓去到灶上拎一大壺熱水上來。廚房裏的人是勢利的，對於五太太房裏的人根本也就不怎麼放在眼裏，看這小艾又是新來的，又是個小孩子，所以總是叫她等著，別房裏的人來在她後面，卻先把水拎了去了。等到小艾拎了洗臉水上來，陶媽便向她嚷：「我還當你死在廚房裏了！丫頭胚子懶骨頭，拎個水都要這些時候！跑哪兒去玩去了？」劈臉一個耳刮子。小艾才來的時候總是不開口，後來有時候也分辯，卻是越分辯越打得厲害，並且說：「這小艾現在學壞了，講講她還是她有理！」

五太太照說是個脾氣最好的人，但是打起丫頭來也還是照樣打。只要連叫個一兩聲沒有立刻來到，來了就要打了。五太太沒事就愛磕瓜子，所以隨時的需要掃地，有時候地剛掃了，婉小姐她們或者又跑來一趟，磕些瓜子在地下，就要罵小艾掃地掃得不乾淨。五太太屋裏這些貓都是經過訓練的，貓屎通常都是拉在灰盆子裏，但是難免也有例外的時候。倘然在別處發現了貓屎，就又要打小艾，總是她沒有把貓灰盆子擱在最適當的地方。

十

無論什麼東西砸碎了，反正不是她砸的也是她砸的。五太太火起來就拿起雞毛撣帚胡胡的抽她！問道：「下回還敢吧？還敢不敢了？」有時候也罰跪，罰她不許吃飯。小艾這孩子，本來是怎樣一個性情，是也看不出來了，似乎只是陰沉而呆笨。剛來的時候，問她家裏有些什麼人，她也答不上來，大家都笑，說哪有這樣快倒已經不記得了。其實記是記得的，不過越是問，她越是不說，因為除此之外她也沒有別的方法可以表示絲毫的反抗。漸漸的，也就真的忘記了。彷彿家裏有父親有母親，也有弟弟妹妹，但是漸漸的連這一點也都不確定起來。也是因為在這樣小的年紀，就突然的好像連根拔了起來，而且落到了這樣一個地方，所以整個的覺得昏亂而迷惘。

她的衣服是主人家裏給她做的，所以比一般的女傭要講究些，照例給她穿得花花綠綠的很是鮮艷，也常常把六孫小姐的舊衣服給她穿。六孫小姐是五老爺前頭的太太生的那個小姐，照大排行是行六。六孫小姐那些綾羅綢緞的衣服，質地又不結實，顏色又嬌嫩，被小艾穿著操作，有時候才上身就撕破了或污損了，不免又是一場打罵，說她不配穿好衣裳。

她大概身體實在好，一直倒是非常結實。要不是受那些折磨的話，會長得怎樣健壯，簡直很難想像。六孫小姐出嫁那一年，小艾總也有十四五歲了，個子不高，圓臉，眼睛水汪汪的又大又黑，略有點吊眼梢。臉上長得很「喜相」，雖然她很少帶笑容的。也許因為終年不見天日的緣故，她的皮膚是陰白色的，像水磨年糕一樣的磁實。

十一

那年正是北伐以後，到南京去謀事的人很多。五老爺也到南京去活動去了，帶著姨太太一塊兒去，在南京賃下了房子住著，住了些時，忽然寫了封信來，要接五太太到南京去。家裏的人聽見這話都非常驚異，在背後議論著，大都認為這裏面一定有什麼花頭。五太太雖然也和她們同樣的覺得非常意外，但是她自有一種解釋，她想著一個人年紀大些，閱歷多了，自然把那些花花草草的事情都看得淡了，或者倒會念起夫婦的情分，也未可知。而且她一向在家裏替他照應他那兩個孩子，現在一個男孩子也大了，在一個洋學堂裏念書，女孩子呢也已經嫁了。她在這方面的責任已了。從前沒好接她出去，大概也是因為有一個女孩子在她身邊——如果把六孫小姐也帶著，和姨太太住在一起，似乎不太好，人家要批評的，甚而至於對她的婚事也有妨礙。現在當然沒有這些問題了。五太太心中自是十分高興，當下就去整理行裝，把陶媽劉媽小艾都帶去，單留下一個粗做的女傭看守房間，照管那一羣貓。她想著要是把貓也帶了去，給家裏這些人看著，好像這一去就不打算回來了，倒有點不好意思，而且五老爺恐怕也不喜歡貓。

五太太到了南京，自然有僕人在車站上迎接，一同回到家裏。五老爺有應酬，出去了，只有三姨太太在那裏，三姨太太很客氣的招待著，但是卻改了稱呼，不叫她「太太」而叫「五太太」，像是妯娌間或是平輩的親戚的稱呼，無形中替自己抬高了身分。五太太此來是抱著妥協的決心的，所以態度也非常謙遜，而且跟她非常親熱。當下兩人前嫌盡釋，五太太擦了把臉，姨太太便陪著她一同用飯。

十二

這三姨太太從前在堂子裏的時候名字叫做憶妃老九，她嫁給五老爺有十多年了，能夠一直寵擅專房，在五老爺這樣一個沒長性的人，不能不說是一個奇蹟。五太太帶來的幾個傭人都是久已聽見說這三姨太太生得怎樣美貌，不過一直沒有見過。計算她的年齡，總也有三十多了，倒是一點也看不出來。她是嬌小身材，頭髮剪短了燙得亂蓬蓬的，斜掠下來掩住半邊面頰，臉上胭脂抹得紅紅的，家常穿著件雪青印度綢旗衫，敞著高領子，露出頸子上四五條紫紅色的揪痧痕跡。她用一隻細長的象牙烟嘴吸著香烟，說著一口蘇州官話，和五太太談得十分熱鬧。

景藩不久也就回來了。五太太這幾年比從前又胖了，景藩一過四十，卻是一年比一年瘦削，夫婦兩人各趨極端。這一天天氣很熱，他一回來就把長衣脫了，穿著一身紡綢短衫袴，短衫下面拖出很長的一截深青綉白花的汗巾。烏亮的分髮，刷得平平的貼在頭上。他和五太太初見面，不過問問她這一向老太太身體可好，又隨便問問上海家中的事情，態度卻很和悅，五太太也就不像以前見了他那樣拘束得難受了。

憶妃想必和景藩預先說好了的，此後家下人等稱呼起來，不分什麼太太姨太太，一概稱為「東屋太太」，「西屋太太」，並且她有意把西屋留給五太太住，自己住了東屋，因為照例凡是「東」「西」並稱，譬如「東太后」「西太后」，總是「東」比較地位高一些。五太太也並不介意，對憶妃仍舊是極力的聯絡，沒事就到她房裏去坐著，說說笑笑，親密異常，而且到照相館裏去合拍了幾張照片，兩人四手交握，斜斜的站著拍了一張，同坐在一張S形的圈椅上又拍了一張。

十三

景藩和憶妃此後出去打牌看戲吃大菜，也總帶她一個。他們所交往的那些人裏面，有許多女眷都是些青樓出身的姨太太，五太太也非常隨和，一點也不搭架子。她對於那種繁華場中的生活與那些魅麗的人物也未始沒有羨慕之意。

五太太來了沒有多少日子，景藩就告訴她說，他這次到南京來，雖然有很好的門路，可惜運動費預備得不夠充裕，所以至今還沒有弄到差使，但是他已經羅掘俱空了，想來想去沒有別的法子，除非拿她的首飾去折變一筆款子出來，想必跟她商量她不會不答應的，一向知道她為人最是賢德。五太太聽了這話，當然沒有什麼說的，就把她的首飾箱子拿了出來給他挑揀，是值錢些的都拿了去了。

那年年底，景藩的差使發表了，大家都十分興奮。景藩寫了信回去告訴上海家裏，一方面憶妃早就在那裏催著他，要他把五太太送回去。這一天又在那裏和他交涉著，忽然看見有人在門口探了探頭，原來五太太有一件夾背心脫在憶妃房裏忘了帶回去了，所以差小艾來拿，小艾看見景藩在這裏，就沒敢冒冒失失的走進去。卻被憶妃看見了，便向景藩扁著嘴笑了一笑，輕聲道：「準是打發了來偷聽話的。」景藩便皺著眉喝道：「在那兒賊頭鬼腦的幹什麼？滾出去！」小艾忙走開了。她在景藩跟前做事的時候很少，但是一向知道這老爺的脾氣最難伺候。給他打手巾把子，那水一定要燙得不能下手，一個手巾把子絞起來，心裏都像被火灼傷了似的，火辣辣的燒痛起來。

十四

他們這裏有一架電話，裝在堂屋裏。有一天下午，電話鈴響了，剛巧小艾從堂屋裏走過，不見有人來接，只得走去接聽，是一個男子的聲氣，找老爺聽電話。小艾到憶妃房裏去說了，景藩才起來沒有一會，正在那裏剃鬍子，他向來是那種大爺脾氣，只管不慌不忙的，一面還和憶妃說著話，把鬍子剃完了，方才趿著拖鞋走了出來，拿起聽筒。不料那邊等不及，也說不定以為電話斷了，已經掛上了。景藩道：「咦，怎麼沒有人了？」便把小艾叫了來問道：「剛才是誰打來的？」小艾道：「他沒說。」景藩道：「放屁！他沒說，你怎麼不問？——你不會聽電話，誰叫你聽的？」一面罵著，走上來就踢了她一下。小艾滿心冤屈，不禁流下淚來。五太太在房裏聽見了，覺得她要是在旁不作聲，倒好像是護著丫頭，而且這小艾當著憶妃的那些傭人面前給她丟人，也實在是可氣，便也趕出房來，連打了小艾幾下，厲聲道：「下回什麼電話來你都不許去聽！事情全給你耽誤了！」正說著，電話鈴倒又響了起來，是剛才那個人又打了來了，邀景藩去吃花酒。這一天晚上景藩本來答應兩位太太陪她們去看戲的，已經定好了一個包廂，結果是憶妃和五太太自己去了。

他們租的這房子是兩家合住的，後面一個院子裏住著另外一家人家，這家人家新死了人，這天晚上正在那裏做佛事。憶妃房裏的幾個女傭知道她出去看戲總要到很晚才會回來，而且景藩也出去了，她們估量著他只有回來得更晚，便趁這機會溜了出去，到後面去看熱鬧去了。陶媽向來不大喜歡和她們混在一起的，今天卻也破了例，她本來是個吃齋唸佛的人，所以也跟著一同去看放燄口。

十五

家裏就剩下小艾一個人，陶媽臨走丟下話來，叫她把五太太房裏的爐子封上。她捧了一大畚箕煤進去，把火爐裏的灰出乾淨了，然後加滿了碎煤，把五太太的床也鋪好了。她只要是一個人的時候，總是很愉快的，房間裏靜悄悄的，只聽見鐘擺的滴答，她幾乎可以想像這是她自己的家，她在替自己工作。

快過年了，桌上的一盆水仙花照例每一枝都要裹上紅紙。她拿起剪刀，把紅紙剪出來，匝在水仙花梗子上，再用一點漿糊黏上。房間裏的燈光很暗，這城市的電燈永遠電力不足，是一種昏昏的紅黃色。窗外的西北風嗚嗚吼著，那彫花的窗櫺吹得格格的響。

景藩回來了。他本來散了席出來，就和兩個朋友到他相熟的一個姑娘那裏去坐坐，不知怎麼一來，把他給得罪了，他相信她一定有一個小白臉在那邊房裏，賭氣馬上就走了，坐了汽車無情無緒的回到家裏來。走進院門，走廊上點著燈，一看上房卻是漆黑的，這才想起來，憶妃和五太太去聽戲去了，想必老媽子們全都跑哪兒賭錢去了，他越發添了幾分焦躁。五太太這邊他向來不大來的，看看這邊有一間房裏窗紙上卻透出黃黃的燈光，景藩便踱了過來，把那棉門簾一掀。小艾吃了一驚，聲音很低微的說了聲：「老爺回來了。」景藩道：「人都上哪兒去了？怎麼太太去聽戲去了，這些人就跑得沒有影子了！」小艾道：「我去叫陶媽去。」景藩卻皺著眉道：「不用了——這爐子滅了？怎麼這屋裏這樣冷？」小艾忙把那火爐上的門打開了，讓那火燒得旺些，又拿起火鉗戳了戳。

十六

她低著頭撥火，她那剪得很短的頭髮便披到腮頰上來，頭髮上夾著一隻假琺瑯的薄片別針，是一隻翠藍色的小鳳凰。景藩偶爾向她看了一眼，不覺心中一動。他倒挽著一雙手，在火爐旁邊前前後後踱了幾步，便在床上坐下了，說了聲：「拿牙籤來。」他接過牙籤，低著頭努著嘴很用心的剔著牙，一雙眼卻只管盯著她看著。小艾覺得他那眼睛裏的神氣很奇怪，不由得心裏突突的跳了起來，跟著就漲紅了臉。可是一方面又覺得她這樣模糊的恐懼是沒有理由的，她從來也不想著自己長得好看，從來也沒有人跟她說過。而且老爺是一向對她很兇的，今天下午也還打過她。

景藩抬起胳膊來半伸了個懶腰，人向後一仰，便倒在床上，道：「來給我把鞋脫了。」他橫躺在那燈影裏，青白色的臉上微微浮著一層油光，像蠟似的。嘴黑洞洞的張著，在那裏剔牙。小艾手扶著椅背站在一張椅子背後，似乎躊躇了一會，然後她很突然的快步走了過來，蹲下來替他脫鞋。他那瘦長的腳穿著雪青的絲襪，腳底冰冷的，略有點潮濕。他忽然問道：「你幾歲了？」小艾沒有作聲。景藩微笑道：「怎麼不說話？唔？……幹嗎看見我總是這樣怕？」

小艾依舊沒說什麼，站直了身子，便向房門口走去。景藩望著她卻笑了，然後忽然換了一種聲氣很沉重的說道：「去給我倒杯茶來！」小艾站住了腳，但是並沒有掉過身來，自走到五斗櫥前面，在托盤裏拿起一隻茶杯，對上一些茶滷，再沖上開水送了過來，擱在床前的一張茶几上。景藩卻伸著手道：「咦？拿來給我！」小艾只得送到他跟前，他不去接茶，倒把她的手一拉，茶都潑在褥子上了。

十七

她在驚惶和混亂中仍舊不能忘記這是專門給老爺喝茶的一隻外國磁茶杯，砸了簡直不得了，她兩隻手都去護著那茶杯，一面和他掙扎著。景藩氣咻咻的吃吃笑了起來。

燈光是黯淡的紅黃色。

一到了將近午夜的時候，電力足了，電燈便大放光明起來，房間裏照得雪亮的，卻是靜悄悄的聲息毫無。陶媽推開房門向裏面張望了一下，見景藩睡熟在床上，帳子沒有放下來——她心裏想他今天倒早，也不知道他什麼時候回來的。她輕輕的掩上了門，自退了出去，估量著五太太也就快要回來了，得要到廚房裏去看看那火腿粥燉得怎樣了，她們看了戲回來要吃消夜的。

廚房離開上房很遠，陶媽沿著那長廊一路走過去，只見前前後後的房屋都是黑洞洞的，那些別的女傭都還在隔壁看人家做佛事，沒有回來，陶媽是先回來了一步。她兩手抄在棉襖底下，縮著脖子快步走著，一陣寒風吹過來，身上就像是一絲不掛沒穿衣裳似的，索索的抖起來。院子裏黑沉沉的，遠遠聽見隔壁的和尚唸經，那波顫的喃喃音調，夾雜著神秘的印度語，高音與低音唱和著一起一落，叮呀呀敲著磬鈴鼓鈸，那音樂彷彿把半邊天空都籠罩住了，聽著只覺得惘惘的，有一種奇異的哀愁。陶媽這時候不知怎麼一來，忽然想起隔壁新死了人。這樣一想，正是有一點害怕，卻聽見一陣嗚嗚咽咽的聲音，彷彿有人在那黑暗中哭泣，不禁毛髮皆豎。越是害怕，倒越是不敢停留下來，壯著胆子筆直的向前走去，再走了幾步，這就聽出來了，那聲音是從她們住的那間對廂房裏發出來的，這沒有別人，一定是小艾在那裏睡覺魘住了。

十八

當下陶媽定了定神，便走過去把房門一推，電燈一開，果然看見小艾伏在床上，她那哭聲卻已經停止了，只是不免還有些息息率率的，發出那抽噎的聲音。陶媽高聲道：「小艾！睡得發糊塗啦？太太她們就要回來了，還不起來！」正說著，劉媽已經在走廊那一頭遙遙向她叫喚著：「回來了回來了！」陶媽便又向小艾吆喝了一聲：「太太回來了，還不起來！」因匆匆的回身向上房走去。

五太太看了戲回來，便跟著憶妃一同到她房裏去了。陶媽便也跟著到憶妃房裏去伺候著，幫著五太太把一件灰背領子黑絲絨斗篷脫了下來，搭在自己手臂上，當時便說了一聲：「老爺已經睡了。」五太太和憶妃聽見這話，卻是不約而同的都向床上看了一眼，床上並沒有人。原來是睡在那邊房裏。大家都覺得很出意料之外，憶妃心裏自然是有點不痛快，便道：「老爺什麼時候回來的？這麼早倒已經睡了？」陶媽道：「老爺回來我都沒聽見。」五太太倒有點不好意思起來，本來到憶妃這裏來也沒打算久坐的，這時候倒不便馬上就走了，因搭訕著向陶媽笑道：「餓了！那火腿粥熬好了沒有？拿到這兒來吃，揀點泡菜來。」又向憶妃笑道：「你也吃點兒吧？」陶媽便到廚下去，把那一鍋火腿粥和兩樣下粥的菜用一隻托盤端了來，這裏憶妃的女傭已經擺上了碗筷，兩人對坐著，吃過了粥，又閒談了一會，五太太方才回房去了。

陶媽和劉媽都進房來伺候著，劉媽拎了水來預備五太太洗臉，雖然都是悄悄的踮著腳走路，依舊把景藩驚醒了，睜開眼來看了看。五太太笑道：「你醒了？今天怎麼睡得這麼早？」她倒有點担心起來，想著他不要是病了。

十九

景藩也沒說什麼。五太太道：「有火腿粥挺好的，你要吃不要？」景藩隔了一會兒，方才懶洋洋的應了聲：「吃點兒也好。」五太太一回頭，忽然看見小艾來了，挨著房門站著，並沒有進來。五太太不由得生起氣來道：「回來這半天怎麼看不見你影子？淨讓陶媽在這兒做事，你就不管了？」但是當著景藩，她向來不肯十分怎樣責罵傭人的，免得好像顯著她太兇悍了，失去了閨秀的風度，因此就這樣說了兩聲，也就算了，只道：「你去！去把粥拿來給老爺吃！」小艾灰白著臉色，一聲也沒言語，自出去了。然後她手裏拿著一隻托盤，端了一碗粥進來，向床前走去，低著眼皮並不去看他，但是心裏就像滾水煎熬一樣，她真恨極了，恨不得能夠立刻吐出一口血來噴到他臉上去。她一步步的走近前來，把那托盤放下，擱在枕邊，景藩歪著身子躺著，便挑起一匙子來送到嘴裏去。他那眼光無意之間射到她臉上來，卻是冷冷的，就像是不認識她一樣。對於小艾，卻又是一種刺激，就彷彿憑空給人打了個耳刮子，心裏說不出來的難受，雖然自己也不解是為什麼緣故。

還剩下大半碗粥，景藩便放下匙子，把那托盤一推，自睡下了。五太太便道：「給老爺打個手巾把子來。」小艾擦了個手巾把子遞過去，這天冷，從廚房裏提來的熱水冷得很快，從壺裏倒到臉盆裏，已經不是太熱了。景藩接過毛巾，只說了一聲：「一點也不燙！」便隨手一扔，那毛巾便落在地下。五太太皺著眉向小艾說道：「你這人這麼沒有記性！要燙一點的！」見她仍舊呆呆的樣子，便又提醒她道：「不會把熱水瓶裏的開水倒上一點麼？」

二十

小艾把臉盆裏的水倒了，再倒上些熱水瓶裏的水，她那生著凍瘡的紅腫的手插到那開水裏面，在一陣麻辣之後，雖然也感覺到有些疼痛，心裏只是恍恍惚惚的，彷彿她自己是另外一個人。五太太把那熱手巾把子接了過去，親自遞給景藩，小艾便把臉盆端了出去，粥碗和托盤也拿了出去，掩上房門，五太太自去收拾安寢不提。

沒有幾天就過年了，景藩在正月裏照例總是大賭，一開了頭似乎就賭興日益濃厚，接連一個月賭下來，輸得昏天黑地。一直到二三月裏，他們也還是常常有豪賭的場面。有一天家裏來了客，在憶妃這邊打牌，景藩因為前一天晚上推牌九熬了夜，要想補一個中覺，嫌這邊屋裏吵嚷得太厲害，便說到五太太那邊去睡去。五太太正坐在桌上打牌，陶媽也在旁邊伺候著，五太太便別過頭來和她說了一聲，叫她跟了去給他把窗簾放下來。陶媽先是說：「小艾在那兒呢。」後來也就去了。還沒走到五太太房門口，卻看見小艾從裏面直奔出來，剛巧正撞到她身上，彷彿很窘似的，也沒顧到和她說什麼，就這麼跑了。陶媽見這情形，也就明白了幾分，當時就沒有敢進去，恐怕老爺正在那裏生氣，不犯著去碰在他氣頭上。

她心裏忖度著，便向後面走去，劉媽在後面小院子裏洗衣裳，陶媽忍不住就把剛才那樁事情說給她聽，不過被陶媽一說，就好像小艾是因為聽見她來了，所以跑了。劉媽怔了一會兒，便道：「噯呀，這兩天小艾怎麼吃了東西就要吐，不要是害喜吧？……我們這個老爺倒也說不定。」兩人只是私下裏議論著，陶媽和憶妃那邊的傭人向來是一句話也不多說的，但是劉媽恐怕比較嘴敞，這句話也不知怎麼，很快的就傳到那邊去了，那邊自然有人獻殷勤，去告訴了憶妃。

二十一

五太太那天打牌打了個通宵，所以次日起得很晚，下午正在那裏梳頭，忽然聽見憶妃在那邊高聲罵人，隔著幾間屋子，也聽不仔細，就彷彿聽見一句：「不要臉！自己沒本事，叫個丫頭去引老爺！」陶媽站在五太太背後在那兒替她梳頭，聽見那邊千「不要臉」萬「不要臉」的罵著，曉得是在那裏罵五太太，不由得便有些變貌變色的。五太太不知就裏，還微笑著問：「她在那兒罵什麼？」陶媽輕聲嘆了口氣，便放低了聲音，彎下腰來附耳說道：「我正要告訴太太的，怕你生氣——昨天你在那邊打牌，我看老爺到這邊來睡中覺，我跟進來看看可要把簾子拉起來，哪兒曉得小艾在房裏，老爺跟她拉拉扯扯的，後來她看見我來，就趕緊跑出去了。看這樣子，恐怕已經不止一天了。……這個丫頭，這麼點兒大年紀，哪兒想到她已經這樣壞了！真是『人小鬼大』！」

五太太聽了，氣得話都說不出來了，只是喃喃的再三重複著：「你給我把她叫來！」陶媽去把小艾叫了來，五太太頭也沒梳好，紫漲著臉，一隻手挽著頭髮，便站起身來，迎面沒頭沒臉的打上去，道：「不要臉的東西，把你帶到南京來，你給我丟人！到底是怎麼回事，你說！說！你不說出來我打死你！」她只恨兩隻胳膊氣得瘓軟了，打得不夠重，從床前拾起一隻紅皮底的綉花鞋，把那鞋底噼噼啪啪的在小艾臉上抽著。小艾雖是左右閃躲著，把手臂横擋在臉上，眼梢和嘴角已經涔涔的流下血來，但是立刻被淚水沖化了，她的眼淚像泉水一樣的湧出來，她自從到他們家來，從小時候到現在，所有受的冤屈一時都湧上心來，一口氣堵住了咽喉，雖然也叫喊著為自己分辯，卻抽噎得一個字也聽不出。

五太太在這裏拷問小艾，那邊憶妃也在那裏向景藩質問，景藩卻是一口就承認了。憶妃跟他鬧，他只是微笑著說：「誰當真要她。你何必這樣認真。」又瞅著她笑了笑，道：「誰叫你那天也不在家。」他儘管是這種口吻，憶妃終究放心不下，尤其因為根據報告，小艾恐怕已經有了身孕，憶妃自己這些年來一直盼望著有個孩子，但是始終就沒有，倘然小艾倒真生下個孩子，那是名正言順的竟要冊立為姨太太了，勢必要影響到自己的地位。她因此十分動怒，只管釘著他和他吵鬧，要他馬上把那丫頭給打發了。景藩後來不耐煩起來，戴上帽子就出去了。

二十二

五太太也正是為這樁事情有些委決不下，因為盤問小艾，知道她有喜了，無論如何，總是老爺的一點骨血，五太太甚至於想著，自己一直想要一個小孩子，只是不能如願，他前妻生的一兒一女是和她沒有什麼感情的，這一個小孩子要是一生下來就由她撫養，總該兩樣些吧？但是這孩子生下來以後，卻把小艾怎樣處置呢？要是留下她，那是越發應了人家說的那話，說這件事全是我的主謀，誠心的叫自己的丫頭去籠絡老爺。要是把她打發了呢，倒又不知道老爺到底是一個什麼態度。五太太心裏斟酌著，不免左右為難起來，剛才拿著打小艾的一隻花鞋也扔在地下了，退後兩步坐在梳妝台前面的一隻方櫈上。小艾背著身子斜靠了桌子角站著，抬起一隻手臂把臉枕在臂彎裏，只是痛哭。五太太坐在那裏發一會楞，又指著她罵個一兩聲，但是火氣似乎下去了些了，陶媽便在旁邊解勸著，正要替她挽起頭髮來繼續梳頭，忽見憶妃氣呼呼的一陣風似的走了進來，不覺怔了一怔。

憶妃一言不發的走進來，一把揪住小艾的頭髮，也並不毆打，只是提起腳來，狠命向她肚子上踢去，腳上穿的又是皮鞋。陶媽看這樣子，簡直要出人命，卻也不便向前拉勸，只是心中十分不平，丫頭無論犯了什麼法，總是五太太的丫頭，有什麼不好，也該告訴五太太，由五太太去責罰她。哪有這樣的道理，就這麼闖到太太房裏來，當著太太的面打她的丫頭，也太目中無人了。五太太也覺得實在有點面子上下不來，坐在那裏氣得手足冰冷。這時小艾卻已經一掙掙脫了，跳到一張椅子背後躲著，憶妃搶上前去，小艾便把那張椅子高高的舉起來，迎頭劈下去。陶媽不覺吃了一驚，也來不及喝阻，心裏想這孩子不知輕重，這是以下犯上，簡直造反了，忙從後面奔上去，緊緊掣住她兩隻胳膊，憶妃本來有兩個女僕跟了來，在房門觀望著，至此便一擁而上，奪下那張椅子。憶妃又驚又氣，趁這機會便用盡平生之力，向小艾一腳踢去，眾人不由得一聲「噯喲！」一齊聲叫了出來，看小艾時，已經面色慘白，身上直挫下去，倒在地下。大家一陣亂鬨鬨的，把她半拖半抬的弄了出去。憶妃心裏雖然也有些害怕，嘴裏也還是罵罵咧咧的，自有她的傭人把她勸回房中。

一剎那間人都走光了，只剩五太太一個人呆呆的坐在梳妝台前的方櫈上。經過剛才的一場大鬧，屋子裏亂得很，也不知道什麼時候桌上的一隻茶杯給帶翻了，滾到地下去，蜿蜒一線的茶汁慢慢的流過來，五太太眼看著它像一條小蛇似的亮晶晶的在地板上爬著，向她的腳邊爬過來，她的腳也不知怎麼，依舊一動也不動。

隔了有一會工夫，陶媽方才走了進來，悄悄的說道：「太太，她肚子疼得在那兒打滾，血流得不止，一定要小產了。」五太太便道：「讓她死了就死了！我也管不了她！我都給她氣死了！」陶媽拿起梳子來又來替她梳頭，五太太忽然一轉念，又吩咐陶媽道：「去告訴老爺去。」陶媽哼了一聲，冷笑道：「老爺！剛才那邊跟他鬧了一場，他就出去了。」五太太不言語了。

二十三

憶妃和五太太之間，雖然並沒有怎樣正面衝突過，也已經鬧得很僵了。五太太當晚就沒有出來吃飯。這時候小艾已經小產了，陶媽告訴五太太，還是一個男孩子，五太太聽了，不由得有一種莫名其妙的惋惜的感覺。憶妃聽見這話，卻覺得僥倖，幸而被她打掉了。但是留著小艾總是個禍根，因此急於要把她隨便給個人。陶媽聽見這話，便又來告訴五太太，五太太只是喃喃的說：「讓她嫁掉了算了！——給她氣死了！」陶媽卻極力的攛掇五太太，叫她無論如何要賭這口氣，倒偏要把小艾留著，不要讓憶妃趁了願。但是結果也並不是出於五太太的力量，卻是因為大家都不敢兜攬這件事，家裏這些女傭誰也不敢替小艾做媒，男傭也不敢要她，因為怕得罪了老爺。憶妃後來急了，要叫人販子來賣了她。向來他們這種大宅門裏，只有買人，沒有賣人之說，憶妃固然是不管這些，但是小艾自從小產以後便得了病，一直也不退燒，一拖幾個月，把人拖得不像樣子，所以說是要賣她，也沒有成為事實。

小艾的病，五太太說她是自作自受，也並沒有給她醫治。五太太對小艾實在是有一點恨，因為她心裏總覺得，要不是出了這樁事情，大家都過得和和氣氣的。現在給這樣一來，竟把自己委曲求全的一番苦心全都付之東流。

現在倒成了個僵局，五太太和憶妃一直也沒見面，憶妃也把景藩管得很緊，不許他上這邊來。五太太總是在自己房裏吃飯，他們這裏的廚子本來也是憶妃用進來的，給五太太這邊預備的飯菜一天比一天壞。同時陶媽也天天向五太太訴苦，說那些別的傭人怎樣欺負她。陶媽在上海那時候一向是「自在為王」慣了的，哪裏受得了這個氣，就極力的勸五太太回上海去。在五太太的意思，卻認為她跟著老爺過活，是名正言順的，眼前雖然鬧了這個彆扭，還能老這樣下去麼？總有熬出頭的一天。而且老爺拿了她的首飾，答應過她將來一有了錢就買了還她。倘若在他跟前守著呢，也說不定還有點希望，雖然她心裏明白，這希望也很渺茫。她要是走了呢，那就簡直沒有了。但是五太太這一點苦衷卻無法對陶媽說，因為那首飾的事情她根本就沒有告訴陶媽，怕陶媽要埋怨她。

二十四

又一次陶媽又非常生氣，她因為吃素，一向總給自己預備一兩樣素菜，不知道什麼人有意和她過不去，給她在素菜裏攙上幾根肉絲，害得她整個的一碗菜都不能吃。陶媽跑來向五太太訴說，鬧著要辭工回上海去。五太太被她一鬧，也就認真的考慮著要回去了。恰巧上海有一封信來，說老太太病了，五太太要是回去侍疾，倒也是應當的。她便叫陶媽去通知老爺。她不願意跌這個架子去請他過來，但是他倒自動的來了，說了幾句很冠冕的話，贊成她回去。於是五太太在這以後不久就離開了南京，小艾的病還沒有好，但是也把她帶著一同回去了。

回上海之前，五太太雖然囑咐過陶媽劉媽，不要把小艾的事情說出去，但是這種事情，到底也沒法禁止人說，漸漸鬧得上上下下都知道了。在那些女傭們看來，無非是覺得這丫頭不規矩，不免對她更是冷淡一些。家裏幾位奶奶太太們卻另有一種好奇心，都說「年紀這樣小就這樣作怪，這五老爺也真是——怎麼會看中她的！」因此都用一種特殊的眼光去看她。特別注意的結果，果然覺得她外表上雖然不聲不響的，骨子裏有一種妖氣，這是逃不過她們的眼睛的，於是大家都留了神，凡是老爺少爺們都絕對不讓她有機會接近。

當著五太太的面，當然誰也不去提起這樁事情，因為五太太對於這回事始終保持緘默，而且忌諱得非常厲害，別人談話中只要偶爾提起一聲小艾，五太太立刻臉色陰沉下來，一聲也不言語，使人覺得好像吃饅頭忽然吃到一塊沒發起來的死麵疙瘩。

小艾的病一直老不見好，也不能老是躺在床上，後來也就撐著起來做事了。五太太其實從前也並不喜歡她，不過總是一天到晚「小艾！小艾！」的掛在口邊叫著，現在好像這名字叫不響亮了，輕易也不肯出口。她恨她。尤其因為時間一天天的過去，五太太在南京的一段生活在她的記憶中漸漸的和事實有些出入了，她只想著景藩對她也還不錯，他虧待她的地方卻都忘懷了，因此她越發覺得怨恨，要不是因為小艾，也不至於產生這樣一個隔膜，他們的感情不好，她除了怪她娘家，怪她婆家的人，現在又怪上了小艾。然而五太太的性格就是這樣，雖然這樣恨著小艾，也並不採取任何步驟或是遣開她或是把她怎麼樣，依舊讓她在身邊伺候著。

那一年交了冬之後，因為老太太病重，景藩也從南京回來過兩次。五太太聽見說他這一向常常到上海來，但是過門不入，沒有到家裏來。現在又和上海的一個紅妓女打得火熱，要娶她回去。憶妃已經失寵了，她大概是什麼潛伏著的毛病突然發作起來，在短短的幾個月內把頭髮全掉光了。景藩馬上就不要她了。他本來在南京做官，自從迷上了現在這一個，就想法子調到上海來，卻把憶妃丟在南京。

二十五

第二年老太太去世了，憶妃便到上海來奔喪，藉著這名目來找五老爺。她來到老公館裏，剛巧景藩那天沒有來，後來景藩聽見說她來了，索性連做七開弔都不到場了。憶妃便到裏面去見五太太，五太太倒是不念舊惡，仍舊很客氣的接待她。憶妃渾身縞素，依舊打扮得十分俏麗，只是她那波浪紋的燙髮顯然是假髮，像一頂帽子似的罩在頭上，眉毛一根也沒有了，光光溜溜的皮膚上用鉛筆畫出來亮瑩瑩的兩道眉毛，看上去也有點異樣。但是她的魔力似乎並沒有完全喪失，因為她跟五太太一見面，一訴苦，五太太便對她十分同情，留她住在自己房裏，兩人抵足長談，憶妃把她的身世說給五太太聽，說到傷心的地方，五太太也陪著她掉眼淚。妯娌們和小輩有時候到五太太房裏去，看見五太太不但和她有說有笑的，還彷彿有點恭維著她，趕著替她遞遞拿拿的做點零碎事情，而憶妃卻是安之若素。家裏的人刻薄些的便說，倒好像她是太太，五太太是姨太太。五太太大概也覺得自己這種態度需要一點解釋，背後也對人說：「她現在是失勢的人了，我犯不著也去欺負她。從前那些事也不怪她，是五老爺不好。」

小艾不見得也像五太太這樣不記仇。五太太卻也覺得小艾是有理由恨憶妃的，因此憶妃住在這裏的時候，五太太一直不大叫她在跟前伺候，一半也是因為怕事，怕萬一惹出什麼事來。

憶妃在上海一住住了好幾個月，始終也沒有見到景藩，最後只好很失意的回去了。陶媽劉媽對於這樁事情都覺得非常快心，說：「報應也真快！」小艾卻並不以此為滿足。一個憶妃，一個景藩，她是恨透了他們，但是不光是他們兩個人，根本在這世界上誰也不拿她當個人看待。她的冤仇有海樣深，簡直不知道要怎樣才算報了仇。然而心裏也常是這樣想著：「總有一天我要給他們看看。我不見得在他們家待一輩子。我不見得窮一輩子。」

二十六

席家在老太太死了以後就分了家。五房裏一點也沒拿到什麼，因為景藩歷年在公賬上挪用的錢已經超過了他應得的部分。五太太從老宅裏搬了出來，便住了個一樓一底的小房子，帶著前頭太太生的一個寅少爺一同過活，每月由寅少爺到景藩那裏去領一點生活費回來，過得相當拮据。五太太卻是很看得開，她住的一間屋子收拾得乾乾淨淨的，擺著幾件白漆家具，一張白漆小書桌上經常有幾件小玩意兒陳列在那裏，什麼小泥人，顯微鏡，各種花哩胡哨的捲鉛筆刀，火車式的，汽車式的。她最愛買這些東西，又愛給人，人家看見了只要隨便讚一聲好，她就一定要送給他，笑著向人手裏亂塞，說：「你拿去拿去！」她實在心裏很高興，居然她有什麼東西為人們所喜愛。她仍舊養著好些貓，貓餵得非常好，一個個肥頭胖耳的，美麗的貓臉上帶著一種驕傲而冷淡的神氣忍受著她的愛撫。

她也仍舊常常打麻將。她在親戚間本來很有個人緣，雖然現在窮下來了，而人都是勢利的，但是大家都覺得她不討厭。她頭髮已經剪短了，滿面春風的，戴著金腳無邊眼鏡，穿著銀灰縐綢旗袍，雖然胖得厲害，看上去非常大方。常有人說「不懂五老爺為什麼不跟她好。」

景藩有時候說起她來，總是微笑著說「我那位胖太太」，或是「胖子」。他現在的境況也很壞，本來在上海做海關監督，因為虧空過鉅，各方面的關係又沒有敷衍得好，結果事情又丟了。漸漸的到了山窮水盡的地步。他現在的一個姨太太叫做秋老四，他一向喜歡年紀大一點的女人，這秋老四或者年紀又太大了一點，但是她是一個名人的下堂妾，手頭的積蓄很豐富，景藩自己也承認他們在銀錢方面是兩不來去的，實際上還是他靠著她。所以他們依舊是洋房汽車，維持著很闊綽的場面。大概每隔幾個月，遇到什麼冥壽忌辰祭祀的日子，景藩便坐著汽車到五太太那裏去一次，略微坐個幾分鐘，便又走了。

寅少爺若是在家，就是寅少爺出來見他，五太太就不下樓來了。難得有時候五太太下來和他相見，雖然大家都已經老了，五太太也不知為什麼，在他面前總是那樣踧踖不安，把脖子僵僵著，垂著眼皮望著地下，窘得說不出話來，時而似咳嗽非咳嗽的在鼻管和喉嚨之間輕輕的「唷！」一聲，接著又「唷唷」兩聲。

每回景藩來的時候，小艾當然是避開了。好像他也不是常來。小艾的病雖然已經好了，臉色一直有點黃黃的，但是倒比小時候更秀麗了。她的年齡是連她自己也不知道的，假定當初到南京去那時候是十四五歲，這時候總也有二十三四了。一直也沒有誰提起她的婚姻的事情。五太太是早已聲言「不管她的事了。」不過這句話的意思，當然也並不是就可以容許她自由行動。

二十七

陶媽有一個兒子名叫有根，一向在蕪湖一爿醬園裏做事，因為和人口角，賭氣把事情辭了，到上海來找事。陶媽的丈夫死得早，就這樣一個兒子，自然是非常鍾愛。他到了上海，便住在五太太這裏，在樓下客廳搭上一張行軍床，睡在那裏，白天有時候就在廚房裏坐著，吃飯也是在廚房裏大家一桌吃。他和小艾屢次同桌吃飯，也並沒有交談過。有一天下雨，有根冒雨出去奔走著，下午回到家裏來，陶媽炒了碗飯給他吃。他們那扇後門上面空著一截，鑲著一截子暗紅漆的矮闌干，她便把他那把橙黃色的破油紙傘撐開來插在闌干上晾著。有根坐在那裏吃飯，她坐在一旁和他說著話，問他今天出去找事的經過。忽然小艾捧著個貓灰盆子走了來，要出去倒在外面的垃圾箱裏，有根馬上放下了飯碗，搶著上前去把那把傘拿了下來，讓她好走出去。他這種神氣陶媽卻是有點看不慣。她本來早就覺得了，他對小艾是很注意。陶媽也是因為小艾過去有那段歷史，總認為她不是一個安分的人，因此總防著她，好像惟恐自己的兒子會被她誘惑了去。他們母子二人的心事，小艾也有點覺得了，所以有根在那兒的時候，她總是躲著他。

有一天她一個人在廚房裏洗抹布，有根忽然悄悄的走了來，把兩個小紙包遞給她，囁嚅著笑道：「我買了雙襪子……還有一瓶雪花膏，送給你搽。」小艾忙道：「不要，你幹嗎那麼客氣。」她一定不肯接，有根便擱在桌上，笑道：「你不要見笑，東西不好。」小艾把兩隻手在圍裙上一陣亂揩，便把紙包拿起來硬要還給他，道：「不不，我真不要，你留著送別人。」有根笑道：「你就拿著吧，你不拿就是嫌不好。」一面說著，已經一溜烟從後門跑了。

小艾拿著那兩樣東西，倒沒有了主意，想拆開來看看，躊躇了一會，也沒有拆開，依舊擱在桌上，希望他自己看見了會收回去。她草草洗完了抹布，自上樓去了。不料有根這一天直到吃晚飯的時候方才回來，劉媽在桌上擺碗筷，看見那紙包，隨手打開來一看，卻是一雙肉色長統女式線襪，便道：「咦，這是誰的襪子？」陶媽也覺得詫異。小艾在旁邊就沒有作聲，有根也沒說什麼，臉色卻很難看，隔了一會，方才說了聲：「是我買的。」拿過來便向衣袋裏一塞。陶媽狠狠的向他瞅了一眼，當時也沒有說什麼。

二十八

那天晚上，五太太有一隻貓不知跑了哪兒去了沒有回來，叫小艾出去找去。她走下樓來，看見客廳裏點著燈，房門半掩著，大概陶媽已經給有根鋪好了床，坐在床上跟他說話，只聽見她一個人的聲音，有根似乎一直不開口。陶媽雖然把喉嚨放得低低的，顯然是帶著滿腔怒氣，漸漸的聲音越說越高，道：「你趁早死了這條心吧！你當她是個什麼好東西！我娶媳婦要娶個好的！」小艾也沒有再聽下去。其實她一點也不是屬意於有根，但是這幾句話實在刺心。她走到廚堂裏，把後門開了，走到衖堂裏去，但是並沒有馬上開口喚貓，因為怕自己一張開口來，聲音一定顫抖得厲害，聽上去很奇異。因此只是悄悄的在暗影中走著。

她出來的時候是把後門虛掩著的，後來那扇門被風吹著一開一關，訇訇的響，卻被有根聽見了，他本來已經睡了，陶媽也已經上樓去了，他心裏想著：「這是誰忘了關門，萬一放了個賊進來，剛巧這兩天我住在這裏，丟了東西不要疑心我嗎。」便又披衣起床，到後面去把門關了。

等到小艾把貓找了回來，推門推不開，只得在門上拍了幾下。又是有根來開門，他卻沒有想到是小艾。她穿著一件藍白蘆蓆花紋的土布棉襖，臉上凍得紅噴噴的，像搽了胭脂一樣，燈光照著，把她那長睫毛的影子一絲絲的映在面頰上，有根不由得看呆了。她一看見有根，卻是馬上就想起陶媽剛才說的那話，心中實在氣忿不平，忽然想小小的報復一下，便含著微笑溜了他一眼，道：「還沒睡呀？不冷哪？」有根越發呆住了，一時也想不出什麼話來說，小艾倒已經抱著貓走了。

小艾後來想想，倒又覺得懊悔，不該去招惹他。有根已經找到了事情，是陶媽托人把他薦進去的，在法大馬路一爿南貨店裏，離這裏很遠，他搬出去以後，卻差不多天天晚上總要來一趟，乘電車只有很短的一截可乘，所以要走非常長的一段路，陶媽又是心疼，又是生氣，卻也無法可施。他來了也不過在廚房裏坐一會，有時候並也見不到小艾。後來他忽然絕跡不來了，小艾還以為她對他的態度太冷淡的緣故。隔了有一兩個月的光景，有一天忽然又來了，卻已經把頭髮養長了，梳得光溜溜的，大概前一向他因為頭髮剛剛養長，長到一個時期就矗立在頭上，很不雅觀，所以沒有來。

日子一久，小艾心裏也就有點活動起來了。因為除了嫁人以外也沒有別的方法可以離開席家。從前三太太有一個丫頭，就是和她同時買來的，比她大幾歲，很機靈的那個，名叫連喜，後來逃走了，小艾那時候還小，但是對於這樁事情印象非常深。後來卻又聽見說，有人碰見連喜，已經做了沿街拉客的妓女，她是遇見了壞人，對她說介紹到工廠裏去做工，把她騙了去賣掉了。小艾聽到這話，心裏非常難受，對於這吃人的社會卻是多了一層認識。

二十九

她因此打消了逃走的念頭，這許多年來一直在這裏苦熬著。現在這有根倒是對她很好，別的不說，第一他是一個知道底細的人，總比較可靠。但是小艾對於他總覺得有點不能決定。倒並不是為了她對他沒有感情的問題。她因為從來沒有愛過任何人，根本不知道愛情是什麼，所以也不知道重視它。她最認為不妥的，還是他是陶媽的兒子這一層。即使陶媽肯要她做媳婦，她也還不願意要陶媽這樣一個婆婆——難道受陶媽的氣還沒有受夠。同時她也覺得有根這人不像是一個有作為的人。怎樣才是一個有志氣有作為的人，她也說不出來，然而總有這樣一個模糊的意念，在這種社會裏，一個人要想揚眉吐氣，大概非發財不行吧。至於怎樣就能夠發財，她卻又是很天真的想法，以為只要勤勤懇懇的，好好的做人就行了。

他們住的這衖堂，是在一個舊家的花園裏蓋起幾排市房，從前那座老洋房也還存留在那裏，不過也已經分租出去了，裏面住了不知道多少人家，樓下還開著一爿照相館。那幢大房子也就像席家從前住的那種老式洋樓一樣，屋頂上矗立著方形的一座座紅磚砌的烟囱，還豎著定風針。常常有一個人坐在那屋頂上讀書。小艾在夏天的傍晚到晒台上去收衣裳，總看見對門的屋頂上有那麼一個青年坐在那裏看書，夕陽在那紅磚和紅瓦上，在那樓房的屋脊背後便是滿天的紅霞，小艾遠遠的望過去，不由得有些神往，對於那個人也就生出種種幻想。對門那屋頂上搭著個鉛皮頂的小棚屋，這人大概就住在那裏，那裏面自然光線很壞，所以他總坐到外面來看書。看他穿著一身短打，也不像一個學生，怎樣倒這樣用功呢？

三十

夏天天黑得晚，有一天晚飯後，天色還很明亮，小艾在窗口向對過望去，那人已經不在那裏了，屋頂上斜架著一根竹竿，晾著一件藍布褂子，在那暮色蒼茫中，倒像是一個人張開兩臂欹斜地站在那裏。她正向那邊看著，忽然聽見底下衖堂裏鬧哄哄的一陣騷動，向下面一看，來了兩部汽車；就在他們門口停下了，下來好幾個穿制服帶槍的人，小艾倒怔住了，正要去告訴五太太，那些法警已經蜂擁上樓，原來是因為景藩在外頭借的債積欠不還，被人家告了，所以來查封他們的財產，把家裏的箱籠櫥櫃全都貼上了封條，一方面出了拘票來捉人。其實景藩這時候已經遠走高飛，避到北邊去了，起初五太太這邊還不知道。五太太出去替他奔走設法，到處求人幫忙，但是親戚間當然誰也不肯拿出錢來，都說：「他們這是個無底洞。」一寅少爺雖然也著急，卻很不願意他後母參預這些事情，因為她急得見人就磕頭，徒然丟臉，一點用處也沒有。

五太太自從受過這番打擊，性格上似乎有了很顯著的改變，不那麼嘻嘻哈哈的了，面色總是十分陰沉，在應酬場中便也不像從前那樣受歡迎了。有時候人家拉她打牌，說替她解悶，她的牌品本來很好的，現在也變壞了，一上來就怕輸，一輸就著急，一急起來便將身體左右搖擺著，搖擺個不停。和她同桌打牌的人都說：「我只要一看見她搖起來我就心裏發煩。」因此人家都怕跟她打，她常常去算命，可是又害怕，怕他算出什麼凶險的事來，因此總叫他什麼都不要說，「只問問財氣。」

五太太不久就得了病。有一次她那心臟病發得很厲害，家裏把她娘家的兄嫂也請了來，他們給請了個醫生，大家忙亂了一晚上，家裏的一隻貓出去了一晚上也沒有回來，大家也沒有注意。

三十一

五太太這一向因為節省開支，把所有的貓都送掉了，只剩下這一隻黑尾巴的「雪裏拖槍」，是她最心愛的。第二天五太太病勢緩和了些，便問起那隻貓，陶媽樓上找到樓下，也沒找到，只得騙她說：「剛才還在這兒，一會兒倒又跑出去了。」一面就趕緊叫小艾出去找去。小艾走到衖堂裏，拿著個拌貓飯的洋磁盤子鏜鏜敲著，「咪咪！咪咪！」的高叫著，同時嘴裏嘖嘖有聲，她是常常這樣做的，但是今天不知怎麼，總覺得這種行為實在太可笑了，自己覺得非常不自然，彷彿怕給什麼人看見她。

在衖堂裏前前後後都走遍了，也沒有那貓的影子。回到家裏來，才掩上後門，忽然有人揿鈴，一開門，卻吃了一驚，原來就是對過屋頂上常常看見的那俊秀的青年，他抱著個貓問道：「這貓是不是你們的？」越是怕他聽見，倒剛巧給他聽見了。小艾紅著臉接過貓來，覺得應當道一聲謝，卻一個字也說不出來。那青年便又解釋道：「給他們捉住關起來了——我們家裏老鼠太多，他們也真是，也不管是誰家的，說是要把這貓借來幾天讓牠捉捉老鼠。」小艾便笑道：「哦，你們家老鼠多？過天我們有了小貓，送你們一隻好吧？」那青年先笑著說「好」，略頓了一頓，又說了聲：「我就住在八號裏。我叫馮金槐。」說著，又向她點了點頭，便匆匆的走開了。

小艾抱著貓關上了門，便倚在門上，低下頭來把臉偎在貓身上一陣子揉擦，忽然覺得牠非常可愛。她上樓去把貓送到五太太房裏。五太太房裏有一個日曆，今天這一張是紅字，原來是星期日，他今天大概是放假吧，要不然這時候怎麼會在家裏。那天天氣非常好，小艾便一直有點心神不定，老是往對過屋頂上看著，那馮金槐卻一直沒有出來。也許出去了，難得放一天假，還不出去走走。

三十二

陶媽做菜的時候發現醬油快完了，那天午飯後便叫小艾去打醬油，生油也要買了。小艾先把藍布圍裙解了下來，方才拿了油瓶走出去。他們隔壁有一家鞋店，遇到這天氣好的時候，便把兩張作檯搬到後門外面來擺著，幾個店員圍著桌子坐著，在那裏黏貼綉花鞋面，就在那藍天和白雲底下，空氣又好，光線又好，桌上攤滿了各色鞋面，玫瑰紫的，墨綠的，玄色、藍色的，平金綉花，十分鮮艷。小艾每次走過的時候總要多看兩眼，今天卻沒有怎樣注意，心裏總覺得有些惴惴不安，不知道為什麼很怕碰見那馮金槐。

從衖堂裏走出去，一路上也沒有碰見什麼人。回來的時候，卻老遠的就看見那馮金槐穿著一件破舊的短袖汗衫，拿著個洋磁盆在自來水龍頭那裏洗衣裳。他一定也覺得他這是「男做女工」，有點難為情似的，微笑著向她點了個頭。小艾也點點頭笑了笑，偏趕著這時候，她的頭髮給風吹的，有一綹子直披到臉上來，她兩隻手又都佔著，拿著一瓶油，一瓶醬油，只得低下頭來，偏著臉一直湊上去，把頭髮扶到耳後去。同時自己就又覺得，這一個動作似乎近於一種羞答答的樣子，見了人總是這樣不大方，因此便又紅著臉笑道：「今天放假呀？」然而也就說了這麼一句，因為看見鞋店裏那些夥計坐在那邊貼鞋面，有兩個人向他們這邊望過來，彷彿對他們很注意似的。她也沒有等他回答，便在他身邊走了過去，走回家去了。

以後她注意到，每星期日他總拿著一捲衣服，到那公用的自來水龍頭那裏去洗衣裳。想必他家裏總是沒有什麼人，所以東西全得自己洗。

三十三

平常在衖堂裏有時候也碰見，不過星期日這一天是大概一定可以碰見一次的。見面的次數多了偶爾也說說話。他說他是在一個印刷所裏做排字工作的。他是一個人在上海。

五太太房裏的日曆一向是歸小艾撕的，從此以後，這日曆就有點靠不住起來，往往一到了星期六，日曆上已經赫然是星期日了，而到了星期一，也仍舊一張紅字的星期日，星期二也仍舊是星期日，或許是因為過了這一天以後，在潛意識裏彷彿有點懶得去撕它，所以很容易忘記做這樁事情。五太太是反正在生病，病中光陰，本來就過得糊裏糊塗的，所以也不會注意到這些。

五太太那隻貓懷著小貓，後來沒有多少時候就養下來了，一窠有五隻，五太太一隻也不預備留著，打算誰要就給誰。小艾便想著，等看見金槐的時候要告訴他一聲，但是這一向倒剛巧沒有機會見到他，已經有好兩個星期沒有看見他出來洗衣服了。近來天氣漸漸冷了，大約因為這緣故，一直也沒看見他在屋頂上看書。有一天她又朝那邊望著，心裏想不會是病了吧。那屋頂上斜搭著一根竹竿，晾著幾件衫袴，裏面卻有一件女人的衣服，一件紫紅色魚鱗花紋的布旗袍。她忽然想起來，前些時有一次看見兩輛黃包車拉到八號門口，黃包車上堆著紅紅綠綠的棉被和衣服，是人家辦喜事「鋪嫁妝」，八號那一座房子裏面住了那麼許多人家，也不知道是哪一家娶新娘子。當時也沒有在意，後來新娘子是什麼時候進門的，也沒有看見。

三十四

其實也很可能就是金槐結婚。除非他已經有了女人了，在鄉下沒有出來。兩樣都是可能的。她這時候想著，倒越想越像——也說不定就是他結婚。怪不得他這一向老沒有出來洗衣裳，一定是有人替他洗了。

小艾自己想想，她實在是沒有理由這樣難過，也沒有這權利，但是越是這樣，心裏倒越是覺得難過。

小貓生下來已經有一個多月，要送掉也可以送了。小艾便想著，藉著這機會倒可以到金槐那裏去一趟，把這貓給他們送去，順便看看他家裏到底是個什麼情形。她趁著有一天，是一個陰曆的初一，陶媽劉媽都到廟裏燒香去了，五太太在床上也睡著了，她便去換上一件乾淨的月白竹布旗袍，拿一條冷毛巾匆匆的擦了把臉，把牙粉倒了些在手心裏，往臉上一抹，把一張臉抹得雪白的，越發襯托出她那漆黑的眼珠子，黑油油的齊肩的長髮。她悄悄的把貓抱著，下樓開了後門溜了出去，便走到對過那座老房子裏，走上台階，那裏面卻是一進門就黑洞洞的，有點千門萬戶的模樣。她略微躊躇了一下，便逕自走上樓梯，樓梯口有一個女人抱著孩子嗚嗚作聲的哄著拍著，在那裏踱來踱去，看見了小艾，便只管拿眼睛打量著她。小艾便笑道：「對不起，有個馮金槐是不是住在這裏？」那女人想了一想道：「馮金槐——是呀，他本來住在上頭的，現在搬走了呀。」小艾不覺怔了怔，道：「哦，搬走啦？」那女人見她還站在那裏，彷彿在那裏發呆，便問道：「你可是他的親戚？」小艾忙笑道：「不是，我是對過的，因為上回聽見他說他們這兒老鼠多，想要一隻貓，我答應他我們那兒有小貓送他一隻的。」說著，便把那小貓舉了一舉給她看看。那女人說道：「他搬了已經一個多月了，本來他跟他表弟住在一間房裏的，現在他表弟討了娘子了，所以他搬走了。」

三十五

小艾哦了一聲，又向她點了個頭，便轉身下樓，手裏抱著那隻小貓，另一隻手握著牠兩隻前爪，免得牠抓人，便這樣一直走出去，下了台階。太陽晒在身上很暖和，心裏也非常鬆快，但同時又覺得惘然。雖然並不是他結婚，但是他已經搬走了。她又好像得到了一點什麼，又好像失去了什麼，心裏只是說不出來的悵惘。

又過了些日子。有一天黃昏的時候，小艾在後門外面生煤球爐子，彎著腰拿著把扇子極力的搧著，在那寒冷的空氣裏，那白烟滾滾的往橫裏直飄過去。她只管彎著腰搧爐子，忽然聽見有人給烟嗆得咳嗽，無意之中抬起頭來看了看，卻是金槐。他已經繞到上風去站著了。他覺得他剛才倒好像是有心咳那麼一聲嗽來引起她的注意，未免有點可笑，因此倒又有點窘，雖然向她點頭微笑著，那笑容卻不大自然。小艾卻是由衷的笑了起來，道：「咦？……我後來給你送小貓去的，說你搬走了。」金槐喲了一聲，彷彿很抱歉似的，只是笑著，隔了一會方道：「叫你白跑一趟。我搬走已經好幾個月了。我本來住在這兒是住在親戚家裏。」小艾便道：「你今天來看他們啦？」金槐道：「噯。今天剛巧走過。」說到這裏，他也想不出還有什麼話可說，因此兩人都默然起來，小艾低著頭只管扳弄著那把搧爐子的破蒲扇。半晌，她覺得像這樣面對面的站在後門口，又一句話也不說，實在不大妥當，不要給人看見了。因見那煤球爐子已經生好了，便俯身端起來，向金槐笑了笑，自把爐子送了進去。

三十六

她在爐子上擱上一壺水，忍不住又走到後門口去看看，心裏想他一定已經到他親戚家裏去了。但是他並沒有進去，依舊站在對過的牆根下，點起一支香烟在那裏吸著。小艾把兩手抄在圍裙底下，便也慢慢的向那邊走了過去。她並沒有發問，他倒先迎上來帶笑解釋著，道：「我想想天太晚了，不上他們那兒去了。」他頓了頓，又道：「因為正是吃晚飯的時候，回頭他們又要留我吃晚飯，倒害人家費事。」小艾也微笑著點了點頭，應了一聲，隨即問道：「你是不是從印刷所來？你們幾點鐘下工？」金槐說他們六點鐘下工，又告訴她印刷所的地址，說他現在搬的地方倒是離那兒比較近，來回方便得多。兩人一面閒談著，在不知不覺間便向街口走去。也可以說是並排走著，中間卻隔得相當遠。小艾把手別到背後去把圍裙的帶子解開了，彷佛要把圍裙解下來，然而帶子解開來又繫上了，只是把它束一束緊。

走出街口，便站在街沿上。金槐默然了一會，忽然說道：「我來過好幾次了，都沒看見你。」小艾聽他這樣說，彷佛他搬走以後，曾經屢次的回到這裏來，都是為了她，因為希望能夠再碰見她，可見他也是一直惦記著她的。她這樣想著，心裏這一份愉快簡直不能用言語形容，再也抑制不住那臉上一層層泛起的笑意，只是偏過頭去望著那邊。金槐又道：「你大概不大出來吧？夏天那時候倒常常碰見你。」小艾卻不便告訴他，那時便是因為她一看見他出來了，就想法子藉個緣故也跑出來，自然是常常碰見了。她再也忍不住，不由得噗嗤一笑。

三十七

金槐想問她為什麼笑，也沒好問，也不知道自己說錯了什麼話，只管紅著臉向她望著。小艾也有點不好意思起來，便一扭身靠在一隻郵筒上，望著那街燈下幢幢往來的車輛。金槐站在她身後，也向馬路上望著。小艾回過頭來向他笑道：「你真用功，我常常看見你在那兒看書。」金槐笑道：「你在哪兒看見我，我怎麼沒看見你？」小艾道：「你不是常常坐在那房頂上的嗎？」金槐笑道：「我因為程度實在太差，所以只好自己看看書補習補習。別的排字工人差不多都是中學程度，只有我只在鄉下念過兩年私塾。」她問他是哪裏人，幾時到上海來的。他說他十四歲的時候到上海來學生意，家裏還有母親和哥哥在鄉下種田。他問她姓什麼，她倒頓住了，她很不願意剛認識就跟人家說那些話，把自己說得那樣可憐，連姓什麼都不知道；因此猶豫了一會，只得隨口說了聲「姓王」。她估計著她已經出來了不少時候，便道：「我得要進去了，恐怕他們要找我了。」金槐也知道她是那家人家的婢女，行動很不自由的，不要害她挨罵，便也說道：「我也要回去了。」這樣說了以後，兩人依舊默默相向，過了一會，小艾又說了聲：「我進去了。」便轉身走進衖堂。

雖然並沒有約著幾時再見面，第二天一到了那時候，小艾就想著他今天下了班不知會不會再來，因此就揀了這時候到廚房裏去劈柴，把後門開著，不時的向外面看看，果然看見他來了。陶媽剛巧也在廚房裏，小艾就沒有和他說話，金槐也就走開了。小艾等劈好了柴，便造了個謊說頭髮上插的一把梳子丟了，恐怕掉了衖堂裏了，便跑出去找。走到衖堂口，金槐還在昨天那地方等著她，便又站在那裏說起話來。

三十八

以後他們常常這樣，隔兩天總要見一次面。後來大家熟了，小艾有一天便笑著說：「你這人真可笑，從前那時候住在一個衖堂裏，倒不大說話，現在住得這樣遠，倒天天跑了來。」金槐笑道：「那時候倒想跟你說話，看你那樣子，也不知道你願意理我不願意理我。」小艾不由得笑了，心裏想他也跟她是一樣的心理，她也不知道他喜歡她。怎麼都是這樣傻。

金槐又說：「我早就知道你叫小艾了。」小艾卻說她最恨這名字，因為人家叫起這名字來永遠是惡狠狠的沒好氣似的。後來有一次他來，便說：「我另外給你想了個名字，你說能用不能用？」說著，便從口袋裏掏出一枝鉛筆頭和一張小紙片，寫了「王玉珍」三個字，指點著道：「王字你會寫的，玉字不過是王字加一點，珍字這半邊也是個王字，也很容易寫。」小艾拿著那張紙看了半晌，拿在手裏一摺兩，又一摺四，忽然抬起頭來微笑道：「我那天隨口說了聲姓王，其實我姓什麼自己也不知道。」她對於這樁事情總覺得很可恥，所以到這時候才告訴他，她從小就賣到席家，家裏的事情一點也記不起了，只曉得她父母也是種田的。她真怨她的父母，無論窮到什麼田地，也不該賣了她。六七歲的孩子，就給她生活在一個敵意的環境裏，人人都把她當作一種低級動物看待，無論誰生起氣來，總是拿她當一個出氣筒、受氣包。這種痛苦她一時也說不清，她只是說：「我常常想著，只要能夠像別人一樣，也有個父親有個母親，有一個家，也有親戚朋友，自己覺得自己是一個人，那就無論怎樣吃苦挨餓，窮死了也是甘心的。」說著，不由得眼圈一紅。

三十九

金槐聽著，也沉默了一會，因道：「其實我想也不能怪你的父母，他們一定也是給逼迫得實在沒有辦法。也難怪你，你在他們這種人家長大的，鄉下那種情形你當然是不知道。」他就講給她聽種田的人怎樣被剝削，就連收成好的時候自己都吃不飽，遇到年成不好的時候，交不出租子，拖欠下來，就被人家重利盤剝，逼得無路可走，只好賣兒賣女來抵償。譬如他自己家裏，還算是好的，種的是自己的田，本來有十一畝，也是因為捐稅太重，負担不起，後來連典帶賣的，只剩下二畝地，現在他母親他哥嫂還有兩個弟弟在鄉下，一年忙到頭，也還不夠吃的，還要靠他這裏每月寄錢回去。

小艾很喜歡聽他說鄉間的事，因為從這上面她可以想像到她自己的家是什麼樣子。此外他又說起去年八一三那時候，上海打仗，他們那印刷所的地區雖然不在火線內，那一帶的情形很混亂，所以有一個時期是停工的。他就去担任替各種愛國團體送慰勞品到前線去，一天步行幾十里路。那是很危險的工作，他這時候說起來也還是很興奮，也很得意，說到後來上海失守，國民黨軍隊節節敗退，又十分憤慨。小艾不大喜歡他講國家大事，因為他一說起來就要生氣。但是聽他說說，到底也長了不少見識。

小艾這一向常常溜出來這麼一會，倒也沒有人發覺，因為現在家裏人少，五太太為了節省開支，已經把劉媽辭歇了，剩下一個陶媽，五太太病在床上，又是時刻都離不開她的。除了有時候晚飯後，有根來了，陶媽一定要下樓去，到廚房裏去陪他坐著，不讓他有機會和小艾說話。

陶媽本來想著，只要給他娶個媳婦，他也就好了，所以她一直想回鄉下去一趟，憑自己的眼力替他好好的揀一個，但是因為五太太病得這樣，一直也走不開。托人寫信回家去，叫他們的親戚給做媒，人家提的幾個姑娘，有根又都十分反對。陶媽轉念一想，他到上海來了這些時候，鄉下的姑娘恐怕也是看不上眼了，便又想在上海托人做媒，又去找上次把有根薦到那南貨店裏去的那個表親。那人和那南貨店老闆是親戚，沒事常到他們店裏去坐坐。他背地裏告訴陶媽，聽見說有根剛來的時候倒還老實，近來常常和同事一塊兒出去玩，整夜的不回來。陶媽聽了非常著急，要想給他娶親的心更切了。

有根雖然學壞了，看見小艾卻仍舊是訥訥的。他也並不覺得她是躲著他，他以為全是他母親在那裏作梗，急起來也曾經和他母親大鬧過兩回，說他一定要小艾，不然寧可一輩子不娶老婆。陶媽都氣破了肚子。她因為恨自己的兒子不爭氣，這些話也不願意告訴人，一直也沒跟五太太說，所以鬧得這樣厲害，五太太在樓上一點也不知道。

景藩這時候已經回到上海來了，一直深居簡出的，所以知道的人很少。但是漸漸的就有一種傳說，說他在北邊的時候跟日本人非常接近，也說不定他這次回來竟是負著一種使命。外面說得沸沸揚揚的，都說席老五要做漢奸了。五太太從她娘家的親戚那裏也聽到這話。她問寅少爺，寅少爺說：「大概不見得有這個事吧。」五太太也知道，他即使有點曉得，也不會告訴她的。

四十

這時候孤島上的人心很激昂，像五太太雖然國家觀念比較薄弱，究竟也覺得這是一樁不名譽的事情，因此更添上一層憂悶。

景藩回上海以後，一直很少出去，只有一個地方他是常常去的，他有一個朋友家裏設著一個乩壇，他現在很相信扶乩。那地方離他家裏也不遠，他常常戴著一副黑眼鏡，扶著手杖，晒著太陽，悠然的緩步前往。這一天，那乩仙照例降壇，跟他們唱和了幾首詩，對於時局也發表了一些議論。但是它雖然有問必答，似乎對於要緊些的事情卻抱定了天機不可洩露的宗旨，一點消息也不肯透露。因為那天景藩從那裏回去，一出大門沒走幾步路，就有兩人向他開槍，他那朋友家裏忽然聽見砰砰的幾聲槍響，從洋台上望下去，只看見景藩倒臥在血泊裏，兇手已經跑了。這裏急忙打電話叫救護車，又通知他家裏，他姨太太秋老四趕到他朋友家裏，卻已經送到醫院裏去了。又趕到醫院裏，已經傷重身亡。秋老四只是掩面痛哭，對於辦理身後的事情卻不肯怎樣拿主意，因為這是花錢的事情。她叫傭人打了個電話給寅少爺，等寅少爺來了，一應事情都叫他做主，寅少爺跟她要錢，她便哭著說他還不知道他父親揹了這許多債，哪兒還有錢。

寅少爺只得另外去想法子，這一天大家忙亂了一天，送到殯儀館裏去殯殮，寅少爺一直忙到很晚，方才回到家裏來。

四十一

那寅少爺也是個城府很深的人，他心裏想五太太這病是受不了刺激的，這消息要是給她知道了，萬一因此有個三長兩短，她娘家的人一定要怪到他身上，還是等明天問過她的兄嫂，假使他們主張告訴她，也就與他無干了。當晚他就把陶媽和小艾都叫了來，說道：「老爺不在了。太太現在病著，你們暫時先不要告訴她。明天的報不要給她看，要是問起來就說沒有送來。」此外他也分頭知照了幾家近親，告訴他們這樁事情是瞞著五太太的，免得他們洩露了消息。但是次日也仍舊有些親戚到他們這裏來致慰問之意，一半也是出於一種好奇心，見了五太太，當然也不說什麼，只說是來看看她。陶媽背著五太太便向他們打聽，從這些人的口中方才得知事實的真相，寅少爺昨天並沒有告訴她們，原來景藩是被暗殺的。小艾聽見了覺得非常激動。一方面覺得快意，同時又有些惘惘的，需要一遍一遍的告訴自己，那個人已經死了。世界上少了他這一個人，彷彿天地間忽然空闊了許多。

這一天她見到金槐的時候，就把她從前那樁事情講給他聽。她一直也沒有告訴他，一來也是因為他們總是那樣匆匆一面，這些話又不是三言兩語可以解釋得清楚的。同時她又對自己說，既然金槐也還沒有向她提起婚姻的事，她過去的事情似乎也不是非告訴他不可。倘若他要是提起來，她是一定要告訴他的。至於他一直沒有提起婚事的原因，大概總是因為經濟的關係，據她所知，他拿到的一點工資總得分一大半寄回家去，自己過得非常刻苦，當然一時也談不到成家的話。在小艾的心理，也彷彿是寧願這樣延宕下去，因為這樣她就可以用不著告訴他那些話。因為她實在是不想說。

然而今天她是不顧一切的說了出來。她好像是自己家裏有這樣一個哥哥，找到這裏來了，她要把她過去受苦的情形全都訴給他聽。她又彷彿是告訴整個的世界，因為金槐也就是她整個的世界。他說的話很少，他太憤怒了，態度顯得非常僵硬。席景藩要是還活著，他真能夠殺了他。但是既然已經死了，這種話說了也顯得不真實，所以他也沒有說。他們站在馬路邊上，因為小艾怕給熟人認出來，總是站在一個黑暗的地方，在兩家店舖中間，卸下來的排門好幾扇疊在一起倚在牆上，小艾便挨著那旁邊站著。兩邊的店家都在那昏黃的燈光下吃晚飯。小艾突然說道：「我進去了。」便轉過身來向衖堂口走去。金槐先怔了一怔，想叫她再等一會再進去，然而他趕上去想阻止她，她卻奔跑起來，很快的跑了進去。金槐站在那裏倒呆住了，他這時候才覺得他剛才對她的態度不大好，她把這樣的話告訴他，他應當怎樣的安慰她才對，怎麼一句話也不說，倒好像冷冷的，她當然要誤會了。她回去了一定覺得非常難過。他這一天回到家裏，心裏老這樣想著，也覺得非常難過。

第二天他來得特別早些，她到了時候也出來了，但是看見了他卻彷彿稍微有點意外似的，臉色還是很悽惶。金槐老遠的就含笑迎了上去，道：「你昨天是不是生氣了？」小艾笑了笑，道：「沒生氣。」金槐頓了一頓，方笑道：「我帶了一樣東西給你。」小艾笑道：「什麼東西？」

四十二

金槐拿出一個小紙包來，走到街口的燈光下，很小心的打開來，小艾遠遠的看著，彷彿裏面包著幾粒丸藥，走到跟前接過來一看，卻是金屬品鑄的灰黑色的小方塊，尖端刻著字像個圖章似的。金槐笑道：「這就是印書印報的鉛字，這是有一點毛病的，不要了。」小艾笑道：「怎麼這樣小，倒好玩！」金槐道：「這是六號字。」他把那三隻鉛字比在一起成為一行，笑道：「這兩個字你認識吧？」小艾唸出一個「玉」字一個「珍」字，自己咦了一聲，不由得笑了起來。再看上面的一個字筆劃比較複雜，便道：「這是個什麼字？」金槐道：「哪，這是你的名字，這是姓。」小艾道：「不是告訴你我沒有姓嗎？」金槐笑道：「一個人怎麼能沒有姓呢？」小艾本來早就有點疑惑，看他這神氣，更加相信這一定是個「馮」字，便將那張紙攥成一團，把那鉛字團在裏面，笑著向他手裏亂塞。金槐笑道：「你不要？」小艾的原意，或者是想向他手裏一塞就跑了，但是這鉛字這樣小，萬一倒掉到地下去，滾到水門汀的隙縫裏，這又是個晚上，簡直就找不到了，那倒又覺得十分捨不得，因此她也不敢輕易撒手，他又不肯好好的接著，鬧了半天。他們平常總是站在黑影裏，今天也是因為要辨認那細小的鉛字，所以走到最亮的一盞燈底下，把兩人的面目照得異常清楚，剛巧被有根看見了。不然有根這時候也不會來的，是他們店裏派他去進貨，他覷空就彎到這裏來一趟，卻沒有想到小艾就站在馬路上和一個青年在一起，有根在她身邊走過，她都沒有看見。

有根走進去，來到席家，他母親照例陪著他在廚房裏坐著，便把前天老爺被刺的事情詳細的說給他聽。有根一語不發的坐在那裏，把頭低著，俯著身子把兩肘擱在膝蓋上。過了一會，小艾進來了，他一看也不看她，反而把頭低得更低了一點。

四十三

小艾因為心裏高興，所以一點也沒注意到有根今天看見她一理也不理，有一點特別。她很快的走了過去，自上樓去了。有根突然向他母親說道：「怎麼，小艾在外頭軋朋友啊？」陶媽一時摸不著頭腦，道：「什麼？」有根哼了一聲道：「一天到晚在一塊兒，你都不知道。」陶媽便追問道：「你怎麼知道，你看見的呀？」有根氣憤憤的沒有回答，隔了一會，方才把他在衖口看見的那一幕敘述了一遍。陶媽微笑道：「要你管她那些閒事做什麼。」沉吟了一會，又道：「你看見那個人是什麼樣子？」有根恨道：「你管他是個什麼樣子呢！——還叫我不要多管閒事！」

他走了以後，陶媽心裏忖度著，想著倒也是一個機會，讓她嫁了也好，不然有根再也不會死心的。她趁著做飯的時候便盤問小艾，說道：「小艾，你也有這麼大歲數了，你自己也要打打主意了。那個人可對你說過什麼沒有，可說要娶你呀？」小艾呆了一呆，方道：「什麼人？」陶媽笑道：「你還當我不知道呢，不是有個男人常常跟你在外面說話嗎？」小艾微笑道：「哦，那是從前住在對過的，看見了隨便說兩句話，那有什麼。」陶媽便做出十分關切的神氣，道：「外頭壞人多，你可是得當心點。你可知道這人的底細？」小艾便道：「這人倒不壞，他在印刷所裏做事的。」陶媽眉花眼笑的說：「那不是很好嗎？你要是不好意思跟太太說，我就替你說去。這也是正經的事情。」小艾微笑著沒有作聲。她和金槐本來已經商量好了，金槐要她自己去對五太太說，現在陶媽忽然這樣熱心起來，她總有點疑心她是不懷好意，但是她真要去說，當然也沒法攔她，也只好聽其自然了。

四十四

陶媽當天就對五太太說了。五太太聽了這話，半天沒言語。其實五太太生平最贊成自由戀愛，不但贊成，而且鼓勵，也是因為自己被舊式婚姻害苦了，所以對於下一代的青年總是希望他們「有情人都成眷屬」。她的姪兒姪女和內姪們遇到有戀愛糾紛的時候，五太太雖然胆小，在不開罪他們父母的範圍內，總是處於贊助的地位的。但是在她的心目中，總彷彿談戀愛是少爺小姐們的事情，像些那僕役、大姐，那還是安分一點憑媒說合，要是也談起戀愛來，那就近於軋姘頭。尤其因為是小艾，五太太心裏恨她，所以只要是與她有關的事情，都覺得有些憎惡。當下五太太默然半晌，方向陶媽說道：「這時候她要走了，她這一份事沒有人做了，你一個人怎麼忙得過來。再要叫我添個人，我用不起！」陶媽笑道：「不要緊的，我就多做一點好了，太太也用不著添人了。小艾也有這樣大了，留得住她的人，你也留不住她的心！」陶媽既然是這樣一力主張著，五太太也就不說什麼了。依允了以後，卻又放下臉子說道：「可是你跟她說，是她自己願意的，將來好歹我可不管呵！」

陶媽把這消息告訴小艾，說好容易勸得太太肯了。她又勸他們馬上把事情辦起來。金槐寫信回去告訴他家裏，他家裏是沒有什麼問題的。他本來在一個朋友家裏搭住，現在想法子籌了一點錢，便去租下一間房間，添置了一些家具，預備月底結婚。在結婚的前幾天，他買了四色茶禮，到席家去了一趟，算是去見見五太太。他本來不願意去的，因為實在恨他們家，但是一趟也不去，似乎也說不過去，他也不願意叫小艾為難。而且他知道五太太一直病在床上，根本也不會下來見他的。結果由陶媽代表五太太，出來周旋了一會，小艾也出來了，大家在客廳裏坐著，金槐沒坐一會就走了。

四十五

這兩天他們這裏剛巧亂得很，因為六孫小姐回娘家來了。六孫小姐出嫁以後一直住在漢口，這次回來是因為聽見景藩的噩耗，回上海來奔喪。這樁事情他們現在仍舊是瞞著五太太，寅少爺已經問過她娘家的兄嫂，他們一致主張不要告訴她，說她恐怕禁不起刺激。所以六孫小姐對五太太說，就不好說是來奔喪的，只好說是因為五太太病了，到上海來看她的。

五太太聽她這樣說，於感動之餘，倒反而覺得傷心起來。向來一個後母與前頭的女兒總是感情很壞的，她們當然也不例外，想不到這時候倒還是六孫小姐還惦記著她，千里迢迢的跑來看她，而她病到這樣，景藩卻一次也沒有來看過她，相形之下，可見他對她真是比路人還不如了。她對著六孫小姐，也不說什麼，只是流淚。六孫小姐只當她是想著她這病不會好了，不免勸慰了一番。

六孫小姐難得到上海來一次的，她住在五太太這裏，便有許多親戚到這裏來探望她，所以這兩天人來人往，陶媽一個人忙不過來，小艾就要出嫁了，自己不免也有些事情要料理，陶媽便想起那個辭歇了的劉媽。劉媽從這裏出去以後，因為年紀相當大了，就也沒有另外找事，跟著她兒子媳婦住著，吃一口閒飯，也有時候帶著一隻水壺，幾隻玻璃杯，坐在馬路邊上賣茶。陶媽便和五太太說了，把她叫了來幫幾天忙。

四十六

有根自從上次生了氣以後，好些天也沒來，但是這一天晚上他又來了，剛巧劉媽一個人在廚房裏沖熱水瓶，見他來了，她衝著樓上喊了陶媽一聲，告訴她她兒子來了。灶上有開水，劉媽順手倒了杯茶給他，談話中間，便把小艾就要出嫁的消息講給他聽。那天金槐到這裏來，她也看見的，便絮絮的告訴有根他是怎樣的一個人，又說他還那樣周到，送了荔枝、桂圓、南棗、白糖四色茶禮。正好這兩天他們這裏常常來客，便把那桂圓、荔枝拿出來待客。陶媽聽見說有根來了，下樓的時候就帶了些下來，又想起南棗是最滋補的，便又包了一包南棗，拿到樓底下來。有根心裏正是十分憤懣，他母親卻抓了一把桂圓、荔枝擱在他面前的桌子上，笑道：「哪，你吃點。」又把一包棗子遞到他手裏，道：「看你這一向瘦得這樣，把這個帶回去，每天晚上，上床的時候吃幾個，補的。」有根接過來便向地下狠命一摜，道：「我才不要吃呢！」馬上站起身來就走了。劉媽在旁邊倒怔住了，也沒好說什麼。陶媽也只嘟囔了一聲：「這東西！」此外也沒有說什麼。

那包南棗摜在地下，紙包震破了，棗子滾了一地，陶媽後來一隻隻拾了起來。第二天早上小艾掃地，卻又掃出兩隻棗子來，她便笑道：「咦，這兒怎麼掉了兩個棗子。」劉媽在灶上煮粥，忙回過頭來向她擺了擺手，又四面張望了一下，方才輕聲說道：「昨天都把我嚇一跳——

有根也不知道為什麼跟他媽鬧彆扭，他媽包了一包棗子叫他帶回去吃，他一摜摜了一地。」小艾聽了，她自然心裏明白，一定是因為他知道是金槐送的禮，所以這樣生氣。她不免有些悵觸，因為她對於有根，雖說是沒有什麼感情，總也有一種知己之感。

四十七

她後天就要結婚了。五太太早已和陶媽說過：「叫她早一天住出去。不能讓她在我家出嫁。」因為有這樣一種忌諱，丫頭嫁人，如果從主人家裏直接嫁出去，有些主人就要不願意，認為不吉利。所以小艾頭一天就辭別了五太太，搬到劉媽家裏去住著。劉媽自己在席家幫忙沒有回來，第二天便由她的媳婦做了送親的人。

小艾因為在那天住在那裏打攪了他們，覺得很不過意，結了婚以後，過了些日子，便和金槐一同去看他們，五太太那裏她卻一直沒有去過。後來劉媽有一次到五太太那裏去拜年，就告訴陶媽聽，說得花團錦簇，道：「看不出小艾還有這點福氣，她嫁的這男人真不壞，上回到我家裏來，夫妻兩個，小艾穿了件新旗袍，絨線衫，像人家少奶奶一樣。說她婆婆也從鄉下出來了，鄉下苦，她年紀大了，也做不動，現在娶了媳婦了，所以出來跟他們一塊兒過了。」

劉媽因為住得遠，平日也難得到五太太那裏去的。在這以後總有兩年多了，陶媽有一天忽然又來找她，說五太太病勢十分沉重，看樣子就在這兩天了，家裏人手太少，所以又要叫劉媽去幫忙。當下劉媽就跟著她一同回去，來到席家，卻見他們客室裏坐滿了人，也有五太太娘家的親戚，席家這一邊，三太太也來了，還有些姪兒姪女和姪媳婦，寅少爺是去年結的婚，和他少奶奶在旁邊陪著。這兩天他們天天來，五太太心裏也還明白，看著這情形也猜著一定是醫生說她就要死了，所以大家都來了。獨有景藩，她病了這些年，他始終一次也沒有來過，彼此夫妻一場，連這一點情分都沒有，她就要死了，都不來看看她。

四十八

她也曾經問過寅少爺：「你這兩天看見你爸爸沒有？」這句話本來她一直也不肯出口的，但是到了最後，終於還是說了。寅少爺回說：「沒看見，我沒上那邊去。」五太太自然也不好再說什麼，但是她的心事寅少爺其實也知道。為這樁事情，他們家裏這些人一直也在那裏討論著，究竟是不是應當告訴她。要是索性瞞到底，豈不使她抱恨終天，心裏想她臨死景藩都不來跟她見一面。但是現在這時候要是告訴她，突然受這樣一個刺激，無異一道催命符。所以她娘家的人始終認為不妥。有她自己娘家人在場，她婆家這些人當然誰也不肯有什麼切實的主張。寅少爺更是不肯負担這個責任，他要是贊成告訴，反而給人家說一句，因為是他的後母，到底隔一層了，所以他能夠這樣冷酷，置她的生命於不顧。

然而眼看著她這樣痛苦，就又有人提起來說：或者還是告訴她吧？大家每天聚集在樓下客室裏悄悄商議著，只是商量不出個所以然來。陶媽這天帶著劉媽一同上樓，便皺著眉輕聲和她說：「他們真是的，其實明知道太太這病也不會好了，就告訴她有什麼要緊呢，告訴了她還讓她心裏痛快一點。」到了樓上，劉媽進房去叫了一聲「太太」。五太太躺在床上只是一聲一聲低低的哼著，眼睛似睜非睜，看那樣子已經不認識人了。陶媽向她望著，不由得掉下淚來，掀起衣襟來擦了擦眼睛，便恨恨的向劉媽輕聲道：「再不告訴她來不及了！」劉媽怔了一會，便道：「其實你就告訴她好了。」陶媽又躊躇了一下，便走到床前，劉媽站在門口望風，陶媽便俯下身去壓低了喉嚨連叫了幾聲「太太」，說道：「老爺三年前頭已經不在了，一直瞞著你的，不敢告訴你。」

四十九

五太太在枕上微側著臉躺著，像她那樣肥胖的人一旦消瘦下來，臉上的皮肉都鬆垂著，所以經常的有一種淒黯的神情。陶媽湊在她跟前向她望著，隔了一會，又喊了幾聲「太太」，見她的眼皮彷彿微微一動，陶媽便把剛才那幾句話又重複了一遍，但是依舊看不出她有什麼反應。到底也不知道她聽見了沒有。

陶媽直起身子來，和劉媽面面相覷了一會。房間裏靜靜的。在這種陰陰的天氣，雖然也並不十分冷，身上老是寒浸浸的，人在房間裏就像在一個大水缸的缸底。陶媽給五太太把被窩牽了一牽，覺得這棉被不夠厚，想拿出兩件衣服來蓋在腳頭，便去開抽屜，一開抽屜，卻看見五太太那隻貓睡在裏面，這貓現在老了，怕冷，常常跑到櫃裏去鑽在衣服堆裏睡著。陶媽輕輕的罵了一聲，把牠趕了出來，拿出衣服來抖了一抖，拍了拍灰，便給五太太蓋在床上。

五太太的情形一直沒有什麼變化，拖到第二天晚上就死了。劉媽在他們家幫了幾天忙，入殮以後就回去了，因為順路，便彎到小艾那裏去，想告訴她一聲五太太死了。

小艾他們現在住著一間前樓閣，同時有半間客堂他們也可以使用的，所以上次劉媽來的時候便在客堂裏坐著，沒有上去。那是個石庫門房子，這一天劉媽一推門進去，他們天井裏晾著些青菜，大概預備醃的，小艾的婆婆蹲在地下，在那陽光中把青菜一棵棵的翻過來，劉媽笑著叫了聲「馮老太」。馮老太一抬頭看見她，忙點頭招呼，笑道：「玉珍病了。」劉媽道：「怎麼病啦？」馮老太道：「是呀，有十幾天了，也不知是不是害喜。」說著，便站起身來把客人往裏讓，又向閣樓上嚷了一聲：「劉大媽來了。」

五十

劉媽便道：「我上去看看她去。」馮老太搬過一隻竹梯倚在閣樓上，劉媽便從梯子上爬上去，馮老太在下面扶著梯子，仰著臉只管叫著「走好！走好！」小艾在上面也帶笑連聲招呼著「當心！當心頭！」裏面黑魆魆的像個船艙似的，劉媽彎著腰進了門，進了門也仍舊直不起腰來。小艾忙把電燈捻開了，讓她在對面一張床上坐下。劉媽問候她的病，問她是不是有喜了。小艾彷彿有點難為情，但是劉媽聽她說的那個病情，倒也不像是有喜，說是不能起床，一起來就腰痠頭暈。其實小艾自己也疑心，這恐怕還是從前小產後留下的毛病，不過她當然不會對她婆婆說這些，這時候她婆婆雖然不在跟前，她也很怕劉媽會提起從前的事情，忙岔開來說了些別的話。劉媽便告訴她五太太去世的消息。小艾聽了，也覺得有些愴然。雖然五太太過去待她並不好，她總覺得五太太其實也很可憐。

劉媽坐到她床上來，嘁嘁喳喳告訴她五太太臨終的情景。小艾的床前擱著一雙鞋，劉媽坐過來的時候一腳踩在上面，便拿起來撣了撣灰，笑道：「喲！你自己做的呀？越來越能幹了！」那是一雙青布絆帶鞋，卻彷照著當時流行的皮鞋式樣，鞋底分三層，一層青布包的，上面襯著一層紅布包的，又是一層淡灰色的。這雙鞋，她自己很是得意。

她自從出嫁以後，另是一番天地了，她彷彿新發現了這個世界似的，一切事物都覺得非常有興味。她現在做菜也做得不壞，不過因為對於一切都有試驗的興趣，常常弄出很奇異的配搭，譬如洋山芋切絲炒黃豆芽。金槐起初也有點吃不慣，還是喜歡他母親做的菜，但是馮老太因為有腳氣病，在灶前站久了就要腳腫。

五十一

他們這閣樓的板壁上挖了一個相當大的方洞，從這窗戶裏可以看見下面的客堂。劉媽偶一回頭，向下面看了看，便笑道：「你們金槐回來了。」金槐端了一張長板凳坐在他母親斜對面，兩人在那裏說話，臉色都很沉鬱。隔了一會，金槐便上來了，劉媽直讓他坐，在這低矮的屋頂下，不坐也是不行。他在對面的一張床上坐了下來，便微笑著問小艾：「你今天怎麼樣？可好了點沒有？」小艾笑道：「還是那樣。」金槐微皺著眉毛向她臉上望去，他坐在那裏，身子向前探著一點，兩肘架在腿上，十指交挽著，顯出那一種焦慮的樣子。小艾倒覺得有點窘，心裏想他今天怎麼回事，當著人就是這樣。金槐默然地坐了一會，便又下樓去了。他一走，劉媽便取笑小艾道：「你看金槐待你多好，為你的病他那麼著急。」小艾只是笑。劉媽又坐了一會，便說要走了，小艾也沒有十分挽留，她並不怎麼歡迎劉媽常來，因為劉媽雖然人還不壞，但是有點快嘴，來得多了，說話中間不免要把她的底細都洩露出來，小艾很不願意她同住的這些人知道她的出身，因為一般人對婢女總有點看不起的，而她是一個最要強的人。

劉媽從梯子上下去的時候卻有點害怕，先上來的時候還不很費事，現在站在門口低頭一看，那條梯子筆直的下去，簡直沒法下腳，只得一坐坐在門檻上，然後一步一步的往下挨。馮老太在下面攙扶著她，到了地面上，便又笑著替她在背後拍打了兩下，原來剛才那一坐，袴子上坐了一大塊黑跡子。劉媽也笑了起來，自己也拍打了一陣子，便告辭出門，馮老太母子都送了出去。

五十二

劉媽走了，馮老太便彎腰把地下晾著的青菜拾起來，卻嘆了口氣，道：「早曉得少醃點菜了——又不能帶走。」金槐道：「送給別人醃好了。」說著，便轉身進去，匆匆的跑到閣樓上，向小艾說道：「我們那印刷所要搬到香港去了，工人要是願意跟著去，就在這兩天裏頭就要動身。」小艾噯呀一聲，在枕上撐起半身向他望著。金槐是很興奮，自從上海成了孤島，雖然許多人還存著苟安的心理，有志氣些的人都到內地去了，金槐也未嘗不想去，不過在他的地位，當然是不可能。到香港去，那邊的環境總比這裏要好些。

他又微笑道：「剛才我跟媽商量好了，你跟我一塊兒去，她回鄉下去。不過我看你這樣子好像不能走，怎麼辦呢？」小艾怔了一會，便道：「我想不要緊的，又不是什麼大病。」金槐向她望著，半天沒有作聲，然後說道：「我看你還是不要硬撐著，路上一定要辛苦點的。還是我先去，你隨後再來吧。」小艾自己忖度了一下，只得笑道：「那也好，我一好了就來。」金槐道：「只好這樣了。」他坐在她對面，把她床前的一雙鞋踢著玩，踢成八字腳的式樣，又給它並在一起。兩人都默然，過了一會，金槐又道：「聽見說香港的房子難找，我先去找好了地方也好。」

他們商量著什麼東西應當帶去，金槐說棉衣服可以用不著帶，香港天氣熱。小艾叫他把一隻熱水瓶帶去，金槐道：「等你來的時候再帶來好了，這兩天你們還要用呢。」又笑道：「你一個人跑到那裏，又不會說廣東話，等會給人拐去賣掉了。」小艾笑道：「我又不是個小孩子了！」

兩人表面上只管說說笑笑的，心裏卻有點發慌。小艾擁著一床大紅碎花布面棉被躺在那裏，那黃色的電燈光從上面照射下來，在船艙似的閣樓上，大家心裏都說不出來是一種什麼感想，大概就是浮生若夢的感覺了。

五十三

在金槐動身前的那天晚上，箱子、網籃、包袱都理好了。他忽然想起來，又把桌子上的抽屜抽出來，把裏面的東西一陣子亂翻亂掀。馮老太在旁邊看著，便道：「你在那兒找什麼？」金槐只含糊的應了一聲：「我看看可還有什麼東西要帶去的。」等馮老太走開了，金槐便問小艾：「那張照片呢？」他們很少拍照的，小艾除了他們結婚的時候合拍的一張便裝照，也沒有什麼別的照片。這一天他問起來，小艾便笑道：「那張照片我送人了。」金槐便有點不大高興，咕嚕了一聲，道：「只剩那一張了怎麼也給人了。」後來馮老太把他的手絹子全都洗乾淨了，烘乾了拿來給他收在箱子裏。金槐打開箱子，箱子蓋裏面有一個夾袋，他把一疊手帕向裏面一塞，裏面除了一把新牙刷，還有一樣東西，摸著冰冷的，扁平而光滑的，是一張硬紙片，這用不著看，也就知道是什麼了。他把那張照片抽出一半來看了，便望著小艾笑了一笑，小艾橫了他一眼，然後也笑了。

這一天夜裏，金槐三點多鐘就起來了。他知道他母親和小艾也是剛睡著沒有一會，所以也不願意驚醒她們，輕輕的開了燈，把小件的行李先拎了兩樣，從梯子上下去，就在廚房裏盥洗了一下，再上來拿箱子。略有點響動，小艾便驚醒了，掙扎著要坐起來披衣下床，金槐忙按住她道：「你不要起來了。」她還有點睡眼矇矓，只覺得他的臉很冷，有一股清冷的牙膏氣味。然後他就走了。她聽見他一路下去，後門砰的一聲關上了。隨著那一聲「砰！」便有一陣子寂寞像潮水似的湧了進來。那寂靜幾乎是嘩嘩的沖進來，淹沒了這房間。桌上的鐘滴答滴答走著，也顯得特別的響。

五十四

金槐到香港去了以後，不久就有信來，說那邊房子已經找好了，月底又匯了點錢來。這裏小艾也托樓下住的一個孫先生給寫了回信去，又寫了封信給鄉下的兄嫂，叫金槐的哥哥出來一趟，把母親接回去。一切佈置就緒，小艾的病卻是老不見好，心裏非常著急。馮老太也說是看這樣子大概是病不是喜。他們這附近有一家國藥店，店裏有一個醫生常駐在那裏，診金比較便宜，小艾便去看了一趟，吃了兩帖藥，也不甚見效。她那大伯馮金福倒已經來了。小艾結婚後一直也沒有回鄉下去過，所以還是第一次見面。

金福來了少不得總有一兩天的耽擱，也沒有地方住，只得在樓下客堂裏搭了個舖。他們這客堂後面攔掉一半，作為另一個房間租了出去，前面卻把一排槅扇全都拆了，擴展到天井裏，佔去半個天井，所以名為客堂，倒有一半是露天的，夜裏風颼颼的，睡在那裏十分寒冷。

金福有好些年沒到上海來過了，他來的第二天，早上起來吃了碗泡飯，便說要到外面去溜溜。出去沒有一會，卻退回來了，說外面亂得很，馬路上走不通，馮老太正笑他不中用，小艾躺在床上，卻說：「媽，你聽，今天外頭怎麼這樣鬧嚷嚷的。」

住在客堂後面的孫先生在一個洋行裏做式老夫的，每天早上按時出去上班，這時候也退了回來，帶來了驚人的消息，說日本兵開進租界了，外面人心惶惶，亂得一塌糊塗。

五十五

這一天大家都關著門守在家裏，沒有出去。孫先生到隔壁去借打電話，起初一直打不通，因為電話太忙碌。直到晚飯後方才接通了，也聽到了一些消息，說日本人同日進攻香港，孫先生回來一說，小艾聽見說香港已經打起來了，面上也還不肯露出十分著急的樣子，反而用話去寬慰馮老太。雖說金槐在香港是舉目無親，單身一個人陷在那裏，但是他們印刷所裏這次去了那麼許多職工，大家緩急之間總也有個照應。而且香港那麼大地方，那麼許多人呢，不見得單是他就會遇到危險。說是這樣說，急也還是一樣的急。小艾別的不懊悔，只恨她自己沒有跟他一同去，就是死也死在一起。

十天以後，報上登出香港陷落的消息，至少那邊的戰事已經結束了。但是一個月兩個月的過去，上海香港之間一直信息不通，依舊生死莫卜。小艾他們這時候一點進項也沒有，稍微有一點積蓄，也快用完了。金福還住在他們這裏，起初是因為路上不好走，他也沒法回原籍去，所以憑空又添上一個人坐吃。金福住在這裏，心裏也非常不安，因此也急於要回去。忽然有一天，他的三弟金桃也到上海來了，說金福幸而不在家鄉，這一向鄉下抽壯丁，捉人捉得非常厲害，他還是逃出來的。金福聽見這話，也只得死心塌地的住了下來。反而又添了一個人吃飯。他們兄弟倆四處托人找事，急切間哪裏找得到事情。

小艾病了這些時，現在漸漸的能夠起床了，就也想出去找事。像她這樣的人出去做事，通常的出路是幫傭，但是她非常不願意，她覺得那種勞役的生活她已經過夠了，事情重一點倒沒有關係，她就是不願意看人家的臉子。她想到工廠裏做工，但是沒有門路，也進不去。

五十六

金桃倒有了著落，由他表哥介紹到一個火爐店去學生意。這時候他們家裏實在維持不下去了，小艾急得沒有辦法，剛巧樓底下孫先生有一個朋友家裏要添一個女傭，孫家就把她薦了去。這家人家姓吳，男主人本來是孫先生的同事，不過是洋行裏的一個式老夫，也還是最近方才跳出去自立門戶，幾個人合夥開了個公司，因為他會說幾句日本話，便勾結了日本人，小小的做些非法的生意。孫先生看著眼熱，又有些氣不服，所以把這些事情全部都給他說了出來，慨嘆著說他自己是不肯做這種事情，不然也發財了。

小艾到了吳家，他們那裏已經用了個燒飯娘姨，她就管洗衣服打雜兼帶孩子。那吳太太是個中年婦人，一張焦黃的尖削面龐，臉上那樣瘦，身上卻相當的胖，圓滾滾的身子，穿著件金晃晃的織錦緞旗袍。她有個脾氣，不肯讓傭人有一刻工夫閒著，否則就覺得自己花這些錢僱這麼個人有點冤枉。因此只要看見人家在那裏歇著，暫時沒做什麼，她沒事也要想出些事來給人做。每天吃剩下的雞魚鴨肉，她寧可倒了也不給傭人吃，說道：「給他們吃慣了葷的，哪天要是沒有葷菜吃就要嘰咕了！索性一年到頭給他們吃素，倒也一聲不響。」有時候罵燒飯的這碗菜做得不好，拿起來就往痰盂裏一倒，道：「當是燒壞了就給你們吃了？偏不給你吃！」小艾就最受不了這種叱罵的聲口，那彷彿是另一個世界的迴聲，她以為是永別了的一個世界。但是她也只能忍耐著，這裏的工錢雖然也不大，常常有人來打麻將，所以外快很多。

她又把金福薦給他們，在吳先生的行裏做出店。金福很認識幾個字。

五十七

金福有了職業以後，也寄了點錢回家去，但是此後沒有多少時候，他的老婆就拖兒帶女找到上海來了。也還是因為鄉下抽壯丁，他們家的男丁全跑光了，不出人就得出錢，保甲長藉端敲詐，金福的老婆被逼得沒有辦法，想著金福在上海也有了事情，便帶著幾個孩子和他們最小的一個弟弟一同到上海來了。當然仍舊是住在小艾這裏，好在小艾現在出去幫傭，不住在家裏，所以金福也可以不用避什麼嫌疑，便和他的老婆孩子一齊都住到閣樓上去。

小艾有時候回家來看看，彷彿形成了鵲巢鳩佔的局面。但是她覺得這也是應當的，她因為她自己娘家沒有人，一向把金槐家裏的人當作她的至親骨肉看待。同時她總忘不了她從前是個丫頭，人家總說大戶人家出來的丫頭往往好吃懶做，不會過日子，她倒偏要爭口氣，所以一向非常刻苦，總想人家說她一聲賢惠。她現在每月的收入自己很少動用，總是拿到家裏來。不但馮老太靠她養活，就連金福夫婦也全仗她接濟，金福的收入有限，又有那麼一大羣兒女嗷嗷待哺，也實在是不夠用。最小的一個小叔金海已經送到一爿皮鞋店裏做學徒去了，兩個小叔都在店裏學生意，雖然管吃管住，衣裳鞋襪還是要自己負担，又要小艾拿出錢來。她有時候也有一點怨，但是每逢看到他們總覺得十分親切。尤其是現在，香港陷落了已經快四個月了，金槐至今還沒有信來，她漸漸的感到淒涼恐怖和絕望，在這種時候，偶爾抽空回去一趟，雖然家裏這些人也並不能給她什麼安慰，她只要聽見他們一家老小嘰哩喳啦用他們的家鄉口音說著話，不由得就有一種溫暖之感，也不知為什麼緣故，心裏彷彿踏實了許多。

有一天晚飯後，金福忽然到吳家來找小艾，很興奮的說：「金槐有信來了！今天早上到的，他們也不曉得，等我回去才看見。」說著便從衣袋裏取出那封信來，唸給她聽。上寫著：

「玉珍賢妻：吾現已平安到抵貴陽，可勿必罣念。在香港戰事發生後，吾們雖然飽受驚恐，幸而倒沒有受傷。惟印刷所工作停頓，老闆復避不見面，拒絕援助，以致同人們告貸無門，流落他鄉。去冬港地天氣反常奇冷，棉衣未帶，飢寒交迫。吾們後來決定冒著艱險步行赴內地，現已到抵貴陽，在此業已找到工作，暫可餬口。現在別的沒有什麼，只是不放心你們在上海，不知何日再能團聚。而且家中生活無著。不知你病好了沒有？你的身體也不好，但吾母親與家裏人仍須賴你照應。書不盡言，夫金槐白。」

小艾聽到後來，不覺心頭一陣辛酸，兩行熱淚直流下來。她本來想馬上就寫回信，就請金福代筆，可是這封信她倒有點不願意叫他寫，另外去找了個測字先生寫了。其實裏面也沒有什麼話，不過把家中的近況詳細告訴他，無非叫他放心的意思。她現在也略微認識幾個字了，信寫好了，自己拿著看看，不是自己寫的，總覺得隔著一層。她忽然想起來從前他給她的「馮玉珍」三顆鉛字，可以當作一個圖章蓋一個在信尾。他看見了一定要微笑，他根本不知道那東西她一直還留著。

次日下午，她趁著吳太太出去打牌，就溜回家去拿那鉛字。馮老太見她來了，便說起金槐來信的事，因道：「這金槐也是的，跑到那地方去——不是越走越遠了嗎？」小艾也沒有替他辯護，心裏想說了她也不懂。

五十八

她那鉛字是包了個小紙包，放在一隻舊牙粉盒裏，盒面上印著一隻五彩的大蝴蝶。她記得就在抽屜裏的一角，但是找來找去找不到。馮老太問道：「你在抽屜裏找什麼？」小艾道：「我有個牙粉盒子裝著點東西，找不到了。」馮老太道：「那天我看見阿毛拿著個牙粉盒子在玩的，一定給她拖不見了。」阿毛是金福的大女兒。當下小艾便沒有說什麼，心裏想要是查問起來，她嫂嫂要多心了，而且東西到了小孩手裏，一定也沒有了，問也是白問。但是她為這一樁小事，心裏卻是十分氣惱，又覺得悲哀。同時又注意到桌上擱著一隻雙耳小鋼精鍋子，是她借給他們用的，已經敲癟了兩塊。

家裏有小孩，東西總是容易損壞些。金福夫婦帶著幾個孩子在這裏一住兩三年，家具漸漸的都變成缺胳膊少腿的。這還沒有什麼，小艾有一次回來，看見她的一面腰圓鏡子也砸破了，用一根紅絨繩縛起來，勉強使用著，鏡面上橫切著一道裂痕。小艾看了，心裏十分氣苦。金槐到內地去已經有兩三年了，起初倒不斷的有信來，似乎他在那邊生活也非常困苦，一度到重慶去過，後來因為失業，又飄流到湖南，在湖南一個小印刷所工作過一個時期。今年卻一直沒有信來，也不知道為什麼。她打聽別人，也有人說是長久沒有收到「裏邊」來的信了。

她有一個小姐妹名叫盛阿秀，住在他們隔壁，這一天阿秀聽見說她回來了，便走過來找她談天。只有她們兩人在閣樓上，那阿秀是個爽快的人，心裏擱不住事，就告訴小艾聽她的丈夫怎樣負心，她丈夫也是到內地去了，聽說在那邊已經另外有了人。她訴說了半天，忽然想起來問小艾：「你們金槐可有信來？」小艾苦笑道：「沒有，差不多一年沒有信了。聽見人家說，現在信不通。」阿秀道：「哪裏！昨天我還聽見一個人說接到重慶他一個親戚的信。」小艾聽了這話，不由得心裏震了一震。

五十九

阿秀也默然了。過了一會，方道：「聽他們說，到重慶去的這些人，差不多個個都另外討了女人。黑良心，把我們丟在這裏，就打算不要了。我就不伏這口氣——我們不會另找男人呀？他們男人可以我們女人不可以呀？老實說，現在這種世界，也無所謂的！」她漲紅了臉，說話聲音很大，小艾聽她那口氣，彷彿她也另外有了對象了。

她們這樣在閣樓上面談話，可以聽見金福的老婆在樓下納鞋底，一針一針把那麻線戛戛的抽出來，這時候那戛戛的聲音卻突然的停止了，一定是在那裏豎著耳朵聽她們說話。等會一定要去告訴馮老太去了。馮老太的脾氣，也像有一種老年人一樣，常常對小艾訴說大媳婦怎麼怎麼不好，但是照樣也會對大媳婦說她不好的。小艾可以想像她們在背後會怎樣議論她，一定說是阿秀在那裏勸她，叫她把心思放活動一點。本來像她這樣住在外面，要結識個把男朋友也很便當的。也說不定她們竟會疑心她有點靠不住。她突然覺得非常厭煩。她辛辛苦苦賺了錢來養活這批人，只是讓他們偵察她的行動，將來金槐回來了，好在他面前搬是非造謠言嗎？她倒變成像從前的寡婦一樣了，處處要避嫌疑，動不動要怕人家說閒話。她有時候氣起來，恨不得撇下他們不管了，自己一個人到內地去找金槐去。但是他的母親是他託付給她的，怎要能不管呢？所以想想還是忍耐下去了，只是心裏漸漸覺得非常疲倦。

她在那吳家做事，吳家現在更發財了，新買了部三輪車。有一天他們的三輪車夫在廚房裏坐著，有客人來了，一男一女，在後門口遞了張名片給他，他拿著進去，因見小艾在客堂裏擦玻璃窗，便把名片交給她拿上去。小艾把那張「陶攸賡」的名片送上樓去，吳先生馬上就下來了，把客人讓到客堂裏坐著。小艾隨即倒了茶送進去，還沒有踏進房門，便聽見裏面有一個人說話的聲音有點耳熟。

六十

她再往前走一步，一眼便看見沙發上坐著一個胖胖的西裝男子——是有根。不過比從前胖多了，臉龐四周大出一圈來，眉目間倒顯得擠窄了些，乍一看見幾乎不認識了。小艾捧著一隻托盤，站在門口呆住了。自從她出嫁以後，一直也沒有聽到有根的消息，原來他發財了。有根雖然是迎面坐著，他正在那裏說話，卻並沒有看見她，小艾的第一個衝動便是想退回去，到廚房裏去叫他們家裏車夫把茶送進去。正這樣想著，一回頭，卻看見吳太太從樓梯上走下來，吳太太換了件衣服，也下來招待客人了。這裏小艾端著個茶盤攔門站著，勢不能再踟躕不前了，只得硬著頭皮走進客廳。吳太太也進來了，大家只顧應酬吳太太，對於這女傭並沒有怎樣加以注意。小艾便悄悄的繞到沙發背後，把一杯茶擱在有根的茶几上，他同來的還有一個艷裝的年青女人，也擱了杯茶在她旁邊。吳先生敬他們香烟，有根卻笑道：「哦，我這兒有我這兒有！我的喉嚨有點毛病，吃慣了這個牌子的，吃別的牌子的就喉嚨疼。」一面說著，已經一伸手掏出一隻赤金香烟盒子，打開來讓吳先生抽他的。吳太太笑道：「把衣裳寬一寬吧。」兩個客人站起來脫大衣，小艾拎著個空盤子正想走出去，吳太太卻回過臉來向她咕噥了一聲：「大衣掛起來。」小艾只得上前接著，有根把大衣交到她手裏的時候，不免向她看了看，頓時臉上呆了一呆，又連看了她幾眼，雖然並沒有和她招呼，卻也有點笑意。但是在小艾的眼光中，這微笑就像是帶著幾分譏笑的意味。她板著個臉，漠然的接過兩件大衣，掛在屋角的一隻衣架上，便走了出去，自上樓去了。她到樓上去洗衣服，就一直沒有下來。半晌，忽然聽見吳太太在那裏喊：「馮媽，來謝謝陶太太！」想必是有根的女人臨走丟下了賞錢。小艾裝作沒聽見，也沒下去。後來在窗口看見有根和那女人上了三輪車走了，她方才下樓。吳太太怒道：「喊你也不來，人家給錢，都沒有人謝一聲！」小艾道：「剛才寶寶醒了，我在那兒替他換尿布，走不開。」

六十一

吳太太把桌上幾張鈔票一推，道：「哪，拿去。你跟趙媽一人一半。」這錢小艾實在是不想拿，但是不拿似乎又顯著有點奇怪。只得伸過手去，那鈔票一拿到手裏，彷彿渾身都有一種異樣的感覺。

她聽他們正在那裏談論剛才兩個客人，吳先生說幾時要請他們來打牌，吳太太卻嫌這一個陶太太不是正式的，有點不願意。小艾聽他們說起來，大概有根是跑單幫發財的。她心裏卻有點百感交集，想不到有根會有今天的一天。想想真是不服，金槐哪一點不如他。同時又想著：「金槐就是傻，總是說愛國，愛國，這國家有什麼好處到我們窮人身上？一輩子吃苦挨餓，你要是循規蹈矩，永遠也沒有出頭之日。火起來我也去跑單幫做生意，誰知道呢，說不定照樣也會發財。人生一世，草生一秋，我也過幾天鬆心日子。」

她下了個決心，次日一早便溜出去找盛阿秀商量，阿秀有兩個小姐妹就是跑單幫的。小艾把一副金耳環兌了，辦了點貨，一面進行著這樁事情，一面就向吳家辭工，只說要回鄉下去了。她家裏的人對於這事卻不大贊成，金福屢次和馮老太說，其實還是幫傭好，出去跑單幫，一去就是許多日子不回來，而且男女混雜，不是青年婦女能做的事情。但是小艾總相信一個人只要自己行得正，立得正，而且她在外面混了這幾年，也磨練出來了，誰也不要想佔她的便宜。然而現在這時候出門去，旅途上那種混亂的情形她實在是不能想像，一個女單幫只要相貌長得好些，簡直到處都是一重重的關口，單是那些無惡不作的「黑帽子」就很難應付。小艾跑了兩次單幫，覺得實在幹不下去了，便又改行揹米。運氣好的時候，揹一次倒也可以賺不少錢。身體卻有些支持不住了，本來有那病根在那裏，辛勞過度，就要發作起來。

六十二

有一天金福的女兒阿毛正蹲在天井裏，用一把舊鐵匙子在那裏做煤球，忽然聽見哄通一聲響，有什麼東西撞在大門上，她趕出去一看，卻是小艾回來了，不知怎麼暈倒在大門口，揹的一袋米甩出去幾尺遠。阿毛便叫起來，大家都出來了，七手八腳把她抬進去。

馮老太看她這次的病，來勢非輕，心裏有些著慌，也主張請個醫生看看。次日便由她嫂嫂陪著她到一個醫院裏去，這醫院裏門診的病人非常多，掛號要排班，排得非常的長，內科外科分好幾處，看婦科也不知道應當排在哪裏。金福的老婆見有一個看護走過，便陪著笑臉走上去問她，還沒開口，先叫了聲「小姐」，一句話一個「小姐」。那看護寒著臉向她身上穿著打量了一下，略指了指，道：「站在那邊。」便走開了。小艾在旁邊看著，心裏非常起反感。排了班掛號以後，又排了班候診，大家擠在一間空氣混濁的大房門裏，等了好幾個鐘頭。小艾簡直撐不住了，一陣陣的眼前發黑，一面還在那裏默默背誦著她的病情，好像預備考試一樣，惟恐見到醫生的時候有什麼話忘了說，錯過了那一刻千金的機會。後來終於輪到她了，她把準備下的話背了一遍，那醫生什麼也沒說，就開了張方子，叫她吃了這藥，三天後再來看。

她那天到醫院去大概累了一下，病勢倒又重了幾分。把那藥水買了一瓶來吃著，也沒有什麼效驗，當然也就沒去複診了。

慶祝勝利的爆竹她也是在枕上聽著的。勝利後不到半個月，金槐便有信來了，說他有一年多沒有收到家信了，聽見人家說是信不通，他非常惦記不知道家裏的情形怎麼樣。現在的船票非常難買，他一買到船票就要回來了。

阿秀有一天來探病，小艾因為阿秀曾經懷疑過金槐或者在那邊也有了女人，現在她把金槐這封信拿出來給阿秀看，不免流露出一絲得意的神情。但是後來說說又傷心起來，道：「我這病恐怕也不會好了，不過無論怎樣我總要等他回來，跟他見一面再死。」說著便哭了。阿秀道：「年紀輕輕的，怎麼說這種話。你哪兒就會死了，多養息養息就好了。」

六十三

小艾再也沒想到，這船票這樣難買，金槐在重慶足足等了一年工夫，這最後的一年最是等得人心焦，因為覺得冤枉。金槐回來的那天，是在一個晚上，在那昏黃的電燈光下，真是恍如夢寐。金槐身上穿著的也還是他穿去的衣裳，已經襤褸不堪，顯得十分狼狽。馮老太看他瘦得那樣子，這一天因為時間已晚，也來不及買什麼吃的，預備第二天好好的做兩樣菜給他吃。次日一早，便和金福的老婆一同上街買菜。

自從小艾病倒以後，家中更是度日艱難，有飯吃已經算好的了，平常不是榨菜，就是鹹菜下飯，這一天，卻做了一大碗紅燒肉，又燉了一鍋湯。金槐這一天上午到他表弟那裏去，他們留他吃飯，他就沒有回來吃午飯。家裏燒的菜就預備留到晚上吃，因為天氣熱，擱在一個通風的地方，又怕孩子們跑來跑去打碎了碗，馮老太不放心，把兩碗菜搬到櫃頂上去，又怕悶餿了，又去拿下來，一會兒擱到東，一會兒擱到西。小艾躺在床上笑道：「聞著倒挺香的。」馮老太笑道：「真是人逢喜事精神爽，你胃口也開了，橫是就要好了。你今天也起來，下去吃一點吧。」

金桃金海也來了，今天晚上這一頓飯彷彿有一種團圓飯的意義，小艾便也支撐著爬起來，把頭髮梳一梳通，下樓來預備在飯桌上坐一會。金福幾個小孩早在下首團團坐定，馮老太端上菜來，便向孩子們笑道：「不要看見肉就拼命的搶，現在我們都吃成『素肚了』了，等會吃不慣肉要拉稀的。」正說著，忽然好像聽見頭頂上籟的一聲，接著便是輕輕的「叭」一響，原來他們這天花板上的石灰常常大片大片的往下掉，剛巧這時候便有一大塊石灰落下來，正落到菜碗裏。大家一時都呆住了。靜默了一會之後，金槐第一個笑了起來，大家都笑了。就中只有小艾笑得最響，因為她今天實在太高興了，無論怎麼樣，金槐到底是回來了。

六十四

金槐一回來就找事，沒有幾天，便到一個小印刷所去工作。小艾的病他看著很著急，一定逼著她要好好的找個醫生看看。這一天他特為請了假陪她去，醫生給她檢查了一下，說是子宮炎，不但生育無望，而且有生命的危險，應當開刀，把子宮拿掉。開刀自然是需要一大筆錢。兩人聽了，都像轟雷擊頂一樣。還想多問兩句，看護已經把另一個病人引了進來，分明是一種逐客的意思，只得站起身來走出去了。

回到家裏，小艾在閣樓上躺著，大家在樓下吃晚飯，金槐一個人先吃完，便到閣樓上去，拿熱水瓶倒了杯開水喝，一面就在她對面坐下，捧著杯子，將手指甲敲著玻璃杯，的的作聲。半晌，方才自言自語道：「這怎麼辦呢？開刀費要這麼許多，到哪兒去想辦法呢？」小艾翻過身來望著他說道：「你不要愁了，我也不想開刀。」金槐怔了怔，因道：「你不要害怕，許多人開刀，一點也沒有什麼危險的。」小艾道：「我不是怕。我不願意開刀。」金槐道：「為什麼呢？」問了這樣一聲以後，自己也就明白過來了，她一定是想著，要是把子宮拿掉，那是絕對沒有生育的希望了，像這樣拖延下去，將來病要是好些，說不定還可以有小孩子。他便又說道：「還是自己身體要緊，醫生不是說不開刀很危險的？」

小艾沒有回答。金槐心裏也想著，這時候跟她辯些什麼，反正也沒有錢開刀，彷彿辯論得有些無謂，便沒有再說下去了。因見她臉色很凄楚的樣子，便坐到她床沿上去，想安慰她兩句。他一坐坐在她一條手絹子上，便隨手揀起來，預備向她枕邊一拋，不料那手絹子一拿起來，竟是濕淋淋的，冰涼的一團。想必剛才她一個人在樓上哭，已經哭了很久的時間了。

他默然了一會，便道：「你不要還是想不開。有小孩子沒小孩子我一點也不在乎。只要你身體好。」小艾一翻身朝裏睡著，半晌沒有作聲。許久，方才哽咽著說道：「不是，我不是別的，我只恨我自己生了這病，你本來已經夠苦的了，我這樣不死不活的，一點事也不能做，更把你拖累死了。」金槐伸過手去撫摸她的頭髮，道：「你不要這樣想。」只說了這樣一句，聽見外面梯子格吱格吱響著，有人上樓來了，就也沒說什麼了。

自從金槐回來以後，金福的老婆因為叔嫂關係，要避一點嫌疑，不好再住在閣樓上，便帶著孩子們回鄉下去了。金福這時候仍舊在吳先生行裏做出店，便和吳先生商量，晚上就住在寫字間裏。金槐這裏只剩下馮老太和他們夫妻兩個，頓時覺得耳目一清。金福的幾個孩子在這裏的時候，一天到晚兒啼女哭，小艾生病躺在床上，病人最怕煩了，不免嫌他們討厭，但是這時候他們走了，不知為什麼倒又有點想念他們。現在家裏一共這兩個人，倒又老的老、病的病，金槐晚上回來，也覺得家裏冷清清的。金槐雖然說是沒有小孩子他一點也不介意，但是她知道他也和她一樣，很想有個孩子。人到中年，總不免有這種心情。

六十五

樓下孫家有一個小女孩子很是活潑可愛，金槐總喜歡逗著她玩，後來小艾和他說：「你不要去惹她，她娘非常勢利，看不起我們這些人的。」金槐聽了這話，就也留了個神，不大去逗那孩子玩了。有一天他回家來，卻又笑著告訴小艾：「剛才在外頭碰見孫家那孩子，弄堂裏有個狗，她嚇得不敢走過來。我叫她不要怕，我拉著她一起走，我說你看，牠不是不咬你麼，她說：剛才我要走過來，牠在那兒對我喊。」他覺得非常發噱，她說那狗對她「喊」，告訴了小艾，又去告訴馮老太。又有一次他回來，又告訴她們一個笑話，他們弄堂口有個擦皮鞋攤子，那擦皮鞋的看見孫家那孩子跑過，跟她鬧著玩，問她鞋子要擦吧，她把脖子一扭，臉一揚，說：「棉鞋怎麼好擦呢？」金槐彷彿認為她對答得非常聰明。小艾看他那樣子，心裏卻是很悵惘，她因為自己不能生小孩，總覺得對不起他。

她一直病在床上，讓她婆婆伺候著，心裏也覺得不安，而且馮老太有腳氣病，也不大能多走動，這一向小艾彷彿好了些，便照常起床操作。阿秀有一天來看她，阿秀的丈夫已經從內地回來了，把另一個女人也帶到上海來，阿秀便和他離了婚，正式跟了她相與的那個男人。阿秀把她離婚的經過演述了一遍，然而她今天的來意，卻是因為惦記著小艾的病，她聽見說現在某處有個「小老爺」治病非常靈，勸小艾去求個方子，沒曉得她已經好了。小艾聽她說那「小老爺」怎樣怎樣靈，心裏卻也一動，暗想她這病要是能夠治得除了根，或者可以有小孩子。從前有一次，樓上二房東家裏有人生病，把一個看香頭的女人請了來，小艾在旁邊看著她作法。至少這種人不像醫生那樣的給她自卑感。這些人都是騙取窮人的血汗錢騙取慣了的，再小的數目他們也並不輕視，倒不像一般醫生，給窮人看病總像是施捨，一副施主的面孔。

六十六

那天晚上金槐回來，她就沒有告訴他阿秀勸她到那地方去看病的話，因為她知道他一定是不贊成的。後來馮老太卻當作一件新聞似的告訴了他，說有個什麼「小老爺」，是一個夭折的小孩，死後成了「仙」，給人治病非常靈驗，阿秀介紹小艾也去看。金槐聽了很生氣，說那些都是迷信騙錢的把戲。他倒是主張小艾另外去找個醫生看看，因為上次那醫生說她不開刀非常危險，現在倒好了些了，似乎那醫生的診斷也不是一定正確。但是小艾非常不願意找醫生，而且病既然好些了，當然也不必去看了，家裏也沒有富裕的錢，所以說說也就作罷了。

小艾用錢雖然省儉，也常常喜歡省下錢來買一點不必要的東西。有時候到小菜場去，看見賣梔子花的，認為便宜，就帶兩枝回來插在玻璃杯裏，有時候又去買兩朵白蘭花來掖在鬢髮裏面。又有一次她聽見鄰居在那裏紛紛談論筱丹桂自殺的事，說是被一個流氓逼死的，丟下多少箱衣服首飾，多少根金條。她很想看看筱丹桂生前是什麼樣子，走過報攤，便翻翻看報上可有筱丹桂的照片，買一張來看看。那報販隨便拿了一張報紙給她，指指上面一個漂亮女人的照片說是筱丹桂，她便買了回來，後來才知道並不是的。她對於紹興戲不大熟悉，比較更愛看申曲，因為申曲比較接近金槐他們的鄉音，句句都可以聽得懂。她自從到他們家裏來，口音也跟他們同化了。

她到阿秀家裏去回看她，碰見從前一塊兒揹米的一個女人，大家叫她陳家浜阿姐。她大著個肚子，說：「真是討厭，家裏已經有了四個，再養下來真養不活了，這一個我預備把他送掉了。」小艾道：「那總捨不得吧？」陳家浜阿姐道：「真的，我真在那兒打聽，有誰家要，養下來就給抱了去了，比跟著我餓死的好。」

她有事先走了，小艾便向阿秀仔細打聽她家裏的情形，從前一同揹米只曉得她人很好，卻連她的姓名都不清楚。聽阿秀說，她家裏也是很好的人家，不過苦一點。小艾沉吟了一會，便道：「她那孩子要是真想給人，不如就給我吧。我可也沒有錢，不過我自己也沒有小孩子，總不會待錯他的。」阿秀笑道：「要是給你，大家都是知道的，她更可以放心了。」又道：「要不你還是等她養下來再說。我勸你要領還是領個女的，明天你自己再養個兒子。」小艾只是苦笑，也沒有說什麼。

六十七

阿秀答應就去跟那陳家浜阿姐說，她大概就在這個月裏也就要生產了。小艾回到家裏，和家裏的人說了，金槐沒有什麼意見，他心裏想領一個小孩也好，免得她老惦記著，成了一樁心事。馮老太卻很不以為然，當面沒好說什麼，背後就跟金槐叨叨：「其實你哥哥這麼些小孩子，你們就領他一個不好嗎，又要到外頭去領一個幹什麼？」說了不止一次了，金槐自然也沒去告訴小艾，卻被他們同住的一個女人聽見了，便把這話傳到小艾耳朵裏去。其實小艾也並不是沒想到這一層，本來金福夫婦正嫌兒女太多，要是過繼一個給他們兄弟，正是求之不得的，可以減輕一點負担。但是小艾總想著，既然要一個小孩，就不要讓他知道他不是她生的，不然現放著他親生父母在那裏，等會辛辛苦苦把他帶大了，孩子還是心向著別人。所以她哥嫂的小孩她決計不要，即使他們因此有點不樂意，她自己覺得沒什麼對不起他們的，這一家子從她婆婆起，這些年來全是她在那裏赤胆忠心的照應他們，就算她在這樁事情上是任性一點，彷彿也無愧於心。

沒有幾天的工夫，阿秀跑了來告訴小艾，陳家浜阿姐已經生了，是個女孩子。小艾便和她一同去，把孩子抱了來。馮老太起初雖然反對，等到看見了孩子，倒也十分疼愛，興興頭頭的幫著調代乳糕，縫小衣服，給孩子取了個名字叫引弟。有一天晚上金福來了，聽見說領了個孩子，當著他夫婦的面也沒好說什麼，後來金槐出去買香烟了，只有馮老太一個人在那裏，金福便皺著眉和馮老太說：「自己養的叫沒有辦法——現在東西這樣漲，自己飯都要沒得吃了，還去領這樣一個小孩子來，一天到晚忙著小孩子，把一個人也絆住了，不然這時候毛病好了些，也可以出去做事了。」小艾在閣樓上，馮老太曉得她聽得見的，向金福遞了個眼色，金福也沒留神。小艾在上面聽見了，未免有些刺心，因為他說的這話也都是實情，在現在這種時候領個孩子來，也許是有一點瘋狂。

六十八

那年下半年，金桃結婚了，新立起一份家來，自然需要不少費用，金槐和小艾商量著，幫了他一筆錢，所以剛有一點積蓄，又貼掉了。過年的時候吃年夜飯，照例有一尾魚，取「富貴有餘」的意思，小艾背著馮老太悄悄和金槐笑著說：「去年不該吃了白魚，賺了點錢都『白餘』了。今年我們買條青魚。」

年三十晚上，金福也到他們這裏來吃團圓飯。金福到上海來這些年，一直很不得意，在吳先生行裏做出店，吳先生欺負他老實，過去生活程度那樣漲，老是不給他加工錢。他現在老婆兒女都在鄉下，晚上一個人在寫字間裏打地舖，很是淒涼。這一天在金槐這裏吃年夜飯，酒酣耳熱的，卻是十分高興，笑道：「現在我們真翻身了，昨天去送一封信，電梯一直坐到八層樓上，他媽的，從前哪裏坐得到——多走兩步路倒也不在乎此，我就恨他們狗眼看人低，那口氣實在嚥不下，哪怕開一兩個人上去，電梯裏空空的，叫他帶一帶你上去，開電梯的說：給大班看見他要吃排頭的！」

金桃結了婚以後，馮老太便輪流的這邊住住，那邊住住，這一向她住在金桃那裏。這一天小艾要想出去一趟，去看看劉媽，托托她可有什麼絨線生活介紹她做。她把引弟也帶了去，因為馮老太不在這裏，把孩子一個人丟在家裏不放心。引弟現在大了些，從前剛抱來的時候還看不出，現在卻越長越不好看了，冬瓜臉，剪著童化頭髮，分披在兩旁，她卻是兩隻招風耳，把頭髮戳開了，豎在外面。人家說她難看，小艾還不伏氣，總是說一個小孩要她那麼好看幹什麼，有許多孩子小時候長得好看，大了都變醜了。

這一天她帶著孩子到劉媽那裏去，劉媽還是第一次看見引弟，便道：「喲，這孩子兩耳招風！」又笑道：「不是我說，自己養的長得醜是沒辦法，你領為什麼不領個好看點的。」小艾和劉媽究竟比較客氣，只得微笑道：「再大一點不知道可會好一點。人家說『女大十八變』嘛！」

劉媽和她好幾年沒見面了，敘談起來，便告訴她說：「你可曉得，陶媽現在享福了，做老太太嘍！」小艾猜著她是說有根發財的事情，便裝作不知道。劉媽便從頭告訴她，有根那時候跑單幫發了財，後來生意做得很大。現在是沒有那樣好了，囤貨的生意也不能做了，但是劉媽說：「像他那樣，『窮雖窮，還有三担銅。』」小艾聽了這話，不免又把自己的境況和他比較著，心裏想像金槐這樣一直從事於正當的勞動，倒反而還不如他。那天回到家裏來，心裏不免有許多感慨。這兩天金槐的印刷所裏工作特別忙，晚上要做「加工」，夜深才回來，他們的二房東十點鐘就關電門，他摸黑爬到閣樓上來，把桌子椅子碰得一片聲響，把小艾也驚醒了。他因為太疲倦了，一覺睡到第二天早上，一個身也沒翻，汗出得多了，生了一身痱子。小艾見他累得這樣，又覺得心疼。

六十九

她在那裏替人家打一件淡粉色兔子毛絨線衫，那絨線衫非常容易髒，常常要去洗手，肥皂倒費掉許多。這一天她打完了一團絨線，再去拿，卻沒有了。她非常詫異，在床上床下，抽屜裏，桌子底下，箱子背後，到處都找遍了，也找不到。又疑心或者是從閣樓的窗戶裏掉下去了，到客堂裏去找，也影踪毫無。孫師母見了，問她找什麼，小艾道：「我打衣裳的絨線，不知可從上頭掉下來了？」孫師母的小女兒在旁邊說：「昨天好像看見引弟拿著團絨線在那兒扔著玩。」小艾去問引弟，也問不出什麼來。猜著一定是給她亂拖，拖到樓底下去了，不知給什麼人拿去了。這麼點大的孩子，又不懂事，不見得打她一頓。小艾氣得半死，跑出去配絨線，一口氣跑了好幾家，好容易有一個店裏有同樣的，但是價錢非常貴，一算錢不夠了，只得回到家裏來，預備趕著在這兩天內把另外一件打好了，拿到了工錢再去買這絨線。

金槐一回來了，她便把這樁事情告訴了他一遍。臨睡的時候，她坐在床沿上織絨線，不覺又長長的嘆了口氣，道：「巴巴結結做著，想多掙兩個錢，倒反而賠錢。」這時，電燈忽然黑了。照例一到十點鐘，二房東就把電門關了。小艾喲了一聲，笑道：「話講得都忘了時候了，我還要把油燈點起來呢。」她擦了根洋火，把從前防空的時候用的一盞小油燈點了起來。金槐道：「怎麼，你還要打絨線呀？」小艾道：「我再打一會兒。」

她本來想把一個後身做好就睡了，但是因為心裏實在著急，後身做好了又去動手做一塊前襟。金槐早已睡熟了。那油燈漸漸暗了下去，她把那淡綠麻稜玻璃罩子拿掉，拿起一把剪刀來把燈芯挑了挑。在這更深夜靜的時候，沒有小孩在旁邊攪擾，做事倒是痛快。她一口氣做到天亮，忽然覺得腰疼，酸溜溜的就像蛀蝕進去，腰都要斷了。她也知道是累著了，所以舊病復發，心裏也有些害怕，忙把那絨線衫連針捲成一捲，包起來放在箱子裏，便吹燈脫衣上床。睡在床上，只覺心中嘈雜得厲害，翻來覆去的，漸漸的便又身上熱烘烘的，發起燒來，肚子也隱隱作痛。

這一天早晨她就沒有起來做早飯，金槐自到外面去買了些點心吃。她生病本來也是常事，他匆匆的出去，只說「今天晚上我去把媽接回來吧，家裏沒人照應。」不料她這次的病不比尋常，竟像血崩似的，血流得不止。引弟到時候沒有早飯吃，餓得直哭，小艾從枕頭底下摸出兩張零碎鈔票，聽見樓梯上有人走過，料是樓上那家的人出去買菜，便在枕上撐起半身，想喊住她，托她帶兩個燒餅給孩子吃。才欠起身來，忽然眼前一黑，那身體好像有千斤重，昏昏沉沉的早又倒了下去。孩子還在那裏哭，那哭聲卻異常遙遠，有時候聽得見，有時候又聽不見。

七十

金槐下午回來，她已經暈過去好幾回了。他非常著急，馬上送她到醫院裏去。兩人坐著一部三輪車，小艾身上裹著一條棉被，把頭也蒙著。是秋天了，洋梧桐上的黃葉成陣的沙沙落下來，像下大雨似的。那淡黃色的斜陽迎面照過來，三輛車在蕭蕭落葉中疾馳著，金槐幫她牽著被窩的一角，使它不往下溜。

小艾突然說道：「引弟你明天讓她學點本事，好讓她大了自己靠自己。雖然現在男女都是一樣的，到底一個女孩子太難看了也吃虧。」她向來不肯承認那孩子長得醜的，忽然這樣說著，金槐卻是一陣心酸，一時也答不出話來，默然了一會，方道：「你怎麼這時候想起來說這些話？」小艾沒有作聲，眼淚卻流了下來。金槐給她靠在他身上。他看看她那棉被，是一條舊棉被，已經用了許多年了，但是他從來沒有注意到上面的花紋，大紅花布的被面，上面一朵朵細碎的綠心小白花，看著眼暈，看得人心裏亂亂的。迎面一輛電車噹噹的開過來。街上行人很多，在那斜陽影裏匆匆走著，也不知都忙些什麼。

小艾咬著牙輕聲道：「我真恨死了席家他們，我這病都是他們害我的，這些年了，我這條命還送在他們手裏。」金槐道：「不會的，不會讓你死的。不會的。」他說話的聲音很低，可是好像從心裏叫喊出來。

・初載於一九五一年十一月四日至一九五二年一月二十四日上海《亦報》。

五四遺事——羅文濤三美團圓

小船上，兩個男子兩個女郎對坐在淡藍布荷葉邊平頂船篷下。膝前一張矮桌，每人面前一隻茶杯，一撮瓜子，一大堆菱角殼。他們正在吃菱角，一隻隻如同深紫紅色的嘴唇包著白牙。

「密斯周今天好時髦！」男子中的一個說。稱未嫁的女子為「密斯」也是時髦。

密斯周從她新配的眼鏡後面狠狠的白了他一眼，扔了一隻菱角殼打他。她戴的是圓形黑框平光眼鏡，因為眼睛並不近視。這是一九二四年，眼鏡正入時。交際明星戴眼鏡，新嫁娘戴藍眼鏡，連鹹肉莊上的妓女都戴眼鏡，冒充女學生。

兩個男子各自和女友並坐，原因只是這樣坐著重量比較平均。難得說句笑話，打趣的對象也永遠是朋友的愛人。

兩個女郎年紀約在二十左右，在當時的女校高材生裏要算是年青的了。那時候的前進婦女正是紛紛的大批湧進初小、高小。密斯周的活潑豪放，是大家都佩服的，認為能夠代表新女性。密斯范則是靜物的美。她含著微笑坐在那裏，從來很少開口，窄窄的微尖的鵝蛋臉，前劉海齊眉毛，挽著兩隻圓髻，一邊一個。薄施脂粉，一條黑華絲葛裙子繫得高高的，細腰喇叭袖黑水鑽狗牙邊雪青綢夾襖，脖子上圍著一條白絲巾。周身毫無插戴，只腕上一隻金錶，襟上一支金自來水筆。西湖在過去一千年來，一直是名士美人流連之所，重重疊疊的回憶太多了。遊湖的女人即使穿的是最新式的服裝，映在那湖光山色上，也有一種時空不協調的突兀之感，彷彿是屬於另一個時代的。

湖水看上去厚沉沉的，略有點污濁，卻彷彿有一種氤氳不散的脂粉香，是前朝名妓的洗臉水。

兩個青年男子中，身材較瘦長的一個姓羅，長長的臉，一件湖色熟羅長衫在他身上掛下來，自有一種飄然的姿致。他和這姓郭的朋友同在沿湖一個中學裏教書，都是以教書為藉口，藉此可以住在杭州。担任的鐘點不多，花晨月夕，儘可以在湖上盤桓。兩人志同道合，又都對新詩感到興趣，曾經合印過一本詩集，因此常常用半開玩笑的口吻自稱「湖上詩人」，以威治威斯與柯列利治自況。

密斯周原是郭君的遠房表妹，到杭州進學校，家裏托郭君照顧她，郭請她吃飯、遊湖，她把同學密斯范也帶了來，有兩次郭也邀了羅一同去，大家因此認識了。自此幾乎天天見面。混得熟了，兩位密斯也常常聯袂到宿舍來找他們，然後照例帶著新出版的書刊去遊湖，在外面吃飯，晚上如果月亮好，還要遊夜湖。划到幽寂的地方，不拘羅或是郭打開書來，在月下朗誦雪萊的詩。聽到迴腸盪氣之處，密斯周便緊緊握住密斯范的手。

他們永遠是四個人，有時候再加上一對，成為六個人，但是從來沒有兩個人在一起。這樣來往著已經快一年了。郭與羅都是結了婚的人——這是當時一般男子的通病。差不多人人都是還沒聽到過「戀愛」這名詞，早就已經結婚生子。郭與羅與兩個女友之間，只能發乎情止乎禮，然而也並不因此感到苦悶。兩人常在背後討論得津津有味，兩個異性的一言一笑，都成為他們互相取笑的材料。此外又根據她們來信的筆觸，研究她們倆的個性——雖然天天見面，他們仍舊時常通信，但僅只是落落大方的友誼信，不能稱作情書。——他們從書法與措辭上可以看出密斯周的豪爽，密斯范的幽嫻，久已分析得無微不至，不可能再有新發現，然而仍舊孜孜地互相傳觀、品題，對朋友的愛人不吝加以讚美，私下裏卻慶幸自己的一個更勝一籌。這一類的談話他們永不感到厭倦。在當時的中國，戀愛完全是一種新的經驗，僅只這一點點已經很夠味了。

小船駛入一片荷葉，洒黃點子的大綠碟子磨著船舷嗤嗤響著。隨即寂靜了下來。船夫與他的小女兒倚在槳上一動也不動，由著船隻自己漂流。偶爾聽見那湖水嘓的一響，彷彿嘴裏含著一塊糖。

「這禮拜六回去不回去？」密斯范問。

「這次大概賴不掉。」羅微笑著回答。「再不回去我母親要鬧了。」

她微笑。他儘管推在母親身上，事實依舊是回到妻子身邊。

近來羅每次回家，總是越來越覺得對不起密斯范。回去之前，回來之後，密斯范的不愉快也漸漸地表示得更明顯。

這一天她僅只問了這樣一聲，已經給了他很深的刺激。船到了平湖秋月，密斯周上岸去買藕粉，郭陪了她去，羅與密斯范倚在朱漆闌干邊等著，兩人一直默然。

「我下了個決心。」羅突然望著她低聲說。然後，看她並沒有問他是什麼決心，他便又說，「密斯范，你肯不肯答應我？也許要好些年。」

她低下了頭，扭過身去，兩手捲弄著左邊的衣角。

當天她並沒有吐口同意他離婚。但是那天晚上他們四個人在樓外樓吃飯，羅已經感到這可以說是他們的定情之夕，同時覺得他已經獻身於一種奮鬥。那天晚上喝的酒，滋味也異樣，像是寒夜遠行人上路之前的最後一杯酒。

樓外樓的名稱雖然詩意很濃，三面臨湖，風景也確是好，那菜館本身卻是毫不講究外表，簡陋的窗框，油膩膩的舊家具，堂倌向樓下廚房裏曼聲高唱著菜名。一盤搶蝦上的大玻璃罩揭開之後，有兩隻蝦跳到桌上，在醬油碟裏跳出跳進，終於落到密斯范身上，將她那淺色的襖上淋淋漓漓染上一行醬油跡。密斯周尖聲叫了起來。在昏黃的燈光下，密斯范紅著臉很快樂的樣子，似乎毫不介意。

羅直到下一個星期六方才回家。那是離杭州不遠的一個村莊，連乘火車帶獨輪車不到兩個鐘頭。一到家，他母親大聲宣佈蠲免媳婦當天的各項任務，因為她丈夫回來了，媳婦反而覺得不好意思。她大概因為不確定他回來不回來，所以在綢夾襖上罩上一件藍布短衫，隱隱露出裏面的大紅緞子滾邊。

這天晚上他向她開口提出離婚。她哭了一夜。那情形的不可忍受，簡直彷彿是一個法官與他判處死刑的罪犯同睡在一張床上。不論他怎樣為自己辯護，他知道他是判她終身守寡，而且是不名譽的守寡。

「我犯了七出之條哪一條？」她一面憤怒地抽噎著，一面儘釘著他問。

第二天，他母親知道了，大發脾氣，不許再提這話。羅回到杭州，從此不再回家。他母親托他舅舅到杭州來找他，百般勸說曉喻。他也設法請一個堂兄下鄉去代他向家裏疏通。托親戚辦交涉，向來是耽誤時候，而且親戚代人傳話，只能傳好話，決裂的話由他們轉達是靠不住的。因為大家都以和事老自居，尤其事關婚姻。拆散人家婚姻是傷陰損陽壽的。

羅請律師寫了封措辭嚴厲的信給他妻子。家裏只是置之不理，他妻子娘家人卻氣得揎拳捋臂，說：「他們羅家太欺負人。當我們張家人都死光了？」恨不得興師動眾打到羅家，把房子也拆了，那沒良心的小鬼即使不在家，也把老太婆拖出來打個半死。只等他家姑奶奶在羅家門框上一索子吊死了，就好動手替她復仇。但是這事究竟各人自己主張，未便催促。

鄉下一時議論紛紛，都當作新聞來講。羅家的族長看不過去，也說了話：「除非他一輩子躲著不回來，只要一踏進村口，馬上綁起來，去祠堂去請出家法來，結結實實打這畜生。鬧得太不像話！」

羅與密斯范仍舊天天見面，見面總是四個人在一起。郭與密斯周十分佩服他們不顧一切的勇氣，不斷的鼓勵他們，替他們感到興奮。事實是相形之下，使郭非常為難。儘管密斯周並沒有明言抱怨，卻也使他夠難堪的。到現在為止，彼此的感情裏有一種哀愁，也正是這哀愁使他們那微妙的關係更為美麗。但是現在這樣看來，這似乎並不是人力無法挽回的。

羅在兩年內只回去過一次。他母親病了，風急火急把他叫了回去。他一看病勢並不像說的那麼嚴重，心裏早已明白了，只表示欣慰。他母親乘機勸了他許多話，他卻淡淡的不接口。也不理睬在旁邊送湯送藥的妻子。夜裏睡在書房裏，他妻子忽然推門進來，插金戴銀，穿著吃喜酒的衣服，仿照寶蟾送酒給他送了點心來。

兩人說不了兩句話便吵了起來。他妻子說：「不是你媽媽迫著我來，我真不來了——又是罵，又是對我哭。」

她賭氣走了。羅也賭氣第二天一早就回杭州，一去又是兩年。

他母親想念兒子，漸漸的不免有點後悔。這一年她是整生日，羅被舅父勸著，勉強回來拜壽。這一次見面，他母親並沒有設法替兒子媳婦撮合，反而有意將媳婦支開了，免得兒子覺得窘。媳婦雖然抱怨婆婆上次迫她到書房去，白受一場羞辱。現在她隔離他們，她心裏卻又怨懟，而且疑心婆婆已經改變初衷，倒到那一面去了。這幾年家裏就只有婆媳二人，各人心裏都不是滋味。心境一壞，日常的摩擦自然增多，不知不覺間，漸漸把仇恨都結在對方身上。老太太那方面，認定了媳婦是盼她死——給公婆披過麻戴過孝的媳婦是永遠無法休回娘家的。老太太發誓說她偏不死，先要媳婦直著出去，她才肯橫著出去。

外表上看來，離婚的交涉辦了六年之久，仍舊僵持不下。密斯范家裏始終不贊成。現在他們一天到晚提醒她，二十六歲的老姑娘，一眨眼，望三十了，給人做填房都沒人要。羅一味拖延，看來是不懷好意，等到將來沒人要的時候，只好跟他做小。究竟他是否在進行離婚，也很可疑，不能信他一面之詞。也可能癥結是他拿不出贍養費。打聽下來，有人說羅家根本沒有錢。家鄉那點產業捏在他妻子手裏，也早靠不住了。他在杭州教書，為了離婚事件，校長對他頗有點意見，搞得很不愉快。倘若他並不靠教書維持生活，那麼為什麼不辭職？

密斯周背地裏告訴郭，說有人給密斯范做媒，對象是一個開當舖的，相親那天，在番菜館同吃過一頓飯。她再三叮囑郭君守秘密，不許告訴羅。

郭非常替羅不平，結果還是告訴了他。但是當然加上了一句，「這都是她家裏人幹的事。」

「是把她綑了起來送到飯館子去的，還是她自己走進去的？」羅冷笑著說。

「待會兒見面的時候可千萬別提，拆穿了大家不好意思，連密斯周也得怪我多嘴。」

羅答應了他。

但是這天晚上羅多喝了幾杯，恰巧又是在樓外樓吃飯，勾起許多回憶。在席上，羅突然舉起酒杯大聲向密斯范說：「密斯范，恭喜你，聽說要請我們吃喜酒了！」

郭在旁邊竭力打岔，羅倒越發站了起來嚷著，「恭喜恭喜，敬你一杯！」他自己一仰脖子喝了，推開椅子就走，三腳兩步已經下了樓。

郭與密斯周面面相覷，郭窘在那裏不得下台，只得連聲說：「他醉了。我倒有點不放心，去瞧瞧去。」跟著也下了樓，追上去勸解。

第二天密斯范沒有來。她生了氣。羅寫了信去也都退了回來。一星期後，密斯周又來報告，說密斯范又和當鋪老闆出去吃過一次大菜。這次一切都議妥，男方給置了一隻大鑽戒作為訂婚戒指。

羅的離婚已經醞釀得相當成熟，女方漸漸有了願意談判的跡象。如果這時候忽然打退堂鼓，重又回到妻子身邊，勢必成為終身的笑柄。因此他仍舊繼續進行，按照他的諾言給了他妻子一筆很可觀的贍養費，協議離婚。然後他立刻叫了媒婆來，到本城的染坊王家去說親。王家的大女兒的美貌是出名的，見過的人無不推為全城第一。

交換照片之後，王家調查了男方的家世。媒婆極力吹噓，竟然給她說成了這頭親事。羅把田產賣去一大部份，給王家的小姐買了一隻鑽戒，比傳聞中的密斯范的那隻鑽戒還要大。不到三個月，就把王小姐娶了過來。

密斯范的婚事不知為什麼沒有成功。也許那當鋪老闆到底還是不大信任新女性，又聽見說密斯范曾經有過男友，而且關係匪淺。據范家這邊說，是因為他們發現當鋪老闆少報了幾歲年紀。根據有些輕嘴薄舌的人說，則是事實恰巧相反——少報年紀是有的。

羅與密斯范同住在一個城市裏，照理遲早總有一天會在無意中遇見。他們的朋友們卻不肯聽其自然發展。不知為什麼，他們覺得這兩個人無論如何得要再見一面。他們並不是替羅打抱不平，希望他有機會飽嘗復仇的甜味，他們並不贊成他的草草結婚，為了向她報復而犧牲了自己的理想。

也許他們正是要他覺悟過來，自己知道鑄成大錯而感到後悔。但也許最近情理的解釋還是他們的美感：他們僅只是覺得這兩個人再在湖上的月光中重逢，那是悲哀而美麗的，因此就是一樁好事，不能不作成他們。

一切都安排好了，只瞞著他們倆。有一天郭陪著羅去遊夜湖——密斯周已經結了婚，不和他們來往了。另一隻船上有人向他們叫喊。是他們熟識的一對夫婦。那隻船上還有密斯范。

兩船相並，郭跨到那隻船上去，招呼著羅也一同過去。羅發現他自己正在密斯范對面。玻璃杯裏的茶微微發光，每一杯的水面都是一個銀色圓片，隨著船身的晃動輕輕的搖擺著。她的臉與白衣的肩膀被月光鍍上一道藍邊。人事的變化這樣多，而她竟和從前一模一樣，一點也沒有改變，這使他無論如何想不明白，心裏只覺得恍惚。

他們若無其事的寒暄了一番，但是始終沒有直接交談過一句話。也沒有人提起羅最近結婚的事。大家談論著政府主辦的西湖博覽會，一致反對那屹立湖濱引人注目的醜陋的紀念塔。

「俗不可耐。完全破壞了這一帶的風景，」羅嘆息著。「反正從前那種情調，以後再也沒有了。」

他的眼睛遇到她的眼睛，眼光微微顫動了一下，望到別處去了。

他們在湖上兜了個圈子，在西冷印社上岸，各自乘黃包車回去。第二天羅收到一封信，一看就知道是密斯范的筆跡。他的心狂跳著，撕開了信封，抽出一張白紙，一個字也沒有。他立刻明白了她的意思。她想寫信給他，但事到如今，還有什麼話可說？

他們舊情復燃的消息瞞不了人，不久大家都知道了。羅兩度進行離婚。這次同情他的人很少。以前將他當作一個開路先鋒，現在卻成了個玩弄女性的壞蛋。

這次離婚又是長期奮鬥。密斯范呢，也在奮鬥。她鬥爭的對象是歲月的侵蝕，是男子喜新厭舊的天性。而且她是孤軍奮鬥，並沒有人站在她身旁予以鼓勵，像她站在羅的身邊一樣。因為她的戰鬥根本是秘密的，結果若是成功，也要使人渾然不覺，絕不能露出努力的痕跡。她仍舊保持著秀麗的面貌。她的髮式與服裝都經過縝密的研究，是流行的式樣與回憶之間的微妙的妥協。他永遠不要她改變，要她和最初相識的時候一模一樣。然而男子的心理是矛盾的，如果有一天他突然發覺她變成老式、落伍，他也會感到驚異與悲哀，她迎合他的每一種心境，而並非一味地千依百順。他送給她的書，她無不從頭至尾閱讀。她崇拜雪萊，十年如一日。

王家堅決地反對離婚，和平解決辦不到，最後還是不能不對簿公庭。打官司需要花錢，法官越是好說話，花的錢就更多。前後費了五年的工夫，傾家蕩產，總算官司打贏，判了離婚。手邊雖然窘，他還是在湖邊造了一所小白房子，完全按照他和密斯范計畫的格式，坐落在他們久已揀定了的最理想的地點，在幽靜的裏湖。鄉下的房子，自從他母親故世以後，已經一部份出租，一部份空關著。新房子依著碧綠的山坡，向湖心斜倚著，踩著高蹺站在水裏，牆上爬滿了深紅的薔薇，紫色的藤蘿花，絲絲縷縷倒掛在月洞窗前。

新婚夫婦照例到親戚家裏挨家拜訪，親戚照例留他們吃飯、打麻將。羅知道她是不愛打麻將的。偶爾敷衍一次，是她賢慧，但是似乎不必再約上明天原班人馬再來八圈。她告訴他她是不好意思拒絕，人家笑她恩愛夫妻一刻都離不開。

她抱怨他們住得太遠。出去打牌回來得晚了，叫不到黃包車，車夫不願深更半夜到那冷僻的地方去，回來的時候兜不到生意，輪到她還請，因為客人回去不方便，只好打通宵，羅又嫌吵鬧。

沒有牌局的時候，她在家裏成天躺在床上嗑瓜子，衣服也懶得換，污舊的長衫，衩叉撕裂了也不補，紐絆破了就用一根別針別上。出去的時候穿的仍舊是做新娘子時候的衣服，大紅大綠，反而更加襯出面容的黃瘦。羅覺得她簡直變了個人。

他婉轉地勸她注意衣飾，技巧地從誇讚她以前的淡裝入手。她起初不理會，說得次數多了，她發起脾氣來，說：「婆婆媽媽的，專門管女人的閒事，怪不得人家說，這樣的男人最沒出息。」

羅在朋友面前還要顧面子。但是他們三天兩天吵架的消息恐怕還是傳揚了出去，因為有一天一個親戚向他提起王小姐來，彷彿無意中閒談，說起王小姐還沒有嫁。「其實你為什麼不接她回來？」

羅苦笑著搖搖頭。當然羅也知道王家雖然恨他薄倖，而且打了這些年的官司，冤仇結得海樣深，但是他們究竟寧願女兒從一而終，反正總比再嫁強。

只要羅露出口風來，自有熱心的親戚出面代他奔走撮合。等到風聲吹到他那范氏太太的耳朵裏，一切早已商議妥當。家裏太太雖然哭鬧著聲稱要自殺，王家護送他們小姐回羅家那一天，還是由她出面招待。那天沒有請客，就是自己家裏幾個人，非正式的慶祝了一下。她稱王小姐的兄嫂為「大哥」、「嫂子」，謙說飯菜不好：「住得太遠，買菜不方便，也僱不到好廚子。房子又小，不夠住，不然我早勸他把你們小姐接回來了。當然該回來，總不能一輩子住在娘家。」

王小姐像新娘子一樣矜持著，沒有開口。她兄嫂卻十分客氣，極力敷衍。事先王家曾經提出條件，不分大小，也沒有稱呼，因為王小姐年幼，姐妹相稱是她吃虧。只有在背後互相稱為「范家的」、「王家的」。

此後不久，就有一個羅家的長輩向羅說，「既然把王家的接回來了，你第一個太太為什麼不接回來？讓人家說你不公平？」

羅也想不出反對的理由。他下鄉到她娘家把她接了出來，也搬進湖邊那蓋滿了薔薇花的小白房子裏。

他這兩位離了婚的夫人都比他有錢，因為離婚的時候拿了他一大筆贍養費。但是她們從來不肯幫他一個大子，儘管他非常拮据，憑空添出許多負担，需要養活三個女人與她們的傭僕，後來還有她們各人的孩子、孩子的奶媽。他回想自己當初對待她們的情形，覺得也不能十分怪她們。只是「范家的」不斷在旁邊冷嘲熱諷，說她們一點也不顧他的死活，使他不免感到難堪。

現在他總算熬出頭了，人們對於離婚的態度已經改變，種種非議與嘲笑也都已經冷了下來。反而有許多人羨慕他稀有的艷福。這已經是一九三六年了，至少在名義上是個一夫一妻的社會，而他擁有三位嬌妻在湖上偕隱。難得有兩次他向朋友訴苦，朋友總是將他取笑一番說，「至少你們不用另外找搭子，關起門來就是一桌麻將。」

・初載於一九五七年一月台北《文學雜誌》第一卷第五期。

色，戒

麻將桌上白天也開著強光燈，洗牌的時候一隻隻鑽戒光芒四射。白桌布四角縛在桌腿上，繃緊了越發一片雪白，白得耀眼。酷烈的光與影更托出佳芝的胸前丘壑，一張臉也禁得起無情的當頭照射。稍嫌尖窄的額，髮腳也參差不齊，不知道怎麼倒給那秀麗的六角臉更添了幾分秀氣。臉上淡妝，只有兩片精工彫琢的薄嘴唇塗得亮汪汪的，嬌紅欲滴。雲鬢蓬鬆往上掃，後髮齊肩，光著手臂，電藍水漬紋緞齊膝旗袍，小圓角衣領只半寸高，像洋服一樣。領口一隻別針，與碎鑽鑲藍寶石的「鈕扣」耳環成套。

左右首兩個太太都穿著黑呢斗篷，翻領下露出一根沉重的金鍊條，雙行橫牽過去扣住領口。戰時上海因為與外界隔絕，興出一些本地的服裝。淪陷區金子畸形的貴，這麼粗的金鎖鍊價值不貲，用來代替大衣鈕扣，不村不俗，又可以穿在外面招搖過市，因此成為汪政府官太太的制服。也許還是受重慶的影響，覺得黑大氅最莊嚴大方。

易太太是在自己家裏，沒穿她那件一口鐘，也仍舊「坐如鐘」，發福了。她跟佳芝是兩年前在香港認識的。那時候夫婦倆跟著汪精衛從重慶出來，在香港耽擱了些時。跟汪精衛的人，曾仲鳴已經在河內被暗殺了，所以在香港都深居簡出。易太太不免要添些東西。抗戰後方與淪陷區都缺貨，到了這購物的天堂，總不能入寶山空手回。經人介紹了這位麥太陪她買東西，本地人內行，香港連大公司都要討價還價的，不會講廣東話也吃虧。他們麥先生是進出口商，生意人喜歡結交官場，把易太太招待得無微不至。易太太十分感激。珍珠港事變後香港陷落，麥先生的生意停頓了，佳芝也跑起單幫來，貼補家用，帶了些手錶西藥香水絲襪到上海來賣。易太太一定要留她住在他們家。

「昨天我們到蜀腴去——麥太太沒去過。」易太太告訴黑斗篷之一。

「哦。」

「馬太太這有好幾天沒來了吧？」另一個黑斗篷說。

牌聲噼啪中，馬太太只咕噥了一聲：「有個親戚家有點事。」

易太太笑道：「答應請客，賴不掉的。躲起來了。」

佳芝疑心馬太太是吃醋，因為自從她來了，一切以她為中心。

「昨天是廖太太請客，這兩天她一個人獨贏，」易太太又告訴馬太太。「碰見小李跟他太太，叫他們坐過來，小李說他們請的客還沒到。我說廖太太請客難得的，你們好意思不賞光？剛巧碰到小李大請客，來了一大桌子人。坐不下添椅子，還是擠不下，廖太太坐在我背後。我說還是我叫的條子漂亮！她說老都老了，還吃我的豆腐。我說麻婆豆腐是要老豆腐嘛！噯喲，都笑死了！笑得麻婆白麻子都紅了。」

大家都笑。

「是哪個說的？那回易先生過生日，不是就說麻姑獻壽嘿！」馬太太說。

易太太還在向馬太太報導這兩天的新聞，易先生進來了，跟三個女客點頭招呼。

「你們今天上場子早。」

他站在他太太背後看牌。房間那頭整個一面牆上都掛著土黃厚呢窗簾，上面印有特大的磚紅鳳尾草圖案，一根根橫斜著也有一人高。周佛海家裏有，所以他們也有。西方最近興出來的假落地大窗的窗簾，在戰時上海因為舶來品窗簾料子缺貨，這樣整大疋用上去，又還要對花，確是豪舉。人像映在那大人國的鳳尾草上，更顯得他矮小。穿著灰色西裝，生得蒼白清秀，前面頭髮微禿，褪出一隻奇長的花尖；鼻子長長的，有點「鼠相」，據說也是主貴的。

「馬太太你這隻克拉——三克拉？前天那品芬又來過了，有隻五克拉的，光頭還不及你這隻。」易太太說。

馬太太道：「都說品芬的東西比外頭店家好嘛！」

易太太道：「掮客送上門來不過好在方便，又可以留著多看幾天。品芬的東西有時候倒是外頭沒有的。上次那隻火油鑽，不肯買給我。」說著白了易先生一眼。「現在該要多少錢了？火油鑽沒毛病的，漲到十幾兩、幾十兩金子一克拉，品芬還說火油鑽粉紅鑽都是有價無市。」

易先生笑道：「你那隻火油鑽十幾克拉，又不是鴿子蛋，『鑽石』嘿，也是石頭，戴在手上牌都打不動了。」

牌桌上的確是戒指展覽會，佳芝想。只有她沒有鑽戒，戴來戴去這隻翡翠的，早知不戴了，叫人見笑——正都看不得她。

易太太道：「不買還要聽你這些話！」說著打出一張五筒，馬太太對面的黑斗篷啪啦啦攤下牌來，頓時一片笑嘆怨尤聲，方剪斷話鋒。

大家算胡了，易先生乘亂裏向佳芝把下頦朝門口略偏了偏。

她立即瞥了兩個黑斗篷一眼。還好，不像有人注意到。她賠出籌碼，拿起茶杯來喝了一口，忽道：「該死我這記性！約了三點鐘談生意，會忘得乾乾淨淨。怎麼辦，易先生替我打兩圈，馬上回來。」

易太太叫將起來道：「不行！哪有這樣的？早又不說。不作興的。」

「我還正想著手風轉了。」剛胡了一牌的黑斗篷呻吟著說。

「除非找廖太太來。去打個電話給廖太太。」易太太又向佳芝道：「等來了再走。」

「易先生先替我打著。」佳芝看了看手錶。「已經晚了，約了個掮客吃咖啡。」

「我今天有點事，過天陪你們打通宵。」易先生說。

「這王佳芝最壞了！」易太太喜歡連名帶姓叫她王佳芝，像同學的稱呼。「這回非要罰你。請客請客！」

「哪有行客請坐客的？」馬太太說。「麥太太到上海來是客。」

「易太太都說了。要你護著！」另一個黑斗篷說。

她們取笑湊趣也要留神，雖然易太太的年紀做她母親綽綽有餘，她們從來不說認乾女兒的話。在易太太這年紀，正有點搖擺不定，又要像老太太們喜歡有年青漂亮的女性簇擁著，眾星捧月一般，又要吃醋。

「好好，今天晚上請客，」佳芝說。「易先生替我打著，不然晚上請客沒有你。」

「易先生幫幫忙，幫幫忙！三缺一傷陰騭的。先打著，馬太太這就去打電話找搭子。」

「我是真有點事，」說起正事，他馬上聲音一低，只咕噥了一聲。「待會還有人來。」

「我就知道易先生不會有工夫，」馬太太說。

是馬太太話裏有話，還是她神經過敏？佳芝心裏想。看他笑嘻嘻的神氣，也甚至於馬太太這話還帶點討好的意味，知道他想人知道，恨不得要人家取笑他兩句。也難說，再深沉的人，有時候也會得意忘形起來。

這太危險了。今天再不成功，再拖下去要給易太太知道了。

她還在跟易太太討價還價，他已經走開了。她費盡唇舌才得脫身，回到自己臥室裏，也沒換衣服，匆匆收拾了一下，女傭已經來回說車在門口等著。她乘易家的汽車出去，吩咐司機開到一家咖啡館，下了車便打發他回去。

時間還早，咖啡館沒什麼人，點著一對對杏子紅百摺綢罩壁燈，地方很大，都是小圓桌子、暗花細白麻布桌布，保守性的餐廳模樣。她到櫃台上去打電話，鈴聲響了四次就掛斷了再打，怕櫃台上的人覺得奇怪，喃喃說了聲：「可會撥錯了號碼？」

是約定的暗號。這次有人接聽。

「喂？」

還好，是鄺裕民的聲音。就連這時候她也還有點怕是梁閏生，儘管他很識相，總讓別人上前。

「喂，二哥，」她用廣東話說。「這兩天家裏都好？」

「好，都好。你呢？」

「我今天去買東西，不過時間沒一定。」

「好，沒關係。反正我們等你。你現在在哪裏？」

「在霞飛路。」

「好，那麼就是這樣了。」

片刻的沉默。

「那沒什麼了？」她的手冰冷，對鄉音感到一絲溫暖與依戀。

「沒什麼了。」

「馬上就去也說不定。」

「來得及，沒問題。好，待會見。」

她掛斷了，出來叫三輪車。

今天要是不成功，可真不能再在易家住下去了，這些太太們在旁邊虎視眈眈的。也許應當一搭上他就借個什麼藉口搬出來，他可以撥個公寓給她住，上兩次就是在公寓見面，兩次地方不同，都是英美人的房子，主人進了集中營。但是那反而更難下手了——知道他什麼時候來？要來也是忽然從天而降，不然預先約定也會臨時有事，來不成。打電話給他又難，他太太看得緊，幾個辦公處大概都安插得有耳目。便沒有，只要有人知道就會壞事，打小報告討好他太太的人太多。不去找他，他甚至於可以一次都不來，據說這樣的事也有過，公寓就算是臨別贈品。他是實在誘惑太多，顧不過來，一個眼不見，就會丟在腦後。還非得釘著他，簡直需要提溜著兩隻乳房在他跟前晃。

「兩年前也還沒有這樣噯，」他捫著吻著她的時候輕聲說。

他頭偎在她胸前，沒看見她臉上一紅。

就連現在想起來，也還像給針扎了一下，馬上看見那些人可憎的眼光打量著她，帶著點會心的微笑，連鄺裕民在內。只有梁閏生佯佯不睬，裝作沒注意她這兩年胸部越來越高。演過不止一回的一小場戲，一出現在眼前立刻被她趕走了。

到公共租界很有一截子路。三輪車踏到靜安寺路西摩路口，她叫在路角一家小咖啡館前停下。萬一他的車先到，看看路邊，只有再過去點停著個木炭汽車。

這家大概主要靠門市外賣，只裝著寥寥幾個卡位，雖然陰暗，情調毫無。靠裏有個冷氣玻璃櫃台裝著各色西點，後面一個狹小的甬道燈點得雪亮，照出裏面的牆壁下半截漆成咖啡色，亮晶晶的凸凹不平；一隻小冰箱旁邊掛著白號衣，上面近房頂成排掛著西崽脫換下來的線呢長夾袍，估衣舖一般。

她聽他說，這是天津起士林的一號西崽出來開的。想必他揀中這一家就是為了不會碰見熟人，又門臨交通要道，真是碰見人也沒關係，不比偏僻的地段使人疑心，像是有瞞人的事。

面前一杯咖啡已經冰涼了，車子還沒來。上次接了她去，又還在公寓裏等了快一個鐘頭他才到。說中國人不守時刻，到了官場才登峯造極了。再照這樣等下去，去買東西店都要打烊了。

是他自己說的：「我們今天值得紀念。這要買個戒指，你自己揀。今天晚了，不然我陪你去。」那是第一次在外面見面。第二次時間更偪促，就沒提起。當然不會就此算了，但是如果今天沒想起來，倒要她去繞著彎子提醒他，豈不太失身分，殺風景？換了另一個男人，當然是這情形。他這樣的老奸巨猾，決不會認為她這麼個少奶奶會看上一個四五十歲的矮子。不是為錢反而可疑。而且首飾向來是女太太們的一個弱點。她不是出來跑單幫嗎？順便撈點外快也在情理之中。他自己是搞特工的，不起疑也都狡兔三窟，務必叫人捉摸不定。她需要取信於他，因為迄今是在他指定的地點會面，現在要他同去她指定的地方。

上次車子來接她，倒是準時到的。今天等這麼久，想必是他自己來接。倒也好，不然在公寓裏見面，一到了那裏，再出來就又難了。除非本來預備在那裏吃晚飯，鬧到半夜才走——但是就連第一次也沒在那吃飯。自然要多耽擱一會，出去了就不回來了。怕店打烊，要急死人了，又不能催他快著點，像妓女一樣。

她取出粉鏡子來照了照，補了點粉。遲到也不一定是他自己來。還不是新鮮勁一過，不拿她當樁事了。今天不成功，以後也許不會再有機會了。

她又看了看錶。一種失敗的預感，像絲襪上一道裂痕，陰涼的在腿肚子上悄悄往上爬。

斜對面卡位上有個中裝男子很注意她。也是一個人，在那裏看報。比她來得早，不會是跟蹤她。估量不出她是什麼路道？戴的首飾是不是真的？不大像舞女，要是演電影話劇的，又不面熟。

她倒是演過戲，現在也還是在台上賣命，不過沒人知道，出不了名。

在學校裏演的也都是慷慨激昂的愛國歷史劇。廣州淪陷前，嶺大搬到香港，也還公演過一次，上座居然還不壞。下了台她興奮得鬆弛不下來，大家吃了消夜才散，她還不肯回去，與兩個女同學乘雙層電車遊車河。樓上乘客稀少，車身搖搖晃晃在寬闊的街心走，窗外黑暗中霓虹燈的廣告，像酒後的涼風一樣醉人。

借港大的教室上課，上課下課擠得黑壓壓的挨挨蹭蹭，半天才通過，十分不便，不免有寄人籬下之感。香港一般人對國事漠不關心的態度也使人憤慨。雖然同學多數家在省城，非常近便，也有流亡學生的心情。有這麼幾個最談得來的就形成了一個小集團。汪精衛一行人到了香港，汪夫婦倆與陳公博等都是廣東人，有個副官與鄺裕民是小同鄉。鄺裕民去找他，一拉交情，打聽到不少消息。回來大家七嘴八舌，定下一條美人計，由一個女生去接近易太太——不能說是學生，大都是學生最激烈，他們有戒心。生意人家的少奶奶還差不多，尤其在香港，沒有國家思想。這角色當然由學校劇團的當家花旦担任。

幾個人裏面只有黃磊家裏有錢，所以是他奔走籌款，租房子，借車子，借行頭。只有他會開車，因此由他充當司機。歐陽靈文去麥先生。鄺裕民算是表弟，陪著表嫂，第一次由那副官帶他們去接易太太出來買東西。鄺裕民就沒下車，車子先送他與副官各自回家——副官坐在前座——再開她們倆到中環。

易先生她見過幾次，都不過點頭招呼。這天第一次坐下來一桌打牌，她知道他不是不注意她，不過不敢冒昧。她自從十二三歲就有人追求，她有數。雖然他這時期十分小心謹慎，也實在憋狠了，蟄居無聊，心事重，又無法排遣，連酒都不敢喝，防汪公館隨時要找他有事。共事的兩對夫婦合賃了一幢舊樓，至多關起門來打打小麻將。

牌桌上提起易太太替他買的好幾套西裝料子，預備先做兩套。佳芝介紹一家服裝店，是他們的熟裁縫。「不過現在是旺季，忙著做遊客生意，能夠一拖幾個月。這樣好了，易先生幾時有空，易太太打個電話給我，我去帶他來。老主顧了，他不好意思不趕一趕。」臨走丟下她的電話號碼，易先生乘他太太送她出去，一定會抄了去，過兩天找個藉口打電話來探探口氣，在辦公時間內，麥先生不在家的時候。

那天晚上微雨，黃磊開車接她回來，一同上樓，大家都在等信。一次空前成功的演出，下了台還沒下裝，自己都覺得顧盼間光艷照人。她捨不得他們走，恨不得再到哪裏去。已經下半夜了，鄺裕民他們又不跳舞，找那種通宵營業的小館子去吃及第粥也好，在毛毛雨裏老遠一路走回來，瘋到天亮。

但是大家計議過一陣之後，都沉默下來了，偶爾有一兩個人悄聲嘰咕兩句，有時候噗嗤一笑。

那嗤笑聲有點耳熟。這不是一天的事了，她知道他們早就背後討論過。

「聽他們說，這些人裏好像只有梁閏生一個人有性經驗。」賴秀金告訴她。除她之外只有賴秀金一個女生。

偏偏是梁閏生！

當然是他。只有他嫖過。

既然有犧牲的決心，就不能說不甘心便宜了他。

今天晚上，浴在舞台照明的餘輝裏，連梁閏生都不十分討厭了。大家彷彿看出來，一個個都溜了，就剩下梁閏生。於是戲繼續演下去。

也不止這一夜。但是接連幾天易先生都沒打電話來。她打電話給易太太，易太太沒精打采的，說這兩天忙，不去買東西，過天再打電話來找她。

是疑心了？發現老易有她的電話號碼？還是得到了壞消息，日本方面的？折磨了她兩星期之後，易太太歡天喜地打電話來辭行，十分抱歉走得匆忙，來不及見面了，堅邀她夫婦倆到上海來玩，多住些時暢敘一下，還要帶他們到南京去遊覽。想必總是回南京組織政府的計畫一度擱淺，所以前一向銷聲匿跡起來。

黃磊拖了一屁股的債，家裏聽見說他在香港跟一個舞女賃屋同居了，又斷絕了他的接濟，狼狽萬分。

她與梁閏生之間早就已經很僵。大家都知道她是懊悔了，也都躲著她，在一起商量的時候都不正眼看她。

「我傻。反正就是我傻，」她對自己說。

也甚至於這次大家起鬨捧她出馬的時候，就已經有人別具用心了。

她不但對梁閏生要避嫌疑，跟他們這一夥人都疏遠了，總覺得他們用好奇的異樣的眼光看她。珍珠港事變後，海路一通，都轉學到上海去了。同是淪陷區，上海還有書可念。她沒跟他們一塊走，在上海也沒有來往。

有很久她都不確定有沒有染上什麼髒病。

在上海，倒給他們跟一個地下工作者搭上了線。一個姓吳的——想必也不是真姓吳——一聽他們有這樣寶貴的一條路子，當然極力鼓勵他們進行。他們只好又來找她，她也義不容辭。

事實是，每次跟老易在一起都像洗了個熱水澡，把積鬱都沖掉了，因為一切都有了個目的。

這咖啡館門口想必有人望風，看見他在汽車裏，就會去通知一切提前。剛才來的時候倒沒看見有人在附近逗留。橫街對面的平安戲院最理想了，廊柱下的陰影中有掩蔽，戲院門口等人又名正言順，不過門前的場地太空曠，距離太遠，看不清楚汽車裏的人。

有個送貨的單車，停在隔壁外國人開的皮貨店門口，彷彿車壞了，在檢視修理。剃小平頭，約有三十來歲，低著頭，看不清楚，但顯然不是熟人。她覺得不會是接應的車子。有些話他們不告訴她她也不問，但是聽上去還是他們原班人馬。——有那個吳幫忙，也說不定搞得到汽車。那輛出差汽車要是還停在那裏，也許就是接應的，司機那就是黃磊了。她剛才來的時候車子背對著她，看不見司機。

吳大概還是不大信任他們，怕他們太嫩，會出亂子帶累人。他不見得一個人單槍匹馬在上海，但是始終就是他一個人跟鄺裕民聯絡。

許了吸收他們進組織。大概這次算是個考驗。

「他們都是差不多鎗口貼在人身上開鎗的，哪像電影裏隔得老遠瞄準。」鄺裕民有一次笑著告訴她。

大概也是叫她安心的話，不會亂鎗之下殃及池魚，不打死也成了殘廢，還不如死了。

這時候事到臨頭，又是一種滋味。

上場慌，一上去就好了。

等最難熬。男人還可以抽烟。虛飄飄空撈撈的，簡直不知道身在何所。她打開手提袋，取出一小瓶香水，玻璃瓶塞連著一根小玻璃棍子，蘸了香水在耳垂背後一抹。微涼有棱，一片空茫中只有這點接觸。再抹那邊耳朵底下，半晌才聞見短短一縷梔子花香。

脫下大衣，肘彎裏面也搽了香水，還沒來得及再穿上，隔著櫥窗裏的白色三層結婚蛋糕木製模型，已見一輛汽車開過來，一望而知是他的車，背後沒馱著那不雅觀的燒木炭的板箱。

她揀起大衣手提袋，挽在臂上走出去。司機已經下車代開車門。易先生坐在靠裏那邊。

「來晚了，來晚了！」他呵著腰喃喃說著，作為道歉。

她只睖了他一眼。上了車，司機回到前座，他告訴他「福開森路。」那是他們上次去的公寓。

「先到這兒有爿店，」她低聲向他說，「我耳環上掉了顆小鑽，要拿去修。就在這兒，不然剛才走走過去就是了，又怕你來了找不到人，坐那兒傻等，等這半天。」

他笑道：「對不起對不起，今天真來晚了——已經出來了，又來了兩個人，又不能不見。」說著便探身向司機道：「先回到剛才那兒。」一早開過了一條街。

她嘟著嘴喃喃說道：「見一面這麼麻煩，住你們那兒又一句話都不能說——我回香港去了，托你買張好點的船票總行？」

「要回去了？想小麥了？」

「什麼小麥大麥，還要提這個人——氣都氣死了！」

她說過她是報復丈夫玩舞女。

一坐定下來，他就抱著胳膊，一隻肘彎正抵在她乳房最肥滿的南半球外緣。這是他的慣技，表面上端坐，暗中卻在蝕骨銷魂，一陣陣麻上來。

她一扭身伏在車窗上往外看，免得又開過了。車到下一個十字路口方才大轉彎折回，又一個U形大轉彎，從義利餅乾行過街到平安戲院，全市惟一的一個清潔的二輪電影院，灰紅暗黃二色磚砌的門面，有一種針織粗呢的溫暖感，整個建築圓圓的朝裏凹，成為一鉤新月切過路角，門前十分寬敞。對面就是剛才那家凱司令咖啡館，然後西伯利亞皮貨店，綠屋夫人時裝店，並排兩家四個大櫥窗，華貴的木製模特兒在霓虹燈後擺出各種姿態。隔壁一家小店一比更不起眼，櫥窗裏空無一物，招牌上雖有英文「珠寶商」字樣，也看不出是珠寶店。

他轉告司機停下，下了車跟在她後面進去。她穿著高跟鞋比他高半個頭。不然也就不穿這麼高的跟了，他顯然並不介意。她發現大個子往往喜歡嬌小玲瓏的女人，倒是矮小的男人喜歡女人高些，也許是一種補償的心理。知道他在看，更軟洋洋的凹著腰。腰細，宛若游龍游進玻璃門。

一個穿西裝的印度店員上前招呼。店堂雖小，倒也高爽敞亮，只是雪洞似的光塌塌一無所有，靠裏設著惟一的短短一隻玻璃櫃台，陳列著一些「誕辰石」——按照生日月份，戴了運氣好的，黃石英之類的「半寶石」，紅藍寶都是寶石粉製的。

她在手提袋裏取出一隻梨形紅寶石耳墜子，上面碎鑽拼成的葉子丟了一粒鑽。

「可以配，」那印度人看了說。

她問了多少錢，幾時有，易先生便道：「問他有沒有好點的戒指。」他是留日的，英文不肯說，總是端著官架子等人翻譯。

她頓了頓方道：「幹什麼？」

他笑道：「我們不是要買個戒指做紀念嗎？就是鑽戒好不好？要好點的。」

她又頓了頓，拿他無可奈何的笑了。「有沒有鑽戒？」她輕聲問。

那印度人一揚臉，朝上發聲喊，嘰哩哇啦想是印度話，倒嚇了他們一跳，隨即引路上樓。隔斷店堂後身的板壁漆奶油色，靠邊有個門，門口就是黑洞洞的小樓梯。辦公室在兩層樓之間的一個閣樓上，是個淺淺的洋台，俯瞰店堂，便於監督。一進門左首牆上掛著長短不齊兩隻鏡子，鏡面畫著五彩花鳥，金字題款：「鵬程萬里　巴達先生開業誌喜　陳茂坤敬賀」，都是人送的。還有一隻橫額式大鏡，上畫彩鳳牡丹。閣樓屋頂坡斜，板壁上沒處掛，倚在牆跟。

前面沿著烏木闌干放著張書桌，桌上有電話，點著檯燈。旁邊有隻茶几擱打字機，罩著舊漆布套子。一個矮胖的印度人從圈椅上站起來招呼，代挪椅子；一張蒼黑的大臉，獅子鼻。

「你們要看鑽戒。坐下，坐下。」他慢吞吞腆著肚子走向屋隅，俯身去開一隻古舊的綠氈面小矮保險箱。

這哪像個珠寶店的氣派？易先生面不改色，佳芝倒真有點不好意思。聽說現在有些店不過是個幌子，就靠囤積或是做黑市金鈔。吳選中這爿店總是為了地段，離凱司令又近。剛才上樓的時候她倒是想著，下去的時候真是甕中捉鼈——他又紳士派，在樓梯上走在她前面，一踏進店堂，旁邊就是櫃台，櫃台前的兩個顧客正好攔住去路。不過兩個大男人選購廉價寶石袖扣領針，與送女朋友的小禮物，不能斟酌過久，不像女人磨菇。要扣準時間，不能進來得太早。也不能在外面徘徊——他的司機坐在車子裏，會起疑。要一進來就進來，頂多在皮貨店看看櫥窗，在車子背後好兩丈外，隔了一家門面。

她坐在書桌邊，忍不住回過頭去望了望樓下，只看得見櫥窗，玻璃槅架都空著，窗明几淨，連霓虹光管都沒裝，窗外人行道邊停著汽車，看得見車身下緣。

兩個男人一塊來買東西，也許有點觸目，不但可能引起司機的注意，甚至於他在閣樓上看見了也犯疑心，俄延著不下來。略一僵持就不對了。想必他們不會進來，還是在門口攔截。那就更難扣準時間了，又不能跑過來，跑步聲馬上會喚起司機的注意。——只帶一個司機，可能兼任保鏢。

也許兩個人分佈兩邊，一個帶著賴秀金在貼隔壁綠屋夫人門前看櫥窗。女孩子看中了買不起的時裝，那是隨便站多久都行。男朋友等得不耐煩，儘可以背著櫥窗東張西望。

這些她也都模糊的想到過，明知不關她事，不要她管。這時候因為不知道下一步怎樣，在這小樓上難免覺得是高坐在火藥桶上，馬上就要給炸飛了，兩條腿都有點虛軟。

那店員已經下去了。

東家夥計一黑一白，不像父子。白臉的一臉兜腮青鬍子渣，厚眼瞼睡沉沉半闔著，個子也不高，卻十分壯碩，看來是個兩用的店夥兼警衛。櫃台位置這麼後，櫥窗又空空如也，想必是白天也怕搶——，晚上有鐵條拉門。那也還有點值錢的東西？就怕不過是黃金美鈔銀洋。

卻見那店主取出一隻尺來長的黑絲絨板，一端略小些，上面一個個縫眼嵌滿鑽戒。她伏在桌上看，易先生在她旁邊也湊近了些來看。

那店主見他二人毫無反應，也沒摘下一隻來看看，便又送回保險箱道：「我還有這隻。」這隻裝在深藍絲絨小盒子裏，是粉紅鑽石，有豌豆大。

不是說粉紅鑽也是有價無市？她怔了怔，不禁如釋重負。看不出這爿店，總算替她爭回了面子，不然把他帶到這麼個破地方來——敲竹槓又不在行，小廣東到上海，成了「大鄉里」。其實，馬上鎗聲一響，眼前這一切都粉碎了，還有什麼面子不面子？明知如此，心裏不信，因為全神在抗拒著，第一是不敢朝這上面去想，深恐神色有異，被他看出來。

她拿起那隻戒指，他只就她手中看了看，輕聲笑道：「噯，這隻好像好點。」

她腦後有點寒颼颼的，樓下兩邊櫥窗，中嵌玻璃門，一片晶澈，在她背後展開，就像有兩層樓高的落地大窗，隨時都可以爆破。一方面這小店睡沉沉的，只隱隱聽見市聲——戰時街上不大有汽車，難得揿聲喇叭。那沉酣的空氣溫暖的重壓，像棉被搗在臉上。有半個她在熟睡，身在夢中，知道馬上就要出事了，又恍惚知道不過是個夢。

她把戒指就著檯燈的光翻來覆去細看。在這幽暗的洋台上，背後明亮的櫥窗與玻璃門是銀幕，在放映一張黑白動作片，她不忍看一個流血場面，或是間諜受刑訊，更觸目驚心，她小時候也就怕看，會在樓座前排掉過身來背對著樓下。

「六克拉。戴上試試。」那店主說。

他這安逸的小鷹巢值得留戀。牆跟斜倚著的大鏡子照著她的腳，踏在牡丹花叢中。是天方夜譚裏的市場，才會無意中發現奇珍異寶。她把那粉紅鑽戒戴在手上側過來側過去的看，與她玫瑰紅的指甲油一比，其實不過微紅，也不太大，但是光頭極足，亮閃閃的，異星一樣，紅得有種神秘感。可惜不過是舞台上的小道具，而且只用這麼一會工夫，使人感到惆悵。

「這隻怎麼樣？」易先生又說。

「你看呢？」

「我外行。你喜歡就是了。」

「六克拉。不知道有沒有毛病，我是看不出來。」

他們只管自己細聲談笑。她是內地學校出身，雖然廣州開商埠最早，並不像香港的書院注重英文。她不得不說英語的時候總是聲音極低。這印度老闆見言語不太通，把生意經都免了。三言兩語就講妥價錢，十一根大條子，明天送來，份量不足照補，多了找還。

只有一千零一夜裏才有這樣的事。用金子，也是天方夜譚裏的事。

太快了她又有點担心。他們大概想不到出來得這麼快。她從舞台經驗上知道，就是台詞佔的時間最多。

「要他開個單子吧？」她說。想必明天總是預備派人來，送條子領貨。

店主已經在開單據。戒指也脫下來還了他。

不免感到成交後的輕鬆，兩人並坐著，都往後靠了靠。這一剎那間彷彿只有他們倆在一起。

她輕聲笑道：「現在都是條子。連定錢都不要。」

「還好不要，我出來從來不帶錢。」

她跟他們混了這些時，也知道總是副官付賬，特權階級從來不自己口袋裏掏錢的。今天出來當然沒帶副官，為了保密。

英文有這話：「權勢是一種春藥。」對不對她不知道。她是完全被動的。

又有這句諺語：「到男人心裏去的路通到胃。」是說男人好吃，碰上會做菜款待他們的女人，容易上鈎。於是就有人說：「到女人心裏的路通過陰道。」據說是民國初年精通英文的那位名學者說的，名字她叫不出，就曉得他替中國人多妻辯護的那句名言：「只有一隻茶壺幾隻茶杯，哪有一隻茶壺一隻茶杯的？」

至於什麼女人的心，她就不信名學者說得出那樣下作的話。她也不相信那話。除非是說老了倒貼的風塵女人，或是風流寡婦。像她自己，不是本來討厭梁閏生，只有更討厭他？

當然那也許不同。梁閏生一直討人嫌慣了，沒自信心，而且一向見了她自慚形穢，有點怕她。

那，難道她有點愛上了老易？她不信，但是也無法斬釘截鐵的說不是，因為沒戀愛過，不知道怎麼樣就算是愛上了。從十五六歲起她就只顧忙著抵擋各方面來的攻勢，這樣的女孩子不太容易墜入愛河，抵抗力太強了。有一陣子她以為她可能會喜歡鄺裕民，結果後來恨他，恨他跟那些別人一樣。

跟老易在一起那兩次總是那麼提心吊胆，要處處留神，哪還去問自己覺得怎樣。回到他家裏，又是風聲鶴唳，一夕數驚。他們睡得晚，好容易回到自己房間裏，就夠忙著吃顆安眠藥，好好的睡一覺了。鄺裕民給了她一小瓶，叫她最好不要吃，萬一上午有什麼事發生，需要腦子清醒點。但是不吃就睡不著，她從來不鬧失眠症的人。

只有現在，緊張得拉長到永恆的這一剎那間，這室內小洋台上一燈熒然，映襯著樓下門窗上一片白色的天空。有這印度人在旁邊，只有更覺是他們倆在燈下單獨相對，又密切又拘束，還從來沒有過。但是就連此刻她也再也不會想到她愛不愛他，而是——

他不在看她，臉上的微笑有點悲哀。本來以為想不到中年以後還有這樣的奇遇。當然也是權勢的魔力。那倒還猶可，他的權力與他本人多少是分不開的。對女人，禮也是非送不可的，不過送早了就像是看不起她。明知是這麼回事，不讓他自我陶醉一下，不免憮然。

陪歡場女子買東西，他是老手了，只一旁隨侍，總使人不注意他。此刻的微笑也絲毫不帶諷刺性，不過有點悲哀。他的側影迎著檯燈，目光下視，睫毛像米色的蛾翅，歇落在瘦瘦的面頰上，在她看來是一種溫柔憐惜的神氣。

這個人是真愛我的，她突然想，心下轟然一聲，若有所失。

太晚了。

店主把單據遞給他，他往身上一揣。

「快走，」她低聲說。

他臉上一呆，但是立刻明白了，跳起來奪門而出，門口雖然沒人，需要一把抓住門框，因為一踏出去馬上要抓住樓梯扶手，樓梯既窄又黑魆魆的。她聽見他連蹭帶跑，三腳兩步下去，梯級上不規則的咕咚嘁嚓聲。

太晚了。她知道太晚了。

店主怔住了。她也知道他們形跡可疑，只好坐著不動，只別過身去看樓下。漆布磚上噠噠噠一陣皮鞋聲，他已經衝入視線內，一推門，砲彈似的直射出去。店員緊跟在後面出現，她正担心這保鏢身坯的印度人會拉拉扯扯，問是怎麼回事，耽擱幾秒鐘也會誤事，但是大概看在那官方汽車份上，並沒攔阻，只站在門口觀望，剪影虎背熊腰堵住了門。只聽見汽車吱的一聲尖叫，彷彿直聳起來，砰！關上車門——還是鎗聲？——橫衝直撞開走了。

放鎗似乎不會只放一鎗。

她定了定神。沒聽見鎗聲。

一鬆了口氣，她渾身疲軟像生了場大病一樣，支撐著拿起大衣手提袋站起來，點點頭笑道：「明天。」一又低聲喃喃說道：「他忘了有點事，趕時間，先走了。」

店主倒已經扣上獨目顯微鏡，旋準了度數，看過這隻戒指沒掉包，方才微笑起身相送。也不怪他疑心。剛才講價錢的時候太爽快了也是一個原因。

她匆匆下樓，那店員見她也下來了，頓了頓沒說什麼。她在門口卻聽見裏面樓上樓下喊話。

門口剛巧沒有三輪車。她向西摩路那頭走去。執行的人與接應的一定都跑了，見他這樣一個人倉皇跑出來上車逃走，當然知道事情敗露了。她仍舊惴惴，萬一有後門把風的不接頭，還在這附近。其實撞見了又怎樣？疑心她就不會走上前來質問她。就是疑心，也不會不問青紅皂白就把她執行了。

她有點詫異天還沒黑，彷彿在裏面不知待了多少時候。人行道上熙來攘往，馬路上一輛輛三輪馳過，就是沒有空車。車如流水，與路上行人都跟她隔著層玻璃，就像櫥窗裏展覽皮大衣與蝙蝠袖爛銀衣裙的木美人一樣可望而不可即，也跟她們一樣閒適自如，只有她一個人心慌意亂關在外面。

小心不要背後來輛木炭汽車，一煞車開了車門，伸出手來把她拖上車去。

平安戲院前面的場地空蕩蕩的，不是散場時間，也沒有三輪車聚集。她正躊躇間，腳步慢了下來，一回頭卻見對街冉冉來了一輛，老遠的就看見把手上拴著一隻紙紮紅綠白三色小風車。車夫是個高個子年青人，在這當口簡直是個白馬騎士，見她揮手叫，踏快了大轉彎過街，一加速，那小風車便團團飛轉起來。

「愚園路，」她上了車說。

幸虧這次在上海跟他們這夥人見面次數少，沒跟他們提起有個親戚住在愚園路。可以去住幾天，看看風色再說。

三輪車還沒有到靜安寺，她聽見吹哨子。

「封鎖了。」車夫說。

一個穿短打的中年人一手牽著根長繩子過街，嘴裏還啣著哨子。對街一個穿短打的握著繩子另一頭，拉直了攔斷了街。有人在沒精打采的搖鈴。馬路闊，薄薄的洋鐵皮似的鈴聲在半空中載沉載浮，不傳過來，聽上去很遠。

三輪車夫不服氣，直踏到封鎖線上才停住了，焦躁的把小風車擰了一下，擰得它又轉動起來，回過頭來向她笑笑。

牌桌上現在有三個黑斗篷對坐。新來的一個廖太太鼻梁上有幾點俏白麻子。

馬太太笑道：「易先生回來了。」

「看這王佳芝，拆濫污，還說請客，這時候還不回來！」易太太說。「等她請客好了！——等到這時候還沒吃飯，肚子都要餓穿了！」

廖太太笑道：「易先生你太太手氣好，說好了明天請客。」

馬太太笑道：「易先生你太太不像你說話不算話，上次贏了不是答應請客，到現在還是空頭支票，好意思的？想吃你一頓真不容易。」

「易先生是該請請我們了，我們請你是請不到的。」另一個黑斗篷說。

他只是微笑。女傭倒了茶來，他在茶杯碟子裏磕了磕烟灰，看了牆上的厚呢窗簾一眼。把整個牆都蓋住了，可以躲多少刺客？他還有點心驚肉跳的。

明天記著叫他們把簾子拆了。不過他太太一定不肯，這麼貴的東西，怎麼肯白擱著不用？

都是她不好——這次的事不都怪她交友不慎？想想實在不能不感到驚異，這美人局兩年前在香港已經發動了，佈置得這樣周密，卻被美人臨時變計放走了他。她還是真愛他的，是他生平第一個紅粉知己。想不到中年以後還有這番遇合。

不然他可以把她留在身邊。「特務不分家」，不是有這句話？況且她不過是個學生。他們那夥人裏只有一個重慶特務，給他逃走了，是此役惟一的缺憾。大概是在平安戲院看了一半戲出來，行刺失風後再回戲院，封鎖的時候查起來有票根，混過了關。跟他一塊等著下手的一個小子看見他掏香烟掏出票根來，仍舊收好。預先講好了，接應的車子不要管他，想必總是一個人溜回電影院了。那些渾小子禁不起訊問，吃了點苦頭全都說了。

易先生站在他太太背後看牌，揿滅了香烟，抿了口茶，還太燙。早點睡——太累了一時鬆弛不下來，睡意毫無。今天真累著了，一直坐在電話旁邊等信，連晚飯都沒有好好的吃。他脫險馬上一個電話打去，把那一帶都封鎖起來，一網打盡，不到晚上十點鐘統統鎗斃了。

她臨終一定恨他。不過「無毒不丈夫。」不是這樣的男子漢，她也不會愛他。

當然他也是不得已。日軍憲兵隊還在其次，周佛海自己也搞特工，視內政部為駢枝機關，正對他十分注目。一旦發現易公館的上賓竟是刺客的眼線，成什麼話，情報工作的首腦，這麼糊塗還行？

現在不怕周找碴子了。如果說他殺之滅口，他也理直氣壯：不過是些學生，不像特務還可以留著慢慢的逼供，榨取情報。拖下去，外間知道的人多了，講起來又是愛國的大學生暗殺漢奸，影響不好。

他對戰局並不樂觀。知道他將來怎樣？得一知己，死而無憾。他覺得她的影子會永遠依傍他，安慰他。雖然她恨他，她最後對他的感情強烈到是什麼感情都不相干了，只是有感情。他們是原始的獵人與獵物的關係，虎與倀的關係，最終極的佔有。她這才生是他的人，死是他的鬼。

「易先生請客請客！」三個黑斗篷越鬧越兇，嚷成一片。「那回明明答應的！」

易太太笑道：「馬太太不也答應請客，幾天沒來就不提了。」

馬太太笑道：「太太來救駕了！易先生，太太心疼你。」

「易先生到底請是不請？」

馬太太望著他一笑。「易先生是該請客了。」她知道他曉得她是指納寵請酒。今天兩人雙雙失蹤，女的三更半夜還沒回來。他回來了又有點精神恍惚的樣子，臉上又憋不住的喜氣洋洋，帶三分春色。看來還是第一次上手。

他提醒自己，要記得告訴他太太說話小心點：她那個「麥太」是家裏有急事，趕回香港去了。都是她引狼入室，住進來不久他就有情報，認為可疑，派人跟蹤，發現一個重慶間諜網，正在調查，又得到消息說憲兵隊也風聞，因此不得不提前行動，不然不但被別人冒了功去，查出是走他太太的路子，也於他有礙。好好的嚇唬嚇唬她，免得以後聽見馬太太搬嘴，又要跟他鬧。

「易先生請客請客！太太代表不算。」
「太太歸太太的，說好了明天請。」
「曉得易先生是忙人，你說哪天有空吧，過了明天哪天都好。」
「請客請客，請吃來喜飯店。」
「來喜飯店就是吃個拼盆。」
「噯，德國菜有什麼好吃的？就是個冷盆。還是湖南菜，換換口味。」
「還是蜀腴——昨天馬太太沒去。」
「我說還是九如，好久沒去了。」
「那天楊太太請客不是九如？」
「那天沒有廖太太，廖太太是湖南人，我們不會點菜。」
「吃來吃去四川菜湖南菜，都辣死了！」
「告訴他不吃辣的好了。」
「不吃辣的怎麼胡得出辣子？」
喧笑聲中，他悄然走了出去。

・初載於一九七八年一月台北《皇冠》第十二卷第二期・

相見歡

「表姐。」

「噯，表姐。」

兩人同年，相差的月份又少，所以客氣，互相稱表姐。

女兒回娘家，也上前叫聲「表姑。」

荀太太忙笑應道：「噯，苑梅。」荀太太到上海來了發胖了，織錦緞絲棉袍穿在身上一匝一匝的，像盤著條彩鱗大蟒蛇；兩手交握著，走路略向兩邊一歪一歪，換了別人就是鵝行鴨步，是她，就是個鴛鴦。她梳髻，漆黑的頭髮生得稍低，濃重的長眉，雙眼皮，鵝蛋臉紅紅的，像鹹鴨蛋殼裏透出蛋黃的紅影子。

問了好，伍太太又道：「紹甫好？祖志祖怡有信來？」

他們有一兒一女在北京，只帶了個小兒子到上海來。

荀太太也問苑梅的弟妹可有信來，都在美國留學。他們父親也不在上海。戰後香港畸形繁榮，因為鬧共產黨，敏感的商人都往香港發展，伍先生的企業公司也搬了去了。政治地緣的分居，對於舊式婚姻夫婦不睦的是一種便利，正如戰時重慶與淪陷區。他帶了別的女人去的——是他的女秘書，跟了他了，兒子都有了——荀太太就沒提起他。

新近他們女婿也出國深造了，所以苑梅回來多住些時，陪陪母親。丈夫弟妹全都走了，她不免有落寞之感。這些年青人本來就不愛說話——五〇年代「沉默的一代」的先驅。所以荀太太除了笑問一聲「子範好？」也不去找話跟她說。

表姐妹倆一坐下來就來不及的唧唧噥噥，吃吃笑著，因為小時候慣常這樣，出了嫁更不得不小聲說話，搬是非的人多。直到現在伍太太一個人住著偌大房子，也還是像惟恐隔牆有耳。

「表姐新燙了頭髮。」荀太太的一口京片子還是那麼清脆，更增加了少女時代的幻覺。

「看這些白頭髮。」伍太太有點不好意思似的噗嗤一笑，別過頭去撫著腦後的短鬈髮。

「我也有呵，表姐！」

「不看見噻！」伍太太戴眼鏡，湊近前來細看。

「我也不看見噻！」

兩人互相檢驗，像在頭上捉蝨子，偶爾有一兩次發現一根半根，輕輕的一聲尖叫：「別動！」然後嗤笑著仔細撥開拔去。荀太太慢吞吞的，她習慣了做什麼都特別慢，出於自衛。如果很快的把你名下的家務做完了，就又有別的派下來，再不然就給人看見你閒坐著。

伍太太笑道：「看我這頭髮稀了，從前嫌太多，打根大辮子那麼粗，蠢相。想剪掉一股子，說不能剪，剪了頭髮要生氣的，會掉光了。」

伍太太從前是個醜小鴨，遺傳的近視眼——苑梅就不肯戴眼鏡。現在的人戴不戴還沒關係，眼鏡與前劉海勢不兩立，從前興來興去都是人字式兩撇劉海，一字式蓋過眉毛的劉海，歪桃劉海，橫雲度嶺式的橫劉海。「豐容盛鬋，」架上副小圓眼鏡就傻頭傻腦的。

荀太太笑道：「那陣子興鬆辮子，前頭不知怎麼挑散了捲著披著，三舅奶奶家有個走梳頭的會梳，那天我去剛巧趕上了，給梳辮子，第二天到田家吃喜酒。回來只好趴在桌上睡了一晚上，沒上床，不然頭髮亂了，白梳了。」

也是西方的影響，不過當時剪髮燙髮是不可想像的事，要把直頭髮梳成鬈髮堆在額上，確實不容易。辮根也不紮緊了，蓋住一部份頸項與耳朵。其實在民初有些女學生女教師之間已經流行了，青樓中人也有模仿的。她們是家裏守舊，只在香烟畫片上看見過。

「在田家吃喜酒，你說老想打呵欠，憋得眼淚都出來了。笑死了！」伍太太說。

苑梅在一旁微笑聽著，像聽講古一樣。

伍太太又道：「我也想把頭髮留長了梳頭。」

荀太太笑道：「梳頭要有個老媽子會梳就好了。自己梳，胳膊老這麼舉著往後別著，疼！我這肩膀，本來就筋骨疼，在他們家抬箱子抬的，扭了肩膀。」說著聲音一低，湊近前來，就像還有被人偷聽了去的危險。

「噯，『大少奶奶幫著抬，』」伍太太皺著眉笑，學著荀老太太輕描淡寫若無其事的口吻。

「可不是。看這肩膀——都塌了！」把一隻肩膀送上去給她看。原是「美人肩」——削肩，不過做慣粗活，肌肉發達，倒像當時正流行的坡斜的肩墊，位置特低。內傷是看不出來，發得厲害的時候就去找推拿的。

「也只有他們家——！」伍太太齜牙咧嘴做了個鬼臉。

「他們荀家就是這樣。」荀太太眼睜睜望著她微笑，聲音輕得幾乎聽不見，就彷彿是第一次告訴她這秘密。

「做飯也是大少奶奶，『大少奶奶做的菜好嘿！』」

「誰會？說『看看就會了。』」又像是第一次含笑低聲吐露：「做得不對，罵！」

「你沒來是誰做？」

荀太太收了笑容，聲音重濁起來。「還不就是老李。」是個女傭，沒有廚子——貧窮的徵象。

兩人都沉默了一會。

女傭泡了茶來。

「表姐抽烟。」

伍太太自己不吸。荀太太曾經解釋過，是「坐馬子薰得慌，」才抽上的。當然那是嫁到北京以後，沒有抽水馬桶。

荀太太點上烟，下頦一揚道：「我就恨他們家客廳那紅木家具，都是些爪子——」開始是撒嬌抱怨的口吻，膩聲拖得老長，「爪子還非得擦亮它，蹲在地下擦皮鞋似的，一個得擦半天。」顯然有一次來了客不及走避，蹲著或是爬在地下被人看見了。說到這裏聲音裏有極深的羞窘與一種污穢的感覺。

「噯，北京都興有那麼一套家具，擺的都是古董。」

「他們家那些臭規矩！」

「你們老太太，對我大概算是了不得了，我去了總是在你屋裏，叫你陪著我。開飯也在你屋裏，你一個人陪著吃。有時候紹甫進來一會子又出去了，倔倔的。」

她們倆都笑了。那時候伍太太還沒出嫁，跟著哥哥嫂子到北京去玩，到荀家去看她。紹甫是已經見過的，新娘子回門的時候一同到上海去過，黑黑的小胖子，長得楞頭楞腦，還很自負，脾氣挺大。伍太太實在替她不平。這麼些親戚故舊，偏把她給了荀家。直到現在，苑梅有一次背後說她的臉還是漂亮，伍太太還氣憤憤的說：「你沒看見她從前眼睛多麼亮，還有種調皮的神氣。一嫁過去眼睛都呆了。整個一個人呆了。」說著眼圈一紅，嗓子都硬了。

荀太太探身去彈烟灰，若有所思，側過一隻腳，注視著腳上的杏黃皮鞋，男式繫鞋帶，鞋面上有幾條細白痕子。「貓抓的，」她微笑著解釋，一半自言自語。「擱在床底下，房東太太的貓進來了。」

吸了口烟，因又笑道：「我們老太爺死的時候，叫我們給他穿衣裳。」她只加深了嘴角的笑意，代表扮鬼臉。「她怕，」她輕聲說。當然還是指她婆婆。

老伴一斷氣就碰都不敢碰。他們家規矩這麼大，公公媳婦赤身露體的，這倒又不忌諱了？伍太太帶笑攢眉咕噥了一聲：「那還要替他抹身？」

「槓房的人給抹身，我們就光給穿襯裏衣裳。壽衣還沒做，打紹甫，怪他不早提著點。」又悄悄的笑道：「我不知道，我跟二少奶奶到瑞蚨祥去買衣料做壽衣，回來紹甫也沒告訴我。」

「紹甫就是這樣。」伍太太微笑著，說了之後沉默片刻，又笑道：「紹甫現在好多了。」

荀太太先沒接口，頓了頓方笑道：「紹甫我就恨他那時候日本人來——」他在南京故宮博物院做事，打起仗來跟著撤退，她正帶著孩子們回娘家，在上海。「他把他們的古董都裝箱子帶走了，把我的東西全丟了。我的相片全丟了，還有衣裳，皮子，都沒了。」

「噯，從前的相片就是這樣，丟了就沒了。」伍太太雖然自己年青的時候沒有漂亮過，也能了解美人遲暮的心情。

「可不是，丟了就沒了。」

她帶著三個孩子回北京去。重慶生活程度高，小公務員無法接家眷，抗戰八年，勝利後等船又等了一年。那時候他不知怎麼又鬧意見賭氣不幹了，幸而有個朋友替他在上海一個大學圖書館找了個事，他回北京去接了她出來。

她跟伍太太也是久別重逢。伍太太現在又是一個人，十分清閒，常找她來，其實還可以找得勤些，住得又近。但是打電話去，荀太太在電話上總有點模糊，說什麼都含笑答應著，使人不大確定她聽明白了沒有。派人送信，又要她給錢。她不願讓底下人看不起她窮親戚，總是給得太多。寄信去吧，又有點不甘心，好容易又都住上海了，還要寫信。這次收到回信，信封上多貼了一張郵票。伍太太有啼笑皆非之感。她連郵局也要給雙倍。

先在虹口租了間房，有老鼠，把祖銘的手指頭都咬破了。米麵口袋都得懸空吊著，不然給咬了個窟窿，全漏光了。

「現在搬的這地方好，」荀太太常說。

上次苑梅到同學家去，伍太太叫她順便彎到荀家去送個信，也是免得讓荀太太又給酒錢。是個陰暗的老洋房，他們住在二樓近樓梯口，四方的房間，不大，一隻兩屜桌，一隻五斗櫥，隔開一張雙人木床與小鐵床。鍋鑊砧板擺了一桌子，小煤球爐子在房門外。荀太太笑嘻嘻迎接著，態度非常大方自然，也沒張羅茶水，就像這是學生宿舍。

就她一個人在家。祖銘進中學，十四歲了，比他爸爸還要高，愛打籃球。荀太太常說他去看球賽了。

「他們有了兩個孩子之後不想要了，祖銘是個漏網之魚。有天不知怎麼沒用藥——是一種牙膏似的擠出來，」伍太太有一次笑著輕聲告訴苑梅。

漏網之魚倒已經這麼大了。怎麼能跟父母住一間房，多麼不便。苑梅這一想，馬上覺得不應該，雖說久別勝新婚，人家年紀不輕了，怎麼想到這上頭去。子範剛走，難道倒已經心理不正常起來了？現代心理學的皮毛她很知道一些。就是不用功。所以她父親就氣她不肯念書——

就喜歡她一個人，這樣使他失望，中學畢業就跟一個同學的哥哥結婚了，家裏非常反對。她從小家裏有錢，所以不重視錢，現在可受彆了。要跟子範一塊去是免開尊口，他去已經是個意外的機會。

她是感染了戰後美國的風氣，流行早婚。女孩子背上一隻揹袋馱著嬰兒，天下去得。連男孩都自動放棄大學學位，不慕榮利，追求平實的生活。

子範本來已經放棄了，找了個事，還不夠養家，婚後還是跟他父母住。美國也是小夫婦起初還是住在老家裏，不過他們不限男家女家。

想不到這時候又倒蹦出這麼個機會來。難道還要他放棄一次？彷彿說不過去。

他走了，丟下她一個人吊兒郎當，就連在娘家都不大合適，當她是個大人吧，說大不大，說小不小。想出去找個事做，免得成天沒事幹，中學畢業生能做的事，婆家通不過，他們面子上下不來。

最氣人的是如果沒有結婚，正好跟他一塊去——她父親求之不得，供給她出國進大學。這時候只好眼看著弟弟妹妹一個個出去，也不能眼紅。

她不是不放心他。但是遠在萬里外，如果要完全放心，那除非是不愛他，以為他沒人要，沒有神話裏一樣美麗的公主會愛上他。

她母親當初就是跟父親一塊出去的，她還是在外國出世的，兩三歲才托便人帶她回來，什麼都不記得，多冤！聽上去她母親在外國也不快樂。多冤！

其實伍太太幾乎從來不提在國外那幾年。只有一次，回國後初次見到荀太太，講起在外面的伙食問題，「還不是自己做，」伍太太咕噥了一聲，卻又猝然道：「說是紅燒肉要先炸一下。」

荀太太怔了一怔，抗議地一聲嬌叫：「不用啊！」

「說要先炸嘔，」伍太太淡然重複了一句。

荀太太也換了不確定的口氣，只喃喃的半自言自語：「用不著炸嘔！」

「嗳，說是要先炸。」像是聲明她不負責任，反正是有這話。

她雖然沒像荀太太「三日入廚下，」也沒多享幾天福，出閣不久就出國了。不會做菜，紅燒肉總會做的，但是做出來總是亮汪汪的一鍋油，裏面浮著幾小塊黑不溜啾的瘦肉。伍先生氣得說：「上中學時候偷著拿兩個臉盆倒扣著燉的還比這好。」

後來有一次開中國學生會，遇見兩個女生——她們雖然平日不開伙食，常常男朋友大家合夥打牙祭——聽她們說紅燒肉要先炸過，將信將疑。她們又不是華僑，不然還以為是廣東菜福建菜的做法，如果廣東人福建人也吃紅燒肉的話。回去如法炮製，彷彿好些，不過要炸得恰正半生不熟也難，油不是多了就是少了，不是炸僵了就是炸得太透，再一煨，肉就老了。

回國幾年後，有一次她拿著一隻豬皮白手袋給荀太太看，笑道：「怪不得他們的肉沒皮，都去做鞋做皮包去了！」

荀太太拖長了聲音「哦」了一聲，半晌方恍然道：「所以他們紅燒肉要炸——沒皮！不然肥肉都化了。」

「噯，是說要炸嘛，」伍太太夷然回答，就像是沒聽懂。她為它煩惱了那麼久的事，原來有個簡單的解釋，倒彷彿是她笨，苦都是白苦了，苦得冤枉。

一個紅燒肉，梳一個頭，就夠她受的。本來也不是非梳頭不可，穿中式裙襖，總不能剪髮。當時旗袍還沒有聞名國際，在國外都穿洋服，只帶一兩套亮片子綉花裙襖或是梯形旗袍，在化裝跳舞會上穿。就她一個人怕羞不肯改裝，依舊一件仿古小折枝織花「摹本緞」短襖，大圓角下襬；不長不短的黑綢縐襇裙，距下緣半尺密密層層鑲著幾道松花彩蛋花邊，也足有半尺闊，倒像前清襖袖上的三鑲三滾，大鑲大滾，反而引人注目。她也不是不知道。也是因為他至少看慣了她這樣子，驟然換個樣子就怕更覺得醜八怪似的。好在她又不上學，就觸目點也沒關係。

他倒也沒說什麼。一直聽見外國人誇讚中國女人的服裝美麗，外國女太太們更是「哦」呀「啊」的沒口子稱道，漆黑的長髮又更視為一個美點；他沒想到東方美人沒有胖胖的戴眼鏡的。

他們定親的時候就聽見說她是個學貫中西的女學士，親戚間出名的。但是因為害羞，外國人總以為她不懂英文。她那一身異國風味的裝束也是一道屏障。拖著個不善家務又不會應酬的醜太太到東到西，他不免怨聲載道。

她就最怕每逢寒暑假，他總要糾合男女友人到歐洲各地旅行觀光。一到了言語不通的地方，就像掉到漿糊缸裏，還要定旅館，換錢，看地圖，看菜單，看賬單，坐地鐵，趕火車，趕導遊公車。是他組織的旅行團，他太太天然是他的副手，出了亂子飽受褒貶。女留學生物以稀為貴，一出國門身價十倍，但是也指不定內中真會出個把要人太太。伍先生對她們小心翼翼，道地紳士作風，止於培植關係，一味嗔怪自己太太照顧不周。她悶聲不響的，笑起來倒還是笑得很甜，有一種深藏不露的，不可撼的自滿。他至少沒有不忠於她。樣樣不如人，她對自己腴白的肉體還有幾分自信。

家裏也就是為了不放心他，要她跟了去。他一來功課繁重，而且深知讀名學府就是讀個「老同學網」。外國公子王孫結交不上，國內名流的子弟只有更得力。新來乍到，他可以陪著到東到西寸步不離。起先不認識什麼人，但是帶家眷留學的人總是有錢囉，熱心的名聲一出，自然交遊廣闊起來。他在學生會又活動，也並不想出風頭，不過捧個場，交個朋友。

應酬雖多，他對本國女性固然沒有野心，外國女人也不去招惹。他生就一副東亞病夫相，瘦長身材，凹胸脯，一張灰白的大圓臉，像隻磨得黯淡模糊的舊銀元，上面架副玳瑁眼鏡，對西方女人沒有吸引力。

花街柳巷沒門路，不知底細的也怕傳染上性病。一回國，進了銀行界，很快的飛黃騰達起來，就不對了。

沉默片刻後，荀太太把聲音一低，悄悄的笑道：「那天紹甫拿了薪水，沈秉如來借錢。」他們夫婦背後都連名帶姓叫他這妹夫沈秉如。妹妹卻是「婉小姐」，從小身體不好，十分嬌慣。

苑梅見她頓了一頓才說，顯然是不決定當著苑梅能不能說這話。但是她當然知道他們家跟她小姑完全沒有來往，不怕洩漏出去。

苑梅想著她應當走開——不馬上站起來，再過一會。但是她還是坐著不動。走開讓她們說話，似乎有點顯得冷淡，在這情形下。她知道荀太太知道她母親為了她結婚的事夾在中間受了多少氣，自然怪她，雖然不形之於色。同時荀太太又覺得她看不起她。子女往往看不得家裏經常賙濟的親戚，尤其是母親還跟她這麼好。苑梅想道：「其實我就是看不起聲名地位，才弄得這樣。她哪懂？」反正儘可能的對她表示親熱點。

荀太太輕言悄語笑嘻嘻的，又道：「洪二爺也來借錢。幸虧剛寄了錢到北京去。」

伍太太不便說什麼，二人相視而笑。

荀太太又笑道：「紹甫一說『我們混著也就混過去了，』我聽著就有氣。我心想：我那些首飾不都賣了？還有表姐借給我們的錢。我那脖鍊兒，我那八仙兒，那翡翠別針，還有兩副耳墜子，紅寶戒指，還有那些散珠子，還有一對手鐲。」

伍太太知道這話是說給她聽的，還不是紹甫有一天當著她說：「我們混著也就混過去了，」他太太怕她多心，因為她屢次接濟過他們。

「他現在不是很好嗎？」她笑著說。

「祖志現在有女朋友沒有?」她換了個話題。

荀太太悄悄的笑道:「不知道。信上沒提。」

「祖怡呢?有沒男朋友?」

「沒有吧?」

兄妹倆一個已經在教書了,都住在宿舍裏。

荀太太隨又輕聲笑道:「祖志放假回去看他奶奶。對他哭。說想紹甫。想我。」

「哦?現在想想還是你好?」伍太太不禁失笑。

荀太太對付她婆婆也有一手,儘管從來不還嘴。他們二少奶奶三少奶奶就不管,受不了就公然頂撞起來。其實她們也比她年青不了多少,不過時代不同了。相形之下,老太太還是情願她。她也不見得高興,只有覺得勾心鬥角都是白費心機。

「噯,想我。」她微笑咬牙低聲說。默然片刻,又笑道:「我在想著,要是紹甫死了,我也不回去。我也不跟祖志他們住。」

她不用加解釋,伍太太自然知道她是說:兒子遲早總要結婚的。前車之鑑,她不願意跟他們住。但是這樣平靜的講到紹甫之死,而且不止一次了,伍太太未免有點寒心。一時也想不出別的寬慰的話,只笑著喃喃說了聲「他們姐妹幾個都好。」

荀太太只加重語氣笑道:「我是不跟他們住!」然後又咕噥著:「我想著,我不管什麼地方,反正自己找個地方去,不管什麼都行。自己顧自己,我想總可以。」說到末了,比較大聲，但是聲調很不自然，粗嗄起來。她避免說找事，找事總像是辦公室的事。她就會做菜。出去給人家做飯，總像是幫傭，給兒子女兒丟臉。開小館子沒本錢，借錢又蝕不起，不能拿人家的錢去碰運氣。哪怕給飯館當二把刀呢！差不多的麵食她都會做，連酒席都能對付，不過手腳慢些。

伍太太微笑不語。其實儘可以說一聲「你來跟我住。」但是她不願意承認她男人不會回來了。

「哦，你衣裳做來了，可要穿著試試？苑梅去叫老陳拿來。」

荀太太叫伍太太的裁縫做了件旗袍，送到伍家來了。荀太太到隔壁飯廳去換上，回來一路低著頭看自己身上，兩隻手使勁把那紫紅色氈子似的硬呢子往下抹，再也抹不平，一面問道：「表姐看怎麼樣？」

伍太太笑道：「你別彎著腰，彎著腰我怎麼看得見？好像差不多。後身不太大？——太緊也不好。」心裏不禁想著，其實她也還可以穿得好點。當然她是北派，丈夫在世的人要穿得「鮮和」些，不然不吉利。她買衣料又總是急急忙忙的，就在街口的一爿小綢緞莊。家用什物也是一樣，一有錢多下來就趕緊去買，乘紹甫還沒借給親戚朋友。她賢慧，從來不說什麼。她只儘快把錢花掉。這是他們夫婦間的一個沉默的掙扎，他可是完全不覺得。反正東西買到手總比沒有好，但是伍太太看她買東西總有點担心，出於闊親戚天然的審慎，無論感情多麼好。

「大肚子。」她站在大鏡子前面端相自己的側影，又笑道：「都是氣出來的。真哚，表姐！說『氣脹』，真氣出鼓脹病來。有時候看電影看到什麼叫我想起來了——噯呀，馬上氣噠，氣噠，電影上做什麼都看不見了！」

氣誰？苑梅想。雖然也氣紹甫，想必這還是指從前婆媳間的事。聽她轉述附近幾爿店裏人說的話，總是冠以「荀太太」——都認識她。講房東太太叫她聽電話，也從來不漏掉一個「荀太太，」顯然對她自己在這小天地裏的人緣與地位感到滿足。

伍太太擱了一圈小橘子在火爐頂上，免得吃了冰牙。新裝的火爐，因為省煤。北邊打仗，煤來不了。家裏人又少，不犯著生暖氣。吃了一隻橘子，她把整塊剝下的橘皮貼在爐蓋的小黑鐵頭上，像一朵硃紅的花。漸漸聞得見橘皮的香味。她倒很欣賞這提早退休的生活。也是因為這些年來吵得太厲害了。實在受夠了。幾個孩子就是為苑梅嘔氣最多。這次回來可憐，老姐妹們說話，虧她也有這耐性一直坐在這兒旁聽——出了嫁倒反而離不開媽了。跟公婆住哪像自己家裏，一比就知道了。受了氣也不說，要強——家裏本來不贊成。這回子範回來總該可以多賺兩個錢了，可以搬出去住。不然出去住小家似的分租兩間房，一樣跟人合住，倒不跟自己人住，也說不過去。

底下幾個孩子總算爭氣，雖然遠隔重洋，也還沒什麼不放心的——不放心又怎樣？就連苑梅，女婿不也出洋了？他們父親在香港做生意也蝕本，倒是按月寄家用來，沒短過她的。經常通信，互相稱「二哥」，「四妹」，是照各人家裏的排行，也還大方。她自稱「妹」，小字側立一邊。信上提起家產以及銀錢來往的事，有些話需要下筆謹慎，只有他一個人看得懂，免得給姨子看了去——他要是告訴姨子，那是他糊塗——就連孩子們親戚們有些事她也不願明說，很要費點腦筋。自己寫得頗為得意。這在她這一輩子是最接近情書的了。空有一肚子才學，不寫給他又寫給誰呢？正在寫的一封還在推敲，今天約了表姐來，預先收了起來。給她看見這麼大年紀還哥呀妹的，不好意思，也顯得她太沒氣性，白叫人家代她不平。紹甫給他太太寫信總是稱「家慧姐」，他比她小一歲。伍太太看了總有點反感——他還像是委屈了呢！算她比他大。又彷彿還撒嬌，是小弟弟。

「那天有個什麼事，想著要告訴你的……」伍太太打破了一段較長的沉默。半惱半笑的。是個什麼事？親戚家的笑話，還是女傭聽來的新聞？是什麼果菜新上市，問他們買到沒有？一時偏怎麼著也想不起來了。

荀太太也在搜索枯腸，找沒告訴過她的事。

「那時候我們二少奶奶生病，請大夫吃了幾帖藥，老沒見好。那天我看她把藥罐子扔了，把碎片埋在她院子裏樹底下。問她幹嗎呢，說這麼著就好了。我心想，這倒沒聽見過。」說罷含笑凝視伍太太。

伍太太「唔」了一聲，對這項民間小迷信表示興趣。

「哪知道後來就瘋了，娘家接回去了。」說著又把聲音低了低。

「哦！大概那就是已經瘋了。」

「噯。我說沒聽見過這話嘔——藥罐子摔碎了埋在樹底下！」望著伍太太笑，半晌又道：

「說她是裝瘋，先病也說是裝病。」聲音又一低。「不就是跟老太太嘔氣嗎。」

苑梅沒留神聽，但是她知道荀太太並不是嘮叨，儘著說她自己從前的事。那是因為她知道她的事伍太太永遠有興趣。過去會少離多，有大段空白要補填進去。苑梅在學校裏看慣了這種天真的同性戀愛。她自己也瘋狂崇拜音樂教師，家裏人都笑她簡直就是愛上了袁小姐。初中畢業送了袁小姐一份厚禮，母親讓她自己去挑選，顯然不是不贊成。因為沒有危險性，跟迷電影明星一樣，不過是一個階段。但是上一代的人此後沒機會跟異性戀愛，所以感情深厚持久些。

但是伍太太也有一次對苑梅說，跟著她叫表姑：「現在跟表姑實在不大有話說了。」

談到上燈後，忽然鈴聲噹噹。

苑梅笑道：「統共這兩個人，還搖什麼鈴！」

是新蓋這座大房子的時候，伍先生定下的規矩，仿照英國鄉間大宅，搖鈴召集吃飯，來度週末的客人在各人房間裏，也不必一一去請。但是在他們家還是要去請，因為不習慣，地方又大，樓上遠遠聽見鈴聲，總以為是街上或是附近學校。

來到飯廳裏，一隻銅鈴倒扣在長條矮櫥上。伍先生最津津樂道的故事是羅斯福總統外婆家從前在廣州經商，買到一隻盜賣蘇州寺觀作法事的古銅鈴，陪嫁帶了來，一直用作他家的正餐鈴。

銅鈴旁邊一隻八九吋長的古董彫花白玉牌，吊掛在紅木架上，像個樂器。苑梅見了，不由得想起她從前等吃飯的時候，常拿筷子去嘡嘡嘡打玉牌，催請鈴聲召集不到的人，故意讓她母親發急。父親在家是不敢的，雖然就疼她一個人，回家是來尋事吵鬧的。孩子們雖然不敢引起注意，卻也一個個都板著臉。但是一大桌子人，現在冷冷清清，剩賓主三人抱著長餐桌的一端入座。

飯後荀太太笑道：「今兒吃撐著了！」

伍太太道：「那魚容易消化。說是蝦子就胆固醇多。現在就怕胆固醇，說是雞蛋最壞了，一個雞蛋可以吃死人。當然也要看年紀了，血壓高不高。」

荀太太似懂非懂的「唔」「哦」應著，也留心記住了。那是她的職責範圍內。

紹甫下了班來接太太，一來了就注意到摺疊了擱在沙發背上的紫紅呢旗袍。

「衣裳做來啦？」他說。

她坐在沙發上，他坐在另一端，正結結實實填滿了那角落，所以不會癱倒，但是顯然十分倦。從江灣乘公共汽車回家，路又遠，車上又擠，沒有座位。

「手怎麼啦？」伍太太見他伸手端茶，手指鮮紅的，又不像搽了紅藥水。

「剝紅蛋，洗不掉。」

「剝紅蛋怎麼這麼紅？」

「剝了四十個。今天小董大派紅蛋，小劉跟我打賭吃四十個。」

女人們怔了怔方才笑了。輕微的笑聲更顯出剛才一剎那間不安的寂靜。

「這怎麼吃？噎死了！又不是滷蛋茶葉蛋。」伍太太心裏想他這種體質最容易中風，性子又急，說話聲音這樣短促，也不是壽徵。

說也沒用，他跟朋友到了一起就跟小孩似的「人來瘋」，又愛鬧著玩，又要認真，真不管這些了！

「所以我說小劉屬狐狸的，愛吃白煮雞子兒。」

他說話向來是囫圇的。她們幾個人裏只有伍太太看過《醒世姻緣》，知道白狐轉世的女主角愛吃白煮雞蛋。但是荀太太聽丈夫說笑話總是笑，不懂更笑。

伍太太笑道：「那誰贏了？他贏了？」

他把脖子一擰，「吭」的一聲，底下咕噥得太快，聽不清楚，彷彿是「我手下的敗將。」

找專家設計的客廳，家具簡單現代化，基調是茶褐色，夾著幾件精巧的中國金漆百靈檯條几屏風，也很調和。房間既大，幾盞美術燈位置又低，光線又暗，苑梅又近視，望過去紹甫的輪廓圓墩墩的——他穿棉袍，完全沒有肩膀——在昏黃的燈光裏面如土色，有點麻麻楞楞的，像一座蟻山矗立在那裏。他循規蹈矩，在女戚面前不抬起眼睛來，再加上臉上膩著一層黑油，等於罩著面幕，真是打個小盹也幾乎無法覺察。

她們不說他瞌睡，說了就不免要回去。荀太太知道他並不急於想走。他一向很佩服伍太太。

兩個女人低聲談笑著，彷彿怕吵醒了他。

「你說要買絨線衫？那天我看見先施公司有那種叫什麼『圍巾翻領』的，比沒領子的好。」伍太太下了決心，至少這一次她表姐花錢要花得值。

紹甫忽道：「有沒有她那麼大的？」他對他太太的衣飾頗感興趣。

「大概總有吧，」荀太太兩肘互抱著，冷冷的喃喃的說。

有片刻的沉默。

伍太太笑道：「我記得那時候到南京去看你們。」

「那時候南京真是個新氣象——喝！」他說。

在他們倆也是個新天地。好容易帶著太太出來了——生了兩個孩子之後的蜜月。孩子也都帶出來了。他吃虧沒進過學校，找事倒也不是沒有門路，在北京近水樓台，親戚就有兩個出來給軍閥當部長總長的，不難安插他，但是一直沒出來做事。伍太太比他太太讀書多些，覺得還是她比較了解他。

那次她到南京去住在他們家，早上在四合院裏的桃樹下漱口，用蝴蝶招牌的無敵牌牙粉刷牙，桃花正開。一塊去遊玄武湖，吃館子，到夫子廟去買假古董——他內行。在上海，親戚有古董想脫手，都找他去鑑定字畫古玩。

伍太太接他太太到上海來，一住一兩個月，把兩個孩子都帶了來，給孩子們買許多東西，替荀太太做時行的衣服，鑲銀狐的闊西裝領子黑呢大衣，中西合璧的透明淡橙色「稀紡」旗袍，頭髮也剪短了，燙出波浪紋來，耳後掖一大朵洒銀粉的淺粉色假花。眉梢用鑷子箝細了，鉛筆畫出長眉入鬢，眼神卻怔怔的，有點悵惘。紹甫總是週末乘火車來接他們回去。伍家差不多天天有牌局，荀太太還學會了跳舞，開著留聲機學，伍太太跳男人的舞步教她。但是有時候請客吃飯餘興未盡，到夜總會去，當然也有男子跟她跳。

「紹甫吃醋，」伍太太背後低聲向她說。兩人都笑了。

當時一塊打牌的只有孫太太跟伍太太最知己，許多年後還問起：「那荀太太現在怎麼了？馮太太前兩天還牽記她。都說她好。說話那麼細聲細語的……」她找不到適當的字眼形容那種——與海派太太們一比，一種安詳幽嫻。「噢喲！真文氣。大家都喜歡她。」

「那時候還有個邱先生，」伍太太輕聲說，略有點羞澀駭笑。

孫太太也微笑。那時候一塊打牌的一個邱先生對荀太太十分傾倒。邱先生是孫太太的來頭，年紀也只三十幾歲，一表人才，單身在上海，家鄉有沒有太太是不敢保，反正又不是做媒，而且是單方面的，根本沒希望。

其實，當時如果事態發展下去的話，伍太太甚至於也不會怪她表姐。

自從晚飯後紹甫來了，他太太換了平日出去應酬的態度，不大開口，連烟都不抽了。倒是苑梅點上一支烟。也是最近悶的才抽上的。頭髮紮馬尾，穿長袴，黯淡的粉紅絨布襯衫，男式蓮灰絨線背心，也都不是一套，是結了婚的年青人於馬虎脫略中透出世故。她的禮貌也像是帶點惜老憐貧的意味。坐在一邊一聲不出，她母親是還拿她當孩子，只有覺得她懂規矩，長輩說話沒有她插嘴的份。別人看來，就彷彿她自視為超然是另一個世界的人。

都不說話，伍太太不得不負起女主人的責任，不然沉默持續下去，成了逐客了。

講起那天跟荀太太一塊去看的電影，情節有兩點荀太太不大清楚，連苑梅都破例開口，搶著幫著解釋。是男主角喝醉了酒，與引誘他的女人發生關係，還自以為是強姦了她，鑄成大錯。

紹甫猝然不耐煩的悻悻駁道：「喝多了根本不行呃！」

伍太太從來沒聽見他談起性，笑著有點不知所措。

苑梅也笑，卻有點感到他輕微的敵意，而且是兩性間的敵意。他在炫示，表示他還不是老朽。

此後他提起前兩天有個周德清來找他，又道：「他太太在重慶出過情形的。」

伍太太笑道：「哦？」等著，就怕又沒有下文了。永遠嗡隆一聲衝口而出，再問也問不出什麼，問急了還又詫異又生氣似的。

沉默半晌，他居然又道：「那回在重慶我去找周德清，不在家，說馬上就回來，非得要我等他回來吃飯，忙出忙進，直張羅，讓先喝酒等他。等了一個多鐘頭也沒回來，我走了！後來聽見說出過情形——喝！」他搖搖頭，打了個擦汗的手勢。

荀太太抿著嘴笑。伍太太一面笑，心中不免想道：「人又不是貓狗，放一男一女在一間房裏就真會怎樣。」但是她也知道他雖然思想很新——除了從來不批評舊式婚姻；盲婚如果是買獎券，他中了頭獎還有什麼話說？——到底還是個舊式的人。從前的筆記小說上都是男女單獨相對立即「成雙」——不過後來發現女的是鬼，不然也不會有這種機會。他又在內地打光棍這些年，乾柴烈火，那次大概也還真是僥倖。她不過覺得她表姐委屈了一輩子，虧他還有德色，很對得住太太似的。

「你們有日曆沒有？我這裏有好幾個，店裏送的。」

荀太太笑道：「噯，說是日曆是要人送——白拿的，明年日子好過。」

「你們今年也不錯。」

荀太太笑道：「我在想著，去年年三十晚上不該吃白魚，都『白餘』了。今年吃青魚。」

她沒向紹甫看，但是伍太太知道她是說他把錢都借給人了，心裏不禁笑嘆，難道到現在還不知道他不會聽出她話裏有話。

「苑梅，叫她們去拿日曆——都拿來。在書房裏。」

苑梅自己去拿了來，荀太太一一攤在沙發上，挑了個海景。

「太太電話。」女傭來了。

「誰打來的？」

「孟德蘭路胡太太。」

伍太太出去了。夫妻倆各據沙發一端，默然坐著。

「你找到湯沒有？我藏在抽屜裏，怕貓進來。」荀太太似乎是找出話來講。

「嗯，我熱了湯，把剩下的肉絲炒了飯。」他回答的時候聲音低沉，幾乎是溫柔的。由於突然改變音調，有點沙啞，需要微嗽一聲，打掃喉嚨。他並沒有抬起眼睛來看她，而臉一紅，看上去更黑了些，彷彿房間裏燈光更暗了。

苑梅心目中驀地看見那張棕綳雙人木床與小鐵床。顯然他不滿足。

「飯夠不夠？」

「夠了。我把餃子都吃了。」

伍太太聽了電話回來，以為紹甫盹著了，終於笑道：「紹甫睏了。」他卻開口了。「有一回晚上聽我們老太爺說話，站在那兒睡著了。老太爺說得高興，還在說——還在說。噯呀，那好睡呀！」

「幾點了？」荀太太說。

「還早呢，」伍太太說。

「我們那街上黑。」

「有紹甫，怕什麼？」

「一個人走是害怕，那天我去買東西，有人跟。我心想真可笑——現在人家都叫我老太太了！」

伍太太震了一震，笑道：「叫你老太太？誰呀？」她們也還沒這麼老。她自己倒是也不見老，冬天也還是一件菊葉青薄呢短袖夾袍，皮膚又白，無邊眼鏡，至少富泰清爽相，身段也看不出生過這些孩子，都快要做外婆了。苑梅那天還在取笑她：「媽這一代這就是健美的了！」外國有句話：「死亡使人平等。」其實不等到死已經平等了。當然在一個女人是已經太晚了，不得夫心已成定局。

「在菜場上。有人叫我老太太，」荀太太低聲說，沒帶笑容。

「這些人——也真是！」伍太太嘟囔著，有點不好意思。「不知道算什麼，算是客氣？」

荀太太倚在沙發上仰著頭，髮髻枕在兩隻手上。「我有一回有人跟。嚇死了！在北京。那時候祖志生肺炎，我天天上醫院去。婉小姐叫我跟她到公園去，她天天上公園去透空氣，她有肺病。到公園去過了，她先回去，我一個人走到醫院去。這人跟著我進城門，問我姓什麼，還說了好些話，嚕裏嚕囌的。大概是在公園裏看見我們了。」

苑梅也見過她這小姑子，大家叫她婉小姐的。嬌小玲瓏，長得不錯，大概因為一直身體不好，耽擱了，結婚很晚。丈夫在上海找了個事做，雖然常鬧窮吵架，也還是捧著她，嬌滴滴的。婚前家裏放心讓她一個人上街，總也有二十好幾了，她大嫂又比她大十幾歲。那釘梢的不跟小姑而跟嫂子，苑梅覺得這一點很有興趣。荀太太是不好意思說這人選擇得奇怪。當然這是她回北京以後的事了。那時候想必跟這次來上海剛到的時候一樣，還沒發胖，頭髮又留長了，梳髻，紅紅的面頰，舊黑綢旗袍，身材微豐。

「那城門那哈兒——那城牆厚，門洞子深，進去有那麼一截子路黑魆魆的，挺寬的，又沒人，挺害怕。」她已經坐直了身子，但是仍舊向半空中望著，不笑，聲音也有點淒楚，彷彿話說多了有點啞嗓子，或是哭過。「他說『你是不是姓王？』——他還不是找話說。——我嚇死了。我就光說『你認錯人了。』他說『那你不姓王姓什麼？』我說：『你問我姓什麼幹什麼？』」

伍太太有點詫異，她表姐竟和一個釘梢的人搭話。她不時發出一聲壓扁的吃吃的笑聲，「哨」的一響，表示她還在聽著。

「一直跟到醫院。那醫院外頭都是那鐵闌干，上頭都是藤蘿花，都蓋滿了。我回過頭去看，那人還趴在鐵闌干上，在那藤蘿花縫裏往裏瞧呢！嚇死了！」她突然嘴角濃濃的堆上了笑意。

沉默了一會之後，故事顯然是完了。伍太太只得打起精神，相當好奇的問了聲：「是個什麼樣的人？」

「像個學生，」她小聲說，不笑了。想了想又道：「穿著制服，像當兵的穿的。大概是個兵。」

「哦，是個兵，」伍太太說，彷彿恍然大悟。

還是個和平軍！

一陣寂靜中，可以聽見紹甫均勻的鼻息，幾乎咻咻作聲。

天氣暖和了，火爐拆了。黑鐵爐子本來與現代化裝修不調和，洋鐵皮烟囱管盤旋半空中，更寒傖相，去掉了眼前一清。不知道怎麼，頭頂上出空了，客廳這一角落倒反而地方小了些，像居高臨下的取景。燈下還是他們四個人各坐原處，全都抱著胳膊，久坐有點春寒。

伍太太晚飯後有個看護來打針。近年來流行打維他命針代替補藥。看護晚上出來賺外快，到附近幾家人家兜個圈子。

「剛才朱小姐說有人跟。奇怪，這還是從前剛興女人出來在街上走，那時候常鬧釘梢，後來這些年都不聽見說了。打仗的時候燈火管制，那麼黑，也沒什麼。」伍太太說。

「我有回有人跟，」荀太太安靜的說。「那是在北京。那時候我天天上醫院去看祖志，他生肺炎。那天婉小姐叫我陪她上公園去——」

苑梅幾乎不能相信自己的耳朵。荀太太這樣精細的人，會不記得幾個月前講過她這故事？伍太太已經忘了聽見過這話，但是仍舊很不耐煩，只做例行公事的反應，每隔一段，吃吃的笑一聲，像給人叉住喉嚨似的，只是「吭！」一聲響。

苑梅恨不得大叫一聲，又差點笑出聲來。媽記性又不壞，怎麼會一個忘了說過，一個忘了聽見過？但是她知道等他們走了，她不會笑著告訴媽：「表姑忘了說過釘梢的事，又講了一遍。」不是實在憎惡這故事，媽也不會這麼快就忘了——排斥在意識外——還又要去提它？

荀太太似乎也有點覺得伍太太不大感到興趣，雖然仍舊有條不紊徐徐道來，神態有點蕭索。說到最後「他還趴在那哈往裏看呢——嚇死了！」也毫無笑容。

大家默然了一會，伍太太倒又好奇的笑道：「是個什麼樣的人？」

荀太太想了想。「像學生似的。」然後又想起來加上一句：「穿制服。就像當兵的穿的那制服。大概是個兵。」

伍太太恍然道：「哦，是個兵！」

她們倆是無望了，苑梅寄一線希望在紹甫身上——也許他記得聽見過？又聽見她念念不忘再說一遍，作何感想？他在沙發另一端臉朝前坐著，在黃黯黯的燈光裏，面色有點不可測，有一種強烈的表情，而眼神不集中。

室內的沉默一直延長下去。他憋著的一口氣終於放了出來，打了個深長的呵欠，因為剛才是他太太說話，沒關係。

浮花浪蕊

這隻貨輪特別小，二等艙倒也有一溜三四間艙房，也沒有上下舖，就是薄薄一隻墨綠皮沙發，牆上還裝著白銅小臉盆，冷熱水管。西崽穿白長衫，只有三尺之童高，年紀也不小了，把一隻鑲鐵大板箱豎在地下連抱帶推，弄了進來，再去一一拎皮箱，不聲不響的，大概是廣東人。洛貞很不過意，又有點奇怪，這小老西崽為什麼低眉順眼的，一副必恭必敬的神氣。她穿得也並不講究，半舊魚肚白織錦緞襖，鐵灰法蘭絨西裝袴，挽著大衣手提袋外，還自己拎隻舊打字機。她遲疑了一下，看來一路都是他伺候，下船的時候一併給小費，多給點就是了，因此只謝了一聲。他也會意，點了點頭，便溜了出去。

她一個人在艙中歸著行李，方始恍然，看見箱子上全貼著花花綠綠的各國郵船招紙，一望而知曾經周遊列國。都是姐姐的舊箱子。洛貞是家鄉話所謂「老漢女兒」，跟姐姐相差一二十歲，中間兩個哥哥都沒養大，她中學時代早已父母雙亡，連大學都沒進，不要說留學了。

晚上就睡在沙發上？掀了掀皮坐墊，原來是活動的床板，一掀開來，下面三四寸長的大蟑螂亂爬，嚇得連忙蓋上。想必拖開床板就是雙人床。好在用不著，只默禱它們不出來。這家小挪威船公司專跑日本香港泰國，熱帶的蟑螂真大。

外面有人聲。她在門口有意無意的張了張，未便多看，彷彿是一對中年男女，女的戴著那種可著頭的小呢帽，帽沿有點假花什麼的，還是三〇甚至二〇年間流行的。兩人都灰撲撲的，不知是什麼邊遠地區的外國人，說的倒像是英語。

他們正在看著行李搬進房去，跟她不是貼隔壁。她希望就快開船了——貨船是不守時的——不再有人來，清靜點。

南中國海上的貨輪，古怪的貨船乘客，一九二〇、三〇的氣氛，以至於那恭順的老西崽——這是毛姆的國土。出了大陸，怎麼走進毛姆的領域？有怪異之感。恍惚通過一個旅館甬道，保養得很好的舊樓，地毯吃沒了足音，靜悄悄的密不通風——時間旅行的圓筒形隧道，腳下滑溜溜的不好走，走著有些腳軟。羅湖的橋也有屋頂，粗糙的木板牆上，隔一截路挖出一隻小窗洞，開在一人高之上，使人看不見外面，因陋就簡現搭的。大概屋頂與地板是原有的，漆暗紅褐色。細窄橫條橋板，幾十年來快磨白了，溫潤的舊木略有彈性，她拎著兩隻笨重的皮箱，一步一磕一碰，心慌意亂中也像是踩著一軟一軟。橋身寬，屋頂又高，屋樑上隔老遠才安著個小電燈，又沒多少天光漏進來，暗昏昏的走著也沒數，不可能是這麼個長橋——不過是邊界上一條小河——還是小湖？羅湖。

橋堍有一羣挑夫守候著。過了橋就是出境了，但是她那腳夫顯然認為還不夠安全，忽然撒腿飛奔起來，倒嚇了她一大跳，以為碰上了路劫，也只好跟著跑，緊追不捨。

是個小老頭子，竟一手提著兩隻箱子，一手携著扁担，狂奔穿過一大片野地，半禿的綠茵起伏，露出香港的乾紅土來，一直跑到小坡上兩棵大樹下，方放下箱子坐在地下歇腳，笑道：「好了！這不要緊了。」

廣東人有時候有這種清瘦的臉，高顴骨，人瘦毛長，眉毛根根直豎披拂，像古畫上的人物。不知道怎麼忽然童心大發起來，分享顧客脫逃的經驗，也不知是親眼見過有人過了橋還給逮回去。言語不大通，洛貞也無法問他；天熱，跑累了便也坐下來，在樹蔭下休息，眺望著來路微笑，滿耳蟬聲，十分興奮喜悅。同車的旅客押著行李，也都陸續來了，有的也在樹下坐一會。

老腳夫注意到她有隻舊皮箱蹦開了，鎖不上，便找出根麻繩來，給它攔腰捆上兩三道。她謝了又謝，要多給點錢，他直搖手不肯要。

到廣州的火車上她乘硬蓆，照蘇俄制度，臥舖男女不分。上舖彷彿有掩蔽些，但在車頂上徹夜燈光雪亮，正照在上舖上。和衣而臥，她只要手一碰到衣鈕，狹窄的過道對面舖位上男子的眼光就直射過來。下舖一個年青的女人穿洋服，打著兩根辮子，蹺著腿躺著看畫報，唱著中共歌曲。左派還要到香港去幹什麼？洛貞天真的想著。

到廣州換車，在旅館過夜，是一幢破舊的老洋房，也無所謂單人房，都極大，屋頂有二層樓高。廣州大概因為開埠最早，又沒大拆建，獨多這種老洋房，熱帶英殖民地的氣息很濃。天還沒黑，她想出去走走。一上街，陽光亮得耀眼——這哪是夕陽？馬路倒寬，舊了有點坑窪窪，沒什麼車輛來往，街心也擺吃食攤子，撐著個簡陋的平頂白布篷，倒像照片上看到的印度。

人行道上，迎面來的人撞了她一下。她先還不在意，上海近來也是這樣，青天白日，熱鬧的通衢大道上，有解放軍站崗的，都有人敢輕薄女人。一轉彎，斜陽照不到了，陡然眼前一暗，黃昏的街頭蒸籠一樣悶熱，完全是戶內，而四望無際，那麼廣闊零亂黯淡，令人感到詫異。

老遠晃著膀子來了個人，白汗衫，唐裝白布袴。她早有戒心，饒躲著讓著，還是給撞上了，正中要害。這些人像傍晚半空中成羣撲面的蚊蚋，她還捨不得錯過最後的一個機會看看廣州，橫了心還往前走。只聽一聲呼哨，大有舉族來侵之勢，才把她嚇退了，匆匆折回旅館。中國人怎麼會這樣？想必是廣東人欺生。其實她並不是個典型的上海妹，不過比本地人高大些，膚色暗黃，長長的臉有點扁，也有三分男性的俊秀，還有個長長的酒渦，倒是看不出三十歲的人；圓圓的方肩膀，胸部也還飽滿，穿件藍色密點碎白花布旗袍，衣領既矮，又沒襯硬裏子，一望而知是大陸出來的，不是香港回來探親的廣東同鄉。

如果這不過是廣東人歧視外省人，過境揩油，上海怎麼也這樣？前一向她晚上出去給兩個孩子補課，常碰見釘梢。有一次一個四五十歲瘦長身材穿長衫的同走了幾條街，唸唸有詞道：「你像我認識的一個人。真的，像極了。真的——你看。」口袋裏摸出一張小照片來拿著給她看。一面走，照片像浮標在水中一起一落，還謹慎的保持距離，不會一不小心碰到她胸部。

她幾次中途過街都甩不掉他，相片送到她眼底有一會了，終於忍不住好奇，揮眼看了看。光滑的二吋照已經有很多縐紋了，但是一瞥間也看得出是戶外拍的，一個大美人兒，跟她一點也不像。

這一瞥使他大受鼓勵，她加速步伐，他也洒開大步跟上，沉重的線呢長袍下襬開叉，捲動起來拍打著她的腿肚子。

「一淘吃飯去。吃飯去，我告訴你她的事……。好哦？一淘吃飯去。」聲音有點心虛，反映口袋的空虛，彷彿怕她真會答應，就連吃小館子也會下不來台。她猜是個失業的舊式寧波商店的夥計，高鼻子濃眉，一個半老小白臉。

走得急了，漸漸踉踉蹌蹌往她這邊倒過來，把她往牆上擠。不行。剛巧前面有家電影院，門口冷冷清清沒什麼人，不過燈光比較亮。她忙趕過去往裏一鑽，在售票窗前也不敢回顧，買了票在黑暗中入場。只有後座人多些，她揀了個兩邊都有人的座位坐下。

正在演一場蘇俄短片，蘇聯土耳其斯坦的菓園紀錄片，配的音響像印度音樂，大概南亞中東都是這一個系統，笛子吹得一扭一扭的，忽高忽低迴環不已，有點像嗩吶，但是異國情調很濃。集體農場上有修飾得這樣齊整的黑髮美人？她採下一串葡萄，一個特寫，仰著頭微笑著，一顆顆咬下來吃。是中東的一個特點。西至義大利據說都是如此，女人嘴上的汗毛特別重，毛髮又濃黑。無情的水銀燈下，拍出來竟是兩撇小鬍子。

觀眾起初寂然，前座忽有人朗聲道：「鬍鬚這樣長，還要吃葡萄呢！」零零落落迸發一陣鬨笑，幾乎立即制止了。

嘉寶演瑞典女王有個出名的愛情場面，也是仰臥著吃一串葡萄，似乎帶有性的象徵意味。兩三年了，上海人倒也還是這樣，洛貞想。

散場的時候，燈光一亮，赫然見那釘梢的在前三排站起來，正轉身向她望過來。大概看見她陡然變色，出來的時候他在人叢中沒再出現。

這人當然是個老手了，用相片的這一著顯然試過多次。但是沒他這一套的照樣也釘，成為一時風氣。她想是世界末日前夕的感覺。共產黨剛來的時候，小市民不知厲害，兩三年下來，有點數了。這是自己的命運交到了別人手裏之後，給在腦後掐住了脖子，一種蠢動蠕動，乘還可以這樣，就這樣。

恐懼的面容也沒有定型的，可以是千面人。

船上的西崽來請吃飯，餐室就在這一排艙房末尾一間，也不比艙房大多少。剛才上船的一男一女已經來了，大家微笑著略點了個頭。圍著一張方桌坐下。顯然二等就是他們三個人，她十分慶幸。

她最初的印象是這兩個人有點奇形怪狀，其實不過是因為二人一黃一黑，一大一小，而是男的瘦小——女的也不過胖胖的中等身材，但是男的實在三寸丁。女的現在脫了那頂二〇、三〇年代的呢帽，只是個華僑模樣的東方婦人，腦後梳個小髻，黃胖栗子臉——剝了殼的糖炒栗子。男的黑得嚇人一跳，不是黑種人的紫褐色或巧克力色，或是黑得發亮，而是炭灰色，一個蒼黑的鬼影子，使人想起「新鬼大，故鬼小。」倒是一張西式小長臉，戴眼鏡。

桌上惟一的談話是他們倆自己偶爾低聲講句英文，男的很道地，女的說不上來什麼口音，但也不是中國人的洋涇浜。男的想必是英印混血兒。洛貞第一眼就跟他有一種相互的認識——都是洋行小鬼。她行裏有雜種人，也有英籍猶太人，與猶裔英國人又大不相同——所羅門小姐雖然上海生長，進的也是當地的不列顛學校，上代大概與哈同一樣來自中東。洛貞的頂頭上司葛林就是猶裔英國人，姓氏已經縮短，「盎格羅」化了，鼻子也縮短了，小鼻子小眼睛的，淡褐色頭髮，似乎血液上也早與土著同化了，但也還是只做到相等於副理的地位。經理階級的咖哩先生因為長得漂亮，咖哩太太分明是下嫁的，洛貞見過一兩次，生得高頭大馬，小眼睛眼梢下垂，鼻峯筆直射出去老遠，總是一身毛烘烘人字花呢套頭裝，或是騎馬的衣袴，走路有點外八字，往兩邊一歪一歪，愛馬的英國閨秀的標誌，連當今女王都是這樣。

英國規矩不興自我介絡，因此餐桌上沒有互通姓名。看來是夫婦，男的已經分門別類自動歸類了，他這位太太卻有點不倫不類，不知哪裏覓來的。想必內中有一段故事，毛姆全集裏漏掉的一篇。

飯後洛貞到甲板上散步，船頭也只一間房大小。船小，離海面又近些。連游泳都不會的人，到了海上成了廢物，可以全不負責，更覺無事一身輕。她倚在闌干上看海，遠處有一條深紫色鉸鍊，與地平線平行，向右滾動。並排又有一條蒼藍色鉸鍊，緊挨著它往左游去。想必是海洋裏的暖流之類，想不到這樣涇渭分明。第二條大概是被潮流激出來的，也不知是否與其他的波浪同一方向，看多了頭暈。

回到艙中，她搬出打字機，打一封求職信，一抬頭，卻見一個黃頭髮青年在窗外船舷邊捲繩子。船員都是中國人，挪威人大概只有大副二副三副——如果有三副的話——聽見打字機聲，也正回過頭來看。淡黃頭髮大個子，圓臉，像二次大戰前的西方童話插圖。

「哈囉，」她說。

「哈囉。」略頓了頓方道：「來個吻吧？」

她笑著往圓窗裏一縮，自己覺得像老留學生在郵船上拍的半身照，也是穿短襖，照片親自著色，嘴唇塗紅了成為紅黑色，黑玫瑰或是月下玫瑰，一縮縮回鏡框中。

滴滴答答又打起字來。黃頭髮捲完了繩子走開了。

北歐人兩性之間很隨便，不當樁事，果然名不虛傳。

她不禁想起鈕太太那回在船上。

鈕太太是姐姐姐夫他們這一羣裏的老大姐。女人姐夫就佩服一個鈕太太。

他們剛回國的時候，姐姐有一次說笑間，肅然起敬的正色輕聲道：「鈕太太聰明。」

鈕太太娘家姓范，因此取名范妮。鈕先生的洋名，不知是哪個愛好文藝的朋友代譯為艾軍，像個左派作家的筆名，與艾蕪蕭軍排行，倒有一種預言性。家裏不放心他在國外吃不了苦，給他娶了親帶去，太太進過教會學校，學過家政科。也幸而是這穩紮穩打步步為營的辦法，讀了十多年才拿到學位，生了孩子都送回去了，太太就管照應他一個人的飲食起居，得閒招待這批朋友吃中國飯，賓至如歸。

這些人裏就只有姐夫會開車。范妮調度有方，就憑他一輛破車，人人上課下課打工度假跑唐人街都有私家車坐，皆大歡喜。不知怎麼，最後總是送一個女孩子回去，也不定是哪一個，稍有可能性的都輪到，看對不對勁。送艾軍到家，留著吃飯吃點心不算，臨走總塞一包東西在車上，連消夜帶第二天的伙食都解決了。即使不過是三明治，也比外面買的精緻。抹上自己調製的新鮮梅榮耐斯，跟買現成的瓶裝的蠟燭油味的大不相同。最後送的女孩子也有一份。

汽車接連兩次拋錨，送去修理，范妮便鬧著要學開車，出去買東西比較方便，於是跟他合夥買了輛好些的二手車，是她去講的價錢，用舊車去換，作價特別高，沒讓他花什麼錢。他開車送她去，自然在場，也聽不出她怎樣與推銷員達成默契，拿她沒辦法。當然她也知道在國外僱個司機該多貴。但是他心裏想等她自己會開車，艾軍有她接送，也不靠他了。

她學開車，去了兩次就不去了。車上裝了小火油爐子無線電，晚上可以開到風景好的地方泊車，看燈賞月，賞雪，聽音樂。姐姐姐夫就是她這樣不著痕跡的撮合成的。

他們回國後才結的婚。不久艾軍也十載寒窗期滿，夫婦相偕回上海，家中老母早已亡故，這些年一直是他哥哥當家，把產業侵佔得差不多了。

「還要一天到晚『阿哥阿哥』的，叫得來得個親熱！」范妮背後不免抱怨。

總算分了家，分到的一點房地產股票首飾，她東押西押，像財閥一樣盤弄，剜肉補瘡，長袖善舞。撐持了幾年，索性蓋起大房子來，是當時所謂流線型裝修，「丹麥現代化」的先聲。新屋落成大請客，他們家那位大師傅不但學貫中西，光是一味白汁棗子布丁，雖然不是什麼名貴的菜，本地的西餐館就吃不到，就有也不是那麼回事，更兼南拳北腿一腳踢，烤鴨子紙包雞都來得，自製硃紅色八寸見方的紅醬肉，比陸稿薦還道地。連范妮也趕著叫他大師傅大師傅，體貼入微，不然普通住家，天天請客打牌也留不住他。也是圖個清閒，比起菜館掌廚到底輕鬆多了，等於半退休。而且菜館分華洋川揚，京菜粵菜，本地館子；顧此失彼，不免拋荒了他有些絕活。范妮朋友家裏遇有喜慶，也常把他出借，連全套器皿，又包辦採購，挑他撈筆外快。

范妮場面雖大，能省則省，兩個女兒只進了幾年小學，就留在身邊使喚，也讓她們看著學學，卻穿得比內地女生還要儉樸，藍布罩袍，女傭手製的絆帶布鞋，自己納的布底——反正有兩個養老的老媽媽，別的活也幹不了——清湯掛麵的短髮，免得早熟起來不易控制。兒子也只讀到中學畢業。他們父親幾乎賠上全部遺產，讀到的學位有什麼用？這是不爭的事實。賦閒多年後，也說不得學非所用的話了，心血來潮，也跟朋友合夥開過農場，辦過染織廠，結果不過一件件衣料一盒盒雞蛋分贈親友。萊格煥種的白色洋雞，下的蛋也雪白，特大。衣料有粉紫鵝黃的陰丹士林布，都是外間買不到的。

他住在他們那座大宅裏，就管他自己的一頓早飯與下午茶，橘皮醬不斷檔，再就是照料他那十幾套西裝。男子服裝公認英國是世界第一，英國紳士雖然講究衣料縫工，衣不厭舊，可以穿上幾十年。艾軍在英國定做的西裝永遠看上去半新不舊，有兩件上裝還在肘彎打了大塊麂皮補釘。一件衣服從來不接連穿一天以上——訣竅在掛，而且是寫實派厚重的闊肩木質鈎架，決不是那種鋼絲的。他又天生衣架子好，人長得像個「尖頭鰻」，瘦長條子，頭有點尖。

「男人是鈕先生最講究穿了，」洛貞向她姐姐說。

姐姐噗嗤一笑道：「你不知道他衣裳多髒。」

「哦？看不出來。」

「那種呢子耐髒。大概也是不願拿到洗衣作去，乾洗次數多了傷料子，也容易走樣。」因又笑道：「艾軍那脾氣急死人了，范妮有時候氣起來說他。」

洛貞笑道：「真說他？」

「怎麼不說？」輕聲搖頭咋舌，又笑道：「范妮也可憐，就羨慕人家用男人的錢。」

艾軍說話慢吞吞的，打電話回來，開口便道：「呃……」一聲「呃」拖得奇長。

女兒便道：「爸爸是吧？」

「呃……」依舊猶疑不決，半晌方才猝然應了一聲「噯。」

范妮皮膚白嫩異常，眉目疎朗，面如銀盆，五官在一盆水裏漾開了，分得太開了些。回國後一直穿旗袍，洛貞看見她穿夜禮服在國外照相館裏照的相，前後都是U形挖領，露出一塊白膩的胸脯，雖然並不胖，福相的人腰圓背厚，頸背之間豐滿得幾乎微駝；在攝影師的注視下，羞答答的低著頭。很奇怪，原來她也有她稚嫩的一面。

女兒到了可以介紹朋友的年齡，有一次大請客，翻檯到北戴河去。那是要人避暑養疴的地方。因為有海灘，可以游泳，比牯嶺更時髦。包下兩節車廂，路上連打幾天橋牌，獎品是一隻扭曲凸凹不平的巨珠拇指戒，男女都可以戴的。把兩套花園洋台用的黑鐵盤花桌椅都帶了去，免得急切間租借不到合意的。配上古拙的墨西哥黑鐵扭麻花三腳燭台，點上肥大的塑成各色仙人掌老樹根的綠蠟，在沙灘上燭光中進餐。大師傅借用海邊旅館的廚房做了菜，用餐車推到沙灘上，帶去幾隻荷蘭烤箱，佔用幾間換游泳衣的紅白條紋帆布小棚屋，有兩樣菜要熱一熱。一道道上菜之間，開著留聲機，月下泳裝擁舞。

兩個女兒都嫁得非常好。

共產黨來之前，鈕家搬到香港去。這天洛貞剛巧到他們那裏去，正出動全體人手理行李，東西攤得滿坑滿谷。是真天翻地覆了，她惘惘的想。

「有錢就走，沒錢就不走，」她用平板的聲音對自己說，就像是到北戴河去。

「日本人的時候也過過來了。」大概不止姐姐一個人這麼說。

「在裏頭反正大家都窮。一出去了就不能不顧點面子，」姐姐說。

光是窮倒又好了，她想。

這是後來了，先也是小市民不知厲害。

姐姐姐夫也是因為年紀不輕了，家累又重。這兩年姐夫身體壞，共產黨來了以後，就靠姐姐找了個事，給一個東歐商人當秘書翻譯。洛貞失了業就沒敢再找事，找了事就再也走不成了，要經工作單位批准。

也許因為范妮去了香港恍如隔世，這天姐姐不知怎麼講起來的，忽然微笑輕聲道：「范妮那次回國在船上，他們跟船長一桌吃飯，晚上范妮就到船長房裏去了。」

洛貞聽著也只微笑，沒作聲。也都沒問是哪國的船，一問就彷彿減少了神秘性，不像這樣是個女鬼似的悄悄的來了，不涉及任何道德觀。

想必就去過一次，不然夫婦同住一間艙房，天天夜裏溜出來，連艾軍都會發覺。她是不肯冒這險的。在國外那麼些年，中國人的小圈子裏，這種消息傳得最快，也從來沒人說過她一句閒話。

姐姐一定一直沒告訴姐夫，不然姐夫也不會這樣佩服她了。

因為尊重這秘密，洛貞在香港見到范妮的時候，竟會忘了有這麼回事——深藏在下意識裏，埋得太深了？也不知是因為與她為人太不調和，太意外了，反而無法吸收，容易忘記？

洛貞從大陸出來就直奔范妮那裏，照姐姐說的，不過囑咐過不要住在他們家，范妮現在是跟女兒女婿住。見了面她說明馬上要去找房子，范妮爽快，也只說：「那你今天總要住在這裏，我這裏剛巧有張空床。」

她看了報上分租的小廣告，圈出兩處最便宜的，范妮叫女傭帶她到街口雜貨店去打電話。她很詫異。彷彿聽說香港人口驟增，裝不到電話，但是他們來了很久，也該等到了。范妮沒有電話怎麼行，即使現在不做金子股票了，湊桌麻將都不方便。住的公寓佈置得也很馬虎。她留神臉上毫無反應，范妮倒已經覺得了，漠然不經意說了聲：

「現在都是這樣。」

「現在香港生意清，望出去船烟囱都沒幾隻，」艾軍回上海去賣房子，也曾經告訴他們。但是去打電話正值上燈時分，一上街只見霓虹燈流竄明滅，街燈雪亮，照得馬路上碧清；看慣了大陸上節電，如同戰時燈火管制的「棕色黑燈」，她眼花撩亂，又驚又笑。

看了房子回來，在他們家吃晚飯，清湯寡水的，范妮臉上訕訕的有點不好意思，當然是因為沒添菜。但是平時她這美食家怎麼吃得慣？洛貞不禁想起台灣剛收復的時候，有人乘飛機帶了芒果到上海來送范妮，她心滿意足笑著把一籃芒果抱在胸前搖了搖，那姿態如在目前。

范妮現在雖然不管事，僱的一個廣東女傭還是叫她太太，稱她女婿女兒少爺少奶。女婿雖闊，還沒分家，錢不在他手裏。兒子跟著大姐大姐夫到巴西去了，二姐二姐夫大概也想出國。臨睡范妮帶洛貞到她房裏去。似乎還是兩個女兒小時候的兩張白漆單人床，空下的一張想必是艾軍的。

艾軍在上海住在他哥哥家，一住一年多，倒也過得慣；常買半隻醬鴨，帶到洛貞姐夫家來吃飯，知道他們現在多麼省。飯桌上洛貞聽他們談起他房子賣不掉，想回香港又拿不到出境證。家裏打電報來說他太太中風了，催他回去——本來一向有這血壓高的毛病，調查起來也不像是假話。拿著電報去給派出所看，也還是不生效。

姐姐問知他每次去都是只打個照面，問一聲有沒有發下來，翻身便走，因道：「聽人說申請出境非得要發急跟他們鬧，不然還當你心虛。」

無奈他不是發急的人，依舊心平氣和向他們夫婦娓娓訴說，倒也有條有理。走後姐姐笑道：「艾軍現在會說話了，真是鐵樹開花了，」又引了句「西諺有云：寧晚毋缺憾。」

他別的嗜好沒有，就喜歡跳舞。是真喜歡跳舞，揀跳得好的舞女，不揀漂亮的。這時候舞場還照常營業，他常去一個人獨溜。自從發現他的「第二春」，姐姐不免疑心道：「不要是迷上了個舞女了？」

范妮不在這裏，大家都覺得要對他負責。姐夫托人打聽了一下，也並沒有這事。

這一天他又來說，有個朋友拉他到一個小肥皂廠做廠長：「我想有點進項也好，不然一個人不是掛起來了嗎？」說著兩手一攤，像個愛打手勢的義大利人。

姐姐姐夫都不勸他接受，但是這年頭就連老朋友，有些話也不敢深說。

這時候對留學生還很客氣，尤其是學理化的。廠裏工人的積極份子口口聲聲稱他為「大知識份子」，要跟他學習。他何嘗給人捧過，自然賣力，在他也就算「幹得熱火朝天」了。姐姐姐夫都有點看不得他，但是忽然消息傳來，他被捕了。

原因不清楚，直到兩個月後釋放出來，才知道是因為他有個親家在台灣有名望，他這次回上海算是來賣房子，又並沒賣，反而找事扎根住了下來，形跡可疑。

他說看守所裏七八個人睡一張床；一天吃兩頓，每人一隻洋鐵漱盂，一盂夾砂子的飯，一碗菜湯大家吃。他們也只問起裏面的生活情形，別的他不說也都不提，怕他有顧忌。

出來沒多久又進去了。洛貞去香港的時候，他已經進進出出好幾次，當然也不能再申請出境了。廠裏的事倒還做著，「讓羣眾監視他。」

洛貞也是對巡警哭了才領到出境證的。申請了不久，派出所派了兩個警察來了解情況。姐夫病著，姐姐也沒出來，讓她自己跟他們談話。她便訴說失業已久，在這裏是寄人籬下。

「自己姐妹，那有什麼？」一個巡警說。兩個都是山東大漢，一望而知還是解放前的老人。

她不接口，只流下淚來。不是心裏實在焦急，也沒這副急淚。當然她不會承認這也是女性戲劇化的本能，與一種依賴男性的本能。

兩個巡警不作聲了，略坐了坐就走了，沒再來過。兩三個月後，出境證就發下來了。

艾軍自告奮勇帶她到英國大使館申請入境許可證。在公共汽車上，她忽然注意到他臉上倒像是一副焦灼哀求的神情，不過眼睛沒朝她看。她十分詫異，但是隨即也就明白了。

我為什麼要去告他一狀？她心裏想。苦於無法告訴他，但是第六感官這樣東西確是有的。默然相向了一會，他面色方才漸漸平復了下來。

不想一到香港第一天晚上就跟范妮聯床夜話。自從羅湖，她覺得是個陰陽界，走陰的回到陽間，有一種使命感。這艾軍也實在可氣。當然話要說得婉轉點，替人家留點餘地。不過她哪裏是范妮的對手，一怔之下，不消三言兩語，話裏套話，早已和盤托出。

范妮當時聲色不動，只當椿奇聞笑話，夜深人靜，也還低聲說笑了一會，方道：「你今天累了，睡吧。」次日早晨當著洛貞告訴她女兒，不禁冷笑道：「只說想盡方法出不來，根本不想出來。」

女兒聽了不作聲，臉上毫無表情。洛貞知道一定是怪她老處女愛搬嘴，惹出是非來。她沒嫁掉，姐姐始終歸罪於沒進大學。在女中最後兩年就選了業務科，學打字速寫。姐姐懷了小韻，她一畢業就去打替工，就此接替了下來。洋行又是個國際老處女大本營。男同事中國人既少，未婚的根本沒有。跟著姐姐姐夫住，當然不像一般父母那樣催逼著介紹朋友。她自己也是不願意。

我們這一代最沒出息了，舊的不屑，新的不會，她有時候這樣想。

每年耶誕節有個辦公室酒會，就像鬧房「三天無大小，」這一晚上可以沒上沒下的，據說真有女秘書給抵在卷宗櫃上強吻的。咖哩先生平時就喜歡找著她，取笑她。這天借酒蓋著臉，她真有點怕他。其實人這麼多，還真能怎樣？

而且他不過是胡鬧而已，不見得有什麼企圖，從來也沒約她出去玩。約她出去，不去大概也沒關係，不會丟飯碗。當然這不過是揣度的話，因為無例可援。——他們這裏的女秘書全都三十開外，除了洛貞，而她就是幾個副理公用的。有個瑞典小姐七十來歲了，也沒被迫退休，還是總經理的秘書。耶誕夜的狂歡，也是給這些老弱殘兵提高士氣的。——不過咖哩這人是這樣，誰都不怕他，但是也都知道有什麼事找他沒用——上海人所謂「沒肩胛」。

人是比任何電影明星都漂亮，雖然已經有點兩鬢霜了；瘦高個子，大概從來沒有幾磅上落；就是皮膚紅得像生牛肉。

信打完了，她抽出來看了一遍。有人敲門。她嚇了一跳。難道是剛才那大副二副，找上門來了？

她把門小心的開了條縫。原來是芳鄰，那英印人的黃種太太。

「我可以進來嗎？」

洛貞忙往裏讓。坐了下來，也仍舊沒互通姓名，問知都是上海來的。

「我們住在虹口。」——從前的日租界。

「你是日本人？」洛貞這才問她。誤認東南亞人為日本人，有時候要生氣的。

「噯。」

「你們到日本去？」

「噯，到大坂去。我家在大坂。」

「哦，我到東京去。」

「啊，東京。」

笑臉相向半晌。

「這隻船真小。」

「暖，船小。」她拈起桌上的信箋。「我可以拿去給李察遜先生看嗎？」

洛貞不禁詫笑。還說中國人不尊重別人的私生活，開口就問人家歲數收入家庭狀況。跟我們四鄰一比，看來是小巫見大巫了。一時想不出怎樣回答，反正信裏又沒什麼瞞人的事，只得帶笑應允。

她立即拿走了。不一會，又送了回來，鄭重說道：「李察遜先生說好得不得了。」

洛貞噗嗤一笑，心裏想至少她尊敬他。同時也不免覺得他識貨。業務信另有一功。姐姐說的：「留空白的比例也大有講究。有人也寫得好，就是款式不帥。」

投桃報李，她帶了本照相簿來跟洛貞一塊看。

「虹口，」她說。

都是在虹口，多數是住宅外陽光中的小照片，也有照相館拍的全家福，棕色已經褪成黃褐色，一排坐，一排站，一排青年坐在地下，男女老少都穿著戰前日本人穿的二不溜子的洋服。沒有她。有一張她戴著三〇年間體育場上戴的荷葉邊白帆布軟帽，抱著個男孩，同是胖嘟嘟的，在大太陽裏瞇睫著眼睛。

「這是誰？」

「表姪。」

看了大半本之後，有張小派司照。

「李察遜先生。」想是李察遜訓練有素，她也像狄更斯《塊肉餘生記》裏的米考伯太太，文縐縐的口口聲聲稱丈夫為「米考伯先生」。

他就這一張，其餘都是她娘家人，有她的照片大概婚前的居多，不然根本無法判斷，她一直也就差不多是這樣子。

與她合攝的孩子都是表姪堂姪。洛貞不禁惻然。娶這麼個子孫太太型的太太，連個子女都沒有。

這樣的女人還值得到異族裏去找？當然李察遜自己還更不合格，還不是兩下裏湊合著。洛貞是一時腦子裏轉不過來。毛姆筆下異族通婚都是甘心觸犯禁條而沉淪，至少總有一方是狂戀。

她認識的惟一的一對異國情鴛不算——在毛姆後了。咖哩先生的女秘書潘小姐是廣東人。論長相，也就是個踩扁了的李察遜太太，臉橫寬，身材也扁闊，不過有南國佳人的乳房，而且「廣東人硬繃繃」，面部線條較強有力，眉目挺秀些，眼睛裏常有一種憤懣不平之氣。珍珠港事變後，上海日軍進了租界，英美人都進了集中營。潘小姐忠心耿耿，按期給咖哩先生送糧包。咖哩先生跟他太太向來各幹各的，互不干涉。太太喜歡養馬賽馬，他供給不起，好在太太自己有錢。兩人都海闊天空慣了的，進了集中營，在營房裏合住一個掛條軍毯隔出來的舖位，擠鼻子擠眼睛的，沒個騰挪，幾乎馬上就吵翻了。熬了幾年，一出來就離了婚，跟潘小姐結婚了。

這故事彷彿含有一個教訓，不像毛姆的手筆，時代背景也不同了。大英帝國已經在解體，從集中營出來的人，一看境況全非。他總算找到了個小母親，有了個歸宿。

戰後行裏大裁員，咖哩先生也提早退休了，因此他再婚的消息沒有掀起更大的震撼。洛貞解僱後就跟老同事沒來往了，不像淪陷時期大家留職停薪，還有時候見面。潘小姐送糧包，就是聽所羅門小姐說的。那天，所羅門小姐請她去吃下午茶，是公寓房子，姐妹倆同住，姐姐矮胖，是較典型的猶太女人，在另一家洋行做事。有些老處女喜歡表示大胆，不過她說的笑話就粗俗，不及她妹妹尖酸風趣。姐妹花向來是一個帶一個，不怎麼漂亮的也連帶沾光。像這姐妹倆排排坐著，衣飾髮型都相仿，就使人覺得一之為甚，豈可再乎？——她們的黑髮天生整齊的小波浪紋，這髮型過時了之後也改不了。姐姐頭髮已經花白了。洛貞不禁替所羅門小姐叫屈，她其實不難看，要不是跟這姐姐同起同坐，把她漫畫化了。

洛貞到她們浴室去洗手，經過臥室，兩張小鐵床並排，像小孩的，覺得可笑，而又慘然。

講起潘小姐送糧包，所羅門小姐笑道：「你倒不去看看他去。」是說咖哩先生那樣愛找著她開玩笑。

「我又不是他的秘書。」

戰後常想起這一問一答。如果她是他的秘書，她想她也會送糧包的。

看照相簿，她終於笑問：「你跟李察遜先生怎麼認識的？」

「我堂兄介紹的。」

李察遜想必也住在虹口，虹口房子便宜，離外灘營業區又近，電車直達，上寫字樓方便。也許鄰居的青年帶他逛日本堂子，見識過日本女人的恭順柔媚。

他們知道他在洋行做事。「想結婚嗎？給你介紹花子小姐吧？」

沒有結婚照片。日本人不講究這些，去趟神社就算了。有她這龐大的親族網在，不會是同居。她大概是單身出來投親找對象的，正如許多英國女人到遠東近東來嫁人。

他家裏似乎沒什麼人。父親生出這麼個小黑人來，不見得肯帶在身邊，但是總算供給他讀書——口音上聽得出是當地的不列顛學校出身。娶個日本老婆是抗議兼報復。不等上海淪陷，已經親日了。

共產黨來了以後，陪太太回國，這兩年日本繁榮了起來，太太娘家人多，極可能有生意做大了的，用得著他這麼個人寫英文信。去投親是順理成章的事，不比洛貞去投奔老同學太「懸」，雖然同是不懂日文，他又年紀不輕了，總有五十來歲了。她不知道怎麼，認定他不懂日文。其實怎見得人家不懂？飯桌上當然不能夫婦倆自己說日文，不禮貌。——就是不懂也有老婆當翻譯，不像她到了那裏言語不通，寸步難行。但是她只覺得自己比他年青，有希望。

照相簿一頁頁掀過去，李察遜太太在旁看得津津有味，把她這輩子又活了一遍。看完了便欣然抱著簿子走了。

船上就是蟑螂太大。洛貞晚上睡覺總像是身下蠕蠕的，深恐牠們一感到人體的暖氣就會從床板下爬出來。又怕爬進行李裏，帶上岸去。在香港租的房間沒有家具，她就光買了一床草蓆，一罐殺蟲劑，一隻噴射筒。一丈見方的小房間，粗糙的水門汀地，想是給女傭住的，牆倒是新粉刷得雪白，而且位置在屋角，兩面都是樓窗，敞亮通風，還看得見海。她一眼就看中了，沒去看第二家。睡水門汀，夜裏寒氣透過蓆子，一陣陣火辣辣的冰上來，就爬起來開箱子，把衣服一件套一件，全都穿上再睡。

下午炎熱，二房東坐在甬道裏乘過堂風。是個小廣東人，蟹殼臉，厚眼鏡放大了眼睛，成為金魚眼，瘦骨伶仃穿件汗背心，抱著個嬰兒搖著拍著，唱誦道：「女（音『內』，上聲）啊！女啊！」像三〇年代頹廢派詩人的呻吟：「女人啊女人！」

天太熱，房門都大開著。一個年青的葉太住最好的一間，房間也不大，一堂寧式柚木家具挨挨擠擠擺不下，更覺光線陰暗。惟一的女傭是葉太僱用的，傭人間租了出去，便在廚房裏睡行軍床，葉太是上海人，長得活像影星周璇，也嬌小玲瓏，不過據說周璇皮膚黃，反而上照，拍攝出來特別光潤瑩潔，這位葉太卻十分白皙。葉先生每天下班時間來一趟，顯然是個外室，也許本來是舞女。

葉先生一來了就洗澡。浴室公用，蟑螂很多，抽水馬桶四周地下汪著尿。女傭臨時手忙腳亂打掃了一下，便嘩嘩放起水來，浴缸裏倒上小半瓶花露水，被水蒸氣一沖，滿樓奇香衝鼻；一面下廚房炒菜熱菜燙酒，打發葉先生浴罷對酌。亞熱帶夏天天長，在西晒的大太陽裏忙這一通，正是夕照中眾鳥歸林鴉飛雀噪的情景。

葉太隔壁，兩個上海青年合住一間，大概是白領階級，常跟葉太搭訕，她也常站在他們房門口長談。葉先生一來了，都躲得無影無蹤。

大家走過房門口，都往裏看看，看見洛貞坐在草蓆上，日用的什物像擺地攤一樣。這可真搬進難民來了，房子要貶值了。

她自己席地而坐很得意，簡化生活成功，開了聽的罐頭與麵包黃油擱在行李上，居然一個蟑螂也沒有。但是這些上海人鄙夷的眼光卻也有點受不了。

這戶人家人雜，她的信還是寄到鈕家代轉。住得又近，常去看有信沒有。自從她告密有功，范妮對她總是柔聲說話。這天問知她房租只七十元港幣一個月，不禁笑了，見她能吃苦，也露出嘉許的神色，因又道：「可還能住？」

「房間還好，不過洗澡間太髒點。」

「那你到這裏來洗澡好了。」

她就此經常帶了毛巾和肥皂去洗澡，直到找到了事，搬了家，公用的浴室比較乾淨，才不大去了。這天她來告訴范妮要到日本去。

「那你這裏的事呢？」

「只好辭掉了。」

「現在找事難，日本美國人就要走了。」

洛貞笑道：「是呀，不過要日本入境證也難，難得現在有機會在那邊替我申請。」也許去得不是時候，美國佔領軍快撤退了，不懂日文怎麼找事？她不過想走得越遠越好，時機不可失。

范妮沉默片刻，忽又憤然道：「那你姐姐那裏呢？」

范妮知道她是借了姐姐姐夫的錢出來的，到了香港之後也還匯過錢來。現在剛開始還錢，他們也是等著用。但是姐姐當然會諒解她的。想不到范妮代抱不平，會對她聲色俱厲起來，到底又不是自己子姪輩。她也有點覺得，范妮的氣不打一處來——還是「報喜不報憂」這句話。人家好好的一份人家，她一來了就成了棄婦，怎麼不恨她？

范妮見她不作聲，自己也覺得了，立即收了怒容，閒閒的問起她辦手續的事。還送了她兩色土產，叫她帶去給她的同學，日本吃不到的。

自從那次以後，她有兩三個星期沒去，覺得見面有點僵，想等臨走再去辭行，可隔得太久了，又拿不準幾時動身。這天忽然收到一張訃聞，一看是「杖期夫鈕光先」與子女（女兒「適陳」「適何」）具名。艾軍的本名不大有人知道，連看幾遍才明白了過來。范妮死了。實在意想不到，一直沒聽見說不舒服。一定是中風，才這樣突然。去年屢次打電報到上海去說中風，終於實現了。

她自己知道闖了禍，也只惘惘的。

當然也不是沒想到，范妮一定寫了信去罵了，艾軍一定會去向姐姐姐夫訴苦，他們是范妮最信任的朋友，要靠他們去疏通解說。即使艾軍不好意思告訴他們，范妮給姐姐寫信也會發牢騷的。總之不會不知道。姐姐信上沒提，是因為她一個人在外面掙扎圖存，不是責備她的時候。

現在好——！

姐姐最好的朋友。

訃聞上有辦喪事的地點，在中環一家營業大樓地下層。虛掩著兩扇極高的舊烏木門，一推門進去，人聲嘈雜，極大的一個敞間，一色水門汀地與牆壁，似乎本來是個銀行的地窖保險庫。想必是女婿家的管事的代為借用的。只見三三兩兩的人站著談話，都是上海話，大都是男子在談生意行情與熟人。她心虛，也沒在人叢中去找范妮的女兒打聽病因，只在人堆裏穿來穿去，向上首推進。靈前佈置得十分簡單，沒有香案輓聯遺照，也沒有西式的花圈花山音樂，瞻仰遺體。她鞠了一躬就走了，在門口忽見他們家的廣東女傭一把抓住她的手，把一個什麼小物件揿在她掌心，動作粗暴得不必要，臉上也有點氣烘烘的，不甘心似的。

還不是聽見他們少爺少奶說：都是她告訴太太，先生在上海不想回來了，把太太活活氣死了。剩下少爺少奶也不預備再在香港待下去了，吃人家飯的也要捲舖蓋了。

她怔怔的看著手中一隻小方形紅紙包。她只曉得喪家有時候送弔客一條白布孝帶，沒聽見有送紅包的。是廣東規矩？他們女婿家也不是廣東人。難道真是隨鄉入鄉了？還是這女傭的主張？

不知道為什麼，她還沒走出門去就拆開紅包，帶著好奇的微笑。只見裏面一隻雙毫硬幣，同時瞥見女傭驚異憤激的臉。

有這樣的人！還笑！太太待她不錯。

她也是事後才想到，想必是一時天良發現，激動得輕性神經錯亂起來，以致舉止乖張。幸而此後不久就動身了。上了船，隔了海洋，有時候空間與時間一樣使人淡忘。怪不得外國小說上醫生動不動就開一張「旅行」的方子，海行更是外國人參，一劑昂貴的萬靈藥。

這隻船從香港到日本要走十天，東彎西彎，也不知是些什麼地方。她一個人站在闌干邊看裝貨卸貨，碼頭上起重機下的黃種工人都穿著卡其布軍裝——美軍剩餘物資。李察遜夫婦從來不出來。上層甲板上偶有人踪，也是穿制服的船員，看來頭等艙沒有乘客。

這一天到了個小島，船上預先有人來傳話，各自待在艙房裏不要出來，鎖上房門，無論怎樣都不要開門。如臨大敵，不知道是什麼土人。這一帶還有獵頭族？

她站在圓窗旁邊，看見甲板一角。只見一羣日本女人嘻嘻哈哈大呼小叫一擁而上，多數戴眼鏡，清一色都是和服棉襖，花布棉袴，袴腳緊窄得像華北的紮腳袴，而大腿上鬆肥，整個像隻火腿。也有男的，年青得多，也不戴眼鏡——年紀大些的大概都戰死了——穿著垢膩的白地黑花布對襟棉襖，胸前一邊一個菜碗口大的狂草漢字，龍飛鳳舞，鐵劃銀鈎，可惜草得不認識。顯然這島嶼偏僻得連美軍剩餘物資都來不了，不然這些傳統的服裝早就被淘汰了。

大概因為小島沒有起重機，只好讓苦力上船扛抬。艙房上鎖，想必此地土著有順手牽羊的習慣。連乘客都鎖在裏面，似乎不但怕偷，還怕搶。甲板上碰見了，手錶衣服都會給剝了去。倒看不出這些文質彬彬戴眼鏡的女太太們。有一個長挑身材三十來歲的，臉黃黃的，戴著細黑框圓眼鏡，十分面熟，來到洛貞窗前，與她眼睜睜對看了半晌。

「我倒成了動物園的野獸了，」她想。

也許從前是個海盜島，倭寇的老巢；一個多鐘頭後開船了，島嶼又沉入時間的霧裏。

十天一點也不嫌長。她喜歡這一段真空管的生活。就連吃飯——終於嘗到毛姆所說的馬來英國菜：像是沒見過鞋子，只聽見說過，做出來的皮鞋——湯，炸魚，牛排，甜品，都味同嚼蠟，虧那小老西崽還鄭重其事的一道道上菜。海上空氣好，胃口也好。

老西崽見伙食這樣壞，她也吃得下，又沒個人作伴，還這樣得其所哉的，這哪是個環遊世界見過世面的「老出門」？只怕那筆從豐的小賬落了空。快滿十天的時候，竟沉不住氣，憂形於色起來。她想告訴他不用担心，但是這話無法出口。

在公共汽車上看見艾軍哀懇的面容，也是想告訴他不用著急，說不出口。

他倒是相信了她。

一桌吃飯，李察遜先生現在很冷淡。當然是因為她沒去回拜，輕慢了他太太。既然到日本去，可見不是仇視日本人，分明看不起人。

她也不是沒想到，不過太珍視這一段真空管過道，無牽無掛，舒服得飄飄然，就像一坐下來才覺得累得筋疲力盡。實在應當去找李察遜太太，至少可以在甲板上散散步，討教兩句日文會話，問路也方便些，結果也沒去。

在飯桌上，又回復到點頭微笑的打個招呼就算了。當著李察遜，他太太根本就沒跟她交談過，現在偶爾跟丈夫小聲說句話，也是一副心虛胆怯的神情，往往說了一半又嚥了回去。總是他背後發過話，怪她自取其辱。是毛姆說的，雜種人因為自卑心理，都是一棵棵多心菜。

已經快到日本了，忽然大風大浪，餐桌是釘牢在地上的，桌上杯盤刀叉亂溜，大家笑著忙不迭攔截。

李察遜先生見洛貞飲啖如常，破例向她笑道：「你是個好水手。」說罷顯然一鼓作氣，一納頭努力加餐起來。

飯後扶牆摸壁各自回房。洛貞正開自來水龍頭洗手，忽然隱隱聽見隔著間房有人嘔吐，不禁怔住了。他們此去投親，也正前途茫茫。日本人最小氣。吃慣西餐的人，嚼牛肉渣子總比啃蘿蔔頭強，所以暈船也仍舊強飯加餐，不料馬上還席了。

船小浪大，她倚著那小白銅臉盆站著，腳下地震似的傾斜拱動，一時竟不知身在何所。還在大吐——怕聽那種聲音。聽著痛苦，但是還好不大覺得。漂泊流落的恐怖關在門外了，咫尺天涯，很遠很渺茫。

同學少年都不賤

起先簡直令人無法相信——猶太人姓李外的極多，取名汴傑民的更多。在季辛吉國務卿之前，第一個入內閣的移民，又是從上海來的，也還是可能剛巧姓名相同。趙珏看了時代週刊上那篇特寫，提到他的中國太太，又有他們的生活照，才確實知道了。

「還是我一句話撮合了他們。」她不免這樣想。

當然，人總誇張自己演的角色的重要性。恩娟不跟她商量，大概也會跟他好的。那時候又沒有別的男朋友，據她所知。

她記得非常清楚，那天在恩娟家裏吃晚飯，上海娘姨做的有一碗本地菜芋艿肉片，她別處沒見過。恩娟死了母親就是自己當家。

飯後上樓到她住的亭子間去，搬開椅子上堆的一疊衣服，坐下談了一會，她忽然笑道：「有個同學寫信來，叫我也到內地去。汴．李外——猶太人，他們家前幾年剛從德國逃出來的。」

「哦。」趙珏有點模糊。無國籍的猶太人無處收容，彷彿只能到上海來。「他現在在重慶？」

「噯，去年走的。因為洋行都搬到重慶去了，在那邊找事比較容易。他在芳大也是半工半讀。」

說著便走開去翻東西，找出一張襯著硬紙板的團體照，微笑遞了過來，向第二排略指了指，有點羞意。

是個中等身材的黑髮青年，黑框眼鏡，不說也看不出來是外國人，額角很高，露齒而笑，鼻直口方，幾乎可以算漂亮。

趙玨一見立即笑道：「你去。你去好。」

恩娟很不好意思的「咦」了一聲，咕噥道：「怎麼這樣注重外表？」

趙玨知道恩娟是替她不好意思。她這麼矮小瘦弱蒼白，玳瑁眼鏡框正好遮住眼珠，使人對面看不見眼睛，有不可測之感。像她這樣如果戀愛的話，只能是純粹心靈的結合，倒這樣重視形體？

雖如此，把那張大照片擱過一邊的時候，看得出恩娟作了個決定。

此後還有一次提起他。恩娟想取個英文名字。

「你叫蘇西好，」趙玨說。「我最喜歡聽你唱〈與蘇西偕行〉。」

恩娟笑道：「汴要叫我凱若蘭。」

「叫蘇西好，蘇西更像你。」

她力爭，直到恩娟有點窘起來，臉色都變了，不想再說下去，她才覺得了，也訕訕的。怎麼這樣不自量？當然是男朋友替女朋友取名字。

她們學校同性戀的風氣雖盛，她們倆倒完全是朋友，一來考進中學的時候都還小，一個又是個醜小鴨，一個也並不美。恩娟單眼皮，小塌鼻子，不過一笑一個大酒渦，一口牙齒又白又齊。有紅似白的小棗核臉，反襯出下面的大胸脯，十二三歲就「發身」了，十來歲的人大都太瘦，再不然就是太胖，她屬於後一類，而且一直不瘦下來，加上豐滿的乳房，就是中年婦人的體型。

「走在馬路上，有人說『大奶子』。」她有一次氣憤的告訴趙玨。

她死了母親，請了假，銷假回來住校的時候，短髮上插一朵小白棉絨花，穿著新做的白辮子滾邊灰色愛國布夾袍，因為是虔誠的教徒，腰身做得相當鬆肥，站在那裏越覺碩大無朋，眼睛哭得紅紅的。趙玨也不敢說什麼，什麼都沒問。

她寫信給母親總是稱「至愛的母親」。開懇親會，她父母是不配稱的一對，母親高個子，長得簡直像聖母像，除了一雙弔梢眼太細窄了些。人也斯文。父親年紀大得多，胖大身材，前面頭髮禿得額角倒插，更顯得方肥大面，橫眉豎眼的。穿西裝，開一爿義肢拐杖店。恩娟告訴趙玨，他另外有個家，生了一大窩孩子。母親知道了跟他鬧，不是孩子多，就離婚了。

「他們從前怎麼會結婚的？」

「他會騙。」

他們都是內地教會培植出來的。母親也在外面做事，不知道是房產還是股票掮客，趙玨搞不清楚。恩娟後來告訴她有個李天聲，一直從前兩人感情非常好，在遺物裏發現他的照片。

悠長的星期日下午，她們到校園去玩，後園就有點荒烟蔓草，有個小丘，殘破的碎石階上去，上面搭了個花架，木柱的棗紅漆剝落了，也沒種花。恩娟認識桑樹，一人帶隻漱盂摘桑椹吃，從地下拾起爛熟的，紫紅的珍珠蘭似的一小簇一小簇，拿到宿舍裏空寂無人的盥洗室，在灰色水泥長槽上放自來水沖洗，沖掉螞蟻。

趙玨不會說上海話，聽人家的「強蘇白」渾身起雞皮疙瘩，再也老不起臉來學著說。國語發音不好，也不好意思撇著「話劇腔」。上海學生向來是，非國語非吳語一概稱為江北話。人力車夫都是江北人。所以她在學校裏一個朋友也沒有，除了恩娟。

恩娟人緣非常好，入校第二年就當選級長。那年她們十二歲，趙玨愛上了勞萊哈台片中一個配角，演十八世紀的貴族，撲白粉的假髮，有一場躲在門背後，走出來向女人高唱歌劇曲子。看了戲回家，心潮澎湃，晚上棕黑色玻璃窗的上角遙遙映出一個希臘石像似的面影，恍如稠人廣眾中湧現。男高音的歌聲盈耳，第一次嚐到這震盪人心魄的滋味。

「你那個但尼斯金從來沒張開嘴笑過，一定是綠牙齒。」恩娟說。

從此同房間的都叫他綠牙齒。

四個人一間房，熄燈前上床後最熱鬧。恩娟喜歡在蚊帳裏枕上舉起雙臂，兩隻胳膊扭絞個不停，柔若無骨，模仿中東艷舞，自稱為「玉臂作怪」。趙玨笑得滿床打滾。窗外黑暗中蛙聲閣閣，沒裝紗窗，一陣陣進來江南綠野的氣息。

各人有各人最喜歡的明星，一提起這名字馬上一聲銳叫，躺在床上砰砰蹦蹦跳半天。有一次趙玨無意間瞥見儀貞臉色一動，彷彿不以為然。她先不懂為什麼，隨後也有點會意，從此不蹦了。儀貞比她們大兩歲，父親是寧波商人，吸鴉片，後母年青貌美，弟妹很多，但是只住著一個樓面。

有時候有人來訪，校規是別房間的人不能進來，只好站在門口。嗓子好的例必有人點唱，不是流行歌就是「一百〇一支最佳歌曲」，站在門檻上連唱幾支。

恩娟說話聲音不高，歌喉卻又大又好，唱女低音，唱的〈啊！生命的甜蜜的神秘〉與〈印第安人愛的呼聲〉趙玨聽得一串寒顫蠕蠕的在脊梁上爬，深信如果在外國一定能成名。她又有喜劇天才，常擺出影星胡蝶以及學胡蝶的「小星」們的拍照姿勢，翹著二郎腿危坐，伸直了兩臂，一隻中指點在膝蓋上，另一隻手架在這隻手上，中指點在手背上，小指翹著蘭花指頭，一雙柔荑勢欲飛去；抿著嘴，加深了酒渦，目光下視凝望著，專注得成了鬥雞眼。

只有趙玨家裏女傭經常按期來送點心換洗衣服，因此都托她代買各色俄國小甜麵包，買了來大家分配。

「儀貞總要狠狠的看一眼，揀大的。」恩娟背後說。

儀貞面貌酷肖舊俄詩人普希金，身材卻矮小壯實。新搬進來的芷琪，微黑的臉蛋也有拉丁風味，厚重的眼瞼睫毛，深黝的眼睛，筆直的鼻子；個子不高，手織天藍絨線衫下，看得出胸部曲線部位較低，但是堅實。她比她們低好幾班，會跳蹕躂舞，沒有音樂，也能在房間裏教恩娟跳社交舞，暑假又天天一同到公共游泳池游泳。

電影雜誌上有一張好萊塢「小星」的游泳照，一排六七個挽著手臂，在沙灘上迎面走來，正中最高的一個金髮女郎臉瘦長，牙床高，有點女生男相，胸部雖高，私處也墳起一大塊。大家看了都怔了怔，然後噗嗤噗嗤笑了。

「雌孵雄。」芷琪說。

趙珏十分困惑。那怎麼能拍到宣傳照裏去？此後有個時期她想是游泳衣下繫著月經帶。多年後她才悟出大概是毛髮濃重，陰毛又硬，沒抹平。

她跟恩娟芷琪的關係很微妙。恩娟現在總是跟芷琪在一起，她就像是渾然不覺。芷琪有時候倒又來找她，一塊吃花生米，告訴她一些心腹話。也許是跟恩娟鬧彆扭，也許不為什麼，就是要故起波瀾，有挑撥性。趙珏對她總是歡迎，也是要氣氣恩娟。恩娟也總是像沒注意到。

練琴的鐘點內，芷琪有時候偷懶，到趙珏的練琴間來找她，小室中兩人躲在鋼琴背後，坐在地下。這年暑假芷琪的寡母帶他們兄妹到廬山去避暑，在山上遇見了兩個人，她用英文叫他們「藍」「黃」。

「藍在游泳池做救生員，高個子，非常漂亮。黃個子小。」忙又道：「黃也好。藍先下山。那天我剛到游泳池，在裏面換衣服，聽見他跟我哥哥說再會，已經走了，又說：『望望你妹妹哦！』」

故事雖然簡單，趙玨也感到這永別的迴腸蕩氣。

教芷琪鋼琴的李小姐很活潑，已經結了婚，是廣東人，胸部發育得足，不過太成熟了，又不戴乳罩，有車袋奶的趨勢。

「給男人拉長了的。」芷琪說。

芷琪又道：「我表姐結婚了。表姐夫非常漂亮，高個子，長腰腰的臉，小眼睛笑起來瞇著，真迷人。我表姐也美，個子也高。我表姐說：『你不知道男人在那時候多麼可怕，力氣大得像武瘋子一樣，兩隻臂膊抱得你死緊，像鐵打的，眼睛都紅了，就像不認識人。那東西不知有多麼大，嚇死人了！』」

趙玨知道她不會告訴恩娟這話。恩娟因為趙玨看過性史，有一次問她性交到底是怎麼回事，她不知怎麼再也說不出口，畫了個簡圖，像易經八卦一樣玄，恩娟看不懂，也只好算了。

自從丟了東三省，學校裏組織了一個學生救國會，常請名人來演講。校中有個籃球健將也會演講，比外間請來的還更好，是旗人，名叫赫素容，比趙玨高兩班，一口京片子字正腔圓，不在話下，難得的是態度自然，不打手勢而悲憤有力，靠邊站在大禮堂舞台上，沒有桌子，也沒有演講稿，斜斜的站著，半低著頭，脖子往前探著點，只有一隻手臂稍微往後掣著點流露出一絲緊張，幾乎是一種陰沉威嚇的姿勢。圓嘟嘟的蒼白的腮頰，圓圓的弔梢眼，短髮齊耳，在額上斜掠過，有點男孩子氣，身材相當高，咖啡色絨線衫敞著襟，露出沉甸甸墜著的乳房的線條。

趙玨在紙的邊緣上寫起：「赫素容赫素容赫素容赫素容」，寫滿一張紙，像外國老師動不動罰寫一百遍。左手蓋著寫，又怕有人看見，又恨不得被人看見。

食堂坐三百多人，正中一張小板桌上一隻木桶裝著「飯是粥」，鍋巴煮的稀粥。飯後去舀半碗粥，都成了冒險的旅程，但是從來沒碰見她。出來進去擠得水洩不通，倒有時候在人叢中看見她。不論見到沒有，一擠到廊下，看見穹門外殷紅的天——晚飯吃得早——穹門正對著校園那頭的小禮拜堂，鐘塔的剪影映在天上，趙玨立刻快樂非凡，心漲大得快炸裂了，還在一陣陣的膨脹，擠得胸中透不過氣來，又像心頭有隻小銀匙在攪一盅煮化了的蓮子茶，又甜又濃。出了穹門，頭上的天色淡藍，已經有幾顆金星一閃一閃。夾道的矮樹上，大朵白花開得正香，橢圓形的花瓣，也許就是白玉蘭，但是她有次聽人說是曼陀羅花——彷彿只有佛經裏有？

學校裏流行「拖朋友」，發現誰對誰「痴得不得了」，就用搶親的方式把兩人拖到一起，強迫她們挽臂同行。晚飯後或是週末，常聽見一聲吶喊，嘯聚四五個人，分頭飛跑追捕獵物。捉到了，有時候在宿舍走廊上轉兩個圈子就可以交卷了。如果在校園裏，就在那黃昏的曼陀羅花徑上散步。趙玨總是半邊身子酥麻麻木，虛飄飄的毫無感覺。「拖」過幾次，從來不記得說過什麼話。她當然幾乎不開口。赫素容自有一個形影不離的同班生鄭淑菁，纖瘦安靜沉默，有雀斑，往往正在挽臂同行，給硬拆散了。

有一天她看見那件咖啡色絨線衫高掛在宿舍走廊上晒太陽，認得那針織的纍纍的小葡萄花樣。四顧無人，她輕輕的拉著一隻袖口，貼在面頰上，依戀了一會。

有目的的愛都不是真愛，她想。那些到了戀愛結婚的年齡，為自己著想，或是為了家庭社會傳宗接代，那不是愛情。

還有一次她剛巧瞥見赫素容上廁所。她們學校省在浴室上，就地取材，用深綠色大荷花缸做浴缸，上面裝水龍頭，近缸口膩著一圈白色污垢，她永遠看了噁心，再也無法習慣。都是棗紅漆板壁隔出的小間，廁所兩長排，她認了認是哪扇門，自去外間盥洗室洗手，等赫素容在她背後走了出去，再到廁所去找剛才那一間。

平時總需要先檢查一下，抽水馬桶座板是否潮濕，這次就坐下，微溫的舊木果然乾燥。被發覺的恐懼使她緊張過度，竟一片空白，絲毫不覺得這間接的肌膚之親的溫馨。

空氣中是否有輕微的臭味？如果有，也不過表示她的女神是人身。

她有點忸怩的對父母說，有個同學要畢業了，想送點禮物。她父母也都知道她們學校裏拖朋友的風俗，都微笑，但是也不想多花錢，就把一對不得人心的銀花瓶，一直擱在她房裏爐台上的，還是他們從前結婚的時候人家送的禮，拿去改刻了幾行字，給她拿去送人。她覺得這份禮雖然很值錢，有點傻頭傻腦的，但是實在不好意思再說什麼。果然校中傳為笑柄——畢業禮送一對銀花瓶，倒不送銀盾？正是江北土財主的手筆。

赫素容倒很重視。暑假裏趙珏萬想不到她會打電話來，說要來看她。

趙珏草草的梳了梳短髮，換了件衣服，不過整潔些，也沒什麼可準備的。延挨了一會，下樓在客室裏等著，站在窗前望著。房子不臨街，也看不見什麼。忽見竹籬笆縫裏一個白影子一閃，馬上知道是她來了。其實也從來沒看見她穿白衣服。
趙玨到大門口去等著。園子相當大，包抄過來又還有一段時間，等得心慌。瀝青汽車路冬青矮牆夾道，一輛人力車轉了彎，拖到高大的灰色磚砌門廊下，牆上蓋滿了碧綠的爬山虎。赫素容在車上向她點頭微笑，果然穿著件白旗袍。
進去落坐後，赫素容帶笑輕聲咕噥了一聲：「怎麼這麼大？」
雖然是老洋房舊傢俱，還是拼花地板。女傭泡了茶來之後，便靜悄悄的一點人聲都沒有。
赫素容告訴她說要到北平去進大學，叫她寫信給她。
也只略坐了一會就走了。
暑假還沒完，倒已經從北京來了信。趙玨認識信封上的筆跡——天藍色的字很大，帶草——又驚又喜，忙拆開來。雖然字大，而信箋既窄又較小——一清如水的素箋，連布紋都沒有，但是細白精緻，相當厚——竟有三張之多：
「玨，（‼趙玨從來沒想到單名的好處是光叫名字的時候特別親熱）我到北平已經快三星期了。此間的氣氛與瀿校大不相同，生氣蓬勃，希望你畢業後也能來。課外活動很多，篝火晚會的情調非常好，你一定會喜歡的。……」
趙玨狂喜的看下去。她甚至於都從來沒想到鄭淑菁是不是也去了。
一面看，她不知怎麼卻想起來，恍惚聽見說赫素容左傾，上次親共女作家愛格妮絲・史邁德萊到學校來演講她陝北之行的事，就是赫素容去請來的。趙玨對政治不感興趣，就連說赫素容的話都沒聽進去，但是這時候忽然有個感覺，吸引她的篝火晚會不是浪漫氣氛的，火光熊熊中是左派的討論與宣傳。

她對傳教一向養成了抵抗力。在學校裏每天早晨做禮拜，晚飯後又有晚禮拜，不過是學生佈道，不一定要去，自有人來拉伕。她也去過兩次，去一趟，代補習半小時的數理化。

恩娟就從來沒對她傳過教。

這封信她連看了幾遍，漸漸有點明白了。左派學生招兵買馬，赫素容一定是看她家裏有錢，借著救國的名義，好讓她捐錢，所以預備把她吸收進去。

她覺得拿她當傻子，連信都沒回，也沒告訴人，對恩娟都沒提起。

她畢了業沒升學。她父母有遠見，知道越是怕女兒嫁不掉，越是要趁早。二八佳人誰不喜歡？即使不佳，「十八無醜女」。因此早看準了對象，一畢業就進行。對方也是為了錢。

她不願意。家裏鬧得很厲害，把她禁閉了起來。她氣病了，恩娟儀貞來看她，倒破格放她們進來，大概因為恩娟以前常來，她母親見了總是讚不絕口，又穩重大方又能幹，待人又親熱又得體。

趙玨在枕上流下淚來。

恩娟勸慰道：「你不要著急。這下子倒好了。」

趙玨不禁苦笑。恩娟熟讀維多利亞時代的小說，以為她一病倒，父母就會回心轉意了。

她們都進了聖芳濟大學，不過因為滬戰停課了。

那次探病之後沒多久，趙玨逃婚，十分狼狽，在幾個親戚家裏躲來躲去，也不敢多住，怕叫人家為難。恩娟約她到附近一個墓園去散步，她冬衣沒帶出來，穿著她小舅舅的西裝袴，舊黑大衣，都太長，拖天掃地，又把訂婚的時候燙的頭髮剪短了，表示決心，理髮後又再自己動手剪去餘鬖，短得近男式，不過腦後成鋸齒形。

一個瘦長的白俄老頭子突然出現了，用英文向她喝道：「出去出去！」想必是看守墓園的。

她又驚又氣，也用英文咕噥道：「幹什麼？」

她們不理他，轉了個圈子，他又在小徑盡頭攔著路，翹著花白的黃菱角鬍子，瞪著眼向趙玨吆喝：「出去出去！」

她奇窘，只好嘟囔著：「這人怎麼回事？」

恩娟只是笑。她們又轉了個彎，不理他。

趙玨再也想不到是因為她不三不四，不男不女的，使他疑心是磨鏡黨。

恩娟講起她在大場看護傷兵。「有一個才十八歲，炸掉三隻手指——疼哦！腿上也有好大的傷口，不過不像『十指通心』，那才真是疼。他真好，一聲不響，從來不說什麼。給他做點事，還一臉過意不去，簡直受罪似的。長得也秀氣。」

她愛他，趙玨想，心裏凜然，有點像宗教的感情。

「芷琪現在就是她哥哥一個朋友，一天到晚在他們家，」恩娟說，但是彷彿有點諱言。

趙玨就也只默然聽著。

「這人……一天到晚就是在彈子房裏。」

趙玨的母親終於私下貼錢，讓她跟她姨媽住，對她父親只說是她外婆從內地匯錢給她——年紀大的人，拿他們沒辦法。

她也考進了芳大，不過比恩娟低了一級，見面的機會少了。

「再念兩年書也好，好在男家願意等她。」她母親說。也許還抱著萬一的希望，大學男女同學，說不定碰見個男孩子。

耶誕前夕，恩娟拖她去聽教堂鳴鐘。

趙玨笑道：「好容易聖誕節不用做禮拜了，還又要去？」

「不是，他們午夜彌撒，我們不用進去。你沒聽見過那鐘，實在好聽。」

到了教堂，只見彩色玻璃長窗內燈火輝煌，做彌撒的人漸漸來得多了。她們只在草坪上走走。午夜幾處鐘樓上鐘聲齊鳴，音調參差有致，一唱一和，此起彼落，成為壯麗的大合唱。

恩娟早已從流行歌轉進到古典音樂，跟上海市立交響樂隊第一提琴手學提琴。也是納粹排猶，從中歐逃出來的，頗有地位的音樂家。

恩娟說她崇拜他，又怕趙玨誤會，忙道：「其實他那樣子很滑稽，非常矮，還有點駝背，紅頭髮，年紀大概也不小了。」

這天午夜聽鐘，趙玨想起來問她：「你還有工夫學提琴？」

「不學了。」她有點僵，顯然不預備說下去，但是結果又咕噥了一聲：「他誤會了。」聲音低得幾乎聽不見，面容窘得像要哭了。

趙玨駭然。出了什麼事？他想吻她，還是吻了她，還是就伸手抓她？趙玨想都不能想，只噤住了。

恩娟去重慶前提起「芷琪結婚了。就是她哥哥那朋友。」也沒說什麼。

趙玨的母親貼她錢的事，日子久了被她父親知道了，大鬧了一場，斷絕了她的接濟，還指望逼她就範。她賭氣還差一年沒畢業，就在北京上海之間跑起單幫來。

這兩年她在大學裏，本來也漸漸的會打扮了。戰後恩娟回上海，到她這裏來那天，她穿著最高的高跟鞋，二藍軟綢圓裙——整幅料子剪成大圓形，裙腰開在圓心上，圓周就是下襬，既伏貼又迴旋有致。白綢襯衫是芭蕾舞袖，襯托出稚弱的身材。當時女人穿洋服的不多，看著有點像日本人。眼鏡不戴了，眼瞼上抹著藍粉，又在藍暈中央點一團紫霧，看上去眼窩凹些，二色眼影也比較自然。腦後亂挽烏雲，堆得很高，又有一大股子流瀉下來，懸空浮游著，離頸項有三寸遠。

恩娟笑道：「你這頭髮倒好，涼快。」

她一看見恩娟便嚷道：「你瘦了！瘦了真好看。」

「給孩子拖瘦的。晚上要起來多少次給他調奶粉，哭了又要抱著在房間裏轉圈子，沒辦法，住得擠，不能把人都吵醒了。白天又忙，一早出去做事，老是睡不夠。」

恩娟終於曲線玲瓏了，臉面雖然黃瘦了些，連帶的也秀氣起來。脂粉不施，一件小花布旗袍，頭髮仍舊沒燙，像從前一樣中分，掖在耳後，不知道是內地都是這樣儉樸，還是汴・李外喜歡她這樣，認為較近古典式的東方女人。

她把孩子帶了來，胖大的黑髮男孩。

「我老是忘了，剛才路上又跟黃包車夫說四川話。」她笑著說。

她對趙玨與前判若兩人的事不置一詞，趙玨知道她一定是聽見儀貞說趙玨跑單幫認識了一個高麗浪人，戰後還一度謠傳她要下海做舞女了。

趙玨笑道：「好容易又有電影看了。錯過了多少好片子，你們在內地都看到了？」

「我們附近有個小電影院，吃了晚飯就去，也不管它是什麼片子。」

趙玨詫笑道：「我不能想像，不知道什麼片子就去看。」總是多少天前就預告，熱烈的期待，直到開演前，音樂的洪流漲潮了，紫紅絨幕上兩枝橫斜的二丈高嫩藍石青二色鑲銀國畫蘭花，徐徐一剖兩半往兩邊拉開，那興奮得啊！

「忙了一天累死了，就想坐下來看看電影，哪像從前？」

「內地什麼樣子？」

「都是些破破爛爛的小房子。」

「你跟汴話多不多？」她沒問他們感情好不好。

「哪有工夫說話。他就喜歡看偵探小說，連刷牙都在看。」不屑的口氣。

趙玨笑了。

「當然性的方面是滿足的。我還記得你那時候無論如何不肯說。」又道：「忙。就是忙。有時候也是朋友有事找我們。汴什麼都肯幫忙。都說『李外夫婦的慷慨……』」末句引的英文，顯然是他們的美國朋友說的。

至少作為合夥營業，他們是最理想的一對。

趙玨還是跟她的寡婦姨媽住。她去接了個電話回來，恩娟聽她在電話上說話，笑道：「你上海話也會說了。」

「在北京遇見上海人，跟我說上海話，不好意思說不會說，只好說了。大概本來也就會說，不好意思忽然說起上海話來。」

提起北上跑單幫，恩娟便道：「你也不容易，一個人，要顧自己的生活。」一句不鹹不淡的誇讚，分明對她十分不滿。她微笑著沒說什麼。

孩子爬到沙發邊緣上，恩娟去把他抱過去靠著一堆墊子坐著。

趙玨笑道：「崔相逸的事，我完全是中世紀的浪漫主義。他有好些事我也都不想知道。」

恩娟也像是不經意的問了聲：「他結過婚沒有？」

「在高麗結過婚。」頓了頓又笑道：「我覺得感情不應當有目的，也不一定要有結果。」

恩娟笑道：「你倒很有研究。」

說著，她姨媽進來了，雙方都如釋重負。

談了一會，恩娟「還有點事，要到別處去一趟。」先把孩子丟在這裏。

趙珏把他安置在床上，床上罩著床套。他爬來爬去，不一會就爬到床沿上。她去把他挪到裏床，一會又爬到床沿上。她又把他搬回去。至少有十廿磅重，搬來搬去，她實在搬不動了，癱倒了握著他一隻腳踝不放手。他爬不動，哭了起來。她姨媽在睡午覺，她怕吵醒了她，想起鳥籠上罩塊黑布，鳥就安靜下來不叫了，便攤開一張報紙，罩在他背上。他越發大哭起來，但是至少不爬了。

她連忙關上門，倚在門上望著他，自己覺得像白雪公主的後母。

等恩娟回來了，她告訴她把報紙蓋著他的事，恩娟沒作聲，並不覺得可笑。

趙珏忙道：「鬆鬆的蓋在背上，不是不透氣。」

恩娟依舊沒有笑容，抱起孩子道：「我回去了，一塊去好不好？還是從前老地方。汴家裏住在虹口一個公寓裏，還是我們那裏地方大一點。」

當然應當去見見汴。

兩人乘三輪車到恩娟娘家去。一樓一底的衖堂房子，她弟妹在樓下聽流行歌唱片。她父親一直另外住。

她帶趙珏上樓去，汴從小洋台上進來了，房子小，越顯得他高大。他一點也不像照片上，大概因為有點鷹鉤鼻抄下巴，正面的照片拍不出，此刻又沒有露齒而笑。團體照大概容易產生錯覺，也許剛巧旁邊都是大個子，就像他也是中等身量。還是黑框眼鏡，深棕色的頭髮微鬈，前面已經有點禿了——許多西方人都是「少禿頭」——但是整個的予人一種沉鷙有份量的感覺，決看不出他刷牙也看偵探小說。

握過了手，汴猝然問道：「什麼叫intellectual passion？」

趙玨笑著，一時答不出話來。那還是他們剛結婚的時候，她信上說的。她不過因為他額角高，戴眼鏡，在她看來恩娟又不美或是性感，當然他們的愛情也是「理智的激情」，因此杜撰了這英文名詞，至今也還沒想到這名詞帶點侮辱性。

恩娟顯然怕她下不來台，忙輕聲帶笑「噯」了一聲喝阻，又向他丟了個眼色。

他這樣咄咄逼人，趙玨只覺得是醋意，想必恩娟常提起她。

他們就快出國了，當然有許多事要料理。她只略坐了坐，也還是他們輕聲說點自己的事。回到家裏，跟她姨媽講起來，她姨媽從前在她家裏見到恩娟，也跟她母親一樣沒口子稱讚，現在卻搖頭笑道：「這股子少年得意的勁受不了！」

趙玨笑了，覺得十分意外。她還以為是她自己妒忌。

她們沒再見面，也沒通信。直到共產黨來了以後，趙玨離開大陸前才去找恩娟的父親，要她的地址。

還是那家義肢店，櫥窗也還是那幾件陳列品。她父親也不見老，不過更胖些禿些，像個花和尚「胖大賊禿」，橫眉豎眼的，提起恩娟卻眉花眼笑道：「恩娟現在真好了！弟弟妹妹都接出去了，也都結婚了。汴家裏人去得更早。」給她的地址是西北部一個大學，不知是不是教書。

趙玨出了大陸寫信去，打聽去美國的事。恩娟回信非常盡職而有距離，趙玨後來到了美國就沒去找她。汴是在那大學讀博士，所以當時只有恩娟一個人做事。

這次通訊後，過了十廿年趙玨才又寫信給恩娟。原因之一，是剛巧住在這文化首都，又是專供講師院士住的一座大樓，多少稱得上清貴。萱望回大陸了，此地租約期滿後她得要搬家。要托恩娟找事，不如趁現在有這體面的住址。——萱望大概也覺得從此地「回歸」比較有面子。她不肯跟他一塊回去，他當然也不能一個錢都不留給她。不過他在台灣還有一大家子人靠他養活，一點積蓄都做了安家費。她目前生活雖然不成問題，不要等到山窮水盡，更沒臉去找人家。她跟萱望分居那時候在華府，手裏一個錢都沒有，沒有學位又無法找事，那時候也知道恩娟也在華府，始終也沒去找她。

她信上只說想找個小事，托恩娟替她留心，不忙。沒說見面的話。現在境遇懸殊，見不見面不在她。

恩娟的回信只有這一句有點刺目：「不見面總不行的。」顯然以為她怕見她，妒富愧貧。她又去信說：「我可以乘飛機到華府來，談一兩個鐘頭就回去。再不然你如果路過，彎到這裏來也是一樣。在這裏過夜也方便，有兩間房，床也現成。」

這幾年跟著萱望東跑西跑，坐飛機倒是家常便飯了。他找事，往往乘系主任到外地開會，在芝加哥換機，就在俄海機場約談，兩便。

隔了些時，恩娟來信說月底路過，來看她，不過要帶著小女兒。時代週刊上那篇特寫提起過他們有四個孩子，一男三女。

趙玨當然表示歡迎，心裏不免想著，是否要有個第三者在場，怕她萬一哭訴？

臨時又打長途電話約定時間。

那天中午，公寓門上極輕的剝啄兩聲。她一開門，眼前一亮，恩娟穿著件艷綠的連衫裙，翩然走進來，笑著摟了她一下。名牌服裝就是這樣，通體熨貼，毫不使人覺得這顏色四五十歲的人穿著是否太嬌了。看看也至多三十幾歲，不過像美國多數的闊人，晒成深濃的日光色，面頰像薑黃的皮製品。頭髮極簡單的朝裏捲。

趙玨還沒開口，恩娟見她臉上驚艷的神氣，先自笑了。

趙玨笑道：「你跟從前重慶回來的時候完全一樣。」顯然沒有再胖過。向她身後張了張。「小女兒呢？在車上？」末了聲音一低。也許不應當問。臨時決定不下車？

她也只咕嚕了一聲，趙玨沒聽清楚，就沒再問，也猜著車子一定開走了。本地沒有機場；以她的地位，長程決不會自己開車，而司機在此間是奢侈品，不是熟人不便提的。她來，決不會讓汽車停在大門口，司機坐在車上等著，像擺闊。

「喝咖啡？」倒了兩杯來。「汴好？」也只能帶笑輕聲一提，不是真問，她也不會真回答。

她四面看看，見是一間相當大的起坐間兼臥室，凸出的窗戶有古風；因笑道：「你不是說有兩間房？」

「本來有兩間，最近這層樓上空出這一間房的公寓，我就搬了過來。」

恩娟不確定的「哦」了一聲，那笑容依舊將信將疑。

趙玨感到困惑。倒像是騙她來過夜——為什麼？還是騙她有兩間房，有多餘的床，結果只好一床睡覺，徹夜長談？不過是這樣？一時鬧不清楚，只覺得十分曖昧，又急又氣，竟沒想到指出信上說過公寓門牌號碼現在是五〇七，不是五〇二了。

還是恩娟換了話題，喝著咖啡笑道：「現在男人頭髮長了，你覺得怎麼樣？」

趙玨笑道：「不贊成。」

這樣守舊，恩娟有點不好意思的咕噥了一聲：「難道還是要後頭完全推平了？」也沒再說什麼。

趙玨也不便解釋她認為男人腦後髮腳下那塊地方可愛，正如日本人認為女人脖子背後性感，務必搽得雪白粉嫩露在和服領口外。男人即使頭髮不太長，短髮也蓋過髮腳，尤其是中國人直頭髮，整個是中年婦人留的「鴨屁股」。

她跟恩娟說國語。自從到北京跑單幫，國語也道地了。其實上次見面已經這樣，但是恩娟忽然抱怨道：

「怎麼你口音完全變了？好像完全是另外一個人。」末句聲音一低，半自言自語，像個不耐煩得快要哭出來的小孩。

趙玨心裏很感動，但是仍舊笑道：「我從前的話不會說了，從家裏跑出來就沒機會說了，連我姨媽的口音都兩樣。」

恩娟想了想，似乎也覺得還近情理。

「要不然我們就說上海話。」

恩娟搖搖頭。

趙玨笑道：「我每次看見茱娣霍麗黛都想起你。」

恩娟在想這已故的喜劇演員的狀貌——胖胖的，黃頭髮，歌喉也不怎麼——顯然不大高興。

趙玨還是記得她從前胖的時候，因又解釋道：「我是想你『玉臂作怪』那些。」

恩娟只說了聲「哦噢喲！」上海話，等於「還提那些陳穀子爛芝蔴！」

「此地不用開車，可以走了去的飯館子只有一家好的，」趙玨說，「也都是冷盆。擠得不得了，要排班等著。」讓現在的恩娟排長龍！「所以我昨天晚上到那兒去買了些回來，也許你願意馬馬虎虎就在家裏吃飯。」

她當然表同意。

公寓有現成的傢俱，一張八角橡木桌倒是個古董，沉重的石瓶形獨腳柱，擦得黃澄澄的，只是桌面有裂痕。趙玨不喜歡用桌布，放倒一隻大圓鏡子做桌面，大小正合式。正中鋪一窄條印花細蔴布，芥末黃地子上印了隻橙紅的魚。萱望的烟灰盤子多，有一隻是個簡單的玻璃碟子，裝了水擱在鏡子上，水面浮著朵黃玫瑰。上午擺桌子的時候不禁想起鏡花水月。

他們沒有孩子，他當然失望。她心深處總覺得他走也是為了擺脫她。

她從冰箱裏搬出裝拼盆的長磁盤，擱在那條紅魚圖案上。洋山芋沙拉也是那家買的，還是原來的紙盒，沒裝碗。免得恩娟對她的手藝沒信心。又倒了兩杯葡萄牙雪瑞酒，比上不足比下有餘。

沒有桌布，恩娟看了一眼，見鏡面纖塵不染，方拿起刀叉。

一面吃，恩娟笑道：「怎麼回大陸了？」

趙珏笑道：「萱望沒過過共產黨來了之後的日子，剛來他已經出國了。他家在台灣，也只回去過兩次。我也難得跟他講大陸的事，他從來不談這些。」

又道：「現在美國左派時髦，學生老是問他中共的事，他為自己打算，至少要中立客觀的口氣。也許是『行為論』的心理，裝什麼就是什麼，總有一天相信了自己的話。」

她沒說他有自卑感。他教中文，比教中國文學的低一級。教中文，又是一口江西國語。中共有原子彈，有自卑感的人最得意。

恩娟笑道：「你倒還好，撐得住，沒神經崩潰。」

趙珏笑道：「也是因為前兩年已經分居過。那時候他私生活很糟。也是現在學生的風氣，不然也沒有那麼些機會。」

她不便多說。恩娟總有個把女兒正是進大學的年齡。

那時候在東北部一個小大學城。剛到，他第一要緊把汽車開去修理。她剛打開行李理東西，發現缺兩件必需品，看手錶才五點半，藥房還沒關門。只好步行，其實公寓離大街並不遠，不過陌生的路總覺得遠些。

買了東西回來，一過了大街滿目荒涼，狹窄的公路兩旁都是田野，天黑了也沒有路燈，又沒個路牌廣告牌作標誌，竟迷了路。車輛又稀少，半天才馳過一輛拖鞋式沒後跟的卡車，也沒攔截得住。

正心慌意亂，迎面來了一大羣男女學生，有了救星，忙上前問路。向來美國人自己說逢到問路，他們的毛病在瞎指導，決不肯說不知道。何況大學城裏，陌生人不是學生就是教職員或是家屬，都不是外人。這些青年卻都不作聲，昏暗中也看得出臉色有保留，彷彿帶三分尷尬，兩分不願招惹的神氣。趙玨十分詫異，只得放慢了腳步跟著走，再去問後面的人，專揀女孩子問，也都待理不理，意意思思的。

這兩年因為越戰與反戰，年青人無論什麼態度也都不足為奇了。她又是個東方人，也許越共之外的東方人他們都恨。她心裏這樣想著，也沒辦法，只好姑且跟著走，腳下緊一陣慢一陣，希望碰上個話多的，或者走到有人烟的地方。他們多數空著手，也有的揹著郵袋式書包，裏面露出熱水瓶之類。奇怪的是他們自己也不交談——還是因為她在這裏？多年前收到赫素容的信，一度憧憬篝火晚會，倒在天涯海角碰上了，可真不是滋味。

前面有個樹林子，黑暗中依稀只見一棵棵很高的灰白色樹幹。鄰近加拿大，北國的新秋，天一黑就有點寒烟漠漠起來。她覺得不對，越走越遠了。把心一橫，終於返身往回走，不一會，已經離開了那沉默的隊伍。

一個人瞎摸著，半晌，大街才又在望。

這次總算找到了回家的路。

次日坎波教授來訪，萱望來這裏是他經手的，房子也是他代找的。

「昨天我從藥房走回來，迷了路，天又黑了，」趙玨笑著告訴他。「幸而遇見一大羣學生，問路他們也不知道，我只好跟著走，快走到樹林子那兒才覺得不像，又往回走。」

坎波教授陡然變色。

趙玨也就明白了，他們是去集體野合的。當然不見得是無遮大會，大概還是一對一對，在黑暗中各據一棵樹下。也許她本來也就有點疑心，不過不肯相信。

「我應當去買隻電筒。」她笑著說。

坎波教授笑道：「這是個好主意。」

萱望咕噥了一聲：「有——乾電池用光了。」

坎波隨即談起現在學生的性的革命。顯然他剛才不是怕她撞破這件事，驚慌的是她險些被捲入，給強姦了鬧出事故來。

「我們那時候也還不是這樣。」他笑著說。他不過三十幾歲，這話是說他比他們倆小，他的大學時代比較晚。其實萱望先在國內做了幾年事，三十來歲才來美國找補了幾年苦學生的生活。

坎波又道：「現在這些女孩長得美的，受到的壓力一定非常大。」

他只顧憐香惜玉，只知其一，不知其二。萱望瘦小漂亮，本就看不出四十多了，美國人又總是說看不出東方人的歲數。他英文發音不好，所以緘默異常。這樣纖巧神秘的東方人，在小城裏更有艷異之感。

女生有關於中共的問題，想學吹簫、功夫以及柔道空手道，都來找他！夫婦倆先當笑話講。迄今他們過的都是隔離的生活，過兩年從一個小大學城搬到另一個小大學城，與師生與本地人都極少接觸，在趙玨看來是延長的蜜月。忽然成了紅人，起初連她都很得意。選修中文，往往由於對中共抱著幻想，因此都知道〈東方紅〉這支歌。有個高材生替老師取了個綽號叫東方紅。

趙玨在汽車門上的口袋裏發現一條尼龍比基尼襯袴，透明的，綉著小藍花——毋忘我花，偏偏忘了穿上。

以後她坐上車就噁心。

「人家不當樁事，我也不當樁事，你又何必認真？」他說。言外之意是隨鄉入鄉，有便宜可撿，不撿白不撿了。

後來就是那沁娣。

人是天生多妻主義的，人也是天生一夫一妻的。

即使她受得了，也什麼都變了，與前不同了。

趙玨笑道：「他回大陸大概也是贖罪。因為那陣子生活太糜爛了，想回去吃苦『建國』。」過飽之後感到幻滅是真的，連帶的看不起美國，她想。

她又從冰箱裏取出一盅蛋奶凍子，用碟子端了來道：「我不知道你小女兒是不是什麼都吃，這我想總能吃。也是那家買的。」

恩娟很盡責的替女兒吃了。她顯然用不著節食減肥。

她看了看錶道：「我坐地道火車走。」

「我送你到車站。」

「住在兩個地方就是這樣，見面難。」

「也沒什麼，我可以乘飛機來兩個鐘頭就走，你帶我看看你們房子，一定非常好。」

恩娟淡淡的笑道：「你想是嗎？」這句話似乎是英文翻譯過來的，用在這裏不大得當，簡直費解。反正不是說「你想我們的房子一定好？」而較近「你想你會特為乘飛機來這麼一會？」來了就不會走了。

這是第二次不相信她的話。她已經不再驚異了。當然是司徒華「下了話」——當時她就想到華府中國人的圈子小，司徒華一定會到處去講她多麼落魄。人窮了就隨便說句話都要找鋪保。這還是她從小的知己朋友。

她離開萱望之後到華府去，因為聽見說國務院的傳譯員只有中日俄法德意西班牙葡萄牙阿拉伯九種語言，此外的小國都是僱散工，可能條件寬些，上了他們的名單就好了。她從前跟崔相逸學的高麗話很流利，文字也看得懂。找到國務院語文服務科，由中文傳譯員司徒華接見。後來她聽說有人說科長是做情報工作的，此地不過掛個名。司徒華老資格了，差不多的公事都由他代拆代行。

她在華盛頓混了些時，等候下一屆傳譯員考試。去臨時秘書介紹所領了些文件來打，司徒華又介紹一個翻譯中心，試驗及格後常有幾頁中文韓文發下來，不過報酬既少，又嚴禁本人送譯稿去，對這些難民避之若浼，她覺得有點侮辱性。

這次考傳譯員她考得成績不錯，登記備用。剛巧此後不久就有個宴會，招待韓國官員。女傳譯員要像女賓一樣穿夜禮服，是個難題。東方婦女矮小的在美國本就買不到衣服，連美國女人裏面算矮小的都只能穿得老實點，新妍的時裝都沒有她們的尺寸。趙玨只好揀男童衣袴中最不花稍的。晚宴不能穿長袴，她又向不穿旗袍。定做夜禮服不但來不及，也做不起。

她去買了幾尺碧紗，對折了一折，胡亂縫上一道直線——她補襪子都是利用指甲油——人鑽進這圓筒，左肩上打了個結，袒露右肩。長袍從一隻肩膀上斜掛下來，自然而然通身都是希臘風的衣摺。左邊開衩，不然邁不開步。

又買了點大紅尼龍小紡做襯裙，仿照馬來紗籠，袒肩紮在胸背上。乳房不夠大，怕滑下來，綁得緊些就是了。朱碧掩映，成為赭色，又似有若無一層金色的霧，與她有點憔悴的臉與依然稚弱的身材也配稱。

鞋倒容易買，廉價部的鞋都是特大特小的。買的高跟鞋雖然不太時式，顏色也不大對，好在長裙曳地，也看不清楚，下襬根本沒縫過。

這身裝束在那相當隆重的場合不但看著順眼，還很引人注目。以後再有這種事，再買幾尺青紗或是黑紗，儘可能翻行頭。襯裙現成。

每次派到工作，一百元一天，雖然不會常有，加上打字，譯點零件，該可以勉強夠過了。這次宴會司徒華也在座，此後不久打電話來，約她出來一趟，有件事告訴她。

他開車來接她。「到什麼地方去坐坐，吃點東西。」

「不用了，吃晚飯還早，不餓。」

他很像醜小鴨時代的她，不過胖些，有肚子——比蟑螂短些的甲蟲。

「你這件大衣非常好看。」他夾著英文說。

她也隨口說了聲英文「謝謝你」，拿它當外國人例有的讚美。但是出自他的口中，她就疑心他看見過這件大衣，知道是舊衣服，自己改的。寬博的霜毛炭灰燈籠袖大衣，她把鈕子挪了挪，成為斜襟，腰身就小得多。

車開到中心區，近國會山莊，停下來等綠燈。

「找個咖啡館坐坐，好說話。」

「不用了，就停在這兒不好嗎？不是一樣說話？」

安全島旁邊停滿了汽車，不過都是空車。他躊躇了一下，也就開過去，擠進它們的行列。在鬧市泊車，總沒什麼瓜田李下的嫌疑。

華府特有的發紫的嫩藍天，傍晚也還是一樣瑩潔。遠景也是華府特有的，後期古典式白色建築上，淺翠綠的銅銹圓頂。車如流水，正是最擠的時辰。黑鐵電燈桿上端低垂的弧線十分柔和，高枝上點著並蒂街燈。

他告訴她科長可能外調。如果他補了缺，可以薦她當中文傳譯員。

「不過不知道你可預備在華盛頓待下去？有沒有計劃？紐漢浦夏有信來？」

萱望在紐漢浦夏州教書。

她笑了笑。「信是有。我反正只要現在這事還在，我總在華盛頓。能當上正式的職員當然更好了。」

她靠後坐著，並不冷，兩隻手深深的插在大衣袋裏。

他是結了婚的人，她覺得他也不一定是看上了她，不過是掂她的斤兩。

她不禁心中冷笑，但是隨即極力排除反感，免得給他覺得了，不犯著結怨，只帶點微笑看街景，一念不生。

在狹小的空間內的沉默中，比較容易知道對方有沒有意思。汽車又低矮，他這輛車又小。坐了一會，他就說：「好，那以後有確定的消息我再通知你。」就送她回去了。

恩娟在說：「我倒想帶小女兒到法國去住，在巴黎她可以學芭蕾舞。我也想學法文。」

這神氣倒像是要分居。

當然現在的政界，離婚已經不是政治自殺了。合夥做生意無論怎樣成功，也可能有拆夥的一天。

趙玨沒說「你怎麼走得開？」免得像刺探他們的私事。「法國是好，一樣一個東西，就是永遠比別處好一點。」

「不過他們現在一般人生活苦。」

「無論怎麼苦，我想他們總有辦法過得好一點。」她吃過法國菜的酒燜兔肉，像紅燒雞。兔子繁殖得最快。

恩娟要走了，她穿上外套陪她出去，笑道：「你認識司徒華？他知道我認識你？」

恩娟只含糊漫應著。

趙玨笑道：「你不知道，真可笑，有一次國務院招待中國韓國的代表團，做一次請。韓國的演說是我翻譯。輪到中國人演講，這位代表一口江西官話，不大好懂，英文倒聽得懂，一聽司徒華給他翻得太簡略，有些又錯了，一著急把江西話也急出來了。司徒華只好不開口，僵在那裏。剛巧我聽萱望跟他的同鄉說話，江西話有點懂，演說又比較文，總是那幾句轆兒，所以聽懂了，就擠過去替他翻譯。他心定了些，就又講起國語來。司徒華已經坐下了，我就替他翻譯下去，到講完為止。那天我們那科長也去了，後來叫我去見他。司徒華在隔壁，一直站在玻璃槅子旁邊理書桌上的東西。也許談了有二十分鐘，他一直就沒坐下。我當然說話留神，可是後來沒多少時候，科長調走了，還是好久沒派我差使。陰曆年三十晚上司徒華打電話來，說他們有個韓國人翻譯韓國話了，觸我的霉頭。」

恩娟聽了嘖嘖有聲，皺眉咕噥道：「怎麼這樣的？」

那回大年三十晚上，趙玨在電話上笑道：「當然應當的——只要看那些會說中國話的外國人，會錯在再也想不到的地方。」

她聽了彷彿很意外。至少這一點她可以自慰。

她這裏離校園與市中心廣場都近在咫尺。在馬路上走著，恩娟忽道：「那汪嬙在紐約，還是很闊。」說著一笑。

汪嬙是上海日據時代的名交際花。這話的弦外之音是人家至少落下一大筆錢。

趙玨不大愛惜名聲，甚至於因為醜小鴨時期過長，恨不得有點艷史給人家去講。但是出自恩娟口中，這話仍舊十分刺耳。把她當什麼人了？

實在想不出話來說，她只似笑非笑的沒接口。

「姨媽沒出來？」恩娟跟著她叫姨媽。

「沒有。你父親有信沒有？」

恩娟黯然道：「我父親給紅衛兵打死了。他都八十多歲了。」

這種事無法勸慰，趙玨只得說：「至少他晚年非常得意，說恩娟現在好得不得了，講起來那高興的神氣——」

但是這當然也就是他的死因——有幾個兒女在美國，女兒又這樣轟轟烈烈、飛黃騰達。死得這樣慘，趙珏覺得抵補不了，說到末了聲音微弱起來，縮住了口。

恩娟銳利的看了她一眼，以為她心虛。雖然這話她一出大陸寫信來的時候就已經說過，還是以為是她編造出來的，借花獻佛拍馬屁。也許因為他們父女一向感情不好，不相信他真是把女兒的成就引以為榮。

這是第三次不信她的話。不知道為什麼這次特別刺心。

在地道火車入口處拾級而下，到月台上站著，她開始担憂臨別還要不要擁抱如儀。

「儀貞夫婦倆都教書。現在不知道怎麼樣了。我走也沒跟她說。」倒聯想到一個安全的話題。

恩娟道：「芷琪也沒出來。」

提起來趙珏才想起來，聽儀貞說過，芷琪的男人把她母親的錢都花光了。

「嫁了她哥哥那朋友，那人不好，」恩娟喃喃的說。她扮了個恨毒的鬼臉。「都是她哥哥。」又沉著嗓子拖長了聲音鄭重道：「她那麼聰明，真可惜了。」說著幾乎淚下。

趙珏自己也不懂為什麼這麼震動。難道她一直不知道恩娟喜歡芷琪？芷琪不是鬧同性戀愛的人——就算是同性戀，時至今日，尤其在美國，還有什麼好駭異的？何況是她們從前那種天真的單戀。

她沒作聲。提起了芷琪，她始終默無一言，恩娟大概當她猶有餘妒——當然是作為朋友來看。

火車轟隆轟隆轟隆進站了，這才知道她剛才過慮得可笑。恩娟笑著輕鬆的摟了她一下，笑容略帶諷刺或者開玩笑的意味，上車去了。

一個多月後恩娟寄了張聖誕卡來，在空白上寫道：

「那次晤談非常愉快。講起我帶小女兒到法國去，汴倒去了。她在此地也進了芭蕾舞校。

祝近好——

恩娟」

「愉快」！

不過是隨手寫的，受了人家款待之後例有的一句話。但是「愉快」二字就是卡住她喉嚨，自己再也說不出口。她寄了張賀年片去，在空白上寫道：

「恩娟，

那天回去一切都好？我在新聞週刊上看見汴去巴黎開會的消息，恐怕來不及回來過聖誕節了？此外想必都好。家裏都好？

珏」

從此她們斷了音訊。她在賀年片上寫那兩行字的時候就知道的。

不知從什麼時候起，她也明白了，她為什麼駭異恩娟對芷琪一往情深。戰後她在兆豐公園碰見赫素容，一個人推著個嬰兒的皮篷車，穿著蔥白旗袍——以前最後一次見面也是穿白——

戴著無邊眼鏡，但是還是從前那樣，頭髮也還是很短，不過乳房更大了，也太低，使她想起芷琪說的，當時覺得粗俗不堪的一句話：「給男人拉長了的。」

隔得相當遠，沒打招呼，但是她知道赫素容也看見了她。她完全漠然，固然那時候收到那封信已經非常反感，但是那與淡漠不同。與男子戀愛過了才沖洗得乾乾淨淨，一點痕跡都不留。

難道恩娟一輩子都沒戀愛過？

是的。她不是不忠於丈夫的人。

趙珏不禁聯想到聽見甘迺迪總統遇刺的消息那天。午後一時左右在無線電上聽到總統中彈，兩三點鐘才又報導總統已死。她正在水槽上洗盤碗，腦子裏聽見自己的聲音在說：

「甘迺迪死了。我還活著，即使不過在洗碗。」

是最原始的安慰。是一隻粗糙的手的撫慰，有點隔靴搔癢，覺都不覺得。但還是到心裏去，因為是真話。

但是後來有一次，她在時代週刊上看見恩娟在總統的遊艇赤杉號上的照片，剛上船，微呵著腰跟鏡頭外的什麼人招呼，依舊是小臉大酒渦，不過面頰瘦長了些，東方色彩的髮型，一邊一個大辮子盤成放大的丫髻——當然辮子是假髮——那雲泥之感還是當頭一棒，夠她受的。

國家圖書館出版品預行編目資料

色，戒：短篇小說集三　一九四七年以後 / 張愛玲 著.
-- 二版. -- 臺北市：皇冠, 2020.6
面；公分. --（皇冠叢書；第4855種）
（張愛玲典藏；03）

ISBN 978-957-33-3537-5（平裝）

857.63　　109005505

皇冠叢書第4855種
張愛玲典藏 03

色，戒

短篇小說集三　一九四七年以後
【張愛玲百歲誕辰紀念版】

作　　者—張愛玲
發 行 人—平　雲
出版發行—皇冠文化出版有限公司
台北市敦化北路120巷50號
電話◎02-2716-8888
郵撥帳號◎15261516號
皇冠出版社(香港)有限公司
香港銅鑼灣道180號百樂商業中心
19字樓1903室
電話◎2529-1778　傳真◎2527-0904
總 編 輯—許婷婷
責任編輯—張懿祥
美術設計—王瓊瑤
著作完成日期—1978年
張愛玲典藏二版一刷日期—2020年6月
張愛玲典藏二版七刷日期—2024年2月
法律顧問—王惠光律師

讀者服務傳真專線◎02-27150507
電腦編號◎001203
ISBN◎978-957-33-3537-5
Printed in Taiwan
本書定價◎新台幣340元　港幣113元